『十四五』国家重点图书出版规划项目

燮译文集 第二卷

Дым

魂灵

Мёртвые души

[俄] 伊凡·谢尔盖耶维奇·屠格涅夫 著

[俄] 尼古拉·瓦西里耶维奇·果戈理 著

王士燮 译

黑龍江大學出版社
HEILONGJIANG UNIVERSITY PRESS
哈尔滨

图书在版编目（CIP）数据

王士燮译文集．第二卷 /（俄罗斯）伊凡·谢尔盖耶维奇·屠格涅夫，（俄罗斯）尼古拉·瓦西里耶维奇·果戈理著；王士燮译．-- 哈尔滨：黑龙江大学出版社，2023.4

ISBN 978-7-5686-0377-5

Ⅰ．①王… Ⅱ．①伊… ②尼… ③王… Ⅲ．①俄罗斯文学－古典文学－作品综合集 Ⅳ．①I512.11

中国版本图书馆 CIP 数据核字（2020）第 266597 号

王士燮译文集·第二卷
WANGSHIXIE YIWENJI·DI-ER JUAN
烟 [俄]伊凡·谢尔盖耶维奇·屠格涅夫 著
YAN
死魂灵 [俄]尼古拉·瓦西里耶维奇·果戈理 著
SIHUNLING
王士燮 译

责任编辑 王瑞琦 徐晓华 张琳琳
出版发行 黑龙江大学出版社
地　　址 哈尔滨市南岗区学府三道街 36 号
印　　刷 三河市铭诚印务有限公司
开　　本 720 毫米×1000 毫米 1/16
印　　张 35.5
字　　数 478 千
版　　次 2023 年 4 月第 1 版
印　　次 2023 年 4 月第 1 次印刷
书　　号 ISBN 978-7-5686-0377-5
定　　价 128.00 元

出版说明

文化交流是中俄两国进行经济、政治以及其他领域深层次交流的重要基础和前提，是两国寻求更深层次合作发展的重要途径之一，具有极为深远的当代价值和意义。为了进一步服务中俄合作领域的哲学社会科学研究，为我国文艺作品繁荣发展、中俄文化交流以及“一带一路”建设贡献积极力量，我社结集出版了王士燮先生的俄罗斯文学经典翻译作品。

王士燮先生为我国资深俄苏文学翻译家，在俄罗斯文学翻译领域具有深厚的积淀和学养，此次结集出版的翻译成果有《叶夫根尼·奥涅金》《死魂灵》《烟》《青年近卫军》《普希金传》等经典译本。

译文集多数篇目由原始版本辑录。对于个别原始版本中的前言、后记、附录等内容，并非俄文原版图书内容的，均不收录，译者本人所写译者序等予以保留。

丛书旨在突出译者翻译作品的原貌，故在编辑过程中，只对作品中会影响读者理解的明显讹误进行了订正；考虑到翻译版本年代久远，对于个别词形、人名以及事件名称的表述，我们以现有的文字规范和译名规范为准；除作者原注外，亦保留译文在初次出版时的译者注，供读者参考。

出版前言

在整个中国翻译界，黑龙江的文学翻译是一个独特的景观。大批俄语文学翻译家在此诞生，得以培养，其人数之多，翻译作品之繁盛，都蔚为大观。虽然由于地理位置特殊，有些成就很大的翻译家在国内的名气未必高扬，但细察他们的成就，却令人感叹不已。

黑龙江俄语翻译人才的成长，离不开一所学校。1944 年，周恩来同志提出了为新中国准备外语干部的要求，积极主张加强外语人才的培养工作。中央决定将中央军委俄文学校扩建为包括俄文系和英文系的延安外国语学校。1946 年初，党中央从培养俄文军事翻译的实际需要出发，决定把延安外国语学校迁至哈尔滨复校。1946 年 11 月 7 日，东北民主联军总司令部附设外国语学校正式成立。学校是军事干校性质，专门培养军政翻译。1948 年底，东北全境解放，东北民主联军总司令部附设外国语学校改归东北局和东北人民政府领导，改名为哈尔滨外国语专门学校，成为当时培养革命俄文干部的主要阵地。1953 年，我国大专院校进行调整，哈尔滨外国语专门学校改名为哈尔滨外国语专科学校，归高等教育部领导。1956 年，哈尔滨外国语专科学校更名为哈尔滨外国语学院，这所学校也就是现黑龙江大学的前身。许多著名的翻译家就毕业于原来的哈尔滨外国语专科学校，如赵洵、李锡胤、郝建恒、徐昌汉、王士燮、姜长斌、高文风、刁绍华、张会森、王育伦、孙维韬、王忠亮、赵慧晨、甘雨泽、黄树南、宋嗣喜、金亚娜等。

王士燮先生从 1955 年起就开始从事翻译工作，经验丰富，治学严谨，成果显著。王士燮先生曾先后参加一系列重大翻译项目，是翻译苏联科学院编《俄语语法》(共3卷)的骨干学者。在20世纪60年代,翻译出版了阿克肖诺夫的《带星星的火车票》,反响很好,这使其深受鼓舞,决心在翻译事业上下一番功夫。早在1963年9月,他就译出了普希金的《叶夫根尼·奥涅金》初稿,"文革"开始后译稿搁置。1970年,王士燮先生在插队的时候,于农忙之余又对初译稿进行了逐字逐句的推敲,最后定稿是在1979年,1981年12月由黑龙江人民出版社出版。该书于1991年由浙江文艺出版社推出修订版,其最显著的艺术特色便是它的抒情性,作品中始终贯穿着诗人自己的形象,贯穿着作者的声音。这种特点集中体现在作品中27处之多的"抒情插笔",其中,有作者对人物的贬褒,有对事件和场面的评论,有对往事的追忆;有的严肃庄重、富于哲理,有的尖锐激烈、锋芒毕露,有的诙谐幽默、妙趣横生,有的画龙点睛、入木三分;有些"插笔"与人物和情节的发展息息相关、丝丝入扣,有些"插笔"看似与人物或事件无关,其实并未离题。正是这些多角度多层次的"抒情插笔",扩大了作品的容量,深化了作品的内涵,加强了作品的感染力。和其他的译本相比较,王士燮先生的译本不追求诗歌形式上的相似,而是以能够表达作者原意为主旨,无论是从理解深度上,还是从语言风格上,王士燮先生的译本都被公认为我国已有的五种译本中较好的译本,在1987年的"苏联诗歌翻译座谈会"上博得好评。《苏联文学》杂志中报道此次座谈会的文章将王士燮先生列为我国苏联诗歌翻译的第三代译者,名列第二。王士燮先生翻译的多部文学经典作品在国内影响深远,为俄语文学翻译领域学者提供了重要参考和借鉴。

王士燮先生还从事翻译理论研究,不断总结自己多年来的翻译经验,已发表论文《从翻译标准到翻译学》、《文学翻译的特殊要求》和《谈译者风格》等。

本文集收录了王士燮先生一生翻译的多部成果,包括《叶夫根尼·奥涅金》《死魂灵》《烟》《青年近卫军》《散文的诗意——巴乌斯托夫斯基散文集》《梅花鹿——普里希文散文集》《普希金传》等,旨在全方位展示王士燮先生在俄罗斯文学翻译领域的深厚积淀和学养,进一步服务于中俄合作领域的哲学社会科学研究，为我国文艺作品繁荣发展、中俄文化交流以及“一带一路”建设贡献积极力量。同时，本文集中的翻译作品，为国内语言学工作者以及渴望提升俄罗斯文化积淀的专业读者提供了全面丰富的文献资料，为加强中俄文化交流、促进中俄关系的健康发展提供了重要支撑，具有良好的社会效益和学术价值。

目　　录

烟

死魂灵

烟

译序

列宁把俄国人民争取解放的事业分成三个时期，即贵族革命时期，平民知识分子或资产阶级民主革命时期，无产阶级革命时期。而第一和第二时期的分界线就划在一八六一年俄国宣布解放农奴那一年。如果说屠格涅夫在《罗亭》和《贵族之家》中所塑造的多余人的形象符合前一时期，那么《前夜》和《父与子》中的多余人形象，尤其是《父与子》中的巴扎罗夫，可以认为是平民知识分子的代表，可见作家的政治嗅觉多么灵敏。

然而宣布解放农奴在俄国各阶层引起不同的反响，这也成为左中右三派的分界线。屠格涅夫在《烟》中正是想描写这种分化，所以《烟》成为一部政治小说。作者在小说中对右派（即反对解放农奴的贵族地主）的批评是尖锐的，因为这一派主张倒退，甚至让沙皇撤销解放农奴的诏书。屠格涅夫自己则是始终拥护这个诏书的，他在小说中说：这个伟大的思想逐步得到实现，变成具体的东西，播下的种子正生根发芽。小说的主人公利特维诺夫则是这一伟大的思想的实践者，他开工厂，办农场，还清债务，等等。然而作者的这种写法是不真实的，因为沙皇自上而下解放农奴的主要目的还是保护地主的利益，将奴隶制改成封建制，解放了的农奴依然受残酷的剥削。车尔尼雪夫斯基把这种“改革”称作卑鄙的行为，因为他看透了它的奴隶性质，因为他清楚地看到农民被自由派的解放者老爷剥削得精光。赫尔岑和奥加辽夫开始虽然也拥护这一改革，然而不久就看透了其反动本质，从一八六一年起就坚决站到革命民主派一边，协助建立“土地和自由社”，是为民粹派的渊源。屠格涅夫在小说中对这一派进行抨击和讽刺就不免错了。他采取改换姓氏的办法，把奥加辽夫改成古巴辽夫，并在外形描写上也取奥加辽夫的相貌。赫尔岑和奥加辽夫都客死异国，而作者偏偏让古巴辽夫回国去当大地主。所以读这部小说要了解历史背景。

然而不论就构思还是就主要故事情节而言，这都是一部爱情小说，写一个平民知识分子如何爱一名穷贵族小姐，被她抛弃十年之后再次恋爱，再次被抛弃的故事。情节简单却写得一波三折，把主人公利特维诺夫的心理刻画得细致入微。屠格涅夫有意将他塑造成一个“小人物”，出身低微，这就是利特维诺夫跟伊琳娜第一次恋爱不能结合的原因，也是第二次恋爱之后他不能给伊琳娜当情夫的重要原因，因为他没有跟上层社会女人调情的资本，而寄人篱下又是他所不愿意的。波图金在情节安排中好像利特维诺夫的影子，但他宁愿为伊琳娜牺牲自己的一生。这里似乎写出了作者本人的苦衷。屠格涅夫一生未婚，后来爱上了法国女歌唱家维亚尔杜并寄居在她家或在她家附近定居。屠格涅夫也不甘心如此了结一生，然而他像波图金一样孤独地客死他乡。顺便说一句，波图金在小说中还扮演作者代言人的角色，作者借他的口说出他对俄国社会及各种人物的评价。所以俄国有的评论家认为利特维诺夫不是小说主人公，主人公是波图金。然而作者让利特维诺夫得到大团圆的结局，还是说明作者把希望寄托在利特维诺夫身上，利特维诺夫终于跳过了石头，摆脱了情欲的诱惑。就这一点来说，故事情节又跟他后来写的《春潮》相近。“春潮”实际指俄国大地春水泛滥的力量，它可以淹没整个大地。男人在女人的爱情面前就像一棵被淹没的树一样，无力抵抗。《春潮》故事情节单纯，没有《烟》的政治内容，更好读一些。

伊琳娜是屠格涅夫独创的形象，在俄国文学中前无古人后无来者。不过俄国评论界又把她跟普希金笔下的塔吉雅娜和托尔斯泰笔下的安娜·卡列尼娜排列成三部曲式的关系。塔吉雅娜既嫁之后守身如玉，这在上流社会极为少见，所以后人对普希金的处理手法争论不休。事实上普希金恰好倒在他妻子的情夫的枪口底下。伊琳娜第一次背叛利特维诺夫是为生活所迫，甚至可以说不完全是自觉的；第二次她拒绝跟利特维诺夫私奔就说明她清醒地认识到这种爱情不可能持久，男人总要干点儿事业，况且他们不回俄国怎么维持生活，回到俄国怎么能逃脱将军丈夫的手掌。她只是希望跟利特维诺夫保持情人关系，而情人关系更不能长久。屠格涅夫对她的描写是实事求是的，既没美化她，也没把她写成坏女人。安娜·卡列尼娜跟伏伦斯基结合，最终也因看到伏伦斯基日渐冷淡而自杀。当然这也反映出作家对待伦理道德的态度。托尔斯泰说得很明白，婚外恋就是犯罪，所以作者惩罚了女主人公。

俄国的长篇小说最早应从拉斯科利尼科夫算起，其次才是莱蒙托夫的《当代英雄》，而《当代英雄》从结构上来看比较简单，直到屠格涅夫的《罗亭》发表后（连续写了六部）才有所发展。而《烟》就结构来说很有特色，以很短的篇幅把政治内容和爱情故事紧密结合在一起，把不同阶层、不同观点的人安排得各就其位。托尔斯泰和陀思妥耶夫斯基的长篇巨著出现较晚，当然更有所发展。无论如何，屠格涅夫在俄国长篇小说史上的地位不容抹杀。

（本文在译林出版社2002年版《烟》的译序基础上略做修改）

一

一八六二年八月十日下午四点，巴登－巴登①有一家著名的会见厅②，前面聚集了许多人。天气晴朗。四周的一切——这座舒适城市的明亮的房屋、葱翠的树木、起伏的山峦——都一片喜气洋洋，展现在好心的阳光底下；万物都呈现出一种盲目的、信赖的、可爱的欢快，人们的脸上，不论老的少的、丑的俊的，也都露出一种莫名其妙却也非常开心的微笑。连那些染黑头发、涂白面孔的巴黎妓女的身影也没破坏这洋洋得意和兴高采烈的气氛，帽子和面纱上缀着彩带、翎毛与闪闪发亮的金箔和钢片，不免令人想起春花和彩蝶争奇斗艳的活泼景象。只有到处嗡嗡响起的俄国腔的法语，喉音特重，干干巴巴，代替不了鸟语啁啾，而且无法与之相比。

不过一切都照常进行。乐队在大厅里演奏，先是歌剧《茶花女》的集成曲，然后是施特劳斯的华尔兹舞曲，最后是俄罗斯浪漫曲《请告诉她》，这是乐队指挥为讨好听众而改编的器乐曲。赌场里有几张绿色赌台，周围坐着的还是那些人人都熟悉的面孔，他们脸上仍然带着愚蠢而贪婪的表情，说不清是惊讶还是恼怒，其实赌博的狂热可以使任何人，包括最有贵族气质的人也不免凶相毕露。还是那个有些发胖的唐波夫省地主，穿着非常讲究，瞪圆了眼睛，前胸贴着台子，根本不理会收注人的冷笑，就在他们喊出“停止下注！”的一刹那，他用带着痉挛的在不可思议的匆忙中伸出的攥得出汗的

① 巴登－巴登，在德国西南部的黑林山区，为疗养胜地。——译者注

② 本书夹杂英、法、德等外语的地方很多，皆以仿宋体标明，不再一一加注。——译者注

手把金路易押到轮盘的四个角上，这样一来他即使走运也不可能把钱赢回来。不过这件事丝毫也不影响他当天晚上讨好科科公爵并向此人表示同情的愤懑。这位科科公爵是贵族反对派的著名领袖之一，曾在巴黎玛蒂尔德公主①的沙龙里，当着皇帝的面发表一番卓见："夫人，私有制原则在俄国已经从根本上动摇了。"有一棵俄国树——一棵俄罗斯的树——我们的男同胞和女同胞们按照常规在树下集合。他们往树那儿走去，都穿着入时，衣冠楚楚，潇洒自如，见面寒暄的时候也是一本正经、吐字优雅而又洒脱自然。这正是受过现代最高等教育的人所应有的派头。可是他们一凑到一起、坐下之后便无话可谈了，下作到说些无聊的话来消磨时间，或者听一位早已没落的法国前文学家讲讲早已陈旧、极其无耻、极其下流的奇闻。这位前文学家已经成为只有靠饶舌来逗人开心的小丑，他小脚上穿着一双犹太人的旧式皮鞋，猥琐的脸上留着一把难看的山羊胡。他从旧杂志《沙里瓦里》和《田达马尔》② 上拣些平庸无奇、鸡零狗碎的东西讲给这些俄国爵爷们听，而且这些俄国爵爷们听得开怀大笑，感激不已，似乎意识到，外国人毕竟聪明绝顶，他们自己无论如何也想不出什么笑话。其实这里几乎汇集了俄国上流社会的"精华"，"所有的名门贵胄和时髦的典范"③。其中有一位X伯爵，是位无与伦比的半瓶醋，颇有音乐天赋，能"讲述"浪漫曲并且讲得十分动听，如果不用食指在键盘上歪歪扭扭地按两下，连两个音符都区别不开，唱起歌来不是像蹩脚的茨冈人，就是像巴黎大街上的理发师。他们当中还有Z男爵，这是一位令人着迷的人物，而且是多面手，既是文学家，又是一位官员兼演说家和赌棍。他们当中还有一位Y公爵，是个虔诚的教徒和人民的朋友，他在走运的酒类专卖

---

① 玛蒂尔德·波拿巴（1820—1904），拿破仑的侄女，她的沙龙在巴黎文艺界很有名。——译者注

② 《沙里瓦里》是创刊于1832年的政治评论刊物，在政治压力下于1835年变为漫画讽刺刊物。《田达马尔》创刊于1843年，是一种包括文学、戏剧、音乐的综合性刊物。——译者注

③ 见普希金的《叶夫根尼·奥涅金》第八章第二十四节。——译者注

时代用往酒里掺麻醉药的办法而大发横财。还有一位官运亨通的将军O. O.，他曾经征服某个地方，镇压过什么人，不过如今却不知何去何从，没有任何专长可以谋生。在座的还有一位P. P.，是个挺有意思的胖子，他自以为患了重病并且聪明过人，然而他却健壮如牛，笨得像木桩子……就是这位P. P.，到了现代几乎只有他这个人还保持着四十年代花花公子的传统，《当代英雄》① 和沃罗滕斯卡娅伯爵夫人②时代的遗风。他还保持着用鞋后跟走路东摇西晃的派头和“崇拜风度”（其中奥妙用俄语甚至无法表达）。他的动作笨拙迟钝，一张呆板而又仿佛受委屈的脸上总是一副睡不醒的严肃神情，他还有一边打呵欠一边打断别人说话的习惯，常常仔细摆弄自己的手指头，仔细看看指甲，哼着鼻子笑，冷不丁把帽子从后脑勺往前一拉压到眉毛上，以及其他诸如此类的习惯。在座的甚至还有政府官员、外交家、欧洲的名人和一些有识之士。可是这些有识之士却以为《金玺诏书》③ 是教皇颁布的，以为英国的“贫民税”④ 是向穷人征税。最后，在座的还有疯狂崇拜风流女郎却又假正经的家伙，还有出入社交界的花花公子，后脑勺梳着漂亮的发缝，两边向下耷拉着漂亮的络腮胡子，穿着地道伦敦制作的西服。看得出来，这些花花公子像那位臭名远扬的法国人一样庸俗；不过这还不算！显然我们大家并不喜欢自己的同胞——有一位Ш伯爵夫人本来在时装和风度上是有名的倡导者，却被人恶毒地称为“胡蜂王”和“戴睡帽的墨杜萨”⑤，每逢那个法国人不在的时候，她倒宁愿跟那些在身边转悠的意大利人、摩尔达维亚人、美国的招魂师、外国使馆机灵的秘书和长着女人相貌却一脸小心谨慎的德国人攀谈，却不肯理会自

---

① 莱蒙托夫在《当代英雄》里塑造的毕巧林固然是多余人的形象，然而毕巧林在社交场上也是花花公子，乱追女人。——译者注

② 沃罗滕斯卡娅伯爵夫人当是当时有名的交际花，用来影射伊琳娜。——译者注

③ 《金玺诏书》由神圣罗马帝国皇帝查理四世于1356年颁布，旨在排除教皇对皇帝选举之干涉。——译者注

④ 贫民税是英国女王于1601年制定的，向持有不动产的人征税，以救济贫民。——译者注

⑤ 墨杜萨是希腊神话中的蛇发女妖，有谁看见她就会立刻变成石头。——译者注

己的同胞。还有一位巴贝特公爵夫人也效法伯爵夫人，据说肖邦就死在她的怀里（欧洲有上千个太太都说肖邦在她们的怀里咽下最后一口气）。另外还有一位阿涅特公爵夫人也是如此，她本可以在女性当中崭露头角，只可惜就像芬芳的香水味中间突然冒出一股圆白菜味似的，从她身上突然显露出一个普通的乡下洗衣妇的本相。还有一位帕切特公爵夫人，她的遭遇很不幸：她的丈夫本来爬得很高，却突然，天知道什么缘故，把市长给打了，还从国库盗窃两万银卢布。还有爱笑的吉吉和爱哭的卓卓，她们都把自己的同胞抛在一边，对他们十分冷淡……如今让我们且抛下这些美貌的妇人吧，离开那棵有名的俄国树，且让她们依然打扮得高贵却未免俗气地围树而坐，但愿上帝能减轻她们难耐的寂寞！

二

离“俄国树”只有几步远的光景，在韦伯咖啡馆门前的小桌旁坐着一位漂亮的青年，大约三十岁，中等个儿，身材瘦削，肤色发黑，长着一张英俊的脸。他双手扶着拐杖，身子向前倾斜，好像压根儿没想到有人会认出他或对他产生兴趣，安安静静、自自然然地坐着。他眼大有神，一对微微发黄的褐色眸子慢慢向四处观看，有时被阳光照得眯缝起来，却会突然盯住从一旁走过的奇怪的身影不放，同时他那柔软的小胡子、嘴唇和向前突出的下巴上都会掠过一丝几乎孩子气的微笑。他身穿一件肥大的大衣，是德国款式，一顶灰色软帽戴在前额上，把高高的额头遮去半截。初次见面他便会给人留下良好印象：这是一个诚实、能干、多少有些自信的青年。像他这样的人在这个世界上还真挺多。他似乎经过长期劳作之后想休息一下，所以才这么开心地欣赏展现在眼前的景色。不过他的心思并不在这里，早已飞到跟眼前的景色迥然不同的世界，飞到远方。他是个俄国人，名叫格里戈里·米哈伊洛维奇·利特维诺夫①。

我们必须跟他打交道，所以有必要简单介绍一下他那并不复杂、十分平常的经历。

他父亲出身于商人家庭，当过官而且精明能干，但是早已退休。按说他应该在城里读书，然而他却是在乡下受的教育。他的母亲是贵族出身，并且从贵族女子中学毕业。母亲是一位善良而易感情冲动的人，不免有点儿脾气。她比丈夫小二十岁，却尽力去改造他，

① 米哈伊洛维奇在口语中常简化为米哈伊雷奇或米哈雷奇，后面常出现这样的称呼。——译者注

让他改掉当官的派头，过地主的生活，把暴戾乖张的他治得服服帖帖。全仗她的照顾，丈夫才能穿得整整齐齐，待人也讲究礼貌，从此不再骂人。他学会尊重有学问的人，尊重知识，尽管他当然连一本书也不摸。总之，他尽量不让自己丢脸：走路的脚步放轻些了，说话的声音也压低了，喜欢谈论一些高尚的题目，为此他不免费了九牛二虎之力。“唉，我真想揍他一顿！”他有时心里这样想，可嘴上却说：“是呀，是呀，这……倒也在所难免；这的确是个问题。”利特维诺夫的母亲依照欧洲方式持家，对仆人也称呼“您”，在饭桌上不许任何人吃得呼哧气喘。至于归她所有的那座庄园，她和丈夫都一筹莫展。那是很大一片土地，有森林，有湖泊，有各种各样可利用的资源。最初庄园的主人曾在湖畔开办一个大工厂，这位地主老爷虽然热心，却经营不善，接着交给一个商人加骗子，庄园倒也兴旺一时，最后却在一个老实的德国生意人的管理下彻底破产。值得利特维诺夫太太庆幸的是，她总算没有败坏这笔家产，也没欠债。不幸的是她身体欠佳，就在儿子刚刚进入莫斯科大学那年，她因患痨病而呜呼哀哉了。利特维诺夫由于某种原因（读者从下文便可知其中缘故），没等到毕业就回到外省，在家里闲待了一段时间，既不做事，也没有交往，几乎没有一个朋友。本县的贵族对待他也颇不友好，他们与其说是受到西欧那种“出外谋生”有害论的影响，不如说是相信土生土长的信条——“自己的衬衫更贴身”，自己的家更舒服，一八五五年让他参加了民团，在克里木患上伤寒并且险些送命。他在腐海①岸边的地窨子②里住了六个月，却没见到“盟军”的一个人影。后来他参加地方的贵族选举并担任一定职务，当然难免惹下许多麻烦，但在乡下住长了，对农事产生兴趣。他母亲的那座庄园落到年迈的父亲手里管理不好，他知道如果由有经验的行家经营就会变成一座金坑，而现在每年的收入连应有的十分之一都不到。不过他也明白，他所缺乏的正是知识和经验——于是他跑到国外学

① 腐海即锡瓦什湖，在亚速海西部。——译者注

② 地窨子即地下室或地窖。——译者注

习农业和工艺，一切从头学起。他在梅克伦堡、西里西亚、卡尔斯鲁厄住了四年多，还到比利时和英格兰去过，下功夫学习，掌握不少知识：学到这些本领颇非易事。然而他经受住了考验，如今他对自己和自己的前途充满信心，相信他会给家乡的人带来好处，甚至造福一方。他正准备返回祖国，因为老父每次来信都苦苦哀求，让他无论如何也要赶快回家，因为老人被解放农奴、分配土地、农奴的赎金和各种新规矩搞得焦头烂额，总之……那么，他为什么来到巴登呢？

他到巴登来，是为了在这里等候他的未婚妻，也是他的表妹塔吉扬娜·彼得罗芙娜·舍斯托娃①的到来。他跟她几乎从小就认识，当姨妈带着表妹住在德累斯顿的时候，他俩曾经在一起待了一春又一夏。他真心爱她，从心眼里尊敬这位年轻的表妹，如今当他已经结束艰苦的准备工作，正准备踏入新的领域，开始一项扎实的工作，而不是给官府当差的时候，便向他心爱的姑娘伸出手来，希望把自己的生命跟她的生命结合在一起，同甘苦共患难，正像英国人说的那样，“有福共享，有难同当”。她答应下来，他到卡尔斯鲁厄去取书籍、东西和证件……那么您又会问：他为什么非在巴登等不可呢？

他留在巴登，是因为塔吉扬娜的姑妈卡皮托琳娜·马尔科芙娜·舍斯托娃经不住诱惑，非要到巴登这样时髦的地方来看看不可，哪怕只来一次也好，一定要见见大世面……塔吉扬娜是在姑妈的培育下长大的。这位五十五岁的老处女心地善良，性格特别古怪，富有自由精神，又充满火热的自我牺牲和忘我精神，是个自由主义者（读过施特劳斯②的著作——当然是背着侄女），还是民主主义者，对上流社会和上层贵族恨之入骨。卡皮托琳娜·马尔科芙娜从来不穿钟式裙子，把一头白发剪成圆形，不过她一方面暗中羡慕奢华和出头露面的生活，另一方面乐于诅咒和蔑视那种生活并为此而高兴

---

① 塔吉扬娜的爱称为塔妮娅，后面常有这样的称呼。——译者注

② 施特劳斯（1808—1874），德国哲学家，属于青年黑格尔派，著有《耶稣传》。——译者注

……怎么能不让善良的老太婆得到一点点安慰呢？

不过，利特维诺夫之所以能如此安静从容，如此充满自信地四下观看，是因为他认为自己未来的生活已经十分明确，他的命运早已确定，他为自己的命运而自豪，而高兴，因为他的这种命运是他自己一手创造的。

三

“哎哟，哎哟，哎哟！他原来在这儿！”在他头上突然响起一个尖细的声音，有一只发胖的手在他的肩头上拍了一下。

他抬头一看，原来是他在莫斯科结识的很少几个朋友中的一个，姓巴姆巴耶夫，是窝囊废中的好人，已经不算年轻，脸颊和鼻子好像煮烂了似的发软，油亮的头发向外挓挲，肥胖的身体也松松垮垮。这个罗斯季斯拉夫·巴姆巴耶夫向来一文不名，却总是乐呵呵的，毫无目的地在我们忍辱负重的母亲大地上到处游荡，到处大喊大叫。

“这才叫意外相逢呢！”他嘴里叨念着，把浮肿的小眼睛瞪得溜圆，把肥胖的嘴唇向前噘着，嘴唇上古怪地翘着染过的小胡子，让人觉得长得不是地方。“嘿，巴登可真棒！所有的人都像蟑螂似的往这里爬。你怎么也跑这儿来了？”

巴姆巴耶夫不管见到什么人都你我相称。

“我来四天了。”

“从哪来？”

“你又何必要知道？”

“怎么叫何必呢？不过，等等，等等，你大概还不知道什么人到这里来了吧？古巴辽夫！他亲自大驾光临了！瞧，这可是个了不起的人！他昨天刚从海德堡来。你当然认识他了？”

“听说过这个人。”

“仅仅听说？怎么会有这种事！我马上带你去见见他。这样的人也不认识！碰巧，伏罗希洛夫来了……等等，你大概连他也不认识吧？我很荣幸地给你们介绍一下。你们俩都学识渊博！他甚至是个奇才！请互相亲吻吧！”

巴姆巴耶夫说完，转过脸去瞅着站在他身旁的一个漂亮的青年。此人面色红润，气色蛮好，只是一脸严肃。利特维诺夫欠起身，不过没有亲吻，只是跟这位奇才点头致意，从这位奇才一本正经的脸色看来，他对这突如其来的介绍也不怎么高兴。

“我说他是奇才，绝不放弃这种叫法。”巴姆巴耶夫接下去说，“你到彼得堡第 X 武备学校去看看那里的光荣榜：头一名是谁？就是伏罗希洛夫，谢苗·亚科夫列维奇！不过，古巴辽夫，古巴辽夫，我说哥儿们！！让我们赶快去见见他，应该跑步去！我一见到这个人，就对他佩服得五体投地！而且不光我一个人这样，人人见了都非常崇拜！他现在正写一篇了不起的文章，哎呀呀！……”

“写的什么文章？”利特维诺夫问。

“包括所有的问题，我的老兄，你知道，类似波克尔①……不过更为深刻，更为深刻……这篇文章能解决一切问题，把一切都说得清清楚楚。”

“那么说你读过这篇文章了？”

“没有，没读过，这甚至是个秘密，不能到处乱说。不过古巴辽夫什么问题都能解决，他能解决！是的！”巴姆巴耶夫叹了口气，抱起膀子，“要是咱们俄国再出这么两三个能人，我的上帝呀，那就什么也不用愁了！我只告诉你一点，格里戈里·米哈伊洛维奇：不管你现在干什么事——我向来就不知道你究竟干些什么，也不管你有什么想法——我当然不了解，但是你只要见到古巴辽夫，一定能从他那里学到不少东西。不幸的是他在这里待不了多久，所以机不可失，你一定要去，要去见见他！”

这时有个花花公子，一头红褐色鬈发，矮礼帽上缀着蓝色带子，带着恶毒的嘲笑从眼镜里瞥了巴姆巴耶夫一眼，这使利特维诺夫大为扫兴。

---

① 波克尔（1821—1862），英国历史学家和社会学家。他的《英国文明史》被译成俄语，广为流传。——译者注

“你叫喊什么？”他说，“好像吆喝猎狗去赶兔子似的！我还没吃饭呢！”

“这是怎么说的！可以马上到韦伯那里吃去……咱们三个一起去……太好了！你有钱替我付账吗？”巴姆巴耶夫悄声补充说。

“钱倒是有，只是我真不知道……”

“你就不必说了；你应该感谢我，他一定会高兴的……啊，我的天哪！”巴姆巴耶夫打断自己的话说，“他们在演奏《欧那尼》① 的最后乐章！演奏得多棒！……向伟大的卡洛。我这是怎么了！一听就热泪滚滚。喂，谢苗·亚科夫列维奇！伏罗希洛夫！到底去不去？”

伏罗希洛夫仍然一动不动地站在那里，他长得身材匀称，保持着刚才那种倨傲的姿势，这时意味深长地垂下眼睛，皱起眉头，从牙缝里挤出两个字眼……不过他倒没说不去。利特维诺夫想：“这也没什么，要去就去吧！好在有的是时间。”巴姆巴耶夫挽起他的胳膊，然而动身去咖啡馆之前，他朝骑手俱乐部有名的卖花女郎伊莎贝拉招招手，原来他要买花。可是这位高贵的卖花女连动也没动，她瞧见这位绅士连手套也不戴，身上穿一件肮脏的平绒上衣，系一条花领带，脚上穿着破皮鞋，她才不肯给他送花呢。于是伏罗希洛夫用手指头一招，卖花女走到他跟前，他从篮里挑出一朵小紫罗兰花来，并扔给她一枚银币。他以为自己这么慷慨大方会让她大吃一惊，然而她甚至连眉毛也不挑，当他转身走开之后，她还轻蔑地撇了撇闭紧的嘴唇。伏罗希洛夫穿着阔气，甚至非常讲究，然而巴黎女郎以其有经验的眼光从他那一身打扮、从他的姿势和走路的步伐一下子就发现他受过军事训练的痕迹，缺乏那种真正的、纯粹的“优雅”。

我们这三位朋友在韦伯的正厅落座之后，点了菜便谈论起来。巴姆巴耶夫大声而热烈地谈起古巴辽夫的崇高作用，然而不久便说

① 《欧那尼》为雨果的剧本，由意大利作曲家威尔第（1813—1901）谱成歌剧。——译者注

不下去了，只管呼哧气喘地大吃大嚼，一杯接一杯地喝酒。伏罗希洛夫似乎食欲不佳，吃得喝得都不多，却详细问起利特维诺夫的工作情况，并且高谈阔论起来……与其说是谈具体的工作，不如说笼笼统统，涉及各种“问题”……他突然来了劲头儿，好像脱缰的野马，滔滔不绝地讲起来，又像士官生参加毕业考试，大胆而清楚地吐出每个字眼，还有力地挥舞双手，只是手势跟讲话不大协调。他显然越来越健谈，话讲得越来越流利，幸好没有人打断他：他仿佛正在宣读论文或讲课。他一个一个地说出最新的学者的名字，还能说出其中每个人出生或死亡的年份，说出新近出版的作品的名称，总之，从他嘴里滔滔不绝地倾泻出一连串名字。从他那热情的目光中反射出这些人名给他带来多大的快乐。显然，伏罗希洛夫瞧不起一切旧事物，只注重文明的成果，重视最新、最先进的科学见解。他可以东拉西扯地提到索尔宾格尔博士关于宾夕法尼亚监狱情况的著作，或昨天《亚洲杂志》上发表的关于《吠陀经》和《往世书》①的文章（他显然不懂英语，把“杂志”一词说成法语了），不过他倒是从中得到了真正的快乐和幸福。利特维诺夫只管听他说，却听不明白他究竟有什么专长。他忽而谈到克尔特部族②在历史上的作用，忽而又陶醉在古代世界里，并且议论起埃吉纳湾的石像，喋喋不休地谈起早在菲狄亚斯③之前就出现的雕刻家奥纳塔斯④，不过他又把这个人说成约拿丹⑤，从而使他的整个议论一时带上圣经故事的或美国的情趣。他忽而又议论起政治经济学，说巴斯夏⑥是个笨蛋，

① 《吠陀经》是古印度经书，《往世书》是古印度史诗的汇编。——译者注

② 克尔特是欧洲古老的民族，其后裔散居各地。——译者注

③ 菲狄亚斯是公元前5世纪古希腊的雕刻家。——译者注

④ 奥纳塔斯是公元前5世纪埃吉纳湾的雕刻家，1811年始被发现。——译者注

⑤ 约拿丹既是古代以色列民族的国王（是扫罗之子，见《圣经·旧约》），又是美国开国时出过力的两兄弟的姓氏，所以约拿丹又成了美国人的代号。——译者注

⑥ 巴斯夏（1801—1850），法国庸俗经济学家，提倡自然的法则。——译者注

木头脑袋，跟亚当·斯密①和重农学派②半斤八两……“重农学派！”巴姆巴耶夫跟着他念叨着，“是贵族学派？……”这时伏罗希洛夫又漫不经心地顺便批评麦考莱③，说他是已经过时的作家，被科学远远抛在后面。这番议论又在巴姆巴耶夫的脸上引起惊异之色；伏罗希洛夫又宣称，至于格奈斯特④和黎尔⑤，只要提提他们的名字，耸耸肩膀就够了。巴姆巴耶夫果然又耸一耸肩膀。“在生人面前，而且在咖啡馆里，一下子发表这么多议论，而且并没有根据。”利特维诺夫心里想，望着这位新相识的浅色头发、浅色眼睛和一口白牙（这人长着像白糖一样白的大板牙，使他感到特别不舒服，还有他那双手，不住地比比画画）。“连一点儿笑容都没有，不过看样子必是一个善良的小伙子，只是涉世未深……”伏罗希洛夫终于平静下来，他那年轻人响亮而又像公鸡一样嘶哑的声音突然停了……恰好巴姆巴耶夫这时朗诵起诗歌，又几乎声泪俱下，闹得旁人都以为他们发生了口角。紧挨着他们的一张桌旁坐着一家英国人，隔着这家的另一张桌旁传来一阵嘻嘻的笑声，原来是两个妓女陪着一个戴着紫色假发的挺老气的小孩子吃饭。侍者送来账单，三个朋友结了账。

“嘿，”巴姆巴耶夫感慨地说，从椅子上吃力地站起来，“现在喝上一杯咖啡就可以开步走了，那就是我们的俄罗斯。”他又补充这么一句，站在门口，几乎欣喜若狂地用发软的红手指着伏罗希洛夫和利特维诺夫：“怎么样？”

“是呀，是俄罗斯。”利特维诺夫心想，而伏罗希洛夫这时脸上又做出一本正经的样子，宽容地笑笑，轻轻磕了一下鞋后跟。

又过五分钟，他们一起去拜访斯捷潘·尼古拉耶维奇·古巴辽

---

① 亚当·斯密（1723—1790），英国古典政治经济学派创始人，著有《国富论》。——译者注

② 重农学派是法国18世纪后期的资产阶级古典政治经济学派，提倡土地是唯一的富源。——译者注

③ 麦考莱（1800—1859），英国历史学家兼政论家。——译者注

④ 格奈斯特（1816—1895），德国自由主义政治家。——译者注

⑤ 黎尔（1823—1897），德国政论家和作家。——译者注

夫。三个人爬上古巴辽夫住的旅馆的楼梯。有一位高个子妇人，身材匀称，戴着帽子，脸上遮一块短的黑面纱，正在忙着下楼梯，一见利特维诺夫，突然回头看他一眼，仿佛大吃一惊而停下脚步。她的脸在密密的面纱网里突然变得绯红，然后又立刻变白了。但是利特维诺夫丝毫没有注意她，这位妇人比方才更快地跑下宽宽的台阶。

四

“格里戈里·利特维诺夫，是个直爽的小伙子，有一颗俄国人的心灵，我把他介绍给您。”巴姆巴耶夫慷慨激昂地说，把利特维诺夫带到一个身材矮小的人跟前。看样子这个人很像地主，穿一件短上衣，敞着领口，下身是件灰色的睡裤，穿着便鞋站在房间当中。房间敞亮，收拾得挺干净。“这位，”巴姆巴耶夫转过脸对利特维诺夫补充说，“就是他本人，你明白了吧？嗯，一句话，古巴辽夫。”

利特维诺夫好奇地注视着“他本人”。乍一看他没发现这个人有什么与众不同的地方。他只看到面前站着一位相貌可敬的绅士，长得有些发憨，大脑门，大眼睛，厚嘴唇，下巴上留着一把大胡子，粗脖颈，两眼也斜着看着地面。这位绅士张嘴一笑说：“嗯……是呀……很好……我很高兴……”说着抬起手摸胡子，立刻转过身去，背对着利特维诺夫，在地毯上走了几步，走得很慢，身子摇摇晃晃，样子十分古怪，好像偷偷摸摸的。古巴辽夫有个经常来回踱步的习惯，还不时用又细又硬的指甲尖拽拽或挠挠胡子。除开古巴辽夫之外，屋里还有一位大约五十岁的老妇人，穿一件挺旧的绸连衣裙，脸色像柠檬一样黄，富于表情，上嘴唇上长着一溜黑毛，两眼滴溜乱转，好像要蹦出来似的；另外在墙角上还躬身坐着一位身体结实的汉子。

“哎，尊敬的马特廖娜·谢苗诺芙娜，”古巴辽夫转过脸对这位妇人开口说，显然他认为没必要把她介绍给利特维诺夫，“您方才给我们讲什么来着？”

这位妇人（她叫马特廖娜·谢苗诺芙娜·苏汉奇科娃，是个寡妇，没有子女，并不富裕，到处流浪已经一年多了）立刻特别热烈地讲了起来：

“嗯，我说的是他去求见公爵，对公爵说：‘公爵大人，您是大官，又有爵位，您如果肯改变我的命运，难道还有什么难处吗？’他说：‘我的信仰是纯洁的，您不能不尊重，难道说在我们这个时代还可以因为信仰不同就迫害人吗？’您想想这位公爵大人，这位受过教育又身居高位的人是怎么处理的？”

“嗯，怎么处理的？”古巴辽夫说着，若有所思地点起一根香烟抽起来。

这位妇人直起腰板，向前伸出瘦瘦的右手，伸直了食指：

“他叫仆人来，吩咐说：‘你把这个人身上的常礼服扒下来拿走。我把这件衣服送给你穿了！’”

“仆人当真就给扒下来了？”巴姆巴耶夫问，举起两手一拍。

“真扒下来就给拿走了。这就是巴尔纳乌洛夫公爵干的事。他是个有名的大富翁，是个显贵，享有特权，是政府的代表！连这种事他都干得出来，还能指望他什么呢？”

苏汉奇科娃太太气得瘦弱的身子发抖，脸也抽搐起来，干瘪的前胸在紧身衣里急剧地颤动，两眼更不用说，滴溜乱转。不过话说回来，她不论讲什么，眼睛总是转个不停。

“这可不得了！真是不得了的事！”巴姆巴耶夫喊了出来，“怎么惩罚也不为过！”

“嗯……嗯……从上到下都彻底腐败了。”古巴辽夫指出，不过他并没提高嗓门，“这种事惩罚不行……需要……采取另外一种办法。”

“别说了，能真有这种事吗？”利特维诺夫说。

“是不是真事？”苏汉奇科娃接着说，“这种事连怀疑都不必怀疑，用不着怀疑……”她这句话说得非常有力，甚至整个身子都缩作一团。“这是一个十分可靠的人对我说的。斯捷潘·尼古拉耶维奇，您肯定认识他，就是叶利斯特拉托夫·卡皮东。他亲自听好几个在场的人说的，这些人都亲眼看到这种不像话的场面。”

“哪个叶利斯特拉托夫？”古巴辽夫问，“就是在喀山待过的那个吗？”

“是他。我知道，斯捷潘·尼古拉耶维奇，有人造谣说他在喀山接受过包工头或烧锅老板的钱。可这是什么人造的谣呢？是佩利卡诺夫！人人都知道这个佩利卡诺夫是个密探，怎么能相信他的话呢？”

“不，马特廖娜·谢苗诺芙娜，对不起，”巴姆巴耶夫插嘴说，“我跟佩利卡诺夫是朋友，他怎么能是密探呢？”

“是的，是的，他就是密探！”

“等等，真岂有此理……”

“密探！密探！”苏汉奇科娃喊道。

“不对，不可能，请等等，听我说。”巴姆巴耶夫也大声喊叫起来。

“密探！密探！”苏汉奇科娃斩钉截铁地说。

“不对，不对！要说田捷列耶夫，就另当别论了！”巴姆巴耶夫大着嗓门吼叫起来。

苏汉奇科娃立刻不作声了。

“关于这位贵族我非常了解。”他接下去说，声音已经平和了，“当第三厅要传他去的时候，他跪在布拉津科拉普伯爵夫人脚下求情：‘救救我吧，替我说说情吧！’至于佩利卡诺夫，他绝对不会这么下作。”

“嗯……田捷列耶夫……”古巴辽夫气愤地说，“这一点……要十分注意。”

苏汉奇科娃轻蔑地耸耸右肩。

“两个都不是好东西。”她又讲了起来，“不过关于田捷列耶夫，我还听说过一件更有趣的事。人人都知道，他对待农奴是个可怕的暴君，尽管他也曾假装主张解放农奴。有一次在巴黎他到朋友家去串门，斯托夫人突然走进来，您知道，就是《汤姆叔叔的小屋》的作者，田捷列耶夫本是个傲慢的家伙，却求主人为他做介绍；可是斯托夫人一听他的名字，就说：‘怎么，你竟然敢认识《汤姆叔叔的小屋》的作者？’当时就打他一个耳光，还喊道：‘滚出去！立刻就滚！’您猜怎么样？田捷列耶夫拿起帽子真就夹着尾巴溜了。”

“嗯，我觉得这也是夸大其词。”巴姆巴耶夫提出不同意见，“斯托夫人的确说过让他滚开，这是事实；可是并没打他耳光。”

“肯定打了，肯定打了！”苏汉奇科娃紧张得直哆嗦，反复地说，“我从来不说瞎话。您还跟这种人交朋友！”

“对不起，对不起，马特廖娜·谢苗诺芙娜，我从来没说过田捷列耶夫是我的朋友，我说的是佩利卡诺夫。”

“哼，不是田捷列耶夫，还有另外的人，比如米赫涅夫。”

“这个人又干什么事了？”巴姆巴耶夫问，早有点儿胆怯了。

“什么事？好像您还不知道似的？他在沃兹涅先斯基大街上当着众人大喊大叫，说应该把所有的自由主义者都送进监狱。还有，他有个中学同学，不用说，很穷，到他家问：‘能不能在你家吃一顿饭？’他回答说：‘不行，不行，今天有两位伯爵到我家吃饭……你给我走开！’”

“这是诽谤，岂有此理！”巴姆巴耶夫高声喊道。

“诽谤？……诽谤……第一，瓦赫鲁什金公爵当时就在这位米赫涅夫家吃饭……”

“瓦赫鲁什金公爵，”古巴辽夫声色俱厉地插嘴说，“是我的表弟，可是我从来不许他登门……所以不必提他。”

“再说，”苏汉奇科娃朝古巴辽夫顺从地点点头，接下去说，“是普拉斯科菲娅·亚科芙列芙娜亲口对我说的。”

“您找到这么一个证人！她跟萨尔基佐夫都最好编派人了。”

“嗯，对不起，萨尔基佐夫好胡说八道，确有其事，他甚至连父亲尸首上的缎子苫单都能偷走，这件事我绝不否认。可是普拉斯科菲娅·亚科芙列芙娜，怎么能跟他相提并论！您总该记得，她跟丈夫离婚的事做得多么高尚！可我知道，您总认为……”

“算了，算了，马特廖娜·谢苗诺芙娜，”巴姆巴耶夫打断她，“我们别再谈这些鸡毛蒜皮的事，让我们谈论一下高尚的题目。您知道我是个老派人物。您读过《昆提尼小姐》① 吗？写得太棒了！完全符合您的原则！”

“我再也不读小说了。”苏汉奇科娃冷冰冰地断然回答说。

“为什么？”

“因为现在不是看小说的时候；我脑子里只有一个念头，就是缝纫机。”

“什么机？”利特维诺夫问。

“缝纫机，缝纫机；要让所有的人，所有的女人都搞到一台缝纫机，然后组成团体，这样一来她们就可以自食其力，立刻就能独立了。不然的话她们永远也得不到解放。这是个重要的、重要的社会问题。关于这个问题我曾经跟鲍列斯拉夫·斯塔德尼茨基有过一场争论。鲍列斯拉夫·斯塔德尼茨基是个挺不错的人，就是对这件事看得太简单。他总是笑我……这个糊涂虫！”

“时候一到，人人都要为自己做过的事承担责任，人人都要受到惩罚。”古巴辽夫慢条斯理地说，说话的腔调好像是一位导师或预言家。

“是呀，是呀，”巴姆巴耶夫附和说，“要追究责任，一定要加以惩罚。可是斯捷潘·尼古拉伊奇，”他又压低声音补充说，“您的论文写得怎么样了，有进展吗？”

“我正在收集材料。”古巴辽夫紧皱眉头说，然后转过脸去问利特维诺夫正在搞些什么，利特维诺夫被这么多陌生的名字和放肆的谣言搞得晕头转向。

利特维诺夫满足了他的好奇心。

“啊，这么说是搞自然科学。作为一种方法倒是很有益处，只能作为方法，不能当成目的。目的现在应该是……嗯……应该是……

---

① 法国女作家乔治·桑（1804—1876）写的小说，反对对年轻妇女进行狭隘的宗教教育。——译者注

另外一个。请问，您持有什么见解？”

“什么见解？”

“是呀，就是说您有什么政治信仰？”

利特维诺夫笑了笑。

“说实在的，我什么政治信仰也没有。”

原来坐在角落里的那个结实汉子一听这句话，突然抬起头来，仔细打量一眼利特维诺夫。

“这怎么可能呢？”古巴辽夫用一种奇怪的温和的口气问，“是没有仔细考虑过还是已经厌倦了？”

“怎么对您说呢？我觉得我们俄国人现在谈论政治信仰还为时过早，自己以为抱有什么信仰，只不过是想当然罢了。请注意，我所说的政治，指的是它的真正含义，至于……”

“啊！您还不够成熟。”古巴辽夫仍然温和地打断他，并走到伏罗希洛夫跟前，问他给伏罗希洛夫的小册子读完没有。

利特维诺夫感到奇怪的是，伏罗希洛夫进门以后一言不发，只是板着脸，两眼意味深长地转来转去（他总是这样，说起来就长篇大论，要不然就一声不吭）。听到古巴辽夫的问话，伏罗希洛夫像军人似的挺起胸膛，把鞋后跟一碰，肯定地点点头。

“嘿，怎么样？满意吗？”

“其中的主要论点我都满意，但是对其结论不敢苟同。”

“嗯……可安德烈·伊万内奇对这本书赞不绝口。您过些时候把疑问提出来给我。”

“写成文字吗？”

古巴辽夫显然感到意外，他并没想到要写成文字，然而略加思索之后说：

“也好，就写出来。同时我请您把自己的想法也写在上面……我是指办协会的事。”

“按拉萨尔①的方式，还是按舒尔采－德里奇②的方式？”

“嗯……两种都写上……您要明白，对我们俄国人来说，特别重要的是财政问题。当然还有劳动组合……这是核心……所有这些问题都要搞清楚。必须深入研究。还有农民的份地问题……”

“可您，斯捷潘·尼古拉伊奇，对什一税③该收多少有何见解？”伏罗希洛夫毕恭毕敬地问，显得温文尔雅。

“嗯……那么村社呢？”古巴辽夫意味深长地说，嘴里咬住一绺胡子，两眼盯着桌子腿，“村社……您明白吗？这是一个伟大的字眼！再说，这几场大火④意味着什么……政府关闭主日学校、阅览室，查封杂志，这些措施又意味着什么？还有农民不肯在契约⑤上签字，最后还有波兰发生的事件⑥。您难道看不出来这些情况会产生什么后果吗？您难道看不出来……嗯……我们现在必须跟民众打成一片，要倾听……倾听人民的呼声？”古巴辽夫浑身突然表现出一种沉重的、几乎愤慨的激动，他甚至满脸涨红，呼吸急促，可是他还是不肯抬起眼睛，继续嚼着胡子。“您难道看不出来……”

“叶夫谢耶夫是个坏蛋！”苏汉奇科娃突然冒出一句。原来巴姆巴耶夫出于对主人的尊敬压低声音对她说了些什么。古巴辽夫用鞋后跟来个大转身，又在房间里踱起步来。

接着陆陆续续来了一些客人。到晚会快收场的时候聚集了许多人。连被苏汉奇科娃咒骂过的叶夫谢耶夫也来了。她跟他见过面，十分友善地交谈起来，并且请他送她回家。还来了一位皮夏尔金，

---

① 拉萨尔（1825—1864），德国小资产阶级社会主义者，曾领导全德工人联合会，采取机会主义政策。——译者注

② 舒尔采－德里奇（1808—1883），德国政治活动家，提倡“合作化社会主义”，建立互助协会。——译者注

③ 什一税是宗教捐税，天主教会向居民征收其收入的十分之一，到19世纪已被废除。——译者注

④ 1862年彼得堡连续发生大火。进步人士揭露是警察干的，政府认定是革命者干的，并借此进行镇压。——译者注

⑤ 指解放农奴后，地主与农民重新签订的文件。——译者注

⑥ 1862年俄国驻波兰总督被杀，俄国加紧镇压，1863年波兰举行反俄的武装起义。——译者注

他是一位理想的村社调解人①，他也许正是俄国迫切需要的人才：他目光狭隘，知识肤浅，缺乏才干，却勤勤恳恳，富有耐性，人又老实。他属下的农民对他几乎奉若神明，而他也自以为了不起，值得众人尊敬。还来了几个小军官，他们来欧洲度假便在这里逗留，他们为能有机会接触一下这些聪明甚至危险的人物，为能跟他们玩玩而感到高兴，不过他们当然要小心谨慎，脑子里时刻不能忘记，他们头上还有团长管着。还来了两个瘦瘦的海德堡大学学生，一个老是目中无人地东张西望，另一个笑起来浑身直抽搐……两个人都觉得很不自在。紧跟着又钻进一个法国人，所谓的“小白脸”，肮里肮脏，一身寒酸，呆头呆脑……他在推销员的圈子里以走桃花运而出名，因为有好些俄国伯爵夫人都爱上了他，而他心中想的不过是要白吃一顿。最后来的一位叫季特·宾达索夫，看样子像个爱说爱笑的大学生，骨子里是个贪得无厌的骗子，言谈举止之间更像个恐怖分子，天生适合当警察，跟俄国商人的老婆和巴黎的妓女都混得非常熟。他秃头顶，没有牙，喝得酩酊大醉；他一进门就满脸通红，醉得不成样子，口口声声说他把钱都输给了“骗子手别纳捷特”，其实他还赢了十六个银币……总之，来了很多人。值得注意，的确值得注意的是：所有的人对待古巴辽夫的态度就像对待导师或领袖一样恭敬。他们向他提出自己的疑难问题，让他帮助分析；而他……不过哼哼哈哈，摸摸胡子，眼珠子一转，或者随便说出一些片断的、无足轻重的话，他们就当成最明智的回答，一一记在心里。古巴辽夫本人很少参加他们的争论；其他的人却大吵大嚷。常常有三四个人在一起吵上十来分钟，最终却能彼此理解，取得一致。这类谈话一直持续到后半夜，而且往往海阔天空，五花八门。苏汉奇科娃读到加里波第②，谈到有个卡尔·伊万诺维奇被自家的仆人鞭打一顿，

---

① 村社调解人是一种官职，解放农奴后从贵族当中选出来的，专门调停地主和农民之间的纠纷。——译者注

② 加里波第（1807—1882），意大利人民英雄，复兴运动的领袖，不但从事意大利革命事业，而且支持许多国家的民族解放事业。——译者注

谈到拿破仑三世，谈到妇女的劳动，谈到商人普列斯卡切夫明明把十二个女工活活累死却因此获得“利国利民”的奖章，谈到无产阶级，谈到格鲁吉亚公爵丘克切乌利泽夫用火炮打死自己的夫人，还谈到俄国的前途。皮夏尔金也谈到俄国的前途，谈到包税，谈到各民族的作用，谈到他最恨的就是庸俗。伏罗希洛夫突然来了兴致，一口气说出许多名字，累得几乎上气不接下气：有德雷珀①、微耳和②、舍尔古诺夫先生③、比沙④、亥姆霍兹⑤、斯塔尔⑥、斯图尔⑦、莱蒙特⑧、生物学家约翰·米勒和历史学家约翰·米勒⑨（显然他把这两个人搞混了）、泰纳⑩、勒南⑪、夏波夫⑫先生，然后还提到托马斯·纳什⑬、皮尔⑭、格林⑮……“这些都是什么人物呢？”巴姆巴耶夫惊异地问。“都是莎士比亚的先驱，好比先有阿尔卑斯山的支脉，然后才有勃朗峰。”伏罗希洛夫回答得干脆利落；他也谈到俄国的前途。巴姆巴耶夫也谈到俄国的前途，甚至把这前途描绘得像彩虹一般美丽。他特别提到，俄国的音乐更令人欢欣鼓舞，他认为俄国音乐之中的确有“伟大之处”，为了证明这一点，他唱起了瓦尔拉莫夫⑯的浪漫曲，但是很快就被全场的倒彩声打断了，因为他唱成了

---

① 德雷珀（1811—1882），美国化学家，生理学家。——译者注

② 微耳和（1821—1902），德国病理学家。——译者注

③ 舍尔古诺夫（1824—1891），俄国政论家。——译者注

④ 比沙（1771—1802），法国解剖学和病理学奠基人，医生。——译者注

⑤ 亥姆霍兹（1821—1894），德国科学家，在物理学、生理学和心理学方面都有重大贡献。——译者注

⑥ 斯塔尔（1805—1876），德国作家。——译者注

⑦ 斯图尔（1815—1856），斯洛伐克作家。——译者注

⑧ 莱蒙特（1808—1887），德国历史学家。——译者注

⑨ 约翰·米勒，作为生物学家，生卒年月不详。米勒作为俄国历史学家名为格拉尔多（1705—1782）。——译者注

⑩ 泰纳（1828—1893），法国文艺理论家。——译者注

⑪ 勒南（1823—1892），法国作家。——译者注

⑫ 夏波夫（1830—1876），俄国历史学家。——译者注

⑬ 纳什（1567—1601），英国剧作家。——译者注

⑭ 皮尔（1556—1596），英国剧作家。——译者注

⑮ 格林（1560—1592），英国剧作家。——译者注

⑯ 瓦尔拉莫夫（1801—1848），俄国作曲家。——译者注

《游吟诗人》[1] 中的咏叹调，而且唱得太差劲儿了。在这一片嘈杂声中有个小军官辱骂俄国文学，另一个小军官还从《火星报》[2] 上引用几首小诗；季特·宾达索夫来得更干脆，他说应该把这些骗子的门牙全都打掉——再就不会有任何事了！不过他并没说明骗子指的是什么人。雪茄烟雾弥漫房间，令人喘不上气来。人人都热得受不了，提不起精神，大家把嗓子都喊哑了，两眼无神，人人都大汗淋漓。仆人送上一瓶瓶冰镇啤酒，人们立刻一饮而光。这个说："我刚才说什么来着？"另一个问："我刚才跟什么人争论些什么？"在这一片震耳欲聋的喧哗和弥漫的烟雾中，古巴辽夫仍然不知疲倦地踱着步，身子摇来晃去，还捻着胡子，一会儿侧耳听听某人发表的议论，一会儿插上一句什么，而且人人都情不自禁地感到，他古巴辽夫是一家之长，既是这里的主人，又是首领……

快到十点的时候利特维诺夫感到头痛得厉害，趁大家七嘴八舌乱叫的工夫溜了出去。这阵突然爆发的嘈杂是苏汉奇科娃引起的，她又想起巴尔纳乌洛夫公爵最近干的一件缺德的事：他差点儿没下令让人咬下某某的耳朵。

深夜清新的空气抚摸着利特维诺夫燥热的脸，好像一股芬芳的泉水流进他干渴的嘴里。"这算是怎么回事？"他沿着漆黑的林荫路边走边想，"我干吗到这里来？他们为什么聚集在一起？干吗拼命地大喊大叫、互相责骂？这都是为了什么？"利特维诺夫耸耸肩，便朝韦伯咖啡馆走去，买了份报纸，要了份冰激凌。报上讲的是罗马的问题[3]，冰激凌又很不好吃。他已经打算回家，突然有个戴着宽檐礼帽的陌生人走到近前，用俄语说："我不会打扰您吧？"说着就在他坐的那张桌旁坐下。这时利特维诺夫仔细打量一下来人，才认出正是在古巴辽夫的住处遇见的那个结实的汉子，他当时坐在墙角里，

---

① 《游吟诗人》是威尔第于 1853 年谱写的歌剧。——译者注

② 《火星报》是 1859 年创刊的具有革命倾向的讽刺杂志，由库罗奇金和斯捷潘诺夫主编。——译者注

③ 当指 1862 年意大利革命者抵抗法国占领军攻打罗马的事。——译者注

听说利特维诺夫没有政治信仰，便拿眼仔细瞧他一番。这位先生整个晚上都没开口，如今却坐到利特维诺夫跟前，摘掉礼帽，用十分友善却又有些不好意思的目光看着他。

五

“今天我曾有幸在古巴辽夫那里见到过您，”他说，“他没有把我介绍给您，现在如果您允许，让我做个自我介绍：波图金，退休的七等文官，曾在财政部供职，是在圣彼得堡。希望您不要见怪……我平时也没有贸然跟人家攀谈的习惯……可是一见到您……”

波图金说到这里不知该怎么说了，叫侍者送上一小杯樱桃露酒。“好壮壮胆。”他又笑着补充说。

利特维诺夫格外仔细地瞧瞧这个人的面孔，这是他今天新遇到的人当中的最后一个。马上想到：“他跟那些人大不相同。”

果然如此。坐在他面前的这个人长得膀阔腰圆，下肢很短，两只小手敲打着桌沿，低垂着满是鬈发的头，一对小眼睛非常聪明，又非常忧伤，嘴大但长得端正，牙齿不大整齐，地道的俄国式鼻子，通常称作蒜头鼻，看上去显得笨手笨脚，甚至有些野性，然而肯定不是等闲之辈。他穿着很随便：身上穿一件旧式常礼服，肥得像口袋，歪戴着领带。对于他这种突如其来的信赖，利特维诺夫不仅没感到讨厌，反而受宠若惊。这个人显然没有硬跟陌生人攀谈的习惯。他给利特维诺夫的印象很奇怪：既感到这个人可敬、值得同情，又情不自禁地有些怜悯他。

“这么说，我没打扰您?”他又说一遍，口气柔和，略带沙哑，轻声轻语，跟他的仪表十分相称。

“您说的哪里话，”利特维诺夫说，“恰恰相反，我很高兴认识您。”

“真的吗？嗯，那么我也很高兴。我早就听说过您，我知道您在干些什么，有什么打算。干得不错。怪不得您今天一言未发。”

“您似乎也没大说话。”利特维诺夫说。

波图金叹了口气。

“别人说得太多了。我只是听着。怎么样，”他沉吟片刻又补充说，扬起眉毛做出可笑的样子，“您喜欢我们这种乱哄哄的聚会吗？”

“的确乱成一团了。您说得一点儿也不错。我一直想问问这些先生，他们干吗要这么匆匆忙忙，说个没完？”

波图金叹了口气。

“问题就在于连他们自己也不知道。从前也许有人会说他们是‘崇高目的的盲目的工具’。可现在我们要用更尖刻的语言说他们了。不过您要注意：我们丝毫没有责难他们的意思，相反，我要说他们都是……就是说，几乎都是挺不错的人。比如拿苏汉奇科娃来说，我知道她做过不少好事：她把自己所有的积蓄都送给两个穷外甥女了。我们可以说她是想出风头，想显摆自己，然而不能不承认，对于一个并不富裕的女人来说，这是一种可贵的自我牺牲精神！至于皮夏尔金先生就更不用说了：在他管辖下的农民有朝一日一定会送给他一个瓜形的银奖杯，再不就是一尊圣像，上面把他画成天使，尽管他在答谢辞中会说他配不上这么崇高的荣誉。不过他这么说也不对，他完全配得上的。巴姆巴耶夫先生，您的朋友，心地善良，他的确像诗人亚济科夫①一样——据说亚济科夫一边读书，一边喝白水，却能写诗赞美酒宴——他的欢乐没有什么对象，却总能乐得起来。还有伏罗希洛夫先生，也是一位非常精明能干的人，他跟他那派人一样，都是上光荣榜的人物，好像是科学、文明的传令官，即使一言不发也仿佛口若悬河，不过他还太年轻！是的，是的，这都是些出类拔萃的人物，结果却一事无成，下的料都是上等的，做出来的菜却不好吃。”

利特维诺夫听着波图金讲，越听越奇怪：这个人说起话来慢条

① 亚济科夫（1803—1846），俄国诗人，曾是普希金的朋友，后来接近斯拉夫派。——译者注

斯理，却充满自信，而且他用词造句都说明他不但有口才，而且好说话。

波图金的确好说话，十分健谈，然而人生已经损伤了他的自尊心，所以他轻易不开口，以哲学家的雍容等待时机，等待跟他说得来的人。

“是的，是的，”他又开始说，带着只有他才有的特别的幽默感，虽说不上病态，倒也凄然，“这一切真是奇怪。我请您再注意一下这种现象。比如十个英国人到一起，他们立刻会讲起海底电报、纸张的税、鼠皮的加工方法，也就是说谈论正经事，有内容；十个德国人到一起，可想而知，会谈石勒苏益格－荷尔斯泰因①和德国统一的问题；十个法国人到一起，不管他们怎么装模作样，话题总离不开‘风流韵事’。十个俄国人到一起，立刻就会谈论一个问题——您今天有机会亲眼看到这种场面——这个问题是俄国的作用和前途，而且都笼而统之，从头说起，既无论证，也看不到出路。他们一个劲儿地咀嚼这个不幸的问题，就像小孩子嚼橡皮，既没有汁液，也嚼不出什么味道。当然了，这时还要顺便痛骂一番腐朽的西欧。想不到这也成了警世通论！这个西方在各方面都比我们强，偏要说它腐朽！如果我们真不拿它当回事，倒也罢了，”波图金接下去说，“其实不过是说得好听，骗人的把戏。我们一方面骂人家，另一方面又重视人家的意见，实际上不过是重视巴黎那些游手好闲的人的意见。我有个熟人，人好像倒也不错，成了家，立了业，年纪也不小了，可就因为在巴黎的饭店里点菜时被法国人盖了，好几天都闷闷不乐——他点菜说的是‘一份牛排加马铃薯’，而真正的法国人立刻就喊：‘伙计，牛排土豆！’把我的朋友气得要死！从那以后他到处都喊：‘牛排土豆！’还教别人也这么说。我们那些在草原里长大的小伙子一走进巴黎妓院的可耻的客厅，就诚惶诚恐，战战兢兢，连妓女见了都觉得奇怪……我的天哪，他们还以为我这里是什么地方呢？

① 石勒苏益格－荷尔斯泰因，现为德国的一个州，历史上与丹麦有争议，1864 年归普鲁士。——译者注

是不是安娜·黛丝里昂家!"

"请问,"利特维诺夫问,"古巴辽夫对周围的人无疑都有影响,是什么原因呢?是不是他才华出众或者有办事能力?"

"不是,不是,他并不具备这些东西……"

"那么该是他性格不凡?"

"也说不上性格,不过他倒是有坚强的意志力。一般说来,我们斯拉夫人恰恰缺少这种优点,所以才在他面前甘拜下风。古巴辽夫先生想当领袖,大家只好承认他是领袖。不然有什么办法?政府固然把我们的农奴解放了,这一点要感谢它;然而我们身上的奴性习惯根深蒂固,在短时间内我们摆脱不掉。事事处处我们都需要有人发号施令,这个发号施令的主子往往是个活人,有时也许是所谓的某某派别统治我们……比如现在我们都情愿受自然科学的奴役……为什么?是什么原因促使我们甘愿受自然科学的奴役?这一点我也说不清楚;显然我们天性就是如此。不过主要是因为我们必须有个主子。好了,现在我们有了主子了,这就是说这个主子是我们的,至于其他的就不用管了!纯粹的奴才,奴才的高傲,奴才的下贱。新主子出现了,旧主子就被一脚踢开!从前是亚科夫,现在换成西多尔;那就打亚科夫的耳光,拜倒在西多尔脚下!您想一想,我国发生过多少类似的事!我们谈论否定精神,把它当成我们的优点,然而我们连否定的时候也不像一个挥舞长剑的自由战士,倒像一个好动拳头的奴才,而且敢动拳头大概也是奉了主子的命令。所以我们都是软弱的人,要想控制我们并非难事。古巴辽夫就这样成了我们的主子,他照准一个地方使劲地凿,到底让他凿通了。大家看到这个人自命不凡,自信心强,善于发号施令——主要就是他会发号施令;这么说他是正确的,那就应该服从他。所有的分裂教派都是这么形成的,不管是奥努夫里派,还是阿库琳娜派,都是这么回事。谁手里拿着大棒,谁就是头目。"

波图金脸颊发红,目光暗淡;不过说来也奇怪,他这一番诉苦——甚至刻薄的话并不让人生气,倒是令人感到悲哀,令人感到一种真正的由衷的悲哀。

“您跟古巴辽夫怎么认识的?”利特维诺夫问。

“我很早就认识他。我又要说了，我国就是怪事多：比方作家一辈子又写诗又做文章，来责骂别人酗酒，责怪包税制……可他自己突然买了两家烧锅，租了上百个酒店——结果什么事也没有！要是换了别人，早就被人消灭得无影无踪了，可他，却连指责的人都没有。就拿古巴辽夫先生来说，他既是斯拉夫派，又是民主派，还是社会主义者，说他是什么都没错，可他家那份田产从前和现在都由他哥哥经管，他哥哥又是老式地主，就是所谓好动手打人的老爷。再拿那位苏汉奇科娃来说，她方才说斯托夫人打了田捷列耶夫的耳光，可她自己却匍匐在古巴辽夫脚下。他的全部本领就在于他读过几本有思想内容的书，再就是抠得进去。他的口才如何，您自己今天都看到了：这还要感谢上帝，他不大爱说话，挺腼腆。因为他如果来了劲头儿便什么话都说，连我这么有耐性的人都受不了。他会大开玩笑，他会讲些猥亵的风流韵事——是呀，是呀，我们伟大的古巴辽夫先生也会讲猥亵的故事，还一边讲一边下流地笑……”

“您似乎挺有耐性?”利特维诺夫说，“我倒看不出来……不过请问您的名字和父名怎么称呼?”

波图金喝了一口樱桃露酒。

“我叫索宗特……索宗特·伊万内奇，我之所以起这么个名字，是因为我家有个亲戚当大司祭，我从他那里就算沾了这么一点光。恕我说句大话，我出身于神父世家。至于说您怀疑我的耐性，这倒不必：我的确很有耐性。我有个亲叔父是四等文官，叫伊里纳尔赫·波图金，我在他手下整整干了二十二年。您认识他吗?”

“不认识。”

“这倒要祝贺您。不，我这个人很有耐性。不过，不过‘回到正题’，正像我可敬的同行，被烧死的阿瓦库姆大司祭说的那样。仁慈的先生，我对我们的同胞感到奇怪。他们一个个灰心失望，垂头丧气，同时又抱有希望，一有什么事又气得发疯。就拿斯拉夫派来说吧，古巴辽夫不也自以为属于斯拉夫派吗，他们都是挺不错的人，也是忽而绝望，忽而又大发激情，也张口闭口‘将来’如何如何。说是将来一切都会有的，现在什么都没有，俄罗斯在一千年之间没创造出任何自己的东西，无论是经营管理、法律审判，还是科学或艺术，甚至在手工艺方面也没有什么创建……但是，请耐心等一等：一切都会有的。可请允许我们问问，为什么一切都会有？于是说因为我们受过教育的人都是废物，可人民……啊，这是伟大的人民！您看到过农民穿的粗呢子上衣吗？一切就要从这里开始，其他一切偶像都被打倒了；就让我们指望农民的粗呢子上衣吧。嗯，如果农民的粗呢子上衣也不顶用怎么办呢？不会的，它不会再出卖我们，您读读科哈诺夫斯卡娅①的小说，就会两眼望着天棚发呆！说真的，我如果是个画家，我就会画上这么一幅画。一个受过教育的人站在农民面前，向他深深地鞠躬说：‘农民老兄，给我治治病吧，我病得要死了。’而农民也对受过教育的人行大礼说：‘地主老爷，教给我们点儿文化吧，我也愚昧得不行了。’嗯，当然，两个人都原地不动。双方要是真能和解——不仅仅是口头上——再借鉴一下先进民族的办法就好了，人家早已有了办法——比我们要好，也比我们早！伙计，再来杯樱桃酒！您不要以为我是酒鬼，只是酒精能让我畅所欲言。”

“听您方才这一番话，”利特维诺夫笑着说，“我用不着再问您属于哪一派和您对欧洲有何看法了。不过请允许我提点儿不同的意见。您方才说我们应该向先进的民族借鉴，效法他们；然而，如果不考虑气候、土壤的条件，不考虑当地的特点和民族的特点，怎么能效法呢？记得我父亲曾经从布捷诺普订购一台铁扇车，介绍说得非常好，这台扇车的确也不错——结果怎样呢？在仓库里足足放了五年，一次也没有用。直到后来换成一台美国造的木扇车，才更适用，更符合我们的生活习惯，一般说来，美国机器更好使。所以，

---

① 科哈诺夫斯卡娅（1825—1884），本姓索汉斯卡娅，斯拉夫派作家，歌颂地主和农民之间的宗法关系。——译者注

索宗特·伊万内奇，不能盲目效法。”

波图金微微抬起头。

“我没想到您会有这种反对意见，尊敬的格里戈里·米哈伊洛维奇。”他沉吟片刻又开始说，“谁让您去盲目效法？您使用外国的东西并不仅仅因为它是外国货，而是因为它对您有用。所以说，您有头脑，您能加以选择。至于效果如何，您用不着担心：正是由于您提出当地的气候及其他的条件，就必然会产生与之相适合的特点。您只要提供有营养的食品，老百姓的胃自然有办法消化它，等到有朝一日他们的身体健壮了，自然会产生‘自己的’汁液。拿我们的语言来说。彼得大帝引进了几千个外来词，有荷兰的、法国的、德国的；这些词表达的都是俄国人民必须掌握的概念；彼得大帝既不自作聪明，也不讲客气，一下子就把这些词成桶成桶地全都灌进我们肚子里。开头也造成一点儿混乱，后来渐渐开始了我方才说的那种消化过程。这些概念落地生根，被我们掌握了；外来的形式渐渐被抛弃，语言在自己内部找到代替外来形式的东西，于是现在，我，您恭顺的仆人，虽然在修辞上造诣平常，却也敢翻译黑格尔著作的任何一页——是呀，是呀，正是黑格尔，而且不用一个非斯拉夫词语。语言所起的变化，可以预料在其他领域也会发生。问题在于我们的体质是否健壮？我们的体质毫无问题，准能经得住：从前我们受过比这还厉害的折腾。只有那些神经质的、软弱多病的民族才会为自己的健康、为自己的独立性担心，至于说我们是俄国人，便高兴得嘴角吐沫子，那都是些游手好闲的人。我很关心我的健康，但我不会为此而兴高采烈：那样做只能令人感到羞愧。”

“您说得很对，索宗特·伊万内奇。”利特维诺夫又开口了，“不过我们为什么必须经受这些考验呢？您自己也说，开头难免造成混乱！嗯，如果这种混乱局面一直继续下去怎么办？您自己也知道，这种混乱一直存在。”

“不过语言什么事也没有——这一点很说明问题！我们的人民并非由我们创造，所以他们注定要经受这些考验并不是我们的过错。

‘德国人发展正常，’斯拉夫派说，‘我们也可以正常发展！’如果我们民族在历史上头一步就迈错了——从海外请来大公掌权①，怎么还能正常发展？而且这种错误、这种不正常的东西直到如今还在我们每个人身上保留着；我们每个人一生中只有一次会对外国的而不是俄国的东西说：‘请来占有我、统治我吧！’我可以同意：当我们把一件外国东西放进嘴里的时候，事先并不知道它是什么东西。是块面包还是片毒药？再说，显而易见，事物由坏变好从来不是先经过较好的阶段，反而总是先经过更糟的阶段——连毒药在医学上也有用处。只有笨蛋或奸诈的人才会幸灾乐祸地大喊大叫：农奴被解放反倒变得更穷了，取消包税制酒喝得更凶了……只有经过更糟才能变好！”

波图金用手摩挲一下脸。

“您方才问我对欧洲有何看法，”他又说起来，“我对欧洲感到惊奇，并且非常赞成它的基本原则，我认为没有必要隐讳这一点。我从很久以前……不，是不久以前……不知从什么时候开始怕暴露自己的观点……比如您就毫不犹豫地向古巴辽夫先生提出自己的思维方式。谢天谢地，我已不大考虑谈话对方的观点、见解和习惯了。说实在的，我认为最糟糕不过的就是那种不必要的懦弱、那种卑鄙的奉承，你瞧有身居要职的大官，就为此而巴结他们压根儿瞧不起的大学生，几乎千方百计讨大学生的好，像兔子一样跑去欢迎他们。假如说大官这么做是为了博得个好名声，那么我们这些平民知识分子干吗要去讨别人的好呢？是呀，是呀，我是个西欧派，我崇拜欧洲，说得更准确，也就是说崇拜他们有教养，就是我们现在经常拿来取乐的教养——文明，是呀，是呀，这个字眼更合适——我真心实意地热爱文明、信仰文明，除此之外我没有别的信仰，将来也不会有。‘文——明’这个字眼儿（波图金把每个音节都咬得清清楚楚，加重语气），既明白、纯洁，又神圣，别的字眼儿，什么人民

---

① 长期统治俄国的留里克王朝，其祖先是瑞典的诺曼人，而不是俄国人。——译者注

性、光荣，都带有血腥味儿……去它们的吧！”

“那么俄罗斯呢，索宗特·伊万内奇，自己的祖国您爱不爱呢？”

波图金用手摩挲一下脸。

“我对它爱得要死，恨得要命。”

利特维诺夫耸耸肩。

“这早都过时了，索宗特·伊万内奇，这是老生常谈。”

“这是怎么说的？这有什么不好？这就把您吓坏了！老生常谈！我认为有不少老生常谈都挺好的。比如自由和秩序，就是尽人皆知的老生常谈。您认为怎么样？不比我国的官僚等级和一团糟好吗？还有那些令许多年轻人头脑发热的字眼：卑鄙的资产阶级、最高权力属于人民、工作权利——这些不也是老生常谈吗？至于谈到爱跟恨密不可分……”

“拜伦主义。”利特维诺夫打断他的话说，“三十年代的浪漫主义。”

“对不起，您错了。最早指出爱和恨交织在一起的是卡图卢斯①，是两千年前的罗马诗人卡图卢斯。我是从他的诗中读到的，因为我多少懂点儿拉丁文，恕我说句大话，因为我出身于神父世家。是呀，我对俄罗斯既爱又恨，它是我奇怪的、可爱的、可憎的而又珍贵的祖国。现在我离开了它，因为在官府里，在办公桌旁坐了二十年之后，我要出来呼吸一下新鲜空气。我离开俄国，到了这里感到很舒服、很快乐。不过我很快就会回去，这一点我已感觉到了。花园里土壤虽好……但里面不长野莓！”

“您感到快乐，感到舒畅，我在这里也挺好，”利特维诺夫说，“我是来学习的，可这并不妨碍我发现这些玩意儿……”他指指从一旁走过去的两个妓女，周围还围着好几个骑手俱乐部的成员，他们扭捏作态，连话都说不清楚。他又指指赌场，虽说夜深人静，那里

① 卡图卢斯（约公元前84—约公元前54），古罗马诗人，以写爱情诗见长。原注引证第八十六首片段：“我又恨又爱，你也许会问这是为什么？我不知道，然而我觉得是这样，而且让我痛苦。”——译者注

仍然挤满了人。

“谁对您说我连这个都看不到呢?”波图金接着说,“只不过请原谅,您的这种看法不免令我想起克里木战争时,我们可怜的杂志得意扬扬地指出《泰晤士报》揭露英军指挥部的错误。我本人不是乐观主义者,我对整个人类、对人生、对这出以悲剧结尾的喜剧并不抱乐观态度,然而有些也许是我们人类本身根深蒂固的缺陷,为什么都要强加给西方呢?这个赌场当然是坏东西,可是我国土生土长的骗人把戏就比它更好吗?不,亲爱的格里戈里·米哈伊洛维奇,还是让我们更谦虚、更平和一些。好学生发现老师有错误,只会恭而敬之,缄口不言;因为这些错误本身对他也有教益,可以向他指出一条捷径。假如您一定要为了磨牙而谈论腐朽的西方,那么您看:科科公爵一路小跑来了,他大概一刻钟就在赌台上输掉了从一百五十家农奴身上榨取的血汗钱,他的神经受了刺激,同时我还看见他今天在马克思那里翻看维里奥①的小册子……他跟您一定能谈得来!”

“请等等,请等等。”利特维诺夫看到波图金起身要走,连忙说,“我跟科科公爵不大熟,当然更乐于跟您谈……”

“感激之至。”波图金打断他说,一边站起身一边行礼作别,“我们今天说得够了,实际上只我一个人说。您大概自己也发现,光是一个人滔滔不绝地说,总有些不好意思,不大自在,尤其是头一次见面就显摆自己,更不好!下次再见……我再说一遍:很高兴认识您。”

“请等一等,索宗特·伊万内奇,您至少可以告诉我您住在什么地方,打算在巴登还待很久吗?”

波图金仿佛被触到了痛处。

“我在巴登大约还待一个星期,不过我们可以在韦伯或马克思的店里见面。再不我找您去。”

“不过,我还是想知道您的住址。”

---

① 维里奥(1813—1883),法国教权主义政论家。——译者注

“是这样。只是我不是一个人。”

“您结婚了？”利特维诺夫突然问。

“没有的事，您说哪里去了……怎么能说出这种不妥当的话？……不过是有个女孩子跟我住在一起。”

“啊！”利特维诺夫仿佛道歉似的装出客气的样子说，然后垂下眼睛。

“她才六岁，”波图金接下去说，“她是个孤儿……是位夫人的遗孤……我跟她母亲挺熟。我们最好还是在这里碰头。再见。”

他把帽子卡在长着鬈发的头上，很快地走开，在三角形的瓦斯灯下一闪就不见了。瓦斯灯暗淡地照着通往利希滕泰尔林荫路的街道。

六

“真是个怪人!”利特维诺夫回自己住的旅馆时这样想，“真是个怪人！一定要找找他。”他走进自己的房间，一眼看到桌上放着一封信。“啊！一定是塔妮娅来的!”他心里想，没等看信就高兴不已；然而这封信是从乡下来的，是他父亲写的。利特维诺夫撕下信上的大徽章，刚要读下去……一股浓郁的花香扑鼻而来，既芬芳又熟悉。他一回头，看见窗台上有一大束新鲜的天芥菜花插在水杯里。利特维诺夫不禁惊奇地俯下身用手摸摸，用鼻子闻闻……他似乎想起了什么，想起非常遥远的事……然而究竟是什么，他一下子又想不起来。他按铃唤来仆人，问他哪里来的花？仆人回答说是位夫人送来的，她不愿意说出名字，只是说“兹瑞登霍夫先生”看到花，一定能猜到她是谁。利特维诺夫又似乎想起了什么……他问仆人这位夫人长得什么模样？仆人说她挺高的个子，穿着漂亮，脸上戴着面纱。

“必是一位俄国伯爵夫人。”他补充说。

“您为什么这样想?”利特维诺夫问。

“她赏我两个银币。”仆人回答说，龇牙一笑。

利特维诺夫把仆人打发走，站在窗前若有所思地站了许久。然而终于一摆手，又读起乡下来的信。父亲在信中像往常一样大发牢骚，说是粮食白送人都没人要，佣人一个个都不听话，大概快要到世界末日了。“你想想看，”父亲顺便写道，“我现在用的那个马车夫，是个卡尔梅克人，你总该记得吧？一下子中邪了，眼看就要完蛋了，再也没人给我撵车了。幸亏有好心人提醒我，让我把他送到梁赞，找神父给看看。这个神父专门驱邪抓鬼，很有名气，果然把病治好了。”信中还附有神父的信作为证明。利特维诺夫好奇地看了一下这份文件。神父的信写道：“仆人尼康诺尔·德米特里耶夫所患的病并非医药可治；这种疾病系妖人作祟，其根源在于尼康诺尔本身，因为他对某个女人立下誓言，却不肯遵守，以至于那女人请人把他弄成废物。在这种情况下如果不是我出手相助，他会像白菜上的虫子一样死掉；然而我借助神的慧眼救活了他的性命。至于其中奥妙不可为外人道也；兹请阁下晓谕该女子切勿再以邪术害人，甚至不妨略加恫吓，否则她会再次加害于他。”利特维诺夫琢磨这封信件，不禁想起那偏僻的草原和那发霉的生活的愚昧，并且觉得偏偏在巴登读到这样的信真令人奇怪。这时时钟早已敲过半夜，利特维诺夫躺在床上，吹灭蜡烛，然而他却不能入睡，白天看到的那些面孔和听到的话都奇怪地萦绕脑际，互相交织在一起，他只觉得头脑发热，被香烟呛得生疼。他似乎一会儿听到古巴辽夫的吭哧声，看到他两眼注视地面，露出呆滞的和固执的目光，一会儿这双眼睛变得明亮了，跳动起来，他仔细一看，原来是苏汉奇科娃，还听到她那又脆又快的声音，并且情不自禁地轻声跟着她说：“打了，打了他个耳光。”一会儿又浮现出波图金笨拙的身影，他于是十次、二十次地回想起波图金说的每个字眼；一会儿就像从烟盒中蹦出来的小人儿，从中蹦出来伏罗希洛夫，大衣紧紧裹着他的身子，就像穿上了新军装，而皮夏尔金郑重其事地频频点着刚理过发的头，表现出他的智慧和善良；然后是宾达索夫大喊大叫，不住地骂人，还有巴姆巴耶夫高兴得热泪纵横……主要是这花香驱之不去，纠缠不已，又香又浓，令他无法平静，在黑暗中香味变得越来越浓，也越来越固执地勾引起他的心事，然而他怎么也想不起来……利特维诺夫想到半夜卧室里的花香有害健康，便起床摸索着走到花跟前，把它送到隔壁的房间里；然而这恼人的花香依然从隔壁袭来，钻进他的枕头，钻进他的被窝，他在床上无可奈何地翻来覆去。他渐渐感到身子开始发烧，已经看见那个会驱邪的神父变作兔子，拖着大胡子和一条长辫子，从他面前的横道跑过两次，还有伏罗希洛夫钻进像灌木丛一样密的将军大帽缨里，还像夜莺一样啼个不停……他猛然从床上跳起来，举手一拍，叫道："难道是'她'？不可能！"

为了讲清楚利特维诺夫这一声叫喊，我们不得不请宽容的读者跟我们一起回到几年以前去……

七

五十年代初，在莫斯科住着一位奥西宁公爵，他的家族人口众多，境况拮据，几乎落到贫穷的地步。他们可不属于鞑靼公爵或格鲁吉亚公爵，而是地道的大公，留里克王室的后代；在关于最早为俄罗斯开拓疆域的莫斯科大公的编年史上经常出现他们的名字。他们拥有广袤的世袭领地和许多庄园，并且不止一次因为“功劳、流血或负伤”而受到嘉奖，参加大贵族杜马，其中有人甚至可以在名字后面加上“维奇”①。但是他们由于政敌的谗言而失宠了，被说成使用“巫术和媚药”，家产被“奇怪地全部”没收，封号被取消，并被流放到边远地区。奥西宁家族破败了，从此一蹶不振，再也没有昔日的威风。后来虽说得到赦免，甚至归还“莫斯科的宅第”和一些“破破烂烂”，然而已无济于事。这个家族日渐贫穷和“衰落”，连在彼得大帝和叶卡捷琳娜当朝时期都未能重振家风，反而越来越衰微，地位越来越下降，家族成员当中有不少人去给别人当管家，当酒类专卖所所长或警察分局局长。我们这里要说的奥西宁家有夫妻二人和五个孩子，住在狗广场旁边的一幢小木房里。正门朝街，台阶上涂有斜条纹，大门上有一对绿狮子及其他贵族标志。日子过得窘困，经常欠菜店的账，一到冬天常常没有柴烧，也没有蜡烛。公爵本人既没有精神，也没有头脑。年轻时候是个漂亮的浪荡公子，如今却完全邋遢了。他在莫斯科老衙门里讨了一份闲差，名称蹊跷，薪水不多，即便如此也不是因为他家的门第，而是照顾他

① “维奇”表示某某之子，当初是一种礼遇，直到现在称父名也表示尊敬。——译者注

曾在宫中当过女官的夫人面子。公爵什么事也不管，从早到晚只知道抽烟，整天穿着睡衣，唉声叹气。他的夫人身体欠佳，脾气也不大好，为琐碎的家务事、为把孩子送进官办学堂、为保持在彼得堡的关系而操碎了心。她对目前的境遇始终无法习惯，对宫廷摒弃他们更愤愤不平。

利特维诺夫的父亲在莫斯科逗留的时候，曾经跟奥西宁家族有过来往，还曾经帮助过他家，有一次还借给他们三百卢布；所以利特维诺夫在莫斯科上大学时，常到他家串门，恰好他的住处离奥西宁家不远。不过他经常光顾的原因，既不是住得近，更不是他家过得穷，而是他爱上了这家的长女伊琳娜。

当时伊琳娜刚满十七岁，刚刚离开女子寄宿中学，因为她母亲跟女校长发生了争执，便接她回家了。这场争执的原因是：本来应该由伊琳娜在结业典礼上朗诵一首法文诗来欢迎督学，可是在典礼开始之前却让另外一个女学生替下她，因为那个女学生的家长是包税商。公爵夫人无论如何也忍受不了当众受辱的窝囊气；伊琳娜本人也不能原谅女校长的不公正。她早就梦想能在大庭广众之下露露脸，引起广泛的注意，她如果能上台致欢迎词，以后整个莫斯科都会谈论她……是的，整个莫斯科的确会谈论她。她长得细高挑，体形匀称，胸脯略平，因为年轻而肩瘦小，少女少有的白嫩皮肤像细瓷一样光洁平滑，还长着一头浓密的浅色头发：深色的发绺跟浅色的发绺绝妙地交错而相配。她长得五官端正而优雅，几乎优雅得过分，还没失却少女所特有的纯真表情；然而她那漂亮的缓缓低垂的脖颈，她那不知是漫不经心还是显得疲倦的微笑，都说明这是一位神经质的小姐，而她那略带笑意的薄嘴唇、略显窄小的鹰钩鼻子则隐藏着任性和狂热，包含着一种对别人和对自己都很危险的气质。最令人惊异、的确令人惊异的是她那双眼睛，黑里透灰，略带绿光，脉脉含情，像埃及女神的眼睛一样细长，长着闪亮的睫毛和大胆竖起的剑眉。她的眼神很奇怪，仿佛从深不可测的底层和远方若有所思而专心致志地凝视着。在学校里论聪明和才能她都属于高才生，但她性格变化无常，喜欢颐指气使，而且胆大妄为。有一位班主任曾预言：她会被狂热毁掉的——她的激情会毁了她。然而另一位班主任却责怪她冷漠无情，说她是个“没良心的姑娘”。伊琳娜的同学都认为她高傲、城府很深，她的弟弟妹妹都有点怕她，母亲对她不信任，父亲一见到她用神秘的目光注视自己便觉得不自在。然而父母心中却对她怀有情不自禁的尊重，倒不是因为她品德好，而是对她抱有一种朦朦胧胧的特别的期望，至于她为什么能让他们产生这种期望，只有天知道。

“你瞧着吧，普拉斯科维娅·丹尼洛芙娜，”有一次老公爵把烟袋从嘴里取出来说，“伊琳娜一定能使我们摆脱困境的。”

公爵夫人一听生了气，对丈夫说：“你连这话也说得出口。”不过后来想了想，咬咬牙又说：

“是呀……但愿她能救我们。”

伊琳娜在家里享有几乎毫无限制的自由。父母并不宠爱她，甚至有点儿跟她疏远；不过对她倒也百依百顺，这正是她求之不得的……家里有时会出现极其难堪的场面：菜店老板登门大喊大叫，说他为了讨债都跑断了腿，吵得全院子都听得见；或者下人当面辱骂老爷说，你们自己都饿得肚子咕咕响，还算什么公爵……每逢这时候伊琳娜坐在那里一动不动，连眉毛都不挑，阴沉着脸露出一丝狞笑；对她父母来说，这种狞笑比责备还要让人难受，他们觉得在女儿面前有罪，虽则是无辜的罪过，因为女儿天生就应该享受荣华富贵，应该受人崇拜。

利特维诺夫对伊琳娜一见钟情（他只比她大三岁），然而很长时间不但得不到她的回应，她甚至压根儿不理睬他。她对他的态度甚至带有某种敌意的痕迹；好像是他得罪了她，她在心中暗暗地生闷气，并且不肯原谅他。他当时太年轻，太老实，搞不明白在这种敌意、几乎轻蔑的严肃后面隐藏着什么。他常常坐在奥西宁家沉闷的客厅里，忘记了讲义和笔记，拿眼偷看伊琳娜：觉得自己的心在痛苦地慢慢融化，心口憋闷得很。而她仿佛在生闷气，仿佛非常烦恼，突然站起来在屋里转一圈，冷冷地瞥他一眼，就像看桌子或椅子一样，耸耸肩膀，抱起胳膊；或者整个晚上即使跟利特维诺夫说话也不瞅他一眼，仿佛连这点儿施舍也不给；或者终于拿起一本书，两眼盯着书却读不下去，皱起眉头，咬住嘴唇，再不就高声地问父亲或弟弟："忍耐"一词用德语怎么说？利特维诺夫仿佛陷进魔圈里受尽折磨，挣扎着却出不来，就像被关进笼子里的鸟儿一样遭罪。有一次他离开莫斯科一个星期，由于相思和寂寞几乎发疯了，等他回来再到奥西宁家去，已经消瘦不堪，病容憔悴……令人奇怪的是：伊琳娜这几天也明显地消瘦，脸色发黄，两颊深陷……可是一见到他反而更加冷淡，几乎怀着幸灾乐祸的轻蔑，仿佛他更增加了她藏在心中的烦恼……她就这样折磨了他两个月。后来在一天之间一切都起了变化。爱情就像大火一样突然燃烧起来，就像雷雨突然降临头上。有一次——他永远也忘不了这一天——他又坐在奥西宁家的客厅里，靠在窗前漫无目的地向外眺望，他懊丧，他苦闷，瞧不起自己，但又没有勇气离开这里……似乎如果有一条河从窗前流过，他就难免会怀着恐惧却毫无悔恨地跳进河里。伊琳娜坐得离他不远，也异样地沉默着，一动也不动。已经有好几天她压根儿不跟他说话，而且跟谁也不说话，一直用胳膊肘支着桌子坐在那里，仿佛有什么事想不明白，只是偶尔拿眼四下观看。这种冷漠的折磨终于使利特维诺夫忍受不了，他站起身也不告辞，寻找自己的帽子。"再坐一会儿吧。"他突然听到一声细微的低语。利特维诺夫心里咯噔一下，他并没听出来是伊琳娜的声音：只是在这句话里有一种从来没有过的语调。他抬头一看立刻惊呆了：伊琳娜温柔地，的确是温柔地望着他。"再坐一会儿，"她又说一遍，"别走，我乐意跟您在一起。"她把声音压得更低了。"别走……我乐意。"他晕头转向，也没想到要干什么，走上前去伸出双手……她也立刻伸出手来，然后粲然一笑，满脸绯红，转过身笑吟吟地走出房间……又过了几分钟，她跟小妹妹一起回来，又用温柔的目光谛视他许久，让他坐到她身旁……开头她一句话也不说，只管涨红了脸不住地喘气，后来仿佛怯生生地询问他学业情况，这是从来没有过的事。当天晚上她又三番五次地向他表示歉意，说在这之前一直未能珍视他的感情，并且信誓旦旦地说，她现在完全变了，还出人意料地突然表白一番对共和派的赞赏（他当时很崇拜罗伯斯比尔①，对马拉②还不敢公开谴责）。过了一星期之后，他已经知道她也爱上了他。真是这么回事，他永远也忘不了这第一天……然而后来那些日子也是刻骨铭心的——那时他还疑虑重重，不敢相信，却清楚看到意想不到的幸福就在眼前发芽、生长，终于排除路上一切障碍，汹涌奔腾而来。令他高兴得心跳，几乎惊喜交集。这是初恋的快乐瞬间，在人的一生中这样的瞬间只有一次，不可能再现。伊琳娜突然变得像羔羊一样驯顺，像绸子一样柔和，而且无比善良；她开始给两个小妹妹教课——不是教钢琴，因为她不喜欢乐器，而是教法语和英语；跟她们一起读课本，干家务活，她对一切都感兴趣；她一会儿絮絮地说个不停，一会儿又默默不语，脉脉含情。她设想出各种计划，不厌其详地设想她嫁给利特维诺夫（他俩丝毫也不怀疑他们一定会结婚）之后，他俩将在一起怎么生活……“要劳动？”利特维诺夫提示说。“是呀，是要劳动。”伊琳娜接着说。“要读书……但是最主要的是旅行。”她特别想尽快离开莫斯科，当利特维诺夫提醒，他大学还没毕业时，她每次都思索片刻之后反驳说，他可以到柏林或别的什么地方去读完大学。伊琳娜很少掩饰自己的感情，所以公爵和公爵夫人不久就发现她对利特维诺夫有好感。说高兴他们高兴不起来，但是考虑到各种情况，也不便马上表示“反对”。利特维诺夫的家业说得过去……“但是门第，门第……”公爵夫人指出。“嗯，当然，门第，”公爵回答说，“他毕竟不是平民百姓，主要是伊琳娜未必肯听我们的话。不管什么时候她都是想怎么干就怎么干。她那股犟劲儿您又不是不

① 罗伯斯比尔（1758—1794），法国大革命时期政治活动家，雅各宾派领袖，政府领导人。——译者注

② 马拉（1743—1793），也是法国大革命时期雅各宾派领袖之一，与罗伯斯比尔的意见稍有分歧。——译者注

知道。再说事情还没有一定。”公爵这样议论着，心里却想：“利特维诺夫太太——这可不行！我期望的可不是这个。”伊琳娜把未来和未婚夫完全掌握在自己的手心里，他自己也心甘情愿听她摆布。他仿佛掉进旋涡里，仿佛失却控制自己的能力……他既感到害怕，又觉得甜蜜，既无遗憾，也毫无保留。如果要他考虑一下结婚的意义，夫妻间的义务，他这样百依百顺能否成为一个好丈夫，而伊琳娜又会成为一个什么样的妻子，他们之间的关系是否正常——这一切他都说不准；他热血沸腾，他只有一个念头：跟着她走，跟她一起前进，没有尽头，至于将来爱怎么样就怎么样！然而尽管利特维诺夫事事顺从她，伊琳娜对他也千娇百媚，但是两人之间总难免发生一些误会和冲突。有一次他放学后直接跑来看她，身上穿着一件旧常礼服，手上沾着墨水。她像往常一样亲热地跑过来迎接他——但是她突然站住不动了。

“您没戴手套。”她一字一顿地说，“呸，瞧您……哪像个大学生的样子！”

“您太敏感了，伊琳娜。”利特维诺夫说。

“您……是真正的大学生。”她又说一遍，“您仪容不雅。”

她转过身立刻走出房间。不过一小时之后她又回来请他原谅……一般地说，她还愿意在他面前承认错误，表示歉意，不过也真奇怪，她常常几乎眼泪汪汪地承认自己所没有的乖戾的欲望，却矢口否认她确实存在的缺点！还有一次他见她泪流满面，披头散发，用手支着头。他惊慌不安地问她为什么发愁，她默默地用手指指着前胸，利特维诺夫不禁打了个冷战。“是痨病！”他脑海里闪过这样的念头，连忙抓住她的手。

“你病了？”他用颤抖的声音问（凡是有重要事情他们已经开始你我相称），“我马上去请大夫……”

然而伊琳娜没等他说完，生气地跺跺脚。

“我什么病也没有……可这件连衣裙……您难道还不明白吗？”

“怎么回事……这件连衣裙……”他莫名其妙地说。

“怎么回事？这么回事：我只有这一件连衣裙，而且旧得不像样子了，我不得不天天穿着它……甚至当你……当您来的时候……你看我穿得这么破破烂烂，总有一天不再爱我了！”

“你说哪里去了，伊琳娜，你说得不对！这件连衣裙最可爱了……因为我第一次见到你，你穿的就是它，所以我更觉得珍贵无比。”

伊琳娜满脸涨红。

“请您不要再提这件事，格里戈里·米哈伊雷奇，这只能让我想到当时我没有第二件衣服。”

“不过，伊琳娜，您要相信我的话，您穿这件连衣裙最合身不过了。”

“不，它难看死了，难看死了。”她不住地说，神经质地拽着头上柔软的长发卷，“唉，真穷得要命，穷得要命，一贫如洗！怎么才能摆脱贫穷呢？怎么才能走出这种穷日子！”

利特维诺夫不知说什么好，只能略微扭过脸去。

伊琳娜突然从椅子上跳起来，用双手扶住他的肩头。

“然而你不是爱我吗？你真心爱我吗？”她说着把脸凑到他跟前，两眼还带着泪花，却闪耀出幸福的快活的光辉，“我穿这件难看的衣服你也爱我吗？”

利特维诺夫一下子跪倒在她面前。

“啊，爱我吧，爱我吧，我的亲爱的，我的救星。”她低语着，向他俯下身去。

光阴似箭，一连过了好几个星期，尽管还没做正式表白，尽管利特维诺夫还迟迟不敢向她求婚，当然不是他不愿意提婚，而是等待伊琳娜的吩咐（有一次她曾经说过，他俩还都太年轻，哪怕再等几个星期长大点儿也好）；然而一切都好像要顺利结束，前景越来越明朗，正在这个时候突然发生一件大事，把他们的全部计划和设想如同路旁的尘埃一样吹得无影无踪。

八

那年冬天，皇室驾临莫斯科。庆祝活动接连不断。终于轮到贵族会议厅举办例行的大舞会。举办这次舞会的消息曾在《警察署公报》上刊登成一则广告，所以也传到了狗广场旁边的小木房里。公爵头一个被惊动了；他当即决定非参加不可，而且要带上伊琳娜，错过晋见皇上的机会是不可原谅的，对于世袭贵族来说，这甚至是一种义务。他一反常态，特意热烈地坚持自己的主张；公爵夫人在某种程度上同意他的意见，只是唉声叹气地说花销太大。然而伊琳娜坚决反对："没必要，我才不去呢。"不论父母摆出什么理由，她的回答都是不去。她的固执让老公爵一筹莫展，不得不请利特维诺夫出面劝她，向她说明种种"理由"，其中包括年轻姑娘不在社交场合露面有失体面，必须经受"这种考验"。不然的话，谁还知道有她这么个人。利特维诺夫果然答应下来，向她摆出这些"理由"。伊琳娜目不转睛地仔细端详他，那种专注神情让他感到不好意思，她摆弄一会儿腰带，平静地问：

"您也愿意我去？您真的愿意吗？"

"是的……我认为，"利特维诺夫结结巴巴地回答说，"我同意您父亲的意见……是呀，您为什么不去呢？……可以见见世面，也露一露脸。"他干笑着补充说。

"露一露脸，"她缓缓地重复说，"那好，我就去……不过您要记住：是您自己要我去的。"

"我不过是……"利特维诺夫刚要辩解。

"是您自己要我去的，"她打断了他的话，"我还有个条件，您一定要向我保证：您不去参加这个舞会。”

“这是为什么？”

“我要这样。”

利特维诺夫把双手一摊。

“遵命就是了……不过，我承认我会多么高兴看到您打扮得漂漂亮亮，看到您一定会博得非常好的印象……我会多么为您而自豪！”他叹息地补充说。

伊琳娜冷笑一声。

“我的全部打扮不过是一件白连衣裙，至于印象……嗯，是呀，是我非常希望的。”

“伊琳娜，你好像生气了？”

伊琳娜又冷笑一声。

“唉，不是，我没生气，只是你……”她眼盯着他，他觉得他从来没见过她眼睛里有过这种神态，“也许需要这样做。”她悄声补充说。

“可是，伊琳娜，你还爱我吗？”

“我爱你。”她几乎用郑重其事的口吻说，并且像男人一样有力地握住他的手。

在随后的几天里，伊琳娜忙于仔细打扮自己，做发型，直到舞会的前一天晚上她感到不舒服，坐不住站不稳，没人的时候还哭过两回：见到利特维诺夫，她总是强颜作笑……不过对他还像从前那么温柔，只是神不守舍，并且不时地照镜子。在举办舞会那天，她默默不语，脸色苍白，但心情平静。晚上八点多钟，利特维诺夫来看她。当她穿着一件白透明纱的连衣裙，高高挽起的头发上插着一束小蓝花出现在他面前的时候，他哎呀一声，觉得她是那么美丽和华贵，仿佛一下子变成了贵妇人。“是呀，她一天早晨就长大成人了！”他想，“多么有气魄，到底是贵族血统！”伊琳娜站在他面前，低垂着双手，毫无笑意，也不忸怩作态。她目光果决，几乎越过他大胆地望着前方，望着远处。

“您简直是童话里的公主。”利特维诺夫终于说。“不，您简直像三军统帅，正面临一场决战，面临胜利……您不许我参加这场舞会，”他接下去说，而她依然一动不动，倒不一定不想听他说的话，而是专心致志地倾听自己内心的声音，“不过您不会拒绝接受我送您的花吧？”

他递给她一束天芥菜花。

她飞快地瞥了利特维诺夫一眼，突然抬手抓住插在头上的花说：

“你愿不愿意？只要你说一句话，我就把这一切都扯下来，留在家里。”

利特维诺夫的心直往下沉，伊琳娜的手已经抓住头上的花……

“不，不，干吗要这样做？”他连忙接着说，心头涌起一片感激之情，同时又表现出宽容大度，“我不是自私的人，干吗要限制你的自由……我知道，你的心……”

“那好，请不要靠近我，别揉皱了衣服。”她急忙说。

利特维诺夫不知所措了。

“这束花您肯收下吗？”他问。

“当然，这花很可爱，我很喜欢这股香味，谢谢……我一定保留在记忆里……”

“以纪念您第一次踏入社交界，”利特维诺夫说，“纪念您的第一次成功。”

伊琳娜回过头，略微躬身照了照镜子。

“我难道真那么美吗？您是不是太偏爱我了？”

利特维诺夫兴致勃勃地说了一大堆赞美的话。但是伊琳娜已不再听他说些什么，她把花束贴到脸上，又望着远处什么地方，眼神很奇怪，仿佛眸子变深，睁得挺大，薄薄的缎带稍被风吹动，像翅膀一样在她背后飘动。

公爵出现了，新卷的头发，扎着白领带，穿着褪了色的黑燕尾服，胸前戴着弗拉基米尔绶带，系着贵族奖章；跟在他后面的是公爵夫人，穿一件旧式的绸连衣裙，一脸心事重重的严肃，做母亲的往往好用这种神情掩饰内心的激动；她整理一下女儿身后的衣服，也就是说毫无必要地抖抖衣服褶。两匹毛色蓬乱的驽马拉着一辆旧式带篷驿车来到门口，由于门前的雪没扫，车轮压在积雪上吱嘎作响，一个瘦弱的仆人穿着不像样子的号衣从前厅里进来，气急败坏地报告说，马车准备好了……公爵和夫人祝福留在家里的孩子们晚安，穿上皮大衣朝门外走去；伊琳娜穿一件又薄又短的斗篷——她对这件斗篷恨得要死！——默默地跟着他们走出去。在后面送他们的利特维诺夫期望伊琳娜在临别时会看他一眼，然而她坐进马车里，连头也不回。

到了半夜，他到贵族会议厅的窗户底下走了一圈。只见里面巨大的枝形灯通过红窗帘闪射出万点金光。整个广场停满了马车，到处回荡着施特劳斯的圆舞曲，好像发出厚颜无耻、得意扬扬的挑战。

第二天过午利特维诺夫到奥西宁家去。他只见到了公爵，公爵立刻向他宣称，伊琳娜头痛，至今尚未起床，恐怕要到晚上才会起来。她头一次参加舞会回来感到不舒服不足为奇。

“对年轻姑娘来说这是很自然的事。”他用法语补充一句。这话令利特维诺夫感到有些奇怪，这时他才发觉公爵不像平时那样穿着睡衣，而是穿着常礼服。“再说，”奥西宁接着说，“昨天发生那些事件之后，她要不生病才怪呢！”

“事件？”利特维诺夫嘟哝着说。

“是呀，是件大事，真是大事，的确是了不起的事。您无法想象，格里戈里·米哈伊洛维奇，她有多么成功！整个皇室都注意到她！亚历山大·费奥多雷奇公爵说，她不应该再待在这里，她长得很像德冯希尔斯卡娅伯爵夫人……嗯，您知道，就是那个……非常有名的……而老布拉津科拉普伯爵则当众宣布伊琳娜是舞会皇后，他希望给他介绍一下，他还一见面就对我说，从前他当骠骑兵时就认识我，还问我现在在哪里当差。这个伯爵挺有意思，是女性的崇拜者！不光是我……连我的公爵夫人……连她也应接不暇：娜塔莉娅·尼基季什娜也主动跟她搭话……还要怎么样？伊琳娜跟所有最优秀的舞伴跳舞，他们一个个被带到我面前跟我见面……我数都数不过来。信不信由您，所有的人都围着我们团团转；跳玛祖卡舞时人人都只请她跳，有一位外国的外交官听说她是莫斯科人，便对皇上说：‘陛下，现在莫斯科无疑是贵国的中心！’另一位外交官补充说：‘这才是真正的革命，陛下。’究竟是发现还是革命①……反正是这一番话，是呀……这是……这是……我告诉您说，这的确是一件非同小可的事。”

“嗯，伊琳娜·帕芙洛芙娜觉得怎么样？”利特维诺夫问。他刚才听了公爵的话，手和脚都凉了。“玩得快活吗？好像还满意吧？”

“当然快活，她还能不满意！不过，您知道，她的脾气叫人摸不透。昨天大家对我说：真奇怪！谁也看不出来您的女儿头一次参加舞会！赖森巴赫伯爵，顺便说一句……您一定认识他……”

“不，我压根儿不认识，从来没听说过……”

“是我太太的表弟……”

“我没见过。”

“可淘气去了，在宫中当侍从，住在彼得堡，很吃得开，在利夫兰掌握实权。从前他一直瞧不起我们……我也不强求。您知道我这个人挺随和。嗯，就是这个人，他坐到伊琳娜身旁谈了有十来分钟，不会更长，然后跟我的公爵夫人说：‘我的表姐，您的女儿是一颗明珠，达到完美的地步；所有的人都祝贺我有这么一位外甥女……’后来我看见他走到一位大人物跟前说了两句话，还一个劲儿拿眼打量伊琳娜，那个大人物也直瞅她……”

“这么说，伊琳娜·帕芙洛芙娜今天一整天都不出来了？”利特维诺夫问。

“是呀，她头痛得厉害。她要我给您带个好，谢谢您送来的花，那花真漂亮。她现在需要休息……我的公爵夫人出去拜客去了……您瞧，我马上也得……”

---

① 在法语里“革命”和“发现”只差一个元音，老公爵没听清，从上下文看应是“发现”。——译者注

公爵咳嗽两声，不住地倒换双脚，仿佛因为再也说不出什么而为难。利特维诺夫拿起帽子说，不准备再打扰他了，晚些时候再来探望伊琳娜的病，然后走了出来。

离奥西宁家有几步远的光景停着一辆华丽的双人马车，就在警察的岗亭前面。车座上坐着一个身穿华丽的号衣的听差，他俯下身，神气十足地询问当岗警的芬兰人，帕维尔·瓦西里耶维奇·奥西宁公爵住在什么地方。利特维诺夫往车里一瞅：里面坐着一个中年人，看气色患有严重的痔疮，满脸皱纹，神气十足，古典式的鼻子，嘴长得很凶，披着貂皮大衣，从各种迹象看是个大官。

九

利特维诺夫没有如约当天晚上去看伊琳娜。他考虑最好还是把会面推迟到第二天。第二天一过十二点他走进那沉闷而又熟悉的大厅，只见到两个小公爵小姐——小维克托琳娜和小克列奥帕特拉。他先向她俩问过好，然后问："伊琳娜·帕芙洛芙娜病好了没有？能不能见见她？"

"伊琳娜跟妈妈出去了。"维克托琳娜回答说，她虽然吐字不清，但是总比妹妹胆子大。

"怎么……出去了？"利特维诺夫说，只觉内心深处发出轻轻的震颤，"难道……难道……难道这时候她不来管你们的功课，不给你们上课吗？"

"往后伊琳娜再也不教我们了。"维克托琳娜回答说。"往后再也不教了。"克列奥帕特拉也跟着说。

"你们的爸爸在家吗？"利特维诺夫问。

"爸爸也不在家。"维克托琳娜继续说。

"伊琳娜不舒服。她哭了一夜，只管哭……"

"哭了？"

"是呀，哭了……叶戈罗芙娜对我说的，我看见她两眼通红，眼睛都肿——肿了……"

利特维诺夫在屋里转了两圈，浑身好像冻得有点儿打哆嗦，便回到自己的住处。他的感觉就像一个人站在高高的塔顶上往下看：他的心停止了跳动，头有些发晕，有些迷迷糊糊。他茫然若失，思绪如麻，感到模糊的恐惧和难耐的期待，还有一种奇怪的、近乎幸灾乐祸的期待。痛苦的眼泪流不出来，卡在喉咙里，嘴角上勉强做出微笑，毫无意义的祈求，对什么人也不能诉说……啊，这有多么残酷，这是多么难堪的屈辱！“伊琳娜不愿意见我。”他脑海里一直萦绕着这个念头，“这是明摆着的，可是为什么？在这倒霉的舞会上发生了什么事？她怎么变得这么快！这么突然（人总是觉得死亡来得突然，对于这种突然总是习惯不了，所以认为死亡是不可理解的）……没留下任何话，也不想对我做出解释……”

“格里戈里·米哈伊雷奇！”有个声音很紧张地在他耳边说。

利特维诺夫吓了一跳，一看是仆人站在面前，双手捧着一封信。他认出伊琳娜的笔迹……还没等拆信，他就感到大事不好，便低垂下头，耸起肩膀，仿佛准备挨打。

他终于振作起精神，一下子拆开信封。一张不大的纸片上写着下面几个字：

请原谅我，格里戈里·米哈伊雷奇。我们之间一切都结束了：我马上迁居彼得堡。我非常难过，但是木已成舟。显然是我的命运……不，我并不想辩解，我的预感变成现实。请原谅我，忘掉我吧：我配不上您。

伊琳娜

请您行行好，别再来找我。

利特维诺夫读完这五行字，缓缓地跌坐在沙发上，仿佛当胸挨了一拳。信掉落在地上，他捡起来又看一遍，喃喃地说了声“彼得堡”，又把信扔掉了，再也没捡。这时他甚至完全平静下来；他把手伸到脑后去扶一扶枕着的靠垫。“被打死的人是不会再挣扎的。”他想，“凡事来得意外，去得也意外……这一切都很自然；我早就料到这一层（他在对自己说谎：他压根儿没料到这种结局）……哭了？……她哭了？……她哭的是什么？她从来就没爱过我！不过这一切都可以理解，也符合她的性格。她，她配不上我……原来如此（他苦笑了一下)！连她自己也不知道她身上蕴藏着多大的魅力，直到在舞会上发现自己魅力的作用，她怎么还会去理睬一个微不足道的大学生……这一切都可以理解。”

然而，这时他又想起她那些甜言蜜语、她的笑容和她的眼睛，她的眼睛是令人难忘的，只是他再也见不到了，每逢他跟她目光相遇时，这对眼睛就会闪光，就会融化；他还记得那次短促、胆怯而热烈的吻……他突然失声痛哭，哭得打哆嗦，哭得发疯，哭得充满怨恨。他翻过身，脸朝下，哽哽咽咽，上气不接下气，带着一种疯狂的快乐，仿佛要拼命撕碎自己和周围的一切。他把热烘烘的脸埋进沙发垫子里，用牙咬它……

唉！昨天利特维诺夫看见马车里坐着的绅士正是奥西宁公爵夫人的表弟赖森巴赫伯爵，是个大富翁，又在宫中当侍从。他发现伊琳娜给王公贵族留下深刻的印象，以他的精明强干和善于逢迎，立刻想到只要巧妙安排一下，一定可以从中捞到好处，马上打起如意算盘。他决定仿效拿破仑迅速采取行动。“我要把这个标致的女孩子接到我家，”他心中暗想，“接到彼得堡；让她当我的继承人，那才叫棒呢，不必把全部财产都给她，况且我又没有子女，她总算是我的外甥女，我太太一个人在家里也太寂寞……客厅里添一张漂亮脸蛋儿总是件愉快的事……是呀，是呀，就这么办：这是个好主意！这是个好主意！先得显摆一下，让她的父母晕头转向，惊喜一番。他们连饭都吃不上。”他坐在马车里在往狗广场去的路上继续打他的主意。“估计他们不会舍不得。他们不是那种重感情的人。可以给他们一笔钱，至于她吗，她会乐意的，蜜总是甜的……昨天她已经尝到了滋味。就算这是我一时心血来潮，就让他们占点儿便宜好了……这帮傻瓜。我告诉他们如此这般，你们自己拿主意。不然我可以另外找人，收个孤儿——更省事。不管同不同意，二十四小时之内给我一个答复，一言为定。”

伯爵来到公爵面前，就把这一席话端了出来，他昨天在舞会上就告诉公爵要去拜访他。关于这次拜访的结果如何，似乎无须多说。

伯爵的算盘果然打得没错：公爵和公爵夫人果然没说不愿意便收下了钱，伊琳娜当然也同意，而且并没等到指定的时间。她跟利特维诺夫一刀两断，当然不容易；她爱他，派人送去那封信之后她差点儿病倒，还哭个不停，人瘦了，脸也黄了……然而，尽管如此，过了一个月，公爵夫人把她送到彼得堡，在伯爵家住下，把女儿托付给伯爵夫人。伯爵夫人是个非常善良的女人，只是模样长得像小鸡崽儿，头脑也像小鸡崽儿一样简单。

利特维诺夫当即中途退学，回到父亲的庄园。他的创伤一点点愈合，开头他一点儿也不知道伊琳娜的消息，而且竭力避免谈到彼得堡和彼得堡的社交界。后来渐渐听到一些关于她的传闻，倒不怎么坏，只是非常奇怪。她于是成了议论的中心。奥西宁公爵小姐的名字被戴上了光环，显得与众不同，连外省的社交界也常提起她。人们对她既好奇，又尊敬和羡慕，就像从前提起沃罗滕斯卡娅伯爵夫人的名字似的。终于传来她出嫁的消息。然而利特维诺夫没太注意最后这个消息，因为当时他已经成为塔吉扬娜的未婚夫。

现在读者总该明白，当利特维诺夫喊出“难道是她!”时，他想起哪些往事，所以我们可以再回到巴登，拾起被我们打断了的故事线索。

十

利特维诺夫睡得很迟，但是没睡多久：太阳刚一升起，他就起床了。从他住处的窗口可以看到外面发黑的山峦，只有山巅在晴朗的天空里被染成湿润的红色。“那里怎么样？树林里空气一定清新！”他心想，连忙穿好衣服，不经心地看了一眼那束花，一夜之间花开得更茂盛了。他提起手杖便往“古堡”后面走去，打算攀登那些著名的“绝壁”。清新的空气有力而爱抚地裹住他。他精神振作地呼吸着空气，精神振作地向前走；青春的活力传遍他的每一根血管，大地似乎把他轻快的脚步弹了起来。他每走一步，都更感到舒畅快活；他走在落满露水的树荫里，脚踏着小径上的大颗沙石，经过一片云杉，云杉梢头长出春天的嫩枝，镶上一圈圈鲜亮的绿边。“多么舒服呀！”他不时念叨着。他突然听到熟悉的说话声，往前一看，原来是巴姆巴耶夫和伏罗希洛夫迎面走来。他浑身一抽搐，像小学生怕见老师似的往旁边一闪，躲到灌木丛后面……“上帝呀，”他祈祷说，“快让这两位同胞从一旁走过去吧！”在这一瞬间，只要不让这两个人看见，花多少钱他都不在乎……他们果然没看见他：上帝把这两位同胞从他身旁带过去了。伏罗希洛夫正用士官生那种得意扬扬的腔调向巴姆巴耶夫讲哥特式建筑各个“时期”的特点，而巴姆巴耶夫则哼哼唧唧地连连称是，显然伏罗希洛夫已经用这些“时期”教训他很久了，连老实的热心听众也不耐烦了。利特维诺夫咬住嘴唇，伸出脖子倾听渐渐远去的脚步声，听了很久，那时而喉音重、时而鼻音重的训导也持续了很久；终于一切归于沉寂。利特维诺夫出了一口长气，从自己埋伏的地方钻出来，继续赶路。

他在山上大约转悠了三个小时。他有时离开山径，从一块块大石头上跳过去，遇到平滑的青苔地脚下难免打滑。有时候他在断崖上的柞树或山毛榉底下坐坐，谛听长满蕨菜的小溪发出不绝的潺潺声，谛听树梢上令人平静的低语，谛听一只孤独的黑椋鸟发出清脆的啁啾，心里想想各种愉快的事，一阵轻微的困倦袭来，也很惬意，仿佛从背后抱住他，他便睡意蒙眬了……然而他突然笑了，向四周一望：树林和林中的空气都是一片金黄和翠绿，柔和地扑入眼帘——他又笑了，又合上双眼。他想吃早点，于是向古堡走去，在那里只要花几分钱就可以买到一杯挺不错的牛奶咖啡。古堡前面的平台上放着几张刷白漆的小桌，他正在一张小桌旁坐下，忽然听到一阵马吃力的打响鼻声，就见来了三辆马车，从车中下来一大群人，有男有女……利特维诺夫立刻认出他们是俄国人，尽管他们讲的是法语……也正因为他们讲的是法语。女人都打扮得非常讲究和华丽，男人都穿着崭新的常礼服，紧裹着身子还带卡腰，这种装束现在已不多见。这些男人下身穿着带花点的灰裤子，头上戴着城市人那种发亮的礼帽，人人脖子上都扎着挺短的黑领带。他们的举止流露出军人的气质。他们果然就是军人。利特维诺夫碰上这群年轻的将军出来野餐，他们都是身居要职的上层人物。无处不显示出他们的尊贵：他们态度放肆而又略加收敛，笑容傲慢而又显得可亲，目光专注而又显得漫不经心，他们摇摇肩膀、弯弯腰、抬抬腿，无不显得娇里娇气。连他们说话的声音也是这样：好像给予下人一种赏赐，既和和气气又令人讨厌。这些将军都打扮得干干净净，脸刮得溜光，身上浸透了一种只有贵族和近卫军才有的怪味，是高级雪茄和芬芳的广藿香香水的混合味道。他们的手也是贵族特有的，又白又长，长着像象牙一样结实的指甲；人人都留着油光发亮的小胡子，牙齿白得闪亮，脸颊上细嫩的皮肤透出红润，下巴刮得发青。这些年轻的将军有的爱说爱笑，有的沉默寡言，但是个个都保持彬彬有礼的样子。每个人都似乎深深意识到自己的尊严，自己将来要在国家里扮演重要的角色，因此举止行为既严肃又随便，多少带有什么都不在乎的味道——“见他的鬼去吧!”这在出国的军人来说自然是在所难免的。这一群男男女女吵吵闹闹、气派十足地纷纷落座，便传唤侍者，侍者忙得团团转。利特维诺夫连忙喝完牛奶，付过账，把帽子扣在脑门上，准备从这群将军的野餐会一旁溜走……

“格里戈里·米哈伊洛维奇，”有一个女人的声音说，“您认不出我了?”

他情不自禁地停下脚步。这声音……想当年这声音常常令他心跳……他转身一看，认出是伊琳娜。

她坐在桌旁，双手交叉放在挪开的椅子背上，微微侧着头，笑脸盈盈，几乎兴高采烈地望着他。

利特维诺夫立刻认出了她，尽管十年不见，跟他最后一次见到的模样大不相同，从少女变成妇人，原来苗条的身段已经发育完美，更加漂亮，从前瘦削的肩头变得丰满，很像古代意大利宫殿天花板上女神的雕像，只有那双眼睛依然如故，利特维诺夫觉得她的眼睛依然像当年在莫斯科的小木屋里那样望着他。

“伊琳娜·帕芙洛芙娜……”他犹犹豫豫地说。

“您认出我来了！我太高兴了！我太（她打住话头，脸有点儿发红，直起身来）……这可是愉快的相逢。”她改用法语接着说，“让我来给您介绍一下我的丈夫。瓦列里安，这是利特维诺夫先生，我小时候的朋友；瓦列里安·弗拉基米罗维奇·拉特米罗夫，我丈夫。”

一位年轻的将军，也许是他们当中最文雅的将军欠起身来，彬彬有礼地向利特维诺夫鞠了一躬。这时他的那些伙伴却稍稍皱起眉头，或者说并不算皱眉，只是一霎时都板起面孔，仿佛在抗议他与素不相识的百姓搭话，而其他参加野餐的太太则认为有必要稍稍眯细眼睛，露出一丝冷笑，甚至做出莫名其妙的表情。

“您……您来巴登很久了吗?”拉特米罗夫将军问，用一种很不自然的动作整理一下衣服，显然不知道跟太太这位童年时代的朋友该如何交谈。

“刚来不久。”利特维诺夫回答说。

“打算住很久吗?”将军彬彬有礼地问。

“还没有一定。”

“啊！这太愉快了……非常愉快。”

将军说不下去了。利特维诺夫也无话可说。两人都双手捧着帽子，向前弓着身子，面带笑容，望着对方的眉毛。

“两个宪兵在星期天……”一个眼睛瞎乎乎、脸色发黄的将军唱起来。他当然唱跑了调——我们至今还没见过俄国贵族唱歌不跑调的。他一直满脸怒气冲冲，仿佛他因为长得难看而不能原谅自己。在所有的同伴中间唯独他脸色不红。

“您怎么不坐下，格里戈里·米哈伊洛维奇?”伊琳娜终于说。利特维诺夫顺从地坐下来。

“我说，瓦列里安，借个火。”另一位将军说。他也还很年轻，但已经发胖，呆滞的目光仿佛望着半空中。两腮长着像丝绒一样浓密而有光泽的连鬓胡子，把雪白的手指慢慢伸进胡子里。拉特米罗夫把银烟盒和火柴一起递过去。

“您有香烟吗?”一位女士咬字不清地问。

“真正的好烟，伯爵夫人。”

“两个宪兵在星期天。”那个瞎乎乎的将军几乎咬牙切齿地又唱起来。

“您一定要来看看我们。”这时伊琳娜顺便对利特维诺夫说，“我们就住在欧罗巴旅馆，每天下午四点到六点之间我都在家。我们好久没见面了。”

利特维诺夫拿眼看着伊琳娜，伊琳娜并没垂下眼睛。

“是呀，伊琳娜·帕芙洛芙娜，是好久了。从莫斯科以后。”

“是从莫斯科，是从莫斯科。”她一字一顿地重复说，“您来吧，我们聊聊，回忆一下往事。您知不知道，格里戈里·米哈伊洛维奇，您没大变。”

“真的吗?您可变了，伊琳娜·帕芙洛芙娜。”

“我老了。”

“不，我说的不是那个意思……”

“伊琳娜？”一个黄头发戴黄帽子的太太发出疑问地说，她先是跟坐在身旁的将军交头接耳地说了些什么，又嘻嘻一笑，“伊琳娜？”

“我老了，”伊琳娜接下去说，没去理会那位太太，“不过我也没变，不，不，我丝毫也没变。”

“两个宪兵在星期天！”这歌声又响了起来。这个暴躁的将军只记得这首名歌的头一句。

“直到现在还有刺激性，将军大人。”留着连鬓胡子的将军大声说，把O咬得特重，他显然暗指在上流社会传遍了的笑料，说完用呆板的声音嘿嘿一笑，两眼又望着空中。其他人也都哄堂大笑。

“您真会说笑话，鲍里斯。”拉特米罗夫低声说。他唤“鲍里斯”也用英语腔。

“伊琳娜？”戴黄帽子的太太第三次唤她，伊琳娜连忙转过脸去瞥她一眼。

“什么事？您叫我干什么？”

“以后再告诉您。”那位太太装腔作势地说。这个女人长得其貌不扬，却经常装腔作势、搔首弄姿。有人挖苦她说：“她在没人的地方也要撒娇。”

伊琳娜皱起眉头，不耐烦地耸耸肩。

“威尔第先生怎么了？怎么还没来？”有一位太太大声说，把每个字的重音都拖得特长。这是俄罗斯人讲话的特点，让法国人听了觉得非常刺耳。

“哎哟，是的，哎哟，是的，威尔第先生，威尔第先生。”另一位太太抱怨说。听她的口音，她来自阿尔扎马斯。

“你们尽管放心，”拉特米罗夫将军插嘴说，“威尔第先生亲口答应我，他一定来拜倒在你们脚下。”

“嘻嘻，嘻嘻，嘻嘻。”太太们笑了，摇起扇子。

侍者送来几杯啤酒。

“是巴伐利亚啤酒吗?”留连鬓胡子的将军问，故意装出男低音，还故作吃惊，“早晨好。”

“怎么?帕维尔伯爵还在那里吗?”一位年轻的将军用冷漠的口气无精打采地问另一位将军。

“在那里。”那位将军同样冷漠地说，“不过是暂时的。谢尔盖就要去接替他的位置。”

“嘿!”头一位从牙缝里轻蔑地嘿了一声。

“是呀!”另一位也从牙缝里说。

“我真不明白，”刚才唱歌的将军说，“我真不明白，帕维尔何必找各种理由替自己辩解……哼，他不就是欺侮那个商人了吗?逼他归还原物……这有什么了不起?他可能有他自己的打算。”

“他怕……在杂志上披露出来。”有人嘟哝着说。

暴躁的将军火了。

“哼，这可是再糟不过的事!杂志呀，披露呀!要是我说了算，在你们这些杂志上只许刊登肉和面包的价格，还有卖皮大衣和皮靴的广告。”

“还有贵族拍卖田产的广告。”拉特米罗夫插一句。

“是呀，在目前情况下……不过，在巴登!在这古堡干吗要谈这些!”

“可是，你们说得都不对，都不对!”那个戴黄帽子的太太嘟哝说，“我就喜欢谈政治问题。”

“夫人说得对。”另一位将军说，他长着一张像少女似的漂亮脸蛋儿，“我们何必回避这些问题……在巴登又怎么样?”他在讲这些话时有礼貌地瞥了利特维诺夫一眼，还宽容地笑了笑，“一个正直的人在任何地方和任何场合都不应该隐瞒自己的观点，对不对?”

“当然，”暴躁的将军说，也用目光扫了利特维诺夫一下，仿佛想绕着弯子指责他，“不过我认为没有必要……”

“不，不，”宽容大度的将军又温和地打断他说，“方才我们的朋友瓦列里安·弗拉基米罗维奇提到贵族卖田产的事，怎么?难道这不是事实吗？”

“如今想卖也卖不出去：没有人要！”暴躁的将军喊了起来。

“也许是这样……也许是这样。正因为如此，我们才有必要宣布这一事实。这种可悲的事实比比皆是。我们破产了——这很好吗，我们的地位下降了——这也是无可争辩的；不过我们这些大地主，毕竟代表一种原则……一种原则。我们有义务坚持这一原则。对不起，太太，您的手绢掉在地上了。当最高权威的头脑也有些糊涂的时候，我们就应该指出——毕恭毕敬地（将军伸出食指）——用公民的手指向他指出：我们正面临深渊。我们应该发出警告，我们应该毕恭毕敬而又态度坚决地说：‘往后退，往后退……’这正是我们应该说的话。”

“不过也不能完全倒退。”拉特米罗夫若有所思地说。

宽容大度的将军只龇牙一笑。

“要完全倒退，完全倒退，我亲爱的朋友。退得越多越好。”

将军又有礼貌地瞥了利特维诺夫一眼。利特维诺夫再也忍不住了。

“我们是不是要退到七大贵族执政时代①，将军大人？”

“那也不错嘛！我发表意见向来不吞吞吐吐；应该从头来……是了……过去的一切都从头来。”

“连二月十九日②也包括在内？”

“当然包括二月十九日——尽量改回去。这是爱不爱国的问题。农民的自由怎么办？有人又会问。您以为人民认为这个自由舒服吗？您可以去问问他们……”

“您就试试看吧，”利特维诺夫接下去说，“您就剥夺人民的自由试试……”

“这位先生尊姓大名？”将军悄声问拉特米罗夫。

---

① 1610年俄国与波兰交战，俄国被打败，七个大贵族囚禁沙皇瓦西里·舒伊斯基，与波兰妥协，是谓“七大贵族执政”。——译者注

② 1861年3月3日（俄历2月19日）俄国沙皇宣布解放农奴诏书。——译者注

“你们都谈论些什么？”胖将军突然说，在这个社交圈子里他显然是个被宠坏了的孩子，“还是那些杂志？还是那些要笔杆子的？请允许我给你们讲一段有趣的故事，讲我是怎么跟这些作家打交道的——简直是妙极了！有人告诉我说：‘有个报屁股文人写了一篇文章诋毁您。’不用说，我立刻就惩办他。让人把这个小鸽子找来……我问他：‘你这是怎么回事？我的朋友，作家先生，竟然写诽谤我的文章？是爱国主义弄得你非写不可？’他说：‘是非写不可。’我说：‘那么金钱呢？你喜欢吗？’他说：‘喜欢。’于是亲爱的先生们，我就拿起手杖让他闻闻手杖把。‘我的天使，你喜欢这玩意儿吗？’他说：‘不，我不喜欢。’我又说：‘你好好闻闻，我的手杖可干净了。’他说：‘我不喜欢，用不着闻。’我说：‘我的亲爱的，我可特别喜欢它，只不过不是为了用在自己身上。你能明白我的意思吧？我的宝贝！’他说：‘明白。’我又说：‘那你就小心点儿，往后要学乖点儿，现在我给你一个卢布，你就回家吧，日日夜夜为我祈祷。’于是这位作家就溜之大吉了。”

将军笑了起来，大家也跟着哄堂大笑。只有伊琳娜例外，她不但没笑，还皱紧眉头瞥了讲故事的将军一眼。

宽容大度的将军拍拍鲍里斯的肩膀。

“你这都是瞎编的。我亲爱的朋友……你才不会用手杖去吓唬人。你也不用手杖。你这是为了逗女士们开心。说说俏皮话。不过问题不在这里。我方才说过，要完全倒退回去。请大家理解我。我并不反对所谓的进步。不过这些大学生和神学院，还有平民学校，这些大学生，神父的儿子，平民知识分子，所有这些小家伙，所有这些败类，小私有者，比无产阶级还要糟（将军说到这里娇里娇气，几乎有气无力）。这才是我最害怕的。到这个份儿上就必须停下……让一切都停下（他又和气地瞥了利特维诺夫一眼）。是呀，必须停下。不要忘了，我国没有人提出任何要求，一无所求。比如什么自治呀，有人提出这个请求了吗？难道你们有这个要求吗？你有吗？你有吗？你们有吗？女士们！就是现在，你们不但自己管理自己，而且管理我们男人（将军漂亮的脸上露现出滑稽可笑的样子，显得更有生气）。我们亲爱的朋友们，我们何必像兔子似的急急忙忙往前跑？民主让你们高兴，讨你们的好，准备为你们的目标服务……可这是一把双刃剑。最好还是一切照旧，照老规矩要可靠得多。不能让老百姓自作聪明，应当依靠贵族，只有贵族才有力量……真的，这样要更好，至于进步……我这个人丝毫也不反对进步。只是我们用不着什么律师，什么陪审员，什么地方自治会的人员……还有纪律，纪律可千万不能碰，至于大桥呀，堤岸呀，医院呀，你们尽管去建造好了，还有大街上为什么不用瓦斯灯照明呢？”

“彼得堡四面八方都起了火，这就是你们要的进步！”暴躁的将军嗞嗞地说。

“我看你呀，就是火气太大。”胖将军说，懒洋洋地摇晃着身子，“你最好去当检察长，照我看，俄耳甫斯下地狱①就是进步的最大成就。”

“您净说些蠢话。”来自阿尔扎马斯的太太笑嘻嘻地说。

将军端起了架子。

“太太，我说蠢话的时候，倒是最正经八百的。”

“这种话威尔第先生已经说过多少遍了。”伊琳娜悄声说。

“强权加礼治！”胖将军喊了起来，“特别要强有力的政权，译成俄语就是：客客气气，该动拳头还得动拳头！”

“你呀，真是胡闹，是个不可救药的捣蛋鬼！”宽容大度的将军接下去说，“太太们，请不要信他的话，他连个蚊子也打不死。他不过是想扰乱大家的心情，也就满足了。”

“不过，鲍里斯，你说得不对。”拉特米罗夫跟妻子交换一下眼色后说，“胡闹归胡闹，可是这太过分了。进步是社会生活的一种标志，这一点无论如何不可忘记。这是一种征兆。这一定要注意。”

“是呀，”胖将军皱起鼻子反驳说，“事情很明显：你不过是想

---

① 俄耳甫斯是古代希腊神话中的诗人和歌手，妻子死后，他下地狱去弹琴，要感动冥王释放妻子。——译者注

要当政府大员！”

“根本不是那么回事，我当的什么政府大员！真理总不能不承认吧。”

鲍里斯又把手指伸进连鬓胡子里，两眼望着半空中。

“社会生活是非常重要的，因为人民的发展，所谓祖国的命运都取决于……”

“瓦列里安！”鲍里斯有意打断他的话，“有女士们在座。我没想到你会说出这些话，或许你想要进什么委员会？”

“谢天谢地，现在所有的委员会都关门了。”暴躁的将军接下去说，然后又唱起：“两个宪兵在星期天……”

拉特米罗夫用麻纱手绢捂住鼻子，优雅地沉默了。宽容大度的将军反复说：“胡闹！胡闹！”鲍里斯则转过身跟那位在没人的地方也撒娇的太太搭讪，既不提高声调，表情也无变化。他问：她什么时候才能“满足他的爱情的火焰”。因为他爱她爱得要死，正忍受相思的折磨。

在这场谈话的过程中，利特维诺夫越来越觉得不自在。他的自尊心，他作为平民知识分子的正直的自尊心渐渐被激怒了。他一个小官吏的儿子跟这些彼得堡上层贵族的军人能有什么共同之处？他所爱的一切正是他们所憎恨的，他所憎恨的一切正是他们所喜爱的。他过分清楚地意识到这一点，整个身心都感受到这一点。他觉得他们的玩笑平淡无奇，他们谈话的口气令人难以忍受，他们的一举一动都装腔作势，他从他们谈话的温和语气里听出一种令人难堪的轻蔑——然而他在他们面前，在这些将军面前，在这些敌人面前，似乎有些胆怯……“呸，多么可恶！我在这里令他们不舒服，我让他们感到可笑。”他在脑子里不住地想，“我干吗还待在这里？我走，立刻就走！”连伊琳娜在场也留不住他：连她也令他产生一种不愉快的感觉。他从椅子上站起来跟大家告别。

“您这就要走？”伊琳娜说，然而想了想便不再挽留他，只是要他答应一定要去看她。拉特米罗夫将军仍然彬彬有礼地跟他鞠躬作别，跟他握手，把他一直送到平台边上……不过利特维诺夫刚拐进头一个路口，背后就响起哄堂大笑。不过笑的不是他，而是大家盼望已久的威尔第先生。这位先生突然骑着小毛驴出现在平台上，头上戴着罗尔礼帽，身上穿着蓝上衣。然而利特维诺夫听到笑声，热血往脸上涌，内心非常痛苦：仿佛苦艾粘住了他紧咬的牙齿。“这些卑鄙庸俗的家伙！”他叨念着，并没意识到他在这些人的圈子里只待这么一会儿，没有根据下这么厉害的结论。还有伊琳娜也落进这个圈子，他从前的伊琳娜！她就在这个圈子中周旋、生活和发号施令，她为这群人牺牲了自己的人格，牺牲了最美好的感情……显然是命中注定：她显然不配更好的命运！幸亏她没问起他现在有什么打算！不然，他不得不在“他们”面前，当着“他们”的面说出自己的一切……“无论如何不能跟他们说！永远也不能说！”利特维诺夫低声说，深深吸进一口新鲜空气，顺着下山的路几乎小跑向巴登走去。他心里想到自己的未婚妻，他的亲爱、善良、神圣的塔吉扬娜，在他眼中她有多么纯洁，多么高尚，多么诚实！他一想到她的容貌、她的话语、她的习惯，就产生一种真挚的感动……他多么急切地盼望她回到身边！

一路疾走使他的神经镇静下来。回到住处，他坐到桌前拿起一本书，又突然扔掉，甚至打了个寒战……他怎么的了？什么事也没有，然而伊琳娜……伊琳娜……他突然觉得这次跟她重逢有多么意外，多么奇怪，多么不同寻常。怎么能发生这种事？他遇见伊琳娜本人，还跟她说话了……为什么那一群人身上都明显地烙有令人讨厌的上层社会的印记，而伊琳娜没有呢？为什么他觉得她似乎很寂寞或者不大快活，或者为自己目前的处境而苦恼呢？她是在他们的阵营里，然而，她不是敌人。是什么原因促使她那么热情地跟他打招呼，还约他去做客呢？

利特维诺夫突然精神一振。

“啊，塔妮娅，塔妮娅！”他热情地叫了出来，“只有你才是我的天使，我的善良的天使，我只爱你一个人，而且永远爱你。我不会再去见她，去她的吧！让她跟那些将军寻欢作乐去吧！”

利特维诺夫又拿起书来。

十一

利特维诺夫又拿起书，但是读不下去。他走到外面散一散步，听一听音乐，还到赌场去看看，然后又回到房间，又想读读书——仍然读不下去。好像时间过得特别慢。皮夏尔金来了，就是那位善良的调解员，坐了有三个小时，跟他交谈，向他发一通议论，也提出各种问题，涉及各种题目——忽而谈论高尚的题目，忽而又谈有益的事，讲得枯燥无味，可怜的利特维诺夫心中暗暗叫苦。要讲说话枯燥的本领，皮夏尔金可以说举世无双，他能讲得让你烦死了，你只会感到冷漠、毫无出路并陷入绝望之中。连那些道德高尚的清谈名家也望尘莫及。只看看他的仪表——头发剪得整整齐齐，梳得油光水滑，浅色眼睛呆滞无神，长得端端正正的鼻子——就不禁感到丧气，再加上他那慢吞吞、好像睡不醒的男中音，似乎天生为了说教，为了发表尽人皆知的言论，比如二二得四，既不得五，也不得六，比如水是湿的，比如品行高尚是值得称赞的。在金融业务方面，私人跟国家一样，国家也跟私人一样，都免不了要借债，如此等等。不过他是个大好人！在俄罗斯人的命运就是这样：我国的大好人都令人感到枯燥乏味。皮夏尔金刚走，宾达索夫又来了，一见面就厚着脸皮借钱，向利特维诺夫借一百古尔登①。利特维诺夫对宾达索夫不但不感兴趣，甚至厌恶他，明明知道这笔钱有去无回，还是借给他了。而且利特维诺夫自己也不宽裕。那么读者会问：那他干吗还要借钱给别人？天知道为什么！就在这一点上俄国人是没说

① 当时德国用的货币单位，相当于“元”，先为金币，后改为银币。——译者注

的。读者可以扪心自问，自己一生中做过多少类似的事，除慷慨大方再也找不出别的优点。可是宾达索夫对利特维诺夫连个谢字都没说，还要了一杯巴登的红葡萄酒，喝完酒一走了之，连嘴唇都不抹，还故意把皮靴踩得咯噔响。利特维诺夫看着这个贪得无厌的家伙发红的后脑勺，只有生自己的气！将近傍晚，他收到塔吉扬娜的来信，说是姑母身体不适，五六天之内来不了巴登。这个消息更令利特维诺夫心情不快：令他更加气恼，他就在这种极恶劣的心情中早早上床睡觉了。第二天过得也不比头一天强，几乎更糟。一大早便有一大群俄国同胞挤满了利特维诺夫的房间，其中有：巴姆巴耶夫、伏罗希洛夫、皮夏尔金、两个军官、两个海德堡的大学生。他们都一拥而来，直到快吃午饭还不走，尽管想说的话早已说完，连他们自己也明显地感到无聊。因为他们无处可去，随便来到利特维诺夫的住处便坐着不走。开头他们谈的是古巴辽夫又回海德堡去了，应该追随他，也到那里去；然后又高谈阔论一番，谈到波兰问题；然后又谈起赌博、妓女，讲起各种下流故事，终于谈到大力士是什么样，胖子是什么样，大肚汉又是什么样。把一些老掉牙的故事都搬了出来，说是一个姓卢金的辅祭跟人打赌，一下子吃了三十三条鲱鱼，说有个枪骑兵团长伊兹耶季诺夫胖得出了名，说有个士兵能用额头撞断牛骨头。接着更是胡说八道了。皮夏尔金也打着呵欠讲他认识一个乌克兰女人，死的时候体重二十七普特①外加多少磅，他还认识一个地主，吃早饭就吃下三只大鹅和一条鲟鱼；巴姆巴耶夫突然来了精神头，说他自己也能吃得下一只全羊，“当然要加调料”。而伏罗希洛夫突然冒出一句，说他在军校有个同学才力大无穷呢，只是说得太不着边际，大家一下子都沉默不语了，面面相觑，一声不吭，拿起帽子纷纷走了。剩下利特维诺夫一个人，他刚想干点什么，但是脑子里像一团糨糊，什么正经事也干不下去，整个晚上白白浪费掉了。第二天早晨他刚准备去吃早饭，听见有人敲门。“天哪，”利

---

① 一普特约合十六点三八千克。——译者注

特维诺夫想，“大概又是昨天那些朋友中有谁来了。”声音不免有些颤抖地说：

“请进！”

房门轻轻打开，走进来的是波图金。

利特维诺夫一见是他，喜出望外。

“这可太好了！”他说，紧紧握住这位不速之客的手，“真得谢谢您！我本想一定去拜访您，可是您不愿意告诉我您住在什么地方。请坐，把帽子放下。快请坐！”

波图金对利特维诺夫的亲热寒暄毫无反应，站在那儿不住倒换两只脚，只是不住地笑，连连摇头。利特维诺夫的热情欢迎显然让他感动，然而他脸上的神色却有些不大自然。

“这里……有点小小的误会……”他吞吞吐吐地说，“当然，我随时愿意……不过，我这次……是受人之托而来的。”

“这么说来，您的意思是，”利特维诺夫用抱怨的口吻说，“不然的话，您是不会到我这里来的？”

“唉，不是，怎么会呢！……不过我……我也许不会今天就来打扰您，如果不是有人求我来找您的话。总之，我是受人之托。”

“请允许我问一句：受何人之托呢？”

“跟您很熟的一位太太，就是伊琳娜·帕芙洛芙娜·拉特米罗娃。前天您曾经答应过去看她，可您至今没去。”

利特维诺夫惊奇地注视着波图金。

“您跟拉特米罗娃太太认识？”

“那还用说。”

“非常熟吗？”

“在某种程度上可以说我是她的朋友。”

利特维诺夫沉吟不语。

“请允许我问一句，”他终于开口，“您知不知道伊琳娜·帕芙洛芙娜为什么要见我？”

波图金走到窗前。

“多少知道一点儿。据我判断她对你们这次重逢非常高兴，所以希望恢复从前的关系。”

“恢复，”利特维诺夫重复一句，“请原谅我的冒昧，请允许我再问问您。您可知道我们从前是什么关系？”

“老实说，我不知道。不过我认为，”波图金突然转过脸对着利特维诺夫，并且友善地看着他，“我认为是一种良好的关系。伊琳娜·帕芙洛芙娜极力称赞您，所以我不得不答应她，一定把您请去。您肯去吗？”

“什么时候？”

“现在……马上就去。”

利特维诺夫一下子摊开双手。

“伊琳娜·帕芙洛芙娜认为那群……怎么说好呢，就是前天您遇见她的时候见到的那些人，不会让您产生特别的好感；不过她让我告诉您：魔鬼并不像描绘的那么可怕。”

“嗯……这句成语就是具体指那些……那群人吗？”

“是呀……一般说来就是这样。”

“嗯……可是您，索宗特·伊万内奇，对魔鬼怎么看呢？”

“我认为，格里戈里·米哈伊洛维奇，无论如何不会像人们描绘的那样。”

“要好些？”

“好些还是坏些，这很难说，不过不会是那副样子。怎么样，我们走吧？”

“您先稍微坐坐。老实说，我总觉得这事有些古怪……”

“请问，指什么事？”

“就是您，就是您这个人怎么会成为伊琳娜·帕芙洛芙娜的朋友？”

波图金拿目光打量一下自己。

“就我这副模样，就我的社会地位而言，的确是不可思议的；不过您知道莎士比亚早就说过：‘霍拉旭，天地之间有许多事情……’① 如此等等，等等。人生不会一帆风顺。我给您打个比方说吧：您面前有棵大树，没风的时候底下的叶子怎么也碰不上树梢的叶子吧？怎么也碰不上。可是刮来一场暴风，一切都乱成一团——于是这两片叶子就碰到一起了。”

“啊哈！这么说是出现过暴风？”

“当然。人生中怎么会没有风暴？不过我们暂且把哲学放在一边。赶快走吧。”

利特维诺夫还犹豫不决。

“唉，天哪！”波图金做个滑稽的鬼脸，喊道：“如今的年轻人可真了不得！一位漂亮的太太邀请他，还专门派人来请，他却装腔作势！您应该感到害臊，亲爱的先生，您应该害臊。这是您的帽子，拿起来就‘向前冲’！这是我们那些热情的德国朋友常说的话。”

利特维诺夫又若有所思地站了一会儿，终于拿起帽子，跟波图金走出房间。

① 见莎士比亚《哈姆雷特》第一幕第五场。下文是：“是你们的哲学所梦想不到的。”——译者注

十二

他们来到巴登一家最高级的旅馆，要求见拉特米罗夫将军夫人。看门人先问过他们的姓名，然后才告诉说："公爵夫人在家。"并亲自带领他们走上楼梯，亲自敲房门报告有客人来。公爵夫人立刻接见了他们。只有她一个人在家：她丈夫到卡尔斯鲁厄去拜见一位路过那里的颇有势力的大员。

波图金和利特维诺夫跨进门槛的时候，伊琳娜正坐在一张小桌旁用十字布绣花。她连忙把刺绣扔到一边，推开小桌站起身来。她脸上洋溢着由衷的喜悦。她身穿一件晨装的连衣裙，领口紧贴脖颈，透过薄薄的衣服隐约露出肩头和臂膀优美的轮廓。随便挽起的辫子一下子散开，低垂在纤细的脖颈上。伊琳娜向波图金投去一瞥，悄声说了声"谢谢"，把手递给利特维诺夫，客气地责怪他太健忘。"还算是老朋友呢。"她补充说。

利特维诺夫刚要表示歉意。"好了，好了！"她连忙说，并亲热地夺下他的帽子，硬让他坐下。波图金也坐下来，但立刻又站起身说他有急事要办，等午饭后再来，便一一告辞。伊琳娜又向他投去飞快的一瞥，友好地点点头，但是并没挽留他，等他在门帘后面刚一消失，便急不可待地转过脸对着利特维诺夫。

"格里戈里·米哈伊雷奇！"她开始用俄语说，声音温柔而又清脆，"现在终于只剩下我们俩了，我可以告诉您，这次重逢我非常高兴，因为这……这使我有机会（伊琳娜直视着他的脸）……请求您的原谅。"

利特维诺夫不禁打了个寒战。他没料到她单刀直入，立刻发起进攻。他没料到她一张口就提起那段往事。

“什么事……有什么原谅的……”他讷讷地说。

伊琳娜脸红了。

“什么事……您心里明白是什么事。”她说着把脸稍微扭到一旁，“我对不起您，格里戈里·米哈伊雷奇……尽管，当然，这是我命中注定的（利特维诺夫想起她写给他的那封信），不过，我并不后悔……不管怎么说，后悔也太晚了。不过这次突然遇见您，我就对自己说，无论如何我们要做个好朋友，无论如何……如果连这一点都做不到，我会痛苦死了……我觉得为了达到这个目的我们之间必须解释清楚，不能拖延，一次就了结，免得以后再有什么……难为情，什么不愉快的，格里戈里·米哈伊雷奇，一次就作罢；所以您必须告诉我，您原谅我了，不然我还会以为您……喜欢记仇。是呀，就我本身来说，这种要求也许太过分，因为您大概早已把这件事忘了，但是，不管怎么说，请您告诉我，您原谅了我。”

伊琳娜一口气说完这一席话，利特维诺夫发现她眼睛里闪着泪花……是呀，的确是泪花。

“您说的哪里话，伊琳娜·帕芙洛芙娜，”他急忙说，“您又是道歉，又是请我原谅，就不觉得难为情吗？……那都是过去的事了，早忘得干干净净，令我奇怪的倒是您既然取得辉煌的成功，还能记得年轻时候默默无闻的小伙伴……”

“这让您奇怪吗？”伊琳娜轻声说。

“让我感动，”利特维诺夫接下去说，“因为我无论如何想象不到……”

“可您还没对我说：您原谅我了。”伊琳娜打断他的话。

“我真心实意为您的幸福而高兴，伊琳娜·帕芙洛芙娜，我由衷地祝您万事如意……”

“不记仇？”

“我只记得您曾经给予我的最美好的时光。”

伊琳娜向他伸出双手。利特维诺夫把她的手紧紧握住，没有立刻松开……由于这一温柔的接触，他心中早已忘却的感情偷偷地蠢蠢欲动了。伊琳娜又直视着他的脸；然而这次她是笑意盈盈的……他也头一次目不转睛地凝视着她……他又辨认出曾经令他难忘的面庞，那双深邃的眼睛和不同寻常的睫毛，还有脸蛋上的那颗痣，前额上一绺别致的发卷，还有撇嘴时那副可爱又可笑的样子和微微扬起眉毛的习惯，所有这一切他都辨认出来了……然而她出落得多么标致！年轻女人的身体有多么美丽，多么诱人！那张清新、纯洁的脸上没涂胭脂，没擦香粉，她也没染头发，没有任何修饰……是呀，她的确是一位美女！

利特维诺夫不禁陷入遐想……他两眼一直望着她，可他的思绪早已飞向远方……伊琳娜觉察到这一点。

“这样就好。”她大声说，“现在我的良心得到了安宁，我也可以满足我的好奇心了……”

“好奇心？”利特维诺夫说，仿佛莫名其妙。

“是呀，是呀……我一定要知道您在这段时间里都干些什么，您有什么打算；我什么都想知道，知道您在什么时候干些什么，怎么干的……一切，一切。而且您必须跟我说实话，因为我事先提醒您，我对您一直关注……在可能的范围之内……”

“您一直注意我，您……在那里，在彼得堡？”

“正像您所说的那样，在取得辉煌的成功之际，正是这么回事，是呀，我一直没放下您。关于辉煌以后再说；现在您应该把很多事情都告诉我，要讲上很久，好在不会有人来打扰我们。啊，这有多好呀！”伊琳娜补充说，快活地坐在安乐椅上，把衣服弄得整整齐齐，“好了，请开始吧！”

“我开讲之前首先要感谢您。”利特维诺夫说。

“感谢什么？”

“感谢摆在我房间里的那束花。”

“什么花？我根本不知道那么回事。”

“什么？”

“我跟您说我什么也不知道……不过我正等待着……等您讲您的故事……啊，这个波图金真有能耐，竟把您给请动了！”

利特维诺夫竖起了耳朵。

“您跟这位波图金先生早就认识吧？”他问。

“早就认识……不过您开始讲吧！”

“跟他非常熟吗？”

“啊，挺熟！”伊琳娜叹了口气，“这里面有个特殊情况……您当然听说过艾丽莎·别利斯卡娅？……就是前年死的那位小姐，死得非常惨。啊，是了，我忘了您并不了解我们那些事情……您真幸运，您不了解才真算幸运……太幸运了！终于，终于有个活生生的人一点儿也不了解我们的事！而且可以用俄语交谈，尽管我讲起俄语来别别扭扭，但毕竟是俄语，而不必老像在彼得堡那样讲一种令人讨厌、怪里怪气的法语！”

“您是说波图金跟那位小姐有瓜葛……”

“我一想起这件事就非常伤心！”伊琳娜打断他说，“在学校的时候艾丽莎跟我是要好的朋友，后来到了彼得堡我们也经常在宫中见面。她跟我无话不说。她这一生非常不幸，吃了不少苦。波图金在这方面表现非常出色，像个真正的骑士！他做出了自我牺牲。直到这时我才认识到他真了不起！不过我们又离开正题了。我等着听您讲呢，格里戈里·米哈伊洛维奇。”

“我讲的故事丝毫不会引起您的兴趣，伊琳娜·帕芙洛芙娜。”

“这您就不必管了。”

“您想想看，伊琳娜·帕芙洛芙娜，我们十年没见面了，整整十年。从那时候算起有多少光阴像流水一般逝去了。”

“似水流年！似水流年！”她反复说，流露出一种特别痛苦的神情，“所以我才想听您讲讲。”

“再说，我真想不出该从何说起。”

“从开头说，从您……从我去了彼得堡，您当时就离开了莫斯科……您知道吗？从那以后我就再也没回过莫斯科。”

“真的吗？”

“从前是不可能，后来我出嫁之后……”

“您早就出嫁了吗？”

“三年多了。”

“您没有孩子吗？”

“没有。”她冷冰冰地回答说。

利特维诺夫沉默不语了。

“那么您出嫁以前就一直住在这位……怎么称呼来着？赖森巴赫伯爵家里？”

伊琳娜仔细看他一眼，仿佛想弄清他为什么要提这个问题。

“不……”她终于说。

“这么说，您的父母……顺便问问，我还没问过他们可都好。他们……”

“他们身体都挺好。”

“他们仍然住在莫斯科？”

“仍然住在莫斯科。”

“那您的兄弟姐妹呢？”

“他们也都挺好的，我把他们都安排得挺好。”

“啊！”利特维诺夫皱着眉头看了伊琳娜一眼，“说真的，伊琳娜·帕芙洛芙娜，应该讲一讲的不是我，而是您，如果只要……”

他突然若有所悟，打住话头。

伊琳娜把双手举到胸前，转动着手指上戴的订婚戒指。

“没关系，我会讲的。”她终于说，“等什么时候……我会讲的……不过现在您先讲……因为您看到了，我尽管一直注意您的行踪，却似乎什么消息也听不到；可关于我……关于我的事，您大概听到了不少，对不对？您一定听到过，请都告诉我。”

“您，伊琳娜·帕芙洛芙娜，在社交界的地位太惹人注目了，难免引起种种议论……尤其是在我们外省，到了那里不管什么传闻都信以为真。”

“那么您相信这些传闻了？都传了哪一类的话?”

“说实在的，伊琳娜·帕芙洛芙娜，这些传闻很少传到我的耳朵里，因为我过的是与世隔绝的生活。”

“这怎么可能呢？您不是还到过克里木吗？参加民团了吗?”

“您连这件事也知道?”

“那还用说。我跟您说过，我一直注意您的行踪。”

利特维诺夫又不能不感到惊讶。

“既然不用我说您都知道了，又何必叫我说呢?”利特维诺夫低声说。

“为了……为了满足我的要求。因为我一直在恳求您，格里戈里·米哈伊洛维奇。”

利特维诺夫垂下头，开始讲他那并不复杂的经历……开头有些前言不搭后语，也非常笼统。还不时停顿下来，用询问的目光看看伊琳娜，意思是：说够了吧？然而她仍然一个劲儿让他讲下去，她把头发拢到耳朵后面，臂肘支在安乐椅的扶手上，似乎在倾听他的每个字眼。如果有人从侧面观察她，注意她的面部表情，不免会想，她压根儿没听利特维诺夫对她讲些什么，只是沉浸在自己的内心世界里……尽管她眼盯盯地看着利特维诺夫，把他看得不好意思，脸色涨红，然而她看的并不是利特维诺夫。在她眼前浮现出整个人生，不过不是他的，而是她自己的。

利特维诺夫没讲完，心里感到处境尴尬，而且越来越不自在，便沉默不语了。这一次伊琳娜没再说什么，也没请他继续讲下去，用手掌捂住眼睛，仿佛太疲倦了，慢慢靠在椅子背上一动不动。利特维诺夫等待了一会儿，意识到这次来访已经超过两个小时，正要伸手去拿帽子，突然听到隔壁的房间里响起一阵精致的漆皮靴快步走动的吱嘎声，空气中还传来一阵贵族近卫军才用的香水的特别的气味。瓦列里安·弗拉基米罗维奇·拉特米罗夫走了进来。

利特维诺夫从椅子上站起来，跟这位体面的将军互相施礼。伊琳娜却不慌不忙地把手从脸上拿下来，冷眼瞥了丈夫一眼，用法语说：

“啊，您已经回来了！现在几点钟了？”

“快四点了，我亲爱的朋友，你怎么还没换衣服？该让公爵夫人等我们了。”将军回答说，把勒得紧绷绷的身子转向利特维诺夫的方向，优雅地一弯，用他特有的、几乎娇气的玩笑口吻补充说：“必是这位贵客使你连时间都忘了。”

在这里请读者允许我介绍一下拉特米罗夫将军的身世。他的父亲是私生子……您有何想法？您猜得不错——不过我们想说的并不是这件事……他父亲是亚历山大时代一位权臣跟一位漂亮的法国女演员生的儿子。这位权臣把儿子培养成人，却没给他留下财产——这个儿子（就是我们的主人公的父亲）也没能发迹；权臣死的时候不过是上校军衔，还当过警察局长。他临死的前一年跟一个求他庇护的年轻寡妇结了婚。他跟这个寡妇生的孩子就是瓦列里安·弗拉基米罗维奇。托人情送入贵族子弟学校。他在学校里颇得校长的赏识——倒不是凭学习成绩，而是凭姿势端正、举止潇洒和品行优良（尽管他经受过官办军校学生都不可避免要受到的种种折磨）——然后进入近卫军。他在近卫军里官运亨通，由于他性格谦虚而又快活，跳舞跳得灵巧，在阅兵式上当传令兵表现出高明的骑术（他多半是借别人的马骑），最后还有他的绝招——恭敬而又不失亲昵，几乎像孤儿一样苦苦地巴结奉承，当然也不免掺杂一般的像羽毛一样轻飘的自由主义……不过这种自由主义并不妨碍他被派到叛乱的白俄罗斯农村执行镇压任务，亲自鞭打过五十个农民。他长得一表人才，年轻英俊，油光水滑，脸色红润，机灵善变而又会献殷勤，所以在女人当中取得惊人的成功：一些显贵的老太婆喜欢他喜欢得了不得，简直到了神魂颠倒的地步。拉特米罗夫将军一贯小心谨慎，工于心计而沉默寡言，就像一只勤劳的蜜蜂，从最次的花上也能采到蜜。他周旋于上层社会，既没有高尚的道德，也没有什么学问，却赢得精明的声誉，因为他善于察言观色，审时度势，最主要的还是凭他那孜孜以求地为自己攫取好处的顽强意志——他终于发现他面前所有的道路都畅通无阻……

利特维诺夫勉强地笑笑。

“怎么?”伊琳娜依然用冷淡的口吻说，“您见到伯爵了吗?”

“当然见到了。他命我给你带好。”

“啊！您的这位保护人还像从前那么愚蠢吗?”

拉特米罗夫将军没有回答，只是从鼻孔里轻轻一笑，好像为了表示对妇人之见的浅薄加以宽容。好心的成年人往往用这种笑声来回答孩子们小小的越轨行为。

“是了，”伊琳娜补充说，“您那位伯爵愚蠢到惊人的地步，这种人我可见得多了。”

“是您让我去见他的。”将军咬牙切齿地说，然后转过身用俄语对利特维诺夫说：“您喝不喝巴登的矿泉水?”

“谢天谢地，我身体挺好，用不着喝。”利特维诺夫回答。

“这就好，”将军接下去说，还客气地龇牙一笑，“一般说来，凡是到巴登来的人并不是为了治病；不过这里的矿泉水的确能治病，我是说有益于健康；比如像我这类患有神经官能症的人……”

伊琳娜急忙站起身来。

“我们还要见面的，格里戈里·米哈伊洛维奇，而且我希望不会太久。”她用法语说，轻蔑地打断丈夫的话，“现在我要去换换衣服。这位老公爵夫人老爱搞这些郊游，真让人烦死了，除了枯燥乏味，什么意思也没有。”

“您今天对谁都这么挑剔。”她丈夫嘟哝一句，就溜进隔壁去了。

利特维诺夫朝门口走去……伊琳娜又叫住了他。

“您今天把什么都告诉我了，”她说，“就是隐瞒了最主要的。”

“什么事?”

“听说您要结婚了?”

利特维诺夫的脸立刻涨红到耳根……他的确是有意没提塔妮娅；然而他感到非常气愤：首先是伊琳娜竟然知道他要结婚的事，其次是她仿佛揭露他有意隐瞒这件事。他真不知道该怎么说好，而伊琳娜用眼睛盯住他不放。

“是的，我是要结婚。”他终于说出来，并且立刻走掉了。

拉特米罗夫又回到房间。

“喂，你怎么还不换衣服？”他问。

“您自己去吧，我头疼。”

“可公爵夫人那里……”

伊琳娜把丈夫从下到上打量一番，转过身走进自己的房间。

十三

利特维诺夫对自己十分不满，好像他玩轮盘赌一下子输个精光，或者没有履行自己的诺言。内心的声音告诉他，他已经不是小孩子，他作为成年人，作为未婚夫，不应该受好奇心的驱使，更不应该受旧情的诱惑。“我真不应该去！”他想，“她不过是卖弄风情，心血来潮，捉弄捉弄人……她闲得无聊，对一切都感到厌倦，便抓住我不放……吃惯山珍海味的人突然想尝尝黑面包……那也不错。可我干吗要送上门去？我怎么还能……瞧得起她？”最后这句话尽管是在内心里说的，也费了很大劲儿。“当然，这事并没有什么危险，也不可能有危险。”他继续思忖道，“我知道是跟什么人打交道。不过不管怎么说，不应该玩火……我的脚再也不会踏进她的门槛。”利特维诺夫不敢对自己承认，也不能承认，在他的心目中伊琳娜有多么美，伊琳娜在他心中引起多么强烈的感情。

第二天又过得糊里糊涂，无精打采。吃午饭时，利特维诺夫赶巧坐在一位神气十足的大块头旁边。这个家伙染了胡子，一直不吭声，只是呼哧喘气，瞪圆了眼睛……然而他突然打个饱嗝才露出老底，也是俄国人，因为他气冲冲地用俄语说：“我早就说不该再吃那个香瓜！”晚上也没有什么开心的事：宾达索夫当着利特维诺夫的面赢了一大笔钱，比他从利特维诺夫那里借去的要多三倍，可是他不但不还债，甚至恶狠狠地盯着利特维诺夫的脸，仿佛因为利特维诺夫看到他赢钱而准备更加严厉地加以惩罚。第三天早晨又来一大群同胞；利特维诺夫好容易才摆脱他们，径自上山，一下子遇到伊琳娜——他装作没认出她的样子急忙从一旁走过——接着又遇见波图金。他本想跟波图金搭话，可是波图金爱理不理的。波图金一手牵着一个穿得很漂亮的小女孩，小孩蓬松的头发几乎是白色的，两只大眼睛是深色的，苍白的小脸有些病态，露出娇惯的孩子特有的颐指气使和不耐烦的神情。利特维诺夫在山上转悠了两个小时，然后沿着利希滕泰尔林荫路往回走……长椅上原来坐着一位戴蓝面纱的太太，她急匆匆站起，走上前来……他认出是伊琳娜。

“您为什么要躲着我？格里戈里·米哈伊雷奇！”她说话的声音有些颤抖，大凡憋了一肚子火的人说话都这样。

利特维诺夫不知所措了。

“我躲着您？伊琳娜·帕芙洛芙娜？”

“是的，您是躲避我……您……”

伊琳娜似乎非常激动，几乎怒不可遏。

“您弄错了，我保证没有这回事。”

“不，我没看错。难道今天早晨——我们对面相遇的时候，难道我还看不出来您认出是我？请问，难道您真没认出来？您说呀！”

“我确实……伊琳娜·帕芙洛芙娜……”

“格里戈里·米哈伊诺维奇，您是个坦率的人，您一向实话实说，请问，请告诉我：您是不是认出我来了？您是故意扭过脸去的，对不对？”

利特维诺夫看着伊琳娜。她两眼闪射出一种奇怪的光辉，透过面纱的密网也看得出她的脸颊和嘴唇像死灰一样苍白。她的面部表情和急促的低语流露出极度的悲哀和不可抗拒的恳求……利特维诺夫再也不能装假了。

“是的……我是认出您来了。”他不免吃力地说。

伊琳娜轻轻打了个寒战，轻轻放下双手。

“那您为什么不过来见我？”她悄声说。

“为什么……为什么？”利特维诺夫离开山径走到一边，伊琳娜也默默地跟在他后面。“为什么？”他又重复一遍，他的脸突然红了，一种类似怨恨的感情充塞胸中，卡在喉咙里：“您……您问为什么？

在你我之间发生这种情况之后还问为什么？当然不是指现在，不是现在，而是以前……在那里……在莫斯科。”

“可是我们已经说好了，您不是答应过……”伊琳娜刚要说。

“我什么也没答应。请原谅我说话不大客气，但是您要我说出真心话——那么您自己想一想：您这样苦苦追求，如果说不是卖弄风骚……老实说，我真无法理解……您叫我怎么说呢？……您不过是想试试您对我还能有多大影响。我们的道路相差太远了！我早都把这一切忘了，我的创伤早已愈合，我已完全变成另外一个人了；您已经结婚，得到了幸福，起码从外表上看是这样，您在上流社会享有令人羡慕的地位。我们又何必接近呢？我对您会有什么用处？您对我又会有什么好处？我们现在彼此不能理解，现在我们之间没有任何共同点，无论是从前，还是现在，尤其是……尤其是从前！”

利特维诺夫这一席话说得很急促，而且断断续续，连头也没回。伊琳娜一动不动，只是有时轻轻向他伸出手。她似乎想求他别再往下说了，求他也听听她的话，当她听到他说出最后两句话时轻轻咬住嘴唇，仿佛想压住突然而剧烈的刺痛。

“格里戈里·米哈伊洛维奇。”她终于说，声音已经稍稍平静，她走到离山径更远的地方，因为路上偶尔有行人走过……

利特维诺夫这回跟在她后面。

“格里戈里·米哈伊雷奇，请您相信我：我如果想象得出对您还有丝毫左右的能力，我首先就会回避您。我既然没那么做，尽管我曾经……有过对不起您的地方，我还是决心同您恢复往来，正是因为……因为……”

“因为什么？”利特维诺夫几乎粗暴地问。

“因为，”伊琳娜接下去说，突然来了劲头，“因为在这个上流社会里我已经忍受不了啦，我在您所说的令人羡慕的地位上憋得喘不上气来；因为天天跟这些死木偶打交道——至于这些木偶的标本，三天前您在古堡里已经见识过了——突然又遇见您这样一个活生生的人，就像在沙漠里遇见了清泉，高兴得不得了，而您却说我卖弄风骚，怀疑我的用心，拒人于千里之外，就是因为我从前的确对不起您，其实，我更对不起的是我自己！”

“是您自己选择的这种命运！”利特维诺夫阴郁地说，仍然不肯回头看她。

“是我自己，是我自己……我谁也不怨，我也没有权利怨天尤人。”伊琳娜连忙说，似乎利特维诺夫的冷酷无情反而让她暗暗高兴，“我知道您应该责备我，我也不辩解，我只想对您说清楚我的感情，我想让您相信，如今我已顾不得卖弄风骚……我怎么会对您卖弄呢？这也没什么意思……我这次遇见您，心中一切最美好的东西，青春时代的感情都一下子苏醒了……那时我还没决定自己的命运，一切美好的东西都留在那里，留在那光明的时刻，整整有十年之久……”

“请允许我说一句，伊琳娜·帕芙洛芙娜！据我所知，您一生中的光明时刻恰恰是从我们分手之后开始的……”

伊琳娜用手绢捂住嘴。

“您这话说得太残酷了，格里戈里·米哈伊雷奇，不过我不能生您的气。唉，不，那可不是什么光明时刻，我离开莫斯科并不是为了追求幸福，我连一时一刻的幸福也没得到……请相信我，不管别人对您说些什么都不要相信。如果我过得非常幸福，我会像现在这样跟您讲话吗？……我再说一遍，您不了解他们是些什么人……他们不但一无所知，而且对什么也不同情，他们甚至没有头脑，既没有智慧，也没有修养，只懂得狡猾和奸诈；说起来，他们对音乐、诗歌和艺术都一窍不通……您可能说我自己对这些东西也并不怎么热心，可是我跟他们不一样，格里戈里·米哈伊雷奇……跟他们不一样！现在站在您面前的不是什么上流社会的贵妇人，您只看我一眼就知道，我不是交际花……人们好像都这么称呼我……而是一个可怜的女人，一个值得同情的可怜女人。我这么说您不要奇怪……我现在已经没有自尊心了！我像一个乞丐向您伸手求援……我在求您施舍。”她突然补充说，流露出无法控制的冲动：“我在求您施舍，而您……”

她说不出声来了。利特维诺夫抬起头看了伊琳娜一眼。她呼吸急促，嘴唇直哆嗦。他的心突然猛烈跳动起来，他的怨恨也烟消云散了。

“您方才说我们走的路相差太远，”伊琳娜接着说，“我知道您就要结婚了，你们志同道合，你们这一辈子的计划已经安排好了，这是理所当然的，不过我们之间也并非格格不入，格里戈里·米哈伊雷奇，我们能够互相理解，或许您以为我已经完全失掉理智，在这个泥潭里沾满了污泥。啊，不，请不要这样想！请给我一次吐吐苦水的机会，求求您了，哪怕是看在以前那些时光的分上，如果您还不愿意忘掉的话。请不要让我们这次重逢白白过去，那将是件非常痛苦的事，况且我们相聚的日子不会很长……我不会说话，但是您应该理解我，因为我的要求那么微小，很小……只是一点点的同情，只求您别不理我，让我吐吐苦水……”

伊琳娜说不下去了，她的声音含着痛苦。她长出一口气，用探询的目光怯生生地斜眼瞥了利特维诺夫一眼，向他伸出了手……

利特维诺夫迟迟疑疑地抓住她的手，软弱无力地握了握。

“让我们做朋友吧。”伊琳娜悄声说。

“做朋友。”利特维诺夫若有所思地重复说。

“是呀，做朋友……如果这个要求还过分，我们起码可以算作老相识……随便点儿，就像什么事也没发生过……”

“就像什么事也没发生过……”利特维诺夫又重复说，“您方才对我说，伊琳娜·帕芙洛芙娜，我不愿意忘掉从前的事……可我怎么能忘得了呢?”

伊琳娜的脸上闪过一丝欣慰的微笑，然而立刻消失了。换上一副担心、几乎恐惧的表情。

“格里戈里·米哈伊雷奇，请您也像我一样，只记住美好的东西；主要是您现在必须答应我……向我保证……”

“什么?”

“不再躲避我……别无缘无故让我伤心……您肯答应吗？请您告诉我！”

“好吧。”

“把一切不好的念头从脑子里抛掉，好不好？”

“好吧……不过，我对您仍然无法理解。”

“没有这个必要……不过，过一段时间您总会理解我的，这么说，您答应了？”

“我已经说过：好吧。”

“那就谢谢您了。您瞧，我向来信任您。今天和明天我都不出门，一直在家等您。现在我不得不离开您。大公夫人从林荫路上走过来了……她已经看见我了，我不能不前去见她……再见……请把您的手伸给我，快，快，再见了。”

伊琳娜紧紧握了一下利特维诺夫的手，便朝那位高贵的中年贵妇人走去，只见那贵妇人走在沙石路上，迈步十分吃力，旁边有两个女人陪着她，另外还有一个非常漂亮的童仆穿着号衣跟着。

“您好，亲爱的。”那位贵妇人说，见伊琳娜在她面前恭恭敬敬地行屈膝礼，“您今天好吗？陪我走一走。”

“多谢夫人的盛情。”传来伊琳娜谄媚的声音。

十四

利特维诺夫等大公夫人跟她的随从人员走远之后，才走上林荫路。他说不清自己心情如何：既感到羞愧不已，甚至感到害怕，又觉得自尊心得到了满足……这次跟伊琳娜的谈心突如其来，让他不知所措，她那急促热切的话语好像一阵滂沱大雨落在头上。“这些社交界的女人真奇怪，”他想，“她们的行为真乖张……她们所处的环境使她们变坏了，连她们自己也感受到上流社会的丑恶！……”其实他心里想的并不是这个，只是机械地重复那些老生常谈，仿佛借此可以摆脱更令他害怕的念头。他明白他现在不能认真思考问题，不然他就应该谴责自己。他放慢脚步往前走，几乎集中精神观察迎面路上碰到的一切……他突然走到一张长椅跟前，发现长椅前有一双脚，他顺着脚往上瞅……原来是个人坐在椅子上看报，再看这个人竟然是波图金。利特维诺夫发出轻轻的惊叹。波图金把报纸放到膝盖上，毫无笑意地仔细打量着利特维诺夫，利特维诺夫也毫无笑意地看着波图金。

“可以在您旁边坐坐吗？”他终于问。

“请坐，请赏光。只是我要事先声明：您如果想跟我谈谈，请不要生气——我这阵子心情坏极了，我觉得所有的事物都可恶至极。”

“这没关系，索宗特·伊万内奇，”利特维诺夫边说边在长椅上坐下来，“这样反倒更好……不过是什么事把您气成这个样子？”

“说实在的，我本不该发火。”波图金说了起来，“我方才在报上看到俄国的司法改革方案，还真挺满意：我们终于学聪明了，不再借口什么独立性、人民性或独特性，在欧洲清楚明确的逻辑后面安上自己的尾巴，相反，把别人的好东西全部拿过来，在农民问题上做点让步就行了……不必去动用公有的份地！……是呀，是呀，我是不该发火，可是倒霉的是碰上一位俄国天生的能人，我跟他聊了一阵，恐怕将来我躺到坟墓里，这些天生的和自学成才的能人也不会让我安静！”

“什么样的能人？”利特维诺夫问。

“这里有位先生到处自卖自夸，说他自己是天才音乐家。‘我当然算不了什么，’他说，‘我不过是个零，因为我没念过书，但是我的旋律和构思要比梅耶贝尔①多得多。’我首先问他，‘你为什么不去上学’，其次，不用说梅耶贝尔，就是德国末流乐团的末流长笛手也要比我们所有的天生的音乐家的创作思想丰富二十倍，只不过这些长笛手只把构思藏在肚子里，决不会在莫扎特和海顿的故乡到处卖弄。而我们这位天生的音乐家只随便弹上一支华尔兹舞曲或浪漫曲，便两手往裤兜里一插，轻蔑地撇撇嘴说：‘我是天才。’学术界也是如此，到处都一样。这些天生的能人真叫人讨厌！谁不知道只有缺乏真正科学家和真正艺术家的地方才会把这些人抬出来撑门面。难道现在不该把这种自卖自夸的，这些庸俗的废物统统丢掉吗？还有那些陈词滥调，说什么‘我们俄国从来没饿死过人’，‘我们的路四通八达’，‘我们人多势众，可以打垮一切敌人’，等等。我最看不惯的就是吹嘘俄国人最有天赋，有天才的本能，我们出了个库利宾②……先生们，这算什么天赋？这不过是说梦话，或者更类似野兽的机智。本能还值得吹嘘吗？您到森林里抓一只蚂蚁，把它送到离蚂蚁窝一里之外的地方，它也会爬回家去，人就做不到这一点。这能说明人还不如蚂蚁吗？本能，哪怕最了不起的本能，也无法跟人相比：人有理智，只有普通的健全的理智，似乎平平常常，却是我们真正的财富，是我们的骄傲。理智不会玩这类把戏，所以人类的

---

① 梅耶贝尔（1791—1864），德国作曲家。——译者注

② 库利宾（1735—1818），俄国自学成才的力学家，发明过多种机械，设计过涅瓦河上的单孔桥。——译者注

一切都要靠理智。至于库利宾，他并不懂机械原理，他造出来的钟很不像样子，要我说应该把这座钟钉在耻辱柱上，目的是告诫人们：你们看看吧，不应该这么做。库利宾本人并没有错，只是他做出的东西太糟糕。至于夸奖捷卢什金能爬上海军部大楼的钟顶，说他胆子大人机灵，没什么不可以的，为什么不能夸奖他呢？只是不该大肆宣扬，说他把德国建筑师都给盖了，说德国人有什么能耐——他们只会捞钱……他盖不了德国人：最后还是在尖顶四周搭上脚手架，按正常的办法修好的。看在上帝的分上，我们俄国不能鼓励那种不学习就什么都可以搞成的想法！不，即使你聪明绝顶，也要好好学习，从头学起！不然就闭上你的嘴，夹起尾巴坐在那里好了！唉，天气还真热起来了！”

波图金摘下帽子，用手绢扇扇风。

“俄国的艺术，”他又说起来，“俄国的艺术！……俄国妄自尊大，这我知道；俄国人无能，我也知道；可是俄国的艺术，对不起，我还从来没见过。二十年来我们一直崇拜徒有虚名的布留洛夫①，还以为我们也创造了一个流派，而且比其他一切流派都更纯粹……俄国的艺术，哈哈哈，嘿嘿！”

“不过，请原谅，索宗特·伊万内奇，”利特维诺夫说，“这么说，您连格林卡也不承认了？”

波图金挠挠耳朵后面。

“您知道，没有例外也就没有规律。不过在这个问题上，我们也不必自吹自擂。比如说，格林卡的确是一位出色的音乐家，由于内部和外部的种种原因，他没能成为俄国歌剧的奠基人——这一点谁也不会争辩。可是不行，这怎么成！一定要把他封为音乐界的大元帅，宫廷大臣，对其他民族则加以贬低，说什么他们就没有这样的天才，还马上向您指出某某是土生土长的‘强力’② 天才，其实他

① 布留洛夫（1799—1852），俄国画家，其画作既有浪漫色彩，又有生活气息，形成画派。但作者对他颇有贬低，说他缺乏诗意。——译者注

② 当指强力集团的音乐家，如穆索尔斯基等。——译者注

的作品不过是模仿外国二流艺术家的——正是二流的，因为二流的容易模仿。根本不是那么回事！唉，这些可怜无知的傻瓜，他们不承认艺术的继承性，他们把拉波之类也当成了艺术家，说外国人用一只手能举起六普特，那么我们的大力士就能举起十二普特！根本没有那码事！我想斗胆报告这样一件事：它一直装在我的脑子里，萦绕不去。今年春天我到伦敦附近参观了水晶宫，您知道，好像举办博览会，展出人类所有的发明，称得上是一部人类的百科全书。我到处走走看看，看看这些机器、工具和伟人的塑像。我当时就想，如果有人发布一道命令——把地球上已经消失的民族所发明的东西立刻从这座水晶宫里搬出去，那么假设我的母亲——信奉东正教的罗斯堕入地狱，那么那里连一根钉子或一枚大头针也不用动：一切都原封不动地摆在那里，因为连茶炊、树皮鞋、车轭和鞭子——虽说是我国的有名产品，却都不是我们发明的。这种事连桑维奇群岛也不会发生，那里的居民起码还发明一种小船和标枪，一旦少了这两样东西，参观的人就会发现。‘这是诽谤！这话说得太刻薄。’——您可能这样说……可是我要说：首先，我批评什么从来不吞吞吐吐；其次，所有人不但不敢正视魔鬼，而且不敢正视自己，在我国不光小孩子喜欢让人哄着睡觉，大人也如此。我们古老的发明是从东方拿过来的，新的发明是从西方马马虎虎搬过来的。我们还口口声声说（这些是）我们特有的俄国的艺术！有些青年人甚至发明了俄国科学，说我们也是二二得四，甚至比外国人算得更流利。”

“可是，请等等，索宗特·伊万内奇，”利特维诺夫喊出声来，“请等等！我们毕竟有些也能送进世界博物馆里去展览的东西，欧洲总要从我国采购一些东西吧？”

“是呀，采购原料、半成品。仁慈的先生，有一点请您注意：我们的原料之所以好，大半是因为其他条件太差。比如我们的猪鬃又长又硬，是因为猪太差，而牛皮又厚又结实，是因为牛太瘦；再比如我们的猪油肥，是因为我们在炼油的时候加进了一半牛肉……说起来，我干吗要跟您议论这些东西，您是专门学工艺的，应当比我更清楚。有人跟我谈发明创造，说俄国人善于发明创造！可是我们的地主老爷叫苦不迭，因为烘干机不好使，他们遭受很大损失，如果有了烘干机，他们就不必年年把成捆的麦子送进烘谷房里，这还是留里克时代的老办法。这种烘谷房损失很大，就像树皮鞋和蒲席一样不耐用，而且经常失火。不管地主怎么叫苦，烘干机还是造不出来。为什么造不出来？因为德国人不需要它，他们的粮食可以趁湿脱粒，所以就用不着去发明烘干机，而我们……又发明不了！发明不了——就这么回事！你有什么办法！我发誓从今天起只要碰到天生的或自学成才的能人，我就说：请等一下，尊敬的先生，烘干机在哪里？拿来给我看看！他们哪拿得出来！要说拾起圣西门或傅立叶①早已穿破扔掉的破皮鞋，把它们当宝贝似的恭恭敬敬地顶在头上——这个我们办得到；或者随便写篇文章谈谈法国大城市无产阶级的历史意义和现实意义——这个我们也办得到。有一次我见到一位好写文章的政治经济学家，颇像你们那位伏罗希洛夫先生，我请他说出二十个法国城市的名字，您猜结果怎么样？这位政治经济学家绞尽了脑汁，最后连蒙费梅伊也算成法国城市了，大概他是想起了波尔·德·柯克②的长篇小说了。我还想起了一个笑话。有一次我带上猎枪和猎狗到森林里去转悠……”

“您喜欢打猎？”利特维诺夫问。

“有时候打打。我想到沼泽地里去打田鹬，早就听别的猎人说这片沼泽地多么好。我看见林间有一片空地，小木房前坐着一个店伙计，精神焕发，身体结实得像刚剥掉壳的榛子，坐在那里偷偷地笑，不知他笑什么。我问他：‘沼泽地在什么地方？那里有田鹬吗？’‘请，请。’他立刻唱歌似的说，那神情好像我赏了他一个卢布，

① 圣西门（1760—1825）、傅立叶（1772—1837），都是法国空想社会主义者。——译者注

② 波尔·德·柯克（1794—1871），法国作家，写有小说《蒙费梅伊卖牛奶的女人》。——译者注

‘我们非常欢迎，沼泽地嘛，是最好不过的，至于说到野鸟——上帝在上——要多少有多少。’我往前走，不但没找到一只野鸟，连沼泽地也早就干了。请问，俄国人干吗好说假话呢？政治经济学家为什么要说谎？也胡扯一些什么野鸟。”

利特维诺夫无言以对，只表示同情地叹了口气。

“如果您想跟这位政治经济学家谈谈社会科学中最难的问题，”波图金接下去说，“只泛泛地谈，不接触实际……呸，他会像鸟儿一样，像老鹰一样满天飞。不过有一次我倒是抓住了一只这样的鸟：因为我诱饵下得好，您可以看到是个明显题目。我跟一位所谓的现代青年探讨他们所谓的各种问题，他像平时一样慷慨激昂。其中谈到婚姻，他真像小孩子一样表示激烈反对。我向他摆出种种理由……都被他顶了回来！看样子不管我怎么说也说服不了他。这时我脑子里闪出一个好主意。‘请允许我报告，’我说（跟这些青年谈话必须客客气气），‘仁慈的先生，您让我感到奇怪，既然您是研究自然科学的，怎么至今没注意到这样一个事实：食肉类动物，猛禽和猛兽，天天都要出外捕捉猎物，它们辛勤劳动为的是给自己和孩子搞到肉食……您不是把人类也划入这类动物吗？’‘当然，划入此类。’这位青年回答说，‘一般说来，人类恰恰是食肉动物。’‘也属于猛兽了？’我补充说。‘是猛兽。’他断言说。‘那样一来我就奇怪了，您怎么没发现所有这类动物都是一夫一妻制？’这个青年打个哆嗦：‘怎么会呢？’我说：‘就是这样。比如狮子、狼、狐狸、老鹰和鹞鹰，劳您大驾想想，他们不这样怎么生活？一公一母在一起哺育幼崽还勉勉强强。’这个青年思索起来。他说：‘嗯，人类在这一点上不一定要跟野兽学。’当时我就说他那叫唯心主义，这可把他气坏了，差点儿没哭出来！我不得不安慰他说，我不会把这件事告诉他的伙伴。唯心主义者的帽子那么好戴吗？问题在于当代青年打错了主意。他们以为像从前那样在地底下干苦活的时代已经过去了，父一辈像田鼠一样挖洞，那是活该！让我们也干那种活太低贱了，我们大有用武之地，我们可以行动起来……乖乖！连我们的子孙也未必能行动起来，你们难道就不能学父辈的样子挖挖洞吗？”

接着是一阵短暂的沉默。

“我是这么看的，我的先生，”波图金又开始说，“不仅要把知识、艺术、法律归功于文明，而且连美感和诗意也是在文明的影响下得到发展并且发扬光大的，所谓的民间创作，那种幼稚的不自觉的创作都是十分荒谬的，都是胡说八道。从荷马的作品中已经可以看到精致而丰富的文明痕迹。连爱情也因为文明而变得高尚。斯拉夫派如果听到我这种异端邪说，若不是心肠太软，恨不得把我绞死。不过我还是坚持我的见解——不管他们怎么想劝我读读科哈诺夫斯卡娅的小说《安静的蜂群》，我也决不会欣赏这种俄国农民的精华的精华，因为我不属于上流社会，只有上流社会才需要时时刻刻提醒自己：他们还没完全法国化，其实这类披着俄国外衣的文学也就是为上流社会写的。您哪怕从《安静的蜂群》里挑出一些最精彩、最有‘人民性’的片段去给普通老百姓——真正的老百姓——读读，他们也会以为您是给他们念咒，想替他们治疟疾或让他们醒酒。我再说一遍：没有文明就没有诗歌。您想了解一下没开化的俄国人在诗歌里表达的理想吗？请翻开我们的壮士歌和我们的传说。我不想谈那里面常把爱情说成是中邪、中蛊术、喝迷魂药的结果，甚至把爱情说成是妖术或媚术；我也不想说我们所谓的叙事文学跟所有的欧洲文学和亚洲文学比较起来，只有我国的——请注意——只有我国的（如果不算万卡和丹卡的传说）没有提供典型的情侣形象。神圣的俄罗斯勇士一见到自己的新娘，首先要毫不留情地打她那雪白的身体，所以才说‘女人都是欠揍的’——这一切我都不想说了。请允许我提醒您注意尚未开化的原始的斯拉夫人所想象的男子汉、第一情人的优雅形象是什么样。现在请您瞧吧！这位第一情人朝这里走来了：他穿一件貂皮大衣，皮子缝接得很严密，腰扎一条绸带子高得到腋下，手藏在袖筒里，大衣的衣领高过了头，从前面都看不到红润的脸蛋，从后面看不见白净的脖子，皮帽子歪戴在右耳朵上，脚上穿着精制的羊皮靴，靴子前尖尖得像锥子，靴跟挺高——

围绕着靴尖能滚鸡蛋，靴跟底下能钻进麻雀。这个小伙子迈着有名的碎步走来了，我们的亚西比得①和丘里洛·普连科维奇②就是靠这种小碎步去征服老太婆和年轻姑娘的，效果很灵，这种小碎步一直流传到今天，不过只有饭店里的堂倌才会，走起来所有的关节都放松，别人想学也学不来，这才叫国粹，这是俄国的阔气的精华，是俄国最高尚的趣味。我说这话可不是为了开玩笑：笨拙的剽悍，这就是我们的美学理想。怎么样，这个形象不错吧？其中有很多材料可以用于绘画、雕塑吧？而我们能让小伙子着迷的姑娘'脸蛋儿红得像兔子血'……可是，您似乎并没听我讲？"

利特维诺夫心中一惊。他的确并没在听波图金说些什么，而是在想心事，想伊琳娜，心里怎么也放不下，他在想今天这次邂逅……

"对不起，索宗特·伊万内奇，"他说，"不过我还是想跟您提那个老问题……关于拉特米罗娃太太。"

波图金叠好报纸放进衣袋。

"您还是想知道我跟她是怎么认识的？"

"不，不是那个问题。我是想听听您的意见……她在彼得堡究竟干了些什么？具体说说，她扮演的是什么角色？"

"可是说实在的，不知道该怎么对您说，格里戈里·米哈伊洛维奇。我跟拉特米罗娃太太是挺熟……不过纯属偶然，而且时间也不长。对于她的社交圈子我没仔细考察过，那里发生些什么事我也不清楚。有人对我讲过一些话，您知道，我国不光是民主派中好传瞎话。顺便说一句，我也不感兴趣，不过我看得出来，"他沉吟片刻又补充说，"她让您很感兴趣。"

"是呀，我们谈过两次，相当坦率。不过我一直在问我自己：她是真心的吗？"

---

① 亚西比得（约公元前450—公元前404），古雅典统帅，有一种能博得人们爱戴的本领。——译者注

② 指浪荡公子。——译者注

波图金低垂下头。

“当她爱上一个人的时候，像一切多情的女人一样，会是真心的。有的时候高傲也不允许女人说谎。”

“可是她高傲吗？我倒认为——她反复无常。”

“她高傲得像魔鬼。不过这也没什么。”

“我觉得她有时有些夸夸其谈……”

“这算不了什么，她肯定是真心的。嗯，一般说来，您想从谁那里听到真话？这些太太当中即使最好的也都彻底学坏了。”

“可是，索宗特·伊万内奇，请您想想，您不是自己说是她的好朋友吗？您不是亲自生拉硬拽叫我去见她吗？”

“这话是怎么说的？她求我把您请去。我想：这种好事为什么不干呢？我的确是她的朋友。她也不是没有优点：她为人善良，也就是说慷慨大方，也就是说自己不大需要的东西乐于送给别人。不过，您应当比我更了解她。”

“我十分了解十年前的伊琳娜·帕芙洛芙娜，可是从那以后……”

“唉，格里戈里·米哈伊雷奇，您说到哪里去了？一个人的秉性还能变吗？人生下来是什么样，进坟墓就还是什么样。或者，也许……”这时波图金把头垂得更低了，“也许您是怕落进她的手里？倒也是……可是总免不了要落进什么人的手里。”

利特维诺夫勉强地笑起来。

“您是这样认为的吗？”

“不可避免。男人性格软弱，而女人坚强，机缘巧合，人很难安于乏味的生活，各种欲望更是在所难免……又是美貌，又是柔情，又是温暖，又是光明——怎么能抗拒得了？你会像小孩子扑奔保姆似的迎头扑过去。嗯，过后当然是冷淡、黑暗和空虚……这是必然的结果，你终于对一切都看不惯，觉得一切都不可理解。开头你并不明白怎么堕入情网的，后来你更不明白怎么活下去。”

利特维诺夫瞥了波图金一眼，似乎觉得自己还从来没见过比波图金更孤独、更没着没落、更不幸的人。这一次他丝毫没有胆怯或拘束的样子，只是垂头丧气，脸色惨白，头垂到胸前，双手放在膝盖上，一动不动地坐在那里，只露出一丝凄凉的苦笑。利特维诺夫感到自己可怜这个肝火太盛而又不幸的怪人。

“伊琳娜·帕芙洛芙娜曾经对我提起过，”他悄声说，“她有一个好朋友，大概姓别利斯卡娅还是多利斯卡娅……”

波图金抬起忧伤的小眼睛瞥了利特维诺夫一眼。

“啊！”他沙哑地说，“她提起过这事……是什么意思呢？不过，”他装作打哈欠并补充说，“我该回家了，该吃饭了。请原谅。”

他一下子从椅子上跳起来，不等利特维诺夫再说什么，急匆匆地走掉了……利特维诺夫内心的可怜变成恼怒，他恼怒的当然是自己。他向来不肯无缘无故伤害别人，他方才本想对波图金表示同情，不料反倒变成让人难堪的暗示。他暗自不满，回到旅馆。

“她彻底堕落了。”过一会儿他又想，“可是像魔鬼一样高傲！这个女人，她差点儿没在我面前下跪，能说她高傲吗？她究竟是高傲还是反复无常？”

利特维诺夫想从脑海里驱走伊琳娜的形象，可是无论如何也赶不掉。正因为如此，他才不去想自己的未婚妻，他感觉到这个女人的形象今天不会让位。他决定不再惊慌失措，只管等待这番“奇遇”的结局好了。这个结局不会拖得很久，利特维诺夫丝毫也不怀疑这个结局平淡无奇，不了了之。他这样思忖着，可是不仅伊琳娜的形象不肯离开他，就连她说的每一句话都浮现在他的脑海里。

侍者给他送来一张便条，正是伊琳娜写来的。

您今晚如果有空，请来做客：我不止一个人在家，我请了许多客人——您可以更近地观察他们，这就是我的社交圈子。我希望您能好好看看他们。我觉得他们一定会表现出全部风采。您应当了解我呼吸的是什么空气。请一定来，见到您我将非常高兴，而且您不会寂寞的（伊琳娜连“寂寞”一词也写错了）。请您用行动证明，通过今天的解释，我们之间不会再发生任何误会。

忠实于您的伊

利特维诺夫穿上燕尾服，扎上白领带，便动身去见伊琳娜。“这一切都不重要，”他一路上反复地想，“让我去看看这些人……干吗不去看看呢？这倒挺有意思。”就是这些人几天之前还在他心中唤起另一种感情：当时他们只能令人愤怒。

他加快脚步往前走，把帽子卡在眼睛上，嘴角带着勉强的微笑。巴姆巴耶夫正坐在韦伯咖啡馆前面，远远地指着利特维诺夫对伏罗希洛夫和皮夏尔金兴高采烈地喊道：“你们看见这个家伙没有？他是块石头，是岩石！是块花岗岩!!!”

十五

利特维诺夫来到伊琳娜家后见到很多客人，墙角处摆着一张牌桌，桌旁坐着上次参加野餐的三位将军：胖将军、暴躁的将军和宽容大度的将军。他们正在玩惠斯特，带抓大头的，不管是发牌、吃牌、出梅花，还是甩方块，都是一本正经的样子，用语言难以形容……俨然政府大员正在办公事！平民知识分子和资本家玩牌的时候总好讲些故事，说点儿俏皮话，将军大人跟他们不同，只肯说几句非说不可的话，不过胖将军在两次发牌之间还是铿锵有力地说出一句："这张该死的黑桃尖！"在女客当中利特维诺夫认出几位参加过野餐的太太，但是也有几位他从来没见过。其中有一位老太婆似乎马上会瘫倒在地上：她摇摆着裸露的肩头，肩头呈深灰色，十分吓人——她用扇子遮住嘴，用直勾勾的目光脉脉含情地斜眼看着拉特米罗夫，一副故作多情的样子。他对老太婆也是百般殷勤，因为她是叶卡捷琳娜女皇的最后一位女官，在上流社会备受尊敬。靠窗坐着个一副牧女打扮的太太，正是Ш伯爵夫人，外号叫"胡蜂王"。旁边围着一群年轻人，其中有一位是有名的阔少和美男子菲尼科夫，他的脑袋扁平，那副傲慢的神情俨然布哈拉可汗或罗马国王哈利奥加帕尔。另一位太太也是伯爵夫人，平时人们都简洁地称之为丽莎，她正跟招魂师谈得投机。招魂师留着一头金色长发，脸色苍白。旁边站着的一位绅士也留着长发，脸色苍白，不时意味深长地笑笑。这位绅士也相信招魂术，此外他还能发表预言，能根据《启示录》和犹太教圣法经传预测种种奇迹。虽说他的预言一次也没应验，他却并不觉得难堪，并且继续发表他的预言。钢琴旁边坐着的正是那位天生的音乐家，他曾经把波图金气得够呛，现在他正漫不经心地、心不在焉地用一只手弹着和弦，还漫不经心地四下观看。伊琳娜坐在一张沙发上，两边分别是科科公爵和 X 太太，这位太太曾经是有名的美人，全俄国的才女，但是很久以前就变成了又干又瘦的老太婆，身上散发着素油和走味的毒药的气味。伊琳娜一见利特维诺夫就脸红了，站了起来，等他走上前便紧紧握握他的手。她穿了一件黑绉绸的连衣裙，缀有隐约可见的金箔。她的肩头白皙光洁，脸本来也是白皙的，但在刹那间被一片红晕染红，洋溢着美的、胜利的喜悦之情，而且不仅仅是美的和胜利的，在她半睁半合的眼睛里隐含着几乎嘲弄的快乐，这种快乐还在她的嘴角和鼻孔旁边颤抖着……

拉特米罗夫朝利特维诺夫走来，跟他说了几句客套话，却完全没有以往那种玩笑的口吻，还给他介绍了两三位太太：老朽的女官、胡蜂王和丽莎夫人……她们对利特维诺夫颇有好感，可惜他不属于她们的社交圈子……不过他长相不错，甚至可以说挺帅，他那张年轻的面庞英姿勃勃，赢得她们的垂青，不过他不善于把握住这种垂青——他对社交早已生疏，感到有些不自在。恰好这时胖将军盯住他：“啊哈，喝墨水的来了，自由主义者！”这种盯住人不放的目光似乎在说：“你到底凑到我们跟前来了，伸出小手让我们吻吻吧。”伊琳娜走过来替利特维诺夫解围。她做了巧妙的安排，让他坐在门旁的角落里，离她身后不远。她每逢跟他说话都回过头来，他每次都能欣赏到她那光洁的脖颈的优美线条，闻到她头发发出的幽香。她脸上一直流露着一种深沉而平静的感激之情，他不能不意识到她的微笑、她的目光所表达的正是感激之情，而他自己浑身也沸腾着这种感情，他感到又害羞、又甜蜜、又害怕……与此同时，她好像时时刻刻都想问他：“喂，这些家伙怎么样？”特别是当在座的人有谁说了一句庸俗的话或做出一件庸俗的事，利特维诺夫似乎更加清晰地听到这句无声的询问，而这一类事时有发生，有一次她甚至忍不住笑出声来。

伯爵夫人丽莎是个非常迷信的女人，喜欢相信各种怪事，她跟金发招魂师大谈尤玛、自动旋转的桌子、自动拉响的手风琴等等，最后她向招魂师询问有没有能接受催眠的动物。

“至少有这么一种动物，”科科公爵从远处应声回答，“您认识米列万诺夫斯基吗？我亲眼看到他被人施了催眠术而睡着了，他甚至打起呼噜，我管保这是真事！”

“您太刻薄了，我的公爵，我说的是真正的动物，我说的是动物。”

“我说的，夫人，也是动物呀……”

“真正的动物也有，”招魂师插嘴说，“比如龙虾，龙虾很敏感，容易进入昏迷状态。”

伯爵夫人大为惊奇。

“什么？龙虾？！是真的吗？啊，这可太有趣了！我可真想看看！卢任先生，”她转脸对一个青年人说，这个青年人的脸就像新刻的木偶一样死板，他的衣领也像石头一样硬（因为尼亚加拉瀑布和努比亚尼罗河的水珠曾经溅到过这张脸和这件领子上，使得他颇有名气，不过这些旅行并没给他留下任何印象，他只喜欢用俄语说说俏皮话……），“卢任先生，劳您大驾，去搞一只龙虾来。”

卢任先生龇牙一笑。

“要活的还是要死的？”他问。

伯爵夫人没听懂他的意思。

“啊，是的，龙虾，”她又说一遍，“拿一只龙虾来。”

“什么？怎么回事？要龙虾？龙虾？”Ш伯爵夫人厉声插话说。威尔第先生没有来很令她恼火，她不明白伊琳娜为什么偏偏不请这位最优秀的法国人。老朽不堪的女官不明白出了什么事——况且她耳朵又聋——只能摇头而已。

“是的，是的，您马上就能看到。卢任先生，劳您大驾……”

年轻的旅行家鞠了一躬后走出去，不一会儿就回来了。他身后跟着一个侍者，笑嘻嘻地端着一个盘子，里面装着一只又黑又大的龙虾。

“龙虾来了，太太，”卢任喊道，“现在可以给癌[1]动手术了。哈哈哈（俄国人说俏皮话总是自己头一个笑）。”

“嘿嘿嘿！”科科公爵作为爱国者和国粹保护人宽容大度地应声笑了。

（请读者不必大惊小怪：谁敢担保自己坐在亚历山大剧院的池座里受到周围环境的熏染后，不会为比这更糟糕的俏皮话而鼓掌呢？）

“谢谢，谢谢，”伯爵夫人说，“来吧，来吧，福克斯先生，给我们表演一下吧。”

侍者把盘子放在一张小圆桌上。客人中间发生一阵小小的骚动，有好几个人探过头来，只有牌桌旁的将军们岿然不动，依然保持庄重的神态。招魂师弄乱自己的头发，紧皱眉头走到小桌跟前，用两只手在空中比比画画，龙虾竖立起来，向后倒退，还举起两只大钳。招魂师又比画一阵，还加快了速度，可是龙虾仍然竖立着。

“它应该是什么样子？”伯爵夫人问。

“它应该一动不动，依靠尾巴竖立着。”福克斯先生回答说，带着很重的美国口音，伸着手指在盘子顶上痉挛似的抖动不停。不过催眠术没起作用，龙虾仍然在动弹。招魂师宣称他现在精神状态不佳，便怏怏地离开桌旁，伯爵夫人安慰他说连尤玛先生也有失误的时候……科科公爵在旁边证实她的话。那位精通《启示录》和犹太教圣法经传的大师偷偷走到小桌跟前，连忙伸出手指朝龙虾使劲比画，也想试试运气，然而他也没成功：龙虾丝毫没有昏迷的征兆。于是他们叫来侍者，让他把龙虾拿走，侍者依然咧着大嘴，笑嘻嘻地执行命令，他走到门外的时候，客人们听得见他竟然扑哧笑出声来……后来厨房里对这些俄国佬大大嘲笑一番。在进行龙虾试验的整个过程中，天生的音乐家一直在弹他的和弦，都是小调的调式，因而无法知道对听众产生什么效果——天生的音乐家又弹了一遍他

---

① 俄语中“龙虾”和“癌”是同音异义词。——译者注

的保留节目——华尔兹舞曲，博得一片喝彩。X伯爵，我们无与伦比的冒牌货（见第一章）受争强好胜的心理驱使，弹了自己创作的轻佻小曲，其实全是从奥芬巴赫①那里偷来的。其中戏谑的叠句——什么样的蛋？什么样的牛？——几乎使在场的女士都摇头晃脑，有一位太太甚至轻声哼了出来，大家不免异口同声地喊道："太妙了，太妙了！"伊琳娜与利特维诺夫交换一下目光，在她的嘴角上又浮现出隐秘的嘲笑神情……过了一会儿，这种神情更加明显了，甚至带有幸灾乐祸的色彩，因为这时科科公爵作为贵族利益的代表和捍卫者想向招魂师阐明自己的观点，当然立刻搬出"俄国私有制发生动摇"的名言来，同时免不了要把民主派诅咒一番。招魂师身上的美国血液也沸腾起来：他开始进行反驳。公爵便像往常一样大喊大叫，他给不出什么论据，只是反反复复地说："荒谬绝伦，毫无意义！"阔少菲尼科夫也开始出言不逊，不分青红皂白地乱骂一通；犹太教圣法经传的传人也尖声大叫；Ш伯爵夫人也叽叽喳喳地叫了起来……总之，七嘴八舌，吵成一片，跟在古巴辽夫那里一模一样，只是没有啤酒和香烟的烟气，再就是人们的穿着要好得多。拉特米罗夫企图使场面恢复平静（将军们已经表示不满，只听鲍里斯喊道："又扯什么该死的政治！"），然而他的尝试并不成功；在场的一位大官说话温和，只是嗓音尖细，他想用几句话概括问题的实质，结果也失败了，因为他说话慢条斯理，反反复复，显然他既没听懂别人说些什么，自己也没搞清问题的所在，所以也就不可能有别的结果。偏偏伊琳娜又暗中挑拨争论的双方，让他们互相攻讦，她还不时回头看看利特维诺夫，向他微微点头示意……利特维诺夫坐在那里好像入了迷，什么也没听进去，只盼望她那双美丽的眼睛再向他闪耀一下，盼望她那张白皙、温柔、恶狠狠而美丽的面庞再次对着他……太太们终于纷纷抗议，要求停止争论，才算收场……拉特米罗夫请冒牌的音乐家再弹一遍他的轻佻小曲，天生的音乐家又演奏一

① 奥芬巴赫（1819—1880），法国作曲家。原籍德国。——译者注

遍他的华尔兹舞曲……

利特维诺夫一直坐到后半夜，别人都走之后他才走。整个晚上的谈话内容涉及很多问题，却又小心翼翼地避开多少有些意思的内容。将军们结束了郑重其事的牌戏，又郑重其事地加入谈话，立刻显示出这些政府要员的影响：话题转到巴黎的半上流社会中的交际花①上。原来他们对这些人的名字和才艺都非常熟悉，谈到萨尔杜②新写的剧本、阿布③的小说、帕蒂④演的《茶花女》。有人提议玩玩“秘书”游戏——当秘书，但是没玩起来，答案都平淡无味，还有不少语法错误。胖将军说，有一次别人问他“什么叫爱情”，他回答说“心绞痛”，并且立刻干笑起来，老朽不堪的女官挥起扇子打他一下，由于用力过猛，额头上擦的白粉震落了一块。又干又瘦的老太婆提起从前斯拉夫有那么多公国，又说应该把东正教传播到多瑙河的对岸，但是她的话没人搭腔，只好发一阵狠便默不作声了，实际上谈得最多的还是关于尤玛。连胡蜂王也说她有一次让人用手摸，她看得清那两只手，还把自己的戒指摘下来戴在其中的一只手上。伊琳娜的确如愿以偿：利特维诺夫即使仔细倾听周围的人们说的话，他也无法从这些乱七八糟、毫无意义的谈话中听明白一句真心话、一个好想法或一件新的事情。他们的叫喊和欢呼没有一丝真情，他们的抨击也丝毫不带愤怒，只是偶尔从假装出来的虚伪的爱国义愤、虚伪轻蔑的谈话中听得出来他们为面临的损失而发出的恐惧和哀怨的哭声，还有几个将使后代永远记住的名字从他们的牙缝里挤出来……在所有这些破烂和垃圾下面，哪怕能存一点一滴的活水也好！这些人的脑袋里装的全是陈谷子烂芝麻、无用的废话和鸡毛蒜皮的小事。不只是今天晚上，也不局限于社交场合——他们在自己家里

① “半上流社会”来自法语，这里指无法进入上流社会却极力效法上流社会的生活方式的交际花。——译者注

② 萨尔杜（1831—1908），法国剧作家。——译者注

③ 阿布（1838—1885），法国小说家。——译者注

④ 帕蒂为姐妹俩，意大利人，但妹妹阿德丽娜·帕蒂（1843—1919）更有名，《茶花女》为其保留节目。——译者注

也天天这样，这些东西塞满了他们全部的生活，又深又广。归根结底，这是何等愚昧无知！他们无法理解人生的意义和人生的美好！

伊琳娜和利特维诺夫告别时又紧紧握住他的手，意味深长地悄声问："怎么样？您还满意吧？看够了吧？好不好？"他无话可答，只是悄悄地向她深鞠一躬。

只剩下伊琳娜跟丈夫的时候，她刚要回自己的卧室……丈夫唤住了她。

"今天晚上我真佩服您，夫人，"丈夫说着点燃一根香烟，身子靠在壁炉上，"您把我们大家可都耍笑了个够。"

"不见得比往常更厉害吧。"她淡然回答说。

"请问此话怎么理解？"拉特米罗夫问。

"愿意怎么理解就怎么理解。"

"嗯，明白了。"拉特米罗夫像猫一样小心翼翼地用小拇指上留的长指甲弹掸烟灰，"是呀，顺便说一句！您的这位新相识……他怎么称呼？……利特维诺夫先生——一定有聪明人的名声。"

伊琳娜一听到利特维诺夫的名字连忙转过身来。

"您这是什么意思？"

将军冷笑一声。

"他一直不说话……显然是怕坏了名声。"

伊琳娜也冷笑一声，不过她的冷笑与丈夫的大不相同。

"保持沉默要比说出来好——正像有些人说的那样。"

"我上当了！"拉特米罗夫说，装作温顺的样子，"不开玩笑了！他长得倒挺招人喜欢。那种……聚精会神的样子……总之，蛮有风度……是呀。"将军整了整领带，扬起头看看自己的小胡子。"我认为他是个共和主义者，跟您的另一位朋友波图金是一类人，波图金也有寡言少语的聪明脑瓜。"

伊琳娜把一对明亮的眼睛睁得老大，两道眉毛微微扬起，闭紧嘴唇稍微一撇。

"您说这些是什么意思？瓦列里安·弗拉基米罗维奇！"她仿佛

煞有介事地问，“只不过您是在放空炮……我们不是在俄国，谁也听不见您的话。”

拉特米罗夫浑身一哆嗦。

“这不仅是我个人的意见，伊琳娜·帕芙洛芙娜。”他突然用很重的喉音说，“其他的人也认为这位先生好像是个烧炭党。”

“真有这种事？这其他的人指的是谁？”

“比如说鲍里斯……”

“什么？连这种人也配发表意见？”

伊琳娜摆动一下肩膀，仿佛是冻得瑟缩起来，还用手指尖轻轻摩挲一下肩头。

“这种人……是呀，就是这种人。请允许我报告，伊琳娜·帕芙洛芙娜，您好像生气了，可是您知道，凡是生气的人……”

“我生气了？我生的什么气？”

“不知道，也许是我方才说的话惹得您不高兴，我说的是……”

拉特米罗夫欲言又止。

“说的是什么？”伊琳娜用他的原话问他，“啊，请少说些讽刺话，有话快说。我累了，我想睡觉。”她从桌上拿起蜡烛，“说的是什么？……”

“就是那位利特维诺夫先生，因为现在已毫无疑义，您对他非常感兴趣……”

伊琳娜把端着蜡烛的手抬高一些，烛光恰好照在丈夫的脸上，她仔仔细细、几乎好奇地凝视他的眼睛，突然哈哈大笑起来。

“您怎么的了？”拉特米罗夫皱起眉头问。

伊琳娜笑个不停。

“瞧您这是怎么的了？”他又问一遍，还一跺脚。

他感到自己受了侮辱，受了伤害，同时又情不自禁地被这个女人的美丽吸引，只见她轻松而大胆地站在他面前……她是在折磨他。他一切都看得清清楚楚，看到她的全部魅力，连她紧紧抓住深灰色青铜烛台的纤细的手指的美丽指甲发出的玫瑰色的闪光——连这闪光也没逃出他的视线……一种屈辱感钻进他的心，越来越深，而伊琳娜依然笑个不停。

“您怎么了？您？您吃醋了？”她终于说，然后转过身去，背对丈夫走出房间。“他吃醋了！”从门外传来她的声音，接着又是一阵狂笑。

拉特米罗夫愁眉苦脸地望着妻子的背影——他这时也不能不看到她那苗条的身材和她的动作多么富有魅力。他把香烟往壁炉的大理石板上用力一戳，然后扔得远远的。他的脸色突然变得苍白，下巴打了一阵哆嗦，两眼像野兽一般茫然地在地板上搜索，仿佛在寻找什么……所有的高雅表情从脸上消失殆尽。大概当他鞭打白俄罗斯农民的时候，脸上就是这个表情。

利特维诺夫回到自己的住处，在桌旁的椅子上坐下来，用双手抱住头，很长时间一动也不动。他终于站起来，打开抽屉取出皮包，从里面的夹层取出塔吉扬娜的照片。照片常常把人照得走了样，她那张脸显得老气，凄然地望着他。利特维诺夫的未婚妻属于俄罗斯血统，淡褐色的头发，有些发胖，五官也有些粗大，然而一双浅褐色的眼睛既聪明，又露出非常善良而柔和的神情，温柔白净的前额似乎永远被阳光照亮。利特维诺夫把照片看了好长时间，然后轻轻推开，又用双手抱住头。“一切都结束了！”他终于低声说，“伊琳娜！伊琳娜！”

他直到现在，直到这一瞬间，才明白自己爱上了她，爱得无可挽回，爱得发疯，从在古堡跟她重逢的第一天开始就爱上了她，而且一直没有间断。然而，如果有人在几小时以前对他这么说，他会感到非常惊讶，肯定不会相信，肯定会发笑的。

“可是，塔妮娅，塔妮娅，我的天，塔妮娅！塔妮娅！”他万分痛苦地念叨着，然而伊琳娜的形象依然浮现在他眼前——她穿着好像丧服的黑衣，大理石一般白皙的脸上洋溢着平静的胜利光辉。

十六

利特维诺夫整夜没睡，连衣服也没脱。他非常痛苦。作为一个诚实正直的人，他明白责任的重要和义务的神圣，他认为欺骗自己并掩饰自己的软弱和错误是可耻的行为。起初他处于麻木状态，怎么也摆脱不掉一种半清醒又不明确的沉重的压迫感。后来他又感到非常害怕：他的前途，几乎伸手可得的前途变得暗淡无光，他的家，他那本来牢固的家刚刚建立起来便又突然动摇了……他开始无情地责备自己，但又立刻控制住这种感情冲动。“这不是太懦弱了吗?”他想，“现在犯不上责备自己，现在需要的是行动。塔妮娅既然是我的未婚妻，她相信我的爱，我的诚实，我们已经永远结合在一起，我们不可能也不应该分手。”他想起塔妮娅的种种好处，它们都历历在目，他在心中一一数起来；他尽力唤起心中的感动和温情。“只有一个办法，”他又想，“离开这里，立刻离开这里，不等塔妮娅到来便去迎她。至于将来跟塔妮娅在一起会不会感到痛苦，会不会遭罪，现在还不好说，然而无论如何，这一点用不着再思索、再考虑了：必须尽自己的义务，哪怕以后一死了之。”“可是，你没有权利欺骗她，”另一个声音对他说，“你没有权利向她隐瞒你感情上所发生的变化。当她知道你已经另有所爱，她也许不愿意再做你的妻子呢?”“胡说八道！胡说八道!”他自己反驳说，“这不过是诡辩而已，可耻的自欺欺人，假装的诚实；我没有权利不履行自己的诺言，就这么办。嗯，这就好了……那就应该马上离开此地，也不必再去见她……”

然而利特维诺夫这时又感到一阵心酸，他感到冷，浑身发冷，他打了一个寒战，牙也轻轻打战。他好像发疟疾似的伸伸懒腰，打个哈欠。他不再坚持自己最后这种想法，他打消这个念头，尽力不去想它。他感到莫名其妙，自己也奇怪，怎么又会爱上……这个堕落的女人，还有她那令人讨厌、充满敌意的上流社会。他试图扪心自问：算了吧，你当真爱上了她？就此罢手吧。正当他还感到惊奇和困惑的时候，在温柔的芳香的黑暗里，他眼前仿佛又浮现出她那迷人的倩影和闪动着的明亮的睫毛——于是那双勾魂的眼睛又悄然地、不可抗拒地钻进他的心里，她那甜蜜的声音又在耳边回荡，她那美丽的肩头，年轻的女皇的肩头又喷发出清新的气息和热烈的柔情……

快到早晨，利特维诺夫才终于拿定主意。他决定当天离开此地去迎塔妮娅，并且跟伊琳娜见最后一面。如果迫不得已，便把实情告诉她，并且从此永远分手。

他整理一下东西，打点好行装，等过了十一点便动身去见她。可是看到她的窗户仍然挂着一半窗帘，利特维诺夫又泄了气……他没勇气跨进旅馆的门槛。他在利希滕泰尔林荫路上走了几个来回。“利特维诺夫先生，我们向您致意！”突然有个嘲弄的声音从高处传来，一辆跑车飞驰而过。利特维诺夫抬头看见拉特米罗夫将军跟M公爵一起坐在车上，这位公爵是有名的运动员，专喜欢英国的车和马。公爵驾车，将军侧身靠在车上，龇牙一笑，还高高举起头上的帽子。利特维诺夫朝他鞠了一躬，同时仿佛得到一道密令，立刻飞跑去见伊琳娜。

她在家。他让人进去通报，立刻受到接待。他一进房间，她站在房中央，身穿一件晨装短上衣，袖口肥大，她的脸像昨天一样白皙，只是没有昨天那么精神，一脸倦容；她用懒洋洋的笑容欢迎客人，更显出她的疲倦。她向他伸出手来，亲切地看着他，然而有些心不在焉。

“谢谢您来看我。”她用凄苦的声音说，一下子坐到安乐椅上，“我今天不大舒服，昨晚没睡好。嗯，您对昨天晚上的聚会有何评价？我没说错吧？"

利特维诺夫坐下来。

"我到您这里来，伊琳娜·帕芙洛芙娜。"他刚张口说……

她突然直起身子转过脸来，两眼凝视着利特维诺夫。

"您怎么了？"她叫了起来，"您的脸像死人一样苍白。您病了，得了什么病？"

利特维诺夫愣住了。

"说我？伊琳娜·帕芙洛芙娜！"

"您听到了什么坏消息还是出了什么不幸的事？快告诉我，快告诉我……"

利特维诺夫拿眼瞅着伊琳娜。

"我没得到什么坏消息，"他几乎吃力地说，"要是说不幸，倒真出了不幸，是极大的不幸……我到您这里来就是为了这件事。"

"不幸？什么不幸？"

"是这样……这样……"

利特维诺夫想说出来，但又难以开口。他只是攥住自己的手，把手指攥得直响。伊琳娜向前探出身子，仿佛僵在那里。

"唉！我爱您！"利特维诺夫终于从胸中发出低哑的呻吟，他扭过脸去，仿佛想把脸藏起来。

"什么，格里戈里·米哈伊雷奇，您……"伊琳娜也说不出口，把身子往椅子背上一靠，用双手捂住眼睛，"您……爱我？"

"是的……是的……是的……"他发狠地反复说，脸扭得越来越远。

房间里一片沉寂。一只蝴蝶飞进来，闯进窗户和窗帘之间，不住地拍打翅膀却飞不出去。

利特维诺夫先开口说。

"是这样，伊琳娜·帕芙洛芙娜，"他说，"就是这件不幸的事把我……把我打倒了，如果不是像当年在莫斯科的时候那样，一下子就陷进旋涡，我本来应该料到并且加以避免。显然，命中注定让我再忍受一次折磨，而且又是假您之手，这一切似乎不应该重演……我不是没抵抗过……我曾经尽力抵抗。显然，命中注定之事想逃也逃不过。我之所以要把这一切都告诉您，就是想尽快结束这场……这场悲喜剧。”他更加发狠地说，同时感到更加羞愧难当。

利特维诺夫又说不下去了，那只蝴蝶仍然拍打着翅膀，仍然在挣扎。伊琳娜没把手从脸上拿下来。

“您不会是错觉吧?”从这双白得毫无血色的手的后面传出她微弱的声音。

“不是错觉。”利特维诺夫说，声音小得几乎听不清，“我从来没有像现在这样爱您，而且除您之外从来没爱过别人。我不想责怪您，那样太没有道理；我也不想一再对您说，您如果对我采取另外一种态度，也许什么事都不会发生……当然是我一个人的错，我过于自信了，害了我自己，我是罪有应得。这件事您无论如何也料不到。您当然想象不到，您如果不是那么痛切地承认自己的不是……其实那并不是您的错，您如果不是那么想要弥补自己的过失……那么对我来说可能少一点儿危险……过去的事已不可挽回。我只想向您讲清楚我目前的处境：我现在十分为难……起码像您说的那样，不会再有误会，我相信我的坦诚会减轻您的痛苦，因为您不能不感到受了侮辱。”

利特维诺夫只管说他自己的，连眼也不抬，即使他抬眼看看伊琳娜，也看不见她脸上的表情有什么变化，因为她仍然没有放下手。其实她脸上所发生的变化一定会使他大吃一惊：她脸上流露出的既有惊恐，又有喜悦，还有一种幸福的疲倦和担心；两眼在低垂的眼皮底下闪闪发亮。她连忙轻轻地长吁一口气，把似乎因干渴而张开的嘴唇吹得发凉……

利特维诺夫沉吟片刻，等待她回答，哪怕她发出一点点声音……可是什么声音也没有!

“我只有一条路可走，”他又开始说，“走得远远的。我这次来就是向您辞行的。”

伊琳娜把手慢慢放到膝盖上。

“可我记得，格里戈里·米哈伊雷奇，”她开口说，“那位……就是您曾经跟我提到的那位，她应该到这里来吧？您不是正等她来吗？”

“是的，不过我会给她写封信……让她在半路下车……比如在海德堡。”

“啊，在海德堡……是呀，那是个好地方……不过，这么一来就打乱了您的计划。格里戈里·米哈伊雷奇，您能肯定您不是夸大了事实？这会不会是一场虚惊？”

伊琳娜说得很平静，几乎很冷淡，略带停顿，眼睛望着一旁的窗户。利特维诺夫对后面这个问题没有作答。

“只是您干吗要提什么侮辱不侮辱的？”她接下去说，“我并不感觉受了侮辱……啊，一点儿也没有！如果说我们之间谁有不是的话，无论如何不是您：不是您一个人的错。您只要想想我们的最后两次谈话，您就会相信，这不是您的错。”

“对您的宽宏大量我并不怀疑，”利特维诺夫咬着牙说，“但是我希望知道：您赞不赞成我的主意？”

“一走了之？”

“是的。”

伊琳娜继续看着一旁。

“一开始我是觉得您的主意为时过早……可现在我仔细斟酌您说的情形……您如果没有搞错，那么我认为您应该离开这里。这样更好一些……对我们俩都好。”

伊琳娜的声音越来越小，话也说得越来越慢。

“的确，拉特米罗夫将军会发觉的。”利特维诺夫刚一开口……

伊琳娜又垂下眼睛，从她的嘴角掠过一种奇怪的表情——一闪就不见了。

“不，您没明白我的意思，”她打断他的话，“我没考虑我的丈夫。何必考虑他？他什么也发觉不了。不过我再说一遍：对我们两个人来说，必须分手。”

利特维诺夫拾起掉在地上的帽子。

“一切都结束了，”他想，“这回该走了。”“那么我只有向您告别了，伊琳娜·帕芙洛芙娜。”他的声音很响，连他自己都突然觉得害怕，仿佛他准备对自己进行判决，“我只希望您不念旧恶……将来一旦我们……”

伊琳娜又打断了他。

“等一下，格里戈里·米哈伊雷奇，您不能现在就跟我告别。这样一来未免太仓促。”

利特维诺夫心中一动，然而一种剧烈的痛苦立刻以加倍的力量袭上心头。

“我在这里待不下去了！”他喊道，“这又何必呢？何必还要忍受这种折磨？”

“您现在不要跟我告别，”伊琳娜又说一遍，“我一定要再见您一面……不能再像在莫斯科那样，连话也不说一句就分手——不，我不希望还那样。您现在可以走了，但是您必须答应我，要保证在再见一面之前一定不走。”

“您希望这样？”

“我要求这样。您如果跟我不辞而别，我将永远永远不原谅您，您听清了没有：永远！——真奇怪！”她补充说，仿佛自言自语，“我怎么也无法想象我现在是在巴登……我总觉得好像还在莫斯科……您走吧。”

利特维诺夫站起身来。

“伊琳娜·帕芙洛芙娜，”他说，“请您把手伸给我。”

伊琳娜摇摇头。

“我跟您说过，我不想就这么告别……”

“我不是为了告别，而是……”

伊琳娜刚要伸手，但是瞥了利特维诺夫一眼——这是她在他表白之后第一次正眼看他——又把手缩回去了。

“不，不，”她悄声说，“我不会伸手给您。不……不。您走吧。”

利特维诺夫鞠了一躬后走出去。他不明白伊琳娜为什么会拒绝这最后一次友好的握手……他不知道她怕的是什么。

他走出去之后，伊琳娜又跌坐在安乐椅里，又用手捂住脸。

十七

利特维诺夫没有回他的住处：他上山钻到密林深处，一下子趴到地上，足足躺了一个小时。他并不感到痛苦，也没放声大哭。他只感到昏昏沉沉，疲惫不堪，渐渐失去知觉。他还从来没体验过这种感觉：这是一种痛楚难忍、撕心裂肺的空虚感。他觉得内心空虚，周围一切都空虚，无处不空虚……他既不去想伊琳娜，也不去想塔吉扬娜。他只明白一点：他受到了打击，生活的缆绳被砍断了，他整个身子被一种不可知的冰冷的东西卷起来，一直向前冲去。有时他又觉得好像一阵旋风刮来，刮得他团团转，旋风的黑翅膀还劈头盖脸地打他……不过他的决心并没有动摇。要他留在巴登……是根本不可能的。他的心早已飞走了，好像已经坐上火车，火车冒着黑烟，轰隆隆地向前飞驰，飞向死寂无声的远方。他终于欠起身，把头靠在树上，仍然一动不动，还不知不觉地用一只手抓住蕨菜的叶梢，有节奏地摇来摇去。渐渐靠近的脚步声使他从麻木中惊醒：两个挖煤工人，肩上扛着大口袋，从陡峭的山径上下来。“是时候了！”利特维诺夫低语着，跟在挖煤工人后面下山进城，他拐到火车站的大楼，给塔吉扬娜的姑母卡皮托琳娜·马尔科芙娜拍一份电报。他在电报里告诉她，他马上就要离开这里，约定在海德堡的施拉德尔旅馆相会。“既要了断，就断个痛快。”他想，“没有必要等到明天。”然后他顺便走进赌场，带着茫然的好奇心打量一下两三个赌徒的脸色，发现远处宾达索夫令人讨厌的后脑勺和皮夏尔金无可挑剔的前额，他在柱廊里稍微站了一会儿，就不慌不忙地去见伊琳娜。他并不是一时心血来潮舍不得她，而是决心履行自己的诺言，既然今天要走，就得再去见她一面。他走进旅馆，看门人没看见他，他上楼也没遇见一个人——他连房门也没敲，机械地推开门进了里屋。只见伊琳娜仍坐在那张安乐椅上，仍然穿着那件晨装，仍然跟三个小时以前的姿势一模一样……她显然没动地方，在这三个小时里她一动也没动。她慢慢抬起头，看见是利特维诺夫，浑身一激灵，用手抓住椅子扶手。"您可吓了我一跳。"她悄声说。

利特维诺夫看着她也惊奇得说不出话来。她脸上的表情和无神的眼睛都令他感到奇怪。

伊琳娜勉强笑笑，理了理散开的头发。

"没什么……我真不知道……我好像坐在这儿就睡着了。"

"请您原谅，伊琳娜·帕芙洛芙娜。"利特维诺夫开口说，"我没通报就进来了……我是来履行诺言，满足您的要求。因为我今天就走……"

"今天？可是您似乎对我说过，您得先写封信……"

"我已经拍了电报。"

"啊！您认为必须赶快走。那么您什么时候动身？就是说几点钟？"

"晚上七点。"

"啊！七点！您这是辞行来了？"

"是的，伊琳娜·帕芙洛芙娜，是来辞行。"

伊琳娜沉默片刻。

"我应该谢谢您，格里戈里·米哈伊雷奇，您这次来得一定不容易。"

"是的，伊琳娜·帕芙洛芙娜，非常不容易。"

"人生本来就不容易，格里戈里·米哈伊雷奇，您说是不是？"

"人跟人不一样，伊琳娜·帕芙洛芙娜。"

伊琳娜又沉吟片刻，仿佛想着心事。

"您既然来，就证明了您对我的友谊，"她终于说，"谢谢您。一般来说我很赞成您要尽快结束一切的主意……因为任何退路……

因为……因为我，我这个女人被您说成卖弄风骚，被您说成是在演戏——您似乎就是这么说的吧？……”

伊琳娜迅速站起来，坐到另一把椅子上，把脸和双手搭在桌沿上……

“因为我爱您……”她在紧紧并拢的手指缝里悄声说。

利特维诺夫的身子摇晃了一下，仿佛有人当胸给他一拳。伊琳娜愁苦地转过脸去，把头放到桌子上，仿佛也想把脸藏起来不让他看见。

“是的，我爱您……我爱您……这您是知道的。”

“我？我知道？”利特维诺夫终于说，“我？”

“好吧，您现在看得出来，”伊琳娜接下去说，“您的确应该离开这里，不能再拖延了……无论对您还是对我来说，都不能拖延。这太危险，这太可怕……永别了！”她补充说，猛然从椅子上站起来，“永别了！”

她朝书房的门口迈出几步，一只手留在背后，在半空中急忙摆动一下，仿佛希望碰上利特维诺夫的手再握一次；然而他站得离她很远，只管发愣……她又说一遍“永别了，忘掉我吧！”，便连头也不回地急忙走掉了。

只剩利特维诺夫一个人，他还没苏醒过来。他终于醒悟了，连忙跑到书房门口呼唤伊琳娜的名字，一次，两次，三次……他用手抓住门把手……从旅馆门前的台阶上传来拉特米罗夫响亮的声音。

利特维诺夫把帽檐压在眉毛上往楼下走。文雅的将军正站在看门人的面前，用蹩脚的德语向看门人说，他想雇一辆马车明天用一天。他一见到利特维诺夫便又不自然地高高举起帽子，向利特维诺夫表示敬意：他是有意嘲弄利特维诺夫。然而利特维诺夫已经顾不得这些。他勉强向拉特米罗夫回一个礼，便走回自己的住处，站在已经收拾好、锁好的皮箱前面发呆。他觉得天旋地转，他的心像琴弦一样颤动。现在该怎么办呢？他能料到这一点吗？

是的，他料到了这一点，不管这件事多么不可思议。这事来得如晴天霹雳，他一下子愣住了，然而他预料到了这一点，尽管他不敢承认。不过他也确实不能肯定。他心乱如麻，理不出个头绪。他想起莫斯科，想起那次的情况也像暴风雨一般，来得猛烈而突然。他感到喘不上气来：他感到欣喜，然而这种欣喜并没给他带来快乐，这种没有希望的欣喜只能压迫和撕裂他的胸膛。有谁说伊琳娜的话并不是真正出自她的口中，他是无论如何也不肯相信……可是又有什么办法？光凭她的一句话改变不了他已经做出的决定。他的决定依然不可更改，就像投进水里的铁锚一样牢固。利特维诺夫理不清自己的思路……是的。然而他暂时还没丧失意志力，他能像支配自己的下人一样支配他自己。他摇铃叫来侍者，叫他结账，并在晚上的公共马车上订个座位：他有意切断一切退路。“哪怕以后一死了之。”他就像在昨天那个不眠之夜一样反复念叨着。这句话特别合乎他的口味。“哪怕以后一死了之。”他在房间里一边慢慢地走来走去，一边念叨着，偶尔当伊琳娜说的那句话突然钻进他心里，让他火烧火燎的时候，他情不自禁地闭上眼睛停止呼吸。“一个人显然不能爱两次，”他想，“另一生命闯进你心里，你既然放它进来——你就永远不会彻底摆脱这服毒药，割不断这千丝万缕的联系！是这么回事，可是这又能说明什么？是幸福……这难道可能吗？就算你爱她……她也……她也爱你……”

然而想到这里，他又不得不控制住自己，他像个夜行人一样很怕迷失方向，看见前面的火光，便一刻也不放松地盯住它。现在利特维诺夫就经常把注意力集中到一点上，一个目标上。去找自己的未婚妻，甚至不是真正去找她（他尽力不去想她），而是扑奔海德堡那家旅馆的房间——这个房间现在成了他的指路明灯，巍然屹立在他面前。将来怎么办，他不知道，也不想知道……有一点是确定无疑的：他不能走回头路。“哪怕以后一死了之。”他第十次念叨着，看了看表。

六点一刻。还要等待好长时间！他又开始踱步。夕阳西下，树梢上方的天空被染成嫣红色，落日的余晖透过狭窄的窗户照进已经昏暗的房间。利特维诺夫突然觉得他身后的房门迅速轻轻打开又迅速关上……他转过身来，门旁站着一个女人，她身上裹着一件黑披肩，连头也蒙住……

“伊琳娜!”他叫出声来，举手一拍……

她抬起头，扑进他的怀里……

两个小时之后，他坐在自己房间里的沙发上。皮箱放在墙角处，箱盖打开，里面是空的。桌上凌乱地放着各种东西，其中有一封刚收到的信，是塔吉扬娜寄来的。她说她们决定提前离开德累斯顿，因为姑妈的病已经痊愈，如果途中不耽搁，明天十二点她们就会到达巴登。她希望他能到车站去接她们。她们住的房间利特维诺夫已经订好，就在他住的这家旅馆。

他当天晚上写了个便条派人给伊琳娜送去，第二天早晨收到了她的回信。“早早晚晚，”她写道，“这事总不可避免。我把昨天说的话再重复一遍：我的生命掌握在你手里，听凭你支配。我不想限制你的自由，不过你要知道：必要的话我可以抛弃一切，跟你到天涯海角。我们明天还要见面的吧？你的伊琳娜。”

最后这两个词写得很大，奔放而果决。

十八

八月十八日将近十二点，火车站的月台上聚集一大群人，其中便有利特维诺夫。在这之前不久，他曾遇见伊琳娜，她跟丈夫坐在敞篷马车上，车上另外还有一位上了年纪的绅士。她看见了利特维诺夫，利特维诺夫则发现她的眼睛里掠过一丝阴影，不过她立刻用阳伞遮住自己。

从昨天开始，他身上发生了奇怪的变化——外表、举止和面部表情都变了；连他自己也感到自己变成了另外一个人。他失去了自信，失去了平静，也失去了自尊心：从前那种心境已经无影无踪。近两天所产生的印象太深刻了，遮蔽了其他的一切。他产生一种从来没有过的感觉，又强烈，又甜蜜——却又包含不祥之感。一位神秘的贵客潜入圣殿，并将其占为己有，俨然主人迁入新居，不声不响，却无所顾忌地在里面横躺竖卧。利特维诺夫虽然不觉得羞愧，却感到胆怯——同时内心里燃起一种什么都不在乎的勇气。凡是打了败仗的俘虏往往有这种自相矛盾的感情，再就是第一次偷东西的小偷也会有这种心理。而利特维诺夫吃了败仗，突然间就一败涂地……那么他的诚实去哪里了呢？

火车晚点好几分钟。利特维诺夫的烦恼变成难忍的痛苦：他在一个地方待不住，脸色苍白地在人群中间挤来挤去。“我的天哪，”他想，“哪怕再给我一天的时间……”他怎么去看塔妮娅头一眼，塔妮娅看他的头一眼……这是他最害怕的，这是他必须尽快熬过去的……那么以后呢？以后——听天由命吧！……他已经不再做任何打算，他已经不能对自己负责。昨天那句话从他的脑海里闪过，真是苦不堪言……他就是怀着这种心情来迎接塔妮娅的……

拖长的汽笛声终于响了起来，还传来越来越响、震耳欲聋的轰隆声，火车头从转弯的地方慢慢露头，来到眼前。人群向火车拥去，利特维诺夫像被判决的人，拖着沉重的腿跟在人群后面。从车厢里渐渐露出一张张脸和一顶顶女帽，有一个小窗口还伸出一条白头巾……是塔妮娅的姑妈卡皮托琳娜·马尔科芙娜在晃动头巾……完了：她已经看见了利特维诺夫，利特维诺夫也看见了她。火车停下，利特维诺夫向车门口跑去，打开车门，塔吉扬娜站在姑妈身旁，开朗地笑着向他伸出了手。

他扶着两人下车，说了几句表示欢迎的话，含含糊糊，吞吞吐吐，便马上张罗起来，从她们手里接过车票、旅行袋和毯子，又去找搬运工，雇了一辆马车。其他的人也在周围忙忙碌碌，他为有他们在场，为有他们的喧哗和叫喊而高兴。塔吉扬娜稍稍退到一旁，仍然笑容满面，安静地等待他匆忙地吩咐搬东西。卡皮托琳娜·马尔科芙娜则相反，不肯安静地站着，她不敢相信她终于来到巴登。她突然喊道："伞呢？塔妮娅，伞放哪去了？"她没有发觉她自己把伞牢牢地夹在腋下。然后又唠唠叨叨地跟另一位太太大声告别，这位太太是在海德堡换车时认识的，一同坐车来巴登。这位太太不是别人，正是苏汉奇科娃，我们已经熟悉她，她到海德堡去朝见古巴辽夫，还带回一些"指示"。卡皮托琳娜·马尔科芙娜披着一件怪模怪样的花披肩，头戴一顶旅行小圆帽，样子很像蘑菇，从帽子底下散乱地露出剪短的白发。她身材瘦小，因旅途劳累而脸色发红，她讲的是俄国话，声音尖细而婉转……立刻引起周围人的注意。

利特维诺夫终于扶着她和塔吉扬娜坐进马车，他自己坐到她们的对面。马儿跑起来。她们又开始向他问这问那，再次握手，相互微笑和寒暄……利特维诺夫轻松地出一口长气：最初的见面总算顺利通过。看起来他的样子并没让塔妮娅感到奇怪或不安：她依然那么开朗和信赖地看着他，依然可爱地涨红了脸，依然那么善意地微笑。他终于决定正眼仔细看看她，不再是顺便一瞥或一扫而过：在这之前他的双眼一直不听摆布。他心头不禁涌起一阵怜惜之情，这张诚实坦然的脸露出的安静的神情在他心中引起痛苦的自责。“你现在来了，可怜的姑娘，”他想，“我一直在等待你，呼唤你，我本想跟你一起度过这一生，你信赖我……可我……可我……”利特维诺夫垂下头，但是卡皮托琳娜·马尔科芙娜不给他考虑的时间，向他提出左一个右一个的问题。

“这个带圆柱子的是什么建筑？赌场在什么地方？这个人是干什么的？塔妮娅，塔妮娅，你瞧，这里的裙子撑得多大！这是什么人？这里大概有不少从巴黎来的女人吧？天哪，这顶帽子多好看！这里大概像巴黎一样，什么都能买到吧？不过我想象得出，价钱非常贵吧？啊，我认识了一位非常出色、非常聪明的女人，您跟她认识，格里戈里·米哈伊雷奇，她对我说过，她在一位绝顶聪明的俄国人家里见过您。她答应来看望我们。她把这些上层贵族狠狠批评了一顿——说得好极了！这个留白胡子的绅士是干什么的？普鲁士国王？塔妮娅，塔妮娅，你瞧这是不是普鲁士的国王？不是？不是普鲁士的国王？荷兰大使？我听不清，车轮声太大了。啊，这些树长得多漂亮！”

“是呀，姑妈，真漂亮，”塔妮娅赞同地说，“这里一片翠绿，真让人快活！是不是，格里戈里·米哈伊雷奇？……”

“是快活……”他勉强地说。

马车终于在旅馆门前停下。利特维诺夫把两位客人送进为她们预订的房间，答应过一个小时便来，然后便回到自己的房间。他一跨进房门，暂时平息的诱惑又占据了他的心。从昨天开始，伊琳娜就在这个房间里主宰一切，她无处不在，连空气也似乎留有她来过的秘密痕迹……利特维诺夫又感到自己成了她的奴隶。他从怀里掏出他收藏的她的手绢，把嘴唇紧紧贴在手绢上，灼人的回忆像毒汁一样流遍他的血管。他明白现在已经没有退路，没有选择的余地，塔吉扬娜在他心中引起的痛苦的自责像雪花落在火堆上一样融化了，连悔恨也消失了……消失得使他心中再也没有激动，他想到可以用虚情假意来敷衍她，这种念头也不再令他愤慨……伊琳娜的爱，这种爱现在已经成为切切实实的东西，成为他的法律，成为他的良心……利特维诺夫办事一向小心谨慎，富于理智，但这次竟然没考虑他将如何摆脱这种困境，反而把这种处境的可怕和丑恶看得十分轻松，仿佛与己无关。

不到一个小时，侍者便以新来的女客的名义请利特维诺夫到大厅里去跟她们会面。他跟着侍者走进大厅，发现她们已经穿好衣服，戴好帽子，双双表示要立刻到巴登市里去观光。好在天气非常好。尤其是卡皮托琳娜·马尔科芙娜更是急不可耐，听说上流社会要在会见厅前面举行的聚会还不到时候，甚至有点儿感到扫兴。利特维诺夫挽着她的手臂，正式的观光就算开始了。塔吉扬娜走在姑妈身旁，怀着平静的好奇四下观看。卡皮托琳娜·马尔科芙娜继续问个没完。她看到轮盘赌和神气十足的庄家（如果换个地方她一定会以为他们是内阁大臣），看到他们手里灵活的小耙子与绿呢台上一堆堆的金币和银币，看到参加赌博的老太婆和妖艳的妓女们，这些真让她看得目瞪口呆，她完全忘了按照规矩应该表示愤慨才对——她只知道瞪大眼睛看个没完，每逢赌台旁边爆发出一片喊声，她便吓得一哆嗦……象牙球在赌盘槽里滚动时发出的嗡嗡声直入骨髓，直到走出屋子她才用力长出一口气，说这种赌博是贵族们想出来的不道德的游戏。利特维诺夫嘴角上浮现出呆板的冷笑；他连说话也只是三言两语，没精打采，那样子好像生气或感到无聊……但是他一回头看见塔吉扬娜，不禁暗自羞愧：她正仔细打量他，她那副神情仿佛在问她自己心中对他产生了什么印象。他连忙朝她点点头，她也点点头，又用疑问的目光打量他，甚至要仔细观察他，仿佛他站得很遥远，比实际的距离远得多。利特维诺夫带领两位女士离开会见厅，绕过“俄国树”，树下早有几位女同胞坐在那里。他们朝利希滕泰尔林荫路走去。他刚一踏上林荫路，就远远地看见伊琳娜。

她跟丈夫和波图金一起迎面走来。利特维诺夫顿时脸色苍白，然而并没放慢脚步，走到她跟前时默默鞠了一躬，她也客气却十分冷淡地回了礼，飞快地扫了塔吉扬娜一眼便走过去……拉特米罗夫高高举起帽子，波图金含含糊糊地说了句话。

“这位太太是谁?”塔吉扬娜突然问。在这之前她几乎一直未开口。

“这位太太?”利特维诺夫重复一遍，“这位太太?她是拉特米罗娃夫人。”

“是俄国人吗?”

“是俄国人。”

“您跟她是在这儿认识的?”

“不，我从前就认识她。”

“她长得有多么漂亮!”

“你注意她的首饰没有?”卡皮托琳娜·马尔科芙娜插嘴说，“光她身上那些花边所值的钱就够十家人全家过一年的。走在她身旁的是她丈夫吧?”她问利特维诺夫。

“是她丈夫。”

“他一定非常有钱。”

“我真不知道，我看不一定。”

“他是多大官?”

“是位将军。”

“她的眼睛多美!”塔吉扬娜说，“她的眼神也非常奇怪，既像有心事又非常敏锐……我还从未见过这样的眼睛。”

利特维诺夫默默无言，他觉得塔吉扬娜满腹狐疑的目光好像又落到他脸上，其实他想错了：她正看着脚底下路上的沙子。

“我的天哪！哪来这么个丑女人?”卡皮托琳娜·马尔科芙娜突然喊，用手指着一辆低矮的轻便马车，车上有个红头发翘鼻子的女人旁若无人地仰歪着，她穿着紫色袜子，衣着非常华丽。

“这个丑女人！对不起，这是大名鼎鼎的科拉小姐。”

“什么人?”

“科拉小姐……巴黎的……有名人物……”

“什么？就这个哈巴狗？她长得可太难看了！”

“这显然毫无妨碍。”

卡皮托琳娜·马尔科芙娜只是两手一摊。

“哼，你们的巴登呀！”她终于说，“可以在椅子上坐坐吗？我有点儿累了。”

“当然可以，卡皮托琳娜·马尔科芙娜……放椅子就是让人坐的。”

“只有天知道你们的规矩！比方说巴黎，林荫路上也摆椅子，可听说在那椅子上坐就不雅观。”

利特维诺夫并不去反驳卡皮托琳娜·马尔科芙娜的话，他这时只想到只有两步远便是他跟伊琳娜互诉衷肠并且决定他命运的地方。接着他又想起今天他发现她的左腮上有一颗小小的红痣……

卡皮托琳娜·马尔科芙娜一下子坐到椅子上，塔吉扬娜也在她身旁坐下。利特维诺夫站在林荫路上没动。他和塔吉扬娜之间似乎在无形之中渐渐产生距离——或许这只是他的错觉？

“啊，她可真像个丑角，丑角！”卡皮托琳娜·马尔科芙娜说着，深表遗憾地摇摇头，“她这一身打扮如果卖掉，就不止养活十家，可以养活一百户人家。你们看没看见她帽子底下红头发中间戴的钻石？大白天还戴钻石！”

“她的头发不是红色的，”利特维诺夫提醒说，“她是特意染红的，现在兴这个。”

卡皮托琳娜·马尔科芙娜又两手一摊，甚至陷入沉思。

“哼，”她终于说，“我们住的德累斯顿可没闹到这么荒唐的地步。因为毕竟离巴黎远。您是否也这么看？格里戈里·米哈伊雷奇，是不是？”

“我？”利特维诺夫想要回答，心里却想“她说的是什么意思？”，嘴上说着“我，当然……当然……”。

然而这时传来一阵从容不迫的脚步声，原来是波图金朝长椅这边走来。

“您好，格里戈里·米哈伊雷奇。”波图金说，一边笑着点点头。

利特维诺夫立刻握住他的手。

“您好，您好，索宗特·伊万内奇，方才我似乎遇见过您……方才就在这条林荫路上。”

“是呀，是我。”

波图金向坐着的女士们十分恭敬地鞠了一躬。

“让我给你们介绍一下，索宗特·伊万内奇。这是我的好朋友、亲戚，刚刚来到巴登。这位是波图金，索宗特·伊万内奇，是我们的同胞，也是到巴登做客的。”

两位女士略微欠起身子。波图金又鞠了一躬。

“这里是真正盛大的晚会。”卡皮托琳娜·马尔科芙娜细声细气地说。这位善良的老处女容易胆怯，但是她竭力装出大方的样子，以免有失体面。“人人都说这地方应该来看看。”

“巴登的确是个令人愉快的地方，”波图金回答，斜眼端详塔吉扬娜，“巴登是个令人非常愉快的地方。”

“是呀，只是照我看贵族气十足。这段时间我跟她在德累斯顿住过……那是座挺有意思的城市，可这里简直像盛大的晚会。”

“她相中了这个字眼。”波图金想。“您的这种见解完全正确。”他大声地说。“不过这里的风景倒是十分美丽，在其他地方很难找到这样的山水，跟您来的这位小姐尤其应该珍视这一点。我说的对不对，女士？”他又专门朝着塔吉扬娜补充一句。

塔吉扬娜抬起明亮的大眼睛看看波图金。她似乎感到有些莫名其妙，她刚来头一天，利特维诺夫干吗要把她介绍给这位素不相识的人，不过这个人倒是长着一张聪明善良的脸，用亲切友好的目光看着她。

“是呀，”她终于说，“这里真挺美的。”

“您一定要到古堡看看，”波图金接着说，“我还特别建议你们去伊堡浏览一下。”

“萨克森瑞士山①……”卡皮托琳娜·马尔科芙娜刚开口要说……

突然沿着林荫路传来一阵管乐声，这是来自拉施塔特的普鲁士军乐队（拉施塔特在一八六二年是联邦的城堡），大厅里开始了每周一次的音乐会。卡皮托琳娜·马尔科芙娜立刻站起来。

“音乐！”她说，“会见厅的音乐！……我们该去了。现在已经三点多了，对不对？现在正是聚会的时候吧？”

“是呀，”波图金回答说，“现在正是社交界聚会最热闹的时候，音乐也很优美。”

“嗯，那还磨蹭什么？塔妮娅，咱们去吧。”

“能让我陪您一起去吗？”波图金问。这大大出乎利特维诺夫的意料：他根本想不到波图金是伊琳娜派来的。

卡皮托琳娜·马尔科芙娜咧开嘴一笑。

“非常高兴……先生……先生。”

“波图金。”他提醒说，并抬起胳膊让她挽住。

利特维诺夫也让塔吉扬娜挽住胳膊，四个人分成两对朝会见厅走去。

波图金跟卡皮托琳娜·马尔科芙娜继续交谈。然而利特维诺夫只管往前走，却一言不发，只是无缘无故地笑了两笑，还轻轻夹了一下塔吉扬娜的胳膊。他的这个举动是虚伪的，所以她毫无反应。利特维诺夫也意识到这一点。这一举动不像往常那样证明两颗心的心心相印，而是暂时代替他的无话可说。他们之间已经产生的无言的隔阂渐渐增大，而且肯定无疑了。塔吉扬娜又仔细看他一眼，几乎极力想看透他这个人。

他们四个人来到会见厅前的一张小桌旁分别落座，刚才那种情形依然未变，不同的是，在人群的喧嚣和音乐的叮当及轰鸣声中，利特维诺夫的沉默似乎更可以理解。卡皮托琳娜·马尔科芙娜像俗

---

① 萨克森瑞士山位于德国东部的下萨克森。萨克森原为王国，被普鲁士兼并，德累斯顿曾为其首都。此山被易北河切割，所以风景秀丽。——译者注

话所说的那样兴致大发，波图金为了满足她的好奇心勉强对答她的种种问题。幸亏从来往的人群中突然出现了苏汉奇科娃的瘦削身影和她那双滴溜乱转、闪闪发亮的眼睛。卡皮托琳娜·马尔科芙娜立刻认出了她，便唤她过来，让她在桌旁坐下——于是一场热烈的谈话开始了。

波图金转过脸来，开始轻声细语地跟塔吉扬娜交谈，他那略微探出的脸上显出一副和蔼可亲的表情；她也出乎意料地对答如流，轻松自如。她觉得跟这个陌生人虽素不相识，谈话却很愉快，而利特维诺夫依然一动不动地坐在那里，嘴角上挂着一丝呆板的冷笑。

终于到了午餐的时间。音乐停了，人群渐渐散去。卡皮托琳娜·马尔科芙娜动情地跟苏汉奇科娃告别。她对苏汉奇科娃怀着极大的尊敬，尽管她后来告诉侄女说这个女人脾气太坏，不过她知道不少人的隐私！至于缝纫机，等到他们办完婚事就该买。波图金也跟他们告辞，利特维诺夫带领两位女士回旅馆。他一进旅馆的门，就有人交给他一封信。他走到一旁连忙撕开信封。一张亮光纸上用铅笔写了下面几个字："今晚七点请务必来跟我见一面，恳求您了。伊琳娜。"利特维诺夫把信塞进衣袋里，转过身微微一笑……他笑给谁看？笑的是什么？塔吉扬娜正背对着他站着。午饭是在公共餐桌上吃的。利特维诺夫坐在卡皮托琳娜·马尔科芙娜和塔吉扬娜中间，不知为什么突然令人奇怪地活跃起来，话也多了，还讲了一些笑话，不时地给自己和两位女士倒酒。他那副样子好像什么都不在乎，连坐在对面的法国斯特拉斯堡的步兵军官——他留着拿破仑三世式的两撇胡，下巴上还有一撮西班牙式的小胡子，都觉得彼此合得来而加入他们的谈话，最后甚至举杯祝两位莫斯科的漂亮小姐健康！午饭过后，利特维诺夫把两位女士送回房间，他在窗前紧皱眉头站立片刻，突然表示他有重要的事情要出去一会儿，但是晚上一定回来。塔吉扬娜什么也没说，脸立刻变得刷白，她低垂下眼睛。卡皮托琳娜·马尔科芙娜午饭后有小睡的习惯，塔吉扬娜也知道利特维诺夫明知她的姑妈有这个习惯，她原以为他会利用这段时间留在她身边，因为自从她们到来之后，他俩还没单独在一起待过，他还没跟她说说心里话。可他现在要走！这该如何理解？总而言之，他这一天的所作所为……

利特维诺夫也不管她们是否同意就匆匆走掉了。卡皮托琳娜·马尔科芙娜在沙发上躺下，哼哼几声，长出了两口气便安然入睡，塔吉扬娜走到角落里的安乐椅处坐下，两只胳膊紧紧抱在胸前。

十九

利特维诺夫快步走上欧罗巴旅馆的楼梯……一个十二三岁的小姑娘，长着一副卡尔梅克人的狡黠的小脸，看样子正在等他，一见面便叫住他用俄语说：“请您往这边走，伊琳娜·帕芙洛芙娜马上来。”他莫名其妙地扫了她一眼。她微微一笑，反复说：“请吧，请吧。”她把他带进伊琳娜卧室对面的一个小房间，里面装满旅行用的各种箱子和皮包，便立刻走了出去，还轻轻关上门。没等利特维诺夫回头，房门又迅速打开，伊琳娜出现在眼前，穿一件参加舞会所需的玫瑰色连衣裙，头上和脖子上都戴着珍珠首饰。她立刻扑到他跟前，抓住他的双手，有好长一阵子一句话也说不出来。她的眼睛闪闪发亮，胸脯起伏不停，仿佛她跑上了高山似的。

“我不能……在那里接待您，”她匆忙地悄声说，“我们马上要去赴宴，但是我一定要见到您……我今天遇见您的时候，跟您在一起的就是您的未婚妻吧？”

“是呀，曾经是我的未婚妻。”利特维诺夫说，故意强调“曾经”的字眼。

“所以我想见您一面，就是想告诉您，您应该认为您是绝对自由的，昨天发生的事丝毫也不应该改变您从前的决定……”

“伊琳娜！”利特维诺夫喊叫出来，“你干吗要这么说？”

他说这句话的声音很大……他的话里流露出不顾一切的激情。伊琳娜不禁闭了一会儿眼睛。

“啊，我的亲爱的，”她悄声接着说，声音变得更小了，但也怀着不可遏制的热情，“你不知道我是多么爱你，我昨天不过是还了债，我总算弥补了从前的过失……啊，不管当时我是多么想把自己的青春献给你，但是未能如愿，不过我并没有让你承担任何义务，也没让你不去遵守自己的诺言，我的亲爱的！你想怎么办就怎么办，你就像空气一样自由，你不受任何约束，你要明白这一点，你一定要明白！”

“可是离开你我没法活下去，伊琳娜。”利特维诺夫也悄声打断她的话，“从昨天起我就永远永远属于你了……只有在你的脚下我才能呼吸……”

他哆哆嗦嗦地去吻她的双手。伊琳娜看看他低垂着的头。

“好，你听我说，”她说，“我也做好了一切准备，不管什么人和什么东西我都舍得。你怎么决定就怎么办……我永远是属于你的……属于你的。”

有人悄悄敲门。伊琳娜俯下身来又悄声说一句：“属于你的……再见！”利特维诺夫感到头发与她呼出的气和她嘴唇的接触。当他直起身来的时候，房间里已经没有人，只听得见她的衣裙在走廊里窸窣作响。远处传来拉特米罗夫的叫喊声：“怎么，您不打算去了？”

利特维诺夫在一个挺高的箱子上坐下来，用手捂住脸。他感到一股女人的香味扑鼻而来，细微而清新……方才伊琳娜曾握住他的双手。“这可太……太……”他暗想。小姑娘走进屋来，见他的目光惊慌不安，微微一笑说：

“请走吧，趁……”

他站起身来走出旅馆。现在就回去是不可想象的，总得让情绪稳定下来。他的心怦怦直跳，脚下的大地也似乎勉强向后移去。利特维诺夫又沿着利希滕泰尔林荫路走去。他明白现在到了关键时刻，不能再拖下去，不能隐瞒和回避，必须马上向塔吉扬娜说明一切。他想象得出她一动不动地坐在那里等他回去……他也知道要对她说什么，只是不知如何说，如何开口。他放弃了早已安排妥当的光明正大的前途：他明明知道自己现在不顾一切地投进无底的深渊，这是万万不应该的……然而令他感到为难的并不是这件事。事情已成定局，可是怎么去见审判自己的法官呢？如果真有这么一位法官也好，让手执火光熊熊的利剑的天使来吧：这颗有罪的心倒落个痛快……不然的话，还得自己拿刀子往心头上扎……太不像话了！可是要走回头路，放弃另一条路，利用人家答应他并且认为他应该享有的自由……不！宁死也不干！他不需要这种令人讨厌的自由……宁可粉身碎骨也要让那双眼睛含情地俯视着他……

“格里戈里·米哈伊雷奇！”有人用悲凉的声音唤他，还把手沉重地放到他的肩上。

他不免吃惊地回头一看，原来是波图金。

“对不起，格里戈里·米哈伊雷奇。”他像往常一样拿着腔调说，“我也许打扰您了，可是我从老远就认出是您，就想……不过您要是没空……”

“相反，我非常高兴。”利特维诺夫咬着牙说出这句话。

波图金跟他肩并肩往前走。

“多么美妙的黄昏，”他开口说，“天气真暖和！您出来散步好长时间了吧？”

“不，刚出来不久。”

“我又何必问呢：我看见您刚从欧罗巴旅馆出来。”

“这么说您一直跟踪我？”

“是的。”

“您是不是有话要跟我说？”

“是的。”波图金用勉强听得见的声音说。

利特维诺夫停下脚步，瞥了一眼这位不速之客。只见他脸色苍白，眼神游移不定，他那张扭曲的脸上似乎流露出往日的伤痛。

“您要跟我说什么呢？”利特维诺夫缓缓地说，又向前走。

“请您允许……我马上说。如果您不介意，我们是否可以在这张长椅上坐坐？这里说话更方便。”

“这可有点儿神秘了。”利特维诺夫说着在他身旁坐下，“您似乎有点儿不舒服，索宗特·伊万内奇？”

“不，我还好。没什么神秘的。我不过是想告诉您……您的未婚妻给我留下的印象……她似乎就是您的未婚妻吧？……嗯，总之，就是您今天向我介绍的那位姑娘。应该说在我这一生中还从来没遇见比她更招人喜欢的人。她有金子一般的心，有天使一般的灵魂。”

波图金说这些话时脸上依然带着痛苦和悲伤的神情，连利特维诺夫也不能不发现波图金的神情和他所说的话之间存在着多么奇怪的矛盾。

“您这么推崇塔吉扬娜完全正确，”利特维诺夫说，“尽管我不能不感到奇怪：首先，您竟然了解我跟她的关系；其次，您一眼就看出来她是什么样的人。不错，她是有天使一般的灵魂，不过请问：您要跟我说的就是这些吗?”

“只要看看她的眼睛就看得出她是什么样的人。”波图金接下去说，似乎有意回避利特维诺夫提出的问题，“她应该享受到人间的一切幸福，谁要能给予她幸福，那么这个人的命运也是令人羡慕的！只希望这个人别白糟蹋了这种好运。”

利特维诺夫微微皱起眉头。

“对不起，索宗特·伊万内奇，”他说，“我不得不承认您这一席话相当奇怪……我想知道：您这番含沙射影的话是否就是对我说的?”

波图金没有立即回答利特维诺夫的话：看样子他心里很矛盾。

“格里戈里·米哈伊雷奇，”他终于开口，“或许我看错了您，或许您能听听苦口良言，不管这话是什么人说的，也不管这话说得中不中听。我方才说过看见您从什么地方出来。”

“嗯，是从欧罗巴旅馆出来，那有什么?”

“可我知道您是去跟谁约会!”

“怎么的?”

“您是跟拉特米罗娃夫人约会。”

“嗯，是呀，我是到过她那里。那又怎么样?”

“又怎么样？您是塔吉扬娜的未婚夫，又跟您所爱的拉特米罗娃夫人约会……而且她也爱您。”

利特维诺夫立刻从椅子上站起来，只觉得血往头上涌。

“这算怎么回事？”他终于恶狠狠地压低声音说，“是无聊的玩笑还是跟踪盯梢？请您说个明白。”

波图金用凄苦的目光看他一眼。

“啊！请不要为我说的话大动肝火，格里戈里·米哈伊雷奇，而且不管您说什么，我也不会生气。我今天来找您说说话不是为了吵架，现在我也顾不得开玩笑。”

“也许如此，也许如此。我愿意相信您的动机是纯洁的，不过我还是想问问，您有什么权利干涉别人的私事，干涉别人的内心生活？您有什么理由……把您的想象武断地说成事实？”

“我的想象！如果这真是我想象出来的，您就不会发这么大的火！至于权利，我还从来没听说：如果一个人要伸手去救落水的人，还要问问自己有没有这种权利。”

“多谢您的好意。”利特维诺夫气冲冲地说，“不过我根本不需要这种好意，说什么上流社会的女人勾引毫无经验的青年而使他们堕落，说什么上流社会道德败坏，这些不过是花言巧语，在某种程度上我压根儿不在乎。所以请您不必费心伸什么挽救之手，就让我安安静静地沉底吧。”

波图金又抬眼看看利特维诺夫。他呼吸急促，嘴唇直哆嗦。

“您好好看看我，年轻人，”他终于脱口说出并拍拍胸脯，“难道说我像那些平常的自鸣得意的道学先生吗？我这像进行说教吗？难道说您就不明白，如果只是出于对您的同情，不管这种同情多么强烈，我连一句话都不会说，绝对不会给您以口实说我多管闲事和强人所难——这正是我最讨厌的做法。难道说您看不出来，这完全是另外一码事？站在您面前的是被人打垮了的失败者，被同样的感情彻底毁了的人，他只希望让您提防一点儿，别落到同样的下场……况且都是为的同一个女人！”

利特维诺夫往后退了一步。

“会有这种事？您是说……您……您……索宗特·伊万内奇！那么别利斯卡娅夫人……还有这个孩子……”

“唉，那您就不必问了……只要相信我说的是实话！那是个乌七八糟的可怕的故事，我是不会对您说的。别利斯卡娅小姐我几乎不认识，这个孩子也不是我的，我之所以要把这一切承担下来……是因为……因为‘她’要我这么做，因为她需要这样做。我为什么会来到这里，来到你们这个令人讨厌的巴登？归根结底，难道您以为我是出于对您的同情才决心向您提出警告的吗？我是可怜那位善良的好姑娘，就是您的未婚妻，其实您的前途如何，你们俩将来怎么样，跟我有什么关系……我是为她担心……为的是她。”

“不胜荣幸，波图金先生，”利特维诺夫说，“如此说来，按照您的说法，我们是同病相怜，那么您为什么不用这些良言奉告您自己呢？我是否应该认为您的一切担心都出自另一种感情呢？”

“您的意思是想说出于妒忌，年轻人，年轻人，您这是要滑头，说瞎话，应该感到害臊，我跟您的处境不同，我现在说这些话有多么痛苦您都听不出来，您真应该感到害臊才是！我，我是一个非常可笑而又不会害人的怪老头……可您！这还有什么可说的！您在任何时候，哪怕只一分一秒也不会同意承担我所扮演的角色的责任，而我是怀着感激之情去扮演它！至于妒忌，一个毫无指望的人不会产生忌妒心，而且我也不是现在头一次品尝这种滋味。我只是怕……是替她害怕，您要理解这一点。当她打发我去找您的时候，我怎么能料到她为了弥补从前的过失会走得这么远？”

“对不起，索宗特·伊万内奇，您似乎知道……”

“我什么也不知道，又什么都知道。我知道，”他说着把脸扭到一旁，“我知道她昨晚去过什么地方。但是现在我阻止不了她：她就像从上往下滚的石头，非滚到底不可。如果我以为我的话能立刻阻止您，那不是更混账了吗……这个女人对您来说……算了，不说这些了。我改不了老毛病，只好请您原谅。再说，为什么不试上一试，谁能知道会怎么样？也许您会回心转意，也许我的哪一句话能打动您的心，您总不希望既毁了她又毁了自己，还有那个无辜的好姑娘……啊，请不必生气，不必跺脚！我有什么可怕的？拘什么礼数？我现在说这些并非出于妒忌，也不是出于恼恨……我恨不得跪在您面前恳求您……不过，再见吧。不必担心，对这一切我会保守秘密。我是为您好。”

波图金沿着林荫路大踏步走去，不一会儿消失在渐渐袭来的夜色中……利特维诺夫没有挽留他。

“一个乌七八糟的可怕的故事……”波图金对利特维诺夫提到却不愿意说个明白……让我们用几笔交代一下。

大约八年前，波图金被部里派到赖森巴赫伯爵手下暂时帮忙。当时正是夏天，他带着文件来到伯爵的别墅，在那里待了一段时间。伊琳娜当时住在伯爵家。她从来不会瞧不起职位低下的人，起码不躲避他们。所以伯爵夫人不止一次责怪她那种过于平易近人的莫斯科做派。波图金穿着一身紧箍在身上的制服，纽扣一直扣到脖颈，伊琳娜却发现这个小官吏是个聪明人，喜欢经常跟他聊天……而他……他热烈地爱上了她，爱得深沉，而且只有他自己知道……他以为只有自己知道！过了夏天，伯爵不再需要外人帮忙。波图金从此再也见不到伊琳娜，然而却忘不了她。三年过后，他突然受到一位并不熟悉的中等家庭的太太的邀请。太太开头还吞吞吐吐，难于启齿，直到他发誓不管听到什么都保守秘密之后才提出……让他跟一个在上流社会很有地位的小姐结婚，因为这位小姐再不结婚就不行了。至于主使人是谁，这位太太只肯做些暗示，但是答应立刻给波图金一笔钱……一大笔钱……波图金并未表示受到侮辱，因为这件事太出人意料，压住了他的火气，不过他当然断然拒绝了。于是这位太太交给他一张便笺——是伊琳娜写的。“您是一位高尚而善良的人，”她写道，“我知道您为了我什么事都肯做。我求您做出这个牺牲。这样您就救了我最亲近的朋友。您救了她也就是救了我……不要问究竟是怎么回事。我不会向任何人提出这种要求；但是我向您伸手求援，并且对您说：您为了我一定要这样做。”波图金沉吟片刻后说，为了伊琳娜他的确可以做很多事情，不过他希望她能亲口向他提出这一要求。他们当天晚上就见了面。见面的时间不长，除开那位太太别人都不知道。当时伊琳娜已经不住在赖森巴赫伯爵家。

“您为什么偏偏想到我？”波图金问她。

她开始数说他的种种优秀品德，突然又打住话头……

“不，”她说，“跟您得说实话。我以前就知道，现在也知道您爱我，所以我才拿定这个主意……”于是她把事情原原本本告诉了他。

艾丽莎·别利斯卡娅是个孤儿，她的亲戚都不喜欢她，却觊觎她得到的一笔遗产……她现在面临灭顶之灾……伊琳娜救她实际上也是给那个造成如此严重后果的人帮了大忙，因为这个人现在跟她伊琳娜的关系十分密切……波图金默默地看了伊琳娜半晌，便答应下来。她哭了，热泪盈眶地扑过去搂住他的脖子，他也哭了……不过他们哭的原因各不相同。之后便开始准备举行秘密婚礼……强大的后台排除了一切障碍……然而那位小姐偏偏生了病……接着女儿出生了，妈妈……后来服毒自尽了。这个孩子怎么办？波图金又承担起抚养孩子的任务，仍然是伊琳娜亲手交给他的。

这是一个乌七八糟的可怕的故事……一笔带过吧，读者，不去管它了！

大约又过了一个多小时，利特维诺夫才下决心返回旅馆。当他走到离旅馆不远的地方，突然听到身后有脚步声。似乎有人一直在跟踪他，他走得快一些，那个人也加快脚步。走到路灯底下，利特维诺夫回头一看，发现是拉特米罗夫将军。他打着白领带，穿着一件非常漂亮的大衣却敞着怀，燕尾服胸前系着金链子，挂着不少星章和十字章。他刚刚赴宴归来，却孤身一人。他目光蛮横地逼视着利特维诺夫，脸上满是轻蔑和仇恨，他的整个姿态都表现出想要寻衅的样子，所以利特维诺夫认为自己只能硬着头皮去迎接挑衅。然而当他俩走近时，将军的面孔突然换了模样，又表现出平时那种开玩笑的优雅神态，用戴着浅紫色手套的手高高举起闪闪发亮的礼帽。

利特维诺夫也默默摘下自己的帽子，两个人各走各的路。

“他必是有所察觉！”利特维诺夫想。

“哪怕……换个人倒也罢了！”将军想。

当利特维诺夫走进塔吉扬娜的房间时，她正跟姑妈一起玩牌。

“嘿，你也真行，我的老兄！”卡皮托琳娜·马尔科芙娜叫起来，把牌扔到桌子上，“头一天你就躲了整整一个晚上！我们等了又等，骂你好几遍了……”

“姑妈，我可什么也没说。”塔吉扬娜说。

“哼，你是有名的好脾气！仁慈的先生，你应当害臊，还算是未婚夫呢！”

利特维诺夫百般道歉，坐到桌旁。

“你们怎么不玩了呢？”在短暂的沉默之后他说。

“你说的什么话！我俩因为没事可干，出于无聊才玩牌的……您现在回来了。”

“您如果想听听晚上的音乐会，”利特维诺夫说，“我很乐意陪您去听听。”

卡皮托琳娜·马尔科芙娜瞥了侄女一眼。

“姑妈，我们去吧，我愿意去，”塔吉扬娜说，“不过待在家里不是更好吗？”

“那倒也是。我们可以按照我们莫斯科的习惯守着茶炊喝喝茶。好好聊聊。我们还没正经八百地唠过。”

利特维诺夫命人送上茶来，好好聊聊却没聊成。他时刻感受到良心的责备。他不论说什么都觉得言不由衷，而且塔吉扬娜一定会看穿他的心思。不过她似乎并没有发生什么变化，她的态度依然那么从容自若……只是她的目光从不在利特维诺夫身上停留，只是宽容而担忧地一扫而过——她的脸色比平时更加苍白。

卡皮托琳娜·马尔科芙娜问她是不是头疼。

塔吉扬娜开头想说不疼，不过想了想又说：“是有一点儿。”

“路上累的。”利特维诺夫说，甚至羞得满脸通红。

“是路上累的。”塔吉扬娜也说，她的目光又从他的脸上扫过。

“你该休息一下，塔妮娅。”

“我是想早点睡，姑妈。”

桌上放着一本旅行指南。利特维诺夫念起有关巴登一带的风光介绍来。

“这里是不错，”卡皮托琳娜·马尔科芙娜打断他，“不过有件事可别忘了，听说这里的麻布很便宜，应该买些做嫁妆。”

塔吉扬娜低垂下眼睛。

“来得及，姑妈。您从来不替自己着想，您一定要做件连衣裙。您瞧，这里的人穿得多漂亮。”

“唉，我的亲爱的！做什么衣服呀！我像个讲究穿戴的人吗？我要是能像，格里戈里·米哈伊雷奇，您认识的那位太太那么漂亮就好了，可她怎么称呼？”

“哪位太太？”

“就是我们今天遇见的那位。”

“啊，是那位呀！”利特维诺夫故作淡漠地说，心里又感到一阵恶心和羞愧。“不！”他暗想，“这样下去可不成。”

他坐到未婚妻身旁，而在他的侧面衣袋里，离她只有几寸远的地方，装着伊琳娜的手绢。

卡皮托琳娜·马尔科芙娜到另一个房间去了一会儿。

“塔妮娅……”利特维诺夫勉强地说。这一整天他头一次这么称呼她。

她转过脸对着他。

“我……我有一件非常重要的事要跟您谈。”

“啊！真重要吗？什么时候？现在就谈？”

“不，等明天。”

“啊！明天。好吧。”

利特维诺夫的心刹那间充满无限的怜惜。他抓住塔吉扬娜的手，像罪人一般谦恭地吻了一下。她的心慢慢地揪在一起，这一吻并不令她高兴。

卡皮托琳娜·马尔科芙娜跟侄女睡一个房间，过半夜一点多钟，她突然抬起头侧耳倾听。

“塔妮娅！”她说，“你哭什么？”

塔吉扬娜并没立刻回答。

“没有的事，姑妈，”只听她用温和的声音说，“我伤风了。”

二十

“我干吗对她说这个？”第二天早晨，利特维诺夫在自己的房间里，坐在窗前想着昨晚的事。他懊悔地耸耸肩，其实昨晚他之所以对塔吉扬娜那么说，就是为了切断一切后路。窗台上放着伊琳娜的便条，她要他在十二点之前去见她。波图金说的话不住地在他的脑海里萦绕：这些话虽然像从地底下传来的嗡嗡声一样微弱，却含有不祥之兆。他气不打一处来，却怎么也驱赶不掉。有人敲门。

“谁呀？”利特维诺夫问。

“啊！您在家！开开门！”传来宾达索夫的嘶哑的低音。

门把手转得嘎吱响。

利特维诺夫气得脸色发白。

“我不在家。”他厉声说道。

“怎么不在家？这是开的什么玩笑？”

“告诉您：我就是不在家，给我滚开。”

“真够意思！我不过是来借点儿钱。”宾达索夫嘟嘟哝哝地说。

不过他还是走了，像往常一样用鞋跟把地板跺得咔咔响。

利特维诺夫差点儿没冲出去，他真想好好教训一下这个讨厌的厚脸皮。近几天发生的事扰乱了他的神经，再有一点点事他就会哭出声来。他喝了一杯凉水，自己也不知缘由地把所有的抽屉都锁上了，便去找塔吉扬娜。

他走进去时只有她一个人在房间里。卡皮托琳娜·马尔科芙娜上街买东西去了。塔吉扬娜坐在沙发上，两手捧着一本书。她并没在看书，甚至未必知道手里捧的是什么书。她一动不动，但是她的心在胸脯里剧烈地跳动，连脖子周围的白衣领都有规律地明显颤动着。

利特维诺夫不知如何是好……不过他还是坐到她身旁，问个好，笑了笑；她也默默不语地朝他微微一笑。当他走进来的时候，她朝他点点头，客客气气，却冷冰冰的——甚至连一眼也没瞅他。他向她伸出手来，她也伸出冷冰冰的手指，并立刻抽了回去，又捧起那本书。利特维诺夫感到如果先从一些闲事谈起，对塔吉扬娜无疑是一种侮辱，她跟平常一样，没有提出任何要求，不过她的整个神情似乎在说："我在等着，我在等着……"他必须履行自己的诺言。然而，他尽管整夜几乎没想别的事，却连开场白的头几句话都没想好，甚至不知如何打破这难堪的沉默。

"塔妮娅，"他终于开口，"我昨天告诉您有件非常重要的事要对您说（在德累斯顿他们两人单独相处时，他便跟她以你我相称，可是今天无论如何也说不出口），我现在就说，不过先要请您别生气，您要相信我对您的感情……"

他说不下去了，他喘不上气来。塔吉扬娜一直一动不动，也不去看他，只是把手里的书捏得更紧了。

"我们之间，"利特维诺夫前面的话没说完，又往下说，"我们之间一向是开诚布公的，我十分尊重您，不能向您隐瞒。我要向您证明，我很看重您的心灵的高尚和自由，尽管我……尽管，当然……"

"格里戈里·米哈伊雷奇，"塔吉扬娜用平静的语气说，但是她的脸色像死灰一样苍白，"我来帮您忙吧，您不爱我了，不过不知道如何说才好。"

利特维诺夫情不自禁地打了个寒战。

"为什么？……"他含混地说，"您为什么会这么想？……我真不明白……"

"怎么，这不是真的吗？不是真的吗？快告诉我！快告诉我！"

塔吉扬娜转过身面对着利特维诺夫，她的头发朝后梳着，脸凑近他的脸，她那双很长时间不肯瞅他的眼睛如今直视着他的眼睛。

“这不是真的吗?”她又问一遍。

他一句话也说不出来，一点儿声音也发不出。在这一瞬间他甚至知道即使他说谎，她也会相信，而且这个谎言可以救她，但是他不能说谎，他甚至经不住她的审视。利特维诺夫什么也说不出来，然而她已经不再需要他的回答，因为她从他的沉默不语和低垂着的负疚的眼睛里得出了答案——她身子向后一仰，把书掉在地上……在这之前她还一直半信半疑，利特维诺夫明白这一点，他明白她只是起了疑心——可他做的事有多么荒唐，的确荒唐至极!

他跪倒在她面前。

“塔妮娅，”他呼唤着，“你不知道我看见你现在的处境心里多么难过，一想到这都是我……我造成的，真是可怕!我心中有如刀割，我自己也不知道自己干的是什么事，我丢失了自己，也丢失了你，丢失了一切……一切都完了，塔妮娅，一切!我怎么也没想到我……我会给你这么大的打击，你是我最好的朋友，我的天使和保护神!……我怎么能想到我们会这样见面，怎么会像昨天那样度过一天!……”

塔吉扬娜想站起身来就走，他抓住她的衣裾。

“不，你听我把话说完……你看我跪在你面前，不过我并不是求你饶恕我——你不能也不应该饶恕我，我是想告诉你，你的朋友毁了，坠入了深渊，但是他不想把你也拖下去……要想救我……不可能了!甚至你也救不了我。我自己会把你推开……我完蛋了，塔妮娅，我不可救药了!”

塔吉扬娜瞥了利特维诺夫一眼。

“您给毁了?”她说，似乎还没完全明白是怎么回事，“您给毁了?”

“是呀，塔妮娅，我给毁了，以往的一切，我最珍爱的一切，我赖以生存的一切都毁于一旦；一切都毁了，一切都破碎了，我不知道我将来会落到什么地步。你方才对我说我不爱你了……不是的，塔妮娅，我不是不爱你，而是另有一种可怕的感情不可抗拒，突然袭来，一下子压垮了我。我也曾尽力抵抗……”

塔吉扬娜站起来，她的双眉紧锁着，苍白的脸变得阴沉。利特维诺夫也站起身来。

“您爱上了另外一个女人，”她开口说，“我猜得出来她是谁……我们昨天还遇见过她，对不对？……那有什么?！我知道我现在该怎么做，因为您自己说您心中的这种感情已无法改变（塔吉扬娜停顿一下，也许她还期望利特维诺夫不会对最后这个字眼不加反驳，然而他什么也没说）……那么我只有把您曾经许下的诺言……奉还给您了。”

利特维诺夫垂下头，似乎温顺地承受着这罪有应得的打击。

“您有权利生我的气，”他说，“您完全有权利责怪我的懦弱……责怪我欺骗了您。”

塔吉扬娜又瞥了她一眼。

“我并不责备您，利特维诺夫，我也不怪罪您。我同意您方才说的：最痛苦的真话也比昨天的情形要好。不然的话，我们现在过的是什么生活！”

“我现在过的是什么生活！”在利特维诺夫的心中响起悲哀的回声。

塔吉扬娜走到卧室门口。

“我请您让我一个人安静一会儿，格里戈里·米哈伊雷奇，我们还要见面的，我们还要谈一谈。这一切来得太突然。我需要稍稍恢复一下精力……让我自己待一会儿……请体谅我的自尊心。我们还要见一次面。”

塔吉扬娜说完这些话便连忙走开，随手关上门并加了锁。

利特维诺夫走到街上，头晕眼花，昏昏沉沉。一种阴暗而沉重的感觉潜入他的心灵深处——只有杀人犯才会有这种心情。与此同时，他又感到轻松，如释重负。塔吉扬娜的宽容让他无地自容，他深切地感到自己丧失了一切……但是又有什么办法？他真是悔恨交加。他急于去见伊琳娜，因为伊琳娜是他唯一的避风港，同时他又恨她。不知从什么时候起，利特维诺夫的感情变得一天比一天复杂，一天比一天混乱。这种混乱的感情折磨他，使他气恼，他陷入这种混乱中不能自拔。他只盼望一点：最后总能找到一条出路，管它是好是坏，只要不再在这毫无意义的混乱之中挣扎就好。像利特维诺夫这样的正派人不应该受情欲的诱惑，情欲会毁掉他们的人生……然而人的天性并不按照逻辑行事，跟我们做人的逻辑互不相容。天性有它自己的逻辑，我们对这种逻辑并不了解，在它像车轮一样从我们身上轧过去之前，我们还不肯承认它。

利特维诺夫跟塔吉扬娜分手之后，心中只有一个念头，那就是赶快去见伊琳娜，于是便去找她。但是将军在家——至少看门人是这么说的——他不想进去，因为他感到自己不会装假，于是他慢吞吞地朝会见厅走去。伏罗希洛夫和皮夏尔金迎面走来，他俩也领教了利特维诺夫这天不装假的劲头：利特维诺夫对头一个说他腹中空得像一面鼓，对另一个人说他无聊得让人发昏，幸亏他没遇上宾达索夫，不然的话一定会闹出一场特大的丑闻。这两个青年都大为惊讶，伏罗希洛夫甚至给自己提出问题：是否应该要求对方满足他的军官的荣誉感？不过他也跟果戈理笔下的庇罗果夫中尉①一样，到咖啡馆里吃了两块夹肉面包便心满意足了。利特维诺夫远远看见卡皮托琳娜·马尔科芙娜披着花披肩匆匆忙忙从这家店铺跑进另一家店铺……他在这位善良、可笑而高尚的老人面前感到良心有愧。然后他又想起了波图金，想起昨天那场谈话……然而这时有一股香风向他吹来，虽然不可捉摸却肯定无疑，即使是落地的阴影吹来的风也不会这样缥缈，然而他却立刻断定是伊琳娜走了过来。她果然离他只有几步远，挽着另一位太太的手臂。他们的目光立刻相遇了。伊琳娜发现利特维诺夫脸上神色有异。她在一家钟表店前面停住脚步，店里摆满了黑林山出产的各种各样的小木钟。她点头示意让他过去，

① 果戈理的《涅瓦大街》里的主人公。——译者注

并拿起一个木钟让他看看钟盘画得多么好看，木钟顶上还有个绘色的杜鹃，然后她又用平常的语气（而不是悄声）与他说话，似乎接着刚才开始的谈话，以免引起旁人的注意。

“您过一个小时再来，家里只有我一个人。”

然而这时那位以善于讨好女人而闻名的威尔第先生突然出现了，他为伊琳娜衣服的秋叶颜色而欣喜若狂，又赞美她那压到眉毛的西班牙式的小帽……利特维诺夫消失在人群中。

二十一

“格里戈里，”过了两小时之后，伊琳娜跟利特维诺夫坐在沙发上，把双手搭在他的肩头上问，“你这是怎么了？趁现在没有旁人赶快告诉我。”

“我怎么了？”利特维诺夫说，“我非常幸福，非常幸福，就是这么回事。”

伊琳娜低头笑笑，叹了口气。

“这可是所答非所问，我的亲爱的。”

利特维诺夫左思右想。

“嗯，那就对你说了吧……因为你一定要我说（伊琳娜睁大了眼睛，身子略微往后闪），我今天把一切情况都告诉了我的未婚妻。”

“什么一切情况？你连我都说出去了吗？”

利特维诺夫甚至两手一拍。

“伊琳娜，看在上帝的面上，你怎么会这么想?！我怎么能……”

“嗯，请原谅我……请原谅我。那你对她说什么了？”

“我对她说我不再爱她了。”

“她没问为什么吗？”

“我没隐瞒我另有所爱，我们只能分手。”

“嗯……她怎么说？她同意吗？”

“啊，伊琳娜，这个姑娘可太好了！她简直是自我牺牲的化身！”

“我相信，我相信……不过，她也没有别的办法。”

“她没有一句怨言，没说一句责怪的话，可我毁了她的一生，欺骗了她，无情无义地抛弃了她……”

伊琳娜仔细观察自己的指甲。

“你告诉我，格里戈里，她爱你吗?”

“是的，伊琳娜，她爱我。”

伊琳娜沉默片刻，整理一下身上的衣服。

“我得承认，”她开始说，“我真不明白你干吗突然想起要把一切都告诉她。”

“怎么叫‘干吗’？伊琳娜！难道你想让我对她撒谎，对她虚情假意，这可是个纯洁的灵魂呀！或者你认为……”

“我什么也不认为，”伊琳娜打断他，“我很抱歉，很少考虑到她……我不可能同时为两个人着想。”

“那么，你的意思是……”

“那有什么？她要走吗？这位纯洁的灵魂?”伊琳娜再次打断他。

“我什么也不知道!”利特维诺夫回答说，“我还要跟她再见一面。不过她不会再留下来。”

“啊，祝她一路顺风好了!”

“是啊，她不会留下来。不过，我现在考虑的不是她，我考虑的是你对我说过的话，你答应我的话。”

伊琳娜皱起眉头瞥他一眼。

“真是忘恩负义的家伙！你还不满足吗?”

“不，伊琳娜，我不满足，你是给予了我幸福，可是我不能满足，而且你也明白我的意思。”

“你是说要我……”

“是呀，你明白我的意思。你想想你说的话，想想你给我的信中是怎么写的。我不能跟别人分享你的爱，不，不，我不想扮演秘密情人的可怜角色，我不仅把自己的一生，而且把另一个人的一生都抛到你的脚下，我放弃了一切，我把一切都砸碎了，毫不怜惜，毫无挽回的余地，因为我相信，我坚信不疑，你会信守诺言，把你的命运跟我的命运永远联结在一起……”

“你想让我跟你逃跑？我可以做到（利特维诺夫高兴得俯身去吻

她的手）……我可以做到，我不会说话不算话。不过从你那方面，你考虑到各种困难了吗？……准备好钱了吗？”

“我？我还什么也没来得及考虑，也没做准备，不过只要你说行，允许我开始行动，用不了一个月……”

“一个月！我们再过两周就走，到意大利去。”

“两周我也足够了。啊，伊琳娜！你似乎对我的提议很冷淡，也许你觉得这不过是幻想，然而我可不是小孩子，我没有耽于幻想的习惯，我知道走这一步有多么可怕，我知道要承担多大的责任，然而，我再也没有别的路可走。你要想想，为这我必须跟过去一刀两断，才不至于使我为你而牺牲的姑娘把我看成卑鄙的骗子！”

伊琳娜突然直起身子，两眼闪闪发亮。

“嗯，对不起，格里戈里·米哈伊雷奇，就算我拿定主意愿意逃走，也一定要跟为了我才这么做的人，只能为了我，而不是因为害怕在一个冷漠的小姐眼里失去面子，这个小姐的血管里流的不是血，而是水和牛奶，掺了水的牛奶！我还要告诉您：我得承认，我还头一次听说我所倾心的男人竟然觉得自己可怜，扮演一个可怜虫的角色！我知道有的人比这个角色还要可怜，我自己都不知道他心里会产生什么想法！”

这回利特维诺夫也直起身来。

“伊琳娜。”他刚要开口说……

但是突然她用双手紧紧捂着前额，冲动得身子抽搐着扑到他怀里，用超乎女人的力量抱住他。

“请原谅我，请原谅我，”她用颤抖的声音说，“请原谅我，格里戈里·米哈伊雷奇！你看我这个人有多坏，多么可恶，多么善妒和狠心！你看，我多么需要你的帮助，你的宽容！是呀，你救救我吧，把我从这个深渊里拽出来，趁我还没完全堕落！是呀，我们是要逃跑，离开这群人，离开这个上流社会，跑到一个遥远的美妙而自由的地方！也许你的伊琳娜最终不会辜负你为她所做的一切牺牲！请不要生我的气，请原谅我，我的亲爱的——你要知道，你叫我干什么我就干什么，你带我到哪去我就到哪去！”

利特维诺夫的心翻腾起来，伊琳娜那年轻柔软的身体紧紧地偎依着他。他低下头凑到她那芳香而蓬乱的头发跟前，满怀感激和狂喜之情，大着胆子用手去抚摸她的头发，用嘴唇轻轻碰了碰。

“伊琳娜，伊琳娜，”他念叨着，“我的天使！……”

伊琳娜突然抬头倾听……

“这是我丈夫的脚步声……他走进他的房间了。”她悄声说，连忙往旁边一闪坐到安乐椅上。利特维诺夫站起身就要走……“你往哪里走？”她继续悄声说，“坐下，他早就怀疑上你了。你也许怕他？”她两眼紧盯着门口，“是呀，是他，他马上就会过来，你讲点儿什么，你得跟我说话。”利特维诺夫一时没了主张，默默不语。“您明天不去看戏吗？”她大声说，“正在演《一杯水》，是一出老戏，普列西演得太装腔作势……我们好像在发烧。”然后又压低声音补充说：“这样不行，这件事得好好考虑一下。我得先告诉你，我的钱都在他手里，不过我还有点儿首饰，我们到西班牙去，你愿意吗？”她又提高嗓音。“这些女演员怎么都这么胖？就拿玛德琳娜·勃罗亨来说……你倒说话呀，别坐在那一句话也不说。我的头都晕了。不过您用不着怀疑我……我会给你捎信，告诉你明天可以到哪跟我见面。只是你不该告诉那位小姐……啊，这太妙了！”她突然喊道，并且神经质地大笑起来，还把手绢边都撕破了。

“可以进来吗？”拉特米罗夫从隔壁问。

“可以……可以……”

门开了，将军跨进门槛。他一见利特维诺夫就皱皱眉头，不过还是对他行个礼，也就是说摇晃一下上半身。

“我不知道你有客人，”他说，“请原谅我的鲁莽。可是您在巴登还没玩够吗？利……利特维诺夫先生。”

拉特米罗夫每次说利特维诺夫的姓都要停顿一下，好像他每次都忘记了，一下子想不起来……他用这种办法和行礼时有意把帽子举得老高来刺激对方。

“我在这里并不寂寞，将军先生。”

“真的吗？我在巴登可住够了。我们马上离开这里，对不对，伊琳娜·帕芙洛芙娜？巴登我再也不想待了。不过，活该您走运，我今天赢了五百法郎。”

伊琳娜撒娇地伸出手来。

“钱在哪儿？给我做零花钱。”

“在我那儿，在我那儿……您已经要走了吧？……利特维诺夫先生。”

“是的，您瞧我马上走。”

拉特米罗夫又摇晃一下上半身。

“再见。”

“再见，格里戈里·米哈伊雷奇，”伊琳娜说，“我一定会遵守诺言。”

“什么诺言？能不能让我也知道知道？”她丈夫问。

伊琳娜笑了笑。

“不成，这是……我们之间的事。关于游玩的事……考虑到什么地方玩。你知道斯塔尔那本书吗？”

“啊，当然知道，当然知道。插图非常漂亮。”

拉特米罗夫好像跟妻子和好如初，他又对她称呼“你”了。

二十二

“最好别再想了，真的。”利特维诺夫念叨着，沿着大街走去，感到心里又纷乱如麻。“事情既然决定了，她会信守诺言的，我只要采取一切必要的措施……不过她好像还犹豫不定……”他摇了摇头。他自己也感到他的主意有些奇怪，强人所难，不切实际。脑子里不可能一个劲儿考虑一个问题，思绪就像万花筒里的玻璃片逐渐发生变化……你瞧，眼前出现的完全是另外一些形象。利特维诺夫感到浑身疲惫至极……哪怕能休息一个小时也好……可是塔妮娅呢？他心中一惊，已经不假思索地顺从地往回走，只是脑海里又产生一个念头：他今天好像一个皮球似的在两个女人中间被抛来抛去……反正总得有个了结。他回到旅馆，没有犹豫地、几乎木然而顺从地去见塔吉扬娜。

开门的是卡皮托琳娜·马尔科芙娜。一眼就看出来她什么都知道了：可怜的老处女把眼睛哭肿了，脸在蓬乱的白发中涨红了，流露出的是惊慌失措、愤怒、痛苦和无限的诧异。她刚想扑到利特维诺夫面前又马上停住，咬住颤抖的嘴唇冷眼看他，既好像要哀求他，又好像要杀死他，希望相信这一切不过是一场梦，是发疯，是不会有的事，难道不是吗？

“嗯，您……您可来了，可算来了。”她说……隔壁的房门打开了，塔吉扬娜迈着轻快的步子走进来，镇静自若，只是她的脸色苍白得好像变透明了似的。她用一只胳膊搂住姑妈，让她坐在自己身旁。

“您也坐下吧，格里戈里·米哈伊雷奇。”她对利特维诺夫说，利特维诺夫正六神无主地站在门旁，“能再次见到您我很高兴。我把您的决定，我们共同做出的决定告诉给姑妈，她完全同意，赞成这么做……彼此之间没有爱，就不可能有幸福，光互相尊重是不够的（利特维诺夫听到“尊重”一词不禁低下头），最好趁早分手，免得过后后悔，你说是不是，姑妈？”

“是的，当然是，”卡皮托琳娜·马尔科芙娜开口说，“当然，塔妮娅，谁要是看不上你……谁要是敢……”

“姑妈，姑妈，”塔吉扬娜打断了她，“您记住您答应过我的话，您自己平时总是对我说，要实事求是：‘塔妮娅，首先要实事求是，然后才是自由。’嗯，实事求是不可能总是甜蜜的，自由也是一样，不然的话我们还有什么长处呢？”

她温柔地吻了一下卡皮托琳娜·马尔科芙娜的白发，转脸对利特维诺夫继续说：

“我和姑妈决定离开巴登……我想这样对大家都好。”

“您打算什么时候走？”利特维诺夫声音沙哑地问。他想起伊琳娜刚才向他提过同样的问题。

卡皮托琳娜·马尔科芙娜往前一探身子，塔吉扬娜温柔地扳住她的肩头，不让她起来。

“大概快了，很快。”

“您是否允许我问一下，你们打算到什么地方去？”利特维诺夫仍然哑着嗓子说。

“先去德累斯顿，然后大概回俄国。”

“您现在又有什么必要知道这些，格里戈里·米哈伊雷奇……”卡皮托琳娜·马尔科芙娜喊了出来。

“姑妈，姑妈。”塔吉扬娜又拦住她。一阵短暂的沉默出现了。

“塔吉扬娜·帕芙洛芙娜，”利特维诺夫开口说，“您知道在这个时刻我心中有多么痛苦和悲伤……”

塔吉扬娜站起身来。

“格里戈里·米哈伊雷奇，”她说，“我们不必再说这些了……

我求您了，如果不是为了您，就是为了我也请别说了。我们不是昨天刚刚认识，我想象得出您现在的心情怎么样。不过何必再谈它，何必再触痛（她停顿一下，显然是想等内心的激动平息下来，咽下眼泪。她终于克制住自己）……何必去触痛无法医治的创伤，让我们把它交给时间好了。现在我对您有个请求，格里戈里·米哈伊雷奇，有劳大驾，我马上要写封信请您亲自送到邮局去，因为这封信十分重要，我和姑妈现在都没工夫……我将非常感激您。请稍等一下……我马上过来……”

塔吉扬娜跨过门槛时还不安地回头看看卡皮托琳娜·马尔科芙娜。但是卡皮托琳娜·马尔科芙娜像煞有介事，一本正经地坐在那里，紧锁着眉头，紧闭着嘴唇，摆出一副严厉的神情，所以塔吉扬娜只朝她点点头就走进里屋。

然而她刚一关上门，卡皮托琳娜·马尔科芙娜脸上庄重和严厉的神情立刻不见了，她踮着脚跑到利特维诺夫身边，躬着腰想要看清楚利特维诺夫的眼睛，她含着泪用颤抖的声音悄悄说：

“我的天哪，”她说，“格里戈里·米哈伊雷奇，这算是怎么回事？这是做梦还是怎么的？您竟然抛弃了塔妮娅，您不爱她了，您违背了自己的诺言！您竟然做出这种事，格里戈里·米哈伊雷奇，我们俩完全指望您，以为您最可靠不过了！您！您！您！你这个格里沙？……”卡皮托琳娜·马尔科芙娜说不下去了。“您会要她的命的，格里戈里·米哈伊雷奇。”她也不等回答便接下去说，泪水顺着两腮像小珠子似的滚滚而下，“您别看她现在挺逞强，您是知道她的脾气的！她从不向别人诉苦，她不知道怜惜自己，那么大家就应该怜惜她！她方才对我说：‘姑妈，我们要保持尊严！’可我看得出来，非要她的命不可，到了要命的时候还要讲尊严……”塔吉扬娜在隔壁把椅子弄得咣当一声响。“是呀，我猜非要她的命不可。”老太婆压低声音接下去说，“怎么会出这种事？您是中了邪还是怎么的？头些日子您给她写的信里不还是甜言蜜语的吗？说到最后，一个正直的人怎么能干出这种事？您知道我是没有任何偏见的人，是有自由思想的，我给予塔妮娅的教育也是这样的，她也有自由的心灵……”

“姑妈！”从隔壁传来塔吉扬娜的声音。

“但是既然许下诺言就要承担义务，格里戈里·米哈伊雷奇。尤其像您这种，像我们这种规矩的人！我们如果连义务都不承认，那我们还有什么可以相信的呢？这是不能破坏的——这叫随心所欲，根本不想想会给别人造成什么后果！这叫没良心……是的，这是犯罪，这算是什么自由！”

“姑妈，请你过来一下。”又传来塔吉扬娜的声音。

“我就来，我亲爱的，就来……”卡皮托琳娜·马尔科芙娜一把抓住利特维诺夫的胳膊，“我看得出来，您生气了，格里戈里·米哈伊雷奇（‘我?！我生气了？’他想大叫一声，然而舌头不灵）……我并不想惹您生气——啊，上帝！我哪有那个闲心?！相反，我是想恳求您：趁现在还为时不晚，好好想一想，别毁了她，别毁了您自己的幸福，她会信任您的。格里沙，她一定会信任你，现在还没有任何问题；她非常爱你，天底下再也找不出像她这么爱你的人！让我们离开这该死的巴登，我们一起走吧，你只要摆脱了邪术就行，最主要的，你要可怜可怜她……”

“我说姑妈……”塔吉扬娜说，声音有些不耐烦。

但是卡皮托琳娜·马尔科芙娜并不听她的。

“你只要说一句‘好’，”她嘱咐利特维诺夫说，“我就都会安排妥当……喂，哪怕对我点个头！只点一下就成，就这么点一下！”

在这一刹那利特维诺夫似乎宁愿去死。不过他到底也没吐出个“好”字，也没点头。

塔吉扬娜手里拿信走进来。卡皮托琳娜·马尔科芙娜立刻躲开利特维诺夫，扭过脸去，俯身在桌子上似乎在仔细看桌上的账单和证件。

塔吉扬娜走到利特维诺夫跟前。

“这就是我方才说的那封信……”她说，“您现在就可以送到邮局去，是不是?”

利特维诺夫抬起眼睛……站在他面前的的确是审判他的法官。他觉得塔吉扬娜显得更高大，更匀称。她脸上闪耀出从未有过的美丽，却像塑像一样庄严而凝重。她的前胸没有起伏，被素色的连衣裙箍得紧紧的。这连衣裙好像古希腊人穿的长衫，垂下又长又直的衣褶；也像用大理石刻的，一直垂到脚面上，把脚盖住了。塔吉扬娜两眼直视前方，并不只看着利特维诺夫，她的目光平静而冷淡，也像塑像。他在她的目光中看到了她对自己的判决。他俯下身，从她一动不动伸出的手里接过信，默默地走了。

卡皮托琳娜·马尔科芙娜扑到塔吉扬娜身边，但是塔吉扬娜推开姑妈的拥抱，低垂下眼睛。她满脸通红，只说一句“好了，现在快点儿收拾!”便回到卧室。卡皮托琳娜·马尔科芙娜也耷拉着头跟她进去。

塔吉扬娜交给利特维诺夫的信封上写着她在德累斯顿的一位女友的地址。这位朋友是德国人，出租几套带家具的面积不大的房子。利特维诺夫把信投进邮筒，他觉得跟这张小小的纸片一起把自己从前的一切，把自己的一生都投进了坟墓。他走到城外，沿着葡萄园中的小径徘徊很久，就像驱赶不掉纠缠不休的夏天苍蝇的嗡嗡声一样摆脱不掉一直萦绕不去的蔑视自己的感觉。最后这次见面，他扮演了极不光彩的角色……他回到旅馆，过一阵子后去打听两位女客的消息，别人告诉他，他刚走她们就叫车去了火车站，上了邮车，不知去什么地方了。她们的东西早已收拾好，一清早就结了账。塔吉扬娜求利特维诺夫到邮局送信显然就是支开他。他又去问门房，两位女客临走时是否给他留下便条。看门人回答说没有，甚至表示惊讶，说连他也不明白，她们明明订了一周的房间，却突然走了。利特维诺夫转身回到自己房间，锁上门。

他在房间里一直待到第二天。他在桌子跟前坐了大半夜，写了又撕，撕了又写……直到早霞升起才终于写完——这是给伊琳娜的信。

二十三

信是这样写的：

我的未婚妻昨天走了，我跟她永远也不会再见面了……我甚至说不上她要到什么地方去。她这一走，把我以前觉得喜欢和珍爱的一切都带走了：我的一切设想、计划和打算随之化为泡影；我的心血白费了，我的多年的工作也付诸东流；我的学业再也没有任何意义，也无用武之地。这一切全都完了，属于我自己的我，从前的我，从昨天起已经死亡并被埋葬。这一切我都清楚地感到、看到并且确实知道……不过我并不后悔，我对你说这些不是为了诉苦……既然你爱我，伊琳娜，我还怎么能诉苦呢？我只是想告诉你，所有这死亡的过去，所有这些开始和希望都已化为轻烟和飞尘，只剩下的一个活生生的不可毁灭的东西便是我对你的爱，除开对你的爱我已一无所有。如果把这爱称作我唯一的宝藏也是不够的，因为我的整个生命都在这爱中，这爱便是全部的我，它包括了我的前途，我的使命，我的圣殿和我的祖国！你是了解我的，伊琳娜，你知道我并不喜欢而且十分讨厌说漂亮话，不论我在这里用多么强烈的词句表达我的感情，你都不会怀疑我的真诚，不会以为我在夸大其词。这不是小孩子由于一时冲动而向你喋喋不休，发出未经深思熟虑的海誓山盟；而是已经受过岁月磨炼的人直截了当、几乎诚惶诚恐地表白他认为不可置疑的事实。是的，你的爱对我来说代替了一切——一切的一切！请你判断一下吧：我怎么能把这“一切”交给另外一个人，我怎么能允许他来支配你？你，你将属于他，那么我的生命，我心中的鲜血都将属于他——那么我呢……把我往哪放？我算是什么人？我只好站在一旁，成为旁观者……自己的人生的旁观者！不，这是办不到的，办不到！只分得一杯羹，只能偷偷分享舍之便不能生存不能“呼吸”的东西……这是自欺欺人，这是死亡！我知道我这种要求会要你做出多大的牺牲，其实我并没有这种权利：有什么能给我要你做出牺牲的权利呢？不过我这样做并非出于自私的目的。自私的人不会提出这样的问题，不提反倒更轻松更安稳。是的，我的要求太苛刻了，如果它们让你害怕，我并不感到奇怪。你憎恨那些不得不与之共处的人，你在上流社会感到压抑，不过你是否有足够的力量抛弃上流社会，把它加在你头上的桂冠踩个粉碎并且要承受社会舆论，也就是你所憎恨的那些人的指责呢？你扪心自问，不要承担你担不了的重担。我并不想责备，但你必须记住：上一次你就没经得住诱惑。对于你的损失我能给的补偿微乎其微！请听我最后一句话：你如果觉得自己不可能在明天或今天就抛弃一切并跟我远走高飞的话——你看我说得多么大胆，多么毫无顾忌——你如果对不可知的前途感到害怕，怕与世隔绝，怕忍受孤独和遭世人非议，你如果对自己没有把握，那么你要坦率地告诉我，而且不能拖延，那我马上就走——我要怀着一颗破碎的心离开这里，不过我还要感谢你毕竟说了实话。如果你——我的美丽的光彩照人的女皇当真爱上了像我这样渺小而默默无闻的人，真的准备跟他共命运，那么请伸出你的手，让我们一起踏上艰苦的旅程！不过你要知道，我的决定是不可更改的：或者全部，或者一刀两断！这是不可理解的……不过我没有别的办法，没有，伊琳娜！我对你的爱太强烈了。

你的格·利

这封信利特维诺夫自己并不满意，信中并没准确表达出他心里想说的话。其中有些地方措辞不当，或者过于华丽，或者相反，当然并不见得比他撕掉的那些信更好；然而它毕竟是最后一稿，主要意思总算说清楚了。他筋疲力尽，感到脑子里再也挤不出别的东西了，况且他不善于用文字表达思想，跟所有的人一样没有讲究文体的习惯。他的头一稿可能写得最好，因为它是从内心里热烈倾吐出来的。不管怎么样，利特维诺夫还是派人把这封信给伊琳娜送去了。

她回了他一份短短的便笺：

你今天就到我这来吧，他整天不在家。你的信让我十分不安。我一直在想，想……想得头都发昏。我很难过，但是，既然你爱我，我也就幸福了。一定来。

你的伊

利特维诺夫走进房间的时候，她正坐在书房里。带他进去的还是昨天在楼梯上等他的那个十三岁的小女孩。伊琳娜面前的桌子上摆着半圆形的纸盒，盒盖开着，里面装着花边。她一只手漫不经心地翻弄，另一只手拿着利特维诺夫的信。她刚哭过。她的睫毛还是湿的，眼泡哭肿了；脸上留有没擦干的泪水的痕迹。利特维诺夫在门槛上停住脚步，她没发觉他的到来。

“你哭了？”他惊讶地问。

她猛然一惊，用手捋捋头发，笑了笑。

“你哭的什么？”利特维诺夫又问一遍。她默默指指手里的信。“你是因为这信……”他一字一顿地说。

“你过来坐。”她说，“把手给我。是呀，我哭过……这有什么奇怪的？难道这轻松吗？”她又指指信。

利特维诺夫坐下。

“我知道这不轻松，伊琳娜，我在信里说的也是这个意思……我明白你的处境。不过你如果相信你的爱对我有多么重要，如果我的话能使你信服，你就应该明白我看到你的眼泪的时候我的心情如何。我到你这里来就像一个受审的犯人等候判决，是死是活都由你来定。

只是你不要用那种眼神看我……它让我想起从前在莫斯科时的眼神。”

伊琳娜的脸突然红了，她扭过头去，仿佛她自己也觉得自己的目光中有不对劲的神情。

“你这是什么话，格里戈里？你怎么不害臊?！你希望知道我的答复……难道说你对我还有所怀疑?！我的眼泪叫你不好受……可是你并不了解我为什么哭。我的朋友，你的信的确让我考虑好多问题。你在信里说，我的爱对你来说就代替了一切，甚至你从前学的东西都将无用武之地，那么我问你：男人能只靠爱情生活吗？爱情会不会终于使他厌倦？他会不会想要做一番事业？他会不会抱怨爱情耽误了他的事业呢？就是这个想法让我害怕，让我担忧，而不是你想的那些。”

利特维诺夫仔细端详伊琳娜，伊琳娜也仔细端详利特维诺夫，仿佛两个人都想更深入地窥探对方的心灵，深入到非视觉所能达到、非语言所能表达之处。

“你这种顾虑是多余的，”利特维诺夫说，“我可能没说明白——厌倦？无事可做？你的爱会给予我新的力量，怎么会出现你说的那种情形？啊，伊琳娜，你要相信我，你的爱对我来说就是整个世界，连我自己现在也难以想象它会发展成什么样子!”

伊琳娜陷入沉思。

“我们到什么地方去呢?”她悄声问。

“什么地方？这个问题我们还得商量商量。不过，这么说……这么说你同意了？伊琳娜！你同意了吗?”

她瞥了他一眼。

“你会幸福吗?”

“啊，伊琳娜!”

“你一点儿也不会后悔？永远也不后悔?”

她低下头去摆弄装花边的盒子，又开始挑来挑去。

“你不要生我的气，我的亲爱的，别怪我在这种时候还干这种琐事……我得去参加一位太太举办的舞会，她打发人送来这些破玩意儿，我今天必须挑出一件戴上。啊！我真是太难了！”她突然叫出声来，把脸贴到纸盒边上。她的眼泪夺眶而出……她扭过脸去，怕把泪水掉在花边上。

“伊琳娜，你哭了。”利特维诺夫不安地说。

“是呀，又哭了。”伊琳娜接下去说，“啊，格里戈里，别折磨我，也别折磨你自己了！……让我们做个自由的人！我哭又有什么不好?！我自己能弄明白这眼泪为什么往下流吗？你既然知道我的决定，你亲耳听到了，那就相信我的决定不会改变，我同意……你是怎么说的？……或者全部，或者一刀两断……你还要怎么样？让我们做自由的人吧！干吗要互相约束呢？现在只有我俩在一起，你爱我，我爱你，难道说我们偏要逼问对方的口供吗？你瞧瞧我，我并不想在你面前故意装相，我也没做任何暗示，表示要割断夫妻关系，也许并不那么容易……我并不想欺骗自己，我知道自己有罪，他完全有权利杀死我，那又怎么样?！我是说，让我们做自由的人好了。今天是属于我们的，这一生也是属于我们的。”

她从安乐椅上站起来，从上俯视利特维诺夫，面带微笑，眯缝着眼睛，用裸露到臂肘的胳膊撩开落到脸上的一绺长发，长发上还有两三颗晶莹的泪珠。一条贵重的花边头巾从桌子滑到地板上，恰好落到伊琳娜脚边，她满不在乎地踩了一脚。

“或者我今天的样子你不喜欢？我自打昨天起变丑了？告诉我，你见过比我这还要漂亮的臂膀吗？还有这头发？告诉我，你爱我吗?”

她用双手抱住他，把他的头紧紧贴在自己的胸脯上，她头上的梳子当啷一声掉在地板上，披散的长发把一阵温柔的香风吹到他脸上。

二十四

利特维诺夫在旅馆的房间里走来走去，低头想着心事。他现在需要从理论走向实践，设法筹划资金和确定出逃的路线，逃到别人找不到的地方……然而奇怪！他现在脑子里想的却不是这些资金和路线，而是他一再坚持的这个主意是否就不可怀疑了。他是否说过绝不反悔的话？然而伊琳娜在告别时对他说："你就准备吧，准备吧，等你准备好了告诉我一声就行。"完全决定了！用不着怀疑。利特维诺夫于是着手准备，暂时不过是种种设想。首先是钱的问题。利特维诺夫手里有一千三百二十八个古尔登，折合两千八百五十五法郎，数目不大，但是开头的费用总算够了。然后立刻给老父亲写信，让他尽量多寄些钱来，卖点木材，或者卖块地……可是找什么借口呢？……嗯，借口总会有的。是了，伊琳娜说她有首饰，不过这不能考虑在内，谁知道会出什么事，要留作不时之需。再说，他身边有一块日内瓦产的精工表，总可以卖到……至少四百法郎。利特维诺夫去找银行家，绕着弯子问他必要时能否给予贷款。巴登的银行家都是久经世故、办事谨慎的人，一听这类拐弯抹角的话便立刻摆出一副上了年纪、精神不济的样子，就像地里的野花被镰刀割下来似的；有的则当面嘻嘻哈哈笑，好像你是随便开开玩笑，他们也随声附和。说来惭愧，利特维诺夫甚至跑到赌场去碰碰运气，也活该丢脸，竟然把三马克银币押在三十号上，他是按他的年龄的数字押的。他这样做的目的是增加资本并且凑个整，结果反而输了二十八个古尔登——资本没增加，整数倒是凑上了。还有一个问题也非同小可，就是护照问题。当然女人出国并不一定要带护照，有的国家干脆不要护照，比如比利时和英国。实在不行可以搞一份外国护照。利特维诺夫非常认真地考虑这些问题：他决心非常大，不可动摇。与此同时在他的全盘打算之中不时掺杂一些轻浮的、几乎滑稽的念头，这是违背他的意志的，又不是他的意志所能左右的。好像他采取的这个行动不过是一场儿戏，似乎跟人私奔这种事在现实中从来没有过，只有喜剧或小说里才有这种事，那也是发生在外省，比如什么丘赫洛马或塞兹兰之类的县城，据一位旅客讲，那些地方能把人活活闷死。这时利特维诺夫突然想起他的一位朋友，退伍的骑兵少尉巴佐夫。这位少尉曾经拐过一个商人的女儿，他先把未婚妻和她的父母灌醉，用带铃铛的驿车把未婚妻拉走，后来才知道上了当，还差点儿挨一顿揍。利特维诺夫十分生气，这种时候怎么会想起这些事。然而他这时又想起了塔吉扬娜，想起她突然离去，想起她所遭受的痛苦、打击和耻辱，这才深深感到这件事非同小可，当时他曾经对伊琳娜说，为了他的名誉他没有别的路可走，这话说得一点儿也不错……他一想到伊琳娜的名字便有一股热辣辣的感觉，夹杂着甜蜜的痛苦涌上心头并且终于平息。

他身后响起一阵马蹄声……他闪到路旁……伊琳娜骑在马上从他身旁走过，她旁边是那位胖将军跟她骑马同行。她认出了利特维诺夫，朝他点点头，然后在马肋上打了一鞭让马快跑，接着拼命打马疾驰而去。她戴的黑面纱随风飘扬……

“别跑这么快，看在上帝的分上，别跑这么快!”胖将军喊道，也拍马赶上去。

二十五

第二天早晨，利特维诺夫又去找那位银行家，跟他再次讨论在俄国外汇行情变化不定的条件下，用什么方法向国外汇钱最合适。他从银行家那里回到旅馆，看门人交给他一封信。他认出是伊琳娜的笔迹，便没有开封——不知道为什么心里产生一种不祥的预感。他马上回到房间，只见信上写着（信是用法语写的）：

我的亲爱的！你的建议我考虑了整整一夜……我不想对你说假话。你对我实话实说，我对你也要实言相告：我不能跟你出走，我不可能这样做。我感到在你面前有错，这第二次过错要比头一次还大——我瞧不起我自己，我太懦弱，我百般责备自己，然而我改变不了自己。我明白是我毁了你的幸福，你现在完全有权利把我看成轻佻的风骚女子，是我主动找你，向你许下海誓山盟，不过都没有用……我感到害怕，我恨我自己，但是我不能这么做，不能，就是不能。我不想替自己辩解，我不想对你说我自己堕入了情网……这一切没有什么意思；不过我想告诉你，对你重复千百遍：我是属于你的，永远属于你的，你想怎么支配我就怎么支配我好了，什么时候都可以，唯命是从，毫不犹豫，我是属于你的……然而出走，丢下一切……不！不！不！我曾经恳求你拯救我，我原来也曾打算把一切都忘掉，付之一炬……然而我显然不可救药，我显然中毒太深，这么多年一直呼吸这种空气显然不能不受惩罚！对是否要给你写这封信我犹豫了很久，想到不知你将采取什么决定，我真害怕，我只能寄希望于你对我的爱了。不过我认为如果我不把实情告诉你，那我就太不诚实了，况且你也许已经为实现我们的计划着手准备了。啊！我们的计划无比美妙，然而是不能实现的。啊，我的朋友，你可以把我看成软弱空虚的女人，可以瞧不起我，但是不要抛弃我，不要抛弃你的伊琳娜！……我不能离开这个上流社会，然而没有你的爱我在那里又生活不下去。我们很快就会回到彼得堡，你也到那里去吧，住在那里，我们总可以给你找到事做，你从前的心血不会白费，你一定会为它找到用武之地……只要你住在我跟前，只要你爱我，不管我是什么样的人，不管我有多少弱点和毛病，你要知道，从来没有一个人的心像伊琳娜的心那样对你温柔而忠诚。赶快到我这儿来吧，我要见不到你，我一刻也得不到安宁。

你的，你的，你的伊

利特维诺夫的血直往头上涌，好像锤子在敲打，然后又缓慢而沉重地落回心脏，并像石头一样凝固在那里。他把伊琳娜的信又看了一遍，然后就像那次在莫斯科一样浑身无力地倒在沙发上，一动不动。好像黑洞洞的深渊从四面八方把他包围住了，他望着这无底深渊感到茫然，感到绝望。这又是一场骗局，或者不，比欺骗还糟——是谎言加卑鄙……生活完全破碎了，一切都连根拔掉、彻底完蛋了，他唯一可以抓住的东西——最后的精神支柱——也破碎得不可收拾！“‘你跟我们到彼得堡去吧’，”他念叨着，从内心里发出一阵苦笑，“‘我们会给你找到事做’……是想赏我个科长当当？‘我们’又指的是谁？现在她原形毕露了，她那秘密的丑恶的过去，我从来不了解的过去，而她曾经想忘掉并付之一炬的过去都暴露出来了！这就是那个充满偷情、暧昧关系的世界，诸如别利斯卡娅、多利斯卡娅的丑闻……等待我的是多么美妙的前程，多么美好的角色！要住在她跟前，要经常去看她，替这个荒淫无耻的时髦女郎消愁解闷，因为她在上流社会里感到压抑和苦闷，但离开这个社交圈子又活不下去，既要做她的密友，不言而喻，也要做将军阁下的朋友……直到……有一天她的脾气变了，对这个平民朋友不再感到新鲜，让那位胖将军或菲尼科夫先生取而代之——这太可能了，是求之不得的，也许对双方都有好处……她还说要让我的才能找到用武之地?！——而那个出走的计划是‘不能实现的’！不可能实现……”利特维诺夫的心像雷雨之前突然卷起的一阵狂风……伊琳娜信中的每一句话都激起他的愤怒，她信誓旦旦地对他说，她对他的感情丝毫没变，更让他感到自己受了侮辱。“这件事不能就这样算了，”他终于喊叫起来，“我不允许她这么残酷地玩弄我的一生……”

利特维诺夫跳起来，抓起帽子。但是他能怎么办呢？跑去找她？给她写封回信？他呆立在那里，垂下双手。

是呀，该怎么办呢？

不是他自己让她做出这命中注定的选择的吗？这个选择不如他的意……任何选择都会有不幸的结局。是呀，她改变了主意，是她自己首先说她要抛弃一切跟他去天涯海角，这也是事实；然而她并没有不承认自己有错，她直截了当地说她是个软弱的女人，她并不想欺骗他，她是自己对自己估计不足……还有什么话可说？起码她并没有装假，没说谎话……她对他说了真话，说了残酷的真话。其实她并不是非得马上就说不可，她完全可以信誓旦旦地安慰他，拖延下去，直到临走之前一直保守秘密……直到她跟丈夫一起去意大利！可是她毁了他的一生，她毁了两个人的一生！……这还不够吗？

不过，毁了塔吉扬娜的并不是她，而是他自己，是他利特维诺夫，他没有权利推卸责任，对塔吉扬娜的愧疚感好像铁板一样压在他的肩上……事实如此。可是现在他还能做什么呢？

他又扑到沙发上，时间又在黑暗中飞快地逝去，无声无息，无影无踪……

“要不就听她的？”他脑海里闪过一个念头，“她爱我，她是属于我的，在我们互相的爱恋之中，在多年之后又如此强烈地迸发出的情欲中，是不是像自然法则一样有一种不可逃避、不可抗拒的东西？住在彼得堡……难道我是头一个落到这个地步的人吗？我跟她又上哪去找栖身之地呢？……”

他又陷入沉思，伊琳娜的形象悄悄浮现在眼前，这是从最近开始将永远铭刻在他的脑海里的形象……

然而没过多久……他又清醒了，又有一阵强烈的愤怒驱散了他的回忆，也驱散了那迷人的倩影。

“你递给我一只金酒杯，”他喊道，“可是你在酒中下了毒，你那洁白的翅膀也被卑鄙玷污……滚开吧！在我赶走了……赶走了未婚妻之后，留在这里陪伴你……这也太无耻了，真是无耻的勾当！”他痛苦地绞着双手，这时从记忆深处又浮现出一张面庞，凝重的五官带着悲戚的神情，告别的目光中也含有无声的责难……

利特维诺夫就这样忍受了很长时间的折磨，万千思绪使他像患了重病的人似的辗转反侧，久久不得安宁……他终于安静下来，他终于打定主意。其实他从一开始就隐隐约约想到这个主意……在内心斗争的狂风和黑暗中，这个主意一开始只像一个遥远的隐约可见的光点，后来越来越近，终于变成一把冰冷的利刃刺入他的心脏。

利特维诺夫又从墙角拽出皮包，又把东西不慌不忙地装进皮包，甚至装得很仔细，只是神色木然。他叫来侍者结了账，派他给伊琳娜送信，信是用俄语写的，内容如下：

我不知道您这次的过错是否比上一次更大，我只知道这次的打击要猛烈得多…这回一切都结束了。您对我说：“我办不到。”那么我也对您说同样的话：“我也办不到……不能按您的意愿去做。”我不能也不愿意那样做。不必回信。您不可能给予我能接受的唯一答复。明天一早我乘第一趟火车走。永别了，祝您幸福……我们大概永远不会再见面了。

利特维诺夫直到深夜也没出房间。他是否还在等待什么，只有天知道！晚上七点左右，有一位太太披着黑披肩，脸上罩着面纱，曾经两次走到他住的旅馆门前。她躲到一旁朝远处望望，突然做了一个坚决的手势，第三次走到门口的台阶前……

“您到哪儿去，伊琳娜·帕芙洛芙娜?”她身后响起一个紧张的声音。

她猛然一惊，急忙一转身……波图金朝她跑来。

她停下脚步，想了想，然后扑到他跟前，挽住他的胳膊，把他拉到一旁。

“您把我带走吧，快带走吧!”她气喘吁吁地念叨着。

“您这是怎么了?伊琳娜·帕芙洛芙娜!”波图金惊奇地讷讷问她。

“您把我带走吧。”她更加坚决地说，“如果不想我永远留在……那里!”

波图金顺从地低下头，两人匆匆走开了。

第二天早晨，利特维诺夫早早地收拾停当，准备上路——这时有人走进他的房间……还是那个波图金。

他默默地走到近前，默默地握住利特维诺夫的手。利特维诺夫也一句话没说。两个人都拉长了脸，强颜欢笑却笑不出来。

“我来为您送行，祝您一路平安。”波图金终于说。

“您怎么知道我今天要走?”利特维诺夫问。

波图金的目光在地板上扫了一圈……

“您瞧……我知道了这件事。想不到我们最后一次谈话竟然得出这样奇怪的结论……我不愿意不向您表示一下真诚的同情就跟您分手。”

“如今当我要走的时候……您同情我了?”

波图金伤心地瞥了利特维诺夫一眼。

“唉，格里戈里·米哈伊雷奇，格里戈里·米哈伊雷奇，”他叹了口气说，“我们现在顾不上说这些了，没工夫详谈，也没工夫拌嘴。我发现您对祖国文学不大熟悉，所以您也许没听说过瓦西卡·布斯拉耶夫的故事吧?”

“什么人?”

“瓦西卡·布斯拉耶夫，诺夫哥罗德的勇士……在基尔沙·丹尼洛夫编的诗集里就有他的故事。”

“哪个布斯拉耶夫？”利特维诺夫问，因为话题突然一转令他感到莫名其妙，“我不知道。”

“知不知道都没关系。我只想给您讲这么个故事，瓦西卡·布斯拉耶夫带领诺夫哥罗德的一班人到耶路撒冷去朝圣，他竟然光着身子到约旦河里洗澡，这可把他们那班人吓坏了，可他不信邪，不信‘打喷嚏、做梦和乌鸦叫’，然后这个天不怕地不怕的瓦西卡·布斯拉耶夫又爬上法福山（他泊山），山顶上有块大石头，曾经有各色各样的人想从石头上跳过去，没有一个成功的……瓦西卡也想碰碰运气。路上碰到一个死人头，就是骷髅，他一脚把它踢开。可是骷髅对他说：‘你干吗要踢人？我从前活得挺快活，现在躺在地上也挺舒服——将来你的命运也是这样。’果然如此：瓦西卡跳过了石头，本来身子跳过去了，可是鞋后跟挂到石头上，结果丢了性命。这里我顺便说一句：我那些斯拉夫派的朋友都乐于把死人头和弱小的民族一脚踢开，这首壮士歌倒很值得他们深思。”

“你讲这些是什么意思？”利特维诺夫不耐烦地打断他，“我该走了，对不起……”

“我是想说，”波图金回答，眼睛里闪耀着非常友好的神情，这是利特维诺夫根本没料到的，“我是想说您并没有把死人头一脚踢开，由于您的善良，您也许能跳过那块要命的石头。我不想再耽搁您，让我在临别时拥抱您一下。”

“我也没想去跳那块石头。”利特维诺夫说，然后跟波图金互相吻了三下。他心中充满悲伤，一时还夹杂着对这个不幸的鳏夫的怜惜之情。但是该动身了，该动身了……他在房间里忙了起来。

“要不要我帮忙拿拿东西？”波图金表示愿意效力。

“不，谢谢，不劳大驾，我自己拿得了……”他戴上皮帽子，拎起行囊，“这么说来，听您的口风，”他已经跨过门槛，问道，“您曾经见过她？”

“是呀，见过。”

“嗯……她怎么样？”

波图金沉吟片刻。

“昨天她等了您一天……今天也还等您去。”

“啊，那请您转告她……不，不必了，什么话也用不着说了。再见……再见！”

“再见，格里戈里·米哈伊雷奇……听我再跟您说一句。时间来得及：离开车还有半个多小时。您要回俄国……回到那里……过一段时间……您还是要有所作为……请允许我这个老头子多嘴多舌——可惜我这个人就是好说，别的倒没什么。给您一句临别赠言。您不管什么时候如果想做点儿事，都要问问自己：您做的事是否对文明有益——我指的是文明的严格准确的含义——您是否在实现文明的某种理想？您的劳动是否有模仿欧洲的教育的性质？因为在我国，在现在只有教育才是唯一而有效的工具。如果是，您就大胆地去干：您走的是正路，所以您的事业会造福国家！您现在不是单枪匹马，您不再是‘孤独的播种者’①，我们已有一批脚踏实地的人……都是开拓者……不过您现在顾不上这个。再见吧，不要忘了我！”

利特维诺夫跑下楼梯，跳上马车，来到车站。他在这座城市度过这么多时光，然而他连头也没回……他好像只听凭波涛的摆布，波涛让他漂起来，带着他走，他决心再也不做任何挣扎……他已经完全放弃了自己的意志。

他已经登上火车。

“格里戈里·米哈伊雷奇……格里戈里……”他听到背后哀求的低语。

他打了个寒战……难道是伊琳娜？果然是她。她裹着使女的披肩，散乱的头发上戴着旅行的帽子，站在月台上用黯然神伤的目光

① 引用的是普希金的诗句。——译者注

望着他。她的眼睛好像在说："回来吧，回来吧，我来接你来了。"不管他有什么要求，这双眼睛都肯答应！她一动不动，没有力气再说一句话；她的整个神情，连凌乱的衣着仿佛都在哀求他的宽恕……

利特维诺夫勉强站住脚跟不至于跌倒，险些扑到她身边……然而那"任其摆布的波涛"起了作用……他跳进车厢，转过身朝伊琳娜指指他身旁的座位。她明白他的意思。时间还来得及。她只要跨出一步，做出最后一个动作，两个生命就可以永远结合在一起，远走高飞……正当她犹豫不决的时候，一声汽笛长鸣，火车开动了。

利特维诺夫向后一仰，伊琳娜摇摇晃晃地走到一张长椅跟前，一下子趴在上面，这倒叫一位编外外交官大吃一惊。他是偶然来车站转转的，跟伊琳娜素不相识，却对她发生兴趣，见她倒在那里似乎昏迷过去，便以为她犯了神经性休克，认为自己有义务帮忙，这正是风流骑士应尽的义务。可是更令他吃惊的是，当他走上前去跟她说出头一句话，她便突然站起来，无视他向她伸出的手，向大街跑去，不一会儿便消失在黑林山初秋时节乳白色的雾气中。

二十六

有一次我们经过一个农妇的小木屋，她刚刚失去唯一的爱子，却见她心情平静，几乎挺快活的样子，这不免令我们大为惊奇。“不用管她。”她丈夫说，大约发现了我们的诧异，“她现在已经麻木了。”利特维诺夫如今也“麻木”了。利特维诺夫踏上归途的时候，他的心情也那么平静。他的精神崩溃了，他感到绝望和不幸，然而他得到了休息，经过这一周的惊慌不安和精神折磨之后，经过一次次降临到他头上的打击之后，他得到了休息。由于他从来就经受不起打击，所以这些打击显得更加沉重。他现在的确已经不抱任何希望了，极力不去回忆往事，他最怕的就是回忆，他要回俄国去……总得找个落脚的地方！不过他对个人前途再也没有什么计划。他已经认不出自己了，他也不理解自己的所作所为，仿佛真的失去了现在的“我”，一般说来他很少关心这个“我”。有时他觉得坐在火车上的不过是行尸走肉，只有当不可治愈的心灵创伤偶尔发出一阵阵痛苦的痉挛，他才想起自己是个大活人。他有时觉得难以理解：一个男子汉——大丈夫！——怎么会让女人、让爱情摆弄到这种地步……“可耻的软弱！”他悄声说，抖了抖大衣，坐得更舒服些，仿佛在说：过去的结束了，让我们从头开始……过一会儿，他又苦笑起来，奇怪自己怎么会有这些想法。他抬眼望着窗外。天气阴暗而潮湿，虽然没落雨，但是雾气弥漫，低低的乌云布满天空。风向火车迎面吹来，一团团发白的水蒸气，有时光是水汽，有时又跟黑乎乎的浓烟混在一起，接连不断地从利特维诺夫坐着的窗前飞过。他开始仔细看这汽和这烟。只见它们一团接着一团不断地蜿蜒着，时起时伏，旋转着向后飞去，时而挂在草和灌木上，变换着形状，拖长身子，渐渐融化……它们不停地变幻着，又万变不离其宗……这是多么单调、匆促而乏味的游戏！有时风转换了方向，铁轨拐弯——整个烟阵突然消失，立刻又出现在对面的窗外；过了一会儿又把长长的尾巴甩过来，遮住利特维诺夫的视线，使他看不到莱茵河畔的广阔平原。他望着望着，心里突然产生一个奇怪的念头……他一个人坐在车厢里，没有人打扰他。“烟，烟。”他念叨了几次，于是他突然觉得一切不过都是烟，他这一生，俄国的生活，所有的人，尤其是俄国人——一切都不过是烟。一切都是烟和水蒸气。他想：一切都似乎不断变幻，新的人物、新的现象到处层出不穷，而实际上一切依然如故；一切都匆匆忙忙奔向什么地方，却没等到达目的地便消失得了无痕迹；一变风向，都跑到另一边去，然后在那边又是无止无休，惶惶不可终日——真是毫无必要的游戏。他想起近几年亲眼看到的许多轰轰烈烈的事……不过都是一团烟，他悄声说是烟。他想起在古巴辽夫住处的那些热烈的争辩、讨论和叫喊，在其他人那里也是一样，不管他们地位高低，进步或落后，年老还是年少……都是烟，他念叨着，都是烟和水蒸气。他最后还想起将军们的那次野餐，想起其他一些官员和其他一些话及议论——甚至想起波图金对他的说教……都是烟，烟，不过是烟而已。而他自己的追求和情感、尝试和梦想呢？他只挥挥手，不了了之。

这时火车不停地向前飞驰，拉施塔特、卡尔斯鲁厄、布鲁赫萨尔早已落在后面。右侧的山峦开始向后退去，消失在远方，然后又靠拢过来，只是不像从前那么高，上面的树木也稀少……火车猛然来个大转弯……到了海德堡。火车开进站台的廊檐底下。报贩的叫卖声传来，卖各种杂志，甚至有俄国杂志。旅客们在自己的座位上收拾东西，然后到月台上转转；然而利特维诺夫没有离开自己的座位，仍然低着头坐在那里。突然有人叫他的名字，他抬眼一看，原来是宾达索夫把脸伸进窗口，后面还有——也许是他的错觉？——不，果真如此：都是在巴登的那些熟悉的面孔，有苏汉奇科娃、伏罗希洛夫、巴姆巴耶夫，他们都向他靠近。宾达索夫喊：

“皮夏尔金在哪？我们都在等他。不过没关系，你这个小子给我下来，我们都是去见古巴辽夫的。”

“是呀，老兄，是呀，古巴辽夫正在等待我们，”巴姆巴耶夫重复说，凑到前面，“下来吧。”

利特维诺夫如果不是有沉重的负担压在心头，早就该火冒三丈了，他瞥了一眼宾达索夫，一声不吭地扭过脸去。

“告诉您说，古巴辽夫真住在这里。”苏汉奇科娃喊道，她的眼珠子似乎要蹦出来。

利特维诺夫仍然一动不动。

“是呀，你听我说，利特维诺夫，”巴姆巴耶夫终于说，“这里不光古巴辽夫一个人，这里有一大批最优秀、最聪明的年轻人，都是俄国人——他们都研究自然科学，大家都有高尚的信仰！就是为了他们，你也该留下来吧？比方这里有一位……唉，我把他的姓给忘了！不过这人可真是个天才！”

“别管他，别管他了，罗斯季斯拉夫·阿尔达利翁内奇！”苏汉奇科娃插嘴说，“别管他！你们都看到了，这算是个什么人，他们全家都是那样的人。他有个姑妈，一开头我以为她挺通情达理，可是前天我跟她坐一趟车来，在这之前她刚去巴登，你瞧！她又急忙跑回来了——嗯，我跟她坐在一起，问她是怎么回事……你们相信不相信，从这个高傲的老太婆嘴里一句话也没问出来。真是叫人讨厌的贵族脾气！”

可怜的卡皮托琳娜·马尔科芙娜竟然变成了贵族！她怎么也想不到会受到这种羞辱！

利特维诺夫一直默默不语，把脸扭过去，把帽子卡到眼睛上，火车终于开了。

“总得说句告别的话吧，你这个石头人！”巴姆巴耶夫喊道，“这也太不像话了！”

“废物！笨蛋！”宾达索夫大叫起来。火车开得越来越快，他可以不受惩罚地破口大骂："吝啬鬼，软骨头，小不点儿!!"

最后这句话不知他是现场发挥，还是从别人那里学来的，只是看样子站在旁边的两个年轻人听了正中下怀，他俩也是研究自然科学的，没过几天这种骂法就出现在当时海德堡出版的俄语期刊上，期刊的名叫《史实》，又叫《上帝不说猪也不吃①》。

利特维诺夫又在念叨原来那个字眼：烟，烟，烟！他想："如今在海德堡的一百多名俄国留学生，学的大都是化学、物理和生理，对其他科目不感兴趣……再过上五年，连五个人都剩不下，讲课的还是那些教授……风向一变，烟也跟着换了方向……烟……烟……"

快到半夜时，火车经过卡塞尔。随着黑夜的降临，难以忍受的愁苦像鹞鹰一样朝他头上扑来，他偎依在角落里失声痛哭。泪水滚滚而下，许久也不能减轻他的痛苦，反而像针扎在心上，使他痛苦不止。正在这个时候，在卡塞尔的一家旅馆里，塔吉扬娜正躺在床上发高烧，卡皮托琳娜·马尔科芙娜坐在她的身旁。

"塔妮娅，"她说，"看在上帝的面上，让我给格里戈里·米哈伊雷奇拍个电报吧。你就答应了吧，塔妮娅！"

"不，姑妈，"她回答说，"用不着，别害怕。给我喝口水，马上就会过去的。"

果然，一周之后她就恢复了健康。两个女人又继续赶路。

---

① 俄语中的谚语，意为"无人知晓"。——译者注

二十七

利特维诺夫在彼得堡和莫斯科都没停留，直接回到自家的庄园。他见到父亲不禁大吃一惊：父亲变得老朽不堪，邋里邋遢。老人见到儿子归来分外高兴，风烛残年的人所能表现出的高兴莫过于此。他立刻把破败的家业全部交给儿子，又勉强支撑了几周就离开人世。只剩下利特维诺夫孤零零一个人，住在破旧的耳房里，怀着一颗破碎的心，没有希望，没有劲头，也没有钱，他着手经营自己的家业。许多人都知道，在俄国管理庄园是件苦差事。我们不必再花费笔墨去写利特维诺夫有多么艰难。至于改良和革新当然无从提起。他在国外学到的知识不知等到什么时候才能够派上用场，穷困迫使他挨过一天算一天，不论在物质上还是道德上都得做出大大小小的让步。新办法难实行，老办法又不起作用；不善于经营的人偏偏遇上敷衍了事的人；日常生活乱得一团糟，好像烂泥塘。只有“自由”这个伟大的字眼像上帝的圣灵一样在水面上飘来飘去。首先需要忍耐，但是不能等着受罪，而要埋头苦干，坚定不移，有时还难免使用一点儿手腕，耍点儿滑头……这对利特维诺夫来说，处在他这种状态就更勉为其难了。他连求生的欲望也微乎其微……哪来的四处张罗、拼命工作的劲头？

然而一年过去了，两年过去了，到了第三个年头，伟大的构想逐步得到实现，变成具体的东西：播下的种子生根发芽，不论是公开的还是隐秘的敌人再也践踏不了它。至于利特维诺夫，虽然不得不把大部分土地按对半分成的办法出租给农民，也就是说采取简单的原始经营方式，不过他还是办成了几件事：工厂恢复了，又雇五个工人开个小农场——农场先后用过四十名工人——还清了主要的私人债务……于是他的精神大为振作，他又渐渐恢复成原来的利特维诺夫。当然他始终未能驱散藏在内心深处的忧郁，变得老成持重，把自己关在狭小的圈子里，断绝从前的一切来往……不过，死气沉沉的冷漠不见了，他生活在活人当中，一举一动都跟活人一样。从前受到的诱惑也无影无踪：在巴登所发生的一切好像一场梦……那么伊琳娜呢？连她也变得暗淡，利特维诺夫只是隐约感到她的形象渐渐被雾包围，在这片雾的后面隐藏着某种危险。关于塔吉扬娜，偶尔也传来一些消息。他听说她跟姑妈一起住在她家的庄园里，离他家大约有二十俄里，过着平静的日子，很少出门，几乎闭门谢客，不过她心情安宁，身体健康。五月的一天，天气晴和，他正坐在自己的书房里随便翻翻最近一期彼得堡的杂志，仆人进来禀报说他的舅父来了。年迈的舅父跟卡皮托琳娜·马尔科芙娜是表兄妹，不久之前去看望过她。他新买的一座庄园就在利特维诺夫家旁边，他正往庄园那里去。他在外甥家住了一天一夜，讲起许多塔吉扬娜的情况。舅父走后的第二天，利特维诺夫给塔吉扬娜捎去一封信，这是他们分手之后的第一封信。他恳求能恢复书信来往，还希望知道他们能不能有见面的机会，难道他要永远放弃这种想法？他激动不安地等待回信……回信终于来了。塔吉扬娜友好地回应了他的问询。“如果您突然想起要看看我们，”她在信的最后说，“我们欢迎您来，俗话说，就是病人，如果在一起，也比孤独一人好。”卡皮托琳娜·马尔科芙娜也附言问候。利特维诺夫高兴得像小孩子似的。他很久以来没这样开心过，他突然精神一振，看到一片光明……就像朝日东升驱散了黑夜，轻风伴着阳光吹遍复苏的大地。利特维诺夫整天都笑逐颜开，连到地里巡视和向下人发号施令也带着笑容。他立刻开始准备出发，两周之后，他便走在去往塔吉扬娜家的路上了。

二十八

一路上他走得很慢。马车穿过乡间的小路，没发生什么特别的事：只有一次后车轮的铁箍坏了，他找到铁匠焊了又焊，铁匠一边焊一边骂铁箍，也骂自己，到底也没修好。幸亏我们这里铁箍就是坏了也能走路，因为路面“软和”，也就是泥泞不堪。然而利特维诺夫在路上却有过两三次有趣的邂逅。他在一个驿站赶上当地调解法官会审法庭开庭，首席法官正是皮夏尔金，其神态俨然梭伦①和所罗门②。他的演说洋溢着高深的智慧，而地主和农民对他都毕恭毕敬……皮夏尔金的外表也很像古代的圣贤：头顶上头发全落光了，发胖的脸上凝结着一副品德无比高尚的神气。他欢迎利特维诺夫光临——“敝县——恕我采用这种大胆的说法”，然而由于得意他激动得几乎说不出话来。不过他还是透露一个消息，说的是伏罗希洛夫。这位在光荣榜上有名的勇士到底返回军界，向他所在团的军官做过一次报告，不知是关于“佛教”还是关于“动力学”，大约是这类主题……皮夏尔金也记不清楚。走到另一个驿站，利特维诺夫好久都搞不到马匹。这时天刚亮，他正坐在自己的马车里打盹。一个声音惊醒了他，他觉得耳熟，睁眼一看……

我的天哪，站在他面前的不正是古巴辽夫先生吗？他穿着灰上衣和肥大的睡裤，站在驿站门前的台阶上破口大骂……不，这不是

① 梭伦（约公元前638—约公元前559），古希腊执政官，实行政治改革，加速氏族制的崩溃。——译者注

② 所罗门（约公元前960—约公元前930年在位），古代以色列－犹太王国国王，有超人的智慧，实行过改革。——译者注

古巴辽夫先生……但是两人相似得惊人！……只是这位老爷的嘴和牙都更大一些，目光没精打采，却更凶恶，鼻子也更大，下巴上的胡子更密，整个面孔也更肮脏，更令人讨厌。

“混——蛋，混——蛋！”他张开狼一般的大口，慢声慢语，恶狠狠地骂道，“讨厌的乡下佬……这就叫作自由，吹得天花乱坠的自由……连马都搞不到……混蛋！”

“混——蛋，混——蛋！”这时从门后传来另一个声音，接着有人出现在台阶上——这人也穿着灰上衣和肥大的睡裤——这次果然是古巴辽夫先生本人，毫无疑问是斯捷潘·尼古拉耶维奇·古巴辽夫。“讨厌的乡下佬。”他也学着哥哥（原来头一位先生正是古巴辽夫的哥哥，就是那位喜欢动手打人的老派地主，他替弟弟管理田庄）的口气接着说，“这些人都欠揍，应该掌他们的嘴，这就是应该给他们的自由——打嘴巴子……议论纷纷……乡长……看我怎么收拾他们……那位罗斯顿先生跑到哪里去了？……他管什么的？这是他的事，白吃饱……怎么能不叫人着急……”

“我早就对你说过，老弟，”大古巴辽夫说，“他干什么都不顶用，只是个白吃饱！只是因为您的老交情……罗斯顿先生，罗斯顿先生！……你跑哪里去了？”

“罗斯顿，罗斯顿！”伟大的小古巴辽夫也喊起来，“您再好好喊喊他，老哥，多里梅东特·尼古拉耶维奇！”

“我正在喊他呢，老弟，斯捷潘·尼古拉耶维奇。罗斯顿先生！”

“我来了，我来了！”传来一阵急促的叫喊声，从驿站的墙角后钻出一个人来——竟然是巴姆巴耶夫。

利特维诺夫不禁大吃一惊。这个不幸的热情的爱国者穿着一件肥大的破烂的骑兵短外套，袖头开了线，一副可怜相。他的相貌并没多大改变，只是扭曲了，五官都凑到一起，惊慌失措的小眼睛流露出竭力讨好人的恐惧和饿狗一般的驯顺，只是浮肿的嘴唇上依然翘着染色的小胡子。古巴辽夫兄弟俩站在高高的台阶顶上，立即齐声责骂他。他在他们面前停下脚步，站在台阶下面的泥地里卑躬屈膝，怯生生地赔着笑脸，祈求开恩，用通红的手指揉搓着手里的帽子，不住倒换两只脚，喃喃地说："马马上就牵来……"然而他们哥俩不肯罢休，直到小古巴辽夫终于抬眼看见利特维诺夫，不知他是认出了利特维诺夫，还是觉得在陌生人面前骂人毕竟不好意思，反正他突然像狗熊一样用脚跟做轴一转身，嘴里咬着胡子，摇摇晃晃走进驿站，他哥哥也立即住了嘴，也像狗熊似的转过身子跟在弟弟后面走进去。显然伟大的古巴辽夫回到祖国也没失去威风。

巴姆巴耶夫刚要跟他们哥俩进去……利特维诺夫叫出他的名字。他回头仔细一瞧，认出是利特维诺夫，便张开两只胳膊向他跑来，然而一跑到马车跟前，他双手抓住车门，便趴在车门上失声痛哭。

"好了，好了，巴姆巴耶夫。"利特维诺夫俯下身子拍拍他的肩头，不住劝说。

然而他却痛哭不止。

"你瞧……你瞧……瞧我落到了哪步田地……"他抽泣着喃喃地说。

"巴姆巴耶夫！"那哥俩在驿站里怒吼起来。

巴姆巴耶夫抬起头，急忙擦干眼泪。

"你好，我的亲爱的，"他悄声说，"你好，就再见吧！……你听正在叫我呢。"

"你怎么落到这种地步？"利特维诺夫问，"这究竟是怎么回事？我以为他们是叫法国人……"

"我给他们……当管家，管管家务事。"巴姆巴耶夫回答说，用手指指着驿站的方向，"我装法国人不过是开玩笑。老兄，有什么办法！没有饭吃，一个钱也没有，便不得不往绞索里钻。顾不得自尊心了。"

"他早就回国了吗？他怎么跟从前的同志们分手了呢？"

"唉，老兄，现在他把所有的人都给甩了……因为气候发生了变化……苏汉奇科娃，马特廖娜·库兹米尼什娜，被他卡着脖子撵走了。她伤心极了，去了葡萄牙。"

“怎么去了葡萄牙？岂不荒唐？”

“是呀，老兄，她是去了葡萄牙，还带走两名马特廖娜分子。”

“带走什么人？”

“马特廖娜分子：凡是属于她这一派的都这么叫。”

“马特廖娜·库兹米尼什娜还有一派人？人数多吗？”

“只有这两个人。他回到这里快半年了。其他的人都被捕了，只有他什么事也没有，跟他哥哥一起住在乡下。现在你听我跟你说……”

“巴姆巴耶夫！”

“就来，斯捷潘·尼古拉耶维奇，就来。可你，亲爱的，你如今日子过得好，享福了，那就谢天谢地！你这是忙着上哪去？……我压根儿没想到……你还记得巴登吗？唉，那可是快活的日子！顺便告诉你，你还记得宾达索夫吧？你瞧，他死了，他当了消费税征收员，在酒馆里跟人打架，让人用台球棍打破了脑袋。是呀，是呀，如今日子艰难了！不过我还要说：俄罗斯……俄罗斯就是了不起！你就瞧这一对鹅吧：整个欧洲也找不到这样的品种！这是地道的阿尔扎马斯种！”

巴姆巴耶夫最后一次满足了他那喜欢赞美的习惯，便急忙回到驿站的木房，从那里又传来呼叫他名字的声音，其中难免夹杂一些不堪入耳的话。

当天傍晚，利特维诺夫来到塔吉扬娜的村子。他从前的未婚妻的房子坐落在山冈上，门前有一条小河流过，房子周围是新修的花园。这座房子是新盖的，样子也很新。隔着小河可以看见远处的田野。利特维诺夫在几里以外就看见了小房的尖尖的阁楼，还有几扇窗户在夕阳的映照下又红又亮。从最后一个驿站起，他心里就隐隐感到不安，来到村子跟前他更是羞愧不已，羞愧中既有高兴，也难免有胆怯。“她们会怎么接待我？”他想，“我怎么去见她们？……”为了排解愁闷，他跟马车夫聊起天来。马车夫是个上了年纪的庄稼人，有雪白的大胡子，可是明明不到二十五俄里却收了他三十俄里的钱。他问马车夫："认不认识舍斯托娃地主家的两位女主人？"

"舍斯托娃家？怎么能不认识？！太太和小姐都是好人，没说的！也给我们庄稼人治病。我说的是实话。是好医生！全区的人都到她家去看病。真的，不断有人来。比方说有人得了病，割了口子或者有别的什么病，马上去找她们，她们当即就给热敷、开药或贴膏药。挺不错的，挺管用。可是她们不收谢礼，她们说绝对不能收，她们不是为的钱。还开办一所学校……嗯，那可是瞎胡闹！"

当马车夫讲话的时候，利特维诺夫一直注视那座房子……有个女人穿白衣服走到阳台上，站了好久，又回屋去了……"说不定是她呢。"他的心猛跳起来。"快赶！快赶！"他向马车夫喊。马车夫打起马来。不一会儿……马车进了敞开的大门……卡皮托琳娜·马尔科芙娜已经站在门前的台阶上，忘乎所以地拍掌喊道："我认出来了，我头一个认出来了！是他！是他！……我认出来了！"

利特维诺夫没等跑过来的小厮替他开车门就一下子跳下车，急急忙忙拥抱了一下卡皮托琳娜·马尔科芙娜便直奔屋里，穿过前厅走进客厅……塔吉扬娜站在他面前反倒害了羞。她用温柔善良的目光看着他，向他伸出手来（她是有些消瘦，然而显得更苗条了）。不过他并没去握她的手，而是一下子跪倒在她面前。她完全没料到会出现这种场面，不知说什么好，也不知该怎么办……她热泪盈眶。她给吓了一跳，然而脸上焕发出喜悦的光辉……"格里戈里·米哈伊雷奇，这是怎么说的？格里戈里·米哈伊雷奇！"她说……而他继续吻她的衣裾……他百感交集地想起在巴登他也曾这样跪倒在她面前……不过那次跟现在完全是两回事！

"塔妮娅，"他唤道，"塔妮娅！你宽恕我了吗？塔妮娅！"

"姑妈，姑妈，这是怎么回事？"塔吉扬娜对走进来的卡皮托琳娜·马尔科芙娜说。

"不用拦他，不用拦他，塔妮娅，"善良的老人说，"你瞧，他是来赔罪的。"

不过该收场了，也没什么好补充的，读者自己会猜到结局……可是伊琳娜怎么样了？

她尽管已经三十岁了，可还是那么漂亮，有数不清的年轻人爱上了她，如果不是……如果不是……还会有更多的人爱她。

读者，您肯不肯花点儿时间跟我们一起到彼得堡一家最高贵的府邸去看看？您瞧：您面前就是一间宽敞的大厅，陈设不能说富丽——这个字眼太俗气——而是庄重、体面，令人感到肃穆。您会不会产生自惭形秽的战栗？您要知道：您走进了一座宫殿。在这座宫殿里最讲究高尚的礼仪，充满博爱的美德，总之仿佛离开了人间。有一种神秘——的确神秘的安静气氛包围着您。门上挂着天鹅绒门帘，窗户上挂着天鹅绒窗帘，地上铺着又厚又软的地毯，这一切设施仿佛都是为了消除和减轻各种噪音及强烈的刺激。精心安装的吊灯给人以庄重的感觉。沉闷的空气中洋溢着幽雅的芳香。连桌上的茶炊发出的咝咝声也有节制，不敢大声。这家的女主人是彼得堡社交界的重要人物，说起话来勉强才听得见，她一向说话轻声轻气，仿佛屋里躺着濒临死亡的危重病人。其他太太也学她的样悄声说话；她妹妹替客人倒茶，说话只是嘴唇动弹，压根儿听不出声来。坐在她面前的年轻人如果是偶然来到这座礼仪的宫殿，甚至会觉得莫名其妙，不知她对他有何要求。她第六次轻声对他说：“您要不要来杯茶？”各个角落还坐着许多年轻英俊的男人，他们的目光带着含而不露的谄媚，脸上的表情平静安详，尽管也带着曲意逢迎的神色。他们胸前都戴着许多闪闪发亮的奖章。说话也轻声轻气，涉及宗教问题、爱国行动、格林卡的《神秘的水滴》、派到东方的传教士团、白俄罗斯的修道院和兄弟会教派。偶尔有穿号衣的仆人从柔软的地毯上走过，没有一丁点儿声音，他们的粗腿肚用丝袜紧紧裹着，每走一步都无声地抖动一下，结实的肌肉发出诚惶诚恐的战栗，加重了庄严肃穆、无限敬畏的气氛……这是一座宫殿！这里是宫殿！

“您今天看到拉特米罗娃太太了吗？”有一位太太温和地问。

“我今天在丽莎家见过她。”女主人用风鸣琴般的声音说，“我真可怜她……她太尖酸刻薄了……她缺乏信仰。"

"是这样，是这样。"那位太太重复说，"记得还是彼得·伊万内奇这样说她的，说得恰如其分，她……她真的太刻薄了。"

"她缺乏信仰，"女主人的声音就像香炉里的烟一样轻轻飘散，"这是个迷途的灵魂。她太刻薄了。"

"她是刻薄。"妹妹动着嘴唇重复着。

正是出于这个缘故，年轻人不敢都去爱伊琳娜……他们怕她……他们怕她的"尖酸刻薄"。对她的这种评价到处传开了。这句话像任何话一样有一定道理。不光是年轻人怕她，年长的人怕她，官员们怕她，连这些官太太也怕她。她能准确而巧妙地发现人们性格中可笑或卑劣的弱点，并且毫不留情、一针见血地指出来，使之成为人人忘不了的笑柄……这是任何人也做不到的。况且她贬损人的话是从芳香美丽的嘴里说出来的，就更令人不堪刺痛……很难说清她心里想的是什么，在她的崇拜者当中究竟谁更受到垂青，连从风言风语中也猜不出来。

伊琳娜的丈夫沿着法国人所谓的荣升之路青云直上，不过却被胖将军超过了，而宽容大度的将军又落在他后面。我们的朋友索宗特·波图金跟伊琳娜住在一个城市，不过他很少能见到她，因为她已经没必要跟他保持联系……托他抚养的女孩不久之前死了。

一八六七年

死魂灵

译序

果戈理的《死魂灵》书名很怪，然而这正是他写作的特点，用似乎荒诞不经的故事来展现俄国当时的社会风貌。

“死魂灵”的本义是指死了的农奴，由于俄语中“魂灵”和“农奴”属于一词多义，所以也可以理解成死了的魂灵，从而产生离奇的联想。小说中描写乞乞科夫到五个地主家购买死农奴，在谈生意的时候双方都明白是指死农奴，并无荒唐或恐怖的感觉。乞乞科夫最先到马尼洛夫家，头一次提起买死农奴，还有些不好意思。马尼洛夫听了也很奇怪，甚至把烟袋掉在地上，不过他最关心的是这种生意合不合法。地主婆科罗博奇卡也明白指的是死人，甚至问乞乞科夫是否要把他们从地里挖出来，还以为他们有可能干庄稼活儿。在诺兹德廖夫家乞乞科夫一提到要买死农奴，诺兹德廖夫便猜到其中必有奥妙。乞乞科夫不肯吐露真情，他当然不肯卖。索巴克维奇听说乞乞科夫要买死农奴，认为一定有利可图，便极力抬价。普柳什金由于死的和逃跑的农奴太多，便把死农奴白送乞乞科夫，只卖逃跑的农奴得到几个钱。所以在五次交易中，他们用死了的农奴做买卖，谁也不感到奇怪。按照作者的安排，是诺兹德廖夫“头一个传出死魂灵的故事”（见第十章），而“死魂灵”的叫法应该在第八章第一次出现，即诺兹德廖夫在舞会上见到乞乞科夫才说出来的。在原文里读者不会感到这么明显的区别，然而在译文里无形之中造成诺兹德廖夫有意捣鬼的印象，好在诺兹德廖夫的性格里就有好撒谎好捣乱的特点，所以倒也没委屈他。经诺兹德廖夫这么一传，买死魂灵的故事便传遍上流社会和平民百姓，连足不出户的懒人也为此走出他们的“洞穴”了。

《死魂灵》的题材据说是普希金从达里那儿听到然后告诉果戈理的。连小说的结构形式也有先例可查：俄国作家纳列日内曾写过《俄国的吉尔·布拉斯》。真正的《吉尔·布拉斯》则出自法国作家勒萨日笔下，属于当时欧洲流行的流浪汉小说。然而果戈理在《死魂灵》中达到的伟大艺术成就则是前人所未有的，即他创造出五个活生生的地主形象，其中的马尼洛夫、诺兹德廖夫和普柳什金已经变成普通名词而收入词典。马尼洛夫坐吃山空，用空谈和甜言蜜语装饰自己的空虚生活，他是农奴制走向崩溃时期的典型人物，为后来冈察洛夫的奥勃洛莫夫性格提供了先例。科罗博奇卡属于小地主，贪婪、愚钝、狡猾而又迷信。诺兹德廖夫是个败家子，十足的流氓和赌徒，不过他在小说中推波助澜，促进情节的发展。索巴克维奇是帝俄专制制度的支柱，他的房子修得像军屯，当是影射俄国陆军大臣阿拉克切耶夫的军屯制。普柳什金则是十足的守财奴，偌大庄园却是一片凋敝景象。除马尼洛夫之外的四个地主的贪婪的表现各有不同：科罗博奇卡是小家子气；诺兹德廖夫是赌徒的习气，越贪丢得越多；索巴克维奇是精明到家；普柳什金则刻薄至极。作者之所以能把这五个人写得栩栩如生，是因为他抓住他们身上的一两个特征生发开去，加以夸张，甚至达到漫画程度。比如写普柳什金的吝啬就入木三分：他家储存的东西堆积如山，几代人也用不完，面粉结了块，麻布变成灰，他却到大路上拣旧鞋底和破衣服；他心肠硬得像石头，对自己的大女儿和儿子都一毛不拔。

《死魂灵》对官场的描写较少，却对官员的腐败无能讲得一针见血。警察局长是地方的父母官，搜刮有方；检察长因为谣言四起而吓死；只有邮政局长倾向自由主义，正是从他口中传出《科佩金大尉的故事》。科佩金大尉曾参加一八一二年卫国战争，成了残废，要求国家给予抚恤，然而管事大臣却把他逐出门外。这个故事的历史背景是：俄国靠武装了的农奴打败拿破仑，这些农奴打到巴黎回国后，当然不满于自己所处的奴隶地位，所以阿拉克切耶夫才把国有农奴编为军屯加以控制，而普通农民则铤而走险，占山为王。作者说这是“俄国人走惯了的路”。这个故事的确不像林冲上梁山那么曲折跌宕，然而正因为它平凡才更有普遍意义。这个故事本来是个独立的故事，有的读者也许不理解作者为什么要把它穿插进来。如前面所说，《死魂灵》的成功之处在于把五个地主集中起来写成讽刺典型，把他们推上历史的审判台。然而仔细分析起来这五个地主并非罪大恶极，他们的缺点几乎人皆有之，而《科佩金大尉的故事》则击中了帝俄专制制度的要害，《死魂灵》之所以迟迟不准出版，关键就在于这个故事，后来准许出版时书刊检查机关把这个故事加以删改。如果把这个故事跟农奴名单中所列举的农奴的故事联系起来，就形成这本书反对农奴制的鲜明倾向。它同普希金的某些作品一道为俄国文学中描写“小人物”的流派开了先河。

以上说的是《死魂灵》第一卷的成就，其实第一卷中就埋藏着作者后来走向失败的伏笔，作者在第一卷中不止一次提到他要在以后的叙述中描写正面形象，而第二卷恰好是作者要实现自己诺言的尝试。这个尝试是失败的，他两次焚烧第二卷书稿，恰好说明作者认识到自己的失败。作者在第二卷中推出的正面人物，叫科斯坦若格洛。我国读者一听就知道这不是俄国姓，究竟是哪个民族，作者也没交代。“俄国现在有好多人并不是俄罗斯血统，却已经成为地道的俄国人。科斯坦若格洛没工夫考察自己的身世，认为这没什么用处，跟管理庄园毫不相干。”（这段话完全适用于作者本人。）作者直接描写这个人物的地方不多，只让他在对话中阐明自己管理庄园的计划和经验，更多的是借助小说中其他人物的眼光来评价他。普拉托诺夫说科斯坦若格洛是“俄国从古至今第一个善于经营的人”，农民说他是“最聪明的老爷，全世界也找不到”，连从来不曾佩服过别人的乞乞科夫也说科斯坦若格洛是“最聪明的人”。然而我们看到的这个人物只不过懂得一些种田的知识，精明强干，庄园管理得好，他反对在农村办工厂、办学校和建养老院，所以归根结底不过是斯拉夫派的理想化身。作者想用他来巩固已经百孔千疮的农奴制。小说中描写他的庄园非常富裕，正像民歌所说，“用铁锹挖银子”，显然不符合实际情况。小说中另外六个地主都是从不同方面来烘托他的。一个是曾经想改善农奴处境，然而不得其法，并且不受农民欢迎的第二卷一开头出现的坚捷特尼科夫；另一个是热衷于模仿西方进行改革而成为笑柄的科什卡列夫上校；第三个便是破产的地主，以赫洛布耶夫为代表。至于成为总督顾问的包税商，从农民变成官吏，从官吏又变成商人，纯粹属于虚构，这个人物代表宗教力量。作者最终把捍卫农奴制的希望寄托在宗教身上。连小说主人公乞乞科夫到第二卷也开始学好，他虽然还做死农奴的生意，但是更加小心谨慎，在科斯坦若格洛的影响下，一心想买一座庄园以发家致富。到这里我们发现作者对他的态度也有所变化，没有第一卷里那么多的冷嘲热讽，多了几分温情口吻。

《死魂灵》第二卷有两种版本，都是作者两次焚烧手稿后所遗留的残稿。第一种版本属于经过作者修改的晚期版本，二十世纪五十年代以前，苏联出版的果氏文集和单行本，都采用这个版本（满涛先生的译本就是根据这种版本）。一九五九年出版的《果戈理六卷集》两种版本都是晚期版本，然而以后的版本则只采用早期手稿（大约写于一八四八—一八四九年）（陈殿兴先生的译本和拙译都根据后者）。从这两种版本的比较可以看出，作者在早期手稿中对帝俄官场的抨击依然尖锐，如第二章描写法官们对庄园管家的敲诈勒索的情节就很辛辣，晚期手稿则将它删去了。

作者在《死魂灵》的标题底下还注明“史诗”的字样，按照他自己的说法，《死魂灵》介乎真正的史诗（如《伊利亚特》）和长篇小说之间，着重于风俗画的准确描写和“对出色的具体现象进行全面概括的叙述”，而不着重于人物性格的刻画。苏联评论家塔玛拉钦科认为：“这部作品在体裁上异乎常格，极其复杂，就其思想基础而言应该是社会和风俗小说，就其内容而言，更主要地就其结构而言，应该是史诗作品。”

《死魂灵》一问世，立即引起激烈的争论。赫尔岑说：“《死魂灵》震动了整个俄国。”别林斯基给予《死魂灵》最高的评价，他说：“只有了解作品的思想和艺术处理手法，着重于内容而不是‘情节’的人才能充分领略果戈理的史诗。”车尔尼雪夫斯基说：“现在，当《钦差大臣》和《死魂灵》问世之后，还得补充说，果戈理同时也是长篇小说（散文的）和戏剧形式的散文作品，即一般意义上的俄国散文之父。”这里说的意思就是指果戈理是自然派的奠基人。他为后来的陀思妥耶夫斯基的《穷人》和屠格涅夫的《猎人笔记》开了先河。

纵观果戈理的一生，可谓大起大落，从反对农奴制的自然派的鼻祖变成农奴制的辩护士，其中究竟有什么原因？首先每个人一生的道路都取决于他所处的时代。果戈理比普希金虽然只小十岁，然而他们开始创作的时期却属于两个截然不同的时期。普希金于一八一七年发表《自由颂》正值十二月党人运动发展时期，他是应运而生的自由的歌手。果戈理于一八二八年带着他的田园诗《汉斯·丘赫尔加坚》前往彼得堡，却得不到赏识。到一八三一年开始发表取材于乌克兰民间故事的《狄康卡近乡夜话》从而崭露头角，然而这是十二月党人运动被镇压、俄国政治最黑暗的时期，果戈理出入于斯拉夫派领袖人物阿克萨科夫家，终于成为斯拉夫派的俘虏。其次，果戈理之所以走上这条道路也有他个人的出身和经历的原因。果戈理于一八〇九年出生在乌克兰波尔塔瓦省密尔格拉得县的大索罗庆采村。他的祖父是波兰人，姓果戈理－亚诺夫斯基，在娶了一个地主的女儿，得到一块土地后，才成为小地主。他父亲曾服过兵役，当过差，后来回家赋闲，成为附近有名的喜剧作家。果戈理九岁入小学，十九岁中学毕业，以后到彼得堡去闯世界，想用田园诗敲开文坛的大门，但没有成功，便想谋个差事。他考过演员，当过抄写员。这时他一直用果戈理－亚诺夫斯基这个姓。“果戈理”是由拟声词“果果尔”而来的对公鸭的戏称，加在姓氏前。果戈理开始发表作品时曾用过“阿洛夫”、“亚诺夫”（把后面“斯基”去掉），直到一八三〇年发表一篇短文采用果戈理的笔名，在这之后便一直沿用下来。一八三〇年正是俄军攻占华沙的年代，不排除作者有意回避他的波兰血统才不用本姓。作者不但是受歧视的乌克兰人，要考察三代，还是波兰人。这一点恰好说明作者在政治上的脆弱性。我们可以认为果戈理的发展得益于他是乌克兰人，因为他发表《狄康卡近乡夜话》时，正是乌克兰民间故事流行时期，而他写的乌克兰故事就比其他作家略胜一筹，所以这些故事一经发表马上得到别林斯基的好评，称俄国文学进入果戈理时期（意味着普希金时期已经结束）。之后作者进而描写俄国人时，又表现出他善于观察的特点，他能见别人之所未见，因为他不是俄国人，又恰好与俄国人同是斯拉夫族人，所以其观察深入细致。比如《死魂灵》中五个地主都极平常，唯有他能发掘出其特征来加以鞭笞。

果戈理一生都处于穷困之中。当抄写员收入无几，后来即使写作得到稿费，也备受出版商的盘剥，还要用这些钱供养两个妹妹读书和出嫁。果戈理没有自己的家（包括住宅），没有庄园，没有其他收入。几次出国都是先借债，出书之后再还清。肯借给他钱的朋友都是斯拉夫派。果戈理死后的遗物中只有四十卢布八十戈比。当初别林斯基发现他，也努力争取他。别林斯基的《致果戈理的一封信》说明他们思想上的分歧有多深。同时，我们也不能不考虑到这样一个事实，即：果戈理在经济上依赖于斯拉夫派的朋友，又怎么能跟他们决裂而与别林斯基合作！

果戈理一是属于少数民族，二是穷，这两个特点对他的婚事影响最大。他曾跟维尔耶戈尔斯基伯爵家的安娜小姐有过一段恋情。当他向安娜求婚时，安娜将此事告诉母亲，母亲说果戈理虽是有名的作家，但这是不般配的婚姻！

果戈理于一八五二年在莫斯科逝世，可能由于死在朋友家里，所以莫斯科没有他的纪念馆，只有一条取名果戈理的林荫路，街角上放着他的半身塑像。他死后葬于丹尼尔修道院墓地，一九三一年迁到新圣母公墓。可能由于仓促，原来的墓石移到新墓地没用上，后来被作家布尔加科夫的妻子挪到她丈夫的墓前。

鲁迅先生慧眼识英雄，第一个借助日、德、英三种语言把《死魂灵》译成汉语，在近五十年的时间里独领风骚。我国直到二十世纪八十年代才先后出版了满涛和许庆道合译的版本、陈殿兴和刘广琦合译的版本。应该说这两种译本相当准确地表达了原书的内容和特点，在语言运用上各有千秋。拙译只能在前人已有成就的基础上试图在一些细微之处下点功夫，在语言运用上倒是跟陈本接近一些。《死魂灵》的确难译，除衣食住行方面有很多民族特有词汇外，官衔和官职的名称也很棘手。我曾参考苏联儿童出版社一九五二年版的《果戈理选集》和一九五三年版《死魂灵》后附的注释，以及俄罗斯联邦教科书出版社一九五三年出的供外国学生用的《俄罗斯文学》的脚注。我的理解只能算一家之言，如有不当，欢迎指正。

（本文在译林出版社 2000 年版《死魂灵》的译序基础上略做修改）

第一卷

第一章

有一辆颇为漂亮的弹簧马车驶进 NN 省城一家旅馆的大门。坐这种小巧的马车的大都是单身汉：退休的中校、步兵上尉或者拥有一百个左右农奴的地主。总之，就是所谓的中等绅士。这辆马车上坐着一位绅士，虽说不是美男子，可外表也不丑，不太胖也不太瘦，不能说他老，不过也不算太年轻。他的到来在省城并没产生任何影响，也没引起特别注意，只是在旅馆对面的小酒店门前站着两个俄国庄稼汉发出某种议论，其实他们议论的是这辆马车，并不是车上坐着的人。“你瞧，”其中一个对另外一个人说，“这叫什么轱辘！你说说看，要是上莫斯科，这样的轱辘能行吗?”“能行。”另外一个人回答。“要是上喀山，我说它就不行，对不对?”“上喀山是不行。”另外一个回答。他们的议论也就到此为止。再就是马车快到旅馆跟前的时候，遇见一个年轻人，下身穿一条又瘦又短的白亚麻布裤子，上身穿一件赶时髦的燕尾服，燕尾服里露出胸衣，用图拉产的铜手枪式样的别针别着。年轻人回头看看马车，用手扶住险些被风刮跑的帽子，径自走去。

马车一进院子，便有旅馆的侍者出来迎接这位绅士。在俄国旅馆里侍者也叫店伙计，机灵麻利得不得了，甚至看不清他的脸长得什么模样。这个店伙计细长个子，穿一件挺长的线呢常礼服，常礼服的后背跟他的后脑勺一般高。他手里抓住一块餐巾急忙跑出来，把头发一甩就急忙带领客人上楼，穿过一条木回廊，让客人看看上帝为他安排的房间。这房间是众所周知的那种，因为旅馆也是众所周知的那种，就是说在省城到处都有，旅客只消花上两个卢布就可以在里面住上一天。房间的墙角上准有许多蟑螂像黑李子干似的向外窥望。有一扇门通向隔壁，而且总是用五斗橱挡着。隔壁的客人沉默寡言，举止稳重，不过十分好奇，很想打听新来的客人的底细。旅馆的外观跟内部格局倒也相称：这是一幢长长的二层楼，底层没抹墙皮，露着红砖，由于天气恶劣多变而颜色发暗，况且本身就很脏；上层照例刷成黄色。楼下开有几家店铺，卖马套，卖绳子和小木圈①。拐角上有一家小铺，或者说这家窗口摆着一个大红铜茶炊，旁边坐着卖热蜜水的老板。他的脸跟茶炊一样红，要不是他脸上长着黑黑的大胡子，从远处看还以为窗口摆着两个茶炊呢。

当来客察看他的房间时，他的行李已经搬上楼，首先是一个白皮箱，皮子有些磨损，说明它不是头一次旅行。抬皮箱的一个是车夫谢利凡，矮个子，穿一件皮袄，另一个是听差彼得鲁什卡，三十来岁，穿一件肥大的旧常礼服，显然是主人穿旧了给他的。这个听差看样子有些横，鼻子和嘴都挺大。白皮箱之后又送进来一只红木匣子，上面有用带花纹的桦木镶嵌的图案，还有一副鞋楦子和用蓝纸包着的一只炸鸡。这些东西送进来之后，车夫谢利凡便到马厩去侍弄马，听差彼得鲁什卡在前厅安排他的行李。这间前厅像狗窝一样又小又黑，不过他已经把他的大衣抱了进来，同时带进来他身上那股特殊的气味，紧接着他又拿进来一个口袋，里面装的都是仆人的家当，也带有这种气味。他就在这间小黑屋里把一张三条腿的窄床靠墙放好，上面铺一块像垫子又不像垫子的东西，又薄又硬，倒像一张薄饼，可能真赶得上他从旅馆主人那里要的薄饼一样油腻腻的。

当仆人忙着安排马匹和行李的时候，主人便到旅馆的大厅里去了。这类大厅什么样子，任何一位旅客都十分清楚。墙壁刷着油漆，上边被吸烟斗的喷出的烟熏得发黑，下边被各种客人用脊背蹭得发亮，不过这些客人当中倒是本地商人居多，因为每逢集日他们就六

---

① 这种小木圈套在绳子上，前后活动，可以减缓磨损。——译者注

七个人一伙来旅馆喝份茶①。天花板熏得黢黑，上面的枝形灯也熏得黢黑，灯架上挂着许多玻璃球，当侍者急急忙忙从地板的磨损的漆布上走过的时候，这些玻璃球就连蹦带跳，叮当作响，而侍者还用手机灵地晃动托盘，托盘上摆着无数的茶杯，就像海滩上落的鸟一样多。墙上也挂满了油画，总而言之，跟别的旅馆一模一样，如果有什么不同的话，就是有一张油画，上面女神的乳房画得特别大，大概读者从未见过。其实这种奇异现象在许多历史画上也屡见不鲜。这些历史画不知是什么人、什么时候、从什么地方搞到俄国来的，有些甚至是俄国的达官贵人喜爱艺术，到了意大利听信陪同他们出国的信使劝告而大批购进的。这位绅士摘下帽子，解开脖子上的毛围巾。这种花花绿绿的毛围巾，如果是已婚者的，定是太太亲手织的，交给他的时候还千叮咛万嘱咐，告诉他应该怎么围，如果是单身汉的，我就说不清是什么人织的，只有天知道。不过我从来没围过这种围巾。这位绅士摘下围巾，便吩咐上菜。于是给他端来饭店里常备的各种菜肴，比如圆白菜汤配分层夹馅的饼（这种小饼每做一次可以保留几个星期以飨旅客）、脑子配豌豆、小灌肠配圆白菜、油炸肥鸡、腌黄瓜，还有常备的随时可以供应的分层夹馅的甜点心。这些菜肴有的热过，有的就是凉的，一一给他端上来，他就趁上菜的工夫跟侍者，或者叫店伙计，闲聊一气——问问这饭店从前是谁家开的，现在的东家是谁，生意兴隆不，东家是不是个大坏蛋。店伙计听了往往回答说："啊，先生，他可是个大骗子。"无论在文明的欧洲，还是在文明的俄国，现在有许多上等人到饭店吃饭，非跟侍者聊聊不可，有时还拿侍者开开玩笑寻开心。不过这位来客可不全是无的放矢。他问得非常周详而认真，省长是谁，厅长是谁，检察长是谁——总之，重要的官员一个也没漏掉。接着又问当地有哪几家大地主，而且问得更加认真，谁家有多少农奴，住处离省城有多远，甚至问他们的秉性如何，是否常常进城。他还仔细询问当地

① 每一份两壶，一壶是煮好的茶水，另一壶是白开水，以备添用。——译者注

的一般状况：他们这个省有没有闹过传染病——像流行性热病、致命的疟疾和天花等等。问得那么详细，那么认真，表明来客绝对不是出于单纯的好奇。这位绅士的派头也很足，连擤鼻子也擤得特别响。不知他是怎么搞的，擤鼻子就像吹喇叭一样响亮。这种显然并不起眼的本事却赢得旅馆侍者更深的敬意，侍者一听到这种声音便甩甩头发，挺直腰板，然后低下头毕恭毕敬地问："您还有什么吩咐?"这位绅士吃完饭，又喝杯咖啡，在沙发上坐下，把靠垫垫在背后，不过俄国旅馆的靠垫里面塞的不是柔软的羊毛，而是一种硬邦邦的东西，很像砖头石块之类。这时他开始打哈欠，便命令侍者送他回自己的房间。他躺到床上，睡了两个小时。他休息之后，应旅馆侍者的要求，用一小张纸写好自己的官衔和姓名，以便向警察局呈报。侍者接过纸片，一边下楼一边看，一个音节一个音节地拼出如下内容："六等文官帕维尔·伊万诺维奇·乞乞科夫，地主，因私事出门。"当侍者还在按音节拼读纸片的时候，帕维尔·伊万诺维奇本人已经走出旅馆去观赏市容。他对这座城市还算满意，因为他觉得跟其他省城比较起来这里毫不逊色：砖房刷的黄色油漆鲜艳夺目，木房的灰色色调平淡无奇。有平房，有二层楼，还有一层半的，幢幢都带阁楼，按省里的建筑师的意见，阁楼是非常美观的。由于街道像旷野一样宽广，木栅栏长得走也走不完，所以有些地方房舍显得零零落落，有些地方又聚成一堆，到了房舍多的地方才显得行人渐多和略有生气。有些牌匾上面画着小甜面包和皮靴，被雨水冲刷得几乎模糊了，还有的牌匾上画着蓝裤子，写着华沙某某裁缝的字样。有一家帽子店画着各种便帽和制帽，店东叫瓦西里·费奥多罗夫，前面却注明"外商"。还有一个牌匾画着一张台球台和两个打台球的人，他们都穿着燕尾服。这种燕尾服只有我们剧院里最后一幕登台的贵宾才穿。他们都被画成用台球杆瞄准的姿势，胳膊向后略抬，两腿弯曲，好像刚刚完成芭蕾舞的跳跃动作。牌匾下面注明：台球房在此。有的就在道边摆上桌子，卖核桃、肥皂和跟肥皂十分相似的蜜糖点心。有的小酒馆在招牌上画上一条大鱼，上面插着一把叉子。最为常见的是双头鹰国徽，不过现在已经色彩暗淡，并被简明的“酒店”所代替。马路上到处坑坑洼洼。他还到市公园去看了一眼，里面有几棵树又细又小，没扎下根，用三脚架支着。三脚架却刷着漂亮的绿色油漆。尽管这些小树长得不如芦苇高，然而报纸上描绘节日彩灯盛况时却写道：“由于市政长官的关怀，我市新辟公园一座，园内树木葱茏，浓荫如盖。炎炎夏日可以乘凉。”还有：“市民对市长大人感恩戴德，莫不心情激动，泪如泉涌，观此景象，不胜感慨云云。”他见到岗警还详细询问，如果有事要去会议场所、政府机关或见省长，怎么走更近。然后又去看看流经市内的河，顺路从电线杆上撕下一张戏报以便带回去仔细看。这时有一位长得挺标致的太太从旁边人行道的木板上走过，后面跟着一个小厮，穿着童仆的制服，手里提着小包。他把这位太太仔细看两眼，然后又把周围的景物扫视一遍以便记牢，转身回了旅馆。旅馆的侍者扶他上楼梯，于是他径直回到自己的房间。喝完茶，他坐到桌子跟前，让人送上蜡烛，从兜里取出戏报，凑到蜡烛跟前，觑起右眼看起来，不过戏报没有多大意思：正在上演科策布①先生的戏，由波普廖文先生演罗尔，贾布洛娃小姐演科拉，其他角色就更不出彩了。不过他还是把演员的名字看完，直到看明白池座的票价，还知道戏报是在省政府的印刷厂印的。然后翻过来看看后面还有什么内容。后面什么也没有，便揉揉眼睛，把戏报整整齐齐叠好放进小匣里。他不论拾到什么，都习惯地放进小匣收藏。这一天似乎只好用一小碟小牛肉、一瓶酸溜溜的格瓦斯和一场酣睡收场，只是他一倒下便鼾声大作，正如辽阔的俄国有些地方说的那样，好像开足的水泵。

第二天，乞乞科夫整天忙于出访，拜访了全市所有的官员。他首先拜见省长，原来这位省长大人长得跟乞乞科夫一样，不胖也不瘦，脖子上挂着安娜勋章，据说正在为他呈请金星勋章，不过他倒是个老好人，有时甚至自己动手绣绣花纱。接着他又去拜见副省长，

---

① 科策布（1761—1819），德国反动剧作家。戏报上登的是他的《西班牙人在秘鲁，或罗尔之死》。——译者注

接着是检察长、厅长、警察局长、包税商和官办工厂的监督……遗憾的是世上掌权人物这么多，要想把他们的名字全都记住是一件难事，不过只要能说明来客在拜访官员方面显得异常活跃也就足够了。他甚至拜访了卫生局长和市建筑师。后来他在马车上还坐了许久，反复斟酌还应该去拜见什么人，可是省城里再也没有大官可见了。在跟这些当权人物交谈时，他对每个人都巧妙地巴结几句。他似乎无意之中对省长提到，来到省长治下的省份宛如进入天堂，马路处处都如铺上天鹅绒一样光滑，政府选派如此英明的长官到此地来，真应该加以称颂；对警察局长他讲了几句夸奖岗警的话；跟副省长和厅长谈话的时候，尽管他们不过是五等文官，够不上称大人，他却故意错叫了两次大人，赢得他们的好感。这次出访的结果是：省长邀请他参加当天的家庭晚会，其他官员有的请他吃饭，有的请他玩波士顿牌，有的请他喝茶。

关于自己的来历，客人似乎讳莫如深，谈也是笼统的，显得非常谦虚，说起话来也文绉绉的，说他不过是人世间一个微不足道的小人物，不值得别人关心，他这一生屡遭挫折，由于秉公办事而备受打击，有人甚至想置他于死地，现在他希望安静下来，最终找个可以栖身的角落，如今来到省城，认为拜见当地长官是义不容辞的责任。这就是当地居民对这位新来人物所能了解到的一切，据说这个人物马上就要在省长的晚会上露面。来客为了参加晚会，足足花了两个多小时进行打扮，那股仔细劲儿甚至颇不常见。午饭后小睡一会儿，便命人送上洗脸水。洗脸时他在嘴里面用舌头顶住腮帮，用肥皂把两边的脸颊擦了很长时间，然后先朝旅馆侍者脸上喷了两回鼻子，再从他肩上取下毛巾，从耳朵后面开始，从四面八方擦自己的整个脸庞。接着对着镜子套胸衣，拔掉两根从鼻孔里钻出来的鼻毛，便一下子穿上淡紫色带花点的燕尾服。他就这样穿戴整齐，坐上自己的马车，沿着无比宽阔的街道，借着两旁偶尔从窗户里射出的微弱灯光，向省长的府邸驶去。不过省长府邸到处灯火通明，颇有举行盛大舞会的气势。房前停着带车灯的豪华马车，门口有两个宪兵站岗，远处不断传来马车前导的喝道声，总之，应有尽有。乞乞科夫一进大厅，不得不眯缝一下眼睛，因为蜡烛、彩灯和女士们的服装都光彩照人。满屋灯光辉煌。只见许多黑燕尾服像苍蝇一样飞来飞去，忽而散开，忽而在这里那里聚作一团，犹如七月的酷夏，老管家婆在敞开的窗口前面砸一块洁白耀眼的精制方糖，砸出一块块亮晶晶的碎片，苍蝇便围上来转个不停，孩子们也聚集在旁边，好奇地注视着管家婆用干瘪的手举锤子砸糖的动作。苍蝇组成一支空中轻骑兵队，趁着微风，利用管家婆老眼昏花和阳光刺目的机会，俨然全权主人，大胆飞进房间，落到香甜的糖块上，有的零零散散，有的聚作一团。丰盛的夏天本来处处备有可口的菜肴，苍蝇早都吃得饱饱的，所以它们进屋并不是为了寻找食物，只不过为了显示一下自己，在碎糖块上来回走一遍，蹭蹭前腿或后腿，用爪子搔搔翅膀底下，再不就把两只前爪举到头顶上蹭蹭，转身飞走，然后再跟令人讨厌的新轻骑兵队一起飞回来。

乞乞科夫没等熟悉周围的情况，便被省长挽住胳膊，带着去见省长夫人。这时来客也丝毫不失身份，说上几句恭维话，对于他这类年纪不轻也不老、官衔不大也不小的来说，这种恭维话说得十分得体。当跳舞的人一对对站好，把大家挤得靠边站的时候，他倒背着手把这些跳舞的人仔细打量两分钟。许多女士穿着都讲究而时髦，另一些女人显得土里土气，穿的都是在外省城市所能购置的衣服。这里的男人跟所有的地方一样，可以分成两类：一类人长得瘦，总围着女人团团转，其中有些人就跟彼得堡的绅士不相上下，他们也留着络腮胡，胡子留得讲究，梳得高雅，或者干脆把漂亮的椭圆形脸蛋刮个溜光，并且也像在彼得堡的上流社会一样，气宇轩昂地坐到女士们身边，讲得一口法国话，能把女士逗得粲然一笑。另一类男人长得胖，或者像乞乞科夫一样不胖也不瘦。这些人则相反，斜眼看着女人，避之唯恐不及，他们只管东张西望，看看省长家的仆人是否在什么地方放上打惠斯特的牌桌。他们的脸又圆又胖，有的人或许长着小疣子，有的人或许有几个麻子，他们的头发既不留成

“凤头式”，也不打成卷，更不是法国人说的那种“听其自然”。他们都把头发剪得很短，或者梳得油光水滑，五官也都是圆形，非常坚定。这些人便是省城可尊敬的官员。唉！在这个世界上胖人总比瘦人善于钻营。瘦人只能干干某些专职的差事，或者挂个名，到处漂泊。他们的生存总是飘忽不定，无依无靠。胖人则从来不坐侧位，要坐就是正位，而且一旦坐下就坐得稳稳当当，就是身子底下的座位被压得咯吱响，甚至要塌，他们也不肯下来。他们不喜欢把外表打扮得怎么漂亮，他们身上的燕尾服也不像瘦人穿的那么剪裁合体。不过他们的百宝匣里却装满上帝的恩赐。瘦人只要三年工夫就会把最后一个农奴也抵押出去。胖人日子过得安安稳稳，瞧，他在市郊以妻子的名义新买一处住房。不久又在另外一头买一处，接着在郊区购置一个小村庄，然后又购置一个大村庄，带有耕地、牧场和林场。最后胖人为上帝和皇帝效力完毕，赢得普遍尊敬，告老还乡，变成地主，成为体面的俄国老爷，慷慨好客，过起退隐生活，日子过得蛮好。等他过世之后，又是一些瘦弱的继承人按照俄国人的老习惯挥金如土，转眼之间就把父辈留下的财产挥霍一空。当乞乞科夫观察这里的上流社会的时候，脑子里想的就是这些。他观察的结果是他决定加入胖人一伙，他在这一伙里几乎处处遇到熟识的面孔：检察长两道浓眉漆黑，对他悄悄挤挤左眼，仿佛说：“老兄，咱们另找个房间，我有话要告诉你。”不过这个人倒是一本正经，沉默寡言；邮政局长个子小，既爱说俏皮话，又好高谈阔论；厅长是个明辨是非而又态度殷勤的人。他们三个都像见了老相识一般欢迎他，乞乞科夫连忙一一还礼，虽然略微侧着头，却也十分得体。他在这里结识了一位待人客气、讲究礼貌的地主马尼洛夫和一位长相蠢笨的地主索巴克维奇。这位索巴克维奇一见面就踩了乞乞科夫一脚，并且说声：“对不起。”这时有人把扑克牌塞到他手里，让他玩惠斯特，他接过牌，恭敬地鞠了一躬。他们围着绿呢牌桌坐下，一直玩到吃晚饭。玩起牌来一切谈话都全然停止，仿佛他们终于干起正经事。邮政局长尽管十分健谈，但是一旦把牌拿在手里，脸上便现出冥思苦想的神情，用下嘴唇兜住上嘴唇，整个打牌时间丝毫不改变这种神情。他每逢出大牌，就用手使劲拍桌子，如果出的是王后，就说："去你的吧，牧师的老婆！"如果是国王，就说："去你的吧，坦波夫省的庄稼佬！"厅长则顺口说："看我拽他的小胡子，看我拽他的小胡子！"他们有时往桌上摔牌，还情不自禁地喊："啊！豁出去了，实在没有办法，只好甩方块！"或者干脆大喊大叫："红桃！红蛀虫！黑桃！"或者："黑心！黑货！黑鬼！"或者干脆叫："黑子！"这都是他们这些牌友之间给各种牌起的诨名。打完牌免不了发生争执，而且嗓门都相当高。我们的来客也跟他们争论，不过争论得非常巧妙，让大家看到他也争论，但是争论得让人感到蛮舒服。他从来不说："该您出牌！"而是说："您请出牌！"或者："我很荣幸地打了您的二分！"以及诸如此类的话。为了某件事能让对方心悦诚服，他每次都把镶珐琅的银鼻烟盒递给他们，烟盒底上放着两朵紫罗兰以便增添香味。上面提到的两个地主引起来客的特别注意。他立刻把厅长和邮政局长叫到一旁，打听这两个地主的情况。从他提的几个问题可以看出来，客人不只是出于好奇，而是心中打着主意。他首先问他们都有多少农奴，庄园管理得怎么样，然后才问到他们的名字和父名。他只用一会工夫就把他们俩完全迷住了。地主马尼洛夫还不算老，两眼像糖一样甜蜜，一笑就眯缝起来。他喜欢乞乞科夫到了神魂颠倒的地步。他握住乞乞科夫的手久久不放，一定要请他赏光，到他的村庄做客，说他的村子离城门只有十五俄里。乞乞科夫听了，彬彬有礼地点点头，真挚地握住对方的手，回答说，他不仅乐于从命，甚至认为这是他神圣的义务。索巴克维奇也简短地邀请他说："我也请您赏光。"还把两脚一碰。他脚上穿的大皮靴恐怕再也没人能穿得了，特别是在如今俄国的勇士已开始绝迹的时候。

第二天乞乞科夫便到警察局长家去吃午饭，并在他家消磨一个晚上，从饭后三点坐下打惠斯特，一直打到半夜两点。顺便说一句，在那里，他又认识了一个地主诺兹德廖夫——三十岁上下，是个机灵的家伙，没说上三两句话便称呼起“你”来了。诺兹德廖夫跟警察局长和检察长也你我相称，说话态度蛮和气，可是一玩起大牌，警察局长和检察长就格外仔细察看他牌打得对不对，几乎盯着他出的每张牌。第三天乞乞科夫到厅长家度过了一个夜晚。厅长穿了一件有点油污的便袍出来接待客人，在座的还有两位太太。接着他又到副省长家赴晚宴，出席包税商举办的大宴会和检察长举办的小宴会，其实小宴会也跟大宴会不相上下。还参加了商会会长在晨祷之后举行的茶点招待会，这种茶点招待会也不亚于午宴。总之，他在旅馆里连一小时也待不上，回旅馆只不过是为了睡觉。客人不论遇到什么事，都善于周旋，表明他有丰富的上流社会的社交经验。不论大家谈什么，他都能凑趣：谈起养马，他对养马说得头头是道；谈起良种猎犬，他也能发表中肯意见；谈论起税务局查的案件，他的谈论表明他对办案的关节也很在行；谈论起台球，他对台球讲得也无可挑剔；谈论起道德品质，他的言论也非常高尚，甚至热泪盈眶；谈起造酒，他也懂得造酒赚钱；谈论起海关稽查和官员，他评论起来就好像他在海关也当过官。而且值得称道的是，他发表评论，态度十分郑重，举止得体。他说话声音不高也不低，恰如其分。总之，不管从哪个方面看，他都是一个十足的正派人。大小官员对这位新来的客人都非常满意。省长谈到他，说他是个安分守己的人；检察长说他是个精明强干的人；宪兵上校说他是个学识渊博的人；厅长说他是个知识丰富而又可尊敬的人；警察局长说他是个可尊敬而且可爱的人；警察局长夫人说他是个最可爱、最会交际的人。连平时很少说别人好话的索巴克维奇当天很晚才从城里回到家，脱了衣服往干瘪的老婆身边一躺对她说：“宝贝，我今天在省长家参加的晚会，在警察局长家吃的午饭，认识一个六等文官帕维尔·伊万诺维奇·乞乞科夫，这可是个十分招人喜欢的人！”他的太太“嗯”了一声算作回答，还踹他一脚。

全城的人对这位来客都赞不绝口，形成了关于他的良好的舆论，直到客人的怪癖和他从事的一笔交易，或如外省人说的是一件怪事暴露出来，才使全城感到大惑不解。至于这件怪事究竟怎么回事，读者马上便会分晓。

第二章

这位外来的绅士在省城已经住了一个多星期，天天参加晚会和午宴，正如俗话所说：日子过得逍遥自在。但是他终于决定到城外走走，拜访一下他早已答应过要去拜访的马尼洛夫和索巴克维奇。也许他另有重要原因，那是他一直挂在心上的正经事，不过这一切，读者只要耐心读完这部长篇巨制，自然便会明白。应当说，这篇故事越到结尾，越波澜壮阔、场面宏伟。车夫谢利凡收到吩咐一早就要套好前文提到的马车，彼得鲁什卡被命令留下看守房间和皮箱。现在要向读者介绍一下我们主人公的两个奴仆，该不是闲文。当然，尽管这两个人物并不那么重要，是所谓的次要人物，甚至是三等角色，尽管这篇史诗情节的发展和契机跟他们没有关系，只不过有时顺便提到，带上一笔而已，但是作者不管写什么都喜欢周详，尽管作者是俄国人，却想要像德国人一样一丝不苟。其实这也占不了多少时间和篇幅，因为有些情况读者已经了解，比如说彼得鲁什卡穿着一件又肥又大的烟色常礼服，是主人给的，他长得跟一般的下人一样，大鼻子，厚嘴唇，再补上两笔也就行了。他性喜沉默而不是饶舌；他甚至怀有求知的高尚愿望，也就是说他喜欢看书，至于书是什么内容倒不在乎，不管是英雄救美的冒险故事，还是识字课本或祷告书，他都会同样仔细地看，甚至塞给他一本化学书他也照样百读不厌。他喜欢的倒不是书的内容，而是阅读本身，或者说是阅读过程，用几个字母就能拼成一个词，至于这个词是什么意思，有时只有天知道。他看书的时候多半是躺在前厅的床上，把床上的草垫子压得像油饼一样又硬又薄。除开喜欢看书之外，他还有两个习惯，构成他的两个重要特征：一是睡觉从来不脱衣服，总穿着那件常礼服；二是身上总带有一股特殊的气味，这种气味有些像住人的房间里的气味，只要他在什么地方一安排床铺，就会把他的大衣和家当搬进去，尽管这个房间一直没有人住，却也会像有人住过十年似的。乞乞科夫本来是个爱挑毛病的人，在某些事情上甚至达到吹毛求疵的程度，早晨起来鼻子灵敏，一闻到气味，就直皱眉，摇摇头说："你这个家伙真见鬼，是出汗怎么的？赶快去洗个澡也好。"彼得鲁什卡对此一声不吭，急忙找点活计干：拿起刷子去刷刷老爷挂着的燕尾服，或者收拾收拾什么。至于他默默不语的时候心里想的是什么，只有上帝知道，也许他正自言自语："你也真行，一句话重复四十遍也不嫌烦。"仆人受老爷申斥的时候心里想什么，很难说得清楚。这就是本书开头时候关于彼得鲁什卡要说的话。车夫谢利凡却完全是另一种人……不过作者花这么多笔墨向读者介绍下等人，心中未免不安，因为凭经验知道，读者并不愿意跟下等人交朋友。俄国人就是这个脾气：他们总渴望巴结比自己哪怕官大一级的人，宁肯见到伯爵或公爵时摘帽子敬礼，也不愿意跟平辈结交。作者笔下的主人公只不过是个六等文官，所以不免为他担心，七等文官也许勉强愿意认识他，至于已经爬到相当于将军官衔的人，上帝知道，也许对他抱以蔑视的目光，就像地位高的人总是傲视匍匐在脚下的人一样，甚至更糟，对他不屑一顾，那就更使作者难堪了。尽管这两种结果都极其可悲，然而我不得不回过头来写我的主人公。他头一天晚上就做出必要的指示，然后，第二天一早醒来，先洗过脸，用海绵蘸水从脚到头擦一遍身子（他只有星期天才擦身子，而这一天恰好是星期天），最后把脸刮得像锦缎一样光滑。穿上淡紫色带花点的燕尾服，再穿上熊皮大衣，便由旅馆侍者忽左忽右地搀扶着走下楼梯，上了马车。马车轰隆隆出了旅馆大门来到街上。一个过路的神父见了连忙摘下帽子，还有几个衣衫肮脏的顽童伸出手来要钱："老爷，可怜可怜孤儿吧！"车夫发现其中有一个想爬到脚踏板上，便给他一鞭子，于是马车在石头道上颠簸起来。当前面带斜条纹的拦路杆遥遥可见的时候，不能不令人喜出望外，因为这意味着，这条马路跟其他任何磨难一样总算到了尽头，于是乞乞科夫又在车厢里结结实实地撞了几次头之后，马车终于上了软和的土路。城区刚一落到后面，道路两旁按照惯例开始出现不堪入目的荒凉景象：一个个草墩、一棵棵云杉、又稀又矮的小松树林、烧得光秃秃的老松树干、野生的帚石南，以及诸如此类的东西。碰到几个村子房屋都排成一排，像拉开的绳子一样。村中的木房好像陈旧的柴火垛，灰色屋顶，雕花的木檐好像挂着的绣花手巾。有几个穿羊皮袄的庄稼汉坐在大门前面的长凳上习惯地卖呆。还有几个胖脸婆娘把前胸勒得紧紧的，从楼上的窗户向外张望；楼下的窗口也探出一个脑袋，不知是小牛犊还是黑乎乎的小猪。总之，这里的景物不用说也知道。乞乞科夫走完了十五俄里，突然想起来，按照马尼洛夫的说法，他的村子应该就在眼前。然而第十六俄里的路标也疾驰而过，却依然不见村子的踪影。要不是迎面遇见两个庄稼人，他们未必能找到地方。这两个庄稼人听说打听扎马尼洛夫卡，便摘下帽子，其中有一个留着山羊胡，好像聪明一点，回答说：

“大概是马尼洛夫卡，不是扎马尼洛夫卡吧?”

“对，是马尼洛夫卡。”

“马尼洛夫卡！你再走一里地，一直往右拐。”

“往右?”车夫反问一句。

“往右。”庄稼汉说，“这正是去马尼洛夫卡的路，什么扎马尼洛夫卡，根本没听说过。它就这么叫，马尼洛夫卡，扎马尼洛夫卡这里没有。到了那里就能看见山顶上有座房子，是用石头砌的二层楼，那就是老爷的宅子，就是说，老爷住在里面。那就是马尼洛夫卡，可是扎马尼洛夫卡，这里从来没有过。”

于是他们往前寻找马尼洛夫卡。又走了两俄里，才碰到一个岔道，拐向乡间土路，不过他们沿着土路似乎又走了三四俄里，仍然看不见那座二层楼的影子。这时乞乞科夫想起来，如果有朋友邀请你到乡下做客，他如果说有十五俄里，至少也有三十俄里。马尼洛夫卡住的村的位置偏僻，不会招待多少客人。老爷的宅子孤零零地坐落在光秃秃的山顶上，不管刮什么风，都没有遮挡。山坡上铺着草皮，剪得倒也整齐。草坪中间仿效英国方式修成两三个花坛，上面种有丁香和黄槐。有些地方长着白桦，五六棵挤作一堆，树梢上叶子细小，稀稀落落。在两棵白桦树下修有凉亭，扁圆的顶是绿的，木柱是蓝的，上面有块匾写着：幽思之所。亭子下面有一泓池水，浮着绿萍，这在俄国地主修的仿英式花园中并不罕见。山脚下是一片黑乎乎的小木房，横七竖八，有的还挤到山坡上。这些用圆木搭的房子其实是灰色的。不知为什么我们的主人公立刻数起木房来，一共是二百多个。这些木房当中不长一棵树，不见一根绿草。只看得见一片圆木。只有两个捞鱼的婆娘给周围的景物增添一点生气。她俩优美地撩起裙子掖在腰里，蹚着池塘里齐膝深的水，手里抓住两根木杆，木杆上拴着破渔网，可以看见网里有两只落网的蝲蛄，还有一条像是鲤鱼，鱼鳞闪闪发亮。这两个婆娘似乎发生了争执，不知为什么互相责骂。远处是一片松树林，显出单调的深蓝色。天气也赶得巧：不阴也不晴，天空蒙上一层浅灰色，倒好像卫戍部队穿旧了的军装。其实卫戍部队的大兵是很和气的军人，只是到了星期天便喝得酩酊大醉。要想使这幅图画完满，总少不了预报天气变化的公鸡。这里还真有一只。尽人皆知，公鸡好争风吃醋，所以这只的脑袋被别的公鸡啄出了窟窿，尽管如此它还洪亮地叫起来，甚至拍打两下翅膀，只是翅膀也被别的公鸡啄烂了，倒像一领旧蒲席。马车快要驶到院子跟前的时候，乞乞科夫看见主人正站在门口的台阶上，穿着一件绿色毛料常礼服，一只手举到前额上好像搭凉棚，以便看清向他家驶来的马车。当马车来到门前的时候，他的眼睛变得越来越快活，笑容也越来越明朗。

“帕维尔·伊万诺维奇！”当乞乞科夫从车里出来的时候，他终于喊叫起来，“您总算想起我们来了！”

两个朋友使劲地互相亲吻，然后马尼洛夫带客人走进房间。尽管他们穿过门斗、前厅和餐厅用不了多大工夫，但是我们还是利用这段时间介绍一下这家的主人。不过作者不得不承认，描写这类人物颇不容易。而表现鲜明的性格就容易得多，只要在画布上浓墨重彩地一涂就成。目光灼人的黑眼睛、浓重的眉毛、满布皱纹的前额、肩上披着黑色或火红色的斗篷——这幅肖像画一挥而就。然而我要写的这类绅士，在世界上比比皆是，乍看起来彼此十分相似，可是仔细一瞧，便会发现许多难以捉摸的特点，要想勾勒这类绅士的肖像，可以说难上加难。这就必须聚精会神，直到发掘出一切细微的甚至不易觉察的特征为止，总之要用明察秋毫的目光进行深入观察。

只有上帝能说得清楚，马尼洛夫属于什么性格。有一种人按照通常的说法是平庸之辈，碌碌无能，正如谚语所说：既不是城里的波格丹，也不是乡下的谢利凡。也许可以把马尼洛夫归到这一类。他也算得上相貌堂堂，五官端正，给人不乏亲切可爱之感，然而他的亲切可爱之中似乎加了过多的糖，举止言谈之间颇有巴结讨好之意。他笑容可掬，浅色头发，蓝色眼睛。你跟他刚一接触时，不能不说：“这是一位多么讨人喜欢的大好人！”过一分钟你会无话可说，再过一分钟你会说：“天知道他是个什么样的人！”尽量离他远一点，如果不离开他身边，便会感到寂寞得要死。他嘴里从来说不出一句有意思的话，更说不出狂妄的话。每个人都有嗜之如命的事物，一涉及这些事，往往会口出狂言。有一种人把猎犬当成命根子；另一种人觉得自己有音乐天赋，能领会音乐中最奥妙之处；第三种人会吃会喝；第四种人心高，总想干力所不及的事，哪怕能超出一点点也好；第五种人期望不高，睡觉做梦只想能跟侍从武官一起走走，让自己的朋友、熟人，甚至素不相识的人都能看见；第六种人手疾眼快，总有一种按捺不住的冲动，总想在方块尖或二分上做个记号；而第七种人手好发痒，总想收拾别人，尤其是收拾驿站长或马车夫之类的人。总之，人人都有自己的嗜好，只有马尼洛夫什么嗜好也没有。他在自己家里也很少说话，大部分时间都用于冥思苦想，不过他思考些什么，也只有上帝知道。他对庄园并不精心管理，甚至连地里都没去过，事事听其自然。管家说：“老爷，是不是这么办？”

“好的，这么办不错。”他往往这样回答，一边抽着烟袋，抽烟的习惯他还是在军队里服役期间养成的。在军队里他也被认为是最谦虚、最有礼貌、最有教养的军官。“好的，的确不错。”他还会重复一句。要是农民来找他，搔搔后脑勺说：“老爷，让我出去打打工，挣点儿钱交税！”“你就去吧！”他一边抽烟袋一边说，根本想不到这个农民可能喝酒去了。有时候他站在台阶上望着庭院和池塘，对自己说，要是从门口往山下挖一条地道，或者在池塘上面架一座石桥，桥两旁修一些店铺，让做买卖的坐在里面卖农民需要的小百货，那倒也不错。这时他的眼睛变得非常甜蜜，脸上露出沾沾自喜的神色，然而他的一切计划不过是空中楼阁。他的书房里总放着一本书，书签总夹在第十四页上，就这一页书他经常读，却两年也没读完。他屋中的陈设也总有美中不足：客厅里摆着一件漂亮的沙发，上面蒙着华丽的丝绸套，这种丝绸价格昂贵，再想罩两张圈椅就不够了。于是圈椅只好露着蒲席，一放就是几年。每逢有客人来，主人总要告诫他：“别坐那两把椅子，还没做好呢！”另外一个房间直到如今还空着，没有任何家具，尽管刚结婚时他就对妻子说：“宝贝儿，明天得忙活一下，给这个房间弄些家具，哪怕暂时摆摆也好。”一到晚上他就把一只用深色青铜做的样式讲究的蜡台放到桌子上，蜡台上有希腊女神塑像，还有华丽的珠母托盘，可是旁边一个铜蜡台破得不像样子，挂满蜡油，歪歪扭扭，还瘸腿。男女主人也好，仆人也好，都视而不见。至于他妻子……不过他们日子过得倒也非常美满，尽管结婚已经八年有余，却仍然相敬如宾，每逢给对方送上一块苹果、一块糖或一个核桃，必然用动人的声音柔和地说：“宝贝儿，张张你的小嘴，我要把这块儿放进你嘴里。”借以表示彼此的恩爱。这时小嘴就会优雅地张开。每逢对方过生日，都要准备稀罕的礼品，比如缀有玻璃珠子的牙签套。平时两人坐在沙发上，也会无缘无故突然接起吻来。他放下烟袋，她如果手中有活计就放在一旁，两人甜蜜地亲吻着，时间长得足以抽完一支深黄色的小雪茄。总之，正如俗话所说，他们生活在幸福之中。当然，还可以发现除开久长的亲吻和互相赠送礼品之外，他们在家中还有许多其他事情可干，而且可以提出许多疑问。比如：为什么厨师做的饭菜那么糟，而且没有味道？为什么储藏室几乎空空如也？为什么女管家往外偷东西？为什么仆人都邋里邋遢，整天喝酒？为什么院子里干活的仆人好睡大觉，不睡觉的时候也不干活？不过这都是一些低级的事情，而马尼洛夫太太是受过良好教育的人。尽人皆知，想受到良好教育，只有进女子寄宿学校。尽人皆知，女子寄宿学校一共只设三门功课，都是培养品德的基础：一门是法语，是家庭幸福不可或缺的；第二门是钢琴，为了让丈夫能消磨幸福的时光；最后一门是家政，织织钱包或做做其他稀罕礼品。不过这些学校在教学方法上也有种种改良和变化，尤其是在目前。这更取决于校长的聪明才智。有的学校可能把钢琴课放在首位，其次才是法语，最后是家政。也有的学校把家政放在首位，教你制作令人惊奇的礼品，其次才是法语，把钢琴放在最后。方法各有不同。这里不妨再提一下，马尼洛夫太太……不过，我不得不承认，对太太们我不敢品头论足，况且我也该回过头来介绍一下我们的两位主人公的情况，他们在客厅门口已经站了好长时间了，彼此谦让，请对方先走一步。

“请您赏光先走一步，用不着客气，我在后面走。”乞乞科夫说。

“不成，帕维尔·伊万诺维奇，不成，您是贵客。”马尼洛夫说，用手指着门。

“不必客气，请吧，不必客气，请您先走。”乞乞科夫说。

“不成，对不起，无论如何也不能让令人愉快的、学识渊博的客人走在后面。”

“学识渊博不敢当……请您先走。”

“还是请您先走一步。”

“为什么？”

“什么也不为！”马尼洛夫满面笑容地说。

最后两个朋友只好都侧着身子，肚子挨着肚子，一起走进门。

“请允许我向您介绍我的太太。”马尼洛夫说，“宝贝儿！帕维尔·伊万诺维奇来了!”

乞乞科夫方才只顾在门口跟马尼洛夫互相谦让，没注意到马尼洛夫太太，这时才看到这位夫人。她长得挺漂亮，穿着得体。身上穿一件宽大的浅色绸连衣裙，很称身。纤细的小手匆忙把什么东西放到桌上，抓起一块角上绣花的麻纱手绢。她从沙发上站起来。乞乞科夫兴冲冲地走上前去吻她的小手。马尼洛夫太太说话有些吐字不清，说客人的光临使他们感到荣幸至极，她丈夫没有一天不念叨他。

“是呀，”马尼洛夫说，“她也常常问我：‘你的好朋友怎么还不来呀?’我就说：‘别着急，宝贝儿，他一定会来。’果然，您就大驾光临了。真叫人高兴得不得了……就像五月的春光……心灵的节日……”

乞乞科夫听他竟然已经说到心灵的节日，反倒有些不好意思，谦逊地说，他既没有显赫的名声，也不是什么大官。

“您已经是应有尽有。”马尼洛夫满面堆笑地打断他说，“应有尽有，甚至还不止如此。”

“您对我们省城印象如何?”马尼洛夫太太问，“您在城里过得快活吗?”

“这座城市太好了，太美了。”乞乞科夫说，“我在这里非常愉快，这里的社交界人人都讲礼貌。”

“您看我们的省长怎么样?”马尼洛夫太太又问。

“是一位最值得尊敬、最和蔼可亲的人，对不对?”马尼洛夫在一旁帮腔。

“一点儿也不错，”乞乞科夫说，“真是一位最值得尊敬的人。他当省长真是精明强干，胜任有余!这种人越多越好!”

“您知道，他不管什么人都肯接见，而且一举一动都彬彬有礼。”马尼洛夫笑眯眯地补充说，高兴得像小猫被人搔耳朵根一样，完全眯缝起眼睛。

“真是一位彬彬有礼、令人愉快的人。”乞乞科夫接下去说，

“而且心灵手巧！我怎么也想不到，他还会绣日常生活用的各种图案，绣得真好看，就是女人也没有几个能绣得出来。”

“副省长也是一位很可爱的人，对不对？”马尼洛夫说，又微微眯缝起眼睛。

“真是一位非常可敬的人。”乞乞科夫回答。

“请问，您觉得警察局长怎么样？是一位非常讨人喜欢的人，对不对？”

“真是一位非常讨人喜欢的人，而且头脑聪明，学识渊博！我跟检察长和厅长在他家玩惠斯特一直玩到鸡叫三遍。真是一位非常非常可敬的人。”

“那么您对警察局长夫人有什么看法？”马尼洛夫太太又问，“是一位非常可爱的女人，对不对？”

“啊，在我所熟识的太太当中，她是最可敬的女人。”乞乞科夫说。

接着又谈起厅长、邮政局长，几乎把省城的大小官员都数个遍，结果都是最可尊敬的人。

“您总待在乡下吗？”乞乞科夫终于提出他的问题。

“大部分时间在乡下。”马尼洛夫回答，“不过有时也到城里走走，以便跟有教养的人接触一下。您知道，一直关在家里会变得粗野的。”

“您说得不错。”乞乞科夫说。

“当然，”马尼洛夫接着说，“要是有个好邻居，就会是另一码事。比方说跟前有这么一位朋友，可以跟他谈论谈论如何讲究礼貌，如何待人接物，跟他探讨一下某种学问，可以使心灵活跃，像人们常说的，激发起灵感……”他本来还想发挥一下，但是发觉有些离题，只好用手在空中一抓，接下去说：“那样的话，田园和幽静真是其乐无穷。可是根本找不到这样的人……只好偶尔翻翻《祖国之子》①。”

乞乞科夫对他的见解表示完全赞同，并补充说：“在乡间居住，欣赏大自然的景色，有时再读读书，真是再快活不过了。”

“可是您知不知道？”马尼洛夫说，“如果没有一个朋友可以经常交谈交谈……”

“啊，那当然，您说得完全正确！”乞乞科夫打断他的话，“不然，就是得到世界上所有的宝藏又有什么意思。有一位哲人说：‘宁可没有金钱，不可没有朋友。’”

“您可知道，帕维尔·伊万诺维奇！”马尼洛夫说，脸上的表情不仅变得甜蜜，甚至还有些肉麻，就像上流社会精明的医生为了讨好患者便在药水里拼命加糖，“那样一来，就可以得到某种精神享受，就比如现在，您就赏给我这种机会，能跟您攀谈，聆听您愉快的谈话，真可以说是莫大的幸福……”

“您说的哪里话，这算什么愉快的谈话！……我不过是微不足道的人。”乞乞科夫回答。

“啊，帕维尔·伊万诺维奇，请允许我说句心里话：我如果能有您的一部分美德，就情愿奉送一半家产！”

“相反，对我来说，最大的幸福莫过于……”

如果不是仆人进来报告午饭已经准备好，不知道这两位朋友彼此还要倾吐仰慕到什么程度。

“恭请入席，”马尼洛夫说，“不过请您原谅，我们这里比不得京城，既没有拼花地板，也没有那么丰盛的午宴，我们这里都是粗茶淡饭，按照俄国人的习惯，清汤一盘，不过倒是真心实意。请入席。”

这时他们又为谁先进门的问题争执片刻，结果是乞乞科夫侧着身子走进餐厅。

餐厅里已有两个男孩站在那里，是马尼洛夫的两个儿子，按照

---

① 《祖国之子》创办于1812年，曾起进步作用，1825年以后变成半官方的保守刊物。——译者注

他们的年龄已经可以上桌陪客了，但是要坐高椅子。男孩们身旁站着一位家庭教师，恭恭敬敬，满面带笑地鞠了一躬。女主人坐在守着汤盆的位置上，客人坐在男女主人之间，仆人给两个男孩脖子系上餐巾。

“这两个孩子有多么可爱，”乞乞科夫朝他俩瞥一眼说，“几岁了？”

“大的七岁多，小的昨天刚满六周岁。”

“地米斯托克留斯！”马尼洛夫唤他的大儿子，他的大儿子正因为下巴被仆人裹在餐巾里，急于往外挣他的下巴。

乞乞科夫一听到这个希腊名字①，而且不知为什么马尼洛夫还加上“尤斯”的词尾，不免略略扬起眉毛，不过他立刻使脸孔恢复常态。

“地米斯托克留斯，你说说看，法国哪个城市最好？”

这时家庭教师聚精会神地注视着地米斯托克留斯，好像要钻进孩子的眼睛里去，直到地米斯托克留斯回答：“是巴黎。”他才终于定下心来，并且点点头。

“我国哪个城市最好？”马尼洛夫又问。

家庭教师又紧张起来。

“彼得堡。”地米斯托克留斯回答。

“还有哪？”

“莫斯科。”地米斯托克留斯回答。

“好孩子，真乖！”乞乞科夫听了说，“令人佩服……”他略显惊异地对马尼洛夫夫妇接着说，“这么小年纪就有这么丰富的知识，我敢断定，这孩子将来一定有出息。”

“唉，您还不了解他，”马尼洛夫说，“这个孩子聪明绝顶。这个小儿子阿尔喀得斯②就没他聪明。大儿子一见到什么东西，不管是

---

① 地米斯托克利（公元前525—前460），雅典统帅。马尼洛夫搞混了，加上拉丁语词尾“尤斯”，就变成“留斯”了。——译者注

② 阿尔喀得斯是希腊神话中大力士赫拉克勒斯最初的名字。——译者注

小昆虫还是小甲虫，两只眼睛就滴溜乱转，跟在后面仔细观看。我准备将来让他到外交部门。”“地米斯托克留斯，”他接着对大儿子说，“你愿意当公使吗?”

“愿意。”地米斯托克留斯回答，一边嚼着面包，一边还摇头晃脑。

这时站在身后的仆人给“公使”擦了一下鼻子，他擦得正是时候，不然的话就会有一大滴异物掉进菜汤里。席面上开始谈论平静生活的乐趣，但是女主人不时插话，她喜欢评论省城的剧院和演员。家庭教师仔细察言观色，一发现主人和客人要笑，便马上咧开嘴笑，看样子他是个有良心的人，想借此机会报答主人对他的恩情。不过有一次他板起面孔，拿眼严厉地盯住坐在对面的两个孩子，还用叉子使劲敲桌子。他这么做也恰到好处，因为地米斯托克留斯咬住阿尔喀得斯的耳朵，阿尔喀得斯闭上眼睛张开嘴正想悲悲切切地大哭一场，但是他明白为此可能被撵下饭桌，于是把小嘴恢复原状，开始含着眼泪啃羊骨头，啃得满脸都是油。女主人经常劝客，对乞乞科夫说：“您什么也没吃，您拨得太少了。”每次乞乞科夫都连忙回答说：“不胜感谢，我吃得很饱，愉快的谈话比任何饭菜都香!”

大家纷纷离开桌子。马尼洛夫十分满意，用手扶着客人的后背，准备送他回客厅，客人却突然郑重其事地提出，他有一件重要的事要跟主人谈谈。

“既然这样，只好请您到我的书房。”马尼洛夫说，然后，领他走进一个小房间。房间的窗户朝向一片苍翠的树林。“这就是我的陋室。”

“这个房间蛮舒适。”乞乞科夫拿眼打量一下说。

房间的确很舒适，墙壁刷成淡蓝色，又好像淡灰色，里面有四把椅子，一把圈椅，还有一张书桌。桌上摆着前面有幸提到的那本书，还夹着书签，另外还有几张带字的纸。不过屋里最多的还是烟丝，放得到处都是，却形状不同：有的用纸袋装着，有的用烟盒装着，有的随便堆在桌子上。两个窗台摆满从烟袋里磕出来的烟灰，一堆堆的挺好看，排列得颇有讲究。看样子主人有时就用这种办法消磨时间。

“请允许我求您坐在这把圈椅上。”马尼洛夫说，“您坐在这会更舒服。”

“还是让我坐椅子吧。”

“请允许我不让您那样坐。”马尼洛夫笑着说，“这把圈椅我是专门为客人准备的。不论您高不高兴坐，都必须坐。”

乞乞科夫只好坐下。

“请允许我给您敬一袋烟。”

“不成，我不抽烟。”乞乞科夫亲切地回答，仿佛不无遗憾。

“为什么呢？”马尼洛夫也亲切地问，却是满脸遗憾的表情。

“没有这个习惯，我不会抽，听说抽烟会显得老。”

“请允许我告诉您，这不过是一种偏见。我甚至认为抽烟会比闻鼻烟更有益健康。我们团里就有个中尉，是个最好的人，最有教养的人，不用说坐在桌前嘴里离不开烟袋，甚至，恕我直言，在其他一切场合都断不了抽烟。他现在已经四十开外，可是感谢上帝，直到如今身体还结实得不得了。”

乞乞科夫回答说这种事的确常见，大自然中有很多事物连知识渊博的人也解释不了。

“不过，首先允许我求您办一件事……”他轻声说，声音有些古怪或者近似古怪，不知为什么还回头看看。马尼洛夫不知为什么也回头瞅瞅。“您离上一次交农奴登记清单有多长时间了？”

“很长时间了，说得更明白，我根本记不得。”

“从那以后您这里死了很多农奴吗？”

“我也不知道，我认为这个问题得问管家。喂，来人哪！去把管家叫来，今天他应该来。”

管家走进来。这个管家大约四十岁了，没留胡子，身穿一件常礼服，看样子过的是平静的生活，因为他的脸有些虚胖，脸色发黄，长一对小眼睛，说明他对鸭绒枕头和鸭绒褥子太熟悉了。一眼就看得出来，他跟其他地主的管家一样，是一步一步爬上来的：开头不过是个认识字的小厮，后来娶了阿加什卡，是太太最宠爱的女管家，于是他也管起钥匙，成了管家。他自从当上管家以后，就跟其他管家一样，跟村中的富户交朋友，认干亲，对穷人进行欺压，每天早晨睡到八点半才起床，等着茶炊烧开了好喝茶。

“我问你，管家！打上次交过清单以后，我们这里又死了多少农奴？”

“您要问死了多少？从那以后死了很多。”管家回答，同时打了个饱嗝，连忙用一只手挡住嘴，他的手大得像小盾牌。

“是呀，说实话，我也这么想。”马尼洛夫接下去说，“正是这样，死得非常多！”他马上转过身对乞乞科夫补充说：“正是，非常多！”

“比方说，总能有个数吧？”乞乞科夫问。

“是呀，数目有多少？”马尼洛夫附和说。

“怎么能说得出数目？根本不知道死了多少，没人计算过。”

“是呀，正是这样，”马尼洛夫说，转脸对乞乞科夫又说，“我也估计死亡率很高，可是究竟死了多少，一点儿也不知道。”

“请你计算一下，”乞乞科夫说，“并把所有的名字列成一份详细的清单。”

“把所有的名字都写上。”

管家答应一声“是”，就走了。

“您要这个有什么用？”管家一走，马尼洛夫便问。

这个问题仿佛使客人感到十分为难，脸上仿佛现出一阵紧张，甚至满脸涨红——他想要说明一下但又说不出口。的确，马尼洛夫终于听他说出一些稀奇古怪的话，这是任何人都从来未听说过的。

“您问有什么用？是这么一回事：我想买些农奴……”乞乞科夫说着突然停住，说不下去了。

“那么请允许我问您，”马尼洛夫说，“您打算怎么个买法？是连土地一起买，还是光买农奴，不带土地？”

“不，我并不完全是买农奴，”乞乞科夫说，“我想要一些死了的……”

“什么？对不起……我的耳朵有点儿背，我怎么好像听到一句奇怪的话……”

“我是想买一些死了的农奴，不过按照登记清单他们还活着。”乞乞科夫说。

马尼洛夫一下子把烟袋掉在地上，大张着嘴，愣了半天也闭不上。方才两位朋友还大谈友谊的快乐，现在都一动不动，面面相觑，好像古时候在大镜子两旁挂着的一对肖像。马尼洛夫终于从地上拾起烟袋，从下往上瞅着乞乞科夫的脸，想看清楚乞乞科夫的嘴角上是否流露出嘲笑的神情，是否想捉弄他，但是他看不出来任何迹象，相反，这张脸倒显得比平时更加严肃。然后他又想到客人会不会发生意外而精神失常，便又战战兢兢仔细端详客人，然而客人的眼睛明亮，丝毫没有疯人常有的蛮横暴躁的目光，神色正常自然。马尼洛夫左思右想应该怎么办，应该采取什么行动，但是他什么办法也想不出来，只好把嘴里剩下的烟慢悠悠地吐了出来。

“所以我想知道，您肯不肯把这种农奴让给我？就是说他们实际上是死了，但是按照法律规定他们还活着，您可以转让或者采取您认为最适当的方式。”

但是马尼洛夫尴尬不已，不知所措，只是瞪着眼睛看乞乞科夫。

“我好像觉得您很为难？……”乞乞科夫问。

“我？……不，不为难。”马尼洛夫说，“但是我无法理解……对不起，我当然没受过像您那么高的教育，您的一举一动都可以说是表现出了高雅，我也没有高超的表达艺术……也许这件事……您方才说的这件事……包含着另一种意思……也许您不过是为了冠冕堂皇才这么说的？”

“不，”乞乞科夫紧接下去说，“不，我说的是实实在在的话，就是指那些死掉的农奴。”

马尼洛夫完全坠入五里雾中。他觉得他应该做点什么，提出疑问，可是究竟提什么问题，只有天知道。他最后只好再吐一口烟，不过这次不是用嘴吐，而是从鼻孔吐出来。

“既然如此，没有什么问题，我们就可以顺顺当当着手签契约了。”乞乞科夫说。

“什么？死农奴也要签契约？”

“不是那么说！”乞乞科夫说，“契约上要写他们是活的，因为按照登记清单他们仍然活着。我不论办什么事都遵守民法，尽管因为秉公办事受到打击，不过请原谅，对我来说，公民义务是神圣的，是法律规定的，我在法律面前俯首帖耳。”

最后这句话正中马尼洛夫下怀，不过这件事他还是弄不明白，所以没有立刻回答，只是拼命抽烟，抽得烟袋像巴松管一样呼噜响。好像他想从烟袋里抽出对于这种前所未闻的事情的正确判断，然而烟袋只管呼噜响，再也没有什么作用。

“您也许还有什么疑问？”

“啊！哪里的话，丝毫也没有。我并没有对您的行为有所指责的意思。不过请允许我问一句：这种事，或者说得更明白，这种交易——这种交易符不符合俄国现行的民法和将来的法令呢？”

这时马尼洛夫晃了晃头，意味深长地注视乞乞科夫的脸，整个脸孔和紧闭的嘴唇都流露出一副深沉的表情。这种表情只有聪明睿智的大臣，也只有在思考最伤脑筋的问题时，脸上才会出现。

但是乞乞科夫回答得很干脆：“这种事情或叫交易，没有任何不符合俄国现行的民法或将来的法令的地方。”过一会儿又补充说：“甚至对国库还有好处，因为国家可以依法征税。”

“您是这样认为吗？……”

“我认为这是一件好事。”

“如果是好事，那就另当别论，我丝毫也不反对。”马尼洛夫说。他完全放下心了。

“现在我们应该谈谈价钱？”

“还要讲价钱？”马尼洛夫又问，停顿一下说，“难道您以为我会为这些在某种意义上不复存在的农奴而跟您要钱吗？如果您产生这种，这么说吧，这种怪诞想法，那么我要对您说，我分文不取，而且立契约的费用也由我来承担。”

如果哪位历史编写者在记载这一事件时忘了注明客人听到马尼洛夫这番话有多么高兴，那么他的疏忽应该受到严厉指责。不论乞乞科夫神情多么庄重审慎，他险些没像山羊一样蹦起来，尽人皆知，山羊只有高兴极了才蹦蹦跳跳。不过他在圈椅上用力一转身，把包靠垫的毛料一下子给挣破了。马尼洛夫感到莫名其妙，又仔细看看他。他不胜感激，便说了一大堆感谢的话，弄得马尼洛夫很不好意思，满脸涨红，还直摇头，终于说这种事不值一谢，他只不过借以表达衷心的仰慕、心灵的吸引，至于死去的农奴，在某种意义上说，一钱不值。

“绝对不会一钱不值。”乞乞科夫说，握住对方的手。同时长叹一声。看样子他准备倾吐一下积愫。他终于慷慨激昂地说出下面一席话：“如果您能知道，这些看起来一钱不值的东西，对于出身微贱的人有多么重要，便会明白您帮了我一个大忙。是的，我这一生受尽颠沛流离之苦，就像一条小船在惊涛骇浪之中飘摇……什么样的压制、迫害我没受过？什么样的苦我没吃过？可是因为什么呢？因为我秉公办事，心地纯洁，因为我帮助过可怜的寡妇和苦命的孤儿！……”这时他甚至掏出手绢擦擦流出的一滴眼泪。

马尼洛夫被深深感动了。两位朋友握住对方的手久久不放，久久注视对方满含热泪的眼睛。马尼洛夫无论如何也不想松开我们的主人公的手，一个劲热烈地握着，乞乞科夫甚至不知道怎么才能把手解脱出来。他终于悄悄抽出手来，同时说最好尽快签好契约，如果主人能亲自进一趟城，就再好不过。然后他拿起帽子，准备告辞。

“怎么？您这就要走？”马尼洛夫突然清醒过来，大吃一惊地说。

这时马尼洛夫太太走进书房。

“丽赞卡！”马尼洛夫不胜惋惜地说，“帕维尔·伊万诺维奇要离开我们了！”

“因为帕维尔·伊万诺维奇对我们感到厌倦了。”马尼洛夫太太回答说。

“夫人！我这儿，”乞乞科夫说，“我这儿，这个地方，”他把手放在心坎上，“肯定把跟你们一起度过的美好时光永远记在心里！请你们相信，如果能跟你们常在一起，即使不在一座房子里，只要做邻居，我也会感到莫大幸福。”

“您可知道，帕维尔·伊万诺维奇，”马尼洛夫听到他的想法，正中下怀，便说，“如果我们真能住在同一个屋檐下该有多好，或者我们能在一棵大榆树下谈论一下哲学，研究一下学问该有多好……”

“啊！那该是天堂里的生活！”乞乞科夫叹息地说。“再见吧，夫人！”他说着走上前去吻马尼洛夫太太的手，“再见吧，最尊敬的朋友，别忘了我的请求！”

“啊，您放心好了！”马尼洛夫回答，“最多不过两天我们就能见面。”

大家又都来到餐厅。

“再见吧，亲爱的孩子们！”乞乞科夫看见阿尔喀得斯和地米斯托克留斯便说。他俩正在玩一个木头做的骠骑兵，这个骠骑兵缺了一只胳膊，还没有鼻子。“再见吧，我的小宝宝们，请你们原谅我没带来礼物，说老实话，我并不知道你们是不是出生了，下次一定带礼物来。我要给你带一把马刀。你想要马刀吗？”

“想要。”地米斯托克留斯回答。

“给你带个鼓来。你是不是想要个鼓？”他俯下身子，接着对阿尔喀得斯说。

“要‘苦’。”阿尔喀得斯悄声回答，低下头。

“好吧，我一定带个鼓来，带一个好鼓，敲起来的尔隆咚，的尔隆咚……再见吧，宝贝！再见！”乞乞科夫连忙吻吻他的脑门，并转过脸对马尼洛夫夫妇微微一笑。这种笑容客人往往用来向家长表示孩子的愿望多么天真可爱。

“说实在的，您还是不要走，帕维尔·伊万诺维奇！”大家已经来到门前台阶上的时候，马尼洛夫说，“您瞧，好大一片乌云。”

“那不过是几块小云彩。”乞乞科夫回答。

“您可知道往索巴克维奇家怎么走吗?”

“我正想向您请教。”

“好吧，让我告诉您的车夫吧。”马尼洛夫立刻和蔼可亲地告诉车夫，这段路应该怎么走，有一次甚至对车夫称呼起您来。

车夫听说只要经过两个岔道，到第三个就拐弯，便说：“我们一定能找到，老爷。”于是乞乞科夫便走了，主人夫妇还久久为他鞠躬送行，踮起脚挥动手绢。

马尼洛夫在台阶上站了很久，目送远去的马车，直到马车已经无影无踪，他还站在台阶上抽烟。他终于回到屋里，坐到椅子上，陷入遐想，并为能博得客人些许高兴而满心欢喜。后来他又不禁想起别的事情，浮想联翩，天知道他会想到什么地方。他想到友谊的完美，想到要是跟好朋友一起住在河畔，他在河上修起一座大桥，再修上一座大厦，大厦顶上修个高高的望楼，从望楼上可以一直看到莫斯科，傍晚就在露天里喝茶，谈论一些愉快的事，然后他又跟乞乞科夫一起坐上高级马车参加社交活动，由于他们谈吐文雅而使大家为之倾倒，连皇上都听说他们的莫逆之交，便封他们为将军。后来怎么样，只有天知道，连他自己也不清楚了。突然乞乞科夫提出的这件奇怪的请求打破了他的遐想。一想到这件事，他的头脑就怎么也想不明白，他反复思考，也找不出正确答案，只管坐在那抽烟，一直抽到吃晚饭。

第三章

这时乞乞科夫正得意扬扬地坐在他的马车里，在官道上走了好长时间。从上一章我们已经了解到他的兴趣和爱好的主要对象是什么，所以现在他整个身心都沉浸在这笔生意之中就不足为奇了。他心中的各种设想、盘算和主意都浮现在脸上，显然都是高兴的事，因为时时刻刻在他脸上显现着得意的笑容。他只顾想心事，没注意他的车夫因为受到马尼洛夫仆人的款待也心满意足，正振振有词地训斥拉外套的青花马。这匹马非常狡猾，只装作拉车的样子，并不使劲，而驾辕的枣红马和拉里套的淡栗色马都一心一意用力拉，从它们的眼神可以看出来，它们正为此而高兴。“你要滑头，你要滑头！你怎么能耍得过我！”谢利凡说着欠起身，朝偷懒的青花马抽了一鞭子，“你这个德国人的裤腿，你得正经干活！辕马是好样儿的，它尽职尽责，我乐意多给它添些料，因为它活儿干得好，还有‘陪审员’（陪审员指的是里套马，因为是从陪审员手里买的，所以就取这么一个名字）也是一匹好马……喂，喂，你干吗摇耳朵？你这个傻瓜，我在教训你，你得好好听着，你这个混蛋，我不会教你干坏事。瞧它往哪里拉！”于是他又抽它一鞭子，补充说：“嘿，你这野种！你这该死的拿破仑！”接着又朝三匹马一齐吆喝：“嘿，我的伙计们！”把三匹马挨个抽一遍，不是为了惩罚，而是以此表示满意。他把三匹马都安抚完之后，又单独对青花马说：“你以为你能瞒得了别人吗？不行，你要想让别人看重你，就得老老实实干活。就说我们方才拜访的这家老爷，他家都是好人。既然是好人，我就乐意跟他们交谈。我们总是愿意跟好人交朋友，亲密的朋友。既然是好人，就乐意一起喝喝茶、吃吃酒。任何人对好人都表示尊敬。我们的老爷就受人尊敬，因为你听见没有，他为皇上效力，他是六等文官……”

谢利凡这么议论着，话说得越来越玄乎。如果这时乞乞科夫洗耳恭听，便会听到不少有关他本人的故事，然而他心里一直盘算自己的生意，直到天上打了一声响雷才把他惊醒，他向四下一看，整个天空布满乌云，尘土飞扬的驿道上落起雨点。接着又打一声雷，比方才更加响亮，也更近，于是大雨倾盆而下。开头是斜雨，只打一面车厢，接着雨又换了方向，最后改变攻击方式，从正面袭来，直接打在车篷顶上。终于雨珠溅到他脸上，他不得不拉上皮帘，皮帘两旁各留一个小圆孔，以便观看沿途的风景。他命令谢利凡快赶，谢利凡要说的话没等说完就被打断了，心里明白不能再慢慢腾腾，从车座底下掏出一件破灰呢子衣服，伸上袖子，抓起缰绳，吆喝起马，而这三匹马方才因为听了他的教训，浑身感到懒洋洋，舒服之极，正迈着小步朝前走。但是谢利凡怎么也想不起来，他走过两个岔道还是三个岔道。他回想一下，记起刚刚走过的路，才明白已经有许多岔道，都放过去了。因为俄国人在关键时刻总能找到办法，并不仔细考虑后果如何，所以现在他碰到头一个岔道就向右拐，还连声吆喝：“喂，我的伙计们！”他赶着车向前飞跑，并不考虑走这条路会走到什么地方。

不过看样子，这场雨要下很久。大道上的尘土都变成了稀泥。三匹马拉着这辆车显得越来越重，走这么久还看不到索巴克维奇的村子，乞乞科夫开始感到十分不安。据他估计早就应该到地方了。他从车里往外窥望，四处一片漆黑，伸手不见五指。

“谢利凡！”他终于从马车里探出头，唤了一声。

“老爷，什么事？”谢利凡回答。

“你好好看看，还看不到村子吗？”

“老爷，看不见，哪里也没有。”谢利凡说完便晃动鞭子唱起来。他唱的说是歌又不像歌，反正挺长，唱个没完没了。歌中的内容包罗很广，有整个俄罗斯从南到北催促和吆喝马的词儿，还加上各种各样的修饰语，而且不分青红皂白，信口胡诌。所以他唱来唱去，竟对他的马恭称“文书”了。

这时乞乞科夫开始发现，他的马车左右摇晃，颠簸得也更加厉害，他一下子明白，他们已经离开大路，可能是走在刚刚犁过的田地里。谢利凡似乎心中也明白，只是一句话也不说。

“怎么回事？你这个骗子！你赶到什么道上去了？”乞乞科夫说。

“是呀，老爷，可有啥法子？天这么晚，又这么黑，连鞭子都看不见！”他刚说完，马车就一扭歪，乞乞科夫不得不连忙用手扶住车厢。这时乞乞科夫才发现谢利凡喝得酩酊大醉。

“抓住，抓住！要翻车！”乞乞科夫对车夫喊。

“不，老爷，我怎么能翻车呢！”谢利凡说，“翻车可不好，这一点我也明白，不管怎么的我也不能翻车。”于是他开始慢磨车，三磨两磨到底把马车磨得翻倒在地。乞乞科夫摔下来，两手两脚都陷进泥坑里。不过谢利凡总算把马勒住，其实他就是不勒马，马也会停住，因为它们已经筋疲力尽。这场出乎意料的事件令他大吃一惊，连忙从车座上爬下来，站在马车前面，双手叉腰，看着老爷在稀泥里挣扎，极力想从泥坑里爬出来。他思索一番之后说：“想不到真就翻了！”

“你醉得像个鞋匠！”乞乞科夫说。

“没有，老爷，我怎么能喝醉呢！我知道喝醉酒不是好事。不过跟朋友唠唠嗑，因为遇到好人可以唠唠，这没啥坏处，又一起吃点儿下酒的小菜，吃小菜也不算坏事，遇到好人可以在一起吃点儿小菜。”

“头几天你喝醉了，我对你说什么来着？啊？忘了？”乞乞科夫说。

“没忘，老爷，那怎么能忘。我知道我应该干什么。我知道喝醉了不好。遇到好人唠唠，因为……”

“看我抽你一顿鞭子，你就会明白该不该跟好人唠嗑！”

“随老爷的意思好了！”凡事无可无不可的谢利凡回答说，“要抽就抽好了，我一点儿也不反对。要是事情办错了，而且老爷又想抽，为啥不抽呢！的确应该抽，因为下人闯了祸，就应该按照规矩办。有错就应该打，为啥不打?”

老爷听到这番议论，竟然不知如何回答。不过这时好像命运有意可怜他。远处传来几声狗叫。乞乞科夫心中大喜，命令赶车朝前走。俄国马车夫的嗅觉要比眼睛更灵，所以有时候他们闭上眼睛拼命赶车，总能把车赶到什么地方。谢利凡什么也看不见，便赶着马车照直朝村子奔去，直到马车的车辕撞到栅栏上，实在无路可走才停下车。乞乞科夫透过滂沱大雨密密的雨幕看见前面好像是房顶。他派谢利凡去寻找大门，如果不是俄国人喜欢用恶狗代替看门的，这座大门一定要寻找很久。这几条恶狗用吠声报告他的来临，叫得非常响，他不得不用手指堵上耳朵。有一扇小窗亮了灯，一道朦朦胧胧的灯光照到栅栏上，为我们的旅客照亮大门。谢利凡开始敲门，不一会儿角门打开，出现一个身影，披着粗呢子上衣，乞乞科夫听到一个婆娘用沙哑的声音问：

“谁敲门？这时候还到处走?”

“过路的，老婆婆，让我们借个宿吧。”乞乞科夫说。

“瞧，你可真能赶路，”老太婆说，“深更半夜还来敲门！这里不是大车店，这是地主家的宅子。”

“有什么法子，老婆婆，你瞧我们迷了路，这么晚总不能在草原里过夜。”

“是呀，天黑了，又赶上闹天儿。”谢利凡帮腔说。

“闭上你的嘴，笨蛋。”乞乞科夫说。

“您是干什么的呀?”老太婆问。

“我是贵族，老婆婆。”

“贵族”的字眼仿佛迫使老太婆有所考虑。

“您稍等一下，我去报告夫人。”她说，过了两分钟便打着灯笼回来了。

大门打开了。另一扇小窗也亮了灯。马车赶进院子，停在小房跟前。因为天黑，小房子是什么样子看不清楚。只有半间房亮着灯。灯光从窗口射出来，直接落到房前的水坑里，水坑被照得清清楚楚。雨点打在木房顶上，响亮有声，并且像潺潺小溪一样落进房檐下的大木桶里。这时那几条狗各显其能，拼命吠叫。有一条扬起头，拖长声嘶叫，叫得特别卖劲，仿佛为此会得到什么优厚的报酬；另一条叫得像教堂里的诵经人一样急促；还有一条小狗把童声夹在它们中间，也叫个不停，像驿车的铃声一样响亮；最后还有一条老狗，狗性特别顽强，用低沉洪亮的叫声压过一切，它那沙哑的叫声很像男低音，当音乐会达到高潮，男高音都踮起脚尖拼命往高里拔，其他队员也都扬起头跟着提高音调的时候，只有男低音一个人把胡子拉碴的下巴缩到领带里，身子往下一蹲，几乎坐到地上，发出他的吼声，震得玻璃哗啦响。光凭这群狗的合唱就可以断定，这个村子不小，不过我们的主人公淋得又湿又冷，只想睡上一觉，别的什么也不考虑了。马车还没停稳，他就从车上跳下来，登上台阶，身子一晃悠，险些跌倒。这时又有个女人走出门来，比方才那个女人年轻，模样倒是很像。她带领客人进屋。乞乞科夫随便扫了两眼房间：墙上糊的带斜纹的壁纸已经很旧，挂着几幅花鸟画；墙壁中间挂着旧式小镜子，深色镜框刻成树叶形状；每块镜子后面都放着书信、旧纸牌或袜子；还有一个挂钟，表盘上画花……别的就什么也看不清了。他感到两眼好像用蜜粘住似的，睁也睁不开。不一会儿女主人走进来，这是一个上了年纪的女人，马马虎虎戴一顶睡帽，脖子上围着一块法兰绒。她属于那种小地主婆，一遇到歉年或灾害便要哭天抹泪，平时总好歪着头看人，其实却悄悄地攒钱，装进用粗花布缝的钱口袋，藏进五斗橱的几个抽屉里。一个口袋专装一卢布的银币，另一个口袋装半卢布的银币，还有个口袋装二十五戈比的银币。从表面看，五斗橱里除了衬衣、睡衣、线团之外，没有什么值钱东西。不过里面还有一件拆开的罩衫，是准备旧连衣裙穿破或过节烙油饼或馅饼烧出窟窿时好再改成一件连衣裙。然而旧连衣裙一直没烧坏，也没穿破，老太婆十分节俭，这件罩衫只好仍然拆开放在那里不动，将来按照遗嘱跟其他一些破烂东西一起送给堂妹的某个外甥女。

乞乞科夫表示歉意说：“突然登门多有打扰。”

“没关系，没关系。”女主人说，“不过上帝让您这个时候来可真糟糕！这天就像暴雪扬长、刮得天昏地暗似的……您走了一路必是想吃点儿东西，可是这么晚没法做饭。”

女主人的话被一阵奇怪的咝咝声打断，险些吓坏了客人。这种咝咝声就像整个屋子都装满了蛇，然而乞乞科夫往上一瞅便定下心来，因为他明白这是挂钟要打点。一阵咝咝声响过之后，又响起一片嘶哑声，然后它才鼓足劲打了两下，好像用棒子打在破瓦罐上似的。打过点之后，钟摆又稳稳当当地左右摇晃起来。

乞乞科夫对女主人表示感谢说，他什么也不想吃，请她不必费神，只请给他安排个床铺，此外什么也不需要，不过想知道一下，他来到什么地方了，从这里到索巴克维奇家能有多远的路程。老太婆听了回答说，她从来没听说过这个名字，这一带根本没有这么一家地主。

“您总该听说过马尼洛夫吧？”乞乞科夫说。

“马尼洛夫是什么人？”

“是一位地主，老婆婆。”

“不知道，没听说过。没有这么一家地主。”

“那么都有哪几家地主呢？”

“博布罗夫、斯温因、卡纳帕季耶夫、哈尔帕金、特列帕金、普列沙科夫。”

“他们富不富裕？”

“不富裕，老爷，没有太富裕的。有的人家有二十个农奴，有的人家有三十个，连够一百个农奴的都没有。”

乞乞科夫这才明白，他来到一个相当偏僻的地方。

“这里离城里有多远？”

“大约有六十俄里。非常遗憾，没有什么招待的。您不想喝茶吗，老爷？”

“谢谢，老婆婆。除了床铺什么也不要。”

“是呀，走这么远的路，的确需要休息。您就睡在这张沙发上，老爷。喂，费季尼娅，拿一床鸭绒褥子、两个枕头和一条床单。上帝怎么让您这个时候来，雷打得这么响，我这一夜都在圣像前点着蜡烛。唉，我的老爷，你这后背和半个身子全是稀泥，就像肥猪趴进水坑里了似的。你在什么地方沾这一身泥？”

“谢天谢地，只不过沾一身泥，没把肋骨摔断，就算万幸。”

“神灵保佑，有多么吓人！要不要找什么东西给你擦擦后背呢？”

“谢谢，谢谢。不必费心，只请您让下人把我的衣服拿去烘烘、刷干净就行了。”

“听见没有？费季尼娅！”女主人对方才拿蜡烛开门接客人的那个女仆说。女仆已经把鸭绒褥子抱来，用手从两边拍打，拍得鸭绒满屋飞。“你把老爷的袍子和衬衣都拿去，就像从前伺候过世的老爷一样，先用火烘干，然后再搓搓，拍打干净。”

“是的，太太！”费季尼娅说，把床单铺在鸭绒褥子上面，又放好枕头。

“好吧，床给你铺好了。”女主人说，“再见，老爷，祝你晚安。再不需要什么了吗？也许，我的老爷，你在睡前喜欢让人挠挠脚后跟？我死去的丈夫不挠脚后跟是无论如何睡不着的。”

但是客人连这份美意也谢绝了。女主人一走，他马上卸下“铠甲”，不论内衣外衣通通交给费季尼娅。费季尼娅也向他道了晚安，把这副湿淋淋的披挂全都抱走。只剩下他一个人，不无得意地望着床铺，褥子高得几乎到了天棚，显然费季尼娅很会拍打褥子。当他垫上椅子爬到床上去之后，褥子几乎又落到地板上，从里面挤出来的绒毛飞得各个角落都是。他吹灭蜡烛，盖上印花布被子，蜷作一团，立刻进入梦乡。第二天早晨醒来已经相当晚。太阳透过窗户射进来，直接照到他的眼睛上。昨天夜里在墙角和天棚上睡得安安稳稳的苍蝇一齐向他袭来，有一只落到他的嘴唇上，另一只落在耳朵上，还有一只本想落在他的眼睛上，可是不小心落到他的鼻子附近，他睡梦中一吸气就把苍蝇吸进鼻子里，不得不打个大喷嚏——这正是他睡醒的原因。他拿眼打量一下房间，这时才发现墙上的画不都是花鸟，其中有一幅库图佐夫①的肖像，还有一张老者的油画像，他穿着保罗一世时代的制服，镶着往外翻的红袖头。挂钟又咝咝作响，敲了十下。门口伸进一张女人的脸，马上又缩了回去，因为乞乞科夫为了睡得舒服，把身上的衣服脱个精光。他觉得伸进来的这张脸有点熟悉。他开始回忆，这能是什么人呢？终于想起来就是这家的女主人。他穿上衬衫，已经烘干刷净的衣服就放在身旁。他穿好衣服，走到镜子旁边，又打了一个响亮的喷嚏，惊动了走到窗户跟前的公火鸡，因为窗户离地很近，公火鸡便突然用奇怪的语言跟他搭话，话说得非常快，大意是“祝您健康”之类。乞乞科夫听了骂它混蛋。他走到窗前，开始观察眼前的景物，这扇窗户几乎正对着鸡圈，只见他眼前狭窄的小院里挤满了各种家禽和家畜。火鸡和小鸡数不胜数，它们中间还有一只大公鸡迈着方步走来走去，不时摇摇冠子，歪歪头，仿佛在倾听什么。还有一只母猪带着全家也来到这里。它拱开一堆垃圾，顺便吃掉一只小鸡崽，然后若无其事地照常吃它的西瓜皮。这个小院或者说鸡圈，前面有栅栏围着，栅栏外面是一大片菜地，种着圆白菜、洋葱、土豆、甜菜和其他蔬菜。菜园里还零散地长着几棵苹果树和其他果树。果树上面用网罩住，防备喜鹊和麻雀来吃。这里的麻雀像一大片斜飞的乌云飞来飞去。为赶跑麻雀还在长竿上立了几个稻草人，伸开两臂，其中有一个戴着女主人的睡帽。菜园对面就是农民住的小木房，木房虽然修得零零散散，构不成整齐的街道，然而据乞乞科夫观察，倒也证明它们的住户生活充足，因为这些木房维修得很好，房顶的旧木板都换成新的，家家的大门都不斜歪，他还发现朝向他这边的带顶棚子里都放着几

---

① 库图佐夫（1745—1813），俄国著名将军，在1812年卫国战争中他率领俄军打败拿破仑。——译者注

乎崭新的备用大车，有的人家甚至有两辆。“是的，她这个村子不小。”乞乞科夫说，便决定跟女主人好好谈谈，套套近乎。女主人方才从门缝往里窥探，他也从门缝往外看，见她正坐在桌旁喝茶，便做出亲切快活的样子走上前去。

“您好，老爷。睡得好吗？”女主人说，从座位上欠起身。她的穿着比昨晚要好一些。身穿一件深色连衣裙，没戴睡帽，但是脖子上不知围着一块什么布。

“很好，很好。”乞乞科夫说着坐到圈椅上，“老婆婆，您睡得怎么样？”

“不好，我的老爷。”

“怎么回事？”

“睡不着觉。腰酸腿疼，就觉得骨头上面疼得要命。”

“会好的，会好的。这用不着担心。”

“但愿上帝保佑它能好。我涂过猪油，还上过松节油。您喝茶要不要加什么？玻璃瓶里是果汁。”

“蛮好，老婆婆，就加点儿果汁。”

我想读者已经发现，乞乞科夫态度虽然很亲热，但是跟对待马尼洛夫大不相同，说话很随便，丝毫也不客气。这里要说明一下，我们俄国人如果说在其他方面还赶不上外国人，那么在善于周旋方面要远远超过他们。我们待人接物时那些细小差别和微妙之处数不胜数。法国人或德国人一辈子也体会不了其中的奥妙和细腻。他们见到百万富翁或卖香烟的小贩，几乎用同一种语言和同一种腔调说话，尽管他们在内心深处极想适当地巴结一下富翁。我们则不然，我们有些人非常高明，他们跟有二百个农奴的地主说起话来，就跟有三百个农奴的地主说话腔调截然不同；跟有三百个农奴的地主说话又跟有五百个农奴的地主说话腔调不同；跟有五百个农奴的地主说话又跟有八百个农奴的地主说话腔调大有变化。总之，就是农奴的数目达到一百万，他们也会找到合适的腔调。比方说，有这么一个官署，当然不是在这里，而是在一个非常遥远的国家，官署里有个长官，当他坐在他的下级中间的时候，请瞧瞧他那副尊容，会吓得底下人哑口无言！那股傲气，那股威风！他脸上的表情真是应有尽有！你拿起画笔把他画下来，管保是普罗米修斯①的模样！地道的普罗米修斯！瞪着两只眼睛好像老鹰，走起路来一步三摇，威风凛凛。但是这个“老鹰”一旦出了房间，去见顶头上司，就变成了山鹑，腋下夹着文件慌慌张张往前走，一点威风也没有了。在社交场合或晚会上，如果大家都是小官，“普罗米修斯”还会摆出一副普罗米修斯的神气，要是碰到稍微大一点的官，普罗米修斯就摇身一变，变得连奥维德②都想象不出来。他会变成苍蝇，甚至比苍蝇还小，小得像一粒沙子。你一看他那副模样，一定会说：“这可不是伊万·彼得罗维奇！伊万·彼得罗维奇个子比他高多了。这个家伙又矮又瘦。伊万·彼得罗维奇是标准的男低音，嗓音洪亮，从来不带笑容，这个家伙天知道是什么人，说话细声细气，好像小鸟，还不住地做笑脸。”等你走到近前一看：原来就是伊万·彼得罗维奇！“嘿嘿！”你不禁暗自思量……不过，我们还是回过头来说我们的主人公吧。我们方才已经看到，乞乞科夫一到地主婆家就跟她毫不客气，所以端起茶杯，就往里加些果汁，便跟她攀谈起来：

“老婆婆，您这个村子挺不错呀。一共有多少农奴？”

“农奴吗，我的老爷，八十差一点。”女主人说，“糟糕的是年景不好，去年就歉收，但愿上帝保佑。”

“可是这些庄稼汉看样子都挺棒，房子也挺结实。可请问您贵姓。我这么粗心大意……深更半夜闯来……”

“科罗博奇卡，十等文官夫人。”

“非常感谢。那么您的名和父名呢？”

“纳斯塔西娅·彼得罗夫娜。”

“纳斯塔西娅·彼得罗夫娜？纳斯塔西娅·彼得罗夫娜可是个好

---

① 普罗米修斯是希腊神话中的天神，为人类盗取火种而被锁在大山上。这里用来讽刺长官的自命不凡。——译者注

② 奥维德（公元前43—公元17），古罗马诗人，著有《变形记》。——译者注

名字。我有一个亲姨妈就叫纳斯塔西娅·彼得罗夫娜。”

“可您贵姓?”地主婆问，“我看您好像个陪审员①，对不对?”

“不是，老婆婆。”乞乞科夫回答，淡淡一笑，“我可不是陪审员，我是出来办私事的。”

“啊，那您就是收购商了！真可惜，我把蜂蜜卖给了小贩，三钱不值两钱，要是等到现在，我的老爷，您一定会买。”

“蜂蜜我倒不买。”

“那您买什么?难道买线麻?我家线麻也剩不多了，总共只有半普特②。”

“不，老婆婆，我买的是另外一种货。请问：您家这几年死没死农奴?”

“唉，老爷，死了十八个！”老太婆叹息地说，“死的都是身强力壮的，都是干活的好手。后来倒也出生一些，都是些娃娃，能顶什么用?可是陪审员一来，就说要按农奴的数目纳税。人都死了，还要当活人给他交税。上个星期我有个铁匠就烧死了。这个铁匠心灵手巧，还会干钳工活。”

“难道说您家失火了，老婆婆?”

“上帝保佑，可没摊上这种灾难，要是失火就更糟了。铁匠是自己烧死的，我的老爷，他不知怎么肚子里着火，是喝得太多了，只见他嘴里往外喷蓝火苗，全身都烧干巴了，烧成一块木炭！那可是个巧铁匠！我现在想出门都没有车坐，因为没人会挂马掌。”

“一切都是天意，老婆婆！”乞乞科夫叹口气说，“上帝的安排谁也不能瞎说……您就把他们让给我吧，纳斯塔西娅·彼得罗夫娜，好吗?”

“把什么让给您，老爷?”

“把这些死了的人。”

---

① 陪审员按照道理只管陪审，但是当时也管警察的事，从上下文看还管收税。——译者注

② 一普特约合16.38公斤。——译者注

“死人该怎么个让法？”

“非常简单。再不，您就卖给我。我付给您钱。”

“这怎么可能？说真的，我弄不明白是怎么回事。难道要把他们从地里抠出来？”

乞乞科夫看到老太婆越说越走板，不得不向她解释，便三言两语向她说清楚，这种转让或买卖不过是纸上成交，立契还得写是活的。

“您要他们有什么用？”老太婆问，瞪着两眼瞅他。

“这您就不用管了。”

“他们都已经死了。”

“谁说他们还是活的？正因为他们死了，您才受到损失，您要为他们交税，可我买下来，您就省了不少麻烦，也不用交税。听明白没有？我不但让您省得交税，还倒给您十五卢布。这回您总该明白了吧？”

“说真的，我弄不明白。”女主人拖着长声说，“我可从来没卖过死农奴。”

“那还用说。要是您曾经卖过，那倒是咄咄怪事了。或许您以为这些死人真的还有什么用处？”

“那倒不是，我没那么想。死人能有什么用，什么用处也没有。让我为难的也就是因为他们是死人。”

“这个老太婆看样子是死脑筋！”乞乞科夫心中暗想。

“您听我说，老婆婆。您可以好好算算这笔账，您要把他们当作活人替他们交税，可这样一来，您会倾家荡产……”

“哎哟，我的老爷，可别提了！”地主婆接下去说，“大上个星期我还交了一百五十多卢布的税钱。还得打点陪审员。”

“对呀，就是这么回事，老婆婆。现在您只要好好想想，您再也用不着打点陪审员了，因为现在我替这些人交税，不用您交，以后一切赋役都由我承担，连立契的费用也由我出。这回您明白了吧？”

老太婆犯了思索。她看得出来这件事对她的确有利，只是太新奇了，从来没听说过。所以她更加担心这个收购商会不会骗她。天知道他是从哪里来的，又是深更半夜闯进家门。

“怎么样？老婆婆，咱们一言为定怎么样？”乞乞科夫说。

“说真的，我的老爷，我从来没卖过死了的农奴。活的我倒是出让过，前年就让给大司祭两个丫头，每个一百卢布，他还非常感谢我，因为这两个丫头非常能干，连餐巾都会织。”

“嗯，可是我们谈的不是活人，活的跟我们没关系。我要的是死人。”

“说真的，我是怕说卖就卖，会卖吃亏的。说不定，我的老爷，你也是想法骗我……他们说不定……会值更多的钱。”

“您听我说，老婆婆……您这人怎么这样！他们能值什么钱？您仔细瞧瞧，他们已经变成了灰。您懂不懂？这不过是一堆灰。您比方拿任何一种没用的东西来说，比方拿一块破布，也能值一点儿钱，起码还有人收破烂，送到造纸厂，可是死人一点儿用处也没有。那么您自己说说看，他们能有什么用？”

“嘿，这个老婆子真是木头脑袋！”乞乞科夫对自己说，已经开始不耐烦，“跟她这种人什么也谈不成！该死的老太婆让我出了一身大汗。”他的前额上的确冒出汗珠，他连忙掏出手绢擦擦。其实乞乞科夫犯不上发火，别说她不过是个地主婆，就是身份比她高贵的人，包括国务活动家，办事也跟科罗博奇卡毫不两样。他们只要打定什么主意，你就是费尽九牛二虎之力也说服不了他们。不管你摆出多少明明白白的道理，到了他们那都会像皮球撞到墙一样给顶回来。乞乞科夫擦完汗，想再拐弯抹角地开导开导她试试。

“您哪，老婆婆，”乞乞科夫说，“或许真没听明白我的话，或许是故意装糊涂，没话找话说……我付给您的是现金——十五卢布钞票，明白没有？这真的是钱。您在大街上是拾不到的。好吧，您说说看，蜂蜜您卖了多少钱？”

“一普特十二卢布。”

“说假话可有罪呀，老婆婆。您卖不到十二卢布。”

“上帝做证，我真卖上了。”

“好吧，您瞧见没有？您卖的是蜂蜜。要采这些蜜您总得要用一年时间，要操多少心，费多少事，出多少力？您要常常往地里跑，要熏蜂子，还要把蜂子放在地窖里喂一冬天。而死农奴已经不再属于这个世界。这也用不着您出力，至于他们的死使您的家业遭受损失，都是上帝的旨意。您卖蜂蜜是付出了劳动的，您出了力才得到十二卢布，可这回您是白得，不费吹灰之力，况且不是十二卢布，而是十五卢布，不是小银币，而是现钞，清一色的蓝票子①。”乞乞科夫以为他讲得蛮有说服力，几乎不再怀疑老太婆还会不答应。

“说真的，”老太婆回答，“我一个寡妇家，没见过世面！我想还是等等，说不定还会有买主，能出个好价钱。”

“您就不怕别人笑话，老婆婆，不怕别人笑掉大牙！您自己想想您说的什么话！谁还会买死人？他买死人有什么用？”

“说不定什么时候农活上用得着……”老太婆反驳说，不等把话说完，大张着嘴，一脸恐怖神情望着他，想听听他究竟怎么回答。

“让死人干农活！您扯哪去了！难道说能让他们半夜里到菜园去吓唬麻雀？”

“上帝保佑！您说得多么吓人！”老太婆一边画十字一边说。

“您还想让他们干什么？其实他们的骨头和坟墓全都留给您，转让只不过是纸上交易。还要怎么样？到底怎么的，您倒是回答呀！”

老太婆又犯了犹豫。

“您想什么呢，纳斯塔西娅·彼得罗夫娜？”

“说真的，我怎么也拿不定主意。应该怎么办。最好我还是卖给您点儿线麻吧。”

“我要线麻有什么用？我要买的是另一种货，而您偏偏要把线麻塞给我！线麻就线麻，我下次再来，收您的线麻。到底怎么样？纳斯塔西娅·彼得罗夫娜！”

---

① 蓝票子指五卢布一张的纸币。——译者注

“真的，这种货太奇怪了，我从来没卖过！”

这时乞乞科夫再也忍耐不住了，怒气冲冲地把椅子往地上一顿，诅咒她非遇见鬼不可。

地主婆一听到鬼，吓得要死。

“哎哟，您可别提它，让它走得越远越好。”她大叫起来，脸色苍白，“前天晚上我做了一夜噩梦，总梦见这个该死的。临睡前做完祷告，想用纸牌算一卦，这一卦可算坏了，受到上帝的惩罚，把他招来了，在梦里样子非常可怕，犄角比牛还长。”

“您不一下子梦见十个鬼，倒让我奇怪了。我是出于基督的博爱心肠，看见一个可怜的寡妇受穷遭罪……让您跟您这个村子全都饿死，全都完蛋吧！……”

“您怎么骂得这么狠呀！”老太婆说，满脸惊恐地看着他。

“可跟您怎么也谈不拢！说真的，打个比方，倒不是骂您，您就像一条看家狗躺在干草垛上，自己不吃，也不让别人吃。我本打算在您这买各种各样农产品，因为我也替官家收购货物……”他说这话有点信口开河，不过随便说说，并没深思熟虑，却出乎意料说到了点子上。他说能替官家收购农产品，对纳斯塔西娅·彼得罗夫娜产生了奇效，至少她换成几乎恳求的腔调说：

“您干吗发这么大的火？我要早知道您脾气这么大，就一句嘴也不敢跟您顶。”

“这还值得发火！这点小事不值个空蛋壳，我才犯不上发火呢！”

“那好吧，我情愿按十五个卢布让给您，只要付现钞！不过，我的老爷，至于收购的事请您多多关照。如果要收黑麦粉、荞麦粉、各种米或宰好的牲口，千万别落下我。”

“不会的，老婆婆，绝对落不下。”他说，脸上大汗淋漓，连忙用手去擦。然后问她省城里有没有什么代理人或能替她办过契手续的熟人。

“当然有，大司祭基里尔神父的儿子就在官厅当差。”科罗博奇卡说。

乞乞科夫求她给这个人写封委托信，为了减少麻烦，他甚至自告奋勇替她代笔。

“这倒不错。”科罗博奇卡立刻盘算起来，“要是他能替官家收我的面粉和牲口，真是件好事。得想法儿买通他，昨天晚上和的面还剩下一块，我去告诉费季尼娅烙几张薄饼，再烙些卷鸡蛋的白饼，这是我家的拿手饭菜，再说也用不了多大工夫。”女主人走出餐厅，打算把烙白饼的主意付诸实施，大概还想补充一些自家烤制的面食和菜肴。乞乞科夫也回到昨晚过夜的客厅，想从他的小木匣里取出要用的纸张。客厅早已收拾得干干净净，舒服的鸭绒褥子早已搬走，沙发前面放着一张桌子，铺着台布。他把小木匣放到桌上，休息一会儿，因为他感到浑身是汗，就像在河里泡过似的，从衬衫到袜子全都是湿的。“这个该死的老太婆可把我折腾坏了！”他喘过气来说，打开小木匣。作者深信不疑：有些好奇的读者甚至想知道小木匣的格局，里面怎么放东西。好吧，为什么不满足他们的好奇心呢！里面的东西是这么摆的：正当中是肥皂盒，肥皂盒后面有六七个小格是放刮脸刀的地方，然后有几个方格放沙子盒①和墨水瓶，中间有一条船形小沟，放鹅毛笔和火漆以及其他长一点的东西。然后还有各种小格，有带盖的，也有不带盖的，以便存放一些短东西，如名片、讣告、戏票，以及其他留作纪念的东西。顶上这层带格的可以拿下来，底下全是空的，放着一打一打的纸张。最底层是个秘密的钱匣，从一旁开门，为了打开时不被别人发现，主人总是急急忙忙打开又关上，所以外人很难说清楚，里面究竟有多少钱。乞乞科夫立刻开始工作，修好鹅毛笔，便刷刷地写起来。这时女主人走进来。

“你这个小匣子可真漂亮，我的老爷。”她说着，在他身旁坐下，“必定是在莫斯科买的吧？”

“是莫斯科。”乞乞科夫说，接着往下写。

“我一看就知道，莫斯科做的东西什么都好。前年我妹妹从那里

① 当时没有吸墨纸，就用沙子撒在刚写过的墨水字迹上，以便吸干。——译者注

来，给我带来两双孩子穿的棉皮靴，做得可结实了，一直穿到现在也不坏。哎哟，你这里咋有这么多带印花的纸呀！”她往匣子里一瞅说。匣子里带印花的纸的确不少。“要能送我一张也好！我家连一丁点儿也没有，有时要往法院递呈子，就没有纸可写。”

乞乞科夫向她解释说，这种带印花的纸不是写呈子用的，是立契约的，不过为了安慰她，还是送给她一张价值一卢布的。他写好信，让她签字，并且向她要一份简单的农奴名单。这时才知道，地主婆的农奴既不登记，也没有名单，全凭脑子记，她几乎都能叫出名来。他立刻让她说自己写。有些农奴的姓名令他感到奇怪，有些外号就更出人意料，所以他每次听到之后都先愣愣神儿，然后才写。有个彼得·萨韦利耶夫，外号叫“不爱惜牲口槽”。他一听不免要说：“这个名字可太长了！”另外一个人名字前面加上“牛粪饼”，还有一个比较简单，叫“车轱辘伊万”。他抄完名单，用鼻子轻轻吸一口气，闻到一股炸东西的诱人的香味。

“请您吃点儿便饭。”女主人说。

乞乞科夫一回头，看见桌上摆满蘑菇、小馅饼、小煎包、奶渣饼、油炸包、薄饼，还有加有各种作料的油饼：有加洋葱的，有加罂粟籽的，有加奶渣的，有加胡瓜鱼的，还有一些天知道加的什么。

“卷鸡蛋的白饼！”女主人说。

乞乞科夫往卷鸡蛋的白饼跟前凑凑，一下子吃了大半块，立刻赞不绝口。这种白饼本来就好吃，再加上跟老太婆三番两次地谈生意，吃起来就更香了。

“还有薄饼呢！”女主人说。

乞乞科夫为了表示盛情难却，一下子卷了三张薄饼，蘸上融化的奶油，塞进嘴里，然后用餐巾擦擦嘴唇和手。他照此办理，又一连吃了三次薄饼，便请女主人让人通知他的车夫套车。纳斯塔西娅·彼得罗夫娜立刻打发费季尼娅去通知，同时吩咐马上再送来几张热薄饼。

“老婆婆，您家的薄饼可真好吃。”乞乞科夫说着，又吃起刚刚送来的热薄饼。

“是呀，我家可会烙饼了。”女主人说，“糟糕的是年成不好，面也不怎么的……我说老爷，您何必这么着忙？”她看乞乞科夫已经把帽子拿在手里便说：“马车还没套好呢！”

“马上就套好，老婆婆，马上套好。我的车夫套车很麻利。”

“那您可别忘了来收购我的东西。”

“忘不了，忘不了的。”乞乞科夫说，已经走到外屋。

“您不买肥猪肉吗？”女主人跟在他后面说。

“怎么能不买？买，不过要等等。”

“到了圣诞节我家杀猪，就有肥肉卖。”

“会买的，会买的，什么都买，连肥肉也买。”

“您也许还要买鸭毛吧？到菲利波夫节①我家鸭毛也会攒不少。”

“好的，好的。”乞乞科夫说。

“你看见没有，我的老爷，你的马车到现在还没套好。”当他们走到门前的台阶上时，女主人说。

“马上就会套好的，只是请您说说，怎么走才能找到大路。”

“这可怎么办呢？”女主人说，“三言两语说不清楚，要拐好几道弯儿，我还是派个丫头给您带路吧。我想车夫座上总能给她让出个坐的地方。”

“那当然。”

“好吧，我派个小丫头，她知道路，不过您可要守信用，别把她拐跑了。我有个丫头就被商人给拐跑了。”

乞乞科夫向她保证，他绝对不会拐走她的丫头，科罗博奇卡这才放心，并已经开始察看院子里的情景。她首先注意到女管家正从仓房里往外搬一小木罐蜂蜜，又看见一个庄稼汉走进大门口，她渐渐把注意力转移到家务事上去了。我们何必在科罗博奇卡身上花那么多笔墨！科罗博奇卡也好，马尼洛夫也好，家务事也好，别的什

① 菲利波夫节在俄国旧历十一月十四日，从这以后四十天内为斋戒期，不许杀生。——译者注

么事也好，都不必浪费时间！不过世间的事情倒也安排得挺妙，快乐的事如果沉湎过久，就会乐极生悲，于是天知道你脑子里会产生什么想法。也许你甚至会想，算了吧，难道科罗博奇卡在人类文明这没有尽头的阶梯上会站在最底下吗？她跟她的妹妹之间就有天壤之别吗？当然，她的妹妹住在贵族的深宅大院，与她之间有高高的墙隔着，是高不可攀的。贵族家里连铸铁楼梯都洒上香水，铜器闪闪发亮，摆着红木家具，铺着地毯，她的妹妹正捧着一本没读完的书打哈欠，期待上流社会的朋友来访，听听有趣的谈话，她也可以借机一显才华，讲些人云亦云的见解。这些见解跟她家中的事毫无关系，也不牵涉到由于她经营不善而一团糟的庄园，而是关于法国会发生什么政变，或者时髦的天主教又有什么新招。按照时髦的法则，这些见解总要在全市流行一个星期。不过不提这些了！干吗要提这些事？但是一个人在无忧无虑、快活自在的时候为什么会突然有另一种奇怪的思绪袭上心头？他脸上的笑容还没消失，他仍然站在原来的人群里，可是他已经变成另外一个人了，他脸上已经浮现出另外一种神情……

“啊，马车来了，马车来了！”乞乞科夫终于看到他的马车慢慢驶来，便大叫起来，“你这个笨蛋，怎么磨蹭这么长时间？必是昨天喝醉了，酒劲儿还没消。”

谢利凡听了，一声未吭。

“再见吧，老婆婆！可您的小丫头在哪？”

“喂，佩拉格娅！”地主婆对站在台阶前面的小姑娘说。这个小姑娘有十一二岁，穿着用自家染的粗布做的连衣裙，光着脚，腿上刚粘上一层泥，从远处看还以为她穿上皮靴了呢。“你去给老爷带路！”

小姑娘把一只脚踩在老爷用的车梯上，在脚蹬上留下一个泥印，然后往上爬，幸亏谢利凡帮忙才爬到顶上，坐在他旁边。紧接着乞乞科夫也把脚放在车梯上，由于他身子太重，把车压得往右一斜歪，总算坐了上去，便说：

"啊，这回好了！再见吧，老婆婆！"

马儿跑了起来。

谢利凡一路上都板着面孔，聚精会神地赶车。他每逢出了差错或喝醉酒之后往往这样。三匹马都刷得干干净净。有一匹马的套包几乎一直都破破烂烂，皮子里露出了麻屑，这次都精心补过。一路上他一直默默不语，只管摇晃鞭子，不再对马训话，尽管那匹青花马很想听听他的教训，因为车夫说话一多，手里的缰绳便会放松，鞭子在马背顶上摇来摇去，只不过是做做样子。可是现在从他那阴沉的嘴里只发出一句怒气冲冲的单调的吆喝："喂，你这个滑头！只管偷懒，偷懒！"再也不说什么。连那匹枣红马和陪审员也没听到一声"亲爱的"或"好家伙"，也感到不满。青花马感到自己身上肥胖的地方挨了几鞭，非常难受。"原来这样，他还真来劲儿了！"青花马心中暗想，摆动几下耳朵，"他还真会找地方抽！他不打脊背，专挑疼的地方打，不是打耳朵，就打肚子。"

"往右拐吗？"谢利凡冷冷地问坐在身旁的小姑娘，用鞭子指着一片绿油油的麦田中间的土路。由于刚刚下过雨，土路发黑。

"不是，不是，到地方我告诉你。"小姑娘说。

"那往哪里走？"当马车快到近前时，谢利凡又问。

"往那边走。"小姑娘用手指着回答说。

"你呀！"谢利凡说，"这就是往右，你连左右都不分！"

尽管天气晴朗，但是道路特别泥泞，马车轮子把泥带起来，很快就粘上一层，好像包上了毡子，从而大大增加马车的重量。再加上土质黏性大，粘得厉害。由于这个原因，快到中午他们还没走出乡间土路。如果没有小姑娘指引，他们连这段路也走不出来，因为乡间土路就像蝲蛄刚被抓住又放出来，爬向四面八方。那样的话，谢利凡只好绕来绕去，不过这倒不是他的错。过了一会儿小姑娘用手指着远处一幢黑乎乎的房子说：

"那里就是大道！"

"那房子是干什么的？"谢利凡问。

“是饭馆。”小姑娘说。

“好了，这回我们自己能找到了，”谢利凡说，“你回家去吧！”

他停下马车，帮她下了车，从牙缝里说出一句：“唉，你这个丫头，两腿是泥！”

乞乞科夫送给她一个铜币，她就高高兴兴往家走，因为能在车夫座位上坐一会儿，她已心满意足。

第四章

马车一来到饭馆门前，乞乞科夫便吩咐停车，他这么做有两个原因：一是让马歇歇腿，二是他自己也垫补一下好有劲头。作者不得不承认，他非常羡慕像乞乞科夫这类人的食欲和胃口。他认为住在彼得堡和莫斯科的那些上等人物并不值得羡慕，因为这类人得整天琢磨明天吃什么好，后天又安排一顿什么样的午餐，而且每当吃饭之前还要先服一粒药丸，如果吃下牡蛎、龙虾或其他海鲜，便要到卡尔斯巴德①或高加索去消化一番。不，这些绅士并不令他羡慕。然而，中等绅士就大不相同了，他们在头一个驿站要一份火腿，到第二个驿站又要烤乳猪，到第三个驿站要一块鲟鱼或一份洋葱烤香肠，到以后的驿站也随时若无其事地坐到桌旁，大吃敞口的大烤饼或鲇鱼尾馅的馅饼，一边喝着加江鳕和牛奶的鲟鱼汤，只听得鱼汤在牙缝中间哧溜直响，一旁的人看着不能不勾起馋虫——这些绅士真是天赐的胃口，令人羡慕不已！不止一个上等绅士情愿立刻拿出一半农奴和一半田产，包括已经抵押和尚未抵押的，也包括按照外国方式和按照俄国方式改善经营的，去换取中等绅士这种食欲，可惜的是，不管花多少钱，甚至包括已经改善和尚未改善经营的田产，都换不来中等绅士特有的胃口。

这家旅馆的木房已经发黑，门口的台阶上有四根旋得圆圆的柱子，颇像古代教堂里的蜡台，支撑着好客的狭窄的廊檐，欢迎乞乞科夫的光临。这种木房跟俄国农家的木房毫不两样，只是规模略大

① 卡尔斯巴德在现在的捷克境内。——译者注

一些。窗户周围和房檐底下用新木料雕成各式花纹的檐板，在发黑的墙壁映衬之下更显得鲜明活泼。窗板上画着许多插花的花瓶。

他登上狭窄的木楼梯，走进宽敞的外屋，迎面遇见一扇吱嘎作响的房门和一个穿着花布衣服的胖老太婆。老太婆说："请里面走！"屋里的陈设都非常熟悉——驿路两旁修有不少这类小木房做的饭馆，里面的陈设任何一位旅客都经常见到：一把发白的旧茶炊，刨得很光滑的松木墙，墙角上放着一个三角柜，里面摆着茶壶和茶碗，圣像前用红蓝彩带吊着涂金的瓷蛋，还有一只刚刚下过崽的老猫，墙上的镜子能把两只眼睛照成四只，把人脸照得好像一张饼，最后，圣像旁边还插着几束香草和石竹花。香草和花都干枯了，谁要想去闻闻，除了直打喷嚏之外一无所获。

"有烤乳猪吗？"乞乞科夫对站在一旁的老太婆说。

"有。"

"加洋姜和酸奶油吗？"

"加洋姜和酸奶油。"

"来一个！"

老太婆走去翻腾一气，拿来一只盘子，一块餐巾。餐巾浆得像干树皮一样，可以立起来。还有一把餐刀，刀的骨柄已经发黄，刀刃像削铅笔的小刀一样薄。还有一把两齿的叉子和一个咸盐罐。这咸盐罐在桌上怎么也不能放稳。

我们的主人公像往常一样，立刻跟老太婆攀谈起来，问她：这饭馆是自家开的还是另有东家？饭馆的收入怎么样？她的儿子跟不跟她在一起过？大儿子娶没娶媳妇，娶的什么样的媳妇，陪嫁多不多？岳父满意不满意，是否因为嫌婚礼上收的礼物少而发脾气？总之，事事都问到。不言而喻，他更要仔细打听周围有哪几家地主，并听说有好几家地主：布洛欣、波奇塔耶夫、梅利诺伊、切普拉科夫上校、索巴克维奇。"啊！你认识索巴克维奇？"他说，并且立刻听到老太婆说，她不但认识索巴克维奇，而且认识马尼洛夫。马尼洛夫为人要比索巴克维奇更有气派，一来就点菜，要焖鸡，要小牛肉，如果有羊肝还要点儿羊肝，各种菜只尝尝就作罢。可是索巴克维奇只肯要一样菜，吃个溜光，甚至要求添菜，却不肯加钱。

他正这么跟老太婆一边闲聊，一边吃乳猪，吃得只剩一小块了，就听见有马车驶来，传来隆隆的车轮声。他往窗外一看，有一辆轻便马车在饭馆门前停下，车上套着三匹高头大马。从车上下来两个汉子，一个是大高个儿，浅色头发，另一个身材略矮，一头黑发。浅色头发穿一身藏蓝色的匈牙利式骑兵上衣，黑头发只穿一件带条的棉袄。后边还远远跟着一辆空马车，由四匹长毛瘦马拉着，马套都是用麻绳做的，套包稀破。浅色头发立刻从楼梯走上楼，而黑头发仍然站在下面，在车厢里摸什么，同时跟仆人说话，还朝后面跟着的马车招手。乞乞科夫听到他的声音，觉得有些耳熟。他正在打量这个黑头发的时候，浅色头发已经摸到屋门，推门进来。这个汉子身材很高，脸孔消瘦，或如平常所说的，骨瘦如柴，留着一撮红色小胡子。从他那发黑的脸膛可以断定他经常跟烟打交道，如果不是硝烟，起码是好抽香烟。他朝乞乞科夫彬彬有礼地一鞠躬，乞乞科夫急忙还礼。在这几分钟之间他们本来可以攀谈起来，交个朋友，因为已经开了个好头，两人几乎同时表示出高兴的心情：昨天这场雨下得真好，把路上的尘土都压住了，这种时候乘车出游，真是又凉爽又愉快。恰好这时，他的黑头发伙伴走进来，摘下头上的帽子往桌上一摔，雄赳赳地伸出手把又黑又密的头发摩挲两下。这个小伙子中等个儿，体形漂亮，红扑扑的胖脸，雪白的牙齿和油黑的络腮胡。他长得红润新鲜，一脸血气方刚的样子。

“真想不到!”他一见乞乞科夫，就张开双臂，突然大声叫道，“是哪阵风把你吹来的?”

乞乞科夫认出来是诺兹德廖夫，曾经跟他一起在检察长家吃过饭，当时他没用多大工夫就跟乞乞科夫近乎起来，甚至你我相称，尽管乞乞科夫觉得自己并没有跟他亲近的意思。

“你到哪去了?”诺兹德廖夫问，也不等回答便接下去说，“老兄，我从集市上来。你得祝贺我，我输了个精光。信不信由你，我这辈子还从来没输得这么惨。我是雇人家的马回来的！你从窗户往外看看！”他说着按住乞乞科夫的头，乞乞科夫差点把头撞在窗户框上。“你瞧见没有？这辆破车！这几匹马好容易把我拉到这，我只好搭他的车。”诺兹德廖夫用手指指着同伴说，“你们还不认识吧？这是我姐夫米茹耶夫！我跟他这一上午只顾谈论你了。我说：‘你瞧，说不定我们会碰见乞乞科夫。’唉，老兄，你可不知道我输得有多苦！你信不信，我不但把四匹好马给输了，还把身上的东西都输光了。我的表链和怀表都没了……”乞乞科夫一瞧，他身上的怀表和表链果然没有了。他甚至觉得诺兹德廖夫脸上的络腮胡好像有一边也稀了，不像另一边那么密。“我兜里只要还有二十卢布，”诺兹德廖夫接下去说，“不用多，只要有二十卢布，就全都能捞回来，捞回来不算，当真人不说假话，我还能赢他三万卢布装进腰包。”

“可你当时也这么说。”浅色头发回答他说，“后来我给你五十卢布，你也一把就输光了。”

“本来不能输！真不能输！我要不是犯了傻，真不能输。先下两注之后，我要不在倒霉的七分上加码，我能把庄家都吃光他。”

“可你毕竟没赢。”浅色头发说。

“我没赢是因为加码加得不是时候。你以为你那个少校就玩得好吗？”

“好不好，反正人家把你赢光了。”

“这有啥了不起的！”诺兹德廖夫说，“我也能把他赢光。不，让他玩个连环赌试试，那时我倒要看看，他是个什么样的高手！不过，乞乞科夫老兄，开头的时候我们喝得可痛快了！真的，这个集真是千载难逢呀！连那些做买卖的也说，从来没有过这么大的场面。我从乡下运来的货都卖上了最好的价钱。哎，老兄，我们喝得真痛快！现在回想起来也……真他妈痛快！就可惜当时你没在场，太遗憾了！你想想看，离城三俄里驻扎着一个龙骑兵团。你信不信，军官就来那么多，四十个一色的军官进城来了。老兄，我们一喝起酒……有个骑兵上尉波采卢耶夫……可爱极了！老兄，他留着漂亮的小胡子！他管波尔多酒叫迷魂汤，他一进门就说：‘快给我来点儿迷魂汤！’还有个库夫申尼科夫中尉……啊，老兄，也非常可爱！可以说，是个地地道道的酒鬼。我一直跟他在一起。波诺马廖夫给我们拿的酒可真好！应该告诉你，他可是个骗子，你到他的铺子，可什么都不能买。他往酒里掺乱七八糟的东西，什么檀香染料呀，烧焦的软木塞呀。这个坏蛋甚至连接骨木都磨碎了往里掺！不过他单有个仓库，叫特仓，如果他从那里取出一瓶酒，你要喝了，就好像到了仙境一般！我们喝的那种香槟，连省长家的都没法跟它比，省长家的不过是格瓦斯。这种香槟，你想想看，不是一般的‘克利欧’，而叫‘马特拉托拉克利欧’，意思就是双料克利欧。他还弄来一瓶法国酒，叫什么‘邦邦’。那股香味就像女人身上穿的衣服，或者你想怎么香就怎么香。我们喝得可痛快了！……我们走了之后，又来一位公爵，派人到铺子里买香槟，整个城市买不到一瓶香槟，都叫这些军官给喝光了。你信不信，我一个人在一顿饭工夫就能喝下十七瓶香槟！”

“唉，十七瓶你可喝不了。”浅色头发提醒他说。

“我说的是实在话，我喝得了。”诺兹德廖夫说。

“你跟自己怎么说都行，可我要对你说，你连十瓶都喝不了。”

“我喝得了，你愿不愿意打赌？”

“我打哪门子赌呢！”

“好，就赌你刚从城里买的枪。”

“我不想赌。”

“你就赌个试试！”

“我连试也不想试。”

“要赌，你的枪就非没了不可，就像你的帽子没了一样！哎，乞乞科夫老兄，我是说当时你不在场，非常遗憾。我知道你一定会跟库夫申尼科夫交上朋友。两人好得像一个人似的！这个家伙可不像检察长或者我们省城那些吝啬的小官儿，他们花一分钱也心疼得要死！这个家伙，老兄，不管是玩加利比克牌，还是玩坐庄的，他样样在行！哎，乞乞科夫，你干吗不早点儿来呢？冲这一点，你就不够朋友，只配跟牲口打交道！你亲亲我吧，亲爱的，我爱你爱得要死！米茹耶夫，你瞧，这才叫有缘千里来相会呢！我跟他根本不认识，天知道他是从什么地方来的，而我一直住在这里……老兄，从前我有多少马车呀！还有各种各样的东西，en gros①。我赌了一次轮盘赌，赢了两盒口红、一只瓷碗和一把吉他。后来又赌一次，就上当了，输了六千多卢布。嘿，你可不知道，库夫申尼科夫可能追求女人了！我跟他几乎参加了所有的舞会。有个女人打扮得非常漂亮，身上的衣服都是带褶的，什么样的褶都有，真是没法形容……我心里只是想：‘可真美极了！’可是库夫申尼科夫，这个老手，凑到她跟前坐下，用法语向她大献殷勤……你信不信，他连乡下娘儿们也不放过。他说这叫尝尝草莓。集上运来不少鲜鱼和咸鱼。幸亏我趁有钱的时候买了块咸鱼脊肉，我把它带来了。你现在打算上哪去？”

“我去找一个人。”乞乞科夫说。

“找一个人，算了吧！到我家去吧！”

“不行，不行，我有事儿。”

“你能有什么事儿？不过是瞎说一气。你呀，你这个樟脑药膏·伊万诺维奇！”

“真的，真有事，而且非办不可。”

“我敢打赌，你扯谎！那么你说，你到底找谁？”

“好吧，我找索巴克维奇。”

诺兹德廖夫一听放声大笑，只有年轻力壮的人才能笑得这么响亮。他笑得露出一口白牙，这牙白得像糖一样；笑得两边腮帮子直哆嗦，笑得隔着两道门在第三间屋子里睡觉的人也会从梦中惊醒，大瞪着两只眼睛说：“他这是怎么的了！”

“这有什么可笑的？”乞乞科夫说，对他这种笑声有些不满。

然而诺兹德廖夫依然放开喉咙笑个不停，一边说：

---

① en gros（法语），意思是很多。——译者注

“唉，你可饶了我吧，我都要笑破肚肠了！”

“这没什么可笑的，我答应过他。”乞乞科夫说。

“你要是去找他，就会觉得人活着没什么意思，他是个纯粹的守财奴！因为我了解你的脾气，你要想到他家玩玩牌，或者喝一瓶邦邦酒，那你可就大失所望了。你听我说，老兄，让索巴克维奇见鬼去吧！上我家，我会用上等咸鱼脊肉招待你！波诺马廖夫这个老滑头，点头哈腰地对我说：‘这可是特意为您留的，您走遍整个集市也找不到这么好的货。’他可是个大骗子。我当面就这么对他说：‘您跟我们这里的包税商都是头号骗子！’这个老滑头只管一边摩挲胡子一边笑。我跟库夫申尼科夫每天都到他的铺子里吃早点。啊，老兄，我还忘了告诉你：我知道这回你非想要不可，可是我先说下，就是你出一万卢布，我也不卖。喂，波尔菲里！”他走到窗前喊他的仆人。这个波尔菲里正一手拿刀，一手拿着一块面包皮，面包皮上放着一块咸鱼脊肉，是他从车里取东西时趁机割下来的。“喂，波尔菲里！”诺兹德廖夫喊，“快把狗崽儿抱来！”“这个狗崽儿可好了！”诺兹德廖夫接下去对乞乞科夫说，“偷来的，主人说什么也不肯卖。我答应用那匹金栗毛骒马换，你总该记得吧，是从赫沃斯特廖夫那里换的……”其实乞乞科夫从来没见过那匹金栗毛骒马，也没见过赫沃斯特廖夫。

“老爷！您不想吃点儿东西吗？”这时老太婆走过来对他说。

“不吃。唉，老兄，那次喝得可真痛快！不过，给我一杯酒吧。你这有什么酒？”

“有茴香酒。”老太婆回答。

“好吧，就来茴香酒。”诺兹德廖夫说。

“给我也来一杯！”浅色头发说。

“戏院里有个女演员，这个婊子唱得像金丝雀一样好听！库夫申尼科夫坐在我身旁，他说：‘老兄，尝尝这个草莓可不错！’光临时搭的戏台，我估计就有五十个。费纳尔迪①像车轱辘一样翻跟头，一连翻了四个钟头。”这时他从老太婆手里接过酒杯，老太婆还向他深深鞠了一躬。“喂，抱这儿来！”他一看到波尔菲里抱着狗崽儿进屋，便大声喊叫。波尔菲里跟老爷一样，也穿一件绗明线的棉袄，只是有些油渍麻花。

“抱这儿来，放到地板上！”

波尔菲里把狗崽儿放到地上，狗崽儿伸开四条腿，在地上嗅来嗅去。

“你瞧瞧这狗崽儿！”诺兹德廖夫说，抓住狗崽儿的后背把它提起来。狗崽儿发出一阵可怜的哀叫。

“你怎么不按我的吩咐去做？”诺兹德廖夫对波尔菲里说，仔细察看狗崽的肚皮，“你就没想给它刮刮跳蚤？”

“我刮过了。”

“那怎么还有跳蚤？”

“我怎么知道？也许是在马车上招的。”

“你胡说，你根本没想刮，我看是你这个笨蛋过给它的。你瞧瞧，乞乞科夫。你好好瞧瞧，耳朵多漂亮，你用手摸摸。”

“用不着摸，这也看得很清楚，是个良种狗。”乞乞科夫回答。

“不，你特意摸一下，摸摸耳朵！”

乞乞科夫为了讨好他，摸了摸耳朵，顺便说一句：

“是呀，长大了一定是条好狗。”

“你觉出来没有？鼻头冰凉。你用手摸摸。”

乞乞科夫为了不惹他生气，又用手摸摸鼻子说：

“嗅觉一定灵敏。”

“这是真正的大头狗。”诺兹德廖夫接下去说，“老实说，我早就想弄一只这种狗。喂，波尔菲里，把它抱走吧！”

波尔菲里用手兜住狗肚子，把狗崽儿送回马车。

---

① 费纳尔迪是19世纪20年代著名杂技演员。——译者注

“听我说，乞乞科夫，这回你说什么也得到我家去，总共不过五俄里，一口气就跑到了，然后你再到索巴克维奇家去。”

“也只好如此。”乞乞科夫心中暗想，“我就到诺兹德廖夫家走走也无妨。他也是个人，一点儿不比别人差，况且他刚刚输个精光。他一定什么都肯答应，也许可以跟他白要一些东西。”

“好吧，一起走。”他说，“不过你可不能让我耽搁太久。我的时间非常宝贵。”

“好说，亲爱的，这就对了！这可太棒了！等等，为了这事我得亲亲你。”于是诺兹德廖夫就和乞乞科夫互相亲吻。“太好了，我们三个一起走！”

“不行，你放了我吧。”浅色头发说，“我得回家。”

“不成，不成，老兄，我不能放你。”

“说真的，我老婆会发火的，现在你可以搭他的马车走。”

“根本不成！你就别打这个主意。”

浅色头发属于这样一种人，乍看起来他们好像性格倔强，不等你开口，他们已经准备跟你争辩，似乎凡是不符合他们的思想方法的东西，他们永远也不会同意，比方说他们绝对不会同意把傻瓜说成聪明人，绝对不愿意按照别人的笛子跳舞，不过这种人有个弱点，就是一到最后关头总跟他们反对的东西妥协，会把傻瓜也说成聪明人，会按照别人的笛子跳舞，而且跳得蛮来劲——总之，开头逞英雄，到末了变成狗熊。

“胡说！”当浅色头发又说出一种理由时，诺兹德廖夫一口否决了，把帽子往浅色头发的头上一扣，浅色头发就乖乖跟他们走了。

“酒钱，老爷，还没付呢……”老太婆说。

“啊，好的，好的，老婆婆。喂，姐夫，替我付一下。我身上一分钱也没有。”

“要多少钱？”姐夫问。

“不多，老爷，总共八十戈比。”老太婆说。

“你撒谎，撒谎，给她五十就够多的了！”

“少了点儿，老爷。”老太婆说，不过还是千恩万谢地接过钱，还急忙跑去给他们开门。其实她并不吃亏，因为她要价比实际多三倍。

旅客们上了车。乞乞科夫的马车跟诺兹德廖夫和他姐夫坐的马车并排往前走，所以整个路上他们三个人都可以随意交谈。诺兹德廖夫雇的马拉着他那辆破车在后面跟着，还一直落后。车上坐着波尔菲里，还有狗崽儿。

鉴于对旅客们途中谈话的内容读者未必感兴趣，现在不如介绍一些诺兹德廖夫的情况，因为这个人物在我们这部史诗中也许将扮演一个并非等闲的角色。

诺兹德廖夫的面孔，读者大概多少有些熟悉。这类人在任何地方都很常见。人们把他们叫作机灵鬼，小时候和上学念书的时候都是出名的好哥儿们，与此同时都经常被打得鼻青脸肿。他们脸上流露出一种直率、豪爽的表情。他们善于交际，转眼之间就能跟你你我相称。这种友谊往往海誓山盟，但是几乎总是当天晚上一起喝酒的时候，新交的朋友就会跟他动手。这类人总是能言善辩，嗜酒如命，胆大妄为，惹人注目。诺兹德廖夫到了三十五岁，脾气也丝毫不改，跟十八岁和二十岁的时候一模一样：专好吃喝玩乐。他娶妻生子之后，脾气照样不改，何况他的妻子不久就撒手人寰，给他扔下两个孩子。他根本不需要孩子，不过有个略有姿色的保姆替他照看。他在家里一天也坐不住。他嗅觉灵敏，几十俄里之外有什么集市、聚会或舞会，他马上就能知道。转眼之间他就会赶到现场，坐到牌桌上跟人争吵闹事，因为他这类人总是嗜赌成性。我们在头一章里就已发现他玩牌总免不了作弊，因为他懂得许多偷牌和捣鬼的办法，所以一玩牌就往往变成玩命——他不是被人用大皮靴踢一顿，就是浓密漂亮的络腮胡子被人揪了去。所以他回家的时候往往只剩下一边胡子，而且稀稀落落。不过他天生健康肥胖的脸蛋生命力特别强，所以胡子很快就长出来，甚至比原来的更好。最令人奇怪的是这种事也只有俄国才有，打过架几天之后，他跟这些揍他的朋友相遇，还是称兄道弟，好像什么事也没发生，正如常言所说：他不在乎，他们也若无其事。

在某种意义上，诺兹德廖夫是好闹事的人物。不管什么场合，只要他一出现，便没有不出事的。他总要惹出点事来，不是宪兵把他反剪双手撵出会场，就是他的哥儿们不得不把他推出门外。如果不发生这类事，他也会干出别人干不出来的事，或者在小吃部喝得迷迷糊糊，一个劲儿傻笑，或者吹牛皮吹得天花乱坠，到后来自己都觉得无地自容。而且他吹牛没有边：忽然说他家养一匹天蓝色马，又说是粉红色马，以及诸如此类的胡话。旁边听着的人终于都离开他说："你呀，老兄，好像又吹起牛皮来了。"有一种人专门好中伤朋友，而且经常没有任何道理。比方有的人虽然道貌岸然，胸前佩戴金星勋章，一见面便跟您握手言欢，发表一些发人深省的高深议论，可您瞧，用不了一会儿工夫就当着您的面败坏您的名誉。而且那种口气就像一个末流的小官吏，根本不像一个能发表高深议论、胸上佩戴金星勋章的官员，您站在那里瞠目结舌，只能耸耸肩而已。诺兹德廖夫就有这种嗜好。越是跟他亲近的人，他越好暗中使坏，造一些荒唐透顶的谣言，搅乱婚礼，破坏生意，并且根本不以为是有意跟您作对。但是，下次有机会见到您，还是非常亲热，甚至说："你这个坏家伙，从来不到我家坐坐。"诺兹德廖夫在许多方面可以说是个大能人，什么都能行。他可以在同一时间提出各种各样的主意：既要跟您一起旅行，哪怕天涯海角也没关系；又要跟您干一番事业，至于干什么随您挑；还要跟您换东西，而且换什么都不在乎。不管是枪，是狗，是马，什么都可以换，而且他根本不是想占便宜，只是因为他天性活泼机灵，怎么也闲不住。如果他在集市上侥幸碰到个傻瓜，赢了钱，他就会逛商店，见到什么买什么——马套、熏香、送给保姆的头巾、马驹、葡萄干、银脸盆、荷兰麻布、沙子面、烟叶、手枪、鲱鱼、绘画、磨石、瓦罐、皮靴、瓷器——直到把钱花光为止。不过这些东西他很少有带回家去的时候，几乎当天就输给手气更好的赌徒，而且有时还要搭上自己带烟嘴的烟袋和烟荷包。

有时甚至把四匹马连马车和车夫一起输掉，他自己只好穿一件短短的常礼服或棉袄，找找哪个朋友，搭朋友的马车回家。诺兹德廖夫就是这样的人！也许有人说，这种性格早已过时，现在已经没有诺兹德廖夫这样的人了。可惜的是，说这种话的人未必正确。在这个世界上诺兹德廖夫很长时间还不会绝迹。他就在你我中间，到处可见，也许他换了一身衣服，不过人们粗心大意，有眼无珠，以为一个人只要换了衣服就变成另外一个人了。

这时三辆马车已经来到诺兹德廖夫家门前。家里并没有一点准备待客的样子。餐厅正当中摆着木头架子，有两个庄稼汉正站在上面刷墙，还一边没完没了地哼着歌，地板上洒满白灰浆。诺兹德廖夫立刻把庄稼汉赶走，让他们连木头架子也搬出去，并跑到另一个房间做指示。客人们听见他吩咐厨子做哪些菜。乞乞科夫听得明明白白，已经开始有些饿，但是知道不到五点钟他们不会入席。诺兹德廖夫一回来，就带领客人到村中参观他的家业，只用两个多小时就把什么都看完了，再也没东西可看。他们首先参观马厩，里面有两匹骒马，一匹是菊花青，另一匹是金栗毛马，另外还有一匹枣红色马驹，样子不起眼，可是诺兹德廖夫却赌咒发誓说，他是花一万卢布买的。

“你花不了一万卢布。”姐夫提出异议说，“它连一千都不值。”

“我发誓，真花一万。”诺兹德廖夫说。

“你自己愿意怎么发誓就怎么发好了。”姐夫回答。

“咱们打个赌，你敢不敢？”诺兹德廖夫说。

姐夫不愿意跟他打赌。

然后诺兹德廖夫又让他们看看马厩里空着的单间，从前里面专门饲养好马。在马厩里他们还看见一只山羊，按照从前迷信的规矩，马厩里必须养山羊，山羊能跟马和睦相处，在马肚子底下转来转去，就像在自己的圈里一样。接着诺兹德廖夫又领他们去看一只狼崽儿，狼崽儿用铁链拴着。“这是一只狼崽儿。”他说，“我特意喂它生肉，将来想让它长成一只野狼！”接着去参观养鱼池，据诺兹德廖夫说，池里的鱼非常大，两人抬一条都难以抬出来。这话又遭到他的亲戚的非议。“我让你，乞乞科夫，”诺兹德廖夫说，“去看看两条最好的狗，那狗腿结实得出奇，非常有劲，嘴巴尖得像针！”于是他带领他们朝一座特意修的狗舍走去。狗舍虽然小，修得倒也十分漂亮，四周用围墙围着，当中是挺大的院子。一进院子，就看见里面有各种各样的狗，有长毛狗，也有纯种狗，毛色也各式各样：有红褐色狗，有黑狗带红点，有白狗带黄点，有黄狗带黑点，有黄狗带红点，有黑耳朵狗，有灰耳朵狗……狗的名字也千奇百怪，往往用命令式：开枪、狠狠骂、往起飞、失火、冒失鬼、活见鬼、往死咬、加劲咬、急性子、乖乖、赏赐、监护婆。诺兹德廖夫一来到这群狗中间，就像父亲站在儿女中间一样。它们立刻都竖起尾巴（按照养狗的术语叫作“立杆”），向客人扑来，跟客人寒暄。有十来条狗把爪子搭到诺兹德廖夫的肩上。“狠狠骂”对乞乞科夫表示特有好感，用后爪站起来，用舌头舔乞乞科夫的嘴唇，乞乞科夫不得不立刻吐一口唾沫，还看到了两条大腿结实得出奇的狗——的确是两条好狗。后来又去看一条克里木种母狗。据诺兹德廖夫说，这条狗眼睛瞎了，不久就要死了，可是两年前还是一条好狗。他们看到这条母狗，果然瞎了眼睛。然后又去看水磨磨坊，磨盘上缺少磨脐，就是磨扇安上去就可以飞快旋转的铁垫，按照俄国农民的绝妙叫法，就是“转子”。

“马上就要到铁匠炉了！”诺兹德廖夫说。

他们没走多远，果然看见有一座铁匠炉，便又做了参观。

“就在这块地里，”诺兹德廖夫指着眼前一片田地说，“有的是灰兔，都能把地面盖住。有一次我一伸手就抓住一只的后腿。”

“呸，你用手怎么能抓住兔子！”他姐夫说。

“我真抓住一只，特意用手抓的！”诺兹德廖夫回答，“现在我带你们去看看地界。”他接下去对乞乞科夫说：“看看我的地一直到什么地方。”

诺兹德廖夫带领客人在地里走，可是地里很多地方都是草墩子。客人不得不在休耕地和刚翻过的田地里绕来绕去。乞乞科夫开始感到疲倦。许多地方用脚一踩就冒出水来，可见这块地有多洼。开头他们还小心翼翼挑道走，后来看到这样做毫无用处，便只管照直走，也不分哪里干燥哪里泥泞。他们走过一段相当长的距离，果然看见地界，地头钉着一根木桩，还挖了一条窄窄的沟。

“这就是地界！”诺兹德廖夫说，“地界这边凡是用眼睛能看到的地方，都是我的，甚至地界那边，那片发青的林子和林子后面的一切，也都是我的。”

“这片林子什么时候变成了你的？”姐夫问他，“你是刚买的吗？原来可不是你的。”

“对呀，我刚买不久。”诺兹德廖夫回答。

“你怎么能这么快就买下来了呢？”

“那怎么不能？我前天买的，见他妈的鬼，真花了不少钱。”

“前天你还在集上呢！”

“你呀，索夫龙，难道我在集上就不能同时买地？是呀，我当时是在集上，可是我不在家，我的管家就把它买下来了。”

“啊，原来是管家买的！”姐夫说，同时又有些不信，摇了摇头。

客人又按照原来泥泞的道路回到主人的宅子。诺兹德廖夫领他们走进书房，不过他的书房丝毫没有一般人家书房的样子，也就是说，既没有书，也没有纸，只是墙上挂着两把马刀和两支枪，一支枪花了三百卢布，另一支花了八百卢布。姐夫仔细看过之后，只管摇头。后来又让他们看几把土耳其匕首，其中有一把刻得不对头：“萨韦利·西比利亚科夫制造”。接着又给客人看一台手摇风琴，诺兹德廖夫当着客人的面摇了几支曲子。风琴的声音倒也悦耳，只是里面恐怕出了毛病，因为没等马祖卡舞曲响完，就放出《马尔波罗①出征歌》，没等出征歌完，又突然响起一支非常熟悉的华尔兹舞曲。诺兹德廖夫早已不摇了，可是风琴里还有一根管子怎么也不肯停下来，还独自响了很久。然后又给他们看各种烟斗，有木头的，

---

① 马尔波罗（1650—1722），英国将军。据原注，这是一支古老的法国歌曲。——译者注

有陶土的，有海泡石的，有用过的，也有没用过的，有用麂皮包着的，也有没包的。还有一只带琥珀嘴的烟袋，是不久之前赢的，还有一个绣花的烟荷包，是某位伯爵夫人送他的，这位夫人不知在哪个驿站上对他一见钟情，爱得神魂颠倒。据他说，这位伯爵夫人的玉指纤细至极，真是“休佩尔弗留”①。他大概是想说这双手完美之至。他们先用咸鱼脊肉垫补一下，快到五点才正式入座。看样子，诺兹德廖夫并不把吃饭看作生活中的重要内容，饭菜做好做坏根本不当回事，有的烧过了火候，有的还没做熟。显然这位厨子全凭灵感行事，手头有什么就放什么，手头有辣椒面就撒辣椒面，有圆白菜就加圆白菜，不管是牛奶、火腿还是豌豆，只管往里放，只要热乎就行，反正味道总会有的。不过诺兹德廖夫对喝酒倒蛮有劲头，还没等上汤菜，他就开始给客人倒酒，一人一大杯波尔多葡萄酒和一大杯高级索丹葡萄酒，因为在省城和县城都没有普通的索丹葡萄酒。然后诺兹德廖夫又让人送上一瓶马德拉葡萄酒，连大元帅也没喝过比这再好的酒。这种马德拉葡萄酒喝到嘴里果然火辣辣的，原来商人知道地主的口味，地主都爱喝上等马德拉葡萄酒，便拼命往里掺罗姆酒，有时还往里掺王水②，以为俄国人的肠胃什么都容纳得了。后来诺兹德廖夫又让人送上一个样式特别的瓶子，据他说是布尔冈红酒又掺了香槟。他热情地为坐在两旁的姐夫和乞乞科夫往杯里倒酒，可是乞乞科夫偶然发现他给自己只倒一点点。这件事使他起了疑心，便趁诺兹德廖夫跟姐夫说话并给姐夫倒酒的当口把杯中的酒倒进盘子里。不一会儿又送来花楸酒，据诺兹德廖夫说，完全是李子酒的味道，不过令人奇怪的是竟然全是土烧酒味。接着又喝一种什么什么香，名字非常难记，连主人再次说的时候，也换了一个叫法。饭早已吃过，酒也一一品尝了，可是客人还坐在桌前。乞乞科夫无论如何不想当着诺兹德廖夫的姐夫谈此行的主要目的。这位姐夫毕竟是外人，而他要谈的事却必须单独进行，要有良好的气

① 法语，意为“多余的”。诺兹德廖夫不懂装懂，用错词了。——译者注

② 王水是浓硝酸和浓盐酸混合液，腐蚀性强。——译者注

氛。不过这位姐夫也未必会碍事，因为他好像已经酒足饭饱，坐在椅子上不住打盹。最后连他自己也觉得有些精神恍惚，终于开口要求回家，不过他说话的声音无精打采，用俄国谚语说，像“用钳子给马上套”一样费劲。

“不成，不成，我不放你走。”诺兹德廖夫说。

“不，我的朋友，可别惹我生气，我真得走。”姐夫说，“不然我可真生气了。”

“没关系，没关系！我们马上就玩一把。”

“不，老兄，你玩你的，我可不玩，老婆该不乐意了，她正在等我回去把集上的热闹讲给她听呢。老兄，我真应该，真应该让她高兴高兴。不，你不能不放我！”

“让她，让你老婆见……！你俩在一起能有什么重要的事！”

“不，老兄，她是那么让人敬重，对我那么忠实！把我侍候得那么周到……你信不信，我都感动得眼泪直在眼圈里转。不，你不能不放我！说实在的，我非走不可，我是凭良心对你说的。”

“就让他走好了，他留下有什么好处！”乞乞科夫悄悄对诺兹德廖夫说。

“那倒也是！”诺兹德廖夫说，“我讨厌死了这种窝囊废！”然后又高声补充说：“见你的鬼去吧，回家去跟老婆亲热去吧，你这个贱骨头！”

“不，你可不能骂我贱骨头。”姐夫回答说，“我这一辈子都亏了她。她是那么善良，那么可爱，对我那么温柔，那么体贴，让我感动得直流眼泪。她会问我在集上都看到了什么，我得一五一十告诉她。说真的，她是那么可爱。”

“那你就快走吧，回去编些瞎话骗她！你的帽子在这。”

“不，老兄，你不应该这么说她，你这么说，可以说是太让我伤心了，她是那么可爱。”

“唉，你就快滚吧！”

“是的，老兄，我走，真对不起，我不能留下来。我倒很想留下，可是不行。”

姐夫还一个劲儿地道歉，自己也没发觉已经上了马车，马车也早已出了大门，眼前出现一片空旷的田野，可以料想，他老婆并不会听到多少集市的情况。

“这个废物!”诺兹德廖夫说，站在窗前，望着驶去的马车，“你瞧，他的马车走得多么慢！那匹拉套的马倒不错，我早就想把它弄来，可是跟他怎么也谈不成。这个贱骨头，真是个贱骨头!”

说着，他们走进屋里。波尔菲里送来蜡烛，于是乞乞科夫发现主人手里不知从什么地方弄来一副牌。

“怎么样，老兄。”诺兹德廖夫说，用手指夹住牌的两边轻轻一捏，牌上缠的纸条就绷开落到地上，“为了消磨时间，我下三百卢布坐庄。”

但是乞乞科夫装出压根儿没听见的样子，仿佛突然想起一件事说：

“啊，我怕忘了先说说，想求你一件事。”

“什么事?”

“你先答应一定要办到。”

“到底什么事?”

“唉，你倒先答应我!”

“好吧。”

“此话当真?”

“当真。”

“是这么回事：我想你一定有很多死了的农奴，还没从登记清单上勾掉。”

“有哇，怎么样?”

“把他们归到我的名下。”

“你要有什么用?”

“我需要。”

“你到底有什么用?”

“我就是需要……别的你就不用管。反正我非常需要。”

“你一定想干什么勾当。说老实话，是什么勾当？”

“能干什么勾当？这点儿小意思，什么事也办不了。”

“那你要他们干什么？”

“唉，你这个人刨根问底！不管什么破烂都想用手摸摸，用鼻子闻闻！”

“那你为什么不愿意说？”

“说出来对你有什么好处？不过是这么一回事，突然有这么一个想法。”

“告诉你说，你不说实话，我就不能给。”

“你瞧，这就是你的不对了，先答应了又反悔。”

“嘿，不管你怎么说，反正你不说出干什么用，我就是不给。”

“怎么跟他说呢？”乞乞科夫想，略加思索之后说，他要这些死农奴是为了提高自己的社会地位，他目前还没拥有大庄园，要先搞到一些农奴装装门面。

“你撒谎，撒谎！”诺兹德廖夫不等他说完就打断说，“老兄，你在撒谎！”

乞乞科夫自己也发现这个主意不圆全，理由不充分。

“嗯，那我就直截了当地说吧，”他又改口说，“不过你谁也不能告诉。我打算结婚，可你要知道，未婚妻的父母都是死要面子的人。这件事真棘手，我本来不想攀这门亲，他们一定要求未婚夫有不少于三百个农奴，因为我几乎整整差一半……”

“嘿，你撒谎，撒谎！”诺兹德廖夫又叫起来。

“这次可一点儿也不说谎。”乞乞科夫说，用大拇指在小拇指尖上掐出一点点地方。

“我敢用脑袋打赌，你在骗人！”

“这可太让人难堪了！你把我看成什么人了！我有什么必要说谎？”

“我了解你的底细，你本来就是个大骗子，我是看在交情上才这么说。我要是你的上司，碰到头一棵树就得把你吊死。”

乞乞科夫听到这种评语，心中十分恼火。他从来不喜欢听任何粗鲁和有伤自尊心的话。他甚至在任何场合也不喜欢别人跟他过分亲昵，除非这个人是个大官。所以他现在感到气愤之极。

“我真会把你吊死。”诺兹德廖夫说，“我跟你说话开门见山，并不想惹你生气，而是凭咱们的交情。”

“凡事都有个限度。”乞乞科夫板起面孔说，“你要想卖弄这些村话，不如干脆到兵营里去。”然后又补充说：“你要是不想给，可以卖给我。”

“卖给你！我了解你这个坏蛋，你不会给多少钱的，对不对？”

“嘿，你这个人也真够意思！你真以为这些死农奴成了金刚钻怎么的？”

“说是就是。我对你十分了解。”

“真想不到，老兄，你这个人这么吝啬！你本来应该白送给我。”

“好，你听我说，为了证明我这个人丝毫也不吝啬，这些农奴我分文不要。但是你必须买我的马驹，这些农奴就算搭头。”

“你饶了我吧，我要马驹干什么？”乞乞科夫说。他对这种提议感到非常意外。

“怎么没用？我花一万买的，四千就让给你。”

“我要马驹有什么用？我又不开养马场。”

“那你听我说，你不懂，你先给我三千就行，剩下那一千可以慢慢给。”

“我不需要马驹，别再提它了！”

“好，那你就买金栗毛骒马。”

“骒马我也不要。”

“骒马再加上你看到的那匹菊花青，我只要你两千。”

“我根本不需要马。”

“你可以把它卖了，赶到头一个集市，就会有人出三倍的价钱。”

“那你就自己去卖好了，如果你真相信能卖出三倍价钱。”

“我知道一定赚钱，可是我想让你得点儿好处。”

乞乞科夫谢谢他的好心，直截了当地说，他既不要菊花青，也不要金栗毛骒马。

“好，那你就买狗。我卖给你一对好狗，能把你吓一哆嗦！嘴巴上长胡子，身上的毛像鬃一样挓挲。肚子圆得难以想象，爪子胖得像个肉团儿，跑起来脚不沾地。”

“我买狗干什么？我又不打猎。”

“我就是想让你也养狗。你听我说，如果你不要狗，就买我的手摇风琴，这才是一台绝妙的风琴，说实话，我花一千五买来的，卖给你只要九百卢布。”

“我要风琴干什么？我又不是德国人，也不想带它到处流浪，沿街乞讨。”

“这可不是德国人用的那种风琴。这是管风琴。你仔细瞧瞧，全都是用红木做的。我再让你看看！”诺兹德廖夫说到这里便抓住乞乞科夫的手，把他拉到另一个房间，不管乞乞科夫如何用脚蹬着地不肯走，并且一再说明他已经知道风琴什么样，还是不得不再听一遍马尔波罗是怎么出征的。“你如果不想付现钱，那么你听我说，就这么办：我把这台风琴和所有死了的农奴都给你，换你那辆马车，你再加上三百卢布就行。”

“你这又来了，那我怎么走呀？”

“我另送你一辆马车。我们现在就到车棚里去看！你只要再刷一遍油，就是一辆漂亮的马车。”

“唉，这个家伙一定是着了魔！”乞乞科夫想，并且下定决心，不管是马车或风琴，还是各种狗，也不管狗肚子圆得难以想象或狗爪子像肉团儿，什么都不要。

“我把马车、风琴和死农奴都算在一起！”

“我不要！”乞乞科夫又说一遍。

“你干吗不要？”

“我不想要就不要，别的没什么说的。”

“你呀，真是的，就是这号人！我算看出来了，跟你不可能像好哥儿们和好伙伴那样办事，说真的！……现在我算看明白了，你是个伪君子！”

“你把我当成傻瓜了怎么的？你倒说说，我干吗非得买我压根儿就不需要的东西？”

“好吧，你也不用说了。现在我算把你看透了。你真是个无赖！好吧，你听我说，我们来玩一把牌，你愿不愿意？我把所有的死农奴都压上，外加风琴。”

“嗯，玩牌谁输谁赢很难预料。”乞乞科夫说，同时瞅瞅诺兹德廖夫手里拿的纸牌，觉得两副牌都好像被做过手脚，牌的背面似乎都做了记号。

“怎么难以预料！”诺兹德廖夫说，“没啥难以预料的！你只要运气好就行，可以赢一大堆钱。你瞧，这牌多好！”他为了勾起对方的赌兴，开始分牌。“这牌有多好！这牌有多好！真叫人心跳！该死的九分出来了，上次我就输在它上！我觉出来它会坏事，硬是闭着眼睛想：‘让它见鬼去吧，该死的东西！坏事就坏事！’”

正当诺兹德廖夫这么说着的时候，波尔菲里送来一瓶酒。但是乞乞科夫一口回绝，既不玩牌，也不喝酒。

“你干吗不愿意玩呢？”诺兹德廖夫说。

“因为我没有那个兴致。是的，说实在的，我根本不喜欢玩牌。”

“为什么不喜欢？”

乞乞科夫耸耸肩补充说：

“不喜欢就是不喜欢。”

“你是个废物！”

“那有什么办法！天生就是这样！”

“简直是贱骨头。我原来以为你总该是个正经人，可你根本不讲交情。跟你怎么也近乎不起来……有话不直说，不肯说真心话，跟索巴克维奇一模一样，也是个坏蛋！”

“你凭什么骂人？难道说我不玩还有什么不对？你这个人连这么

点儿破玩意儿也舍不得，就光把死农奴卖给我好了。”

“你连一根毫毛也得不到！我本来想白送给你，可是现在你得不到他们了！你就是给我三个王国，我也不干。你这个骗子，讨厌的泥瓦匠！从今以后我跟你不发生任何关系。波尔菲里，你去告诉马倌，不要给他的马喂燕麦，光给点儿干草就行。”

诺兹德廖夫最后这一招，乞乞科夫无论如何也没料到。

“最好永远也别让我再见到你！”诺兹德廖夫说。

尽管客人跟主人发生了口角，他们仍然一起用晚餐，只不过这次餐桌上不再摆那些稀奇古怪的葡萄酒，只放一瓶塞浦路斯的什么酒，实际上是地地道道的酸汤。吃过晚饭，诺兹德廖夫领乞乞科夫到侧面的一个房间，里面已经为客人准备好床铺，便对乞乞科夫说：

“这是你睡觉的地方！我连晚安也不对你说！”

诺兹德廖夫走后，乞乞科夫心情十分不快。他心里生自己的气，责骂自己不该到诺兹德廖夫家来，白白浪费时间。不过他更责备自己不该跟诺兹德廖夫谈什么生意。这一步算是走错了，就像小孩子，像大傻瓜一样冒失，因为这种生意非比寻常，怎么能对诺兹德廖夫讲……诺兹德廖夫是个大坏蛋，他会信口开河，添油加醋，天知道会造出什么谣言，闹得满城风雨——真糟透了，糟透了。“我真是个大傻瓜。”他对自己说。他这一夜也没睡好觉。有些非常机灵的小昆虫咬他，疼得他受不了，所以他用五个指头一齐挠咬疼的地方，并且说：“让鬼把你们跟诺兹德廖夫一起抓去吧！”他一早醒来，头一件事就是穿上睡袍和皮靴，穿过院子到马厩去告诉谢利凡马上套车。往回走的时候在院子里遇见诺兹德廖夫，诺兹德廖夫也穿着睡袍，嘴里叼着烟袋。

诺兹德廖夫蛮和气地跟他打招呼，并且问他昨晚睡得怎么样。

“马马虎虎。”乞乞科夫回答，态度十分冷淡。

“可我，老兄，”诺兹德廖夫说，“昨天晚上折腾了一夜，说起来都感到厌恶，昨天喝过酒，这嘴里就像有个骑兵中队在里过夜。你想想看，我在梦中叫人揍了一顿，真的。你猜是谁？你怎么也猜不到，就是骑兵上尉波采卢耶夫和库夫申尼科夫。”

“是呀，”乞乞科夫想，“要是真有人大白天把你揍一顿才好呢！”

“真的，揍得可真疼！醒来一看，真见鬼，果然有什么玩意儿咬我，一定是该死的跳蚤。好，你现在去穿衣服，我马上就来。这个该死的管家，应该好好骂他一顿。”

乞乞科夫回到房间穿衣、洗脸，然后走到餐厅，里面已经在桌子上摆好茶具，还有一瓶罗姆酒。餐厅里昨天吃午饭和晚饭的痕迹依稀犹在，似乎地板刷子根本没有碰过它们。地板上到处是面包皮，连桌布上也有烟灰。主人也马上就出现了，光身穿着睡袍，露出胸脯上长着的厚厚的毛。他手里拿着烟袋，慢慢喝茶。他这副模样倒很值得画一幅像，如果画家不喜欢理发店招牌上那些头发油光水滑或者烫鬈发以及剪平头的绅士的话。

“喂，你考虑得怎么样了？”诺兹德廖夫沉默片刻之后说，“你不想玩牌赢我的农奴吗？”

“我已说过，老兄，我不玩牌，你要是想卖，我可以买。”

“我不想卖，这么办不够朋友。我不愿意从死人身上扒皮。赌个输赢，可就是另一码事了。我们只玩一副牌也行！”

“我已说过，不玩。”

“用东西换也不愿意吗？”

“不愿意。”

“好吧，你听我说，我们来下盘棋，你要赢了，全都归你。因为我这里有很多农奴，正等着从清单上注销。喂，波尔菲里，把棋拿来。”

“拿也是白拿，我不玩。”

“这可不像玩牌，这既不讲什么运气，也做不得鬼，完全凭技巧。我得事先声明，我根本不会下棋，你一定得先让我几步。”

“好吧，”乞乞科夫心中暗想，“我就跟他下一盘！我下棋还下得不错，他在这上面也高明不了多少。”

“好，随你便，就下一盘。”

“农奴算作一百卢布。”

“干吗那么多？算五十也就够了。”

“不，五十算什么赌注？最好就是这个数，我再搭上一条中等的狗，或者表链上挂的金图章。”

“好，就这么的！”乞乞科夫说。

“你能让我几步？”诺兹德廖夫说。

“干吗要让你？当然一步不让。”

“你最少得让我两步。”

“不行，我也下得不怎么着。”

“我们知道你们下得不怎么着！”诺兹德廖夫说着，走了一步。

“我很久没摸过棋子了！”乞乞科夫说着，也下一步。

“我们知道你们下得不怎么着！”诺兹德廖夫说，又走一步。

“我很久没摸过棋子了！”乞乞科夫说，也又走一步。

“我们知道你们下得不怎么着！”诺兹德廖夫说，朝前走一步，同时用袖头把另一个棋子往前推一步。

“我很久没摸过棋子了！……喂，喂，老兄，这是怎么回事？把它退回去！”乞乞科夫说。

“退什么？”

“把棋子退回去。”乞乞科夫说，同时看到对方又有个棋子已经跑到自己的鼻子底下，看样子马上就会变成王后了，至于这个棋子从哪里来的，只有天知道。“不成。”乞乞科夫说，从桌旁站起来，“跟你没法玩！哪有三个棋子一齐走的！”

“怎么三个棋子一齐走了？这个是错了。一不小心碰它一下，我退回来就是。”

“那另一个棋子是从哪里来的？”

“哪来的另一个棋子？”

“就是这个，都快变成王后了！”

“这就怪了，你好像记不住步似的！”

“不对，老兄，每一步我都计算过，记得清清楚楚，你是刚才把它塞到这里的。它应该在这个地方!”

“它怎么能在这个地方?”诺兹德廖夫说，满脸涨红，“我看出来了，你老兄净胡说八道!”

“不对，老兄，你才爱胡说八道呢，而且说得不圆全。”

“你把我看成什么人了?”诺兹德廖夫说，“难道我还会弄虚作假?”

“我并不把你看成什么人，只是从今以后我再也不跟你下了。”

“不成，你不玩不行。”诺兹德廖夫说，发起火来，“我们已经开了头。”

“我有权利不下，因为你这么下，不像正经人的玩法。”

“不，你胡说，你不能这么说!”

“不，老兄，你才胡说呢!”

“我并没有玩鬼，你不下不成，你必须下完这盘棋!”

“你不能强迫我下。”乞乞科夫非常冷静地说，走到棋盘跟前，把棋局搅乱了。

诺兹德廖夫立刻火了，凑到乞乞科夫跟前，乞乞科夫连忙后退两步。

“我就要强迫你下!你把棋局搅乱也没关系，每一步我都记得清楚。我们可以把它恢复原状。”

“不，老兄，到此为止，我再也不跟你下了。”

“这么说，你真不想下?”

“你自己也看得出来，跟你没法下。”

“不，你直截了当地说，想下还是不想下?”诺兹德廖夫说，凑得更近了。

“不想下!”乞乞科夫说，为了预防万一抬起双手准备护住脸，因为事态已经发展到激烈的程度。

他这一招恰到好处，因为诺兹德廖夫已经扬起胳膊……不然的话，我们主人公又胖又漂亮的脸蛋儿难免有一边要留下洗刷不掉的耻辱。他侥幸挡开这一巴掌，便抓住诺兹德廖夫好斗的双手，紧握不放。

“波尔菲里！帕夫卢什卡！”诺兹德廖夫疯狂地大喊大叫，拼命往外挣。

乞乞科夫听他一喊，为了不让下人看见这种有失体面的场面，同时感到握住诺兹德廖夫的手也没用处，便松开了。就在这时，波尔菲里和帕夫卢什卡一齐进来。帕夫卢什卡是个身强力壮的小伙子，跟他较量绝对讨不到便宜。

“你是不想把棋下完了？”诺兹德廖夫说，“你就直截了当说吧！”

“这盘棋没法往下下。”乞乞科夫说，朝窗外一望。他看见他的马车已经全都套好，谢利凡似乎正在等他一声召唤，便把车赶到门前。可是他无论如何也走不出这个房间，因为门口站着两个强壮的傻家伙。

“你是不想把棋下完了？”诺兹德廖夫又问一句，红头涨脸，就像火烧似的。

“要是方才你像正经人那样下，早就下完了。但是现在我不能下了。”

“啊，你这个坏蛋，不能下了！因为你看出了你赢不了我，就不能下了！揍他！”他气急败坏地朝波尔菲里和帕夫卢什卡喊，自己也操起樱桃木烟袋。乞乞科夫吓得脸色苍白。他本想说什么，可是只觉得嘴唇动弹，却说不出声来。

“揍他！”诺兹德廖夫喊，浑身发热，大汗淋漓，举着樱桃木烟袋就往前冲，仿佛是攻打一座坚固的要塞。他这一声“揍他！”很像一个天不怕地不怕的中尉在发起总攻时向他那一排士兵发出的冲锋号令：“弟兄们，冲啊！”这个中尉勇敢而鲁莽早已出了名，所以上级特意下过指示，在激战时刻要束缚住他的双手。然而中尉心中升起一股战斗的激情，觉得天旋地转，只见苏沃洛夫①的影子在眼前晃动，他非要往前冲建立大功不可。他只管一边冲一边喊：“弟兄们，

① 苏沃洛夫（1730—1800），俄国著名将领。在俄土战争和对意大利与瑞士的远征中卓立战功，被封为大元帅。——译者注

冲呀！”却不曾想到，他这一冲便破坏了经过深思熟虑的总攻计划，而前面高耸云霄的要塞固若金汤，从射孔里伸出无数枪来，他这一排微不足道的人马立刻便会灰飞烟灭。而且有一颗致命的子弹呼啸而来，要封闭他正大喊大叫的喉咙。如果说诺兹德廖夫真像一个丧失理智的中尉不要命也要拿下要塞的话，那么这座要塞早已吓得魂不附体。乞乞科夫本想用椅子护住身体，不想椅子却被两个仆人抢了去，他便紧闭双眼，半死不活地等着尝尝主人的切尔克斯烟袋的滋味，天知道他这时候会出什么事。然而命运有意可怜我们的主人公，让他的肋骨、肩膀和一切保养得很好的部位都保全下来。这时就有一阵车铃声自天而降，还清楚地传来车轮声，一辆大车来到门前。大车停下，甚至在屋里也能听到拉车的三匹马跑得气喘吁吁，而且直打响鼻。大家不由得都向窗外看去，只见车上下来一个人，留着小胡子，穿着半军装式的常礼服。他在前厅里问了一句就走进房间，正赶上乞乞科夫惊魂未定，处在凡人可能遇到的最可怜的处境。

“请问，你们当中哪一位是诺兹德廖夫先生？”陌生人问。他看到屋里的情景有些莫名其妙，只见诺兹德廖夫举着烟袋站在那里，而乞乞科夫刚从狼狈的处境中恢复过来。

“首先请允许我问一句，我有幸跟谁说话？”诺兹德廖夫问，走上前去。

“我是本县警察局长。”

“有何公干？”

“我来向您宣布上级的一个通知，在您的案子审完以前，您要听候审判。”

“胡说，我有什么案子？”

“您被人控告喝醉酒用树条抽打地主马克西莫夫，使他受到污辱。”

“胡说，我从来没见过什么地主马克西莫夫！”

“仁慈的先生！请允许我告诉您，我是一名军官。您对您的仆人可以这样讲话，对我可不行。”

这时乞乞科夫也不等诺兹德廖夫如何回答，赶忙拿起帽子从警察局长身后溜到门口，坐上马车，命令谢利凡拼命赶起马车快跑。

第五章

不过，我们的主人公这一吓可非同小可。尽管他的马车疾驰如飞，诺兹德廖夫的村庄早已不见踪影，被田野、斜坡和土冈遮住，他还一个劲儿战战兢兢回头瞅，很怕有追兵赶来。他觉得呼吸困难，用手摸摸心口，觉得心怦怦跳，就像鹌鹑被关进笼子。“叫他欺负得好厉害！不曾想吓成这个样子！”于是他向诺兹德廖夫发出许多恶狠而尖刻的诅咒，有时难免说出不堪入耳的字眼。有什么法子，他毕竟是俄国人，而且又在气头上。况且这次事件非同寻常。“不管怎么说，”他自言自语起来，“要不是警察局长来得及时，很可能我再也看不见上帝的世界了！会像水泡一样消失，留不下任何痕迹，既没留下后代，也没给未来的子孙留下财产和清白的名誉！”我们的主人公非常关心他的后代。

“这可是个坏老爷！”谢利凡心中暗想，“我还从来没见过这样的老爷。真该吐他一口唾沫！人你可以不给饭吃，马总不能不喂，因为马最爱吃燕麦。燕麦是马的粮食，比方说人不吃饭不行，马不吃燕麦也不行。燕麦就是它的粮食。”

连这三匹马似乎对诺兹德廖夫的印象也很坏：不但枣红马和陪审员心情不好，连青花马也怏怏不乐。尽管每次添料它得到的燕麦最差，而且谢利凡往槽里给它添料总要先骂一句“你这个坏蛋！”然而无论如何，那总是燕麦，而不光是干草。所以青花马吃起来非常满意，并且常把它的嘴巴伸到伙伴们的槽里，尝尝它们吃的什么料，尤其当谢利凡离开马厩的时候，可这次光吃的干草……真糟透了，个个都不满意。

然而，正当大家发泄不满的时候，却被一个意外事件突然打断了。所有的人和马，包括车夫在内，直到被迎面驶来的六匹马拉的马车撞上之后才清醒过来，几乎就在头上响起对面马车上坐着的妇女们的惊叫声与车夫的咒骂和恐吓："喂，你这个混蛋！我朝你大声喊了半天'往右靠'，马大哈！你是喝醉了怎么的？"谢利凡明白是自己疏忽大意，但是因为俄国人从来不肯向别人承认错误，所以立刻端起架子回敬一句："你干吗跑这么快？把眼睛押在酒馆里了怎么的！"接着便开始往后倒车，好让马从对面的车套里解脱出来，可是这时已经不中用了，双方的车套都纠缠在一起。青花马好奇地嗅嗅新认识的朋友，两位新朋友恰好把它夹在当中。坐在马车上的太太和小姐一见这种场面，脸上露出惊慌不安的神色。其中一个是老太婆，另一个是位非常年轻的小姐，刚刚十六岁，脑袋不大，金黄色的头发梳得整整齐齐，非常好看。漂亮的椭圆形脸蛋就像新下的鸡蛋一样圆，也像鸡蛋一样白得透明，就好像女管家用一双黑手举着新下的鸡蛋对着阳光照，阳光就从鸡蛋透射过来一样。她的小耳朵非常薄，也像是被温暖的阳光照射着，红得透明。与此同时，张开的芳唇流露出惊恐，两眼含着泪花——这副模样真可爱，让我们的主人公足足看了好几分钟，根本没在意马匹和车夫之间所发生的混乱。"赶快倒车，你这个下城的马大哈！"对面的车夫喊。谢利凡向后拽缰绳，对面的车夫也倒车，然而双方的马只退几步就再也退不出去，因为它们把腿伸到对方的车套里了。青花马一见新朋友非常高兴，无论如何也不愿意从由于天降好运才陷进去的车辙里退出来。它把脸贴在新结交的朋友的脖子上，仿佛正对它附耳低语什么，估计都是胡说八道，因为对方不爱听，不住摇耳朵。

然而幸亏离此地不远有个村庄，村中的庄稼人都跑来看热闹。庄稼人能看到这种热闹真是天赐良机，就像德国人喜欢看报或喜欢上俱乐部似的。所以不大工夫就在马车旁边围了很多的人，大概村中只剩下老太婆和太小的孩子了。车套都解开了，为了让青花马往后退，还在它脸上揍几拳。总之，双方的马车总算分开。然而对方的马不知为什么，是舍不得跟新朋友分手还是一时犯糊涂，不管车夫怎么打就是不动地方，好像长在地上似的。于是有越来越多的庄稼人上来帮忙。人人都争先恐后出主意："安德留什卡，你去牵外套马，让米佳伊大叔骑到辕马身上！米佳伊大叔，快点儿骑上去！"米佳伊大叔细高个子，干巴瘦，长着红胡子，骑在辕马身上活像村中教堂的钟楼，或者更像井台上打水的桔槔。车夫扬起鞭子打马，马还是不动，米佳伊大叔没起任何作用。"停下，停下！"庄稼汉们又喊，"米佳伊大叔，你去骑那匹外套马，让米尼亚伊大叔骑辕马！"米尼亚伊大叔是个膀阔腰圆的庄稼人，油黑的胡子，大肚子赶得上市场上最大的茶炊，冬天煮上蜂蜜水足够所有的人取暖。他高高兴兴骑到辕马身上，差点把辕马压趴下。"这回一定能成！"庄稼汉们喊道，"使劲撵，使劲撵！给那匹黄马一鞭子，它净偷懒，像懒蚊子一样叉开两条腿！"但是，米佳伊和米尼亚伊大叔一看还是不成，怎么撵也没有用，便两人一齐骑到辕马身上，让安德留什卡去骑外套马。车夫终于失去耐心，把米佳伊和米尼亚伊大叔都从辕马身上赶下来。他做得太对了，因为这两匹马都浑身冒热气，就像它们一口气跑了一站地似的。车夫让马歇歇，然后马自己就跑了起来。在大家都忙乎马车的这段时间里，乞乞科夫一直仔细端详这位陌生的年轻小姐。他有好几次都想跟她说两句话，就是找不到适当的机会。这时对面的马车走了，那漂亮的小脑袋、娇小的面庞和纤细的腰肢好像幻影突然不见了，又只剩下大路、马车、读者已经熟识的三匹马、谢利凡、乞乞科夫和周围一片平坦空旷的田野。在人的一生中，不管是落在贫穷不幸、冷酷无情、肮脏发霉的社会底层，还是处在单调冷漠、枯燥整洁的上层人士中间，在旅途中都至少有一次机会遇到跟他以前所看到的景象迥然不同的东西，从而在他心中唤起一种与平时迥然不同的心境。不管我们的人生是用多少痛苦编织的，总会有耀眼的欢乐，快活地闪过，就像在偏僻的村落除开大车之外什么新鲜东西也没见过，突然有一辆金光闪闪的马车从村前驶过，车上套着漂亮的骏马，马套都是金的，车窗的玻璃闪闪发亮，把看热闹的庄稼人看得发呆，大张着嘴，忘记戴帽子，久久站在那里，但是马车早已疾驰而去，不见踪影。这位金发女郎也是这样出乎意料地出现在我们的故事里，并且同样突然地消失了。如果当时遇见她的不是乞乞科夫，而是一个二十上下的小伙子，不论他是骠骑兵，还是大学生，或者是刚刚踏入社会的年轻人，那么上帝呀，他心中会产生多么热烈的感情，他会多么激动，多么倾心！他会在一个地方久久呆立不动，怅然若失，凝视远方，忘记赶路，忘记迟到会受到责备和申斥，忘记自己，忘记职位，忘记世界和世界上的一切。

然而，我们的主人公已步入中年，性格冷漠、审慎。他也陷入沉思，不过他的想法更切合实际，并且不那么不着边际，甚至有的很有道理。“娶这么个娘儿们倒也不错！”他说，打开鼻烟盒闻闻鼻烟，“她身上最主要的优点是什么呢？就是她刚出学校门，显然刚从某个寄宿学校或贵族女中毕业。她身上还没有平常说的女人身上那种矫揉造作，也就是女人最叫人讨厌的那种脾气。她现在不过是个孩子，她天真单纯，想说就说，想笑就笑。她的可塑性很大，她可以成为一个好妻子，也可以变成一个坏女人，是的，完全可能成为坏女人！只要她妈妈和七大姑八大姨一调教，不出一年工夫就会把她教成一个矫揉造作的女人，连亲生老子都认不出来。不知怎么一下子就学会板起面孔、扭扭捏捏，把妈妈教给她的话背得滚瓜烂熟，一举一动都照着做，要费尽心思斟酌，应该跟哪些人说话，怎么说和说多少，看人又得拿什么眼看，时时刻刻提心吊胆，很怕多说一句话，终于搞得懵头转向，一辈子也说不出一句真话。归根结底，天知道会变成什么样的人！”说到这里，他沉吟片刻又补充说：“我倒很想知道她家是个什么人家？她老子是干什么的？是一位有钱的好脾气的地主？还是一位奉公守法的官员，不过在官位上攒下一大笔钱？假如说这个姑娘能有二十万卢布的陪嫁，她倒是一块很肥很肥的肉。正如常言所说，可以使正派人得到幸福。”在他的脑海里浮现出二十万卢布，非常诱人，他甚至在心中责怪自己，方才马车乱套的时候为什么不向前导或车夫打听一下，车上坐的究竟是什么人。

不过不一会儿索巴克维奇的村庄就出现在眼前，驱散了他这些念头，他又回到他念念不忘的那件事上。

他一看，觉得村庄挺大，左右各有一片树林，像翅膀向两边伸开，一边是白桦林，颜色浅些，一边是松林，颜色发深。正中间是一座带阁楼的木房，红屋顶，深灰或者说暗灰色的墙，样子很像军屯或德国移民住的房子。一眼就看得出来，当初修房子时，建筑师曾和房主人的爱好进行过不懈的斗争。建筑师墨守成规，样样都讲对称，而房主人只讲实用，显然正是由于这个原因，房子两侧本应该都留窗户，但有一侧却被砌死，只留一扇小窗，大概为了给昏暗的仓房透些光亮。不管建筑师怎么坚持，正门上的三角楣饰也没安在正中，因为主人下令把边上的一根圆柱取消，于是原定的四根柱子只剩下了三根。院子周围的栅栏也是用非常粗的木头修的，显得非常结实。似乎这位地主不管修什么都讲坚固耐用。连马厩、仓库和厨房都是用又粗又沉的圆木修的，一百年也不会烂。村中农民的木房也盖得特别：一色用圆木垒的，既不刨光，也没有雕饰或其他装潢，不过房子盖得倒也结实，严丝合缝。井台也是用最结实的柞木修的，这种柞木一般用于修磨坊或者造船。总之他所见到的一切，都坚如磐石，固若金汤，有一种既结实又笨重的特点。当马车来到门前的台阶跟前时，他发现有个窗口几乎同时露出两张脸：一张又细又长，好像黄瓜，是女人脸，戴着包发帽；另一张是男人脸，又圆又宽，好像摩尔达维亚出产的南瓜，俄国人管它叫葫芦，可以做巴拉莱卡琴。这种只有两根弦、非常轻便的巴拉莱卡琴，二十啷当岁的机灵的小伙子最爱摆弄。他们穿得漂漂亮亮，再挎上这种漂亮的乐器，一弹丁零丁零响，招来一群大姑娘围观，姑娘们都是白胸脯、白脖子，他们便朝姑娘们挤眉弄眼，吹口哨。两张脸刚露一下便缩了回去，有个仆人从门口出来，穿着带蓝立领的灰上衣。他把乞乞科夫带进外屋，这时主人也从里面走进外屋。他一见客人，便简短地说了一声："请！"然后带客人走进里屋。

乞乞科夫斜眼瞥了一下索巴克维奇，觉得主人很像一只中等个头的狗熊。为了使这种相似达到极致，连他穿的燕尾服也跟熊皮一样颜色，衣袖长，裤腿也挺长，走起路整个脚掌都落地，东歪一下，西扭一下，常常踩别人的脚。他的脸色火红热烈，好像五戈比的铜板。尽人皆知，大自然塑造人的面孔，对许多人并没工夫精雕细刻，根本不用锉和凿子之类的小工具，只是挥起斧子就砍，一斧子砍出鼻子，再一斧子就砍出嘴唇，然后用大钻钻眼睛，连刮也不刮一下就让人出生，说一声："活！"人就活了。索巴克维奇就是按照这种方式砍出来的最结实也最巧妙的形象。他的姿势也很怪：不是昂首挺立，而是俯首躬身，他的脖子压根儿不转，正是由于不会转动，所以他跟人谈话时很少看着对方，两眼总是望着炉台角或者看着门。当他们两人步入餐厅时，乞乞科夫又斜眼瞥他一下：真像熊！地道的熊！说来也真巧，连他的名字也叫米哈伊尔·谢苗诺维奇，跟熊的名字一个样。乞乞科夫已经知道主人有踩别人脚的习惯，所以走路小心翼翼，让主人走在前面。主人似乎自己也知道自己这种毛病，立刻问道："我是不是打扰您了？"但是乞乞科夫连声道谢说："没有什么打扰。"

进了客厅，索巴克维奇指着圈椅又说一声："请！"乞乞科夫一边落座，一边拿眼扫了一下墙和墙上的画。画上全是英雄人物，全是希腊将领的全身版画像。其中有马夫罗科扎托斯①，穿着绿制服、红裤子，鼻子上架着眼镜，有米阿乌利和卡纳里斯②。这些英雄都长着挺粗的腿和没人见过的胡子，真叫人不寒而栗。在这些雄壮的希腊人中间不知是怎么回事或出于什么目的，竟然有一幅又细又瘦的俄国将军巴格拉季昂③的画像。这个画框最窄，下面还画着许许多多

---

① 马夫罗科扎托斯（1791—1865），希腊民族解放斗争中的英雄，曾先后任总统和总理。——译者注

② 米阿乌利是希腊民族英雄；卡纳里斯（1790—1877）也是希腊民族英雄，曾两次出任首相。——译者注

③ 巴格拉季昂（1765—1812），俄国步兵上将，于1812年卫国战争中阵亡。——译者注

小旗和大炮。接下去是希腊女英雄博别丽娜①的画像，她的大腿要比现代客厅里比比皆是的花花公子的整个身子还粗。可能是由于主人自己长得健康结实，便希望他的房间里挂的画像也都结实健康。博别丽娜的画像旁边，紧靠窗户挂着一个鸟笼，里面养着一只黑毛带白点的鸫鸟，样子也极像索巴克维奇。客人和主人大约沉默了两分钟，客厅的门开了，女主人走进来。这是一位身材高大的女人，头上戴着包发帽，帽带是用土制染料染的。她走路端着架势，直昂着头，样子挺像棕榈。

“这是我的费奥杜利娅·伊万诺夫娜！”索巴克维奇说。

乞乞科夫走上前去吻费奥杜利娅·伊万诺夫娜的手，她几乎把手塞进他的嘴唇里，这时他有机会发现女主人的手是用腌黄瓜汤洗的。

“亲爱的，我来给你介绍，”索巴克维奇接下去说，“这是帕维尔·伊万诺维奇·乞乞科夫！是在省长家和邮政局长家认识的。”

费奥杜利娅·伊万诺夫娜邀请客人坐下，也只说了一声：“请！”还摆了摆头，俨然是一位扮演女王的演员。接着她也在沙发上坐下，披上美利奴羊毛围巾，便眼睛眨都不眨，眉毛挑都不挑了。

乞乞科夫一抬眼又看到了大粗腿、长胡子的卡纳里斯，博别丽娜和笼中的鸫鸟。

几乎整整有五分钟，谁也不说一句话，只听到鸫鸟啄木头的声音，原来它看见笼子底上有粮食便用嘴去啄。乞乞科夫又拿眼扫视一下房间，见屋子里的一切东西都非常坚固而又非常笨重，跟这家主人相似到令人奇怪的程度。客厅的墙角上放着一张胡桃木写字台，肚子特大，腿特粗，跟熊一模一样。桌子、椅子、圈椅——一切都显得又笨重又不安生，总之，每件家具、每把椅子都仿佛在说：“我也是个索巴克维奇！”或者“我也跟索巴克维奇一模一样！”

“我们在厅长伊万·格里戈里耶维奇家的时候还曾经提到您。”

---

① 博别丽娜是希腊民族英雄，参加过游击队。——译者注

乞乞科夫看到谁也不张口，终于说道，“那是上星期四。我们在他家玩得非常痛快。”

“是呀，那天我没到厅长家。”索巴克维奇回答。

“真是个好人!”

“您说谁呀?”索巴克维奇问，眼睛看着炉台角。

“厅长。”

“嗯，这也许不过是给您的印象，其实，他是个共济会会员①，是世界上从来没见过的大混蛋。”

乞乞科夫一听这种颇有几分刻薄的评语，感到有些莫名其妙，但是不一会儿就恢复常态，接下去说：

“当然，人人都难免有缺点，不过省长倒是个大好人。”

“省长是大好人?”

“是呀，难道不对吗?”

“他是世界上头号的强盗!”

“怎么?省长是强盗?”乞乞科夫说，他无论如何也不能理解省长怎么会是个强盗，“老实说，这一点我无论如何也想不到。”他接着说：“不过，请允许我说一句，他的举止行为可一点儿也不像强盗，相反，他的脾气甚至好极了。”于是他举出省长亲手绣钱包一事作为证明，并且赞扬省长脸上总是一副和蔼可亲的样子。

“他那张脸也是一副强盗相!”索巴克维奇说，“只要交给他一把刀，让他到大路上去，他会见人就宰，只为抢一个戈比就下手!他跟副省长都是杀人不眨眼的阎王!”

“啊，他必是跟他们的关系不好。”乞乞科夫心中暗想，“那我就跟他谈谈警察局长，看样子他们肯定是好朋友。”

“其实，叫我看，”乞乞科夫说，“说老实话，我最喜欢的还是警察局长。这个人生性耿直，有什么说什么，从脸面就看得出来，他为人厚道。”

---

① 共济会在欧洲本是秘密宗教组织，而在俄国由于十二月党人利用共济会进行活动，所以俄国上层社会把共济会会员看成危险分子。

“他是骗子！”索巴克维奇十分冷静地说，“他会出卖您，欺骗您，然后照样跟您一块吃饭！这些人我都了解，个个都是骗子，全省城都是骗子，骗子骑在骗子身上，后面还有骗子撵着，都是出卖基督的犹大。只有一个人算是正经人，那就是检察长，可如果说真话，他蠢得像猪。”

乞乞科夫听到这些虽然简单却褒扬至极的评论，心里明白其他官员就不必再提了，于是想起，索巴克维奇从来不喜欢说别人的好话。

“怎么样？亲爱的，该吃饭了吧？”索巴克维奇太太对丈夫说。

“请！”索巴克维奇说。

于是，他们先走到放着冷盘的桌子跟前，宾主按照习惯各喝了一杯伏特加酒，吃点小菜。跟辽阔的俄国所有的城乡一样，这些小菜无非是腌制的蔬菜和能引起食欲的辣味。接着大家走进餐厅，女主人好像轻盈的大鹅走在最前面。一张不大的餐桌已经摆好，放了四份餐具。不一会儿就又来个女人坐到第四个位置上，说不清她是姑娘还是太太，是亲戚、是女管家还是个食客。她大约有三十岁，没戴包发帽，穿一件花连衣裙。世上就有这种人，她们不能独立生存，而像毫无用处的斑点附着在别的事物身上。她们总是坐在同样的位置上，脑袋保持同样的姿势，别人差不多把她们当成摆设，以为她们从来不会说话，可是一到使女室或储藏室，哎哟，她们就完全变了样！

“我的亲爱的，今天菜汤可真好！”索巴克维奇喝了一口汤说，然后从盘子里拨了一大块填羊肚——这是一道名菜，用羊肚包上荞麦米饭、羊脑子和羊腿肉，作为汤的配菜上席。“这样的填羊肚，”他转脸对乞乞科夫接着说，“您在城里是吃不到的，鬼知道城里人给您吃的什么！”

“不过省长家的菜倒是做得不错。”乞乞科夫说。

“可您知道他家做菜用的是什么料吗？您如果知道，肯定不会吃。”

“我不知道怎么做的，所以我无法评论，不过猪肉饼和清炖鱼都挺好吃。”

“这不过是您觉得好吃罢了。我可知道他们到市场上都买什么东西。他那个混账厨子跟法国人学的手艺，买一只公猫剥了皮就当兔子肉端上来。”

“呸！你干吗净说些难听的话?”索巴克维奇太太说。

“那有什么法子，亲爱的，他们就是这么干的，这可怨不着我。他们家家都这么干。在咱们家凡是不能吃的东西，阿库利卡早就扔进——对不起——脏水盆里，可他们都用来做苏伯汤！做汤！往汤里放！”

“在饭桌上你总好说这些话！”索巴克维奇太太又反驳他说。

“那有什么法子，我的亲爱的。”索巴克维奇说，“我可不这么干，我可以当面告诉你，这些乱七八糟的东西我才不吃呢。你就是把青蛙裹上糖我也不吃，牡蛎我也不吃，我知道牡蛎长得像什么玩意儿。您来块羊肉。”他转过脸对乞乞科夫接着说：“这米粥煮羊排！这可不是城里的绅士们吃的那种浇汁羊肉丁，他们用的那种羊肉都在市场上放四五天了！那都是德国博士和法国博士们想出来的主意，为了这一点就该把他们绞死！想出来什么饮食疗法，用挨饿治病！他们德国人长得多单薄，以为俄国人的胃肠也能受得了！不，这可不行，这都是他们胡思乱想的结果，这都是……”索巴克维奇说到这里甚至气愤得直摇头：“他们大谈什么文明、文明，可是这种文明——呸！我真想换另外一个字眼，只是在饭桌上说不礼貌。我家可不那样。我家要吃猪肉，就来个整猪，要吃羊肉，就来个全羊，要吃鹅，也是整个的鹅！我宁可只吃两样菜，也要吃个够，想吃多少就吃多少。”索巴克维奇用事实证明了他的话，他把半个羊排倒进自己的盘子里，不一会儿就把肉吃光了，把骨头也啃了，又挨个吮一遍。

“是呀，”乞乞科夫想，“他倒真会吃呢！”

“我家可不那样，”索巴克维奇说，用餐巾擦擦手，“我家可不像普柳什金。他家有八百个农奴，可吃的、住的还赶不上我家羊倌！”

“这个普柳什金是什么人？”乞乞科夫问。

“骗子。”索巴克维奇回答，“是个守财奴，您想象不出他有多么吝啬！监狱的犯人活得也比他家强，他把所有的人都饿死了。”

“当真？”乞乞科夫接过话茬关心地问，“您说他家死了好多人，是真的吗？”

“很多，就像死苍蝇似的。”

“难道真像死苍蝇似的？请问，他家离您这里挺远吗？”

“有五俄里。”

“才五俄里！”乞乞科夫叫出声来，甚至感到有些心跳，“要是走出您家大门，应该往右拐还是往左拐？”

“我劝您还是不要问这条老狗家的路！”索巴克维奇说，“就是到任何下流的地方去也不能到他家去。”

“不，我不过随便问问，因为我对各种情况都喜欢了解一下。”乞乞科夫听了回答说。

羊排之后上的是奶渣饼，个个都比盘子还要大。接着是只火鸡，个头赶得上牛犊，肚子里塞满各种东西：鸡蛋、米饭、肝，还有一些说不清的东西，都团成一团。这是最后一道菜。不过当大家离开餐桌时，乞乞科夫觉得他的体重足足增加一普特。大家又回到客厅，客厅里已经摆好一小碟果酱，不像是用梨、李子或浆果做的，不过宾主谁都没碰。女主人走出去想再盛几碟果酱来，索巴克维奇则酒足饭饱，正仰在圈椅上呼哧喘气，听不清他嘴里哼哼些什么，还不时地画十字，一会儿又用手捂住嘴。于是乞乞科夫趁这个机会跟他说了这么一番话。

“我想跟您谈件小事儿。”

“我又拿来一碟蜜饯！”女主人端着小碟回来说，“是用蜜汁煮的小萝卜！”

“我们过一会儿再吃！”索巴克维奇说，“你先回屋去，我要跟帕维尔·伊万诺维奇脱掉燕尾服，稍稍休息一下！”

女主人要打发人送来鸭绒褥子和枕头，但是主人说：“用不着，我们在椅子上坐坐，歇歇就行。”女主人就走了。

索巴克维奇微微侧过头，想听听究竟是什么事。

乞乞科夫一开头绕了挺大弯子，泛泛地谈论一番整个俄国的情况，对它的幅员辽阔大加赞美一番，说连古罗马帝国也没有这么广大的领土，所以不能不让外国人感到惊奇……索巴克维奇一直低头洗耳恭听。这个国家的光荣全世界都无与伦比，可是按照这个国家的现行政策，直到重新进行农奴登记以前，那些仍然在册却已不复存在的农奴要跟活的农奴一样计算数目。为了使官府免却许多琐碎无益的手续，以免使本来已够复杂的国家机构变得更加复杂……索巴克维奇仍然低着头倾听。尽管这种办法无疑是正确的，却使许多地主感到负担不了，因为他们要替这些人交税，就像替活农奴交税一样。而他出于对索巴克维奇的尊敬，情愿替他负担一部分这种实属沉重的担子。关于这笔交易的主要对象，乞乞科夫表述得极其审慎，他不说是死农奴，只是说不复存在的农奴。

索巴克维奇依然低着头仔细倾听，脸上没有流露任何表情。似乎他这副皮囊里根本没有灵魂，或者他虽有灵魂却并不带在身上，而是像那个长生不老的恶老头一样埋在深山老林里，而且外面包着一层很厚的硬壳，所以不论他心灵深处如何激动，外表上不露任何声色。

“我说得对吧？……”乞乞科夫问，等待对方回答，心情不免有些紧张。

“您想要的是死农奴？”索巴克维奇问得很干脆，就像谈的是粮食一样，丝毫也不奇怪。

“是的，”乞乞科夫回答，为了措辞缓和又补充一句，“不复存在的农奴。”

“有哇，怎么能没有呢……”索巴克维奇说。

“您如果有，那么毫无疑问……很乐于甩掉他们了？”

“是这样，我准备出卖。”索巴克维奇说，已经稍稍抬起头，他立刻想到买主一定是有利可图。

“真见鬼！”乞乞科夫心中暗想，“还没等我张口说买，这个家伙倒先说卖了！”接着便问：

“那么，比方说什么价钱？尽管这种东西……要钱倒有点儿奇怪……”

“我也不想跟您多要，就给一百卢布一个吧！”索巴克维奇说。

“一百！”乞乞科夫大叫起来，张开嘴，望着对方的眼睛，不知是自己听错了还是索巴克维奇生来笨，舌头转动不灵，把一个数目说成了另一个。

“怎么，难道您嫌贵？”索巴克维奇说，然后又补充一句，“那么您愿意出什么价？”

“让我出个价！我们俩大概搞错了，再不产生了误会，没弄明白我们讨论的对象。要叫我说，咱们说个良心价，八十戈比一个就是最好的价了！”

“您这说哪去了——八十戈比！”

“怎么的，叫我看，我认为不可能再多。”

“我卖的可不是树皮鞋。”

“可是您也不能不同意，这并不是活人。”

“那么您以为能找到哪个傻瓜会把在册农奴二十戈比就卖给您？”

“可是请原谅，您为什么说他们是在册农奴？他们早就死了，只剩下一个空名，连摸都摸不着。不过为了免费口舌，一个给您一个半卢布，您要是愿意我就买，再多不行了。”

“这么个数目您也说得出口！您是有意压价，您就给个实在价钱吧！”

“我不能再加了，米哈伊尔·谢苗诺维奇，请您相信我的良心，我不能再加了，办不到的事就是办不到。”乞乞科夫说，不过又加半个卢布。

“您干吗这么小气？”索巴克维奇说，“说实在的，价钱不贵！

换个人会想法糊弄您，把一堆废物塞给您，而不是农奴。我的人好比是成熟的核桃，一个顶一个，就算不是手艺人，也是结实的庄稼汉。您仔细瞧瞧，就说这个做马车的米赫耶夫吧！他专门做弹簧马车，别的什么马车都不做。而且不像莫斯科做的那种马车，走不上一个钟头就坏了。他做的马车非常结实。他还会包皮子，还会刷油漆！”

乞乞科夫刚要张口说米赫耶夫早已不在人世，然而索巴克维奇，正如俗话所说，来了兴头，说起来就滔滔不绝。

“还有叫‘软木塞’的斯捷潘，也会木匠活儿。您要是在什么地方能找到这样的庄稼人，我把脑袋都给您。他可真有力气！他要是在近卫军当兵，天知道他升得有多快！身高两米出头！”

乞乞科夫又想说“软木塞”已不在人世，可是索巴克维奇并不理他，没完没了地说下去，他也只好听着。

“还有米卢什金，是个瓦匠！不管什么样的房子，要想砌炉子他都会。马克西姆·捷利亚特尼科夫是个鞋匠，只要用锥子一扎就做出一双皮靴来，他做的靴子再好不过，而且一口酒也不喝！还有叶列梅·索罗科普廖欣！他一个人就顶得上所有的人，他能到莫斯科做生意，光交代役租一次就交五百卢布。您瞧这些家伙多能干！您要是想去找那个普柳什金，他卖给您的绝对没有这么好。”

“不过容我说一句。”乞乞科夫终于插嘴说。主人的这种长篇大论，似乎永远也说不完，令他不免惊异。“您又何必一个一个介绍他们的本事，他们本事再高现在也毫无用处，他们都是已经死了的人。俗话说，人死了用来支篱笆也不顶用。”

“当然死了。”索巴克维奇说，仿佛这时才恍然大悟，这些农奴当真死了。然后他又补充道：“不过话又说回来，现在就算是活着的这些人又怎么样？他们算是什么样的人？他们不过是一群苍蝇，算不得人。”

“可是他们毕竟活着，而这些人是虚无缥缈的。”

“不，怎么能说虚无缥缈呢？我可以向您详细介绍一下米赫耶夫的情况，像这样的人您想找也找不到，长得像个机器，这样的房间他都进不来。不，怎么能说虚无缥缈呢！他那两个肩膀可真有力气，连马都赶不上他。我倒真想知道，您到什么地方能找到这种虚无缥缈的东西！”

最后一句话他已经是转过脸瞅着墙上的巴格拉季昂和科洛科特罗尼斯①的画像说的。两个人谈话常有这种情形：谈话的一方不知为什么突然不看对方，却转过脸去对偶然来到跟前的第三者说。他甚至根本不认识这个人，也明知道这个人不会明确答复，既说不出什么意见，也不会表示赞同，却拿眼紧盯着他，仿佛想让他给评评理；然而陌生人开头会感到有点不好意思，因为他没听到他们谈的什么，不知道搭腔好呢，还是出于礼貌略微站站然后扬长而去。

“不，我只能出两个卢布，多一个也不行。”乞乞科夫说。

“这么办吧，您也别说我要价高，我也不能让您占便宜，每个给七十五卢布吧，不过得要现钞。说实在的，这还是为了交个朋友！”

“他这是怎么搞的？”乞乞科夫心中暗想，“他把我当成了傻瓜怎么的？”然后说道：

“我真感到奇怪，我们俩好像是在演戏，或者是装腔作势，不然我无法解释……您像是个相当聪明的人，受过教育，有知识。这个东西本来一钱不值。他能值多少钱？有谁需要他？”

“您既然出钱买，就肯定需要。”

这时乞乞科夫咬住嘴唇，不知如何回答是好。他刚想提提他个人和家庭情况，可是索巴克维奇直截了当地说：

“我不想了解您的人际关系，个人的私事我不想介入，那是您的事。您要买农奴我就卖给您，您要是不买，可会后悔的。”

“两个卢布。”乞乞科夫说。

“真像谚语说的，亚科夫养喜鹊只学会一句话，不管什么事都这么说。您相中了两卢布，骑上去就不肯下来。您还是给个实价吧！”

---

① 科洛科特罗尼斯（1770—1843），希腊民族解放战争中的将领，后来是国务会议成员。

“嘿，真他妈见鬼！”乞乞科夫心中暗想，“这个癞皮狗，我再给他加半个卢布，让他不得好死！”

“好吧，我再加半个卢布。”

“嗯，好吧，我也告诉您我的最低价：五十卢布！我这可是赔本生意，这么好的人手，再少了，您到哪也买不到！”

“真是个扒皮！”乞乞科夫心中暗说，然后不无遗憾地说道：

“这算是什么事……我们好像是谈一笔大生意。换个地方我不花一分钱就可以弄到手，人人都会高高兴兴卖给我好减轻自己的负担。只有傻瓜才抱住他们不放，还得为他们纳税！”

“可您知不知道，我看在交情上私下跟您说，这种买卖不大许可，我或者别的什么人把它捅出去，这种人就会名誉扫地，没有人再肯跟他签合同或者从事什么交易了。”

“这个家伙可真坏，跟我来这一手！”乞乞科夫想道，立刻装出非常镇静的神情说：

“您愿意怎么想，随您的便好了。您不要以为我买他们真有用处。我不过是产生了这种想法。两个半卢布您还不愿意卖，那就再见吧！”

“还真拗不过他，这家伙软硬不吃！”索巴克维奇想。

“好吧，上帝保佑您，三十卢布一个您就拿去！”

“不行，我看得出来您是不想卖，那就再见好了！”

“等等，等等！”索巴克维奇说，不肯放开乞乞科夫的手，并且踩住他一只脚，因为我们的主人公这时忘了保护自己，因而受到惩罚，疼得“嘘嘘”叫，用单腿直蹦。

“对不起，我好像打扰了您。请这里坐！请！”于是他相当灵敏地把乞乞科夫按到圈椅里，颇像一只受过训练的狗熊，既会翻跟头，又会在提问之下做各种把戏，比如问它：“米什卡，学学娘儿们洗澡怎么拍打身子！”或：“米什卡，小孩怎么偷豌豆？”

“我真是白白浪费时间，我还需要赶路。”

“您再坐一小会儿，我马上告诉您一个数，您听了一定高兴。”

于是索巴克维奇凑到他身旁坐下，仿佛要告诉他一个秘密，附耳悄声说："二五折怎么样？"

"您说是二十五个卢布？不行，不行，不行，甚至再来个二五折也不行，一分钱也不加。"

索巴克维奇无话可说。乞乞科夫也沉默不语。两人大约沉默了两分钟。鹰钩鼻子的巴格拉季昂从墙上聚精会神地看着这场交易。

"您的最后价钱是多少？"索巴克维奇终于问。

"两个半卢布。"

"说实在的，一个人的灵魂啊，在您手里才值个蒸萝卜价钱，您就给三个卢布吧！"

"不行。"

"嘿，真拿您没办法，就照您的价好了！我可吃了亏，谁叫我就是这副糟糕的脾气，总想让朋友高兴高兴。不过我想得按规矩办事，签个契约吧。"

"那当然。"

"这么说还得进趟城。"

这桩买卖就算成交了。两人决定明天进城签订契约。乞乞科夫要一份农奴的名单。索巴克维奇欣然同意，立刻走到写字台前亲手抄一份名单，不但写出姓名，还注明他们的特长。

乞乞科夫无事可做，便站在身后打量索巴克维奇魁伟的体型。看他的后背宽得好像维亚特卡矮种马的脊背，再看他的大腿就像人行道上安的铁柱子一样粗，心中不禁发出一阵感叹："嘿，上帝赐给你一副好骨架！正如常言所说，别看长得不出彩，体格蛮结实！……你是一生下来就像熊，还是这穷乡僻壤的生活把你养成一副熊脾气？你忙着种地，天天得跟庄稼人打交道，这使你变得贪得无厌，成了扒皮？不过我想不是那么回事，即使让你受到现代教育，步步高升，不是住在穷乡僻壤而是住在彼得堡，你还会一成不变。全部差别只在于：你现在吃完一大张奶渣饼，还能吃半块米粥煮羊排，到那时候你就只能吃一点点煎菌肉饼了。再就是你现在管的是庄稼汉，你跟他们处得来，你当然不会欺负他们，因为他们是属于你的，欺负他们没什么好处，可是到那时候，你管的是官吏，你知道他们不是属于你的农奴，便会时不时狠狠敲诈他们，再不就盗窃国库！这种人最好攥紧拳头，一攥上就再也伸不开！他要是伸开一两个指头，那就更糟了。比方他对某一门科学懂得一些皮毛，并且占据相当重要的地位，便会给真正懂这门科学的人一点厉害。他大概会说：'让我也出出风头！'便会想出绝妙的办法让许多人大吃苦头……唉，但愿这种人死绝才好！……"

"名单写好了。"索巴克维奇说着转过身来。

"写好了？请给我吧！"他拿眼一扫，名单的整洁和准确使他感到惊异，上面不但详细写明每个人的手艺、名字、年龄和家庭状况，甚至在一旁特别注明他们品行如何，喝不喝酒——总之，这种名单看起来挺有意思。

"现在请交定钱吧！"

"您干吗还要定钱？到城里一次付清算了。"

"大家都这么办，您知道这是规矩。"索巴克维奇反驳说。

"我不知道该怎么给。我身边也没带钱。是了，我这还有十卢布。"

"十卢布算什么！起码得给五十卢布！"

乞乞科夫推托说他没带钱，然而索巴克维奇一口咬定说他身上有钱，乞乞科夫不得不又掏出一张票子说：

"好吧，再给您十五卢布，总共是二十五卢布。只是请开个收条。"

"您干吗还要收条？"

"大家都这么办，您知道，最好开个收条。说不定出什么情况。"

"好吧，把钱交给我！"

"干吗先交钱？钱在我手里！您写好收条，马上可以拿去。"

"对不起，不先看看钱，我怎么写收条？"

乞乞科夫把钱交给索巴克维奇，索巴克维奇走到桌子跟前，用左手手指按住钞票，用右手在一块纸头上写明：收到出卖农奴定金共计二十五卢布国币。他写好收条，把钞票又仔细看一遍。

“这票子太旧了！”他一边迎着阳光看一边说，“还有点破了，不过朋友之间不能计较这个。”

“扒皮，扒皮！”乞乞科夫心中暗想，“再加上老滑头！”

“不想要女的吗？”

“谢谢，不要。”

“我可以便宜卖。都是熟人了，就一卢布一个。”

“不要，我不要女的。”

“嗯，既然不要，就没啥可说了。人人各好一套，俗话说得好，有人喜欢神父，有人喜欢神父的老婆。”

“我还有个请求：这笔买卖只能你知我知。”乞乞科夫向他告别时说。

“那当然。没必要让其他人掺和，既然是好朋友坦诚相见，就应该讲交情。再见吧，您大驾光临，非常感谢，请您以后也别忘了朋友，什么时候得闲请来吃顿便饭，大家聚聚。今后也许还会有事需要彼此帮忙呢。”

“嘿，但愿别再跟他打交道！”乞乞科夫一边上车，一边暗想，“一个死农奴就要去我两个半卢布，真是妈的扒皮！”

他对索巴克维奇的行为十分不满。不管怎么说，一回生二回熟，在省长家和警察局长家一共见了两次面，可办事就像对生人一样，明明不值钱的东西还要钱！马车出了院子，他回头看看，见索巴克维奇仍然站在台阶上，好像察看客人的行踪。

“这个坏蛋，直到现在站着不动！”乞乞科夫从牙缝里说，命令谢利凡马上拐弯，贴着农民住的房子走，这样一来从地主家门口就看不见马车了。他听索巴克维奇说普柳什金家的农奴死得像苍蝇一样多，就想上普柳什金家去，又不想让索巴克维奇知道。当马车来到村头的时候，遇见一个庄稼汉从半路上拾到一根挺粗的大木头，像不知疲倦的蚂蚁一样用肩膀扛着一头往家拽，他便把庄稼汉叫住。

“喂，大胡子，上普柳什金家去，不经过老爷门前，该怎么走？”

这个庄稼汉好像被这个问题给难住了。

“你不知道怎么的？”

“是的，老爷，不知道。”

“唉，你呀，都长白头发了，还不知道守财奴普柳什金是谁？就是那个不让人吃饱的地主！”

“啊！打补丁的，打补丁的！”庄稼汉叫了起来。

在这个“打补丁的”后面还有一个字眼用得十分恰当，不过在上流社会不能说，我们只好省略不提。然而这个庄稼汉早已不见踪影，马车又向前走了很久，乞乞科夫坐在马车上依然面带笑容，可想而知这个字眼用得是恰到好处。俄国人说话真厉害！他们要是送给谁一个外号，就会成为这个人的传家宝，世世代代传下去，不管他当差还是赋闲，也不管他是在彼得堡还是跑到天涯海角，这个外号就一直跟定了他。不管他后来怎么想法子把外号改得高雅一些，甚至花钱请文人为他续上古代大公的家谱，都不顶用。这种外号就像老鸹叫一样，一张口就露了底，人家便知道他是从哪里飞来的鸟。说得恰当的字眼跟写在纸上的词汇一样，用斧子也砍不掉。俄国内地既没有德国人，也没有芬兰人或其他任何民族，那里的字眼最恰当不过，因为那里的一切都是自然的和天生的，来自机灵活泼的俄国智慧。俄国人说话不用像老母鸡抱窝似的等待很久，信手拈来，一下子就贴到身上，好像一份终生使用的护照，一笔就勾画出你从头到脚的全身像，用不着再补充一下你的鼻子和嘴什么样！

就像神圣而虔诚的俄罗斯大地到处都有数不胜数的带十字架或圆顶的教堂和修道院一样，世界各地也有数不胜数的部族、民族和民族，他们聚居一方或到处游荡，什么样都有。任何一个民族都蕴藏着无穷的力量，心灵里充满创造力，有着鲜明的特色和上帝赐予的其他才能，他们都有各不相同、独具特点的语言，不论他们想表达什么事物，都会在表现方法里反映出各自的特性。英国人的词汇反映出对心理充分的了解和明智的生活知识；法国人的词汇是短命的，好像轻佻的花花公子，才华显露却一闪即逝；德国人创造的词汇非常奥妙，并不是任何人都能懂，干巴巴却充满智慧；可是任何一种语言也不如说得恰当的俄语字眼那么奔放和活泼，那么发自心灵深处，那么热烈沸腾和生机勃勃。

第六章

很久很久以前，当我小的时候，在那一去不复返的童年时代，我非常喜欢坐车到从来没去过的地方，小村庄也好，穷县城也好，大镇子或城市郊区也好，幼小时的好奇的目光总能发现许多有趣的东西。不论什么建筑，只要略有特色都会引起我的注意，令我惊奇不已。比如用石头修的官衙，尽管样式千篇一律，有一半带饰窗，然而在一片用木头修的民房当中却也鹤立鸡群；再比如刷得雪白的新教堂，顶上耸立着规整的圆顶，还用白铁皮包着；另外还有市场，还有县城的少爷在街上闲逛——什么也逃不过我的敏锐而仔细的目光。我坐在长途马车上把鼻子伸出窗外，看看从未见过的衣服式样，看看菜店门口露出来的木箱，里面有的装着钉子或离老远看发黄的硫黄，还有葡萄干和肥皂，旁边摆着干巴的莫斯科糖果罐头，看看走在路边的步兵军官，天知道他是从哪个省跑到这个县城里来忍受寂寞，还有个商人穿着紧腰短上衣，坐在轻便马车上疾驰而过，于是我的思想便追随他们而去，想象着他们贫乏的生活。如果有个县城的官吏从我身旁走过，我就会想象到：他上什么地方去，是到好朋友家去玩一晚上，还是直接回家，在门前的台阶上坐半个小时，等天色黑了，跟母亲、妻子和小姨子及全家人一起坐到桌前赶早吃晚饭，等汤菜上过之后，戴着用铜钱做的项圈的丫头或者穿着厚布上衣的小厮送上油脂蜡烛，蜡烛插在家常耐用的烛台上，这时他们一家人该谈论些什么呢？每逢来到哪家地主的庄子跟前，我总好奇地眺望又高又窄的木造钟楼或又宽又黑的旧木造教堂。远处葱茏的树木中诱人地露出地主宅第的红屋顶和白烟囱，我急切地等待两旁遮蔽宅第的树木渐渐退去，让它露出真面目。啊！原来它的外观并不俗气。我便可以根据宅第样式猜测这家主人是什么样人，长得胖不胖，有没有儿子，还是一口气生了六个女儿，个个笑声清脆，喜欢玩耍，总是最小的女儿长得最漂亮，她们是不是都是黑眼珠，主人是不是性格开朗，还是像九月末的天气总愁眉不展，一边看皇历，一边念叨黑麦和小麦之类令年轻人感到枯燥的话题。

如今不论我走到哪个陌生的村庄跟前，都只是无动于衷地看着它那俗气的外貌。我冷漠的目光得不到慰藉，看不到欢乐，连从前引起我面部表情变化、唤起笑脸和絮絮不休的话语的东西，如今也只是从一旁掠过，我紧闭嘴唇保持漠不关心的沉默。啊，我的童年时代！啊，我那时的新鲜感觉！

乞乞科夫只顾琢磨庄稼人给普柳什金起的外号并在心中窃笑，没有察觉马车已经来到一个大村庄的中心。村中房屋林立，街道纵横。然而不一会儿马车剧烈地颠簸一下，才让他觉到车已进村。这里的路面是用圆木桩铺的，像钢琴键子一样高低不平，所以城里的马路跟它相比简直算不了什么。乘客如果不加小心，不是后脑勺撞个包，就是前额撞出一块青来，再不就是舌尖常常被牙咬了，疼得要命。他发现村中的房舍全都破烂不堪，木房的圆木墙又旧又黑，许多屋顶都像筛子一样露天，有的房脊顶上只剩做装饰的木马头，两边还有几根椽子倒像肋条骨。看样子是房屋的主人自己把灰条和房薄板都拆了，认为这种房子反正雨天不挡雨，晴天又不漏，何必跟婆娘似的待在家里，酒馆里有的是地方，到大路上还可以做一笔生意——总之，你爱上哪就上哪。他们这么想，当然不无道理。房子的窗户都没有玻璃，有的挡块破布或一件粗呢子上衣。有些俄国式木房不知为什么在房檐底下修阳台，还带栏杆，可是已经歪歪斜斜，甚至黑得难看。很多地方在木房后面垛着一排排挺大的麦垛，显然已经放了很久，那颜色就像没烧好的砖，而且旧了。麦垛顶上已经长草，旁边甚至生出灌木。这些麦垛显然是地主家的。在麦垛和破旧屋顶上面是一片晴空，耸立着两座乡村教堂，由于马车不断拐来拐去，教堂时隐时现，忽而出现在左边，忽而出现在右边。两座教堂紧挨着，一座是木头的，已经废弃不用，另一座是石头的，黄色墙皮污痕斑斑，布满裂纹。这时地主的宅第也开始露头，终于呈现出全貌。农民的一排木房到这里就是尽头了，紧挨着的是一片空地，显然是菜园或圆白菜地，用矮障子围着，有的地方障子都破了。空地那面就是地主奇怪的宅第，长得不得了，那样子很像一个老朽不堪的残废。其中有的是一层，有的是两层，屋顶发黑，已经不能处处庇护老屋的平安，屋顶上耸立着两个望楼，彼此相对，也已歪斜，从前刷的油漆都已剥落。房子的墙壁有些地方裸露出抹灰的板条，显然由于天气恶劣、风吹雨淋和秋天气候多变而备受摧残。只有两扇窗户开着，其他窗户或关上窗板，或钉上木板。连这两扇开着的窗乎乎户也黑乎乎的，其中一扇糊着三角形的蓝色糖纸，显得发黑。

宅第后面是一大片荒废的花园，一直伸展到村外，消失在田野里。尽管杂草丛生，无限荒凉，似乎只有它能给这庞大的村庄带来一点点生机，只有它那美丽的荒凉显得风景如画。园中树木任意生长，树冠彼此相连，好像一朵朵绿云或不规则的教堂圆顶，它们摇颤着枝叶，簇拥到天际。有一株白桦，树冠不知是被风刮断还是遭到雷击被截断了，粗大无比的主干从这一片绿丛中挺拔而出，好像一根规整的大理石圆柱，闪闪发光，立在半空，只是没有柱顶，倒留有一个尖尖的斜茬，在洁白的树干衬托之下显得发黑，好像戴着一顶帽子或落上一只大黑鸟。蛇麻把下面的接骨木、花楸树和榛丛都缠遍之后，顺着密密麻麻的树梢往上爬，终于爬到这株残存的白桦上，把树干缠绕一半。它爬到半腰之后又垂挂下来，要去缠其他的树梢，它悬在空中把带刺的细蔓卷成小圈，在风中轻轻摇曳。茂密的绿色的树丛有的地方也有空隙，阳光可以照射进去，中间照不到的凹处形成黑色，好像野兽张开的大嘴。凹处完全被阴影所笼罩，从它那黑乎乎的深处隐隐约约可以看见一些东西：一条小径、一片倒塌的栏杆、一座摇摇欲坠的凉亭、一棵带树洞的老柳树，从柳树后面伸来颜色发白的灌木，密得像猪鬃，枝叶虬结，并由于生得过密而干枯。还有槭树的一根嫩枝也从一旁伸出巴掌似的绿叶，其中有一片叶子不知怎么竟然有阳光钻到后面，把它照得火红透明，在浓荫之中放出异彩。花园旁边有几棵高大的白杨，比别的树都高出许多，树梢摇曳，顶上有几个大老鸹窝。有的树枝虽然折断，却没完全脱落，把干枯的叶子悬在半空。总之，一切都美极了，这种景色无论是大自然还是艺术家都想象不出来，然而大自然一旦与艺术相结合，在人工缺乏灵性的堆砌之上，大自然把刻刀一挥，削去笨重之处，砍去太明显的整齐和可怜的破绽，因为这些破绽恰恰暴露出原来构图的全貌，于是在从容的纯洁和整齐中冷漠地创造的一切便可以获得灵性的暖意。往往只有这时才会出现奇迹。

马车又拐一两个弯，我们的主人公终于来到宅第门前，看见宅第的景象更加凄惨。院墙和大门的木头都长满青苔。院子里簇拥着各种房子，有下人住的屋子，有仓房和地窖，显得破旧不堪，左右两侧还有大门通向别的院子。一切都说明从前这里曾是大家大业，如今却变得冷冷清清。看不到一点活跃的气氛，门不经常打开，也没人出出进进，没有一般人家那种热闹繁忙的景象！正在这时正门打开了，因为有个庄稼汉赶着大车走进院子，车上装满东西还用蒲席盖着。他的出现仿佛有意为这“人迹灭绝”的地方增添一些生气。平时正门也是紧紧关着，因为铁门环上挂着一把巨大的锁头。不一会儿，乞乞科夫发现一幢房子跟前出现一个人影，而且这人跟赶车的吵起嘴来。乞乞科夫看了半天也没看明白这个人究竟是男是女。她穿的衣服也不伦不类，很像妇女平常穿的肥大的连衣裙，头上戴的也像乡下婆娘戴的那种帽子，只是嗓音沙哑，乞乞科夫觉得有些不像女人。“啊，是个婆娘！”他心中暗想，马上又改正说：“嘿，不对！”他仔细端详之后终于肯定说：“当然是个婆娘！”这个婆娘也十分仔细地打量他。她似乎觉得这位客人来得突兀，因为她不但仔细打量客人，而且仔细打量谢利凡和拉车的三匹马，从马尾巴到马嘴都看个遍。乞乞科夫见她腰上带着一串钥匙，骂起赶车的那脏话都不堪入耳，便断定她一定是管家婆。

“请问，老婆婆，”他下了马车说：“老爷在哪？……”

“不在家。”管家婆不等他说完就打断他说，然后过了一会儿又问您有什么事吗？”

“想办点儿事！”

“进屋吧！”管家婆说着转过身去，露出后背，后背上粘满面粉，下摆还有个大窟窿。

乞乞科夫走进外屋，外屋昏暗而宽敞，就像进地窖似的让人觉得浑身发冷。他从外屋又走进一间黑屋子，里面略微有点亮光，是从另一扇门底下的大缝子露出来的。他推开门，终于走到亮堂地方，不过眼前的杂乱景象令他大吃一惊。这家似乎正准备擦地板，把所有的家具都堆到这个房间。桌子上放着一把破椅子，椅子旁边放着座钟，座钟停了摆，摆上挂着蜘蛛网。桌子旁边放着柜橱，侧面朝墙，里面装着古旧的银器、中国瓷器和几个长颈瓶。还有一张螺钿写字台，台面有的地方贝壳脱落，露出一道道小沟，里面涂着胶因而发黄。写字台上也摆着乱七八糟的东西：一堆布满细小字迹的纸片，上面用发绿的大理石镇纸压着，镇纸带有一个小圆把手，有一本皮封面的旧书，裁口刷成红色，有一个柠檬，干皱得只有榛子大小，有一个圈椅的破扶手，有一只高脚杯里面装的不知什么液体，却落进三个苍蝇，上面用信封盖着，有一小块火漆，一块不知从什么地方捡来的破布，两只鹅毛笔沾满墨水痕迹，干巴得像得了肺痨，还有一根发黄的牙签，大概主人还在法国人攻打莫斯科之前就用它剔过牙。

墙上只挂了几幅画，却挂得挺满，而且杂乱无章，有一幅版画挺长，已经发黄，镶着红木框却没有玻璃，木框用青铜丝嵌着，四角还嵌着铜环。画面上是一场激战，战鼓画得老大，士兵头戴三角帽，正在呐喊，战马纷纷落进水里。旁边是一张大幅油画，已经发黑，上面画的是花卉、水果、一个切开的西瓜、一个猪头和一只倒挂的鸭子。天棚正当中挂着枝形烛架，外面用麻布口袋罩着，上面落满灰尘，样子很像里面有蚕的蚕茧。墙角上堆的是没有资格上桌子的破烂。其中究竟是些什么东西很难断定，因为上面落了一层很厚的土，任何人只要用手一碰，马上就好像戴上了手套，不过从中露出半截木锨和一只旧靴底，倒还看得清楚。如果不是桌上放着一顶破旧的帽子，说明这里有人住的话，无论如何也难说这里是住人的房间。正当乞乞科夫仔细打量房间里奇怪的陈设的时候，旁边一扇门开了，他在院子里遇见的那个管家婆走进来。这时他才发现这个人与其说是管家婆，倒不如说是个男管家，因为管家婆不长胡子用不着刮，而这个家伙看样子平时很少刮脸，他的下巴和整个下半截脸好像马厩里刷马毛用的铁刷子。乞乞科夫脸上现出疑问的神情，急切盼望这个管家会告诉他什么。这个管家也等着乞乞科夫张口。乞乞科夫看错了人，心中不免犯嘀咕，终于下决心问问：

“老爷在哪？在他的房间里？”

“主人就在这里。”管家说。

“在什么地方？”乞乞科夫又问。

“你这位老爷眼瞎了怎么的？”管家说，“嘿！我就是这家主人！”

这时我们的主人公不禁后退一步，仔细打量对方。他平生见过不少人，各种各样的人都见过，其中有的我和读者也许永远见不到了，然而他从来没见过这样的人。这人的长相倒没有什么特别，脸面跟许多瘦老头差不多，只有下巴朝前突出，所以他每次吐痰必须用手绢接着，以免吐到下巴上。他眉骨高，浓眉底下有一对小眼睛滴溜乱转，蛮有精神，就像小老鼠刚从黑洞里探出尖嘴巴，竖起耳朵，摆动胡须，留神察看附近有没有老猫或淘气的孩子藏着，疑心重重地嗅嗅空气。至于他那身打扮就更与众不同，不论采用什么方法和花费多大精力也弄不明白他穿的棉袍是用什么做的，袖头和前襟油渍麻花，闪闪发亮，就像做皮靴的软革，后身的下摆由两片变成四片，露出一块块棉花。他脖子上也围着一块莫名其妙的东西，像是长袜，又像袜带或肚兜，反正不是领带。总之，乞乞科夫如果在教堂门口遇见这种打扮的人，总会施舍他一个铜钱，因为我们的主人公有个优点颇值得称道，就是他心肠软，见到穷人总不忍心不给个铜钱。然而现在站在他面前的并不是乞丐，而是一位地主。这位地主拥有一千多个农奴，不信你就找找试试，谁家有这么多粮食，有脱粒的，有磨成面的，还有干脆垛在场院里的，谁家的仓库、储藏室和干燥房里堆着那么多麻布、呢料、熟过和没熟过的羊皮、干鱼和各种蔬菜或食品。谁要是到他家木工院子去看看，那里存放那么多各种各样的木材和从来没用过的木器皿，他一定会以为来到莫斯科的木器市场，那里白木器堆积如山，有卯眼的、旋的、精工细做的、手编的。大圆桶、带格桶、双耳桶、带嘴和不带嘴的木瓶、木罐、编筐、女人用来放麻捻和其他零碎的笸箩、用薄杨树皮做的箱子、用桦树皮编的筒，以及俄国人不管穷富都不能不用的许多其他器皿。每天都有一些精明的丈母娘或婆婆前来光顾，后面带上厨娘，购置各种用品。可是普柳什金干吗要储存这么多器具呢？他即使有两个现在这么大的庄园，一辈子也使不了——不过他还嫌少。这么大的家业他还不知足，每天都到村中的大街上转悠，朝小桥和踏板底下望望，如果有旧鞋掌、破布头、钉子或陶器片，他都要拣回家来，扔到乞乞科夫在墙角上发现的那个破烂堆上。“瞧，这个捡破烂的又出来了！”庄稼人一看到他出去拣东西就这么说。的确如此，凡是他走过的街道就用不着扫，如果有个军官路过丢了马刺，那么转眼之间这个马刺就落进我们已经知道的这个破烂堆。如果有个婆娘打水不小心把水桶落在井台上，他也会把水桶拎走。不过要是有人当场揭穿他，他并不争辩，立刻把拿人家的东西还回原主。不过要是这件东西已经进了他的破烂堆，那就算完了，他会指天发誓说这东西是他买的，还能说出什么时候从什么人手中买的，再不就说是祖宗传下来的。他在自己家看到地上有什么东西，比如一块火漆、一张纸片、一支鹅毛笔，他都马上拾起放到写字台或窗台上。

可从前他只不过是过家节俭而已！当时他有妻子，有一大家人，左邻右舍也常常来串门，来吃饭，听他讲管理庄园的办法，学他精打细算的门道。那时候日子过得生气勃勃，有条不紊，水磨在转动，木工车床也不停，制毡厂、呢绒厂和纺纱厂全都开工。他作为当家人锐利的目光面面俱到，如果说他的家业好比一张蜘蛛网，那么他就像一只辛勤的蜘蛛，兢兢业业而又精明强干，跑遍这张网的各个角落。他脸上从来不露任何表情，然而两只眼睛显示他非常聪明。他的言谈也显出他经验丰富和深通世故，所以客人都很爱听他讲话。女主人又殷勤又能说会道，以好客而闻名远近。两个漂亮的女儿都长着浅色头发，像玫瑰花一样鲜艳，有客人来就出门迎接。他还有个儿子活泼可爱，也急忙跑出来，不管客人高不高兴，一见客人就亲吻。那时候家里的窗户都是打开的。阁楼顶上住着一位法国家庭教师，他天天都把脸刮得很光，而且枪法准，常常能打到松鸡或野鸭带回来做菜肴，有时只捡回来一些麻雀蛋，吩咐给他摊个蛋饼，因为除他之外谁也不吃。阁楼顶上还住着他的一位女同胞，是两女儿的家庭教师。主人上桌吃饭必定要穿常礼服，虽然有些旧倒也整洁，胳膊肘的部位完好，浑身上下没有一块补丁。然而不幸，善良的女主人去世了，于是有几把钥匙和许多琐事都落到他的肩上。从此普柳什金变得性情急躁，像所有的鳏夫一样变得疑心重，并且越来越吝啬。他对大女儿亚历山德拉·斯捷潘诺夫娜有些信不过，而且他的眼力不错，大女儿不久就跟一个骑兵上尉私奔了，只有天知道这个上尉属于哪个骑兵团，因为女儿知道父亲有一种奇怪的偏见，认为军官都是赌徒和败家子，不喜欢军官。他们便找个乡下小教堂匆匆忙忙举行了婚礼。父亲知道后只用诅咒为她送行，并不想办法寻找她。家里变得更加冷清。主人粗硬的头发里出现白发，人也变得越来越吝啬，因为白发跟吝啬是忠实的伴侣，助长了吝啬的发展。他先把法国家庭教师打发走，因为儿子到了当差的年龄。后来把女教师也赶走了，因为发现她跟大女儿私奔有牵连。他打发儿子进省城，想让他在官府里谋个正经差事，没想到儿子却参了军，直到办完手续以后才写信给父亲要钱置备军装。正如俗话所说，儿子毛也没捞着。只剩下小女儿在家陪伴他，没想到又一命呜呼了。只剩下老头一个人，既是偌大家业的主人，也成了更夫和看守。孤独的生活使吝啬得到丰富的营养，众所周知，吝啬像饿狼一样贪婪，越吃越贪得无厌。在他身上本来人情味不多，如今更渐渐淡薄了，这个老朽不堪的人每天身上都要失却一些东西。恰恰在这时，仿佛有意证实他对军官的看法，他的儿子赌牌输光了钱，他从内心深处对儿子发出诅咒，从此以后儿子是否还活在世上他都不闻不问。他家的窗户每年都关闭几扇，最后只剩下两扇，其中有一扇读者已经看见，用包装纸糊着。这么大的家业，他一年年地管理不了，而且他目光短浅，只注意在自己屋里拣拣纸片和鹅毛笔。有人来买他家出产的东西，他的口气也越来越硬，买主开始时还跟他讲讲价钱，后来干脆不再登门，说他不是人，是个魔鬼。干草和粮食都堆烂了，麦垛和草垛都变成了粪堆，上面甚至可以种菜。地窖里的面粉变成了石头，要吃得用刀砍，储存的呢料、麻布和家织布连碰都不能碰，一碰就变成灰了。他自己也记不得家里究竟有多少东西，只记得柜橱里有个地方玻璃瓶里还剩点什么酒，还亲自做上记号以免被人偷喝。再就是有个地方放着一只鹅毛笔或者一块火漆。不过他家年年的收入还跟从前一样多，农民该交的代役租都照样交，农妇该交多少榛子也照样交，纺织女工该交多少麻布还交多少——这些东西收上来堆到仓库里渐渐烂掉，变成污泥，而他这个人也终于变成人类的污点。他的大女儿曾经带着小外孙来过两次，希望他能给点什么。嫁个骑兵上尉，随军辗转各地，生活显然不像结婚前想象得那么美好。普柳什金宽恕了她，甚至让小外孙玩玩他放在桌上的纽扣，不过一分钱也没给。大女儿第二次来已经带着两个孩子，还给他带来过复活节吃的大圆面包和一件棉袍，因为老父亲身上穿的棉袍太破，不仅寒碜，简直见不得人。普柳什金很喜欢这两个外孙，让他俩骑在他的大腿上，一边一个，就像骑马似的。他把面包和棉袍也都收下了，却什么也没给大女儿，大女儿就空手回去了。

现在站在乞乞科夫面前的就是这样的一位地主！应该说，像他这种人在俄国极其少见，因为俄国人不管办什么事都喜欢大场面，不愿意小里小气。所以他跟邻居一比就更显得古怪。他的邻居恰恰喜欢到处摆出俄国人的豪放和地主老爷的阔气，整天吃吃喝喝，正如俗话所说，挥霍无度。没见过世面的过路人一见邻家的宅第会惊奇地停下车，不明白在这些土里土气的小地主当中怎么突然出现一个世袭亲王，白石头宅第修得好像宫殿，房顶上有数不清的烟囱、风向标和望楼，周围有许许多多的附属建筑和各式各样的客房。可以说是应有尽有！可以在家里演戏，可以举办大舞会。花园里彻夜灯火通明，鼓乐齐鸣。全省总有一半人打扮得花枝招展，欢天喜地在树下游玩，谁也不觉得这强加于大自然的灯光有什么奇怪和可怕，其实树丛中有一根树枝被人造的光明照亮，摇曳多姿地伸出来，失却鲜艳的绿色，上面的夜空因而变得更加黑暗和更加可怕，变得二十倍的狰狞。高处严峻的树梢远远地摆动叶子，消失在无边的黑夜里，为这浮华的光彩照亮树根而愤愤不平。

普柳什金已经站了好几分钟，一言不发，而乞乞科夫被主人这副打扮和房间里的这种景象分散了注意力，也不知如何开口。他琢磨半天，该怎样解释自己造访的理由。他本想说一番客套话，如久仰阁下德高望重、品格不凡，所以有义务登门拜访，但是立刻感觉到这样说未免过分。他又斜眼打量一下屋里的摆设，觉得“德高望重”和“品格不凡”换成“勤俭节约”和“治家有方”倒是更为恰当。他便把措词改动一下，说久闻阁下生活节俭，庄园治理得井井有条，认为有义务登门表示敬意。他当然可以找出更好的理由，只是当时脑子什么也想不出来。

普柳什金听了，用嘴唇嘟囔一句，因为他没有牙，所以他究竟嘟囔的是什么无法可知，不过意思大概是：“让你的敬意见鬼去吧！”然而我国素有好客之风，连吝啬的人也不能坏了规矩，于是他又补充一句，这次倒说得比较清楚：“恭请落座！”

“我家里很久没来过客人了，”他说，“说实话，我认为串门没什么好处，大家你来我往，养成这种习惯可不好，这样会耽误家里的事……还得拿出干草给他喂马！我早吃过午饭了，我家伙食也不怎么好，不爱吃，烟囱塌了，一生火还怕发生火灾。”

“原来这么吝啬!”乞乞科夫心中暗想，“幸亏在索巴克维奇家多吃一块奶渣饼和一块羊排。”

“有人还编了一套瞎话，说我家连一把干草也找不到!”普柳什金接下去说，“不过倒也是，干草怎么能攒得下？地少，庄稼人懒，不爱干活，只想钻酒馆……弄不好，到老还得要饭吃!”

“可我听说，”乞乞科夫彬彬有礼地说，“您有一千多个农奴。”

“这是谁说的？谁说这话，您就该当面吐他一口唾沫！这种人就是好耍笑人，显然是拿您开心。都说有好几千农奴，可是一数根本没那么多！这三年该死的热病让我死了很大一批农奴。”

“真有这种事！死得很多吗?”乞乞科夫深表同情，感慨地说。

“是呀，死了很多。”

“可不可以问一下：数目有多少?”

“八十多个。”

“不会吧?”

“我从来不撒谎，老爷。”

“那么再请问一下：这些农奴，我想您必定是从最近一次上交清单算起的吧?”

“要是从那时候算起就好了，”普柳什金说，“可糟糕的是，要从那时候算起该有一百二十个。”

“当真？整整一百二十个?”乞乞科夫叫起来，甚至惊奇地张开了嘴。

“我这么大年纪，老爷，从来不撒谎，我已经是上七十的人了!”普柳什金说。乞乞科夫方才发出几乎惊喜的叫声似乎令他感到生气。乞乞科夫也觉得对别人的不幸无动于衷的确不大礼貌，便立刻长叹一声说，他深表同情。

“同情又不能装进口袋里。”普柳什金说，“在我附近就住着一个大尉，鬼知道他从什么地方钻出来的，他说跟我沾点儿亲，张口闭口地叫我‘大叔’，还亲亲我的手。他一表示同情，就像狼嚎似的，震得耳根子疼。他那张脸总是通红，想必是见了酒就不要命了。必是在军队里当差的时候把钱都花光了，再不就是被女戏子给骗去了，所以他现在才向我表示同情!”

乞乞科夫极力解释，他的同情跟大尉那种同情方法不一样，他不是空口说白话，而是用行动来证明，而且事不宜迟，不必绕弯，立刻声称他愿意承担这些死于不幸事故的农奴的税钱。这个建议好像完全出乎普柳什金意料。他大睁着两只眼睛把乞乞科夫打量半天，终于问道：

“老爷，您在没在军队里当过差?”

“没有，”乞乞科夫相当油滑地回答，“说我在官府里当过差。”

“官府?”普柳什金反问一句，好像咀嚼东西似的动着嘴唇，“您怎么能干这种事？您可要吃亏的呀?”

“只要能使您满意，我吃点儿亏算不了什么。”

“哎呀，老爷！您可是我的大恩人了!”普柳什金叫了起来，由于太高兴竟然没察觉鼻孔里颇不雅观地露出鼻烟，很像一块浓咖啡，棉袍的大襟散开了，露出里面的非常难看的衣服。“您可真让我老头子高兴！啊！我的上帝，啊，我的圣徒！……”普柳什金再也说不下去了。可是没过一会儿，他那张木然的脸上突然出现的喜悦又突然消失了，就像压根儿没出现过似的，脸上又笼罩着心事重重的神情，他甚至用手绢擦了一下脸，然后把手绢团成团来回擦擦上嘴唇。

“怎么个承担法？请允许我问问，您可不要生气，您能年年都为他们交税吗？钱交到我手里还是直接交国库?”

“我们这么办好了，我们签个契约，就当他们是活人，就当您把他们卖给我了。”

“是了，要签契约……”普柳什金说，犯了思索，又嚅动起嘴唇，“签契约得花不少钱。这些当官的心可黑了！从前办点儿事只送半个卢布再搭一袋面就妥，可如今得给他们送上一车米，还要加上一张十卢布的红票子。他们非常贪财！我真不明白，神父为什么不管管这种事。只要教训他们一顿就行，不管怎么说，上帝说的话谁也不敢违抗。”

“哼，我看你就敢。”乞乞科夫心中暗想，马上又说，为了对普柳什金表示尊敬，连签契约的钱他也愿意包了。

普柳什金一听客人连签契约的费用也肯出，便断定这个人太傻，他说在官府里做过事，那只不过是装相，实际上他肯定当过军官，还追求过女戏子。尽管如此，他仍然掩饰不住自己的喜悦，说了一连串祝福的话，不但祝乞乞科夫万事如意，而且也不问乞乞科夫是否有子女，就祝愿他的子女健康。普柳什金走到窗前，用手指头敲敲玻璃喊道：“喂，普罗什卡！”不一会儿听到有人气喘吁吁地跑进外屋，在那里耽搁半天，跺得皮靴咔咔响，门终于开了，普罗什卡走进来，是个十二三岁的男孩子，脚上穿着的皮靴特大，一迈步就差点把脚抽出来。普罗什卡为什么要穿这么大的皮靴，这件事马上就可以说清楚。原来普柳什金不管家中有多少仆人干活，只准备一双皮靴，经常放在外屋。如果有人听到老爷召唤，要进老爷房间，就得光脚连蹦带跳地穿过整个院子，然后一进外屋就要穿上这双皮靴才能进里屋。等到从里屋出来，便要脱下皮靴放还在外屋，然后用自己的脚掌走路。如果到了秋天，特别是早晨一有霜冻，谁要是站在窗前朝外看，就会看见仆人在院子里走路都蹦蹦跳跳，连剧院里最敏捷的舞蹈演员也未必赶上他们跳得好。

“您瞧，老爷，他这副长相！”普柳什金用手指着普罗什卡的脸对乞乞科夫说，“蠢得像木头桩子，可是你不管放什么东西，一转眼就被他偷走了！喂，你干吗来了，傻家伙，你说说看，你干吗来了？”这时他沉默片刻，普罗什卡也用沉默来回答。“生上茶炊，听见没有？再把钥匙给玛芙拉送去，让她进储藏室，那里的隔板上还有一块面包干，是我大女儿送来吃剩下的，让玛芙拉送来做茶点！……等等，你往哪跑？傻家伙！嘿，真是个傻家伙！小鬼钻进你大腿里了怎么的？腿发痒，是不是？……你先听我把话说完。面包干上面大概长了一层毛，让她用刀刮干净，面包皮也别扔，可以送到鸡圈给鸡吃。你可仔细，你不许进储藏室，老弟，不然的话你可小心，我要用桦树条子抽你，让你尝尝滋味！你现在肚子饿，我会让你饿得更厉害！你就进去试试，我就站在窗前看着。”“这帮人，什么事也不能相信他们。”普罗什卡穿着大皮靴走出去之后，普柳什金转过脸对乞乞科夫说。然后他又开始用怀疑的眼光打量乞乞科夫。乞乞科夫这么慷慨大方，非同小可，令他不敢想象，于是他不免暗自思忖：“鬼知道他是哪一路人，也许跟所有的败家子一样专好吹牛皮，瞎说一气，不过为了蹭一顿茶，没话找话，然后抬腿就走！”所以为了慎重起见，也想试探对方一下，便说签契约的事越快越好，因为人都靠不住，今天活得好好的，明天说不上会怎么的。

乞乞科夫表示哪怕马上签也行，只要求给他一份所有的农奴的名单。

普柳什金这回放心了。看样子他想出个主意，果然取出钥匙，走到柜橱跟前打开小门，在杯碗当中翻了半天，终于说：

“怎么就找不到了呢？我有一瓶最好的蜜酒，只要没人偷喝应该在！个个都是贼！这瓶可能就是吧。”乞乞科夫看见他两手捧着一个长颈瓶，瓶上落满尘土，就像套着绒衣。“还是过世的老伴儿做的。”普柳什金接下去说，“管家婆净糊弄，到处乱扔，连瓶盖也不盖，这个臭娘儿们！掉进两个小虫子和乱七八糟的东西，不过这些脏东西都取出来了。现在干干净净，我给你斟上一小杯。”

然而乞乞科夫说什么也不肯喝这种蜜酒，推辞说他已经吃过喝过了。

“您真的吃过喝过了？”普柳什金说，“是呀，当然了，上流社会的人不论走到哪里都一眼就看得出来，不吃饭就饱了，不像那些白吃先生，不管给他吃多少……就比方这个大尉，一进门就说：‘大叔，给我弄点儿吃的！’要说我是他大叔，就像说他是我爷爷一样，根本没那回事。必是他家里什么吃的也没有了，所以才到处打食！是了，您要一份这帮懒汉的名单？有的，我早就准备好了，专门写在一张纸上，只等下次农奴登记好把他们一笔勾销。”

普柳什金戴上眼镜翻文件。他每打开一捆文件就扬起一片灰尘，呛得客人直打喷嚏。他终于抽出一张纸，上下左右都写满了字。农奴的名字就像小蚊子一样密密麻麻挤作一团。名字各式各样，有帕拉莫诺夫，有皮缅诺夫，有潘捷列伊莫诺夫，还有一个格里戈里外号叫“走不到头”。一共有一百二十多个。乞乞科夫一看这么多，脸上露出笑容。他把名单放进衣兜里，告诉普柳什金，请他进一趟城办理签约手续。

“进城？怎么进得了城呢？……扔下家谁管？我手下这帮人不是小偷就是骗子，一天工夫就能把你偷光，连衣服架都剩不下。”

“那么您有没有什么熟人？”

“哪来的熟人！所有的熟人不是死了，就是断绝了来往。啊，老爷，怎么没有，有的！”他叫了起来，“我认识厅长，他从前还来我家串过门，怎么能不认识！小时候常在一起玩，还一起钻过障子！怎么能不认识！我跟他可太熟了！要不要给他写封信？”

“当然得写一封信。”

“怎么不认识，太熟了！在小学的时候我俩还是好朋友。”

这张木然的脸突然掠过一丝温暖的光辉，不过流露的算不上感情，只能算是感情的淡淡的影子，就好比落水的人突然露出水面，引起岸边围观的人群一片欢呼，于是站在岸上的兄弟姐妹连忙往水里扔绳子，盼望他的脊背或挣扎疲倦的手再次露出来，可是什么也没有露，叫人白白欢喜一场。一切都归于沉寂，平静的水面再也没有任何反应，变得空空荡荡，更加可怕。普柳什金的脸孔就是这个样子，只掠过一丝感情的痕迹，然后变得更加木然，更加庸俗。

“桌子上原来有半张纸没用过，”他说，“不知放哪去了，我手下的人个个都没用！”于是他先往桌子底下瞅瞅，又看看桌子上面，到处翻遍了，终于喊道：“玛芙拉！玛芙拉！”

一个女人应声走进来，手里端着盘子，上面放着读者已经熟悉的面包干。于是普柳什金跟她进行了如下一场谈话：

“你把纸放到哪里去了？你这个强盗！”

“上帝做证，老爷，我只看见您盖小酒杯那张纸，再也没见过什么纸。”

“我看你眼神就知道，一定是你偷了。”

“我拿它干吗？一点儿用处也没有，我又不识一个大字。”

“胡说，你一定送给教堂杂工那个小子了。他会划拉几个字，你就送给他了。”

“人家要写字，自己也能买纸。他压根儿没见过您那张纸头！”

“你走着瞧吧！末日审判一到，因为这条罪状恶鬼会用铁叉子把你叉起来用火烤！到那时你就知道是什么滋味！”

“我连碰都没碰，干吗要烤我？要说别的毛病，女人有的我也可能有，可是从来没人说我偷东西。”

“你就等着恶鬼烤吧！他们会对你说：‘非给你点儿厉害不可，谁让你这个骗子净骗老爷！’他们就用烧热的叉子叉你用火烤！”

“那我就说：‘你们不能烤我，上帝在上，不能烤我，我没拿……’瞧，纸就放在桌子上。您平白无故冤枉好人！”

普柳什金看见那半张纸果然放在桌子上，顿了顿，嚅动嘴唇说：“唉，你干吗发这么大的火？这么厉害！说你一句，你能顶十句！你去取个火来好封信。喂，等等，你一定是去拿蜡烛，蜡烛烧得费，烧了就没有了，白瞎了。你还是去给我取个松明来！”

玛芙拉走了，普柳什金坐在圈椅上，用手拿起鹅毛笔，把那半张纸又前后左右摆弄半天，想把它裁下一半，可是终于明白不能再裁了，这才把笔伸进墨水瓶，瓶里不知装的什么墨水，已经发霉，瓶底还有许多苍蝇。然后动笔写信，他写的字很像乐谱的音符，而他的手在整张纸上上下跳动，不得不时时控制腕力，为了省纸写得一行贴一行，心中还不无遗憾地想，总得剩下许多空地方。

一个人怎么能落到这么小气、猥琐、令人讨厌的地步！怎么能变成这种样子！这是真事吗？这的确是真事，人的确能发生种种变化。如果让热情奔放的青年看看他将来老态龙钟的画像，他一定会吓得一溜烟地逃。当你们离开少年时代温柔的怀抱，迈入严峻冷酷的成年，一定要把人类所有的情感都带在身上，千万不要丢在路上，一丢就再也拣不回来！前面正在等待着你们的老年是严酷可怕的，一切都不可再得，一切都一去不复返！坟墓要比老年更为慈悲，起码坟头上还写着："这里埋葬着某某人！"而在失去人性的老年的冰冷麻木的脸上你将什么也读不到。

"您有没有熟识的朋友？"普柳什金一边叠信一边问，"能要逃跑的农奴？"

"您还有逃跑的农奴？"乞乞科夫猛然省悟，连忙问。

"正是这样，我有不少。我让女婿去查询过，他说好像一点儿线索也没有，不过他是个军人，要讲打立定他倒在行，要讲打官司告状……"

"能有多大数目？"

"总有七十多个。"

"不会那么多吧？"

"上帝在上，真有这么多！我家每年都跑掉一些。庄稼人饭量大，什么活儿也不干，吃饭倒是挺来劲儿，连我自己都吃不上饭……这种农奴给钱就卖。您就跟您朋友说，这是一笔好买卖，只要能找回十个人，就可以发一笔大财。一个在册农奴可以值五百卢布。"

"不，这件事可不能让朋友听到一点儿风声。"乞乞科夫心中暗说，然后向普柳什金说明，这样的朋友无论如何也找不到，这种事情花销太大，更不能通过法院办理，离法院越远越好。不过老人要是实在缺钱花，他出于同情，倒愿意周济一下……不过数目微小，甚至说不出口。

"您能给多少呢？"普柳什金问，立刻现出贪婪的神色，两只手像水银一样抖动不已。

"一个农奴我可以出二十五戈比。"

"您怎么买，付现钱吗？"

"是呀，马上付钱。"

"不过，老爷，您看我这么困难，就给四十戈比吧。"

“我的老爷子!”乞乞科夫说，“别说四十戈比，就是五百卢布我也乐得往外拿！我很愿意拿，因为我看出来您是一位善良的老人，由于心肠太软而活受罪。”

“上帝在上，正是这样！上帝在上，您说得太对了!”普柳什金说，耷拉下脑袋，伤心地摇了摇，“就是因为心肠太软。”

“您瞧，我一下子就吃透了您的脾气。是这么回事，我为什么不出五百卢布来买呢……因为我也并没有钱。这么办吧，我情愿再加上五戈比，这样的话，每个农奴就值三十戈比了。”

“好吧，老爷，就照您说的办，不过再添两戈比吧。”

“好说，我就再添上两个戈比。您究竟能有多少？您方才说好像是七十个?”

“不止，一共有七十八个。”

“七十八个，七十八个，每个三十戈比，一共……”这时我们的主人公只用一秒钟就脱口而出：“一共二十四卢布九十六戈比!”他算小账非常灵。

他立刻让普柳什金开个收据，自己也把钱付了。普柳什金接过钱，双手捧着往写字台跟前走，就像手里捧的是液体，很怕洒出来。走到写字台前，又挨个看一遍，然后小心翼翼地放在一个格子里。估计这些钱在里面将一直放到他死为止，到时候村中的两个司祭——卡尔普神父和波利卡尔神父会来安葬他，而他的女婿和女儿，还有那个跟他攀亲的大尉都将喜出望外。普柳什金把钱放好，坐到圈椅上，似乎再也找不到谈话的题目。

“怎么，您准备走?”他一看乞乞科夫的手稍微动了动便问。其实乞乞科夫不过是想伸手掏手绢。

这么一问倒提醒了乞乞科夫，他没有必要再耽搁下去。

“是的，我该走了!”乞乞科夫说着拿起帽子。

“不喝茶了吗?”

“不了，下次再来喝吧。”

“那怎么行，我已吩咐过，让生上茶炊。说实话，我倒不喜欢喝茶，茶太贵，而且糖钱也涨得吓人。普罗什卡！不用茶炊了！把面包干给玛芙拉送去，听见没有？让她放回原处，再不，放我这儿，我自己去放。再见吧，老爷，愿上帝保佑您。这封信请交给厅长，让他看一看，他可是我的老朋友。怎么能不认识！我们是同班同学！”

这个缩成一团的老头，这个老怪物，说完之后就把乞乞科夫送出院子，然后吩咐立刻锁上大门，接着又查看一下所有的仓库，查看看守仓库的是否在岗。这些人都站在墙角上，手拿着空木桶当铁板，用木铲不住地敲。随后他又转到厨房看看，装作尝尝给下人做的饭菜怎么样，把菜粥喝了个够，把仆人挨个骂一通，骂他们偷东西，又骂他们行为不轨，骂完才回到自己的房间。只剩他一个人的时候，他甚至考虑到客人这么慷慨大方，总应该表示一下感谢才好。“我把怀表送给他好了，”他心中暗想，“这可是一块好表，还是银壳的呢，不是什么顿巴克黄铜或青铜做的。虽说有点毛病，但他可以想法修修。他这个人还挺年轻，要想讨未婚妻的欢心，非得有块怀表不可！要不，”他稍加思索补充道，“最好等我死了再给他，可以写进遗嘱，好让他怀念我。”

然而我们的主人公即使得不到怀表心中也有说不出的高兴。这回一下子买到这么多农奴，就等于意外的礼物。真是这么回事，不仅买到死农奴，而且还有逃跑的，一共二百还多！当然，他一进普柳什金的村庄就有一种预感，肯定能有收获，不过这么大一笔生意他无论如何也没想到。一路上他心情格外愉快，打一阵口哨，又把嘴唇放在拳头上像吹喇叭似的吹一阵，最后竟然唱起来了，而且唱得不同凡响，谢利凡听着听着就摇头晃脑地说：“瞧，我们的老爷唱得多好！”他们来到省城已经暮色苍茫。阴影和光亮完全掺和到一起，各种东西都交错起来。拦路杆已经分不清斜条的颜色，站岗的士兵仿佛把胡子长到脑门上去了，比眼睛高出许多，鼻子不见了，好像他压根儿没长鼻子。一阵隆隆声和车身的颠簸使乞乞科夫恍然大悟，马车已经上了马路。街灯还没亮，只有几家窗户刚刚透出一点亮光。大城市总有许多士兵、车夫、工人和一些身份特殊的人物，那便是披着红披肩的女郎，不穿长袜只穿皮鞋，像蝙蝠一样在十字路口飞来飞去，所以每到这个时候，胡同和僻巷里便会出现种种不雅观的场面和谈话。乞乞科夫对她们全不在意，他甚至没注意到那些瘦骨嶙峋的小官吏正拎着手杖往家走，可能是刚从城外散步回来。只是偶尔传来女人的呼叫声："你瞎说，醉鬼！我从来不允许他胡来！"或者："别碰我，混蛋！走，到分局去，看我不告你！……"总之，都是这类话，让耽于幻想的二十岁的青年听了感到狼狈不堪。他或许刚出剧院门，满脑子装的是西班牙的街道、皎洁的夜色、美丽的女人的倩影，她怀抱吉他，还有一头鬈发。他脑子里怎么能不胡思乱想？他怎么能不想入非非？他飘飘然，跑到席勒①家做客去了。突然好像晴天霹雳，传来这些不堪入耳的话，他这才明白他又回到大地上，甚至落到干草市②，身后就是一家小酒馆，于是日常生活又五光十色地展现在他眼前。

马车猛然一颠，仿佛掉进了大坑，原来终于进了旅馆的大门。乞乞科夫受到彼得鲁什卡的迎接。彼得鲁什卡因为不喜欢衣襟摆来摆去，便一手提着常礼服的衣襟，一手扶着乞乞科夫下车。侍者也跑出来接客人，一手拿着蜡烛，肩上还搭着餐巾。彼得鲁什卡对主人归来是否高兴不得而知，不过他起码对谢利凡挤挤眼，他一向板着的面孔这次仿佛有点笑模样。

"您出去了很久。"侍者说，为乞乞科夫上楼照亮。

"是呀。"乞乞科夫说着，走上楼梯，"喂，你怎么样？"

"谢天谢地。"侍者点头哈腰回答，"昨天来个中尉，住进了十六号房间。"

"中尉？"

"不知道哪个部分的，从梁赞来，一色的枣红马。"

"好的，好的，你以后要好好干！"乞乞科夫说，走进自己的房

---

① 席勒（1759—1805），德国浪漫派诗人和剧作家。这里指耽于幻想。——译者注

② 干草市是彼得堡的闹市区，也是处罚犯人的地方。

间。他穿过前厅，抽动一下鼻子，对彼得鲁什卡说："你起码应该打开窗户！"

"我开过了。"彼得鲁什卡说，不过他撒谎。

其实老爷明明知道他撒谎，只是不想多说。长途旅行之后，他感到非常疲倦。他要了一份最容易消化的晚餐——只有一个乳猪，然后立刻脱衣钻进被窝，酣然入梦。他睡得这么快又这么香，只有那些不长痔疮、不怕跳蚤并且智力不高的人才有这种福分。

第七章

旅人如果经过长途跋涉，在寂寞旅途中受尽寒冷、雨雪和泥泞的折磨，听惯叮当的车铃声、修车声、吵架声，接触过睡眼惺忪的驿站长、马车夫、铁匠及旅途中经常遇到的各种坏蛋，然后终于看到熟悉的屋顶和迎面照来的灯光，回到熟悉的房舍跟前，听到家人迎面跑来时发出的欢快的叫声、孩子们的嬉笑和奔跑的声音，他们那令人宽慰的轻声细语还不时被热烈的亲吻所打断，这亲吻可以使记忆中的所有烦恼忘得一干二净，他便会感到无上幸福。有家的人毕竟是幸福的，因为他有一个栖身之所，而单身汉就苦不堪言！

作家如果能设法避开枯燥无味而令人讨厌的人物，尽管这些人物真实得可悲并且达到惊人程度，光去描写道德高尚的人；他如果从天天都出现的形象的大旋涡中只撷取极其少见的例外；他如果从不改变竖琴的高尚曲调，不肯从高处下来看看可怜而卑微的同胞；他如果根本不接触大地，全然沉醉于飘在半空中的高尚形象——他也会感到无上幸福。他如果描写这类形象得心应手，他的名声越来越响亮，传播很远，那么他的命运就更加令人艳羡。因为他隐瞒了生活的悲惨，只把美好的人物写给大家看，他用醉人的薰香迷住人们的眼睛，巧妙地满足他们的虚荣心。人人都为他鼓掌，追随他，跟在他胜利的战车后面奔跑。他被称为举世闻名的伟大诗人，说他超过了世界上所有的天才，就像雄鹰高高翱翔在其他高飞的鸟儿之上一样。一提起他的名字，那些年轻火热的心便会猛烈跳动，两眼闪耀着感激的泪花……他的天才无与伦比——他成了神！作家如果敢把眼前经常出现却被冷漠的目光所忽视的一切都揭示出来，敢把像泥潭一样吞没我们生活的可怕得令人震惊的琐事暴露无遗，把我们大地上和往往痛苦而寂寞的旅途中到处可见的冷漠渺小而平庸的性格描绘得深刻无比，敢用锋利的刻刀毫不留情地加以刻画，让他们鲜明地突显出来，并呈现在人民面前，他就不会有那种命运了，他的命运就大不相同！他听不到人们的掌声，也看不见感激的泪花和被他的描写所激动的千万颗心齐声发出赞美的情景，也不会有妙龄少女为他而神魂颠倒，像崇拜英雄一般迎面跑来，他也不能陶醉在自己所奏出的乐声中，最后，他还逃避不了当代的评论。这种评论既虚伪又冷酷，把他苦心孤诣之作说成是卑鄙下流的作品，把他列为污蔑人类的作家，并在其中为他划出一个屈辱的席位，同时把他所描写的人物的品德强加在他身上，从而剥夺他的心、他的灵魂和他天才的圣火。因为当代的评论拒不承认，观察恒星运动的镜片和观察细小昆虫的活动的镜片是同样可贵的；因为当代的评论拒不承认，要想使从卑贱的生活中撷取的画面光彩照人，变成一件艺术珍品，就必须花费巨大心血；因为当代的评论拒不承认，高尚的热情的笑可以跟高尚的抒情灵感媲美，而跟街头艺人的噱头有天壤之别！当代的评论拒不承认这一切，并以此来责难和辱骂尚未成名的作家。他得不到关心，得不到回答，得不到同情，就像无家可归的旅人在大路上踽踽独行。他的生活是艰辛的，他要忍受孤独和无限凄凉。

有一种神奇的力量注定我要跟这些奇怪的主人公携手走一段很长的路程，要去观察浩浩荡荡向前奔腾的生活，而且要透过世人看得见的笑和世人看不见并且一无所知的眼泪！大约还得过很久，被笼罩在神圣的恐惧和光环中的头脑才能从另一个喷泉迸发出像猛烈的暴风雪一样的灵感，那时人们将在惶惑的战栗中聆听另一种有如惊雷一般响亮的语言……

上路吧！上路吧！驱走爬上额头的皱纹和阴沉的脸色！让我们一头扎进充满无声的忙碌和叮当车铃声的生活中去，看看乞乞科夫现在正在干什么。

乞乞科夫一觉醒来，伸伸胳膊伸伸腿，觉得这一觉睡得很香。他又仰脸躺了一气，用手指头打个响，满脸高兴地想到自己现在已经有差不多四百个农奴了。他立刻从床上跳起来，甚至顾不得照镜子，好好看看自己这张脸。他可是打心眼里喜欢这张脸，觉得脸上最招人爱的地方就是下巴，因此他常常在朋友面前夸耀下巴，尤其当他刮脸的时候。“你瞧，”他常常一边用手摩挲下巴，一边说，“我的下巴颏儿多漂亮——溜溜圆溜溜圆！”可是现在他顾不上看下巴，也没照照脸，不等穿上衣服就先穿上那双上等皮子做的山羊皮靴，皮靴上绣着五颜六色的花纹，这种靴子在托尔若克城卖得非常快，因为俄国人买东西向来马虎。接着他又模仿苏格兰人只穿一件短衬衫，忘了自己已到中年，应该老成持重，竟然在屋里跳了两步，灵巧地用脚后跟踢自己一下。然后才着手办正事，先朝着小匣子搓搓手，那副得意的神情，就像不可收买的县法官出门办案吃请之前搓手的样子，接着马上从小匣里取出文件。他想尽快把事情办完，不能拖泥带水。他决定自己草拟契约文本，然后誊写清楚，就省得给办事员递钱。他对公文格式十分熟悉，先用大写字母利落地写上“一八××年”，然后再用小写字母“兹有地主某某，等等，等等”。他只用两小时就全部写完了，然后把这些名单又看一遍，琢磨起这些庄稼人，他们的确曾经是庄稼汉，干过活，种过地，喝过酒，赶过马车，欺骗过老爷，也许他们曾是挺好的庄稼汉，于是有一种莫名其妙的感情袭上心头。每一份名单都有它的特点，所以好像上面的农奴也各有特点了。科罗博奇卡家的农奴名字就特别，不是前面加花点，就是有外号。普柳什金的名单措辞简单，名字和父名都只写开头的字母，然后加两圆点。索巴克维奇的名单非常全面而详细，农奴的特点丝毫不漏，有的注明“出色的木匠”，有的注明“聪明能干，一口酒不喝”，有的还注明他们父母的名字以及品性如何。只有一个费多托夫注明父亲不详，母亲是婢女卡皮托丽娜，但是品性挺好，不偷东西。所有这些细节都让人产生一种新鲜的感觉，仿佛这些农奴昨天还活在世上。他把这些人名看了半天，不禁动了恻隐之心，叹口气说：“我的老天爷呀，这么几张纸上就写了这么多人！你们这些可怜的人，一辈子干了多少活儿？吃了多少苦？”他的目光不禁停留在一个人名上，这就是大家早已熟悉的彼得·萨韦利耶夫，外号叫“不爱惜牲口槽”，原先是地主婆科罗博奇卡家的。他又忍不住说：“嘿，这个名字可真够长的，整整占一行！你会什么手艺？或者只是普通的庄稼人？你是怎么死的？是死在酒馆里还是躺在路上睡大觉被笨重的大车轧死的？……‘软木塞’斯捷潘是个木匠，一口酒也不喝。啊，就是这个‘软木塞’斯捷潘，是个大力士，适合当近卫军！你大概走遍俄国的各个省，腰里别着斧子，肩上搭着皮靴，每顿饭只吃两戈比的面包和四戈比的鱼干，可是每次回家钱包里都装着上百卢布，说不定还有二百卢布的票子缝进麻布裤子或者塞到靴子里。你必是想挣大钱去爬高，爬到教堂圆顶底下或者想爬到十字架上，从跳板上一下子掉下来，摔到地上就死了，旁边只站着米赫伊大叔，他挠挠后脑勺说：‘唉，万尼亚，你真就摔死了！’说完把绳子拴到自己身上，便去顶你的位置……马克西姆·捷利亚特尼科夫是个鞋匠。啊，鞋匠！俗话说：‘醉得像个鞋匠。’亲爱的，我很了解你们这种人，你如果愿意，我可以讲讲你的身世：你是在德国人手下当的学徒，那时候你们有一大帮，东家供你们饭吃，你们要是干活儿出了毛病，他就用皮鞭抽你们的脊梁骨，还不许你们到街上玩。可是你跟一般的鞋匠不一样，你心灵手巧。德国人常在老婆和同行面前夸你，赞不绝口。可是你学满了徒便说：‘现在我要自己开铺子，而且不像德国人那样一个戈比一个戈比地攒，我要发大财。’于是你向老爷交一笔可观的代役租，便自己开铺子，揽一大批活儿干了起来。你不知从什么地方用低价买来一堆糟烂皮子，一双皮靴就挣上一倍的钱，可是穿不上两星期皮靴就坏了，你被骂得狗血喷头，铺子没了生意，你就跑去喝酒，在街上到处乱逛，嘴里念叨着：‘不行了，在这个世上真难活呀！俄国人没法活，都让德国人给挤的。’这是个什么家伙？叶利扎韦姐·沃罗别伊。呸，真糟糕，是个婆娘！怎么把她也塞进来了？索巴克维奇可真坏，名单上还做手脚!”乞乞科夫说对了，这果然是个女的。她怎么被塞进来不得而知，不过她的名字写得十分巧妙，不仔细看完全可以当成男的，因为她的名字写的不是叶利扎韦妲，而是叶利扎韦特，用男人的名字结尾。不过乞乞科夫不喜欢来这套，就一笔勾掉了。“‘走不到头的格里戈里’！你是个什么家伙呢？你必是置办了三匹马和一辆席篷车去拉脚，从此背井离乡，永远离开老窝，拉商人去赶集。你必是半路上送了命，还是为了一个脸蛋红扑扑的胖娘儿们，一个大兵的老婆，伙伴们就把你害了；再不就是森林里的流浪汉看中你那副皮手闷子和你那三匹马，马虽然个子矮，却结实有力；再不就是你躺在吊铺上盘算心事，无缘无故跑到酒馆里，然后一下子钻进冰窟窿就没影了。唉，俄国人哪！就是不喜欢安安静静地死！可是你们这些家伙又是怎么回事？”他把目光转移到普柳什金记的逃亡农奴的名单上，接下去说：“你们现在就算活着又怎么样！跟死人没啥区别，就算你们两条腿跑得快又能跑到什么地方？你们真的因为在普柳什金家日子不好过还是打心眼里喜欢往外跑，钻进大森林抢劫来往行人？现在你们也许进了监狱，或者投奔了另一个地主，现在正在种地？叶列梅·卡里亚金、色迷尼基塔和他的色迷儿子安东——从他们的外号就可以看出来，是逃跑的好手。波波夫是地主家的佣人，一定识字，我猜你不会用刀杀人，而是采取高尚的办法：顺手牵羊。可是你没有身份证，一下子被警察局长抓住。你被审问时站在那里蛮有精神。‘你是哪家的？’警察局长问，还顺便骂你一句。‘我是某某地主家的。’你伶俐地回答。‘你跑到这里干什么？’警察局长又问。‘老爷放出来赚代役租。’你毫不迟疑地回答。‘你的身份证在哪？’‘放在东家小市民皮缅诺夫家里。’‘传皮缅诺夫！你是皮缅诺夫吗？’‘我是皮缅诺夫。’‘他把身份证交给你了吗？’‘没有，他没交给我什么身份证。’‘你为什么撒谎？’警察局长问，又骂你一句。‘是这么回事，’你伶俐地回答说，‘我是没交给他，因为到家太晚就交给撞钟的保管，他叫安季普·普罗霍罗夫。’‘传撞钟的！他把身份证交给你了吗？’‘没有，我没收到他的身份证。’‘你干吗又撒谎！’警察局长说，又狠狠骂你一句。‘你的身份证在哪呢？’‘我有身份证，’你流利地回答，‘是了，大概也许丢在道上了。’‘那你干吗要偷军大衣？’警察局长问，这次骂得更凶，‘你还偷神父的钱匣子？’‘没有的事，’你矢口否认，‘我从来不偷东西。’‘那么为什么大衣是在你的住处搜出来的？’‘我不知道，也许是别人放那的。’‘哈，你这个鬼东西，鬼东西！’警察局长一边说一边摇头，双手叉腰。‘给他带上脚镣押进监狱！’‘随您的便！我很乐意进去。’你回答说。有两个残废兵走过来给你戴脚镣，你为了表示友好，还掏出鼻烟壶请他俩闻闻，同时问他俩退伍有多久了，在哪里打过仗。在法院审理你案子的过程中你只好在监狱里待着。法院判决要把你从约什卡尔奥拉押送到某城监狱。那里的法院又判决把你押送到什么韦西耶贡斯克，于是你便从这个监狱转到另一个监狱，你看看新居说：‘还是韦西耶贡斯克监狱好，又干净又宽敞，连玩羊拐子也有地方，同伴又多！’阿巴库姆·费罗夫！老兄，你是怎么回事？你现在在什么地方游荡呢？你也许跑到伏尔加河上，爱上自由的生活，参加纤夫的行列？……”这时乞乞科夫停下来，不免陷入沉思。他想的是什么呢？是想阿巴库姆·费罗夫的命运，还是跟任何一个俄国人一样，不管穷富，也不管职位高低或年龄大小，只要想到自由自在、不受管束的生活便会一心向往呢？说真的，费罗夫现在究竟在什么地方？他现在在运粮的码头上，刚跟商人讲好价钱，有说有笑，寻欢作乐呢。这是一伙纤夫，个个帽子上都戴着花，系着缎带，跟情妇或妻子告别，这些女人长得又高又苗条，也戴着项链和缎带，大家一边跳轮舞一边唱歌，整个码头都沸腾了。而装卸工正在吆喝、咒骂和催促声中搬运粮食，他们用小钩子搭起九普特重的袋子背到背上，然后把袋子里的豌豆和小麦哗哗地倒进挺深的底舱，或者把装着燕麦和米的蒲包摞成垛。整个码头好像一座庞大的粮食仓库，一堆堆粮袋好像炮弹似的堆成金字塔，远远地伸展开去，直到它们都被装进底舱很深的苏拉河货船上，货船再排成看不到头的船队，一艘跟一艘伴着春天的流冰将粮食全部运走了事。到那时候你们可就有活干了，纤夫们！你们会像现在玩乐一样齐心协力拉起纤绳，汗流浃背，齐声高唱像俄罗斯一样没有尽头的号子。

“哎呀，嘿！十二点了！”乞乞科夫终于看看表说，“我怎么还磨磨蹭蹭？干点正事倒也罢了，偏偏胡说八道，然后又想入非非。我可真够糊涂！”他说完就脱掉苏格兰衬衫换上西装，勒紧皮带，把大肚子收回去，又在身上洒点香水，拿起厚呢帽，腋下夹着文件到司法厅①去办手续。他着急去并不是怕晚——他不是怕晚，因为厅长已是熟人，可以任意延长或者缩短办公时间，就像古代荷马②笔下的宙斯一样。宙斯要是想让他心爱的英雄停战或者把仗打完，可以任意延长白昼或者让黑夜马上降临。他是急于把这件事办利索，事情没办利索他总觉得心里不踏实，不得劲。不管怎么说，他心里常常想：这些农奴毕竟不是实实在在的，在这种情形下总是越快甩掉包袱越好。他心里想着这些问题，拉拉肩上披着的烟色呢子面的熊皮大衣，没等走到大街上、刚拐进胡同便撞到一位绅士身上。这位绅士也穿着烟色呢子面的熊皮大衣，头上戴着带帽耳的厚呢帽。只听绅士一声大叫，原来是马尼洛夫。两人彼此拥抱，在大街上足足拥抱五分钟。互相用力亲吻对方，结果两人的门牙都几乎疼了一整天。马尼洛夫高兴地把眼睛眯缝没了，脸上只剩下鼻子和嘴。他用双手握住乞乞科夫的手足足握了一刻钟，握得乞乞科夫的手发热。他用最为细腻动听的词句描述他一见到乞乞科夫便如何飞也似的跑来拥抱，说到最后又说一番恭维话，恐怕只有想请哪位小姐跳舞才会这么献殷勤。乞乞科夫张张嘴，还不知道应该如何感激对方，马尼洛夫突然从大衣怀里掏出个纸卷，纸卷用粉红色带子系着。

“这是什么？”

“农奴呀。”

---

① 司法厅——省一级法律机构，相当于中级法院，审理诉讼，管农奴的人口登记和买卖同时收人丁税和过契税。——译者注

② 荷马（约公元前9世纪—公元前8世纪），传说的古希腊诗人，著有《伊利亚特》和《奥德赛》。——译者注

“啊!”他立刻把纸卷打开，用眼一扫，见字写得干干净净，大为惊异。“写得太好了。”他说，“都用不着再抄了。四周还勾一圈花边！是谁画得这么巧?”

“嗯，那还用问。”马尼洛夫说。

“是您?”

“是我太太。”

“哎呀，我的天哪！给你们添这么多麻烦，真不好意思。”

“替您办事，谈不上麻烦。”

乞乞科夫鞠躬表示感谢。马尼洛夫听说他要到厅里去办手续，表示愿意陪他前往。两个好朋友手挽着手一齐向前走。路上遇到上坡、上岗或上台阶，马尼洛夫都搀着乞乞科夫，几乎用手把他托起来，并且满面堆笑地说，他无论如何也不能让帕维尔·伊万诺维奇崴了脚。乞乞科夫感到不好意思，不知如何感谢才好，因为自知身体有些发福。他们互相搀扶着终于来到广场，亦即司法厅所在地。这是一幢用石头砌的三层大楼，刷得雪白，大约为了里面办公的人都心地纯洁。广场上的其他建筑跟这座庞然大物似的石头楼颇不相称。它们不过是一个岗亭，旁边站着一个持枪的士兵，还有两三个停马车的停车场，再就是一片片的障子，上面有墙上常见的用木炭和粉笔划拉的画和字迹。除此之外，在这偏僻的或按我们习惯的说法是美丽的广场上再也没有任何东西。偶尔有几个忒弥斯的祭司①从二楼和三楼的窗口探出不可收买的头，又立刻缩回去，想必是这时上司走进房间。两个好朋友上楼梯不是一步一步走的，而是带着小跑，因为乞乞科夫想尽量不让马尼洛夫搀扶，便加快脚步，而马尼洛夫怕把乞乞科夫累着，急急忙忙往前跑，结果两人走进昏暗的走廊时都累得气喘吁吁。不论走廊还是办公大厅都不怎么干净。因为当时并不讲究卫生，所以肮脏的地方就任其脏下去，显得颇不雅观。忒弥斯以其本来面目，随随便便穿着便袍接待客人。这里本应该详

① 忒弥斯是希腊神话里的司法女神。忒弥斯的祭司指法官。——译者注

细描写一下我们主人公所走过的办公大厅，不过作者一见到官府衙门就感到诚惶诚恐。如果有的时候非进去不可，不管里面多么堂皇富丽，地板和桌子的油漆多么明亮，作者也谦逊地低下头，两眼看着地，急急忙忙一穿而过，所以就无法知道那里究竟如何富丽和堂皇。我们主人公只见屋里有数不胜数的文件，有草稿也有誊清的，有许多人低垂着头，露出挺宽的后脑勺，有许许多多燕尾服和省城式样的常礼服，只有一件普通的浅灰色制服在其中非常刺眼。这个灰制服歪着头，脸几乎贴在纸上，挥动鹅毛笔飞快地抄写一份剥夺土地或查封庄园的案件记录。原来这座庄园被一个安分守己的地主所霸占，而这个地主仰仗法院的庇护在受审过程中安度晚年并繁衍子孙。偶尔还听到一个嘶哑的声音说出简短的话："劳驾，费多谢伊·费多谢耶维奇，请把第三百六十八号卷宗递过来！""您总好把公家墨水瓶的瓶盖到处乱扔！"有时响起一个颇为洪亮的声音，这一定是上司发话，他命令道："拿去重抄一遍！抄不完就扒下你的皮靴，叫你在我这待上六天六夜，什么也别吃。"只听鹅毛笔的唰唰声响成一片，就像有几辆大车拉着柴火从森林里穿过，车轮下的枯叶足有半尺多厚。

乞乞科夫和马尼洛夫走到第一张办公桌跟前，桌子对面坐着两个年轻的官吏，便向他们询问：

"请问，契约手续在什么地方办理？"

"你们有什么事？"两个官吏转过脸来问。

"我想递一份申请。"

"您买的什么？"

"我想先问问契约科在哪，在这里还是在别处？"

"您首先要说明买的什么，价钱是多少，然后才能告诉您地方，否则无可奉告。"

乞乞科夫一眼看出这两个官吏不过是好奇心强，年轻的官吏都是这样。另外他们也想显示一下自己的分量和职位多么了不起。

"听我说，伙计，"乞乞科夫说，"我很清楚，凡是过契不论价钱大小都在一个地方办。所以请您告诉我地方就行，如果你们都不知道，我们只好到别处去问。”

两个官吏听了无话可说，其中一个用手往大厅角落一指，角上桌子后面坐着一个老头正在编卷宗号码。乞乞科夫和马尼洛夫穿过办公桌直奔那里而去。老头正在聚精会神地工作。

“请问一下，”乞乞科夫鞠躬说，“这里办契约手续吗？”

老头抬起眼睛一字一顿地说：

“这里不办契约。”

“那么在哪办呢？”

“在契约科。”

“契约科在什么地方？”

“归伊万·安东诺维奇管。”

“伊万·安东诺维奇在哪？”

老头朝另一个角落一指。乞乞科夫和马尼洛夫又去找伊万·安东诺维奇。伊万·安东诺维奇用一只眼睛向后瞅，斜眼打量他们一下，然后立刻更加专心致志埋头工作。

“请问，”乞乞科夫鞠躬说，“这里是契约科吗？”

伊万·安东诺维奇似乎没听见，仍然聚精会神地抄文件，一句话也不说。立刻就看得出来，这个人已经到了不惑之年，不是饶舌而轻浮的年轻之辈。伊万·安东诺维奇的样子有四十多岁，头发又黑又密，脸朝外鼓，鼻子成为最高点，正是一般所说的“花瓶脸”。

“请问这里是契约科吗？”乞乞科夫问。

“这里是。”伊万·安东诺维奇转过花瓶脸，接着又继续抄文件。

“我有件事请帮帮忙：我从本县几个财主手里买一批农奴准备迁走。契约都写好了，只差办手续。”

“卖主都来了吗？”

“有的来了，有的写了委托书。”

“申请带来了吗？”

“申请也带来了。我打算……我着急走……今天比方说，能不能办完手续。”

“嘿，今天！今天不成。”伊万·安东诺维奇说，“总得调查调查，看看有没有不合法的。”

“说起来这点事算不了什么，伊万·格里戈里耶维奇，也就是你们厅长，跟我是最要好的朋友……”

“可是并不止伊万·格里戈里耶维奇一个人，还有其他人呢。”伊万·安东诺维奇一本正经地说。

乞乞科夫明白伊万·安东诺维奇的弦外之音，便说：

“其他人也亏待不了，我在官场上混过，什么都懂……”

“那您就去找伊万·格里戈里耶维奇好了。”伊万·安东诺维奇说，口气温和多了，“该让谁办由他吩咐，我们是不会耽误事的。”

乞乞科夫从兜里掏出一张票子放到伊万·安东诺维奇面前，伊万·安东诺维奇似乎没看见，立刻用书压上了。乞乞科夫还想指点给他看，可是伊万·安东诺维奇一摆头，表示用不着。

“我让人带您去见厅长！”伊万·安东诺维奇点一下头，就有人前来带路。这个人也是这里的神职人员之一，可能由于对忒弥斯的膜拜太热心，把衣袖的胳膊肘磨破了，已经露出里子，为此才获得十四等文官的头衔。他给我们的朋友带路就像当年维吉尔给但丁①带路一样热心，把他们带到厅长办公室。办公室里摆着一把大圈椅和一张办公桌，上面摆着法镜②和两本挺厚的书，大圈椅里坐着一个人，像太阳一样光彩照人，这个人正是厅长。这个现代的维吉尔一到这里便诚惶诚恐，无论如何不敢跨进门槛一步，转过身去露出后背，后背磨得好像蒲席，还沾着一根鸡毛。他俩一进办公室，发现里面不止厅长一个，他旁边坐着索巴克维奇，方才被法镜挡着没看见。客人的到来引起一片欢呼。厅长的大圈椅被推得吱嘎响。索巴克维奇也从椅子上欠起身来，于是他的整个身子和两只长衣袖都露

---

① 但丁（1265—1321），意大利诗人，他在《神曲》中说维吉尔曾带他游地狱。——译者注

② 法镜是一种三棱镜，里面刻有彼得一世的敕令，告诫官员为官要清廉。——译者注

了出来。厅长立刻把乞乞科夫抱住，于是亲吻声响彻整个办公室。两人互相询问健康情况，这才知道两人都患有腰疼病，并且立刻找出原因，就是坐办公室坐的。看样子厅长已经从索巴克维奇那里了解到我们主人公买农奴的事，因为厅长一张口就表示祝贺，这倒令乞乞科夫有些慌张，尤其看见索巴克维奇和马尼洛夫都在场，他跟这两位卖主本来是秘密成交的，现在四对眼睛都到了一起。不过他连忙向厅长表示感谢，便立刻转过脸问索巴克维奇：

“您的身体可好？”

“谢天谢地，非常好。”索巴克维奇说。

他的身体果然非常棒，就算是块铁也会有个伤风咳嗽，可是这个特殊铸造的地主却从来不闹毛病。

“您一向是身体棒得出了名，”厅长说，“过世的令尊也非常结实。”

“是呀，他一个人就敢去打狗熊。”索巴克维奇回答说。

“不过照我看，”厅长说，“您要是想跟狗熊比试一下，也一定能撂倒它。”

“不行，我可不行，”索巴克维奇回答，“先父身体比我棒。”叹了口气，然后接下去说：“不行呀，现在的人可比不了从前的，就拿我说吧，我过的是什么日子！就那么回事罢了……”

“您的日子有什么不好？”厅长问。

“不好，不好。”索巴克维奇摇摇头说，“您倒说说看，伊万·格里戈里耶维奇，我都奔五十的人了，可是一次病也没生，比方嗓子疼啦，长个疮啦、疖子什么的……这可不好，这不是好兆头！总有一天要付出代价。”

索巴克维奇说完，变得非常忧郁。

“嘿，真见鬼了！”乞乞科夫和厅长同时想道，“不生病也要抱怨！”

“我给您捎来封信。”乞乞科夫说，从衣兜里取出普柳什金的信。

“谁来的？”厅长问，一打开信叫出声来：“啊！是普柳什金。他到现在还没死，真挺能活。这才是命呢！他从前可是一个最聪明、最富有的人！而如今……”

“变成一条狗，”索巴克维奇说，“一个骗子，把家里的人都饿死了。”

“好的，好的，”厅长看完信说，“我愿意当代理人，您打算什么时候办手续？现在就办还是往后放放？”

“现在办，”乞乞科夫说，“我甚至恳求您，如果可能今天就办利索，因为我打算明天就离开省城，契约和申请我都带来了。”

“这太好了，您想什么时候办就什么时候办，不过无论如何我们不能让您马上就走。契约手续今天就办妥，可您还得在我们这里多住几天。我马上就吩咐下去。”他说着打开通向办公大厅的门，里面坐满大小官吏，如果可以把案上的文件比作蜂房的话，那么这些官吏便可以比作趴在蜂房里的蜜蜂。“伊万·安东诺维奇在吗？”

“在。”里面有个声音回答。

“叫他到我这来！”

读者已十分熟悉的花瓶脸伊万·安东诺维奇出现在厅长办公室，恭恭敬敬地鞠了一躬。

“好的，伊万·安东诺维奇，您把这些契约都拿去……”

“您可别忘了，伊万·格里戈里耶维奇，”索巴克维奇连忙提醒说，“得请证人，每方至少要两个。您马上派人去找找检察长，他是闲人一个，保准在家，因为不管什么事都让监察官佐洛图哈替他办，这个佐洛图哈可是天下头一号的贪官。还有卫生局长也是闲人，如果没出去玩牌也准在家。附近还有许多人可以找，比如特鲁哈切夫斯基、别古什金——这些人都白活在世上！”

“完全正确，完全正确！”厅长说，立刻派办事员去找这些人。

“我还得求您一件事，”乞乞科夫说，“请派人去找找大司祭的儿子，因为我跟一个女地主也做了笔生意，她请大司祭基里尔神父的儿子做代理人。”

“当然，派人把他也找来！”厅长说，“一切都会办好！至于厅里这些人，您谁也不要给钱，就算是我求您了。我们是好朋友，用不着破费。”他说完立即向伊万·安东诺维奇下达指示，而伊万·安东诺维奇听了显然不大高兴。

看样子这些契约给厅长的印象很好，尤其是他看到这些买卖加起来总有十万卢布。他用十分满意的目光注视乞乞科夫的眼睛，足足看了好几分钟之后终于说：

“原来如此！您可真行，帕维尔·伊万诺维奇！您可置了家产。”

“是置了点儿。”乞乞科夫回答。

“是好事，真是件好事！”

“我也认为这是再好不过的事。一个人如果最终也找不到可以站稳脚跟的坚实基础，只凭青年时代的自由主义空想，就不能说他已经有了明确的生活目的。”乞乞科夫这句话顺便把所有的青年人都骂了，批评他们不该信奉自由主义，而且批评得很在理。不过也听得出来他说得并不理直气壮，仿佛他心中对自己暗说：“嘿，老兄，你是信口胡说，简直是胡说八道！”他甚至不敢拿眼看索巴克维奇和马尼洛夫的脸，很怕他们脸上露出什么表情。不过他的担心是多余的。索巴克维奇脸上不露丝毫声色，而马尼洛夫听到他的豪言壮语甚至钦佩不已，只高兴地晃晃头表示赞同，就像音乐爱好者听到女歌唱家用婉转的歌喉压过小提琴，唱出一声连鸟儿的喉咙也唱不出的高音，从而陷入陶醉状态。

“是呀，您怎么不告诉伊万·格里戈里耶维奇，”索巴克维奇插嘴说，“您买到的都是什么货色；而您，伊万·格里戈里耶维奇，怎么不问问他都买到些什么？都是多么好的农奴！简直是宝贝。我把车匠米赫耶夫都卖给他了。”

“不会，您怎么能卖米赫耶夫？”厅长说，“我认识车匠米赫耶夫，他是个出色的手艺人。他还给我修过马车。不过请问，这怎么可能呢？……您不是告诉过我他已经死了吗？……”

“谁，米赫耶夫死了？”索巴克维奇说，丝毫也不慌张，“我说的是他哥哥死了，他活得好好的，身体比从前还棒。头几天他还做了一辆马车，连莫斯科都做不出来。他真应该只给皇上造车。”

“是呀，米赫耶夫可是个出色的手艺人。”厅长说，“所以我才奇怪，您怎么能舍得卖呢。”

“还不光米赫耶夫一个呢！还有木匠‘软木塞’斯捷潘、瓦匠米卢什金、鞋匠马克西姆·捷利亚特尼科夫，全都走了，全都卖了。”当厅长问这些都是手艺人，他家也非常需要，怎么能让他们全走了时，索巴克维奇一挥手回答说：“唉，道理很简单，就是一时糊涂，我说卖就稀里糊涂都卖了！”说完低下头，仿佛直到如今还非常后悔，然后又补充一句：“都老白毛了，直到如今也没学聪明点儿。”

“不过请问，帕维尔·伊万诺维奇，”厅长说，“您怎么光买农奴不买土地呢？难道想迁走不成？”

“是准备迁走。”

“嗯，要迁走当然是另外一码事。不过往哪迁呢？”

“往……赫尔松省。”

“啊，那可是个好地方！”厅长说，便极力夸奖那里草长得高，“可土地够用吗？”

“够用，买这些农奴恰好够种的了。”

“有河和池塘吗？”

“有河。池塘也有。”乞乞科夫说完，无意中看了索巴克维奇一眼，索巴克维奇尽管依然不露声色，可是乞乞科夫似乎觉得他脸上显然露出不以为然的神气：“嘿，净信口开河！哪有什么河和池塘，连地也未必有！”

正当大家闲聊的时候，证人纷纷来到。有读者熟悉的爱挤眉弄眼的检察长，有卫生局长，有特鲁哈切夫斯基，有别古什金和索巴克维奇所说的其他那些白白活在世上的人。其中有许多人乞乞科夫根本不认识。还缺的几个用厅里的官吏充数便绰绰有余了。他们不但把大司祭的儿子找来，而且连大司祭基里尔神父也请到。证人们又纷纷签字，并注明自己的职务和官衔，有的人反写，有的人斜写，有的人写得几乎脚朝天，而且有些字母是俄语字母表里压根儿没有的。我们熟悉的伊万·安东诺维奇办事麻利，把契约登记、编号、注册及其他手续一下子就办妥了。因为在《枢密院公报》刊登启事只收取百分之零点五的费用，所以乞乞科夫的花销微乎其微。至于税金，厅长吩咐只向他收一半，另一半不知用什么方法算到另一个办契约的人账上。

“妥了，”厅长一看手续办完便说，“现在只剩下喝杯酒庆贺庆贺了。”

“我乐于从命。”乞乞科夫说，“只是由您定一下时间。大家这么热心，我再不开两瓶香槟简直是罪过。”

“不对，您把事情搞颠倒了，酒由我们摆，”厅长说，“这是我们应尽的义务。您来到我们这里是贵客，我们理应设宴款待。各位，你们看这样行不行？我们现在这么办：凡是在场的人都到警察局长家去，他是我们这里出色的魔术师，他只要到鱼市和酒馆转悠一趟，再眨眨眼，我们就有吃的！还可以趁这个机会玩玩惠斯特。”

这样的提议没人不赞成。证人们一听到鱼市就胃口大开，立刻纷纷抓起便帽和皮帽，办公也就到此为止。当大家经过办公大厅的时候，花瓶脸伊万·安东诺维奇朝乞乞科夫恭恭敬敬鞠了一躬，悄声说：

“您买了价值十万卢布的农奴，只赏给一张白票子①。”

“可您知道是什么农奴，”乞乞科夫也悄声回答，“都是废物，连一半价都不值。”

伊万·安东诺维奇一听就明白，这个人是铁石心肠，一分也不会多给。

“您买普柳什金的农奴花多少钱？”索巴克维奇从另一边朝他俯耳低声问。

“您干吗把沃罗别伊也塞进来了？”乞乞科夫没回答，反问一句。

“什么沃罗别伊？”索巴克维奇说。

“是个婆娘，叫叶利扎维妲·沃罗别伊，您还特意把‘a’写成

---

① 二十五卢布的纸币。——译者注

'ь'。"

"没有的事，我那张名单上根本没有什么沃罗别伊。"索巴克维奇说，却躲开他去找别的客人。

客人们三五成群终于来到警察局长家。警察局长果然是个魔术师。他一听明白是怎么回事，立刻把分局局长叫来。分局局长是机灵的家伙，穿着一双油光锃亮的皮靴。警察局长好像只朝他耳朵吐出两个字，然后叮咛一句："明白吗！"于是当客人们在牌桌上厮杀的时候，另一个房间里桌子上已经摆好鳇鱼、鲟鱼、鲑鱼、黑鱼子酱、鲜鱼子酱、鲱鱼、闪光鲟、奶酪、熏牛舌头和咸鱼脊肉——这些东西都是从鱼市上搞来的。接着主人又把自己家做的东西添上一些，一个大馅饼用九普特重的鲟鱼鱼头做馅，连脆骨和腮肉一起放进去，另一个大馅饼是蘑菇馅，另外还有葱花肉饼、炸丸子和蜜煮水果。从某种意义上说，这位警察局长在省城既是父母官又是个大善人。他跟市民好得像一家人。他到各家店铺和商场就像走进自己家的仓库。总而言之正如俗话所说：他干这一行真是适得其所，娴熟之极。甚至说不清楚，是他为这个职位而生还是这个职位为他而设。他办事巧妙，所以虽然比所有的前任都多捞一倍的油水，却赢得全市人民的爱戴。首先商人喜欢他，因为他没有架子。也的确如此，他为商人的孩子施行洗礼，跟商人认干亲，尽管有时从他们身上狠刮一笔却刮得非常巧妙，拍拍肩膀，嘻嘻哈哈，又请他们喝茶，还答应登门跟他们玩棋，问这问那，比如"生意怎么样？有没有什么事？"如果听说谁家孩子病了，便嘱咐应该吃什么药。总之，真是自家人！他坐上马车到处走走维持秩序，一边随便跟人聊天："喂，米赫伊奇！那把牌还没玩完，咱们什么时候玩完它。""是呀，阿列克谢·伊万诺维奇，"那个人摘下帽子说，"是应该玩完。""喂，伊里亚·帕拉莫内奇，老兄什么时候来看看我那匹大走马，我跟你比赛一下，把你那匹套上赛车试试。"那个喜欢大走马的商人，高兴之极，笑容可掬，捋捋胡子说："试试就试试，阿列克谢·伊万诺维奇！"连小铺的店伙计这时也摘下帽子满意地彼此看看，仿佛想说：

“阿列克谢·伊万诺维奇真是个大好人！”总之，他到处都能落个好人缘，商人们一致的看法是：阿列克谢·伊万诺维奇虽然也刮地皮，可是永远不会坑你。

警察局长看到酒菜已经摆好，便建议客人们明天再接着玩惠斯特，于是大家纷纷朝餐厅走去，餐厅传出的香味早已使大家鼻孔发痒，而且索巴克维奇早就从门口往里窥探好几遍了，离老远就看清楚鲟鱼装在大盘子里放在桌子边上。客人每人先喝一小杯深橄榄绿色的酒。酒的这种色泽只有西伯利亚产的一种透明的石头才有，而这种石头俄国人专门用来刻图章。然后众人便举着叉子从四面八方扑奔餐桌而去，正如俗话所说，这时便暴露出每个人的秉性和爱好，有人吃鱼子，有人吃鲑鱼，有人吃奶酪。索巴克维奇对这些七零八碎的东西全不理会，直奔鲟鱼而去。当大家一边吃喝一边聊天的时候，他只用一刻多一点的工夫就把这条鲟鱼全都吃下去了。警察局长忽然想起鲟鱼，告诉大家说：“各位，让我们来品尝一下大自然的这种物产如何？”他举着叉子跟众人一起奔鲟鱼而来，走到跟前一看，大自然的物产只剩下了尾巴。索巴克维奇却装作若无其事的样子，仿佛鲟鱼不是他吃了，并且还走到放得最远的盘子跟前用叉子去捅小干巴鱼。索巴克维奇吃掉鲟鱼之后，便坐到圈椅上，什么也不吃，什么也不喝，只管眯缝着眼睛，不时眨巴两下。看来警察局长丝毫不吝惜酒，祝酒的次数数不胜数。大概读者也猜得到，第一杯酒是祝新生的赫尔松地主的健康，接着祝他的农奴平安和迁移顺利，然后是祝他未来的美貌的夫人身体健康。这次祝酒使得我们主人公嘴角上露出愉快的微笑。大家从四面八方把他团团围住，求他住下，至少也得在省城再住两个星期。

“不成，帕维尔·伊万诺维奇！不管您怎么说，刚一踏门坎转身就走，这不叫冷落人吗！不成，您总得再住几天！我们马上给您成家，对不对，伊万·格里戈里耶维奇，是不是应该给他成个家？”

“应该，应该！”厅长附和说，“您就是一百个不愿意，我们也要让您在这里结婚！不，老兄，您既然到了我们这里，一切都得听我们的。我们说得到做得到。”

“这有什么？怎么还会一百个不愿意？”乞乞科夫淡然一笑说，“结婚不是坏事，谁不愿意？可是总得有新娘子呀。”

“新娘子不成问题，没有新娘子怎么成？一切都会安排妥当，要什么有什么！……”

“既然……”

“好了，他住下了！”大家齐声高呼，“万岁，帕维尔·伊万诺维奇！万岁！”大家都举着酒杯上前碰杯。

乞乞科夫跟大家一一碰杯。“不成，不成，得再来一遍！”有几个爱起哄的人说。于是又碰一遍。有人要求再来一遍，又碰了第三遍。不大工夫大家喝得心情非常畅快。厅长心情一好就变得更加可爱，他拥抱了乞乞科夫好几次，敞开心扉说：“你真是我的心肝宝贝，我的妈妈呀！”甚至用手指打一下响，围着乞乞科夫跳起舞来，嘴里哼着大家熟悉的歌曲：“嘿，你这没出息的卡马林庄稼佬！”喝完香槟又打开匈牙利酒，大家越喝越来精神，人人都心花怒放。惠斯特早已丢在脑后，大家又是争论，又是喊叫，无所不谈，谈论政治，甚至谈论军事，还发表一些自由思想，换个时候如果听到孩子说出这类见解，非狠揍他一顿不可。他们还立刻解决了许多最难解决的问题。乞乞科夫从来没有这么高兴过，以为自己真成了赫尔松地主，大谈各种改进措施，如三年休耕制，谈起两个人心心相印的幸福，向索巴克维奇背诵维特献给绿蒂的诗①，而索巴克维奇只管坐在圈椅里眨巴眼睛，因为他吃下鲟鱼之后，只觉得昏昏欲睡。这时乞乞科夫也意识到自己过于得意忘形，便要求给自己派车，然后就坐上检察长的马车回家。路上发现检察长的车夫竟然是个老把式，能一手赶车，另一手伸到身后扶住老爷。他就这样坐着检察长的马车回到旅馆，直到旅馆嘴里还不住说胡话，什么新娘子是金发女郎啊，红脸蛋，右边还有个酒窝，什么赫尔松庄园啊，有了资金啊。

---

① 见歌德（1749—1832）的小说《少年维特之烦恼》。——译者注

他甚至朝谢利凡发出管理性指示，要他把新迁来的农奴召集起来，他要一个一个点名。谢利凡一声不吭听了好长时间，然后走出房间对彼得鲁什卡说："去给老爷脱衣服！"彼得鲁什卡便动手给老爷脱皮靴，差点没把老爷也拽到地板上。不过皮靴终于脱了下来，该脱的衣服也都脱掉，老爷在床上折腾一气，把床压得吱嘎响，便俨然赫尔松地主进入梦乡。这时彼得鲁什卡把老爷的裤子和淡紫色带花点的燕尾服拿到走廊里，搭在木衣架上用树条抽打，用刷子刷，让灰尘飞满走廊。他正打算把衣服取下来，从回廊上往下一看，看见谢利凡从马厩回来。两人目光相遇，心照不宣：老爷既然躺下睡了，可以出去走一走。彼得鲁什卡立刻把裤子和燕尾服送进屋里，下了楼梯，两人一起往外走，至于此行的目的都只字不提，一路上有说有笑，只扯些不相干的事。他们走得并不远，穿过大街来到对面，正对着旅馆有一幢房子，低矮的玻璃门被熏得漆黑，一进去几乎就是地下室，里面已经有许多人围着木头桌子坐着，有留胡子的，也有没留胡子的，有穿翻毛皮袄的，也有只穿衬衫的，还有穿绒面粗毛呢大衣的。彼得鲁什卡和谢利凡到那里干什么只有天知道。但是他俩只待了一小时便从里面走出来，手拉着手，一声不吭，却彼此非常关心，很怕对方撞到墙角上。他们俩上楼梯也手拉手，不肯放开，足足花了一刻钟才爬上楼梯。彼得鲁什卡在矮小的床跟前站立一会儿，考虑怎么躺更合适，然后便横着躺下，两腿耷拉到地板上。谢利凡便也在这张床上躺倒，头枕彼得鲁什卡的肚子，全然忘却这不是他睡觉的地方。他如果不跟马睡在马厩里，也许就应该睡在下房。他俩倒头便睡，发出震耳欲聋的鼾声，老爷从里屋也发出像口哨一样尖细的鼻音与之呼应。不一会儿一切都归于沉寂，整个旅馆进入酣睡中。只有一个窗口仍然亮着灯光，这便是从梁赞来的中尉住的房间。看来他特别喜欢皮靴，因为他已经定做四双，现在正试第五双，试个没完。他有好几次已经走到床前想脱下靴子睡觉，但是怎么也不能做到这一点。这皮靴做得就是好，他又抬起一条腿仔细观看做工精妙的靴后跟，看了许久。

第八章

乞乞科夫买农奴的事成为众人议论的话题。省城里纷纷谈论买农奴往外地迁是否合算，真是众说纷纭。这些议论当中有很多见解颇有道理。有人说："这倒也是，无可争议，南方省份的土地就是好，土质肥沃，可是乞乞科夫把农奴迁去，没有水可怎么活？那里连一条河也没有。""没有水不要紧，这不算啥，斯捷潘·德米特里耶维奇，不过迁移农奴可是没把握的事。大家知道，把农奴迁到新地方，还让他种地，可他什么也没有，既没有房子，也没院子，那还不等于二二得四，登上雪滑子，跑个溜溜光？""请原谅，阿列克谢·伊万诺维奇，请原谅，您说乞乞科夫的农奴会逃跑，这我可不同意。俄国人什么活儿都会干，什么气候都能适应，你就让他到堪察加去，只要给他一副棉手闷子，他一拍巴掌，拿起斧子砍点儿木头就盖起一座新房。""可是，伊万·格里戈里耶维奇，你忽略了一个情况，你没问问乞乞科夫买的什么农奴。你忘记了，好农奴地主才不会卖呢，我愿意用脑袋打赌，乞乞科夫这些农奴不是偷东西就是头号酒鬼，再不就好吃懒做，打架斗殴。""不错，不错，这话我同意，这话说得不错，谁也不愿意把好农奴卖出去，乞乞科夫的农奴都是酒鬼，不过应该考虑到这样一个道理，一条很重要的道理：他们现在虽然是坏蛋，可是迁到新地方会突然变成良民。这样的例子屡见不鲜，世界上到处都有，历史上也有的是。""绝对没有，绝对没有，"官办工厂的监督说，"我看绝对没有这种事。因为乞乞科夫的农奴面临两大敌人。第一个敌人就是距离小俄罗斯①太近，大家知道，在那里酒自由买卖。我敢断定用不了两个星期他们就会喝得爬不起来。另一个敌人是在迁移过程中养成的流浪习惯。他们除非总待在乞乞科夫眼皮底下，乞乞科夫管得住他们，谁一有不是就收拾他。这事还不能让旁人代劳，必须亲自动手，该打嘴巴或该揍后脑勺都下得手。”“乞乞科夫何必亲自动手？他可以找个管家。”“是呀，管家倒好找，可都是骗子！”“是骗子不假，因为东家都不管事。”“这话说得不错，”许多人都附和说，“只要东家懂得一些管理庄园的道理，再能分辨好坏人，他一定会有个好管家。”不过官办工厂的监督说，要想用个好管家，最少也得给五千卢布。可是厅长却说，只要三千卢布就可以找到。但是监督又说：“您上哪能找到？难道您鼻子眼里能抠出来？”不过厅长说：“不是，不用从鼻子眼里抠，附近的县城就有，就是彼得·彼得罗维奇·萨莫伊洛夫。让他给乞乞科夫的农奴当管家再合适不过！”许多人都设身处地替乞乞科夫着想，把这么多农奴迁往外地，其困难之大颇令他们担忧。他们最担心乞乞科夫的这些农奴不安分，会发生暴乱。关于这一点，省警察局长自有高见，他说用不着担心发生暴乱，因为县警察局长的权力就是专管暴乱。甚至都不必让县警察局长亲自出马，只要把他的警帽往那里一送，就可以凭它代表局长押解这批农奴一直到达迁移地点。关于如何把乞乞科夫的农奴身上的恶劣品质铲除干净，许多人又各自发表了见解。这些见解大不相同：有的主张过于严厉，跟军事管制一样残酷；有的相反，未免太温和。邮政局长认为乞乞科夫面临一项神圣使命，按照他的说法，乞乞科夫在某种意义上应该成为这些农奴的父亲，甚至应该采取感化教育方法，说到这里又对兰开斯特的互教法②大事赞扬一番。

---

① 当时对乌克兰的称呼。——译者注

② 兰卡斯特（1778—1838），英国教育家。他提倡的“互教法”是指教师只要教好优等生就可以，然后让这些优等生去教差的学生。俄国十二月党人曾用这种方法教士兵识字。邮政局长倾心这种方法以及后面他讲《科佩金大尉的故事》，说明他有“自由思想”倾向。——译者注

省城就这么议论纷纷，许多人出于同情甚至把其中某些建议转告乞乞科夫，有人甚至表示愿意向他提供押送队，帮他把农奴平安送到目的地。乞乞科夫对这些建议表示感谢，并且说必要时一定加以采纳，至于押送队他坚决不要，解释说根本用不着押送队，因为他所买的农奴秉性非常好，他们都自愿迁往那里，绝对不会发生暴乱。

然而，这些言谈和议论恰好产生了乞乞科夫所能期望的最好的效果。也就是说，人们传说他是个不折不扣的百万富翁。我们从第一章已经看到，省城的居民本来就打心眼里喜欢乞乞科夫，如今听到这些谣传之后，就更加诚心诚意地喜欢他。其实，说句实话，他们都是善良的人，他们彼此处得很好，互相之间讲究友情，连谈吐中也带有特别直率而亲密的口吻："亲爱的朋友伊里亚·伊里奇！……""听我说，老兄，安季帕托尔·扎哈里耶维奇！……""你说得太玄了，老兄，伊万·格里戈里耶维奇。"邮政局长名叫伊万·安德列耶维奇，别人跟他说话总要带上一句："施普雷亨·齐·德伊奇[①]？伊万·安德列伊奇！"总之，大家处得像一家人。其中许多人受过良好教育，比如厅长就能背诵茹科夫斯基[②]的叙事诗《柳德米拉》，这在当时是还没过时的新作，许多地方他朗诵起来有声有色，特别是"松林入梦，山谷沉睡"这句，而"听！"这个字眼他读得更加逼真，仿佛真能让人看到山谷沉睡的情景，为了逼真他这时甚至眯缝起眼睛。邮政局长更喜好研究哲学，读起杨格的《夜思》[③]和埃卡特豪森的《自然界的秘密揭谜》[④]孜孜不倦，甚至通宵达旦，还作挺长的摘录，至于摘录的是什么却无人知晓。不过他爱说俏皮

---

① 原文为德语，意思是：您说德语吗？取其尾音跟"安德列伊奇"谐音。——译者注

② 茹科夫斯基（1783—1852），俄国浪漫派诗人，是普希金的老师。——译者注

③ 杨格（1683—1765），英国诗人。诗的全称为《哀怨或关于生死和永生的夜思》。——译者注

④ 埃卡特豪森（1752—1803），德国作家。《自然界的秘密揭谜》是一部神秘主义的宗教作品。——译者注

话，爱用华丽的辞藻，用他自己的说法，爱装饰自己的话。这种装饰首先是用许多语气词，比如“我的先生，不管什么样的，您知道，您明白，您可以设想，在某种程度上，可以说，以某种方式”之类的话车载斗量；另外他还用眨眼或挤眼的动作相当成功地加强效果，使许多带有讽刺的暗示显得更加尖刻。其他人也多多少少受过点教育，有人读卡拉姆津①的作品，有人读《莫斯科新闻》②，有人甚至什么书也不读。有人发茶，要他干什么非得踢一脚才动一动；有人就是懒惰，正如俗话所说：一辈子躺着不动弹，甚至站不起来，什么办法也不顶用。至于长相可以说个个仪表堂堂，没有一个痨病鬼。他们都很招太太喜欢，所以在情意绵绵说私房话的时候，太太都把他们叫作小胖墩儿、小肉弹儿、大肚皮、黑铁弹儿、小脖子、胖娃娃，等等。然而一般说来，他们性情和善，殷勤好客，他们跟谁只要吃上一顿饭或打过一次惠斯特便会成为好朋友，况且乞乞科夫的品德和举止都令人倾倒，而且深谙讨好的诀窍。他们无论如何舍不得他走，所以他竟然找不到脱身之计。他所听到的都是挽留的话：“再住一个星期，只住一个星期就可以，帕维尔·伊万诺维奇！”——总之，正如俗话所说：他被宠爱得无以复加。然而乞乞科夫给太太们留下的印象就更为强烈（简直令人啧啧称奇）。要想说明这一点，就要详细介绍一下这些太太，说说她们的社交活动，正如俗话所说：用鲜明的色彩描绘一下她们的精神状态。不过对作者来说这是一件棘手的事。一方面由于他对官太太怀有无限崇敬，不敢轻易动笔；另一方面……另一方面困难重重。N省城的太太都是……不，我无论如何也写不下去，的确感到惶恐不安。N省城的太太们身上最大的特点是……真奇怪，这只鹅毛笔怎么也提不起来，好像里面灌了铅。只好这么办：关于太太们的性格看来得留给别人写。因为他们的笔调更鲜艳，他们的调色板上水彩更多，我们只能

---

① 卡拉姆津（1766—1826），俄国历史学家、感伤主义作家。——译者注

② 《莫斯科新闻》是俄国最早出版的报纸之一，从1756年办到1917年。开头是自由派报纸，从1836年趋向反动。——译者注

说上两句关于她们的外貌的话，说些显而易见的。N 省城的太太们正如常言所说，长得十分体面，就这一点而言可以大胆地说，堪称其他一切城市太太们的楷模。至于举止风度、遵守礼节和许许多多繁文缛礼，尤其在最细小的地方对时髦的讲究，她们甚至要胜过彼得堡和莫斯科的太太们。她们穿着讲究，出门乘马车按照最新的规矩，车后一定站一个听差，穿着金绦带的制服。拜客的名片哪怕是写在梅花二或红桃尖上，也是非常神圣的玩意儿。有两位太太本来是要好的朋友，甚至是亲戚，就因为名片而闹翻了，因为其中一位太太忘记了回访。不论她们的丈夫和亲友如何从中斡旋，想让她们言归于好，结果都没成功。看来世界上什么事都好办，只有一件事难办，那就是如果两位太太因为忘记回访而翻脸，再想和好是万万不能的。按照省城社交界的说法，这两位太太从此就结了怨。为了争强好胜、压倒对方、她们之间发生过许多次非常激烈的争吵，从而使她们的丈夫领略到骑士为保护美人而不惜牺牲的精神。当然，她们的丈夫还不至于进行决斗，因为他们都是文官，不过他们却善于利用一切机会造谣中伤，其结果可想而知，有时候比决斗还厉害。N 省城的太太们在生活作风方面都洁身自好，对伤风败俗的行为和诱惑都报之以高尚的愤慨，对任何水性杨花都加以挞伐，毫不留情。即使她们有所谓的“外遇”，也都偷偷摸摸，表面上不露一点痕迹，一切都保持体面；连丈夫也都有精神准备，万一碰上这种“外遇”或听到什么流言，便采用现成的谚语予以简短明智的回答：“亲家跟亲家母在一起坐坐，何必多管闲事。”还有一点需要说明：N 省城的太太们跟彼得堡的许多太太一样，说话用词非常小心而客气。她们从来不说“我擤鼻子了”“我出汗了”“我吐唾沫了”，而说“我轻松一下鼻子”“我用了一下手绢”。她们无论如何也不会说：“这个杯子或这只盘子有臭味。”甚至连影射这种意思的话也不能说，只能换另一种说法，“这个杯子不宜使用”，以及诸如此类的话。为了保持俄语的高雅，她们在交谈中几乎有一半词汇被排斥在外，因而只好经常借助法语，可是一讲法语就完全是另一码事了，比前面提到的词汇更难听得多的字眼都可以使用。这就是我想介绍的有关N省城太太们的话，当然都是些表面现象。不过要是更深入观察，便会发现许多别的东西；然而窥探太太们的心灵深处极其危险。因此接下来的谈话我们也只能局限于表面。到目前为止，太太们对乞乞科夫在社交界的翩翩风度给予的评价很公正，不知为什么却很少谈论他；然而自从传言他有百万财产以后，就又发现他还有其他美德。其实并不是太太们见钱眼开，毛病都出在“百万富翁”这个字眼身上，不能怪百万富翁本人，一切都是这个字眼的罪过；因为一提起这个字眼，除开表示有钱之外，还让人听了就肃然起敬，不管坏人好人，还是不好不坏的人，人人为之动容。当百万富翁的好处是可以看到别人如何对他低声下气，而低声下气者这么做非常单纯，根本没有自私心理，也没有任何企图，因为许多人心里清楚，他们从百万富翁身上得不到任何好处，也没有权利得到好处，然而他们总想跑到他面前看一眼，笑一笑，摘摘帽子，如果听到谁家宴请百万富翁，便要死乞白赖去参加宴会。不能说太太们都沾染了这种自甘卑贱的脆弱心理，不过许多人家客厅里都谈论起乞乞科夫，说他当然算不上最漂亮的男人，不过男人也就应该长得这副模样，再胖一点反倒不好。同时她们甚至把瘦子贬低一番，说瘦子长得像牙签，没个人样。太太们在打扮上也添了许多小花样。商场挤得水泄不通，险些出事；街上的马车排成队，好像举行游园会。连商人都大为惊奇，他们从集市上贩来的几块布料因为价格昂贵卖不出去，突然畅销起来，被抢购一空。有一次教堂做祈祷，一位太太的裙箍占了半个教堂，在场的警官命令大家站远一点，也就是紧靠门口站着，免得踩坏这位高贵夫人的裙子。这种非同小可的青睐，乞乞科夫当然不能不有所察觉。有一天他刚回到旅馆，发现桌上有一封信，这是哪来的？什么人送来的？一无所知。他问侍者，侍者说送信的人说主人不许说明身份。信的开头语气非常坚决，只见上面写道：“不，我不能不给你写信！”接着说的是“心有灵犀一点通”，这句名言后面是一连串删节号，几乎占了半行。接下去又说出一些见解，个个都极其正确，因此我们认为有必要摘录于此："人生是什么？是被悲哀笼罩的山谷。人世是什么？是一群麻木不仁的众生。"接着写信的人说，这是已经谢世二十五年的慈母留给她的遗言，现在浸透她的泪水。她在信中吁请乞乞科夫永远离开城市，因为在令人窒息的城墙中间呼吸不到空气，应该跟她一起到荒野中去。信到最后流露出绝望，并用下列诗句收尾：

有两只鸽子会把你带到
我的寒冷的骨灰埋葬之地。
鸽子发出悲悲切切的叫声，
告诉你：她如何含泪死去。

最后一行有些不合格律，不过无伤大雅，这封信写得完全符合当时的风气。后面没有落款，无名无姓，甚至连年月日都没有。只是在 post scriptum① 中说明他的心应该能猜出写信的人是谁，而且她本人将出席省长明天举办的舞会。

这引起了他很大兴趣。这封匿名信有很多诱人之处，激起他的好奇心，于是他把信反复读了几遍，终于说道："我倒真想弄明白这信是什么人写的！"总之，显然情况变得严重，他足足琢磨一个多小时，最后两手一摊，低垂着头说："这信上的字写得可真漂亮！"然后不言而喻，把信叠好放进小木匣，紧挨海报和一份原封不动放了七年的婚礼请柬。过了不一会儿果然有人送来请他参加省长舞会的请帖——在省城举办舞会是平常事，哪里有省长，哪里就得举办舞会，不然省长便得不到贵族对他应有的爱戴。

乞乞科夫立刻把无关紧要的事搁在一边，一心一意准备参加舞会；因为的确有许多原因促使他这样做，但同时它们也撩动他的心。也许从创世纪以来还没人在梳洗打扮上花这么多时间。光镜子就足

① 拉丁语，意为"又及"。——译者注

足照了一个小时。他在脸上尝试做出各种不同的表情：忽而一脸的严肃庄重，忽而装出毕恭毕敬的样子，而且略带笑容，忽而又做出不带笑容的毕恭毕敬。他又朝镜子鞠了几个躬，同时嘴里发出含含糊糊的声音，有点像法语，不过乞乞科夫对法语一窍不通。他甚至朝着自己做几个惬意的鬼脸，扬扬眉毛努努嘴，还咂一下舌头。总之，只有一个人在屋里，自己觉得长相不错，并且相信没有人趴门缝看，才会什么事都干得出来。他终于轻轻弹一下下巴颏说："嘿，瞧你这副嘴脸！"这才开始穿衣服。他在穿衣服过程中始终保持洋洋自得的心情。他一边系背带或打领带，一边两脚立正，风度翩翩地鞠躬。尽管他从来不跳舞，却做了一个跳跃磕脚的动作。这个动作造成小小的无伤大雅的后果：五斗橱晃动一下，桌子上的刷子掉在地上。

他在舞会上一露面就引起非同寻常的效果。所有的人都迎面朝他奔来，有人手里拿着牌，有人正在兴头上，刚说"县法院对这事的答复是……"，不等把县法院的答复说完，便抛在一边，赶忙来欢迎我们的主人公。"帕维尔·伊万诺维奇！哎呀，我的上帝，帕维尔·伊万诺维奇！亲爱的帕维尔·伊万诺维奇！最可敬的帕维尔·伊万诺维奇！我的心肝儿帕维尔·伊万诺维奇！您原来在这，帕维尔·伊万诺维奇！这位就是我们的帕维尔·伊万诺维奇！请允许我拥抱您，帕维尔·伊万诺维奇！把他送过来，我要好好亲亲我亲爱的帕维尔·伊万诺维奇！"乞乞科夫感到自己立刻被好几个人抱住。他没等挣脱厅长的拥抱，就已经被警察局长抱住；警察局长把他交给卫生局长；卫生局长把他交给包税商；包税商把他交给建筑师……省长这时正站在女人群中，左手拿着一张糖果彩券，右手抱着巴儿狗，一见乞乞科夫到来，便把彩券和巴儿狗都扔到地上，摔得巴儿狗嗷嗷叫。总之，乞乞科夫普遍给大家带来非同寻常的快乐。所有的人脸上都露出兴高采烈的神情，或者起码被这普遍的快乐所感染。当长官亲临下级机关进行视察时，下级官吏们脸上常常会出现这种表情：开头的恐惧过去之后，发现长官对许多事表示满意，并且终于有说有笑，也就是说带着愉快的笑容说了几句话，于是那些簇拥着他的亲信们都更加卖力地笑起来，站在远处的官吏听不清长官说的什么，却笑得最开心，最后，连远远地在门口站岗的警察，那位从生下来一辈子没有过笑模样、刚才还朝老百姓挥舞拳头的警察，也按照永恒的反射定律在脸上露出某种笑意，尽管他那副样子倒像嗅了烈性鼻烟想要打喷嚏。我们的主人公向大家一一还礼，自己觉得动作很麻利，左右鞠躬，按照习惯略微侧着头，不过非常潇洒。因此人人为之倾倒。太太们立刻锦簇花团似的把他围在当中，并且送来一阵阵的各种香风：有的散发着玫瑰的芳香，有的带来春天和紫罗兰的气息，还有的浑身上下都浸透着馥郁的木犀草香。乞乞科夫只顾扬起鼻子不停地嗅着。太太们的衣着也非常讲究，什么麦斯林纱，什么细纱，什么缎子，都是最流行的浅颜色，让人叫不出名来（可见她们对颜色讲究到了什么程度）。每个人的衣服上都有许多缎带和花饰上下翻飞，色彩缤纷，令人眼花缭乱，岂不知这种眼花缭乱恰恰是聪明人绞尽脑汁的成果。轻飘飘的帽子只压在耳朵上，仿佛想要说："喂，我要飞了，只可惜不能连美人儿一起带走！"腰束得紧绷绷的，显得身段优美（应当说明的是：省城的太太们都有些发福，然而腰束得巧妙，再加上举止优雅，所以绝对看不出胖来）。她们身上穿的一切都经过深思熟虑，精心设计。脖子和肩头都裸露得恰到好处，决不超过一丝一毫。每个人都把自己的肌肤裸露到自信足以令人颠倒的程度，其他部分则极其优雅地遮住，比如脖子上围一条用绦子做的轻飘飘的领巾，或者搭个披肩，而这种披肩比叫作"吻"的点心还要轻灵，或者从衣服的肩后露出一段用薄薄的细麻纱做的锯齿花边，人们管它叫"陪衬"。这些"陪衬"便把身前身后已不能令人神魂颠倒的部位遮盖起来，然而恰好令人想入非非，以为那正是令人销魂的地方。长手套并不一直戴到袖口，而是有意把臂肘往上那段有刺激性的部分露出来，许多太太的这一部位都丰满得令人艳羡；有的太太把麂皮手套拼命往上拽，结果拽绽了线——总之，这里的一切似乎都想说明：不，这不是外省，这是京城，这就是巴黎！只是偶尔会不合时尚地露出一顶世间少见的包发帽或者甚至似乎是孔雀翎子，这属于独出心裁。不过这是不可避免的，这里毕竟是省城，说不定什么地方会露出破绽。乞乞科夫站在这些太太面前暗自思忖：“写这封信的人到底是谁呢？”他刚要往前伸鼻子，就有许多胳膊肘、翻袖头和不翻的袖头、缎带梢、香气袭人的女衫和连衣裙从他鼻子上擦过。原来大家热烈地跳起加洛普舞。邮政局长太太、县警察局长、戴蓝翎的太太、戴白翎的太太、格鲁吉亚公爵奇普海希利杰夫、彼得堡的官员、莫斯科的官员、法国佬库库以及尔胡诺夫斯基和别列边道夫斯基全都翩翩起舞了……

“瞧，全省都出马了！”乞乞科夫往后一退说。等到太太们纷纷落座，他又仔细观察起来，看看能否根据面部表情和眼神判断出写信的人是哪位；然而无论是看面部表情还是看眼神，他都无法断定写信的究竟是哪一位。人人的表情都似露不露，深奥得难以捉摸，唉，太深奥莫测了！……“不，”乞乞科夫对自己说，“女人这种东西……”他挥了挥手，“简直没法说！要想描写或传达她们脸上表情的变化，传达那些瞬息万变的神情和暗示，是根本不可能的。光女人的眼睛就是个无边无际的王国，人只要陷进去就再也出不来！就是用钩子或别的东西往外拽也拽不出来。比方你去描绘一下她们的眼神试试，水灵的、温柔的、甜蜜的，真是什么样都有！冷峻的、温存的，甚至懒洋洋的，或如有人所说：脉脉含情的，或者冰冷无情的。不过无情的比含情的还要厉害，一旦钩住你的心，就会像拉小提琴似的在你心中奏出各种音调。不，真找不到恰当的字眼，只能说她们是人类的虚情假意的一半！再恰当不过。”

真是罪过！好像我们主人公的嘴里竟然说出市井的粗话。这有什么法子？作家在俄国的地位就是如此！其实把市井的词汇写进书里，并不是作家的过错，而是错在读者身上，首先是上流社会的读者，是他们带头不讲俄语，从他们嘴里听不到一句地道的俄国话，倒是满嘴法国话、德国话和英国话，嘀里嘟噜让人受不了，他们还模仿外国人发音，讲法国话齉着鼻子还咬舌头，讲英国话好像学鸟叫，甚至脸上做出鸟的表情，谁要是做不出鸟的表情就要受到嘲笑。他们一讲俄国话就什么表情也没有了，只有修别墅时盖上一座俄国式木房，算是出自爱国心。上流社会的读者就是这样，而那些攀附上流社会的人也照样学样！可是他们的要求又是多么苛刻！他们要求作家一定要用最严肃、最纯正、最高尚的语言写作——总之，他们要求俄语已经锤炼好了，从云端里直接掉到他们的舌头上，他们只消张口吐出来就可以。当然，女性作为人类的一半的确高深莫测，不过应该承认，这些可敬的读者就更加不可理解。

这时乞乞科夫却一筹莫展，到底也猜不出写信的人是哪位太太。他试着拿眼仔细观看，却发现太太们个个脉脉含情，既赐给他希望，又在他这可怜的凡人心中勾起甜蜜的痛苦，于是他终于说："不行，怎么也猜不出来！"不过这件事丝毫也没影响他此刻的快活心情。他从容而机智地跟几位太太应酬两句，便又迈着小碎步去跟另外一些太太搭讪。据说有些被称为老色鬼的小老头打扮讲究，穿着高跟皮鞋，就是迈着这种小碎步，麻利机灵地围着女人屁股转。乞乞科夫不但迈着小碎步机灵地左右来回转，而且每次立定都脚跟相撞，那收脚的姿势很像拖着一条小尾巴或画上一个句号。太太们见了十分满意，不但在他身上发现许多讨人喜欢和殷勤礼貌的优点，甚至在他脸上发现一种了不起的表情，甚至是军人的英武气概，人人皆知，这种气概最讨女人喜欢。太太们为了他甚至发生口角。有些太太发现他喜欢靠门口站着，便争先恐后抢占靠门最近的椅子，有一位太太捷足先登，几乎引起轩然大波，因为有许多太太也想占据这个位置，所以认为先占椅子的太太厚颜无耻，太不成体统。

乞乞科夫只顾跟太太们搭话，或者说得更准确，太太们的妙语连珠使他应接不暇、晕头转向，因为太太们说出来的都是无比深奥的暗喻，要想猜透颇费一番工夫，急得他额头冒出汗珠，结果他竟然忘记按礼节应该先去拜见女主人，直到他听见省长太太的声音，发现省长太太就在眼前，已经站了好半天，才终于想起这件事。省长太太优雅地摇摇头，用颇为温柔而略带狡黠的声音说："啊，帕维尔·伊万诺维奇，您原来这样！……”省长太太说的话我无法准确传达，不过她说得极有礼貌，正如我们的上流作家在小说中描写情人们表白爱情的口吻。上流作家最喜欢描写客厅和炫耀他们对上流社会无所不知。省长太太的话大意是：“难道您的心完全被别人占据了，就没有一小块地方，一个小小的角落留给被您无情遗忘的人?”我们的主人公立刻朝省长太太转过身，正准备回答，而且他的回答跟眼下流行的小说主人公，诸如兹翁斯基、林斯基、利金、格列明以及各种花言巧语的军官说出的话相比绝对不会逊色，可是他无意中一抬眼，仿佛被雷击中了似的愣在那里。

原来站在他面前的不止省长太太一个人，她旁边还挽着一位刚刚十六岁的年轻姑娘，是个娇滴滴的金发女郎，长得眉清目秀，尖下颏，迷人的椭圆形脸蛋。她这副模样正适合给画家当圣母模特儿，这么娇小玲珑在俄国极为罕见，因为在俄国不管什么东西都越大越好，山要大的，森林要大的，草原也要大的，脸盘还要大的，嘴唇要厚的，腿要粗的。原来这位小姐正是乞乞科夫离开诺兹德廖夫家之后在半路上遇见的那个金发女郎。当时不知由于马车夫太笨还是马不听使唤，两家的马车撞到一起，马套也纠缠起来，幸亏米佳伊和米尼亚伊两位大叔帮忙才分解开。乞乞科夫心慌意乱，竟然连一句得体的话都说不出来，鬼知道他嘟囔两句什么，要是换了格列明、兹翁斯基或利金，绝对不会这么窝囊。

“您还不认识我女儿吧?”省长太太说，“念的贵族女中，刚毕业。”

他回答说，有幸偶然相识，本想再补充两句，却什么也说不出来。省长太太又客套两句便带着女儿到大厅的另一个角落去招呼别的客人。乞乞科夫仍然在原地呆立不动，就像一个人高高兴兴出门，本想散散步，看看外面的花花世界，却突然想起有件东西落在家里，站住不走，这时他的脸相再蠢不过了，原来无忧无虑的神情从脸上一扫而光，他拼命想究竟落下什么，是手绢?手绢在兜里；是钱?钱也在兜里。似乎什么也没落下，然而却有个无形的精灵附耳低语，说他的确落下一样东西。于是他变得心不在焉，迷迷糊糊地看着前面蠕动的人群、疾驰如飞的马车、从一旁过去的团队的高筒帽和枪支、商店的牌匾——看什么都模模糊糊。乞乞科夫就这样突然对周围发生的一切都视若无睹、置若罔闻。这时太太们的芳唇却向他发出一连串的暗示和询问，委婉含蓄而又殷勤有礼。“我们这些可怜的女人可不可以斗胆问问，您心里想的是什么？”“哪里是您朝思暮想的幸福之乡？”“哪位小姐使您陷入甜蜜的沉思之谷，可不可以请教她的芳名？”可是他对一切询问都置之不理，这些娇滴滴的问话都石沉大海了。他甚至不顾礼貌，立刻甩下这些太太，跑到一边，想要看看省长太太和女儿跑到哪儿去了。然而太太们似乎不想立刻放他走，每个太太都暗自下定决心，要使用一切能够征服男人心的武器，要把浑身解数都施展出来。这里必须说明，有些太太——我指的是有些，而非全体——有个弱点，她们认为自己什么地方特别漂亮，比如额头、嘴巴或胳膊，便以为别人就会首先注意她最漂亮的部位，并异口同声说：“快看，快看，她的鼻子多漂亮，简直是古典式的！”或者：“她的额头多么端正迷人！”有的肩头长得漂亮的太太，便相信她从年轻的男人身旁经过时，他们一定会赞叹不已：“啊，这位太太的肩膀漂亮极了！”对她的脸孔、头发、鼻子和额头看也不看，即使看上一眼，也认为无关紧要。有些太太就是这样考虑问题。每个太太都暗自发誓，跳舞的时候一定出尽风头，好让自己身上最漂亮的地方大放光彩。邮政局长太太跳华尔兹舞，有意懒洋洋地侧着头，真有超凡脱俗之姿。有一位可爱的太太来参加舞会本来并不想跳舞，因为据她自己说，右脚略有小恙，长个豌豆大的东西，才穿一双波里斯绒鞋，可是一到舞场再也憋不住，穿着波里斯绒鞋转了几圈，其实就是为了不让邮政局长太太过于得意。

然而，这一切对乞乞科夫并未产生预期的效果。他甚至根本不理会太太们旋转的舞姿，却一个劲儿踮起脚从人们的头顶上去探寻那个迷人的金发女郎究竟能跑到哪里。有时他还蹲下身子从人们的肩头和后背之间的缝隙窥探，并且终于找到她。原来她正跟母亲坐在一起，她母亲头上缠着白布，还插一根翎子，神气十足地摇来晃去。他似乎想发起进攻，不知是春天的气候起了作用，还是背后有人推他一把，反正他一往无前地冲过去，什么都不在话下。包税商被他撞了一个趔趄，幸亏有一只脚站住，不然就会撞倒一排人；邮政局长也连忙往后躲，用惊奇的目光瞪着他，里面还掺杂着隐含的讥笑。然而乞乞科夫对他们理也不理，他两眼只盯着金发女郎，见她正往手上戴长手套，显然她正急于跳舞，想在拼花地板上转上几圈。这时舞池里正有四对舞伴跳着马祖卡舞，八双鞋的后跟要踩坏地板似的，其中有一位步兵上尉跳得非常起劲，全神贯注，手脚并用，他跳出的舞步别人做梦也跳不出来。乞乞科夫几乎贴着跳舞的人的鞋后跟溜过去，直奔省长太太和女儿坐着的地方。可是一到跟前，又胆怯起来，不像刚才那样迈着矫健潇洒的小碎步，甚至有些犹豫不决，笨手笨脚了。

很难说得清楚，我们的主人公是否真正产生了爱情——像他这类既说不上胖又不怎么瘦的绅士，是否真会有爱情，颇令人怀疑；不过无论如何，这时他心中的确产生一种奇怪的感觉，只觉得恍恍惚惚，究竟是什么感觉连他自己也说不清。据他后来解释说，在这一刹那似乎整个舞会，连它的喧嚣和嘈杂都仿佛隔若天涯了，连提琴声和小号声都仿佛隔着三山五岳了，一切都仿佛被大雾笼罩着，显得朦朦胧胧，有如油画上随便涂抹的田野。在这一片烟雾迷蒙、随便涂抹上的田野里，只有诱人的金发女郎那俏丽的倩影鲜明而清晰地浮现出来。她那椭圆形的脸蛋、纤细的腰肢（只有刚刚从中学毕业的女学生才会有这种细腰），可以说朴素的白连衣裙紧箍着少女匀称的身段和四肢，处处都轻盈贴身，全身的线条清晰可见。整个的她好像是用象牙雕成的玲珑剔透的小人儿，在这一片混沌昏暗的人群里只有她一个人显得透明亮丽，白得耀眼。

看来世上确实会有这种事，看来像乞乞科夫这类人在一生之中也能有一阵子变成诗人；不过说是“诗人”未免过分。无论如何他感到自己一下子年轻许多，几乎变成了骠骑兵。他看她们母女身旁有空座位，立刻坐了上去。一开头谈得不大融洽，不过后来就好了，他甚至侃侃而谈，不过……非常遗憾，这里不得不说明一下，有地位和当大官的男人不善于跟女人谈话，有些笨嘴笨舌，他们不如中尉先生们口齿伶俐，军官一超过大尉就不行了。至于这些中尉有什么绝招，只有天知道。他们讲的那些话似乎也不见得高明，却不时让小姐笑得前仰后合。而五等文官要跟小姐谈话，上帝知道他会说些什么，不是讲俄国是个幅员辽阔的国家，就是讲出一番向女人献殷勤的话，也不能说这些话编得不巧妙，只是很像照本宣科；即使能讲一段笑话，也只有他自己笑得起劲，小姐却笑不起来。这里所以要插上一笔，是为了让读者明白，为什么我们的主人公讲得滔滔不绝，而金发女郎却打起哈欠。可惜我们的主人公根本没注意到这一点，仍然讲着各种轶事，其实这些轶事他在各种地方遇到类似场合时不知讲过多少遍。比如在辛比尔斯克省的索夫龙·伊万诺维奇·别斯佩奇内的家里讲过，当时在场的还有主人的女儿阿杰莱达和女儿的三个小姑子玛丽娅·加夫里洛夫娜、亚历山德拉·加夫里洛夫娜和阿杰利盖达·加夫里洛夫娜；在梁赞省费奥多尔·费奥多罗维奇·佩列克罗耶夫的家里讲过；在奔萨省弗罗尔－瓦西里耶维奇·波别多诺斯内和他兄弟彼得·瓦西里耶维奇的家里讲过，当时在场的有主人的小姨子卡捷琳娜·米哈伊洛夫娜与堂姐妹萝扎·费奥多罗夫娜和埃米利娅·费奥多罗夫娜；在维亚特卡省彼得·瓦尔索诺菲耶维奇的家里讲过，当时在场的有主人的儿媳的妹妹佩拉格娅和侄女索菲娅，还有两个隔山姐妹①索菲娅·亚历山德罗夫娜和玛克拉图拉·亚历山德罗夫娜。

所有的太太对乞乞科夫的这种态度都大为不满。其中有一位为了给他点颜色看看，故意从他身旁走过，甚至漫不经心地用粗裙箍碰了金发女郎一下，还把在肩头上飘拂的纱巾一甩，让纱巾角从金发女郎的脸上扫过；与此同时，他身后有一位太太从嘴里吐出一句

---

① 隔山姐妹，指同父异母或同母异父或异父异母的姐妹。——译者注

挑剔的话，虽然伴着紫罗兰的芳香，却相当尖酸刻薄。不知乞乞科夫当真没听见，还是假装没听见，只是这很不好，因为太太们的意见马虎不得，他后来虽然十分后悔，但是为时已晚。

许多太太脸上都露出愤慨，而且不论从哪方面看这种愤慨都是正当的。不管乞乞科夫社会地位有多高，就算他是百万富翁，一脸了不起的神气，甚至带有军人的英武气概，但是有些事不管是谁，太太们绝对不肯原谅，一发生这种情况，你就得自认倒霉！不管女人多么柔顺，跟男人比起来多么软弱，然而她们在有些场合会突然变得比男人还霸道，变得比世界上的任何东西更坚定不移。乞乞科夫忽视太太们的批评虽说无心，却使曾经因为争夺椅子而几乎吵翻的太太们变得同仇敌忾。乞乞科夫偶然说几句很简单平常的话，她们却听出辛辣的暗示。恰好有个年轻人当场胡诌几句打油诗讽刺那些跳舞的人，尽人皆知，在省城舞会上这种事司空见惯，没曾想也算到乞乞科夫账上，于是大祸临头了。愤慨变得越来越激昂，太太们到处说他的坏话，至于那个可怜的女学生更被贬得一无是处，并且已经给她判定了罪名。

这时还有一件意想不到的倒霉事正在等待我们的主人公。正当金发女郎连连打哈欠，而乞乞科夫仍然滔滔不绝地讲他那些历代轶事，甚至还准备讲一下希腊的哲学家第欧根尼①时，诺兹德廖夫突然从最里面的房间走了出来。不知他是从冷餐间里钻出来的，还是从绿色的小客厅（那里正玩着比普通的惠斯特更大的牌）出来，也不知他是自愿走出来还是被人撵出来，反正他满面春风，喜气洋洋，还用胳膊挽着检察长，可怜的检察长看样子已经被他拖了好长时间，正转动着浓眉四下观望，寻找脱身之计，以便摆脱这种生拉硬拽的友好旅行。这种旅行的确让人受不了。诺兹德廖夫刚喝过两杯茶，茶里免不了掺罗姆酒，给他壮了胆，他便吹得天花乱坠。乞乞科夫远远看见他，便下定决心做出牺牲，放弃这令人羡慕的座位，赶快

① 第欧根尼（公元前 404—前 323），古希腊犬儒主义哲学家，因行为乖僻成为笑料。——译者注

溜之大吉，因为他料到这次见面不会有好事。然而糟糕的是，偏偏这时省长出现了，说是好容易找到帕维尔·伊万诺维奇，心中非常高兴，就让他给断一件官司，就是说他正跟两位太太争论女人的爱能不能持久。恰好在这时诺兹德廖夫看见了乞乞科夫，便径直朝他走来。

“啊，赫尔松地主，赫尔松地主！”诺兹德廖夫大喊大叫，笑嘻嘻地走过来，通红的脸蛋像春天的玫瑰一样鲜艳，笑起来直哆嗦。“怎么样，买了不少死人吧？省长大人，您可不知道，”他立刻转过脸扯着嗓子朝省长喊，“他做死人买卖！这是真事！我告诉你吧，乞乞科夫！你呀，我是看在交情分上才对你这么说，我们大家都是你的朋友，省长大人也在场，我真想勒死你，非勒死你不可！”

乞乞科夫一下子不知如何是好。

“您信不信，省长大人，”诺兹德廖夫接下去说，“他张口对我说：‘把死魂灵卖给我吧！’就把我笑破了肚子。等我来到这里听说，他花三百万卢布买农奴准备迁走，他怎么能迁得走？他跟我买的是死魂灵。我告诉你，乞乞科夫，你是个畜生，真是个畜生，现在省长大人在场，还有检察长，你说是不是？”

然而检察长、乞乞科夫和省长都被搞得晕头转向，根本不知道如何回答，可是诺兹德廖夫丝毫也不在乎，仍然说着带醉意的话：“嘿，你呀，老兄，你，你……我要是不问个明白你干吗要买死魂灵，绝对不让你走。我告诉你说，乞乞科夫，你也太不知害臊，你明知道只有我是你最好的朋友。省长大人在场，还有检察长，你说对不对？省长大人，您也许不相信，我们俩可是最要好的朋友，意思是说，您要是问我，我就站在您的面前，您要是问我：‘诺兹德廖夫！你说句良心话，你跟谁最亲，是跟你亲爹亲，还是跟乞乞科夫亲？’我就会对您说：‘跟乞乞科夫！’真是这么一码事……我的宝贝儿，让我给你来个‘贝泽’① 吧。省长大人，您就让我吻他一下

① 法语，意思是吻。——译者注

吧。喂，乞乞科夫，你也别推三推四，就让我在你白胖胖的脸蛋上印一个‘贝泽’吧！”

诺兹德廖夫和他的“贝泽”被猛然一推，险些摔倒在地，大家都纷纷走开，没人再听他胡说；然而关于买死魂灵的事毕竟是他高声宣布的，他一边说还一边哈哈大笑，连坐得最远的人都听得清清楚楚。这条新闻十分古怪，大家听了一时愣住，脸上现出疑惑不解的愚蠢神色。乞乞科夫发现许多太太眉来眼去，露出恶意的狞笑。有些人脸上露出模棱两可的表情，这就更加使他心中慌乱。至于诺兹德廖夫是个有名的好撒谎的人，人人皆知，所以他说出一些荒诞不经的话毫不足奇。不过凡夫俗子，说实在的，凡夫俗子的秉性很难捉摸。不管这条新闻多么庸俗，只要是新闻，就会一传十，十传百，而且在传播时还要说明：“您瞧瞧，人们多么能造谣！”而听到的人也乐于侧耳倾听，尽管听完之后会说：“完全是无聊的谣言，根本不值得听！”然后他马上去找第三个人，对他讲一遍，然后两人一起怀着高尚的义愤说：“多么无聊的谣言！”于是这条消息马上传遍全城，所有的人都毫不例外。一定大讲特讲，然后又承认这事不值一提，用不着到处传播。

这件事看起来是件小事，却把我们的主人公搞得心烦意乱。不管傻瓜说的话多么愚蠢，有时候也能把聪明人搞糊涂。乞乞科夫觉得浑身不自在，好像他穿着擦得锃亮的皮靴，却一脚踩进臭水坑。总之，弄得真糟糕，糟糕透了！他尽量不去想这件事，便坐下玩惠斯特以散心解闷，然而牌玩得不顺手，就像歪轮子不走正道，有两次把牌出到别人手里，还有一次忘记不该打对家的牌，却使劲把牌一砸，杀了本家。厅长知道帕维尔·伊万诺维奇会打牌，可以说牌打得很高明，因而怎么也不理解他会出这种错，竟然杀了他的黑桃老K，原来就指望这张老K能赢牌。当然，邮政局长、厅长以及警察局长都习惯地拿我们的主人公开玩笑，说他是不是爱上什么人了，还说他们知道帕维尔·伊万诺维奇的心受了伤，并且知道是被什么人射中的；然而这一切并不能令他宽心，尽管他也强颜作笑，用笑话敷衍。吃晚饭的时候他也没能像往日那样谈笑风生，尽管席面上都是跟他不错的人，而且诺兹德廖夫早已被撵走，因为连太太们也终于发现他的行为越来越不像话：正当大家跳科吉利翁舞的时候，他竟然坐在地板上拽跳舞的人的裙子，照太太们的说法，这太不成体统。这顿晚餐吃得快活，在插着三支蜡烛的烛台、鲜花、糖果和酒瓶的映衬下，一一闪过的脸孔流露出怡然自得的神情。军官、太太和穿燕尾服的绅士们个个变得殷勤亲热，甚至到了肉麻的程度。男人不时从座位上跳起跑去接过仆人送上的菜，以便非常麻利地献给太太们。有一位上校甚至拔出佩刀，用刀尖支起一碟调味汁送到一位太太面前。乞乞科夫坐在一群年高有德的人中间，这些人正在高谈阔论，一边吃着鱼，或把牛肉狠狠蘸上芥末汁放进嘴里，一边谈论重大题目。如果在平时乞乞科夫很乐于参加讨论，而今天他像一个疲惫不堪或经过旅途劳顿的人，什么也听不进去，因而无法插言。他甚至没等散席就告退了，比他平时的习惯要早得多。

于是他回到读者已经熟悉的这个房间，有一扇门用五斗橱挡着，有时蟑螂从各个角落往外张望，他的心情仍然不能平静，思潮起伏，就像坐着的那把圈椅总摇晃似的。他心里烦闷不已，有一种沉重的空虚感。“让你们这些爱跳舞的人都见鬼去吧！是谁发明的舞会？”他气急败坏地说，“哼，一个个傻呵呵的，有什么值得高兴的？全省粮食歉收，物价上涨，他们还有心思举办舞会！嘿，想不到娘儿们都穿得花枝招展！更没见过女人一身衣服就要花上千卢布！这可都是农民交的租子呀！或者更糟，是她丈夫昧着良心捞的钱！谁不知道他为什么接受贿赂，为什么要昧良心，还不是为了给太太买披肩和各式各样的筒裙，真见鬼，筒裙多得都叫不出名字。为什么？为的不让嘴尖舌快的西多罗夫娜说邮政局长太太的连衣裙最漂亮，就为了堵她的嘴，一下子花了一千卢布。人人都喊：‘舞会，舞会，快活极了！’其实舞会不过是胡闹，不合乎俄国习惯，不合俄国人脾气。一个男子汉大丈夫，竟然穿一身黑，衣服紧箍着身子，好像拔掉毛的鸡或小鬼，突然蹦了出来，两腿乱蹬，这算怎么回事？有的甚至一边跟人跳舞，一边跟另一个男人讨论正事，两只脚像山羊似的左右乱踹，还要踹出花样来……这都是猴子玩的把戏，真是猴子玩的把戏！人家法国人到四十岁还像十五岁一样孩子气，我们也就见样学样！真不对劲……每次从舞会回来都好像做过亏心事，连想都不愿意去想。脑袋里空空如也，就像听一位上流人士讲话似的，他无所不谈，什么都只涉及一点点，把他从几本小册子里拣来的东西一下子抖搂出来，却讲得有声有色，天花乱坠，可是你脑子里却什么收获也没有，然后你发现还不如跟普通商人谈话，商人虽然只懂得一行，却实实在在，他是个行家，总比这些拨浪鼓强。这种舞会有什么好处？嗯，比方哪个作家心血来潮，想描绘一下这种场面，如果按实际情况写会有什么结果？把舞会写进书里，跟实际情况一样乌七八糟。这种场面究竟道德不道德？只有鬼知道！吐口唾沫合上书就再也不看了。”乞乞科夫就这样把舞会通通贬低一气，不过他的气愤似乎另有原因。令他气恼的主要不是舞会，而是他在舞会上出了事，突然间天知道别人会怎么看他，他变成一个令人觉得奇怪、行为可疑的人物了。如果用理智的眼光看待这件事，这当然是小事一桩，一句蠢话算得了什么？尤其是现在他把所有的手续都按部就班地办完之后。然而人就是奇怪，本来他并不尊重这些人，指责他们庸庸碌碌，只讲究穿戴，用词也相当尖刻，然而一旦给这些人造成坏印象，他又痛苦不已。尤其当他冷静分析事情的前前后后，觉得有些地方也是咎由自取的时候，就更加懊丧。不过他并不生自己的气，他这样做也不觉得不对。我们大家都有这种小小的弱点，难免好原谅自己，总想找身边的人出气，比如找个佣人或恰好在这时走进来的下属，找妻子或者最后找一把椅子出出气，把它随手往门口一摔，摔断扶手和椅子背，让它知道知道老爷发脾气可了不得。于是乞乞科夫马上就找到一个熟悉的人可以把所有的火气都发泄出来。这个人就是诺兹德廖夫，他果然把诺兹德廖夫骂个狗血喷头，体无完肤，就像走南闯北、经验丰富的大尉或将军责骂狡猾的村长或马车夫似的。顺便说一句，有时候将军骂人除开许多变成经典的骂法之外，还会有不少独出心裁、别人闻所未闻的字眼。诺兹德廖夫的家谱被抖落个遍，祖宗三代都挨了一顿臭骂。

然而，正当乞乞科夫心烦意乱地坐在圈椅里，备受失眠之苦，拼命诅咒诺兹德廖夫和他的祖宗时，眼前的蜡烛已烧得烛芯结了一顶小黑帽而摇摇欲熄，窗外一片漆黑的夜色由于黎明降临而发蓝，远处的公鸡此呼彼应地喔喔啼，在完全沉睡的省城也许有个苦命人穿着粗毛呢军大衣，不知是什么军阶或军衔，正踽踽独行，（唉！）现在他只有一条路可走，就是天不怕地不怕的俄国人走惯了的道路。正当这个时候，在城市另一头发生一件重要事件，将使我们主人公狼狈的处境更加狼狈。这里说的是：这时有一辆样子十分奇怪、让人叫不出名字的马车沿着省城偏远的街道和胡同叮当驶来。它既不像长途驿车，也不像高级马车或轻便马车，倒像在车轱辘上安了一个圆咕隆咚的大西瓜。“西瓜”两边各有一扇小门，还带有黄油漆的痕迹，只是车门因为把手和锁头都状况不佳而关不严，只好马马虎虎用绳子拴住。“西瓜”里面塞了好几个印花布靠垫，有荷包形的，有圆辊子形的，有四方枕头形的；车里还塞满装着各种面包的口袋，有普通面包，有白面包和甜馅面包，另外还有发面包子和烫面花样点心。口袋口甚至露出鸡肉馅大馅饼和腌黄瓜馅大馅饼。车后的脚蹬上站着一个人，仆人模样，穿一件杂色土布上衣，大胡子已有些花白，他就是一般所谓的“听差”。马车上的扒钉和螺丝都吱嘎作响，把省城那头的岗警都吵醒了。岗警拿起长钺，睡意蒙眬地厉声喝道：“什么人?”然而他一个人也没看见，只听得远处传来吱吱嘎嘎声，便在衣领上捉到一个小生物，走到路灯底下立刻用指甲处死它。然后把长钺一放，又按骑士的规矩酣然入梦。这辆车上的马因为没挂掌，不住打前失，况且它们对于城里平坦的马路显然不熟悉。笨重的马车在街上绕了几个弯，经涅多蒂奇基的尼古拉小教堂拐进漆黑的胡同，在大司祭太太家的大门前停下。从车上下来一个丫头，扎着头巾，穿着坎肩，举起拳头在大门上狠狠敲两下，敲得非常有劲，连男子汉都望尘莫及（而那个穿杂色土布上衣的听差后来被人抓住两条腿从车上拽下来，因为他睡得像死人似的）。狗叫起来，院门终于张开大口，好不容易把这辆笨重的交通工具吞进去。马车驶进一个堆满柴火、挤满鸡窝和各种小仓房的小院，从车上下来一位太太，她便是十等文官夫人、地主婆科罗博奇卡。我们的主人公刚离开她家不久，老太婆就坐立不安，因为她很怕上了乞乞科夫的当，一连三夜没睡好觉，终于打定主意，顾不得没给马挂掌也要进城探个虚实。死农奴究竟什么行市，上帝保佑，她是不是错打算盘，货出手太贱。她这次到来会引起什么后果，读者从两位太太的谈话之中就可以了解到。这场谈话还是放在下章去写更好。

第九章

第二天早晨还不到省城平时出门拜客的时间，便有一位太太披着华丽的带格斗篷从一座橘黄色木房的房门里飞了出来。这座房子带阁楼，门前的圆柱是天蓝色的。太太身后跟着一个听差，穿一件带假领的外套，戴一顶镶金绦、闪亮光的圆顶帽。太太急急忙忙踏上放下的车梯钻进停在门前的马车里。听差立刻关上门，收起车梯，抓住车后面的皮带站稳脚跟，向车夫吆喝一声："走吧！"原来这位太太听到一条新闻，便心急如焚赶快把它传出去。她一个劲儿从窗口向外张望，总觉得还有一半路程，心中说不出的恼火。她看见每一幢房子似乎都比平时长，养老院的白石头房子上留着的狭窄的窗户更是长得让人受不了，她终于憋不住说了一句："这该死的建筑，怎么没完没了？"车夫也听到两次吩咐："快赶！快赶！安德留什卡，你今天怎么慢慢腾腾的？"终于到达目的地。马车停在一座深灰色房子跟前，也是木头造的，窗框顶上的浅浮雕刷成白色，窗户前面有一道挺高的木栅栏，当中是一条窄窄的小花园，花园里种着几棵细细的小树，马路上的灰尘落到树上从来不掉，所以树变成了白色。透过窗户可以看见里面摆着几盆花，有一只鹦鹉叼着铁环在笼子里荡来荡去，还有两只小狗在阳光下睡着了。坐马车来的太太有个最要好的朋友就住在这座房子里。作者感到为难的是不知道应该怎么称呼她们才免得惹两位太太生气，因为从前这种事惹过不少麻烦。给她们随便造个名字太危险。因为我们国家大，不管你造出什么名字，说不定碰巧某个角落就有人叫这个名字，而且说不定这人会气得死去活来，还说作者曾经专门去暗地查访过，了解他的为人，知道他喜欢穿哪件皮袄，常去看望一个叫阿格拉菲娜·伊万诺夫娜的女人，还知道他喜欢吃什么。要是称呼官衔，上帝保佑，那就更加危险。如今我们的大小官员和各阶层人士都肝火太盛，印出的书上一写什么，就好像是对他们进行人身攻击，看起来目前就是流行这种风气。只要一提到某某城市有个愚蠢的人，于是这就成为人身攻击，突然会有一位绅士跳出来大喊大叫："我也是人，这么说我就一定愚蠢！"总之，他立刻就明白你言有所指。因此，为了减少麻烦，我们还是按照N省城几乎一致的叫法，管客人所拜访的太太叫"八面玲珑的太太"。这种称呼她是当之无愧的，因为她为了在众人面前装作非常殷勤好客没少花力气，尽管她的殷勤好客里藏着女人狡猾的心机！尽管她说出每一句悦耳动听的话都藏着扎人的针！如果别的女人在某一方面或者用某种办法独占鳌头，那可不得了，她会火冒三丈。不过这一切她都用巧妙的社交手段伪装起来，而在省城她的社交手段堪称高明。她一举手一投足都优雅可爱，她甚至爱好诗歌，甚至有时若有所思地侧着头——于是大家一致同意：她是八面玲珑的太太。而另一位太太，也就是前来拜访的客人，则没有那么多心眼，因此我们姑且称之为"招人喜欢的太太"。客人的到来惊醒了在阳光下睡觉的两只小狗：一只是毛茸茸的母狗，叫阿杰莉，毛长得直绊脚，另一只是细腿的公狗，叫波普里。这两只狗一边吠叫，一边卷着尾巴朝前厅跑。客人正在前厅里脱斗篷，露出花色时髦的连衣裙，脖子上围着毛皮围脖，整个房间里弥漫着茉莉花的香味。八面玲珑的太太一听说招人喜欢的太太前来拜访，立刻跑到前厅。两位太太互相拉着手亲吻一番，就像两个女中学生毕业后头一次见面，热情地尖叫着，因为她们的妈妈还没来得及告诉她们，她们的父亲一个官大一个官小，一个富一个穷。亲吻声十分响亮，惊得两只小狗又吠叫起来，因此它们被主人用手绢打了一下。于是两位太太走进客厅。客厅不言而喻是天蓝色的，里面摆着沙发、长圆桌，甚至还有屏风，上面爬满常春藤。毛茸茸的阿杰莉和高个细腿的波普里也哼哼哧哧跟进来。

“往这坐，往这坐，坐在这个角上！”女主人说着让客人在沙发上坐下。“对了！对了！给您个靠垫！”她说着把靠垫塞到客人背后。靠垫上用毛线绣出一个骑士，就像平常用十字布绣的图案：鼻子像楼梯一级一级的，嘴是四方形的。“您来我真高兴……我听到外面马车响，心想谁能来这么早？帕拉莎说：‘是副省长太太。’我就说：‘这个愚蠢的女人又来讨人嫌。’我正打算让人告诉她，说我不在……”

来客本想立即进入正题，向她报告这个新闻。然而这时八面玲珑的太太突然一声惊呼，便扭转了话题。

“多么漂亮的印花布呀！八面玲珑的太太这声惊呼，是看到招人喜欢的太太穿的连衣裙而发出来的。

“是挺漂亮。可是普拉斯科维亚·费奥多罗夫娜说，“要是格子再小一点儿，烟色的小花点换成天蓝色的，那就会更好看。有人给我妹妹寄来一块衣料，那花色好看极了，简直用语言都形容不出来。您想想看：底是天蓝色的，上面有许多小细条，细得只有人类才能想象出来，细条中间还有许多小圈圈和小爪子，小圈圈和小爪子，小圈圈和小爪子……总之，没有比它再好看的了，可以肯定，全世界也找不出第二个来。”

“亲爱的，这太花哨了。”

“哎呀，不，不花哨。”

“哎呀，太花哨了。”

这里必须指出，八面玲珑的太太在某种程度上是个唯物主义者，对什么都喜欢否定和怀疑，生活当中有好多事她都看不顺眼。

于是招人喜欢的太太解释说，这一点儿也不算花哨，并且尖叫一声：

“可得祝贺你，现在做衣服不时兴打褶了。”

“怎么不时兴？”

“时兴狗牙边。”

“哼，狗牙边才不好看呢。”

“时兴狗牙边，一色的狗牙边，披肩镶狗牙边，衣袖镶狗牙边，肩章镶狗牙边，下摆也镶狗牙边，到处都镶狗牙边。”

“索菲娅·伊万诺夫娜，全都用狗牙边可不好看。”

“漂亮极了，安娜·格里戈里耶夫娜。得镶双的，抬肩要肥大，上边……就是这样，您会大吃一惊，您一定会说……好，就让您惊奇吧，您想象一下，乳罩兴长的，乳头向前鼓起，里面衬的鲸骨片完全超出规格；裙子紧箍着腰，就像从前的鲸须裙似的，甚至后边也少塞点儿棉花，好显得富态。”

“哼，这可太不像样了！”八面玲珑的太太说着把头一扬，摆出凛然不可侵犯的样子。

“说的就是，太不像样。”招人喜欢的太太回答说。

“我无论如何也不赶这种时髦。”

“我也是……真想象不出有时候时髦会到什么程度……太不像话！我跟妹妹要了一个衣服样子，不过是闹着玩，可是我那个丫头梅兰娅就动手裁上了。”

“难道您有衣服样子？”八面玲珑的太太尖叫一声，显得十分激动。

“当然了，是妹妹给我带来的。”

“我的亲爱的，看在上帝分儿上，快借给我看看。”

“哎呀，我已经答应普拉斯科维亚·费奥多罗夫娜了。等她用完再给您。”

“普拉斯科维亚·费奥多罗夫娜穿过的样子谁还稀罕？您这么做可太那个了，您把外人看得比自己人还亲。”

“可她总算是我的堂婶呀。”

“她算您哪门子堂婶？不过是您丈夫的亲戚……不，索菲娅·伊万诺夫娜，我连听也不想听，这么说您是想叫我难堪……看来，您已经讨厌我了，看来，您是想要跟我绝交。”

可怜的索菲娅·伊万诺夫娜这下子不知如何是好。她自己也感到左右为难。这都是好吹嘘的毛病！她恨不得拿针扎烂自己的笨舌头。

“可是咱们那位美男子怎么样了？”八面玲珑的太太顺便问一句。

“哎哟，我的上帝！我干吗坐在您面前傻呵呵的呢！好吧，安娜·格里戈里耶夫娜，您可知道我给您带来了什么消息？”这时客人急得喘不上气来，她有一肚子话想往外吐，就像鹞鹰你追我赶一样急，可惜她这位好朋友不近人情，忍心打住她的话头。

“不管您怎么夸他，怎么捧他，”她说得比平时更来劲儿，“我要直截了当告诉您，就是当着他面也敢这么说，他是个笨蛋！笨蛋！笨蛋！”

“可是您听我说，我告诉您个秘密……”

“人人都说他长得漂亮，其实他一点儿也不漂亮，一点儿也不漂亮，他的鼻子……最难看不过了。”

“对不起，您听我说，亲爱的，安娜·格里戈里耶夫娜，您听我说！这可是件奇闻，您明白吗？是怪事，‘斯科纳佩·伊斯托尔’①。”客人完全用恳求的口吻说，几乎带着绝望的表情。

这里不妨说明一下，两位太太在谈话中夹杂着许多外国字眼，有时还说出挺长的法语句子。虽然，作者对法语给俄国带来的挽救作用钦佩之至，对我国上流社会经常用法国话的良好习惯也钦佩之至，因为他们这么做当然出于深厚的爱国热忱，但尽管如此，作者绝对不敢把任何一句外国话穿插在这部俄国史诗里面。所以，下面我们还是要用俄语接着往下讲。

“是件什么故事？”

“唉，我的亲爱的，安娜·格里戈里耶夫娜，您只要能想象得出我当时的处境，您就想象吧。今天一早大司祭太太，也就是基里尔神父的老伴儿到我家来，您能不能想象得出，我们那位贵客外表挺老实，其实是个什么样的人，啊？”

“怎么，难道说他向大司祭太太献殷勤了？”

① 法语，意思是“所谓的故事”。——译者注

“唉，安娜·格里戈里耶夫娜，要是献献殷勤倒也没啥，您听我告诉您，大司祭太太跟我讲的什么故事。说是有个地主婆叫科罗博奇卡，来到大司祭家，吓得魂不附体，脸色死白，她讲了这么一个故事，听我给您讲，真是一个奇怪的故事：有一天深更半夜，科罗博奇卡全家睡得正熟，突然听到有人敲门，门敲得可吓人了，要多吓人有多吓人，然后就听有人喊：‘快快开门，不然我就要把门砸开！’您感觉如何？这一下子我们的美男子成什么人了？”

“怎么，难道说这个科罗博奇卡年轻漂亮？”

“根本不是，她是个老太婆！”

“嘿，这可妙极了！他连老太婆都不放过。可见我们的太太们口味高低，竟然爱上这么一个家伙。”

“不是那么回事，安娜·格里戈里耶夫娜，根本不像您想象的那样。您只要想象一下强盗的样子，比如里纳多尔·里纳尔第尼①，从头一直武装到脚，走到她面前，提出要求说：‘把你家死了的魂灵都卖给我。’科罗博奇卡的回答很合乎情理：‘我不能卖，因为他们都是死人。’那个人说：‘不行，他们不算死人。他们算不算死人由我说了算。’接着又大声喊叫：‘他们不是死人，不是死人，不是死人！’总之，他大闹一场，可吓死人了。全村的人都跑来，孩子哭老婆叫，谁也弄不明白是怎么回事，真奥勒尔②，奥勒尔，奥勒尔……您都无法想象，我刚一听到这个故事，安娜·格里戈里耶夫娜，把我吓成什么样子。玛什卡告诉我：‘亲爱的太太，你快照镜子看看，您脸都白了。’我说：‘我没工夫照镜子，我要赶快把这件事告诉安娜·格里戈里耶夫娜去。’我立刻吩咐套车，赶车的安德留什卡问我到哪去，我像个傻子似的看着他的眼睛，一句话也说不出来，心里想他一定以为我疯了。哎呀，安娜·格里戈里耶夫娜，您想象不出来我都吓成什么样子了！”

---

① 德国作家乌尔庇乌斯（1762—1829），写有绿林小说《里纳多尔·里纳尔第尼》。——译者注

② 法语，意思是“可怕”。——译者注

“不过，这件事也真奇怪。”八面玲珑的太太说，“这些死魂灵能是怎么回事呢？说实在的，我一点儿也搞不懂。这件死魂灵的事我已经是第二次听说了，我丈夫早就跟我讲过，还说是诺兹德廖夫胡说八道，我看有八成是真的。”

“可是，安娜·格里戈里耶夫娜，您想想看，我听到这件事吓成什么似的。科罗博奇卡还说：‘直到现在我也不知道应该怎么办。他还强迫我在一个伪造的文件上签字，就扔给我十五个卢布的纸币；我一个孤单无助的寡妇，又没经验，真弄不明白是怎么回事……’这可真是一件怪事！不过，您要能想想，我当时吓成什么样子！”

“可是，不管怎么说，问题不在于死魂灵本身，这里面一定藏着什么别的目的。”

“说真的，我也是这么想。”招人喜欢的太太不无诧异地说，立刻急于知道里面究竟隐藏什么目的。她甚至一字一顿地说那么您认为里面能藏什么目的呢？”

“嗯，那您怎么看？”

“我怎么看？……说真的，我可给搞糊涂了。”

“不过，我还是想听一听您对这件事有何高见？”

然而，招人喜欢的太太什么也说不出来。她只会害怕，要想让她说出什么聪明的见解，那就无能为力了，所以她比任何女人都更需要别人无微不至的关怀，需要别人替她出主意。

“那么我来告诉您死魂灵是怎么回事。”八面玲珑的太太说。客人一听便聚精会神侧耳倾听了，两只小耳朵自动竖起来，身子也挺直了，几乎不再坐在沙发上，她本来有些发福，却突然苗条起来，好像一根轻飘飘的羽毛，风一吹就会飞上天。

好像有个大胆的俄国老爷带猎狗出去打猎，来到树林跟前，知道有一只兔子被猎狗追逐马上要从林子里跳出来，便整个身子连同坐下马和手中举着的鞭子刹那间都一动不动，变成即将点燃的火药了。他注视着茫茫的前方，顾不得草原上暴雪扬长，顾不上银白的雪花刮到他嘴里、胡子里、眼睛里、眉毛上和海龙皮皮帽子上，一定要截住这只兔子并且一定要打死它。

“死魂灵……”八面玲珑的太太说。

“怎么样，怎么样？”客人急切地问。

“死魂灵呀！……”

“哎呀，看在上帝的分上，您倒是说呀！”

“不过是施放烟幕，真正的意图是要把省长的女儿拐走。”

这个结论的确出人意料，而且从各方面看都非同小可。招人喜欢的太太一听就愣了，面色苍白，苍白得像死人似的，看来这次她是真吓坏了。

“哎呀，我的上帝呀！”她尖叫一声，举起双手一拍，“这一招我可真没想到。”

“其实您一张嘴我就猜出是怎么回事。”八面玲珑的太太回答说。

“可是这么一来，安娜·格里戈里耶夫娜，她这个贵族中学就算白念了！这算是什么天真无邪呀！”

“还天真无邪什么！我听她说的那些话，说实在的，我都说不出口。”

“您知道，安娜·格里戈里耶夫娜，如今风俗这么败坏，真叫人心惊胆战。”

“可男人一见她，都像是丢了魂。叫我看，说实在的，她也不怎么漂亮……就是会装腔作势罢了。”

“啊，我的亲爱的，安娜·格里戈里耶夫娜，她像个石像似的，脸上一点儿表情都没有。”

“哼，她就会装腔作势，装腔作势！我的上帝，她也真会装腔作势！我不知道是谁教给她的，我还从没见过像她这么装腔作势的女人。”

“亲爱的！她就是尊石像，脸像死人一样白。”

“哎哟，您这就说错了，索菲娅·伊万诺夫娜，她死乞白赖往脸上搽胭脂。”

“哎哟，您说哪去了，安娜·格里戈里耶夫娜，她搽的是粉，是粉，纯粹的粉。”

“亲爱的，我就坐在她身旁，她搽的胭脂有手指头厚，像墙皮似的一块块往下掉。一定是她妈教的，她妈就好卖俏，女儿将来一定超过她妈。”

“哼，对不起，您要想赌咒发誓，随您的便，反正她脸上要是有一丁点儿胭脂，一小块胭脂，哪怕有点儿影，就让我失去孩子、丈夫和全部家产！”

“哎哟，您这是说的什么话！索菲娅·伊万诺夫娜。”八面玲珑的太太说着举起双手一拍。

“哎哟，您也真够意思，安娜·格里戈里耶夫娜！您说这话可真叫人奇怪！”招人喜欢的太太说，也把两手一拍。

两位太太在同一时间看同一件东西却得出不同的结论，读者对此不必奇怪。世界上的确有许多东西都是这样：头一位太太看了，说纯粹是白的，另一位太太看，说是红的，红得像越橘。

“好吧，我还有个旁证，说明她的脸是白的。”招人喜欢的太太接下去说，“我记得非常清楚，当时我坐在马尼洛夫旁边，曾经对他说过：‘您瞧，她脸色多么苍白！’是了，只有那些男人才傻到那种程度：一见她就神魂颠倒。至于我们那位美男子……唉，我一看他就不顺眼！您想象不出来，安娜·格里戈里耶夫娜，我一看他就多么不顺眼。”

“可是我们有些太太见了他就是喜欢得不得了。”

“您说的是我吗？安娜·格里戈里耶夫娜！您可不能这么说！什么时候您都不能这么说！”

“我倒不是说您，好像除您之外就没人了似的。”

“无论什么时候也不行，安娜·格里戈里耶夫娜！请允许我提醒您，我对自己十分有把握，倒是有些太太表面上装得冷若冰霜……”

“对不起，索菲娅·伊万诺夫娜！请允许我告诉您，我可没有这种丢人现眼的事，从来没有。要说别人挡不住，这有可能；可我不会，请允许我也提醒您一下。”

“您又何必见怪？当时在场的还有别的太太，甚至有人抢占靠门的那把椅子，为的坐得离他近点儿。”

招人喜欢的太太竟然把这话都说了出来，显然非引起一场风波不可，然而令人奇怪的是，竟然什么事也没发生，两位太太突然都不作声了。八面玲珑的太太想起时髦的衣服样子还没弄到手，而招人喜欢的太太只想听好朋友说她有新发现，可是究竟发现什么还没探听出来，于是两人很快就言归于好。不过，不能说两位太太天生就喜欢刁难人，其实她们心眼儿不坏，只是言谈之间不知不觉有意刺激一下对方；不过是赶上机会向对方甩出一句有分量的话便沾沾自喜了。仿佛在说：我给你来一下子，你也受着吧！其实不管男人女人，都有各种不同的欲望。

“可是，我怎么也搞不明白，”招人喜欢的太太说，“乞乞科夫是外来人，怎么敢冒这么大的险？他不能没有帮手。”

“您还以为他当真没有吗？”

“那么您以为是谁？”

“哼，诺兹德廖夫就很有可能。”

“难道是诺兹德廖夫？”

“怎么不可能？他干得出这种事。您知不知道，他连亲爹都想卖，要是玩牌把亲爹输给人家就更好。”

“哎哟，我的上帝，您讲的这些消息可真有意思！我无论如何也想不到，诺兹德廖夫在这种事上还插一手。”

“我可早就料到了。”

“可真不得了，世界上真是什么事都有！谁能想到乞乞科夫刚来省城几天就在上流社会搞出这种明堂？哎哟，安娜·格里戈里耶夫娜，您可不知道，我当时吓成什么样子？要不是您的同情和友谊……我真给吓死了……还有个好?！我的玛什卡一见我脸色煞白就说：‘亲爱的太太，您的脸色怎么这么白？’我就说：‘玛什卡，我现在顾不上脸白不白了。’竟然出了这种事，诺兹德廖夫还插一手，真没想到！”

招人喜欢的太太本想再仔细打听一下诱拐的细节，就是说，发生在什么时间，以及其他一些情况，当然越详细越好。可是八面玲珑的太太直截了当回答说她不知道。她不能撒谎，她只是推测而已，不过她的推测总是以深信不疑为依据。她对什么事只要深信不疑，便千方百计坚持到底。这时候如果有哪个能言善辩、善于折服对方的大律师来跟她较量一下，一定会领教她深信不疑到什么程度。

至于两位太太把开始只不过是推测的事竟当成真事，这也毫不足怪。我们文人自以为聪明，做起事来也跟这毫不两样。比如我们的学术研究就是最好的证明。学者在探讨某一问题时，开头总是谦卑之极，战战兢兢、小心翼翼地提出一些最普通的问题：某某国家是否由某地而得名？或者这份文件是否属于另一个时代，为时较晚？或者这个民族实际上就是某某民族？于是立刻找出许多古代作家的言论加以论证，只要刚刚看到一点暗示，或者不过自以为是暗示，便来了劲头儿，神气活现，跟古代作家平起平坐，向他们提出种种疑问，甚至自己替他们回答，全然忘记他开始提出来的不过是胆怯的推测；他已经觉得他把问题搞清楚了，于是用下列话为论文收尾：“事情原来是这样，应该认为就是某某民族，应该从这一角度看问题！”然后就站在讲台上公开宣布，于是他的新发现便在世界上不胫而走，到处去招揽信徒和崇拜者。

正当两位太太把如此复杂的问题圆满而机智地解决了的时候，检察长走进客厅。检察长长着两道浓眉，脸上的表情一成不变，只是好眨巴左眼。两位太太争先恐后向他介绍事情的经过，说乞乞科夫又买死魂灵，又想诱拐省长的女儿，把检察长一下子搞糊涂了。他站在原地一动不动，直眨巴眼睛，用手绢掸掉胡子上的烟灰，却搞不明白到底是怎么回事。他愣在那里，两位太太丢下他不管，出去分头到城里进行鼓动。她们只用半个多小时就完成这项任务。全城都搞得人心惶惶，莫衷一是，谁也弄不明白究竟是怎么回事。两位太太放出烟雾迷住大家的眼睛，尤其是大小官员有一阵子陷入惊慌失措的状态。他们一听到这个消息，就像小学生受了同学捉弄似的：他还在睡梦中，早起的同学把烟末用纸卷上塞进他的鼻孔，这时他睡得正香，使劲往里吸气，一下子把烟末都吸了进去，他醒来猛然坐起，瞪着眼睛傻呵呵地东张西望，不明白他现在在什么地方，究竟出了什么事，渐渐看清楚洒满朝阳斜光的墙壁、躲在角落里偷偷笑的同学和窗外已经降临的早晨：树林苏醒了，林中百鸟齐鸣，林旁的小河被照亮了，弯弯曲曲从细芦苇中间流过，河里面有许多赤条条的孩子在玩水，此呼彼应。他终于觉出来鼻孔里有个纸卷。省城的居民和大小官员刚一听到这个消息就是这副心态。人人都像山羊似的瞪着两眼发呆。死魂灵、省长的女儿和乞乞科夫在他们的脑海里奇怪地搅在一起，直到开头一阵发蒙过去之后，他们才渐渐缓过来，然后把一件件事区分开来，想把这些事都弄清楚。等他们终于明白这些事无论如何也搞不清楚时便火冒三丈。这究竟是怎么回事？死魂灵究竟是怎么回事？死魂灵这种说法根本不合逻辑，买死魂灵有什么用？哪里有这样的傻瓜？他的钱是大风刮来的，才会拿去买死魂灵？为的什么目的？买这些死魂灵能有什么用处？省长的女儿干吗要掺和进来？就算他想把省长的女儿拐走，又何必去买死魂灵？要是想买死魂灵又何必去拐省长的女儿？难道说他想把这些死魂灵当作礼物送给省长的女儿？这些糊涂话怎么传得满城都是？不等回过头就又造出一条消息，这叫什么风气？要是有点意思倒也罢了……可是既然满城都是，总该有原因吧，死魂灵能算什么原因？连一点原因都没有。这么说来不过是胡说八道，信口开河，无事生非，捕风捉影，真见鬼！……总之，人们议论纷纷，闹得满城风雨，全城都谈论死魂灵和省长的女儿、乞乞科夫和死魂灵、省长的女儿和乞乞科夫，乱成一锅粥。省城本来好像在睡梦中，如今像旋风似的旋转起来。有些懒汉以前整天穿睡衣躺在家里，不是怪鞋匠把靴子做小了，就是怪裁缝不好或车夫酗酒，几年足不出户，如今也从“洞穴”里爬出来了。那些早已闭门谢客，只跟“躺先生”和“卧先生”打交道（这两位先生的大名是从动词“躺”和“卧”来的，而这两个动词在俄国颇受欢迎，就好像说拜访“呼哧先生”和“呼噜先生”一样。这句话的意思也无非是高卧不起，可以侧卧、仰卧以及其他姿势，还带着鼾声、齁声以及其他零碎）的人也都爬了出来；还有那些无论如何也劳不动他们的大驾，你就是说请他们去喝五百卢布的鱼汤，还吃两俄尺长的鲟鱼和到嘴里就化的大馅饼，也无济于事的人也都爬出了自己的“洞穴”。总之，这才发现省城又大又热闹，真是人烟稠密。听说新出现一个瑟索伊·帕夫努季耶维奇和一个麦克唐纳·卡尔洛维奇，这可都是从来没听说过的人物；在有些家客厅里还经常出现一个又细又高的人，有一只胳膊被子弹穿个眼，像他这么高的个子也从来没见过。大街上出现各种车辆，有带篷马车，有从未见过的敞篷马车，有叮当、哗啦响的马车，有车轴吱吱叫的马车——真像开了锅。换个时候，换一种形势，这类谣言也许根本不会引人注意；可是N省城已经好久没听到任何传闻，甚至一连三个月都没听到在两京叫作“科梅拉日”① 的玩意儿。众所周知，对于城市来说这玩意儿无异于最及时的食物供应。由于众说纷纭，忽然形成两种截然不同的意见，忽然分成两个彼此对立的党派：一个是男人党，另一个是女人党。男人党最糊涂不过，只关心死魂灵问题。女人党则专门研究乞乞科夫诱拐省长女儿的问题。这里必须对太太们恭维两句，女人党研究问题就是有条有理，面面俱到，是男人党无法企及的，看来女人天生就是要当个好家庭主妇，她们的使命就是在家发号施令。不管什么问题一到她们手里马上便会明确起来，具有浅显明白的形式，该解释的解释，该划掉的划掉，总之构成一幅完整的图画。原来乞乞科夫早就爱上了省长的女儿，两人经常在花园里、在月光下幽会，省长甚至很愿意把女儿嫁给他，因为乞乞科夫像犹太人一样有钱，只是被他遗弃的妻子从中作梗（至于她们从哪里知道乞乞科夫已经结婚，不得而知）。他妻子因为失去爱情而伤透了心，便给省长写了一封哀婉动人的信。于是乞乞科夫明白女方父母永远不会同意他们结合，才下决心把她拐走。在

① 法语，意为谣言。——译者注

另一些人家，说法略有不同，说乞乞科夫根本没有老婆，他这个人办事机灵，十拿九稳，为了娶省长的女儿便先从她妈妈下手，跟她偷情，后来才宣称要向她的女儿求婚；然而妈妈害怕犯下违背教规的罪孽，同时又受到良心谴责，断然加以拒绝，所以乞乞科夫才打定主意拐走女儿。谣言越传越广，传遍最偏僻的小巷，于是又增添许多种解释和更正。俄国的下层社会很喜欢谈论在上流社会里流传的谣言。有些小户人家根本没见过乞乞科夫，并不认识他，也传播这些谣言，并且添枝加叶，说得头头是道。故事情节编得越来越有趣，形式也越来越完整，终于原原本本、活灵活现地传到省长太太的耳朵里。省长太太作为一家之主，作为省城的第一夫人，最后，作为从来未遭非议的太太，听到这些风言风语，感到受了奇耻大辱，愤慨之极，这种愤慨是理所当然的。可怜的金发女郎被母亲叫去进行 tête－à－tête①，这是十六岁的女孩子所遇到的最不愉快的事。劈头盖脸地询问、审问、申斥、恫吓、责备和规劝，把姑娘吓得泪水涟涟，抽噎不已，但她却又莫名其妙。省长太太给看门人下了死命令：不管什么时候，不管采用什么借口，都不许乞乞科夫进家门。

太太们把省长太太的事研究透彻之后，便开始向男人党施加压力，想把他们拉拢过来。她们敢肯定乞乞科夫买死魂灵是假的，不过是为了转移目标，以便诱拐得手。有许多男人果然经不住诱惑便归顺女人党，尽管他们不免受到强烈谴责，原来的同伙骂他们变成了娘儿们，穿上了裙子——众所周知，这类称呼太有损男人的体面。

然而，不管男人如何进行武装，如何进行反抗，男人党办事毕竟不像女人党那么有条有理。男人办事毕竟粗糙，毛手毛脚，办得不顺当，不成功，不协调，也不高明；他们头脑里一片混乱，乱七八糟，想法自相矛盾，没有条理——总之，把男人的无能暴露无遗，既粗鲁笨拙，又不善于管家；既缺乏诚心，动摇不定，又懒惰成性，疑虑重重和胆小怕事。他们说这都是谣言，只有骠骑兵才会去拐省

① 法语，意为单独谈话。——译者注

长的女儿，文职官员不会干这种事，所以乞乞科夫也不会干的。这不过是娘儿们胡说，娘儿们就好比布口袋，人家往里装啥她们就信啥，应该加以注意的主要问题倒是死魂灵，不过鬼知道死魂灵会有什么用，其中一定包藏着十分肮脏的勾当。至于为什么男人觉得其中包藏着十分肮脏的勾当，马上便可分晓。省里新任命一位总督——众所周知，这是一件令大小官员都惊慌不安的事。因为新官上任一定要给下属来个下马威，不是训斥、责骂，就是百般刁难或干出其他不愉快的事。“这可怎么办？”这些官员想，“他只要听说省城流传这么愚蠢的谣言，光这件事就会使他火冒三丈。”卫生局长突然吓得脸色苍白，上帝才知道他想起什么亏心事。这些死魂灵是否就指医院里或其他地方因为热病流行而大量瘟死的病人，他当时没采取必要措施。而乞乞科夫会不会是总督府派来暗中侦查的官员呢？他把这个想法告诉了厅长。厅长说他胡说，可是他自己不一会儿也吓白了脸，因为他也想到一个问题：乞乞科夫买的农奴要真是死的该怎么办？这桩买卖的契约是他亲自批的，而且还担任普柳什金的代理人。这件事要是被总督知道了可怎么收场？他把这件事只告诉一两个人，没再告诉别人，可这两个人也突然吓得脸煞白，恐惧症比鼠疫还要厉害，传染得非常快。人人都突然在自己身上寻找并不存在的过错。“死魂灵”这个字眼真难以捉摸，大家甚至开始怀疑其中是否有什么暗示。不久以前出过两件事，急急忙忙把尸体埋掉了，死魂灵是否就是指这些尸体？头一件事是索利维切戈德斯克有几个商人来省城赶集，做完买卖之后为他们的朋友（从乌斯季瑟索利斯克来的商人）举行宴会，宴会既有俄国人的豪华，又加了一些德国人的花样，有清凉饮料、潘趣酒和芳香酊，等等。按照惯例，宴会以打架收场。索利维切戈德斯克商人把乌斯季瑟索利斯克的商人全都打死了，尽管他们也受了重伤，两肋和腹部都伤痕累累，这证明那些被打死的人的拳头都大得出奇。胜利的一方有人没了鼻子，按照打仗的这些人的说法，是被砍去了，也就是说被砸扁了，脸上剩下的那一半不到半指厚。这些商人都承认错误，并且解释说不过是闹着玩。还有一种传言，说他们认错的时候每人送上四张一百卢布的钞票。不过这件案子搞不清楚，经过官方调查和审讯，得出结论说这些乌斯季瑟索利斯克商人是被煤烟熏死的，所以就当作被熏死的人草草埋掉了事。另一件事也发生不久，据说是这么回事。弗希瓦亚－斯佩西村的国有农奴伙同鲍罗夫卡村（也叫北季拉伊洛沃村）的国有农奴把县警察局给端了。这个县警察局由陪审员德罗比亚日金管辖，据说“县警察局”，也就是这位陪审员德罗比亚日金经常往他们这两个村子跑，他一来就好像流行一次热病，原因是这个“县警察局”有好色的弱点，专盯村中的姑娘媳妇。实际情形如何不得而知，不过村中农民作证时说“县警察局”像公猫一样骚，对他防不胜防。他有一次钻进一户人家，被赤条条地撵出来。“县警察局”有这种毛病，当然应该受到惩罚。不过这两个村子的农民如果当真参与杀人，这种擅自行事也是法理不容。不过这桩案子也搞不清楚，陪审员的尸体是在大路上找到的，他身上不知穿的制服还是常礼服，被扯得零碎了，脸面根本无法辨认。这桩案子经几级法院审理，最终上交司法厅。司法厅先内部商量，大致意思是既然不知道究竟哪些农民参与此事，要全都逮捕人又太多，而德罗比亚日金人已经死了，就是判他赢了官司也没什么好处，可是这些农民都活着，官司输赢对他们至关重要，因此这桩案便这样断了：陪审员德罗比亚日金平时欺压村中百姓，咎由自取，至于他的死因乃坐雪橇回家途中中风所致。这桩案子似乎处理得挺圆满，可是不知为什么大家以为就是这些死魂灵又出了问题。事有凑巧，正当大小官员都进退维谷的时候，省长又一次接到两份公文。一份公文说根据已经得到的供词和举报，有个造假币的人利用各种化名藏在本省，必须立刻严加搜查。另一份是邻省省长来函，说有个强盗逃匿在外，贵省如发现形迹可疑，且既无证件又无护照的人，应当立即拘留。这两份公文把大家搞得惊慌失措。原先的种种结论和猜测都站不住脚了。当然不能认为这两件事跟乞乞科夫有直接关系，可是每个人都仔细一想才想起来，乞乞科夫究竟是个什么人他们并不了解，因为他对自己的身世讳莫如深。不错，他讲过由于秉公办事而备受打击，可是他讲得非常含糊，于是大家又想起他甚至说过，有许多对头想置他于死地，大家便进一步推测：这么说来他有性命之忧，这么说来他被人追踪，这么说他必是干过什么事……可他到底是个什么人呢？当然不能认为他会造假币，更不能认为他会当强盗。从外表上看他倒像个安分守己的人，可是不管怎么说，他究竟是个什么人呢？现在这些官老爷们给自己提出这样一个问题，其实在一开始，也就是在这部史诗的第一章他们就应该提出这个问题。他们于是决定再找向乞乞科夫卖农奴的人了解一下情况，起码可以知道是一笔什么交易，"死魂灵"究竟是什么意思，他在无意之中是否向谁吐露过真正意图，是否向谁露过底。他们首先找到科罗博奇卡，不过从她那里没问出什么名堂。她只名说乞乞科夫给她十五卢布，还答应买她的鸭毛，还说要收购很多东西，替国家收购肥猪肉，所以他一定是个骗子，因为从前来过一个家伙，说是替国家收购鸭毛，还收肥猪肉，结果把大家都骗了，从大司祭太太手里就骗去一百多卢布。再问她，反反复复还是这些话，于是官员们只能认为科罗博奇卡是个愚蠢的老太婆。问到马尼洛夫，马尼洛夫说他随时可以为乞乞科夫担保，就像为自己担保一样，他情愿拿出全部家产来换乞乞科夫身上百分之一的美德。他对乞乞科夫赞扬备至，最后还眯缝起眼睛补充了几点关于友谊的想法。这些想法当然足以说明他对乞乞科夫的眷恋之情，然而无助于官员们搞清事情真相。问到索巴克维奇，索巴克维奇回答说，据他看乞乞科夫是个好人，他卖给乞乞科夫的农奴都经过仔细挑选，都是活蹦乱跳的人；不过他不能担保以后会不会出问题，因为要长途跋涉，他们如果死在半路上不关他的事。那是上帝的旨意，因为世界上到处都流行热病和其他各种要人命的疾病。这些官老爷还采取一种办法，虽然不算光明正大，偶尔一用倒也无妨，就是通过下人之间的交往从侧面问乞乞科夫的仆人，他们对乞乞科夫从前的生活状况能否详细了解，结果收获也不大。从彼得鲁什卡身上只能闻到他睡觉的小屋的臭味，而从谢利凡嘴里只听说他家老爷曾为国效力，从前在海关供职，别的就什么也没有了。这种人有一种怪毛病。你直接去问他们什么，他们总是想不起来，记不清楚，甚至直截了当回答不知道；你要是从侧面问，他们就会乱扯一通，把你想知道的事顺便扯出来，甚至说出许多你并不想知道的细节。这些官老爷所进行的一系列调查表明，他们搞不清乞乞科夫究竟是个什么人，不过乞乞科夫毕竟是个人物。最后他们决定把这个人物彻底研究一下，起码要做出个决定。他们应该怎么办，采取什么措施，搞清楚他究竟是何许人也，他们是否可以把他当作不良分子加以逮捕和拘留，还是他很可能把他们大家当作不良分子加以逮捕和拘留。为此目的，大家提议到警察局长家去专门开个会，读者已经知道，这位局长是省城的父母官和大善人。

第十章

官员们在读者已经熟悉的省城父母官和大善人警察局长家聚齐之后，才有机会发现彼此都被劳碌和惊吓搞得消瘦了许多。新总督的莅任、刚收到的两件内容非常重要的文件，再加上这些莫名其妙的谣言——这一切果然在他们脸上留下明显的痕迹，许多人身上穿的燕尾服也都显得肥大了。人人都变了模样。厅长瘦了，卫生局长瘦了，检察长瘦了，连谢苗·伊万诺维奇也瘦了——这位谢苗·伊万诺维奇从来没人直呼其姓，他总在食指上戴一只钻戒，遇见太太们就举给她们看。跟任何地方一样，这里当然也有胆子大的人，遇事能振作起精神。不过这种人极为少见，只有邮政局长一个人罢了。只有他向来性格稳重，遇事不慌。每逢碰到这类场合他习惯说："总督大人们，我们很了解你们！你们也许用不了三年五载就得挪地方，可我呢，我的老爷，在这个位置上已经待了三十年。"其他官员听了往往说："施普雷亨·齐·德伊奇，伊万·安德列伊奇，你当然好说，你管的是邮政，收收发发邮件，你一来气，大不了提前一小时关门，再不就是到了办公时间以外有商人来发信，你多收两个钱，或者把不该转的信给转到别的地方，谁干你这行都可以成为圣徒。要是有个魔鬼跟定了你，天天围着你转，往你手里塞你不想要的东西，你会怎样？再说你只有一个儿子，当然轻松；可是老兄，我太太普拉斯科维亚·费奥多罗夫娜，上帝赐给她旺盛的精力，一年能生一个，不是丫头就是小子，你要是到这个份上就该换个调门了。"官员们议论纷纷，至于魔鬼的诱惑是否抵抗得住，就不是作者能够判断的了。这次开会显然缺乏某种必不可少的东西，就是老百姓所说的“说法”。一般地说我们似乎天生不适合开代表会议。我们不管开什么会，从农民的公社大会到各种学术会议和委员会，如果其中缺乏一个能支配一切的头头，便会开得一塌糊涂。不知为什么，显然我们的人民就是这样，只有讲吃讲喝的会才能开好，比如俱乐部会议和德国人的那种大众游艺会。可我们却不管什么时候什么事都想干。突然兴起一阵风办各种慈善会、奖励会以及其他各种名目的会。目的可嘉，却一事无成。这也许因为我们办事刚一开头就沾沾自喜，认为已经大功告成的缘故。比方说我们创办一个救济穷人的慈善会，并且募捐到不少钱，为了庆祝这一善事马上设宴招待市里的各位长官，不用说，一下子把募捐的钱花掉一半，再用剩下的钱租一处豪华的办公室给委员会办公，带暖气，设门卫，最后只剩下五个半卢布用在穷人身上。可是这五个半卢布怎么分配？各位委员还意见不一，每个人都想把自己的干亲家塞进名单里。不过这次开会完全是另一种性质，这是一次非开不可的会。会议的内容并不是跟穷人或什么不相干的人有关，而是涉及每个在场的官员，涉及人人要面临的灾难。这么说大家应该意见一致，齐心协力了，哪曾想还是开个乱七八糟。不用说开任何会都难免有意见分歧，可是到场的人发表意见却都模棱两可。一个人刚说乞乞科夫很可能就是那个造假币的家伙，然后马上又改口说：“也许他并不是。”另一个人说他可能是总督办公室的官员，马上又补充一句：“鬼才知道他是什么东西，脑门上又没写着。”有人猜测他也可能是乔装打扮过的强盗，马上遭到一致反对，他不但相貌堂堂，十分忠厚，而且言谈举止丝毫没有粗暴之处。邮政局长有好几分钟都是若有所思的样子，但不知是突然来了灵感还是由于什么别的原因，出人意料地突然大叫起来：

“先生们，你们知道他是谁？”

他的声音含有一种震慑的力量，吓得大家齐声问道：

“他是谁？”

“先生们，他不是别人，一定是科佩金大尉！”

大家又齐声问："这个科佩金大尉是什么人？"邮政局长回答说："你们连科佩金大尉是什么人都不知道？"

大家回答说，真的不知道科佩金大尉是个什么人。

"科佩金大尉，"邮政局长说着把鼻烟盒只打开一半，因为他怕旁边的人也把手指伸进去，他很怀疑他们的手指是否干净，甚至常常喜欢说："老兄，我知道您的手指说不定会伸到什么地方去，而鼻烟这种东西应该保持清洁。"邮政局长闻过鼻烟之后才接下去说："科佩金大尉，要是讲起来可是个非常有意思的故事，说不定哪位作家拿了去，便可以写出一部史诗。"

在场的人都表示愿意听听这个故事。按照邮政局长的说法，这个故事作家会觉得非常有意思，可以拿去写一整部史诗。邮政局长开始讲了起来：

科佩金大尉的故事①

"一八一二年战争以后，我的先生，"邮政局长这样开了头，尽管在座的先生不止一位，而是六位，"一八一二年战争以后，科佩金大尉跟别的伤员一起被送回来。说不清他是在克拉斯内城还是在莱比锡一带负的伤，您想象得到，他丢了一只胳膊，还丢了一条腿。当时伤兵怎么安置，您知道，还没有任何说法；至于残废基金，您可以想象，是很久以后才设立的。科佩金大尉看出来，他必须干活挣钱，只是，您明白，他只剩下一只左手。他回家去见父亲，父亲说：'我可养活不了你，连我自己，您可以想象，都勉强填饱肚子。'于是我们的科佩金大尉决定到彼得堡去，我的先生，他想见见皇上，看看皇上能不能开恩：'是这么回事，在某种意义上可以说我差点儿丢了性命，流过血……'嗯，您知道，他搭上辎重车或官家的货车好容易来到彼得堡。嗯，您可以想象，这个家伙，也就是科佩金大

① 这里所载的《科佩金大尉的故事》是1841年未经书刊检查官删改的版本。——译者注

尉，突然来到京城，我们的京城可以说是举世无双！他眼前突然一亮，可以说是另有天地，真像《一千零一夜》里讲的故事，您可以想象，他突然看到了什么涅瓦大街，或者您知道，又是什么戈罗霍瓦亚大街，可真棒！还有什么利捷伊纳亚大街；这儿有个尖顶①直上云霄，那儿有座桥凌空架起，您可以想象，压根儿不沾地——总之，好像亚述女王②修造的花园，丝毫不差！他在人群当中挤了一气，本想租个公寓，可是不管什么东西都贵得要命。什么纱窗帘、拉窗帘，无奇不有，您明白，地毯全都是波斯造，可以说脚下踩的都是钱。您就是走在大街上，鼻子闻的也是成千上万的卢布。可是我的科佩金大尉的整个纸币‘银行’里，您明白，只有十来张蓝票子。于是他只好住列韦尔饭店，住一宿一个卢布，午饭是一盘白菜汤和一块肉饼。他看到长此以往将付不起店钱，便向人打听该到什么地方去找皇上。有人告诉他，好像有个什么最高委员会，您明白，是政府机关，首长是个什么司令。您知道，当时皇上不在京城，您可以想象，大部队还没离开巴黎，都在国外。我的科佩金起个大早，用左手捋捋胡子，因为进理发馆就要花钱，在某种意义上也是一笔开销。他穿上旧制服，您可以想象，就用假腿走路，前去找首长，也就是找大官去了。他打听住址。有人指着海边皇宫街上的一座房子说：‘就在那！’房子的样式很像农民住的小木房，您要明白。可是窗上的玻璃，您可以想象，足有一丈半高，所以屋里的花瓶和所有的摆设都好像就摆在外面——好像从大街上一伸手就能够到；墙上镶的是名贵的大理石，还有各种金属装饰品；门把手吧，要想伸手去拉，也得先跑到小铺买块值一铜板的肥皂，把手搓上两个小时，搓干净才行——总之，所有的东西都油光锃亮，可以说叫人头晕目眩。门前站着一个看门人，就像大元帅一样威风——镀金的锤头棒、伯爵一般的面孔，活像家里养的肥头大耳的哈巴狗，连衬衣领都是上等

① 指海军部大楼的尖顶。——译者注

② 亚述女王塞米拉米达，据说修过巴比伦“空中花园”，该花园被称为世界七大奇迹之一。——译者注

细麻布做的，真他妈神气！……我的科佩金拖着一只木头腿好容易走进接待室，躲在墙角上，很怕胳膊肘会碰到，您可以想象，什么美国的或印度的摆设，您明白，比如什么描金瓷花瓶。嗯，不用说，他在那里一直站了很久，因为，您可以想象，他进门的时候，从某种意义上说，将军刚刚起床，也许侍从刚端来一个大银盆，您明白，将军洗脸要洗好几遍。我的科佩金大约等了四个钟头，才有个副官，或者什么值日官走进来说：'将军马上要来接待室。'接待室里已经挤满了人，就像盘子里装的黄豆。这些人可不像我们，芝麻大点儿的官，他们全都是四等官、五等官、上校，有的人肩章上的金边像通心粉一般粗——总之，除了将官就是校官。突然房间里的人，您明白，稍稍有些骚动，就像刮进一股清风。到处响起'嘘嘘'的声音，终于又是一阵可怕的沉寂。长官走进来。嗯……您可以想象，是位掌管国家大事的大人物！脸上的神情，可以说是……合乎身份……您明白……有大官的威风……了不起的神气，您明白。站在前厅里的人，您明白，不用说，马上立正，战战兢兢等待着，从某种意义上说，等待关乎自己命运的决定。这位大臣，或者说大官，走到一个个跟前问：'您有什么事？您有什么事？您有什么要求？您有什么问题？'我的先生，他终于走到科佩金跟前。科佩金鼓足勇气说：'是这么回事，大臣阁下，我流过血，从某种意义上说丢了一只胳膊和一条腿，现在，干不了活儿，斗胆请求皇上开恩。'大臣一看，这个人安一条木头腿，右袖筒是空的，紧贴着制服，便说：'好的，你隔两天再来听信。'我的科佩金几乎欣喜若狂走出房门，一是受到最高长官的接见，二是从某种意义上说，他的抚恤金如今终于有了解决的希望。您明白，他高兴得在人行道上直蹦。顺路走进帕尔金大酒店喝了一杯伏特加酒，又到伦敦饭店去吃午饭，我的先生，他要一份带刺山柑花芽的肉饼，一只带各种小零碎的阉母鸡，还要了一瓶葡萄酒，傍晚去看了戏——总之，您明白，他快活了一番。他看见一个英国女人走在人行道上，长得像天鹅一样苗条，您想象得出什么样子。我的科佩金，您知道，感情一冲动，拖着木头腿就追，蹋蹋踏踏地跑，后来一想：‘不行，这事得等领到抚恤金再说，我现在怎么有点儿飘飘然了？’就这样，我的先生，大约过了三四天之后，我的科佩金又去拜见大臣，等到大臣出来便说：‘是这么这么回事，我来听听大臣阁下对我的疾病和伤残有何处置……’以及诸如此类的话，您明白，全是官场的话。这位大臣，您可以想象出来，立刻认出了他，便说：‘好的，不过这次我只能对您说，您必须等皇上回来，到那时候，毫无疑问必然对伤员有所安排，没有皇上的旨意，这么说吧，我爱莫能助。’他鞠了个躬，您明白，就告辞了。您可以想象，科佩金这次出来没得到明确答复。他原以为明天就会发给他钱：‘给你拿去吧，亲爱的，你尽情地喝吧，乐吧！’没曾想还让他等待，而且等到什么时候也没定。他垂头丧气下了台阶，您明白，就像一只狮子狗被厨师浇了一身凉水，耷拉着耳朵，夹起了尾巴。‘哼，不行，’他心里想，‘我还得再去一次，向他说明，我快吃不上饭了，您要是不肯帮忙，从某种意义上说，我就得饿死。’总之，我的先生，他又一次来到皇宫街。看门人告诉他：‘不行，今天不接见，明天再来。’第二天他又去了，还是不接见，看门人对他连看都不愿意看。可是他兜里的蓝票子，您明白，只剩最后一张。从前他还能喝白菜汤，吃块牛肉，现在只能到小铺花两铜板买条小鲱鱼或咸黄瓜和面包——总之，这个可怜的家伙挨饿了，像个饿狼似的，越饿越想吃。他从一家饭店门前经过，里面的厨师，您可以想象，是外国人，是个面容快乐的法国人，穿一件荷兰衬衫，围裙像雪一样白，正在做香辣汁和肉饼加块菌——总之，都是珍馐美味，馋得你恨不得把自己吞下去。再不路过米柳京食品店，橱窗里摆着，从某种意义上说，上等鲑鱼，樱桃五个卢布一粒，西瓜大得像马车，从窗口探出头来，这么说吧，正等着哪个傻瓜肯花一百卢布去买它——总之，每走一步一个诱惑，他口里直流涎水，耳边听到的总是那个‘明天’。您可以想象他心里是什么滋味，一边可以说是鲑鱼和西瓜，而另一边给他上的只有一道菜，就是‘明天’。这个可怜的家伙，从某种意义上说，终于等不及了，打定主意无论如何也要冲进去，您明白，一定要见大臣。他站在门前等着，看有没有什么人求见，恰好有个将军往里进，您明白，他就拖着木头腿钻进了接待室。大臣按照惯例出来问：‘您有什么事？您有什么事？啊！’他一见科佩金便说：‘我不是已经对您宣布过，您必须等候上头决定。’‘请您开开恩，大臣阁下，我可以说已经吃不上饭了……’‘那有什么办法？我真是爱莫能助，您暂时得自己想法谋生，自己想想办法。’‘可是大臣阁下，从某种意义上说，您看我缺一只胳膊还少一条腿，能有什么办法？’‘不过，’大臣说，‘您也得明白道理，从某种意义上说，总不能让我出钱养活您，我国有很多伤员，他们都有同等的权利……您就耐心等候。等皇上一回来，我向您保证，皇上的恩典一定落不下您。’‘可是，大臣阁下，我等不起了。’科佩金说，他的话说得难免有些粗鲁。您明白，大臣已经恼火了。这也难怪，周围围着一群将军，都等他下命令和做决定，可以说都是国家大事，都要马上办，一分钟也耽搁不得，这时候偏偏来个不知好歹的家伙纠缠不休。大臣说：‘对不起，我没有时间……还有好多比您这事更重要的事等我去办。’从某种意义上说，这话说得够委婉了，意思是让他离开这里。可是我的科佩金，您知道，饿得什么也不顾了，便说：‘随您的便，大臣阁下，反正您不给我解决，我就待在这里不走。’嘿……您可以想象，怎么能跟长官这么说话，长官只要一下命令，你就会咕咚一声大头朝下，不知滚到什么地方去了，连小鬼都找不着……就说我们自己吧，如果有官矮一级的人对我们这么说话，那就是无礼。嗯，这两个人怎么能相比呢！一个是司令，一个是不知从哪钻出来的科佩金大尉！比方说一个是九十卢布，另一个等于零！您知道，将军一句话也没说，只把眼睛一瞪，这目光比火枪还厉害，一下子就能吓掉你的魂，可是我的科佩金，您可以想象，好像钉在那里，仍然一动不动。‘您想怎么的？’将军说，正如俗话所说，准备收拾他。不过说实在的，对他还算相当开恩，换个人会给他点儿厉害尝尝，叫他三天找不到北。将军只是说：‘好吧，要是您觉得在这里等花销大，安不下心在京城等待结果，那么我就派官车送您回家。叫信使来！把他遣返回籍！’信使叫来了，您明白，是个两米多高的彪形大汉，往那一站，您可以想象，巴掌大得不得了，您可以想象，天生用来打车夫的，总之，专会打人……可怜的科佩金被人一抓扔进了大车，我的先生，他就被信使给押走了。‘嗯，’科佩金想，‘起码我用不着花车钱了，这也得感谢大臣阁下。’于是科佩金，我的先生，被信使押送回籍，他坐在信使的车上，在某种意义上可以说，一边走一边想：‘将军说要我自己想想办法，好吧，我总会想出办法来！’嗯，等把他送到地方，可究竟是什么地方谁也不知道，就这样，您明白，关于科佩金大尉就再也没有什么消息了，正如诗人所说的，沉入忘川了。不过，先生们，请允许我补充一句，其实这不过是个引子，可以说是长篇小说的开头。科佩金的下落无人知晓，可是，您可以想象，没过两个月梁赞森林里出现一伙强盗，为首的不是别人，我的先生，正是……”

“只是请原谅，伊万·安德列耶维奇，”警察局长突然打断他的话说，“照你的说法，科佩金大尉少一只胳膊和一条腿，可是乞乞科夫……”

邮政局长听了不禁大叫一声，用力拍了拍前额，当着大家的面骂自己混蛋。他搞不明白为什么开始讲故事的时候竟然没想到这一情况。并且意识到俄国有句俗话说得完全正确：“俄国人都是事后聪明。”然而过了不一会儿他又开始狡辩，想法自圆其说，便说现在英国制造的机关非常巧妙，从报纸上看到有人发明一种木头腿，上面安个不起眼的弹簧，只要用手一按，假腿就能把人带出老远的地方，接着甚至再也见不到影了。

不过大家都十分怀疑乞乞科夫会是科佩金大尉，认为邮政局长讲得离题太远。不过他们也不甘示弱，受到邮政局长这一绝妙猜测的启发，也都越说越远。许多人都做出聪明绝顶的猜测，其中有一个人的说法甚至令人奇怪，他说乞乞科夫很可能是拿破仑乔装打扮的，说英国人早就妒忌俄国幅员广大，说甚至有几幅漫画上面画着一个俄国人正跟一个英国人交谈，英国人在对面站着，背后用绳子牵着一只狗，这只狗就指的是拿破仑。英国人说："你可仔细着点儿，要是不听我的，我立刻放狗咬你！"说不定现在英国人真把拿破仑从圣赫勒拿岛放出来了，如今拿破仑悄悄来到俄国，假装成乞乞科夫，其实根本不是乞乞科夫。

这种说法官员们当然并不完全相信，不过都产生许多想法，他们暗自琢磨，发现乞乞科夫如果转过脸，侧影倒很像拿破仑。警察局长参加过一八一二年战争，亲眼见过拿破仑什么样，他也不得不承认，论身材拿破仑不比乞乞科夫高，论体形既不算胖，可也不算瘦。有的读者也许认为这是不可能的，作者也愿意赞同读者的意见，说这是没有的事，然而不幸的是，这种事还真发生了，正如上面所讲的那样，而且更令人奇怪的是，这个省城并不偏僻，相反，离两座京城都不远。不过我们应该记住，这件事发生的时候正值打败法国人的那场光荣的战争刚刚结束。那时候我国的地主、官员、商人、店伙计和所有识字的人，甚至不识字的人，起码有八年时间都成了热心政治的人。人人争先恐后阅读《莫斯科新闻》和《祖国之子》，报纸传到最后一个人手里变成了碎纸片，干什么用也不中了。从前人们见面就问："老兄，燕麦卖多少钱一斗？昨天这场雪下得怎么样？"现在见面问的是："报上有什么新闻？拿破仑是不是又从岛上放出来了？"尤其是商人非常担心这件事，因为他们完全相信先知的预言。这个先知已经被抓进监牢三年了，谁也不知道他是从哪来的。他脚上穿着树皮鞋，身上穿着光板皮袄，浑身有一股臭鱼味。他预言拿破仑就是反对基督的人，拿破仑虽然被用铁链子锁在大石头上，有六层大墙和七个大海隔着，他也一定会挣断锁链，并且一定会主宰世界。先知就是因为散布这种预言被抓进牢房，倒也活该；可是他的话起了作用，搅乱了人心，尤其是商人最信。有很长时间，商人甚至在做成几笔赚钱的生意之后，到饭馆里喝茶闲聊时，也常常谈到反对基督的人。在官员和贵族当中也有许多人不免考虑这件事，因为当时神秘主义十分流行，他们受到神秘主义传染，认为组成拿破仑名字的每个字母都有特殊的含意，许多人甚至从中发现《启示录》指出的数字。所以官员们情不自禁考虑这件事也不足为怪；不过他们很快就猛然省悟：他们浮想联翩，离题太远，猜测和实际根本不是一码事。他们想来想去，又经过再三讨论，终于决定，还是把诺兹德廖夫找来详细问问，也许能有什么帮助。因为他毕竟头一个传出死魂灵的故事，正如传言所说，他跟乞乞科夫过从甚密，那么毫无疑问，他一定知道乞乞科夫的一些来历，所以就想问问试试，听诺兹德廖夫怎么说。

这些官老爷以及其他一切有头衔的人都是怪人：他们明明知道诺兹德廖夫好撒谎，他说的话一句也不能相信，就是他讲的一点点小事也靠不住，却偏偏要求教于他。人真是不可捉摸！人不信上帝，却相信眉心发痒一定要死；不喜欢诗人写的充满和谐与睿智的、纯朴明快的诗篇，偏偏争抢着看狂妄的作家胡编乱造的东西，喜欢其中对人性的肢解和扭曲，并且连声高呼："这才棒呢，这是对心灵的奥秘的真正了解！"人一辈子从来不请医生看病，一有毛病就找巫婆用咒语和唾沫给他治，再不还有更妙的办法，自己造个偏方，找些草药熬成汁，天知道他为什么相信这种办法真能治病。当然，这些官老爷目前处境维艰，倒也可以稍加原谅。据说溺水的人见到一个小木片也抓住不放，因为这时他已经失去理智，想不到小木片只可供苍蝇在上面驰骋，而他的体重如果不到五普特，起码也有四普特；不过这时候他已经丧失思考能力，便拼命去抓小木片。现在我们这些官老爷终于又抓住诺兹德廖夫。警察局长立刻写好便条，请他晚上来一趟。脸颊红润得可爱的分局长，脚上穿着大马靴，用一只手扶住佩剑，连蹦带跳地急忙朝诺兹德廖夫家跑去。这时诺兹德廖夫正在做一件重要的事，他已经一连四天没出屋，也不允许别人进去，连吃饭也让仆人从小窗口往里递——总之，他甚至面容消瘦，脸色发青。这种事需要非常细心——他要从几十打纸牌里挑出两副带记号的，这些记号就像最忠实的朋友一样可靠。这件事至少还得两星期才能完成；在这段时间里波尔菲里负责用特制的刷子给米兰种狗崽刷肚脐眼，每天用肥皂给它洗三次澡。现在诺兹德廖夫的这件秘密工作被打断了，他非常生气，张口便打发分局长见鬼去，但是他读过警察局长的便条，听说今晚有新手参加，能有赢头，便马上活了心。他用钥匙锁上门，马马虎虎穿上衣服就赶来了。诺兹德廖夫做出的口供、证明和推测跟官员们原来的想法大相径庭，所以这些官员的最后推论都站不住脚。诺兹德廖夫是一个根本不知道什么叫疑惑的人，如果官员们所做的推测有多少犹豫和胆怯，那么他便有多少坚定和自信。他回答任何问题都毫不迟疑，据他说乞乞科夫收购了几千卢布的死魂灵，连他自己也向乞乞科夫卖过，因为他以为没有什么道理不卖。问乞乞科夫是不是间谍，是不是千方百计收集情报，诺兹德廖夫回答，乞乞科夫肯定是间谍，因为他们小时候是同学，乞乞科夫当时就以告密出了名，所以同学们（其中也包括他本人）曾经把乞乞科夫收拾了一顿，后来乞乞科夫不得不在太阳穴上放了二百四十条水蛭吸血。他本想说是四十条，可是这“二百”不知怎么自己蹦出来了。问乞乞科夫是不是造假币，诺兹德廖夫也回答肯定是，并且顺便讲了一个故事，说明乞乞科夫有多机灵：有一次警方获悉乞乞科夫家存有二百万假钞，便把他家查封了，还派人看守，每个门口有两名岗哨，但是乞乞科夫一夜之间就把假钞全都换了，第二天揭开封条进屋一看，钞票都是真的。问乞乞科夫是不是想拐走省长的女儿，是不是像人们说的那样，诺兹德廖夫还自告奋勇帮他忙，参与此事，诺兹德廖夫回答说，他的确帮了忙，如果没有他，这件事压根儿就干不成——这时他猛然省悟，这个谎可撒不得，会给自己惹麻烦，然而他无论如何也管不住自己的舌头。不过如果不这么说也确实让他为难，因为这个故事的细节太有意思，他怎么也割舍不了，连准备举行婚礼的教堂他也编造出来了，说是在什么特鲁赫马切夫卡村，神父叫西多尔，还说举行婚礼的费用是七十五卢布，他要不是把神父给吓唬住，神父根本不同意——他对神父说如果不肯主持这个婚礼，他就要去告发神父给粮店老板米哈伊尔和干亲家母主持婚礼的事——还把自家的马车借给他们，并在各个驿站为他们预定替换的马匹。故事讲得这么详细，连几个车夫的名字他都叫得出来。官员们还尝试提起拿破仑，可是这回更加扫兴，因为诺兹德廖夫信口开河，丝毫不像真有其事，而且越来越不像话。所以其他官员一听就唉声叹气地走开，只剩下警察局长还耐着性子听下去，指望他讲到最后也许能讲出一点明堂，但他听了半天也把手一挥说："鬼知道他胡说些什么！"于是大家一致同意：公牛不管怎么挤也挤不出奶来。于是这些官员的心情变得比从前还坏，他们只好承认：不管采取什么办法也搞不清乞乞科夫究竟是什么人。从这里可以看清一个道理：旁观者清，当局者迷。别人的事可以看得一清二楚，说得头头是道，别人遇到什么困难，他能提出英明果断的主意！大家称赞他："多么精明的头脑！多么坚定不移的性格！"可是这个精明的头脑一旦自己大祸临头，在生活中遇到困难，他的坚定性格便不翼而飞，坚定不移的大丈夫惊慌失措，变成可怜的胆小鬼，变成懦弱无能的孩子，或者按照诺兹德廖夫的说法，变成窝囊废。

不知什么原因，检察长听到这些议论、见解和谣言之后，受到的震动最大。这次震动这么大，以致他回家之后也左思右想，突然之间如俗话所说：一命呜呼了。不知他是患了中风还是别的什么病，反正他好好坐在椅子上，突然来个仰面朝天。旁边的人一见都按照习惯两手一拍惊叫起来："我的上帝！"连忙请大夫给他放血，可是仔细一看，检察长只剩下没有魂灵的躯壳了。这时大家才不胜同情地发现：原来死者也有魂灵，只是他为人谦虚，从来不显示而已。其实，小人物的死跟大人物的死同样可怕，方才这个长着两道浓眉、好眨动左眼的人还到处走，能活动，能玩惠斯特，能签署文件，并且常在官员之中出现，如今却躺在停灵板上，左眼一眨不眨，只是左眉还微微扬起，仿佛他还有什么疑问。死者还能有什么疑问？他为什么要死？他又为什么活着？这些只有上帝知道。

不过，这是不可能的事！一点不合乎情理！当官的怎么会自己吓唬自己？怎么能做出这种荒唐事？一点也不真实，连小孩子都明白是怎么回事！很多读者都会这么说，指责作者写得不合情理，说这些可怜的官员是大傻瓜，因为“傻瓜”这个字眼人人都乐于奉送，一天向周围的人送上二十次也不嫌多。一个人有九个方面都挺好，只有一个方面犯傻，别人就会不管他九个方面如何，硬说他是傻瓜。读者从安静的角落里居高临下，对下面发生的一切看得一清二楚，所以发发议论十分容易，而处在下面的人就不同了，他只能看到眼前的事物。所以整个人类的历史，其中有多少世纪都可以看作没有必要而一笔勾销。其实世界上发生过很多谬误，现在连小孩子也不会犯了。人类在寻找永恒真理的途中走过多少崎岖难行的小道，绕过多少弯路，其实本来有一条笔直的大道就在他们面前，这条大道通向如皇宫一般辉煌的殿堂，比其他所有的路都宽敞漂亮，白天阳光灿烂，夜里灯火通明，可是人类却失之交臂，只顾在黑暗当中摸索。他们有多少次已经受到来自上天的智慧的指引，然而他们仍然偏离大道，误入歧途，在光天化日之下落进偏僻难行的荒野，互相施放迷眼的烟雾，跟随沼泽里的磷火一步一步往前走，终于来到深渊的边缘，然后才惊恐地互相询问：“出路在哪？大道在哪？”现在的一代对这一切都看得清清楚楚，对祖先的行为感到奇怪，对祖先的愚昧加以嘲笑，却看不到这部编年史是用圣火写成的，其中每个字母都在发出警告，每个地方都伸出尖利的手指，指向现在的一代；然而现在的一代一边嘲笑祖先，一边刚愎自用地犯下一系列新的错误，只能给后代留下笑柄。

这些情形乞乞科夫全然不知。偏巧这时候他患了轻微的感冒——牙龈肿，嗓子发炎——我国许多城市的气候在赠送这些疾病方面倒是慷慨大方。为了不至于断子绝孙，他决定最好在家待上三两天。在这段时间里他经常用无花果泡牛奶漱口，然后再把无花果吃下去，还用小口袋装上洋甘菊和樟脑往脸上贴。为了消磨时间，他把买来的农奴重新编成几份详细的名单，还从皮箱里找到一本《拉瓦尔耶夫公爵夫人》① 并且把它读完，把小匣子里收藏的东西和信笺摆弄一遍，有些信又看一遍，这些事都令他百无聊赖。他怎么也不明白，为什么省城这些官员一次也没来看望他，然而就在几天之前旅馆门前经常有马车停着，不是警察局长的，就是检察长的或者厅长的。他在房间里踱来踱去，只能耸耸肩膀。他终于感到身体好些了，现在可以出去呼吸一下新鲜空气，天知道他心中多么高兴。他毫不拖延，立刻开始梳洗打扮，先打开小匣子，再倒上一杯热水，取出小刷子和肥皂准备刮脸。他的脸的确早就应该刮了，因为当他用手摸摸下巴，往镜子里一照，自己都说："嘿，这胡子长得像森林！"不错，虽然说不上森林，可是脸颊和下巴上都长出了挺密实的"庄稼"。一刮完脸他就立刻甩掉睡裤，急忙穿上衣服。终于穿戴整齐，洒上香水。他裹得严严实实，怕感冒连脸也包上。他像任何久病初愈的人一样，一出门就兴高采烈。路上遇到的一切，不管是房舍还是过往的庄稼人，都像是朝他微笑，其实这些庄稼人都板着脸孔，其中有的人可能刚才还彼此打过嘴巴。他准备首先拜访的就是省长。一路上有许多念头在脑海里出现，尤其是金发女郎一直萦绕不去，他甚至渐渐想入非非，连自己都觉得好笑，便自讽自嘲起来。他就怀着这种心情来到省长府邸门前。他走进屋门连忙脱大衣，可是看门人说的话出乎他的意料，他不免大吃一惊。

"上头有令，不接待！"

"什么，你说什么？你大概没认出我来？你仔细看看我的脸！"乞乞科夫对他说。

"怎么认不出来，我又不是头一次见到您。"看门人说，"上头有令，谁都可以进，就是不让您进。"

"岂有此理！为什么？什么原因？"

"上头既然这么吩咐，必然有必要，"看门人说，然后又补充一句，"就是这么回事！"说完便对乞乞科夫显出毫不客气的样子，从

① 法国女作家龚利斯（1746—1830）的长篇小说。——译者注

前那种一进门就连忙给他脱大衣的讨好神情已经踪影皆无。看门人拿眼打量乞乞科夫，仿佛心里想："嘿！既然老爷往外撵你，你也一定不怎么的，不是个东西！"

"真莫名其妙！"乞乞科夫心中暗想，便去拜访厅长，厅长见到他显出不知所措的样子，连话也说不周全，净说废话，弄得两人都很尴尬。乞乞科夫走出厅长家，一路上琢磨厅长说的话，想弄明白其中的含义，他的话实际指的是什么，但是他怎么也弄不明白。然后他又一一拜访其他人：警察局长、副省长和邮政局长。他们有的干脆不见，有的见了也是神色非常蹊跷，谈话非常勉强，不知所云，显得惊慌失措，语无伦次，以至于他怀疑他们是否脑子出了毛病。他又试着去见见其他的人，想弄明白是怎么回事，可到底也没问出个原因。他恍恍惚惚，顺着大街漫无目的地乱走，怎么也弄不明白，是他自己发了疯还是这些官员精神失常，他这是在梦中，还是在大白天犯迷糊，真比做梦还糊涂。直到很晚他才回旅馆，几乎都天黑了，可是今天早晨他出旅馆时心情多么愉快。由于无事可做，叫人给他送上一壶茶。他心事重重，心里想着今天奇怪的遭遇却怎么也想不出个头绪。他给自己斟上茶，这时房门开了，诺兹德廖夫出乎意料地出现在眼前。

"谚语说：'要看朋友，绕道七里地也不算远！'"诺兹德廖夫说着摘下帽子，"我打你门前过，看到窗户里点着灯，就想应该进来看看，你必是还没睡。啊！你桌上摆着茶，这可太棒了，我很乐意喝上一杯。今天饭吃多了，乱七八糟吃了不老少，现在肚子里开始闹事。你让下人给我装袋烟！你的烟袋在哪？"

"我不抽烟袋。"乞乞科夫冷冷地说。

"净瞎说，还以为我不知道你是个烟鬼。喂！你的听差叫什么名？喂，瓦赫拉梅，快来！"

"他不叫瓦赫拉梅，他叫彼得鲁什卡。"

"怎么的？你从前不是有个瓦赫拉梅吗？"

"我从来就没有什么瓦赫拉梅。"

“是呀，对了，杰列宾有个听差叫瓦赫拉梅。你想想，杰列宾有多么走运，他婶子因为儿子跟农奴的女儿结婚便跟儿子吵翻了，把全部家产都给了他。我心里想将来我要是也有这么个婶子可不错！老兄，你现在怎么躲起来了，谁家也不去？我当然知道，你有时候忙于研究学问，喜欢读书（诺兹德廖夫怎么就断定我们的主人公会研究学问，还喜欢读书？其原因我们不得不承认说不上来，至于乞乞科夫本人就更加如此），啊，乞乞科夫老兄，你要是见多识广……是了，你一定会为你那讽刺头脑（乞乞科夫哪里来的讽刺头脑，这也无从知晓）找到资料。您想想，老兄，我们在商人利哈乔夫家里玩牌，可真好笑！佩列片杰夫跟我在一起，他说：‘要是乞乞科夫在场，一定会把他笑死！……’（可是乞乞科夫从来就不认识什么佩列片杰夫）老兄，你必须承认那天你对待我太卑鄙了！你总该记得吧？咱俩玩棋，我把你赢了……可你老兄，简直叫我下不来台。可是鬼知道怎么回事，我就是不生你气。前两天跟厅长……哎呀，对了，我不能不告诉你，现在全城都在说你坏话，他们说你造假币，便找到我问来问去，我当然得替你说话，我告诉他们，我跟你是同学，还认得你父亲，没说的，我给他们编了一大堆假话。”

“说我造假币？”乞乞科夫大叫一声，从椅子上欠起身子。

“可是你干吗要把他们吓成那个样子？”诺兹德廖夫接下去说，“鬼知道是怎么回事，他们都给吓疯了，说你是强盗，又说你是间谍……把检察长都吓死了，明天出殡。你不去吗？老实说，他们是害怕新上任的总督，怕因为你而出事。我对总督倒是有个看法，他要是鼻子朝天，见人就摆架子，跟贵族一定合不来。贵族想要的是热情好客，对不对？他当然可以关在办公室里，连一次舞会也不举行，这样会有什么结果？他这么做不会有什么好处。可是你，乞乞科夫，真是胆大包天。”

“我怎么胆大包天了？”乞乞科夫不安地问。

“你竟然想把省长的女儿给拐走。老实说，这我早就料到了，上帝在上，真料到了！我一看你在舞会上跟她在一起，心里就明白，乞乞科夫没安好心……不过你相中她可犯不上，我没看出她哪一点好。可是有个妞儿，是比库索夫的亲戚，是他外甥女，那才漂亮呢！可以说，那才叫绝呢！”

“你怎么净胡说八道！我怎么能拐省长的女儿，你说的是什么话？”乞乞科夫说，瞪圆了眼睛。

“唉，算了吧，老兄，你怎么还藏着掖着的！老实说，我这次来的目的，就是想帮你一把。咱俩这么办：婚事我来替你操办，马车和替换的驿马我都包下了。不过得有个条件：你得先借给我三千卢布花花。老兄，我急等着用钱，急得要命！”

在诺兹德廖夫胡说八道的过程中，乞乞科夫揉了好儿次眼睛，想弄明白他是不是因为在做梦才听到这么多的事。他造假币，又要拐走省长的女儿，检察长被吓死了也是他的缘故，而且总督马上到任——这些故事把他也吓出一身冷汗。“既然到了这步田地，”他心中暗想，“此地不可久留，要赶快离开这里。”

他想办法把诺兹德廖夫尽快打发走，立刻把谢利凡叫来，吩咐他明天天一亮就套车，早晨六点钟一定离开省城，还告诉他把马车全都检查一遍，该上油的上油，等等。谢利凡说：“是的，帕维尔·伊万诺维奇！”但却在门口站了很久不肯走。老爷立刻吩咐彼得鲁什卡把床底下的皮箱拽出来，皮箱上面落了很厚一层土，两人一起往里装东西，不管什么都胡乱往里塞。袜子、衬衫、洗过的和没洗过的床单和内衣、鞋楦子、皇历……都乱七八糟装在一起。他想今天晚上就收拾停当，明天早晨一刻也不耽误。谢利凡在门口站了大约两分钟，然后慢吞吞地走出门去。他那股慢劲，你想象多慢有多慢，一步一步下楼梯，用湿漉漉的皮靴在破旧的楼梯蹬上留下了脚印，还挠了半天后脑勺。他挠后脑勺是什么意思？一般说来挠后脑勺是什么意思？是不是因为明天本来想跟那些车夫哥儿们（他们都穿着邋遢的皮袄，腰里扎着宽腰带）到皇家开的小酒店里聚一聚，如今再也聚不成，而不免烦恼？还是他来到新地方找了个心上人，每当城里夜幕降临的时候，总有一个穿红衬衫的小伙子在一群仆人面前叮叮咚咚弹起巴拉莱卡琴，干完活的平民百姓悄声地唠唠家常，他跟心上人站在大门口看热闹，还挺有礼貌地拉住她的小白手——如今这种时光不得不放弃？再不他不过是舍不得在下人厨房里那睡热乎了的位置，守着炉子又盖着皮袄；或者舍不得城市里软乎的馅饼和白菜汤，不愿意又去冒着雨和雪长途跋涉，而且半路上说不定遇到什么坏天气。天知道怎么回事，没法猜。俄国人挠后脑勺有很多大不相同的含意。

第十一章

然而乞乞科夫的打算都落空了。首先，他醒来的时候已经比原来设想的晚——这是第一件不快。起床之后他立刻打发人去问：马车套好没有，是否一切都准备妥当。得到的回答是：马车没套，什么也没准备好。这是第二件不快。他发起火来，甚至准备给我们的朋友谢利凡一顿类似耳光的东西，但也只好不耐烦地等待谢利凡，看他能找出什么理由进行辩解。不一会儿谢利凡在门口出现了，于是老爷有幸聆听他摆出的种种理由，每逢主人急于赶路的时候往往会听到仆人说这类话。

“可是，帕维尔·伊万诺维奇，得给马挂掌了。”

“嘿，你这个蠢猪！笨蛋！怎么不早说？难道是没工夫挂吗？”

“工夫倒有……可是，帕维尔·伊万诺维奇，车轱辘也不行了，得重换一个箍，因为现在道路不平，到处都坑坑洼洼……另外，要是容我禀报，车辕也快散架子了，大概走不上两站就得坏。”

“你这个坏蛋！”乞乞科夫破口大骂，把两手一拍就凑到谢利凡跟前，吓得谢利凡连忙倒退几步，躲到一旁，害怕老爷会赏他一个大嘴巴。“你想害死我怎么的？你是想宰了我？你是想在半路上杀我？你这个强盗，你这个该死的蠢猪，你这个海怪！是不是？啊？我们在这里整整待了三个星期，对不对？你这个混蛋，哪怕吭一声也好，如今到了走的时候，你什么事都来了！现在该差不多都准备好了，坐上车就可以出发，偏偏你又成心捣乱，是不是？啊？这些事你早就知道，不是吗？你早就知道，对不对？啊？回答我。你知道，是不是？”

“知道。”谢利凡回答，低垂着头。

“那你为什么当时不说，啊？”

对于这个问题谢利凡无言以对，却低着头似乎自言自语说：“这也真是怪事，明明知道可就是没说！”

“你马上去找个铁匠来，让他在两小时之内把车给我收拾好。听见没有？只能用两个小时，要是收拾不好，我就收拾你……非把你制个服服帖帖不可！”我们的主人公气愤至极。

谢利凡刚要转身朝门口走，准备执行命令，又停下脚步说：“还有，老爷，那匹青花马卖了得了，帕维尔·伊万诺维奇，因为这匹马太糟糕了，真没见过这种马，有它反倒碍事。”

“真是的！难道现在让我跑到集市上去卖马！”

“真是不行，帕维尔·伊万诺维奇，这马只外形好看，干起活来净耍滑，这种马不管什么地方也……”

“混蛋！我什么时候想卖自然会卖。用不着你发议论！你可仔细着，你要不把铁匠马上找来，两小时之内给我收拾好，看我不狠狠揍你一顿……让你认不出自己的模样！快去！快快！”

谢利凡走了出去。

乞乞科夫心情变得非常恶劣，一下子把马刀摔在地上。这把马刀他随身带着以便途中吓唬那些心怀不轨的人。他花了一刻多钟费尽口舌才跟两个铁匠讲好价钱，因为铁匠都是黑心肠，他们知道活急便多要五倍的价钱。不管他怎么发火，骂他们是骗子、强盗，说他们是拦路抢劫，甚至提到末日的审判，但是说什么也打不动铁匠们的心。他们寸步不让，不但钱少了不行，而且两个小时也没干完，足足磨蹭五个半小时。乞乞科夫在这段时间里有幸尝到每个旅行的人都非常熟悉的“愉快时光”：皮箱早已装好，屋里凌乱不堪，到处是绳头、纸片和垃圾；要走走不了，要坐坐不住，只好站在窗前看过往行人慢吞吞地走过去，谈论着腰里只剩下不几个钱，还带着愚蠢的好奇心抬眼望望他，然后继续赶路，这样一来，走不成的可怜的旅人心情更加恶劣。周围的一切，凡是他所看到的一切，不管是对面的小铺还是对过房子里的、走到挂着半截窗帘的窗口又露出脑袋的老太婆——一切都令他厌烦，然而他又不肯离开窗口。他站在那里，忽而神情恍惚，忽而又用迟钝的目光注视眼前的一切走动和不走动的东西，气急败坏地用手指按死一只正在玻璃上嗡嗡叫着乱撞的苍蝇。不过凡事都有个尽头，盼望已久的时刻终于到了。一切都准备妥当，车辕收拾好了，车轮安上了新箍，马匹饮完也牵了回来，黑心的铁匠们数过拿到手的卢布也走了，还祝他一路平安。马车终于套好，新买来两个热乎的面包也放到车上，谢利凡不知把什么东西塞进车座旁的口袋里，主人公本人也终于坐上马车，那个仍然穿线呢常礼服的侍者站在车旁为他挥帽送行，还有许多其他侍者和别人的仆人和车夫来看热闹，看看这位老爷如何启程，另外还有每逢启程总免不了出现的各种情况。这辆单身汉坐的马车在省城已经停留太久，大概连读者都感到厌倦了，现在终于驶出旅馆大门。“感谢上帝！”乞乞科夫想，画个十字。谢利凡扬鞭打马；彼得鲁什卡开头在脚踏板上站了一会儿，现在也坐到谢利凡身旁；我们的主人公在格鲁吉亚毛垫上挪动一下身子，坐得更舒服些，还把一个皮垫子垫在背后，却把两个热乎面包压扁了。马车又开始颠簸和摇晃起来，因为众所周知，马路有一种向上弹的力量。乞乞科夫望着两旁的房舍、墙壁、栅栏和街道，心中有一股说不出的滋味，而这些房舍、墙壁、栅栏和街道仿佛也一跳一跳地向后移去。只有上帝知道后半生命运会不会再让他到这里看看。马车到十字路口要拐弯却不得不停下，因为前面整条街上都是看不到头的送葬队伍。乞乞科夫从车里探出头来，让彼得鲁什卡打听一下给什么人送葬，才知道是给检察长。乞乞科夫感到心中不快，立刻躲到角落里，藏在皮帘后面，然后又干脆放下皮帘。当马车不得不停下来的时候，谢利凡和彼得鲁什卡都虔诚地脱帽，观看送葬的都是些什么人，坐没坐车，坐的什么车，又数一下徒步走的和坐车的加在一起是多少人。老爷嘱咐他们见了熟人也假装不认识，别跟他们打招呼，然后自己也从皮帘上的玻璃孔偷偷向外看。省城的大小官员都摘掉帽子跟在棺材后面。他很担心有人认出他的马车，然而这些官员已经顾不上这事了。他们甚至不像平时送葬那样，喜欢随便唠唠家常。他们都默默无语，这时全部心思都集中在自己的命运上。他们在想：这个新来的总督是个什么样的人？新官一上任会采取什么措施？对待下属会怎么样？官员们都徒步走，后面跟着的轿式马车里坐的是太太们，头上戴着黑纱。她们的嘴唇和手都动个不停，显然在热烈地谈论什么；也许她们谈的也正是新总督上任的事，并且推测总督会不会举办舞会，规模能有多大；还讨论一些永远也讨论不完的话题：衣服应该镶什么样狗牙和什么样花边。太太们的马车后面是空着的排成一排的轻便马车，再往后去就什么也没有了。这时我们的主人公可以重新赶路了。他拉开皮帘，叹口气，说出心里话：“唉，检察长呀！活得好好的说死就死了！报上会发个讣告，说是一位可敬的公民、少有的慈父和模范丈夫突然逝世，令其下属和全人类都深感哀痛，还会写出很多官样文章，大概还会加上一段说有许多孤儿寡母挥泪相送。但是如果仔细分析一下，其实只有你那两道浓眉给人留下的印象最深。”他立刻吩咐谢利凡加鞭快赶，心里却暗想：“遇见送葬的队伍是好兆头，都说是碰到死人能交好运。”

这时马车拐进比较偏僻的街道，不一会儿两旁便是长长的栅栏，意味着到了市郊。马路到头了，拦路杆和市区都落在后面，一切都看不见了，马车又上了大路。路两旁又开始出现路标、驿站长、水井、大车队、灰溜溜的村庄和村里的茶炊、农妇、大车店里的手脚麻利的店东（他留着大胡子，抱着一捆燕麦正从院里往外走）、脚穿破树皮鞋跋涉八百俄里的行人，还有许多仓促修成的小镇子，里面有一排排小木房开着店铺，摆着装面粉的大木桶，卖树皮鞋、面包以及其他零零碎碎；又是带斜条纹的拦路杆、正在修理的大桥、一望无际的田野，这边那边都是地主家拉干草的大车，有个大兵骑马运送装炮弹的绿箱子，箱子上写着某某炮兵连的字样，田野里一块绿一块黄，还有一块块黑土地都一一掠过。远处传来的歌声、从雾里露出来的松树梢、消失在远方的钟声、像苍蝇一般小的老鸦和没有尽头的地平线……俄罗斯！俄罗斯！我看见你了，从这奇妙的远方[1]也看得见你。你贫穷、凌乱而荒凉；你没有什么奇异的风景经过奇巧的装饰而令人赏心悦目或叹为观止；没有把千窗万户的高楼修在悬崖峭壁上的城市；没有在瀑布的潺潺声中和水雾飞溅之下的美丽如画的树木和爬满墙壁的常春藤；没有层层叠叠、高耸入云而令人翘首仰望的嶙峋怪石；没有爬满葡萄藤、常春藤和数不胜数的野玫瑰的黑沉沉的拱门，所以也就不会从拱门里露出一块银白的明朗天空以及奔向天空、闪闪发亮、永远起伏不平的远山。你开阔荒凉，无边无际，你那些低矮的城镇散布在平原上就像一些标点符号似的毫不显眼，你没有任何诱人的地方。然而你却有一种不可理解的神秘力量吸引着我。为什么耳边总回荡着你那悲凉的歌声？这歌声传遍你那辽阔的土地，从西边的大海传到东边的大海。这歌声蕴藏一股什么力量？这是什么力量在呼唤，在悲鸣，在扣人心弦？这是什么声音痛苦地亲吻我的心灵，钻入心灵深处而萦绕不去？俄罗斯！你对我有什么要求？你我之间究竟有一种什么不可理解的关系？你为什么这样注视我？你的一切为什么都向我投来期待的目光？……我呆呆地站在那里，头脑中一片空白，仿佛头上飞来一片夹着雷雨的乌云，让我面对你那辽阔的土地只感到不知所措。你这无边的原野会告诉人们什么预言？你既然那么无边无际，你怎么会不诞生出博大精深的思想？你这里既然有英雄用武之地，怎么会不诞生出英雄？我置身于你这雄壮山河的强大包围之中，内心深处感到一种可怕的力量，我的眼睛也被一种超自然的意志所照亮。啊，俄罗斯！你会有一种光辉美妙的前景！这是大地上从来没有过的……

“抓紧缰绳，抓紧缰绳！”乞乞科夫朝谢利凡喊道。

“看我一刀宰了你！”迎面驾车驶来的信使，胡子足有一尺长，高声喝道。“你的魂被小鬼抓去了怎么的？看不见这是官车?!”三套马车像鬼怪一般轰隆隆疾驰而去，后面扬起一片尘土。

---

① 本书写于国外，这里当指意大利。——译者注

旅行这个字眼有多么奇妙诱人的含意，是多么令人神往！旅行本身有多么美妙！晴朗的天空，秋天的树叶，凛冽的空气……把大衣裹紧一点，把皮帽子拉到耳朵上，紧紧偎在角落里，坐得舒服一些。全身打过最后一次寒战，现在感到一阵舒服的暖意。马儿在奔驰……睡意袭来，多么想打盹，合上双眼，睡梦中听到“那不是白雪”的歌声，还有马的呼哧声和隆隆的车轮声，可是你已经打起呼噜，把坐在旁边的人挤到角落里。一觉醒来已经过了五站。明月当空，陌生的城市，古老的教堂，木造的圆顶，顶尖发黑；一幢幢房子，木房发黑，石屋发白。到处是皎洁的月光，照在墙上、马路上、街道上，仿佛给它们罩上一块块白麻布方巾，又有一道道像煤一样黑的阴影从上面斜穿而过。木屋顶在月光的斜照下像亮金属一样闪闪发光。四周阒无一人一切都进入梦乡。偶尔有哪家小窗亮着灯，是小市民在缝他的皮靴还是面包师在炉边干活儿——有谁去管他们！可是这夜色多美！这是上帝的创造！上帝在创造一个美好的夜！还有空气，还有又高又远的天空，在不可企及的高处伸展开去，无边无际，回音嘹亮，万里无云！……寒夜的气息吸到眼睛上虽有一丝凉意，却可以为你催眠，于是你打起瞌睡，昏昏沉沉，还打起呼噜，可是你的旅伴被挤到角落里，被压难受了，气愤地一翻身。你猛然醒来，眼前还是一片田野和草原，上面什么也没有，到处是一片荒凉，一望无际。标明数字的里程碑扑入眼帘，清晨降临了，寒冷的天际泛出白色，现出一道淡淡的金光，晨风凛冽刺骨，把暖和的大衣裹得更紧一些！……这寒意多么舒服！残梦重温有多么美妙！车一颠你又醒来。太阳已经升到高空。“慢点儿，慢点儿!”传来一阵喊声，原来是一辆大车从陡坡上往下冲来。山底下是一条宽宽的堤坝，拦住一泓清澄的池水，水面宽阔，在阳光下像铜底一样闪闪发亮。山坡上是一座村庄，各家的房子分布零散；村头有座乡村教堂，十字架像颗星星在闪耀；耳边听到庄稼人絮絮的谈话，自己腹中饥肠辘辘，饿得受不了……上帝呀！有的时候长途旅行多么好！我就像溺水的人有多少次乞求于你，你都慷慨地拯救了我！我在旅途之中产生过多少绝妙的构思和充满诗意的梦想，感受过多么美妙的印象！……连我们的朋友乞乞科夫这时的感受也绝对不会平淡无奇，他心中也充满憧憬。现在我们来看看他究竟有什么感受。开头他还顾不上什么感受，只是不时回头看看，想准确知道是否出了省城；不过当他发现省城早已看不见，铁匠炉、磨坊和城郊的建筑都无影无踪，连石教堂的白尖顶也早已消失在地平线下的时候，他便观看起沿途风景，左看看右瞧瞧，省城就像是很久以前，在童年时代路过的城市一样在记忆中淡漠了。他终于连沿途风景也感到厌倦，轻轻合上双眼垂下头靠着垫子。作者承认，见他打盹甚至感到高兴，因为这样一来就有机会向读者详细介绍一下这位主人公了。到目前为止读者已经看到中间有种种干扰：一会儿是诺兹德廖夫，一会儿是舞会，一会儿是太太们，一会儿是传遍省城的谣言，最后还会有几千件琐细的事。一旦写进书里便让人觉得烦琐不堪，而在现实生活中倒是层出不穷，人们会把它们当成头等大事。不过现在就让我们把这一切都搁在一边，回到正题上来。

我们选择的这位主人公能否博得读者的喜爱，很值得怀疑。太太们不喜欢他是肯定无疑的，因为太太们要求主人公要十全十美，只要内心或外表稍有不足便一切都完了！不管作者对人物心灵的观察多么深刻，哪怕对他的形象描写得比照镜子还要清晰，太太们也会认为他毫无价值。乞乞科夫有些发胖，又步入中年，这就成为他致命的弱点。光是发胖这一点就无论如何不会得到原谅，有很多太太一见他就会扭过脸去说：“呸，真讨厌！”唉，作者对这一切了如指掌，尽管如此，他却不能挑选一个道德高尚的人作主人公，不过……也许在这篇故事里会奏响一些尚未被人拨动的琴弦，会表现出无比丰富的俄罗斯精神，会写出一个品德高尚的男子汉或一位举世无双的俄罗斯少女，这位美丽的少女具有女人心灵的一切美德，胸怀伟大抱负，富有自我牺牲精神。其他民族的优秀人物跟他们相比会黯然失色，就像书本跟活生生的语言相比会失却光彩一样！俄罗斯精神一定会振奋起来……人们将会发现在其他民族的性格中有些品质不过是浮光掠影，而在斯拉夫人的性格中却深深扎下了根……这是后话，现在何必提起！作者久经严峻的内心生活和独居时的清醒思考的锻炼早已成熟，再像少年人一样得意忘形是有失体面的。任何事都应该有先后，有一定的时间地点！不过本书毕竟没把道德高尚的人作为主人公，甚至也可以说明其中的原因。因为可怜的道德高尚的人现在到了该休息的时候，道德高尚的这种说法在人们的嘴里已经变成空谈；因为道德高尚的人已经变牛作马，没有一个作家不驾驭他，还用鞭子或顺手抓到的东西驱使他；因为道德高尚的人被折腾得疲惫不堪，连一点道德的影子都没有了，原来健壮的身体只剩下皮包骨；因为人们呼唤道德高尚的人不过出于虚情假意；因为人们并不尊重道德高尚的人。不，现在到了驾驭坏蛋的时候。那就让我们驾驭坏蛋好了！

我们的主人公出身卑贱寒微。他的父母虽说是贵族，不过究竟是世袭还是自己得到的只有天知道。他长得不像父母，倒是帮助接生的他家的亲戚、人们都称之为丑八怪的瘦小老太婆说得好，她一抱起孩子就大叫：“他的长相跟我的想象一点儿也不一样！他应该像外婆，那样可就好了，可是他的长相正像俗话所说：‘不像爹来不像娘，倒像过路的少年郎。’”他这一生一开始就充满辛酸，就像是通过被积雪封住的小窗降临的。他的童年没有朋友，没有伙伴！小屋里有两扇小窗无论冬夏都不开。父亲有病，总穿着挺长的羊羔皮常礼服，光脚穿着自家编的拖鞋在屋里走来走去，不时唉声叹气，还往放在墙角上的沙箱里吐痰；而他整天要坐在板凳上，手里拿鹅毛笔，弄得手指头，甚至嘴唇都是墨水，眼前总摆着字帖“不许说谎，要尊敬长辈，要心存善念”；耳边总响着拖鞋在屋里趿拉的声音。一旦他感到写字单调而厌倦了，在字母顶上画个小钩或在底下加个小尾巴，便会听到熟悉的严厉声音说：“你又胡闹了！”随着这句话便从背后伸过来长长的手指拧住他的耳朵尖，拧得他疼痛难忍，这时他心中总要涌起一种熟悉的活受罪的感觉：这就是他的童年最初的可怜的情景，到如今他只保留着模糊的印象。然而生活中一切都变化得非常快。在一个阳光明媚的早晨，正当春水泛滥的季节，父亲带他坐着大车离开家门。拉车的是一匹带黄点的小红马，按照马贩子的叫法叫“喜鹊”。赶车的是个小罗锅儿，是乞乞科夫的父亲家唯一一个农奴，而且他还有家口，在老爷家几乎什么活计都干。他们坐着大车走了一天半还多，在半路上住一夜，渡过一条河，打尖吃的馅饼和炸羊肉块都是冷的，直到第三天才到城里。小乞乞科夫忽然看到城里堂皇富丽的街道，惊奇得半天合不上嘴。然后小红马拉着车走进水坑，水坑就在一条小胡同的头上，再往下走都是下坡路，泥泞不堪；小红马踩着烂泥，拼命往前拉，车夫和老爷一齐吆喝，小红马才把车拉进山坡上的一个小院里。院子里面有一座破旧的小房，房前有两棵苹果树正在开花，房后是一片矮小的果园，里面有花楸树和接骨木，紧里头还有个小木亭，用木板棚盖，留有一个发乌的小窗。这里住的是他家的亲戚，是个衰朽的老太婆。老太婆每天早晨要趟着稀泥到市场上去买东西，回来就脱下袜子放在茶炊旁边烤。他见到小乞乞科夫，拍拍他的脸蛋儿，很喜欢他那胖乎乎的样子。小乞乞科夫就要住在这里，每天到本城的学校里去上课。父亲只住了一夜，第二天就动身回家了。他们分手的时候，父亲没掉一滴眼泪，给他留下半个卢布铜币做零花钱，更重要的是给他留下了充满智慧的教诲：“你听着，帕夫卢沙，好好念书，别胡闹，也别淘气，对老师和校长要尽量去讨好，只要能讨得校长的好，就算学习不好，上帝没给你天才，你照样可以升官，超过所有的人。不要跟同学交什么朋友，他们不会教给你好事；要交也是交有钱人家的孩子，万一出什么事他们也能帮忙。你别请别人的客，要会来事让别人请你，最重要的是别乱花钱，要节省每一个戈比，世界上只有钱这东西最可靠。同学和朋友都会欺骗你，遇到祸事马上就出卖你，可是钱这玩意儿不论遇到什么灾难都不会出卖你。在世上只要有了钱，什么事都办得成，什么路都打得通。”父亲讲完这篇大道理就跟儿子分手，又坐大车回家了。从那以后他就再也没见过父亲，可是父亲的话，父亲这番教诲在他幼小的心灵里深深扎下了根。

帕夫卢沙第二天就开始上学。他不论学什么课程确实都没有特殊的才能；他最突出的地方就是用功读书和服装整洁。可是有一方面他却表现出绝顶的聪明，就是在待人接物上。他突然领会了其中奥妙，学会跟同学们周旋，光让同学请他，他不但不请别人，有时候还把别人送给他的东西藏起来，过后再卖给他们。他从小就学会了省吃俭用。父亲给他的半个卢布他不但一戈比也没花，相反，当年就赚到不少钱，从而表现出他几乎非凡的经营才干。他用蜡做成灰雀，涂上红肚子，就卖不少钱。后来有一段时间他又做其他的生意，比如上市场买回一些吃的带到教室里，坐到一些有钱的同学旁边，一发现谁咽唾沫，这就是饿了的信号，便把饼干或面包掰下个尖儿，仿佛无意中从椅子底下伸过去，等到勾起同学的食欲，他便根据食欲大小要价。他在家还摆弄两个月老鼠，把老鼠装进小木笼里，也顾不得休息，天天训练小老鼠。终于教会它按照口令站立、卧倒、爬起，后来把小老鼠卖掉又赚不少钱。等攒到五个卢布，他便把小口袋缝死，再用另一个口袋攒钱。对待老师他学得更乖。在班上谁也没有他坐得老实。应当说明，老师最喜欢课堂肃静和学生守规矩，最讨厌那些机灵的和好说怪话的孩子，因为老师总以为学生千方百计嘲笑他，只要发现谁说怪话，身子动弹一下或者不经意扬扬眉毛，老师就会突然火冒三丈。他会把学生撵出教室，毫不留情加以处罚。“小老弟，我一定打掉你身上那股傲气，还有不听话的毛病！”老师说，“我算把你看透了，只是你自己还不明白是怎么回事。我要罚你下跪！我要让你挨饿！”可怜的孩子自己也不知道因为什么事，他跪破了膝盖，挨了一天一夜饿。“什么才能和天赋，都是胡说八道！”老师常说，“我只看品行，一个学生哪怕什么都不会，只要品行好，我就给他满分；我要是看到谁好胡闹，好嘲笑人，他哪怕把梭伦①别在裤腰带上，我也给他个零分！”老师就是这么说的，他还恨透了克雷洛夫②，因为克雷洛夫在寓言里说：“照我看，

---

① 梭伦（约公元前638—约前559），雅典政治家，被列为七贤之一。——译者注

② 克雷洛夫（1769—1844），俄国寓言作家。——译者注

喝酒倒无妨，但是做事要在行。”老师总好得意扬扬讲他从前教过的学生在课堂上多么肃静，连苍蝇飞都听得见，一年之中也没有一个学生在教室里咳嗽一声或擤过一次鼻子，直到下课铃响听不出教室里有没有人。乞乞科夫忽然领悟了老师的意思，明白什么叫作品行。在课堂上不管后边的人怎么掐他，他连眼珠都不转，眉毛也不挑；下课铃一响，他急忙先跑过去，把老师的带耳皮帽子递给老师（老师爱戴这种带帽耳的皮帽子）；递完之后，头一个走出教室，想方设法跟老师在路上遇见三次，每次都脱帽敬礼。他这么做果然取得完全成功。他在这所学校读书期间一直被看作优等生，毕业时各科成绩优秀，领到毕业证和一本印着金字“学习勤奋、品行端庄”的证书。毕业之后，他便成为一个外貌相当迷人的小伙子，下巴刮得溜光。这时他的父亲故去了，留给他的只有四件破旧不堪的毛衣、两件旧羊羔皮常礼服和一点点钱。显然父亲只知道教儿子攒钱，而他自己并没攒下多少。乞乞科夫立刻把破旧的院落和一小块土地变卖了，得到一千卢布，把仆人全家带进城，准备在城里安家找事做。恰好这时他那个喜欢课堂肃静和学生守规矩的老师不知因为做了蠢事还是犯了别的错误被撵出校门。这个老师由于忧愁而拼命喝酒，最后连酒也喝不起了；他贫病交加，孤苦伶仃，住在一间没人住的破房子里，连火也不生。从前那些机灵又好说怪话，被他看成非常傲气、不肯听话的学生听说老师落到这么凄惨的地步，纷纷为他捐钱，甚至把许多有用的东西都卖了；只有帕夫卢沙·乞乞科夫推脱说没钱，只拿出一个五戈比的银币，同学立刻给他扔了回去说：“嘿，你可真够吝啬！”可怜的老师听说从前这些学生慷慨的举动，不禁用手捂着脸大哭起来。他老眼昏花，却像个可怜的孩子似的热泪滚滚。“我这个要死的人躺在停灵板上，上帝还非得要我大哭一场不可。”他用软弱无力的声音说，叹了一口气。听到乞乞科夫的所作所为，又补充说：“唉，帕夫卢沙！人变得可真厉害！他从前品行好，从来不打架，服服帖帖！他原来欺骗了我，骗得我好苦……”

然而不能说我们的主人公天生冷酷无情，或是他的感情已经麻木到这种程度，连一点怜悯和同情之心都没有。这些感情他都有，他甚至很愿意帮助老师，他只是不肯多出钱，因为他已经积攒的钱既然决定不动就无论如何不能动。总之，是父亲给他的教诲“不要乱花钱，要节省每一个戈比”这句话起了作用。不过他并不是为了攒钱而攒钱，他并不是小气和吝啬，不是这种心理支配他，而是有一种念头经常萦绕在脑海里——他梦想将来能过上充裕的生活，样样都不缺，有自家的马车，有一座设备完善的住宅，吃的是山珍海味。为了将来有朝一日能享受到这些东西，他现在要积攒每一个戈比，甘愿自己暂时受穷，当然也就不能拿给别人花。每逢他看到富人坐着漂亮的马车，拉车的走马戴着华丽的辔头从身旁疾驰而过，他总会站在那里呆若木鸡，半天才如梦初醒，自言自语说：“他从前也不过是个小事务员，头发剃成个罗圈！”一看到别人那种豪华富裕的气派，他心中便产生出一种说不出的滋味。他出了校门甚至不肯休息一下，他有强烈的欲望要尽快找事做。可是尽管他毕业证上写着“品学兼优”，也是好不容易才进了税务局。在穷乡僻壤想办事也得托人情！他的差事很卑微，年俸才三四十卢布，可是他下决心好好干，战胜一切困难。他表现出来的自我牺牲、坚忍不拔和节俭刻苦的精神果真闻所未闻。他从早到晚把自己埋在文件堆里，不停地写，下班不回家，睡在办公室的桌子上，有时还跟看门人一起吃饭，他不但不感觉疲倦和劳累，而且能保持衣服整洁得体，脸上挂着愉快的笑容，甚至一举一动都优雅大方。应当说明，税务局的官吏都长得特别丑陋。有的人长得好像烤坏了的面包：脸朝左歪，下巴朝右撇，上嘴唇鼓得像个水泡，而且还豁唇。总之，真是不堪入目。他们说话声色俱厉，那口气就像是要动手打人。他们对酒神倒经常祭祀，这一点说明在斯拉夫人的性格里还有不少多神教的残余；他们来上班之前，正如俗话所说，得先喝足了酒，所以办公室里空气污浊，就更谈不上芳香。乞乞科夫既然仪表堂堂，说话和蔼，烈性饮料又一点不沾，跟这些官吏形成鲜明对照，所以不能不出类拔萃。尽管如此，他的道路还是不平坦，因为他的顶头上司是个年迈的股长，有一副铁石心肠和一张不可动摇的面孔，一辈子也没露过一次笑脸，甚至从来不跟别人寒暄。他总是一副老样子，不管在街上还是在家里，从来没人见他换过模样。他也从没对别人表示过同情。即使喝醉了酒，也从来不肯开怀大笑，连强盗喝醉了也会疯狂作乐，可是他不那样，甚至连快乐的影子都没有。他什么感情都没有，既不歹毒，也不善良，正因为他什么感情都没有才令人恐惧。他的脸像大理石一样死板，没有什么明显的不端正，也说不出他长得像什么。他五官匀称，却不怒而威。只是脸上布满细密的麻坑，按照民间说法是半夜里小鬼在他脸上磨过豌豆。要想接近这种人并且讨得他的欢心看来是不可能的事，然而乞乞科夫无论如何也要试上一试。开头他想法在细小的事情上讨上司的欢心，看上司用的鹅毛笔怎么削，便照样削好几支，每当上司要用就送到眼前；看见上司的桌子上有灰尘和烟末儿，就立刻吹干净或者掸掉；他还特意准备一块新抹布给上司擦墨水瓶；临下班之前先找到上司的皮帽子——这大概是世界上最破不过的皮帽子——送到他跟前；如果上司的衣服后背在墙上蹭上白灰，便连忙给擦干净——不过他这些努力都没能得到赏识，就像什么事也没发生过一样。他终于打听到上司的家庭情况，知道他家有个待嫁的姑娘，脸上也像是半夜里被小鬼磨过豌豆。他决定从这方面发起进攻。他打听到这位姑娘常到哪个教堂去做礼拜，便穿戴整齐，特意把胸衣浆得硬挺，也上教堂去，每次都站到姑娘对面——这种办法果然奏效。严厉的股长被打动了，请他到家里喝茶！同一个办公室的人还没明白是怎么回事，事情就发展到这种地步：乞乞科夫搬进股长家，成为他家不可缺少的帮手，给他家买面粉，买白糖，把姑娘当成未婚妻，把股长叫爸爸，还吻他的手。局里的人都认为他们在二月末大斋期之前肯定会办婚事。冷酷无情的老股长甚至跑到局长面前为他说项，果然没过多久另一个地方出现空缺，乞乞科夫也当上了股长。看来他巴结老股长的目的就在于此，因为他马上就把自己的箱子让人偷偷送回家，第二天就乔迁新居了。从此他再也不管老股长叫爸爸，也不肯吻他的手了，至于结婚的事也就凉了，似乎什么事也没发生过。不过每当他见到老股长的时候，仍然跟他亲切握手，请他来家喝茶，所以老股长平时虽然不露声色，对什么都无动于衷，这时总要摇摇头，嘟哝一句：“这个鬼儿子，竟然骗到我头上了，骗到我头上了！”

这是最难迈的一道门槛，他却顺利迈过去了。从此以后便一顺百顺，越来越容易。他成为引人注目的人物。官场所需要的一切他都具备。言谈举止温文尔雅，办事也非常麻利。他凭借这些本事没用多长时间就谋到一个所谓的肥缺，并且加以充分利用。要知道恰好在这个时候开始严厉查办贪污行为；而他对这些查办不但不害怕，反而利用这个机会大揩其油，这一点直接证明俄国人到了关键时刻善于随机应变。他采取的是这么一种办法：有人来办事刚把手伸进兜里要掏我们俄国人所谓的霍万斯基公爵签署的介绍信[①]，乞乞科夫连忙按住他的手，笑容可掬地说：“用不着，用不着，您以为我会……用不着，用不着，这是我们应尽的义务，我们的职责，不要任何报酬也应当做！这方面您只管放心，明天就能办妥。请您留下地址，您不用操心，明天就给您送到府上。”办事的人被迷惑住了，在回家的路上欣喜若狂，心想：“总算是遇到好人了，这种人越多越好，好比珍贵的金刚石！”可是他等了一天又一天，不见有人送批示来，第三天也是一样。他又来到办公的地方，事情压根儿没办。他便去找“珍贵的金刚石”。“啊，对不起！”乞乞科夫握住他的两只手很有礼貌地说：“我们事情太多，不过明天一定办妥，明天一定，真的，我甚至感到不好意思了！”他说这话还伴随一些迷人的动作。如果衣襟这时开了，他的手会立即合上并按住衣襟。然而不管明天、后天还是大后天，也不见送批示来。办事的人开始琢磨：不成，这里恐怕有什么名堂吧？他一打听，人家告诉他说得向办事员进贡。“怎么能不进贡呢？我愿意拿出一两张二十五戈比的票子。”“不成，二十五戈比哪能行？得要二十五卢布的白票子。”“办事员也得给白

① 贿赂的戏称。——译者注

票子?”这个人喊起来。“你发的什么火?”人家告诉他说,“其实,办事员只能拿到二十五戈比,其余的要往上交。”这个人拍拍脑门说自己真笨,破口大骂新兴的办事制度,干吗要查办贪污,这些官吏又干吗要装得客客气气,一本正经。从前起码知道事情怎么办,只要给管事的人送上一张十卢布的红票子就万事大吉。如今要送一张白票子,还白耽误一个星期,直到猜出其中的奥妙还得从头开始;当官的还装得大公无私,一本正经,真见鬼!这个人骂得没错,现在是没有赃官了,所有的主管人员都廉洁奉公,高尚无比,只有那些秘书和办事员才贪赃枉法。没过多久乞乞科夫得到一个更有活动余地的机会:官府为了建造一座高大的建筑物专门成立一个委员会。乞乞科夫想法儿钻进这个委员会,并且成为管事的委员之一。委员会很快就开始工作,为了这个建筑一连忙活六年;不知是因为天气恶劣还是材料不中用,只打下地基,房子并没盖起来。可是每个委员都在城市另一头修一座漂亮的公馆,显然那里的土质更好。委员们开始享受,并且建立家庭。只有到这时乞乞科夫才开始稍稍放松严格克制自己和极端节俭的清规戒律。只有到这时他长期遵守的斋戒生活才有所改变。原来他并不排斥各种享受,只不过是他在火热的青春年华善于控制自己,而一般的青年人则没有这种控制能力。他开始有了一点奢侈:雇一位手艺相当不错的厨师,买一些精致的荷兰衬衫。他开始买全省都没人穿过的呢料,他从这时起开始偏爱带花点的棕色和浅红色衣料;他购置一辆出色的两套马车,还自己拽着缰绳溜溜外套马;他还养成在水里兑上香水再用海绵蘸着擦身子的习惯,他还拿钱买贵重的香皂以便使皮肤细腻,他还……

然而,原来的草包突然被撤换了,新来的上司是一位严厉的将军,最嫉恨贪污受贿和营私舞弊。他上任第二天就给所有的官员来个下马威,要求查账,并查出了漏洞,到处钱账不符;同时又发现那些漂亮的公馆,便开始彻底清查。官员全都被免职,公馆被没收,用来办慈善机构和世袭兵学校①；乞乞科夫的损失尤其惨重，家产都被抄得干干净净。他的面孔尽管讨人喜欢，可是新来的上司偏偏看不上他，其中的原因只有天知道。有时甚至没有任何原因，反正上司见了他就讨厌得要死。上司铁面无私，人人见了都怕。不过他毕竟行伍出身，并不了解文官的巧妙手腕，所以没过多久有些表面上装得老老实实，但善于巴结逢迎的文官便又得到上司宠信，不久这位将军就落到一群更大的贪官手里，只不过他不了解这些人的底细罢了。他还以为自己终于选到可靠的人而自鸣得意，炫耀自己有善于识别人才的高超本领。这些官员一下子摸透了他的脾气秉性。他们在他手下个个成了查办营私舞弊的干将，不管碰到什么事都拼命追查，就像渔夫举着渔叉追逐肥美的鲤鱼似的，而且收获不少，没过多久人人的腰包里都揣了几千卢布。这时候原来的官员有许多都改邪归正，被重新录用。只有乞乞科夫尽管想尽办法也未能跻身其中。本来将军的秘书长完全能牵着将军的鼻子走，在“霍万斯基公爵签署的介绍信”催促下也曾为他卖过力，但是在这件事情上一筹莫展。将军属于这样一类人，他们可以被人牵着鼻子走（当然在不明情况的前提下），然而脑子里如果有了什么想法，就像铁板钉钉一样，怎么拔也拔不出来。秘书长能够办到的不过是把那张有污点的履历表销毁了，这也全靠他善于打动将军的心，他绘声绘色地向将军描述了乞乞科夫不幸的命运，说他携家带口不容易。而乞乞科夫幸亏没有成家。

“这有什么！”乞乞科夫说钓着了就使劲拽，钓不着就拉倒。哭鼻子是没有用的，还得脚踏实地地干。”于是他下决心重新寻找出路，重新用耐心武装自己，重新节衣缩食，尽管他曾经过过一段自在舒服的生活。需要换个城市好重新出人头地。可是事情进展得并不顺利，他在不长时间就换过两三个差事，都是下贱的工作，要知道乞乞科夫是世界上最讲究体面的人。尽管他开头不得不沦落于下

① 俄国士兵是世袭的，士兵的儿子一出生就登记，到适当年龄送入初级军校进行训练。——译者注

层社会，然而他的心灵中始终保持着纯洁，他喜欢办公室里的桌子被油漆得锃亮，陈设高雅。他从来不允许自己说话带脏字，如果听到别人说话对官衔和职位缺乏应有的尊重，便非常气愤。我想读者一定乐于了解他的癖好：他每两天换一次衬衣，夏天天气热甚至一天一换；因为他一闻到难闻的气味就受不了。正是由于这个原因，每当彼得鲁什卡伺候他脱衣服和脱皮靴的时候，他都要在鼻眼里塞上个干丁香花苞；有许多场合他的神经像少女一样脆弱；所以可想而知，当他再度置身于酒气熏人、行为粗野的人群中间，心情该多么沉重。不管他如何打起精神，遇到这么多挫折，难免消瘦，气色也不好看。他本来已开始发胖，变成发圆的体面体形，读者第一次见到他的时候正是这副模样。他还不止一次从镜子里看见自己从而想入非非：想到女人、想到儿子，随着这些愉快的念头出现，脸上展现出微笑；可是如今他偶然在镜子里照见自己便不禁大叫起来："我的圣母呀！我变得多么难看。"从此以后好长时间他再也不愿意照镜子。不过我们的主人公能够忍辱负重，以巨大的耐心忍受一切，终于进入海关工作。应该说明一下，这份差事早就是他梦寐以求的目标。他早就看到海关官员搞到的外国货有多么时髦，他们送给干亲、姨妈和姐妹们的瓷器和细麻纱布有多么漂亮。他早就不止一次叹息说："就应该到这种地方干事，离边境又近，都是有文化的人，可以搞到精致的荷兰衬衫！"必须补充一点，他这时还想到一种特别的法国香皂，能使皮肤变得特别白，使脸颊变得特别嫩；至于这种香皂叫什么名字，只有天知道，可是他估计在边境上肯定可以搞到。就是这样，他早就想进海关，只是在建筑委员会里有种种现在就能到手的好处使他舍不得走，不管怎么说，海关好比天上飞的仙鹤，而委员会则是抓在手里的山雀。现在他下决心无论如何也要进海关，果然如愿以偿。他一开始工作就非常热心。好像他命中注定要当海关官员。像他这么精明强干，善于察言观色和明察秋毫，人们不仅没见过，也没听说过。他只用三四周的时间就熟悉了海关业务，样样精通。他不用称也不用量，只看外面包装就能知道里面有多少尺呢料或布匹；把小包用手一掂就能说出是多少磅。至于谈到搜查，连同事们都说他长着一个狗鼻子。他每个纽扣都要摸摸，而且那么耐心，谁看了都不能不惊奇；他搜查的时候态度非常镇静，客气得难以想象。然而被搜查的人却气急败坏，火冒三丈，恨不得在他那漂亮的脸蛋上打记耳光，可他却脸不变色，依然客客气气，只是不时地说："能不能劳您驾站起来?"或者，"太太，能不能劳您驾到隔壁的房间去一下？我们有位官员夫人要同您谈一谈。"或者，"对不起，我要用小刀把您的大衣里子拆个小口。"他一边说，一边从人家大衣里取出披肩、头巾，那股镇静劲儿就像从自己箱子里往外取东西一样。连顶头上司都说，他不是人，是个魔鬼。不管车轱辘、车辕杆、马耳朵，还是别的什么地方，反正是作者无论如何也想象不到的，只有海关人员可以进行搜查的地方，他都翻个遍。结果过境的旅客憋出一身冷汗，半天回不过神来，一边擦汗一边画十字，不住啧啧称奇。旅客的处境很像小学生被老师叫进密室，他原以为不过是挨一顿训，出乎意料竟然挨一顿打，现在终于得到解脱。没用多长时间走私分子完全销声匿迹了。波兰的犹太人遭到打击，陷入绝望。乞乞科夫正直廉洁，不可动摇，几乎达到不近情理的地步。海关经常没收各种商品和物品，为了减少誊写的麻烦，有些并不上交国库，而他连这些东西也分毫不取。他这么积极肯干而又廉洁无私，不能不让大家惊奇，最后不能不传到上司的耳朵里。他升了官，晋了级，便提出一个把走私分子一网打尽的方案，只是请求给予他亲自执行这一方案的便利。上级立刻拨给他一伙人，并且授予他便宜行事的权力。这正是他求之不得的。当时有个强大的走私团伙，经过周密考虑想出一个绝妙的走私办法。这笔大胆的生意一旦做成，就可以赚到几百万卢布。这个团伙的情况他早就掌握，他们还派人来收买他，他斩钉截铁地回答说："还不到时候。"等到他大权在握以后，就立刻通知这个团伙说："现在到时候了。"他的算盘打得很精。如今他只要用一年的时间就可以赚到以前用二十年拼命干也赚不到的钱。他从前之所以不肯跟他们打交道，是因为他当时不过是个普通的小卒子，得不到多少油水；如今……如今可完全不同了，他可以提出任何条件。为了便于行事，他把同事也拉下水了。这个同事虽然已白发苍苍，却经不住诱惑。双方定好条件，那个走私团伙便开始行动。开头干得很漂亮。读者一定听说过利用绵羊巧妙走私的故事，这个故事当时流传很广，就是把西班牙绵羊往里运的时候，羊身上多披一张羊皮，中间夹上价值上百万卢布的布拉班特花边①。这个故事就发生在乞乞科夫在海关做事的年代。他如果不参与此事，世界上多狡猾的犹太人也干不出这种勾当。按照这种办法运进三四次绵羊之后，两个官员的口袋里都装进四十万卢布。据说乞乞科夫甚至超过了五十万，因为他干得最欢。如果不是魔鬼有意跟他们作对，他们这种外财天知道会攒到多大数目。他们也是鬼迷心窍，说白了就是发疯，无缘无故吵一架。有一次乞乞科夫可能是喝多了，与对方说话说激了，说对方是神父的儿子。对方尽管的确是神父的儿子，却不知为什么火冒三丈，立刻狠狠回敬一句，话也说得刻薄："不，你净胡说，我是堂堂正正的五等文官，我不是神父的儿子，你才是神父的儿子呢！"接着为了激怒乞乞科夫又补充一句："这是千真万确的！"尽管他以牙还牙进行了报复，把乞乞科夫奉送的封号回敬他本人，尽管他这句"这是千真万确的！"分量更重，然而他仍然不甘心，偷偷告了乞乞科夫一状。况且在这件事发生之前，听说他俩就为一个女人争风吃醋，按照海关官员们的说法，这个娘儿们像新鲜芜菁一样又嫩又有劲头；还听说乞乞科夫的对手雇了一帮人准备傍晚在偏僻胡同里把我们的主人公狠揍一顿。其实他俩都当了傻瓜，那个娘儿们被一个姓沙姆沙列夫的上尉受用了。实际情形如何只有天知道。最好还是让有兴趣的读者自己去想结尾。主要的是他俩跟走私团伙秘密勾搭的事被揭露出来了。五等文官自己固然完蛋了，却把同事也拖了进去。他俩被送上法庭，他们所有的财产都被没收、被查封了，而且这件事来得非常突然，犹如晴天霹雳。

---

① 布拉班特是比利时的省名。花边指手工艺品。——译者注

他们仿佛从昏迷中醒来，知道闯了祸，都吓坏了。五等文官按照俄国人的习惯愁得天天喝酒，六等文官却若无其事。不管来办案的长官嗅觉多灵敏，他还是想法藏起一部分钱。他为人世故，非常了解一般人的心理，便使尽了手腕。有的人要说上两句好话，有的人要动之以情，有的人要拍拍马屁，拍马屁从来不会坏事，还有的人要塞上一笔钱——总之，他把事情办得十分圆满，没像五等文官那样丢尽脸面，还逃脱了刑事法庭的追究。可是，他攒下那一大笔钱和各式各样外国货都一点没给他留，因为有不少人喜欢这些东西。他藏起的以备不虞的一万卢布总算保留下来，还给他留下两打荷兰衬衫、一辆单身汉乘坐的轻便马车和两个农奴，就是车夫谢利凡和听差彼得鲁什卡。海关官员们还动了恻隐之心，给他留下五六块香皂以保持面孔的鲜润——这就是他的全部家当。由此可见我们的主人公又陷入多么艰难的境地！这次他遇到多么大的灾难！这就是他所说的“由于秉公办事而备受打击”了。现在似乎可以得出这样一个结论：他经受这么多风雨和考验，经受命运的捉弄和人生的不幸之后，本应该带上这一万卢布血汗钱找个偏僻安静的小县城苟且偷生。每天穿上印花布的便袍站在低矮小屋的窗前，每逢星期天遇到庄稼人在窗外打架便去排解纠纷，或者为了换空气到外面走走，亲自到鸡圈里摸摸母鸡肥瘦好用来做苏伯汤，也许他就会这样度过平静的然而并非无益的余生。可是他没这么做。他的性格里有一种不屈不挠的精神，这一点应该给予公正评价。换一个人遇到这么大的打击，即使死不了，也会灰心丧气，从此消沉下去，唯独他身上有一股无法理解的热情，而且丝毫没有熄灭。他痛苦过，懊丧过，怨天尤人，埋怨命运不公，怨恨人间不平，然而他不肯就此罢休，不能不再试试。总之，他表现出坚韧不拔的精神，德国人死气沉沉的耐性跟他没法相比，因为德国人的耐性来源于他们流得太慢的血液。乞乞科夫则相反，他的血液总是热烈奔腾，他必须有极大的理性和意志才能控制住血液里喷薄欲出的劲头而不让它自由奔放。他一直琢磨这件事，他的推论也有一定道理：“我为什么这么倒霉？我为什么要遭此大难？如今哪个当官的不捞？人人都捞。我没使任何人不幸，我没捞寡妇的钱，我没使人沦为乞丐，我只拿点儿多余的钱，凡是我拿的人人都拿，我如果不拿别人就会拿去。别人为什么逍遥法外，我为什么就该倒霉，变成蛆虫？我现在成了什么人？我哪还有一点人样？别人都成为可尊敬的父亲，让我有什么脸见他们？我既然感到这辈子算是白活，怎么能不受到良心谴责？我的后代将来会怎么说我？他们会说，我们的父亲是个混蛋，什么财产也没留下！”

我们已经知道乞乞科夫非常关心他的子孙后代。这倒是一个很敏感的题目！“将来子孙会怎么说？”不知为什么这个问题自然而然就提了出来。要是没有这个问题，有的人也许不会把手伸这么长。这位未来的家长好比一只小心谨慎的老猫，斜眼瞟着主人会不会从什么地方看见，急忙抓住身边能够抓到的一切，肥皂也好，蜡头也好，肥肉也好，金丝雀也好，总之，凡是爪子能抓到的一切一个也不放过。我们的主人公就这样一边诉苦一边哭，可是他的脑子并没闲着。他脑子里一直想着要干的一番事业，只是暂时还没有可行的计划。他又开始卑躬屈膝，又过起艰苦的日子，又从各方面克制自己，又从干净体面的位置下降到肮脏卑贱的生活。在等待更好的职位期间，他不得不干代理人的工作。干这种行当在俄国还没得到承认，处处受排挤，不仅官府的喽啰不尊重，连委托人也白眼相加。他不得不在前厅里久久等候，忍受粗鲁的对待，等等。可是人一穷什么活儿都得干。在他接受的委托当中有这么一件事：要他用几百个农奴到监护局①去抵押贷款。这家庄园已经破落不堪，原因很多。牲畜大批死于瘟疫，管家搞鬼，庄稼歉收，流行病夺去最好的劳力，最后还有地主本人管理不善，他在莫斯科装修一座最新式的住宅，把所有的钱都花在装修上，结果连吃饭的钱都没剩下。正是由于这个原因，不得不把剩下的田产全部抵押出去。当时向国库抵押贷款是一件新鲜事，人们要走这一步心中不免有疑虑。乞乞科夫作为代

① 旧俄机构，专管对寡妇、孤儿和私生子的救济，附设贷款机构，地主可以用田产和农奴进行抵押贷款。——译者注

理人首先要打通关节（众所周知，不事先打通关节连查询普通的事或办个证件都不成，至少每张嘴要灌一瓶马德拉葡萄酒），于是在该打通的关节全都打通之后，他顺便说出这么一个情况，就是如果农奴死了一半，将来办手续会不会有麻烦……

“他们不都是登记在册吗？”秘书问。

“当然在册。”乞乞科夫回答。

“那还怕什么？”秘书说，“有死就有生，能顶数就成。”

秘书说话看来还挺押韵。这时我们的主人公突然产生了一个绝妙的主意，这是人类从来没想到过的。“嘿，我可真笨，”他对自己说，“手套掖在腰里还到处找手套！我想法买些死农奴，他们人虽死了，可名字还登记在册，比方说买上一千，再拿到监护局抵押，每个农奴押二百卢布就是二十万！现在正是时候，刚刚发生一场瘟疫，谢天谢地，死了不少人。那些地主又赌钱又酗酒，把家产败坏光了，跑到彼得堡来当差；庄园荒废了，不论如何管理，反正交税一年比一年困难，因此人人都乐得将庄园让给我，因为省得为了这些庄园而替这些农奴交人头税；也许有人情愿倒找我几个钱。这种事当然不好办，操心挨累，担惊受怕，很怕惹出麻烦，很怕出事。可是人既然长脑袋就得用。这件事好就好在任何人都想象不到，谁都不会相信。当然，没有土地不能买，也不让抵押。可是我可以说买了之后迁走，迁到外地去。现在塔夫里达省和赫尔松省只要有人肯在那里定居，土地就白给。我就把他们往那里迁移！迁到赫尔松！就让他们住在那！迁移手续通过法院可以办，完全合法。如果要检验农奴，请检验好了，我不反对，干吗要反对呢？我可以提供县警察局长亲自签署的证明。村名可以叫作乞乞科夫村，也可以用洗礼的名字，叫帕维尔村。”于是我们主人公的脑海里就形成这么一个奇怪的故事情节，读者是否感激他不得而知，不过作者对他感激不尽，甚至感激之情难以言表。因为无论如何，要是乞乞科夫脑海里不产生这个念头，这部史诗就写不成了。

他按照俄国人的习惯画过十字，然后开始行动。他装作选择居住地点和寻找其他借口到我国各地转悠，主要到闹过严重灾害的、歉收的和流行过瘟疫的省份，因为在这些省份最容易买到他所需要的农奴，而且花不了几个钱。他并不是贸然地挨家去问，而是选择跟自己投脾气的人或者估计比较容易成交的人，先从攀交情入手，让他们产生好感，然后就凭交情搞到这些农奴，可以分文不花。所以如果书中出现的人物不合读者的口味的话，不要怪作者，因为这是乞乞科夫的错，他在书里是全权主人，他想到哪里去我们只好跟着。如果真有人要责备书中的人物和性格过于苍白和猥琐，我们只能说任何事物在开头的时候都很难看清它的壮阔波澜和整个面貌。不管哪座城市，甚至包括首都，你坐车刚进去总会感到平淡无奇，一开头不免单调乏味，一片片走不到头的大小工厂，被烟熏得发黑，然后才能露出六层高楼的一角，出现一座座商店、一块块牌匾、广阔的街道远景、许多钟楼、圆柱、雕像和塔楼，这才展示出城市的繁华、嘈杂和喧嚣以及人用手和大脑创造出来的一切奇迹。这头几笔生意怎么做的，读者已经看到；至于故事情节如何发展，主人公将遇到什么成功失败，他将如何去克服越来越大的困难，书中的高大形象将如何出场，这部长篇巨制的秘密杠杆将如何启动，描写的范围将如何扩大，将有哪些堂皇的抒情笔法，以后读者自会分晓。这辆单身汉的马车前面还有漫长的路程。车主人是位中年绅士，外加听差彼得鲁什卡和车夫谢利凡和拉车的三匹马（从叫作“陪审员”的马到下作的青花马，读者都早已熟识），这就是这一行人马的全体成员。这就是我们的主人公的本来面目！不过也许有人要求给他下一个概括性结论：他的道德品质如何？他不是十全十美的人，这一点一目了然。那么他究竟是个什么人？这么说他是个坏蛋？为什么要说他是坏蛋？干吗对待别人这么刻薄？如今我们这里没有坏蛋，人人都心地善良，招人喜欢，至于那些情愿当众出丑、被人打耳光、遭到人们耻笑的人，就是能找到也不过三两个而已，而且如今连这种人也大谈特谈高尚道德了。最公正的叫法是管他叫老板，一心要发财的人。要发财就是一切罪恶的根源。因为要发财就难免干些被世人称之为“不大干净”的事。具有这种性格的人的确就有些令人讨厌，尽管读者在人生道路上可以跟他交朋友，一起吃吃喝喝，一起消磨美好的时光，然而他一旦成为戏剧或史诗的主人公，读者便会对他横加白眼。不过聪明人对任何性格的人都不会弃之不顾，而是用审视的目光仔细观察他，研究他这种性格产生的原因。人的性格变化无常。人身上转眼之间就会产生出可怕的蛆虫，它会强硬地吮取他的全部心血。在天生要树立丰功伟绩的人身上，不仅有伟大的激情，也会有渺小卑微的欲望，这欲望使他忘记伟大而神圣的义务，使他把一钱不值的拨浪鼓当成伟大而神圣的东西。人的各种欲望像大海中的砂粒一样数不胜数，而且各不相同，不论这些欲望卑微还是高尚，一开始都听从人的支配，后来渐渐变成可怕的主宰者。人如果能给自己选定一种高尚的欲望，他便是幸福的。这种无限的幸福每时每刻都在增长，于是他就能渐渐深入到自己心灵中无边无际的天空里去。然而有些欲望不是人所能选择的，它们是生来就有，人想摆脱也摆脱不掉。这种欲望是上天赐给的，一生也不停息，它发出永恒的召唤。这种欲望注定要完成人间的伟大业绩。这种欲望不管以什么面目出现——是以阴郁的形象还是以给人间带来欢乐的光辉形象出现——它们都是为了造就人类所不知道的幸福。也许主宰着乞乞科夫的欲望也不取决于他，在他这冷漠的人的一生中就包含着将来会使他粉身碎骨并拜倒在上天的智慧之前的力量。至于这个形象为什么会在即将出版的这部史诗中出现，目前也是个秘密。

然而，读者很可能不喜欢这个主人公，但这并不令人难过，令人难过的是，作者心中有这样一个深信不疑的想法：如果作者不采取这种写法，同一个人物，同一个乞乞科夫肯定会得到读者喜欢。如果作者不去深入窥探他的心灵，如果作者不去触动他心灵深处见不得阳光的东西，如果作者不去暴露他从来不肯告诉别人的隐秘想法，如果作者只描写他一开头给省城的人如马尼洛夫等留下的良好印象，那就会落个皆大欢喜，人人都会说他是个有趣的人物。没有必要把他的面孔或整个形象写得活灵活现，这样的话，读者读完小说之后心灵就不会受到任何震动，他会心安理得地又坐到牌桌跟前，因为牌桌可以使整个俄国得到慰藉。是的，我的读者，你们并不喜欢看到把人类的贫乏暴露无遗。你们会说：干吗要写这些？写这些有什么用？我们难道不知道人生有很多的卑鄙和愚蠢？你就是不写，我们也会经常看到很多令人不快的事。你最好还是写些吸引人的美好的东西。最好让我们得乐且乐！“老兄，你干吗要告诉我庄园搞得一团糟呢？”地主对管家说，“老兄，你不说我也知道，你难道就没有别的话可说吗？你就让我忘掉这件事吧，我就当全不知道，心里才高兴呢。”于是他把本来应该用于改善庄园的钱拿去寻欢作乐，使自己陶醉。他的智慧本来可以发现巨大的意外的财源，如今却陷入昏睡中；而他的庄园被拍卖了，地主沦为乞丐，倒也逍遥自在，他的心灵由于贫穷而堕落到从前他自己也会感到可怕的地步。

作者也许还会受到来自所谓的爱国者的责难。这些人安安稳稳坐在家里，从事跟爱国毫不相干的事，想法敛财，靠损害别人造就自己的幸福；然而一旦出现他们认为有损于祖国的事，比如新出版一本书偶尔说几句苦口良言，他们便会像蜘蛛看见苍蝇落网似的从各个角落里跑出来，大喊大叫：“干吗要把这些事都抖搂出来？搞得人人皆知合适吗？这里写的可都是自己家的事，写出来好吗？外国人会怎么说？听别人说自己的坏话难道就高兴吗？他们以为我们就不痛心吗？他们以为我们不是爱国者吗？”对于这类高明的批评，尤其是牵涉到外国人怎么议论，我承认我无言以对。且听我讲个故事。在俄国很偏远的地方住着这么两个人，一个是家长，叫基法·莫基耶维奇，为人随和，过着闲散的生活，不过对于家里的事一概不过问，整天忙于思考问题，据他自己说，他在研究一个哲学问题。“比方拿野兽来说，”他一边说，一边在屋里来回走，“野兽刚生下来都光溜溜的。干吗非光溜溜不可？野兽为什么不能像小鸟也从蛋壳里往外蹦？真叫人莫名其妙。你对大自然研究越深入，反而变得越糊涂！”这就是基法·莫基耶维奇思考的问题。不过问题不在这里。他家还有一个人，叫莫基·基福维奇，是他的儿子，是个二十岁上下的小伙子，长得膀阔腰圆，正是当时俄国称为大力士的人。当父亲正在研究野兽出生的问题时，儿子有浑身的力气想往外发泄。他不管干什么，都出手特重，不是把人家胳膊打断了，就是在人家鼻子上打出个大包。不管是家里人还是左邻右舍，从使唤丫头到看家狗，见到他都躲得老远，连他睡觉的床也被他砸个稀零碎。莫基·基福维奇就是这种人，不过他的心眼并不坏。可是问题不在这里。问题在于下面的故事："基法·莫基耶维奇老爷，行行好吧，"他自己家的仆人和别人家的仆人都找这位家长诉苦，"你家少爷是怎么的了？闹得人人不安，见谁都缠住不放！""是呀，他是有点儿淘气，有点儿淘气，"家长听到有人告状往往这么说，"可我有什么法子？要打他已经晚了，而且别人还会说我心狠；他这个孩子挺爱面子，当着外人批评他一顿，他是会老实一点儿，可是要闹得满城风雨可怎么得了？全城的人都知道了，就会把他当成癞皮狗。你们真以为我不心疼？我难道不是他的父亲？我正忙于研究哲学问题，有时顾不上管他，可是我难道不是他的父亲？不管怎么说，我总是父亲，是父亲，真他妈的，我总算是他的父亲！他是我的儿子，我时时刻刻把他放在心上！"基法·莫基耶维奇说着，狠劲用拳头捶自己的胸脯，心情非常激动。"就算他是一条狗，这话也不会从我嘴里说出来，我总不能败坏他。"他就这样表白一番做父亲的慈爱，听任儿子继续完成他那些大力士的功勋，他自己又埋头于心爱的哲学，并且突然提出这样一个问题："大象如果也是从蛋壳里蹦出来的，那么这个蛋壳可够厚的，连大炮都打不透，这么一来就得发明一种新式武器。"这父子俩一直在平静的角落里生活，直到这部史诗结尾才出场，就像是从小窗里探出头来张望一下。他们出场是为了恭恭敬敬地回答某些热烈的爱国者的责难。这些爱国者也一直在安安静静研究某种哲学问题，或者靠掠取他们热爱的祖国的钱款而大发其财。他们的想法不是不要干坏事，而是干了坏事怎么才能不让别人说。他们之所以要发出责难并不是出于爱国主义，或者主要先不是出于爱国主义，而是另有苦衷。这又何必隐讳呢？如果作者不说真话，谁还会说真话呢？问题在于你们不敢做深入观察，你们无论看什么都不敢深入观察，你们不管看什么都喜欢用茫然的目光一掠而过。你们甚至会从心眼里嘲笑乞乞科夫，也许同时还会夸奖作者说：“他还真敏锐地捕捉了一些特征，看来作者是个性格开朗的人！”你们说完之后，会感到无比自豪，脸上露出得意的微笑，并且补充：“说不能不承认，有些省的人就是怪，十分可笑，连坏蛋也不比寻常！”可是你们当中有谁会具有基督徒的谦逊，不必在大庭广众之间，只要在暗地里能扪心自问，在自己心灵深处提出这样一个难题：“我身上是否也有乞乞科夫的一些特征?”这怎么可能?！然而这时如果有个熟人从一旁走过，官衔不太大也不太小，他会立刻捅一下站在身边的人而且几乎笑出声来：“你瞧瞧，你瞧瞧，这就是个乞乞科夫，乞乞科夫走过去了！”然后便像小孩子一样不顾自己的身份和年龄，没有礼貌地跟在后面跑，还拿话逗人家：“乞乞科夫！乞乞科夫！乞乞科夫！”

不过我们说话声太大了，忘记方才我们讲这位主人公的故事时他虽然睡大觉，可是现在醒了，很容易听到有人老是提起他的名字。他这个人脾气可不小，最讨厌别人用不恭敬的口吻讲他的事。他发不发脾气读者当然不在乎，然而作者无论如何不想跟自己的主人公吵翻，因为作者还要跟他手拉手走一段漫长的路程，往下还有两大部要写，这可不是一件小事。

“喂！喂！你怎么了?”乞乞科夫问谢利凡，“说的是你！”

“什么事?”谢利凡慢吞吞地说。

“什么什么事？你这个笨蛋！你是怎么赶的车？哎，快点儿赶！”

谢利凡果然早就眯缝起眼睛，只是迷迷糊糊偶尔抖动一下缰绳碰碰也正在打瞌睡的三匹马的肋部；而彼得鲁什卡早不知在什么地方把帽子丢了，向后仰着身子把头伸进乞乞科夫怀里，所以乞乞科夫不得不给他个脑瓜崩。谢利凡连忙打起精神，朝青花马的脊背抽了几鞭，青花马小跑起来，他又在三匹马的身子上方摇摇鞭子，并且细声细气、仿佛唱歌似的说：“用不着怕！”三匹马都活跃起来，于是拉着轻便马车就像拉着羽毛一样跑得很快。谢利凡只管摇晃鞭子不住吆喝："嘿！嘿！嘿！"身子坐在车座上，随着马车忽而上坡忽而下坡轻飘飘地上下颠簸。这条官道总的说来是下坡路，然而中间有很多小的上坡和下坡。乞乞科夫也坐在皮垫子上轻轻颠动，脸上露出微笑，因为他最喜跑快车。俄国人谁不喜欢跑快车？俄国人最喜欢玩，玩得晕头转向，不顾一切，有时还说："玩得真痛快！"他的心里能不喜欢跑快车吗？在马车奔驰中有时产生出一种奇异的兴奋感，怎么能不喜欢拼命奔驰呢？这时就像有一种不可知的力量用翅膀把你托起来，你就飞呀，飞呀，一个劲儿地飞。两旁的路标也在飞，商人驾着的带篷马车也迎面飞来，路边郁郁葱葱的云杉和松树也在飞，树林中不时传来斧子声和乌鸦叫声，整个大路也在飞，不知飞向何方，所有的东西都飞快掠过，根本分不清是什么东西，只有头上的天空、浮云和浮云后面飘过的月亮似乎一动不动——在这种飞奔中似乎含有一种可怕的力量。喂，三套马车！像飞鸟一样快的三套马车，你是谁创造出来的？显然只有聪明的人民才能把你造出来，你也只能产生在这么广阔的土地上，一下子就占了半个世界。你就数数路标吧，直到数花了眼也数不完。这种马车看样子并不精巧，不是用螺丝安的，而是雅罗斯拉夫尔能干的庄稼人只用一把斧子和一个凿子三砍两砍就造出来的。赶车的也不用穿德国人的长筒靴，他留着一把大胡子，手上戴着一副手闷子，坐在鬼知道是什么样的车座上；只要一欠身，一扬鞭，再一唱歌，马儿就像旋风似的奔跑起来，车轮的辐条形成一个圆饼，跑得底下的大路颤抖起来，路旁的行人吓得停下脚步，发出惊呼——只见马车风驰电掣，疾飞而去！……立刻跑得老远，尘土飞扬，它似乎要穿透空气。

俄罗斯，你不也像这快得谁也赶不上的三套马车一样奔驰吗？只见大路在你轮下扬起尘土，桥梁被你震得隆隆作响，一切都被你超越而落在后面。过路行人被这种神奇的景象所惊骇，停下脚步问道：这是不是从天上掉下来的闪电？这令人震颤的狂奔意味着什么？这世人从来没见过的骏马蕴藏着一种什么样的神秘力量？喂，骏马呀，骏马，你们有多么了不起！你们的马鬃里是不是带有旋风？你们的每根血管里是不是带有敏锐的耳朵？一听到天上传来熟悉的歌声便一齐挺起红铜般的胸膛，几乎蹄不沾地在半空中飞驰，身子变成一条线，只有得到神的鼓舞你们才会跑得这么快！……俄罗斯，你要奔向何方？请给个回答。你不肯回答，只是铃儿发出美妙的声响；空气被风撕成碎片，呼啸不停；大地上的一切从旁边掠过，所有其他民族和国家都侧目而视，退到一旁，为你让路。

一八四二年

第二卷

第一章[1]

为什么要跑到穷乡僻壤，跑到我国最偏僻的角落挖掘一些人物来表现我们生活的贫乏和可悲的缺点呢？作者的天性如果这样，如果他为财力不足而汗颜，如果他的才华只适宜从穷乡僻壤，从我国最偏僻的角落找出一些人物来表现我们生活的贫乏，那又有什么办法？如今我们又来到穷乡僻壤，来到偏僻的角落。

然而，这里不是一般的穷乡僻壤，而是一个风光秀丽的角落！

一座高山曲折蜿蜒一千余里。它像一座没有尽头的要塞的城墙高耸在平原上，有一段是黄色的断崖，真似城墙，只是中间有许多沟壑；有一段是绿色的鼓包，上面被伐过的树长出嫩枝，宛如覆着一层羊羔皮；还有一段是幸免于刀斧的郁郁葱葱的森林。一条大河有时对陡峭的河岸很服帖，跟它一起弯弯曲曲地前行；有时则越过河岸流进草场，然后又拐几道弯，在阳光下闪耀着火一般的光辉，再藏进桦树、白杨和赤杨的树丛里，随后又得意扬扬从树丛里钻出来，穿过小桥，绕过磨坊和堤坝，仿佛每到拐弯的地方便会有小桥、磨坊和堤坝等在那里。

有个地方山最高，山坡陡，从下到上密密麻麻长满葱翠的树木。这里有各种树：槭树、梨树、低矮的爆竹柳、黄槐、白桦、云杉和爬满蛇麻的花楸树；这里［　］[2] 隐隐约约露出地主宅第的红屋顶、屋上的阁楼以及后面农家的屋脊和屋脊上的雕饰，而在这些树木和

---

[1] 本版采用《死魂灵》第二部早期手稿，因为这部手稿更完整。凡是根据意思判断原稿中脱落的词用方括号加以补充。——译者注

[2] 原稿中有两个词脱落。——译者注

屋顶之上是一座高耸的古老教堂的五个金光闪烁的圆顶。所有的圆顶上都安着镂花的金十字架，用镂空的金链子固定在圆顶上，所以从远处看去只见半空中金光闪闪，十字架仿佛并没固着在任何东西上。所有这些树木、屋顶和教堂都倒映在水面上。有几株老柳树奇形怪状却婀娜多姿，有的站立在岸边，有的跑进河里，把枝叶垂挂在水面上，仿佛一生下来就观赏这些倒影，多少年也观赏不够。

这里风光秀丽，如果站在地主家的阁楼上向平原和远山眺望，景色就更显得美不胜收。任何客人或来访者一到阳台上便抑制不住激动的心情。他会喘不上气来，只管赞不绝口："上帝呀，这里多辽阔！"这里的空间的确无边无际。眼前是一片草地，上面长满小树林，还散布着一座座磨坊；草地过去便是一片又蓝又绿的密林，好像林海，又像弥漫远方的烟雾。透过迷蒙的空气可以看到森林后面是一片黄沙。黄沙后面是一带白垩山绵延在遥远的天际。白垩山在阴雨天也白得耀眼，仿佛有一颗永不落的太阳一直在照耀它。山腰上有几块灰蒙蒙的飘忽的影子，那是远处的村落，用肉眼看不清。只有村中教堂的金顶像火花一样闪烁不定，在告诉人们那是一座不小的村庄。所有这一切都笼罩在一片深沉的静谧中，连天上到处飞的小鸟发出的隐约的叫声也打不破这片寂静。总之，任何客人或来访者一到阳台上就都抑制不住激动的心情，即使伫立两个小时之后，仍然会发出刚一来时的赞叹："上帝呀，这里多么辽阔！"

这座村庄很像高不可攀的城堡，从这面无法上去，只能绕到另一面穿过田野里的庄稼，最后经过一片稀疏的柞树林。柞树翠绿欲滴，一直伸展到农家的房舍和地主的宅子跟前。谁住在这座村庄里？谁是这座村庄的主人？这块小天地是属于哪个幸运儿的呢？

这人是特列马拉汉县的年轻地主安德列·伊万诺维奇·坚捷特尼科夫，十等文官，刚刚三十三岁，尚未成家。

这位安德列·伊万诺维奇·坚捷特尼科夫是个什么样的地主？他性格如何？有什么脾气秉性呢？

这些情况当然要从左邻右舍那里打听一下。有一个邻居是在放火船[①]上当过差的退伍校官，他的评价非常简单："天生的畜生！"有一位将军离得稍远，总有十俄里，他说："这个年轻人脑瓜好使，只是脑袋里装的东西太多，我本想帮帮他忙，因为我在彼得堡，甚至……"将军只说半句话。县警察局长说："他不过是个芝麻大点儿的官，我明天就要找他收缴欠税！"问他村中的庄稼人他们的老爷怎么样？他们都闭口不答。总之，社会舆论对他不利的多，有利的少。

其实，安德列·伊万诺维奇为人说不上好也说不上坏，他不过是游手好闲而已。既然世界上有那么多人都游手好闲，为什么坚捷特尼科夫不能也游手好闲？他一天的活动几句话就可以记下来，让读者根据记录去判断他的性格如何好了。

早晨他醒得很晚，起床以后还要在床上坐很久，揉揉眼睛。不幸的是他的眼睛小，所以揉起来格外费工夫。这时他的仆人米哈伊洛正端着脸盆和毛巾站在门旁等候。这个可怜的米哈伊洛站了一两个小时，到厨房转一圈然后再回来，老爷依然在床上坐着，依然在揉眼睛。终于他下床了，洗洗脸，穿上便袍来到客厅喝茶，喝咖啡，喝可可，甚至喝新挤出来的鲜牛奶，样样都喝一点，弄得满桌都是面包渣，还不管不顾把烟灰磕得到处都是。他喝茶用了两个小时，这还不算，还要端上一杯凉茶走到窗前，窗户朝院子里开，所以每到窗前都能看到这样的场面：

首先是管餐具的老仆人胡子拉碴的格里戈里大喊大叫，朝女管家佩尔菲利耶夫娜说出这样一席话：

"你干吗那么小气，你算老几！你这个臭娘儿们，赶快闭上嘴。"

"我就是不听你吆喝，你这个饕餮！"算不上老几的管家婆也大声喊。"

"你跟谁都合不来，跟大管家也直干仗，你不就看看仓库吗，有啥了不起！"格里戈里吼道。

"大管家跟你一个样，你们都是贼！"女管家喊声非常高，连村

---

① 从前装有引火物以焚烧敌船的船只。——译者注

子里都听得见。“你俩都喝大酒，糟蹋老爷的东西，你们都是没底的大木桶！你以为老爷不知道你们干的好事？老爷就在跟前，你们干什么都听得见。”

“老爷在哪？”

“他就坐在窗户跟前，什么都听得见。”

这两个人吵架不算，还有仆人的孩子被妈妈打一巴掌，号啕大哭；还有一只灵提狗被厨子从厨房门缝往外浇一身开水，疼得蹲在地上号叫。总之，外面吵吵嚷嚷，不亦乐乎。老爷什么都看得一清二楚，听得明明白白。直到这吵闹实在让人受不了，打扰了他的清闲，他这才派人出来说不要大声喧哗。

在午饭前两个小时，安德列·伊万诺维奇到书房里认真工作。他做的的确是正经事。他正在酝酿一篇文章，这篇文章他早就构思，经常加以琢磨。这篇文章应该包括俄国的各个方面：国情、政治、宗教、哲学等等。要解决当代提出的各种难以解决的任务和问题，清晰勾画出未来的伟大前景——总之，是一篇包罗万象的文章。不过一切暂时都在酝酿之中，鹅毛笔咬破了，纸上画出许多草图，然后他都推到一边，随手拿起一本书，直到吃午饭也放不下。他就一边吃饭一边看，喝苏伯汤，加调味汁，吃烤肉，甚至吃点心，都照样看，所以有些菜凉了，有些菜干脆没动。后来是一边喝咖啡一边抽烟袋，然后一个人玩棋。以后直到吃晚饭以前究竟干些什么，已经说不清楚。似乎什么也没干。

这个三十二岁①的年轻人就这样消磨时间，整天坐在家里，穿着便袍，不扎领带，与世隔绝。他不出外玩，也不散步，甚至不肯爬上阁楼看看远处的风景，甚至不肯打开窗户换换新鲜空气。乡下的风光使任何一位来访者都不能无动于衷，主人却视而不见。

读者从这篇记录中可以看出，安德列·伊万诺维奇·坚捷特尼科夫属于俄国为数众多的一类人，这类人的名字就是懒人、懒汉、

① 作者在本章前一部分曾说坚捷特尼科夫“刚刚三十三岁”，这里显然与之不符，可能由于是草稿，作者尚未统一。——译者注

大懒虫等等。

这类性格是天生的还是后来形成的，这个问题该如何回答呢？我以为最好讲讲安德列·伊万诺维奇童年的故事和他所受的教育，这样便会一目了然。

他小时候是个聪明伶俐的孩子，有时候显得活泼，有时候若有所思。当他上学的时候，校长亚历山大·彼得罗维奇是个非常了不起的人，尽管性格中有些怪癖。这件事究竟是幸与不幸，很难说清楚。亚历山大·彼得罗维奇有一种本领：他善于了解俄国人的天性并且懂得用什么语言跟他们交谈。他跟学生谈话，学生离开他的时候并不垂头丧气，即使受到严厉训斥也能振作精神，愿意想法弥补自己的过失。他教的学生从表面上看似乎挺顽皮，挺放肆，个个活蹦乱跳，外人看来好像一群不受约束的野马。如果真这样看那就完全错了，校长的威信在这群学生当中是至高无上的。学生如果淘气，做了错事，没有一个不自动到校长那里去承认错误的。学生不管有什么思想活动，他都一清二楚。他无论做什么事都与众不同。他说首先要激发学生的功名心，他把这种心理称之为推动人前进的力量，人如果没有这种力量，就什么也不会干。学生顽皮淘气他并不加以制止，他认为学生最初的顽皮正是他心理素质开始发展的征兆。他就要通过这些表现来观察蕴藏在儿童身上的潜在能力。好比聪明的医生冷静看待病人的一阵阵发作和他身上出现的斑疹，并不急于动手治，而是仔细观察，以便准确了解病人究竟患的是什么病。

学校里教师并不多，大部分课程都由他亲自上。应该实话实说，他不像那些年轻教授喜欢卖弄学究的术语，发表宏论和高见；他善于用简单扼要几句话就阐明该门功课的真谛，连幼小的儿童都能听懂这门功课究竟有什么用处。他一再强调人生的学问是一门最重要的功课，只要学会这门功课就自然会知道应该把主要精力放在哪里。

他就把这门人生的学问作为专修班的课程，只有最优秀的学生才能进这个班。那些学习差的学生读完一年级，他就让他们出去做事，他认为没有必要再折磨他们，因为只要把他们教育成吃苦耐劳、俯首帖耳的人就可以了。只要他们不自高自大，就是没有什么远大理想也不要紧。“然而对待聪明的学生、有才能的学生，我必须多下一番功夫。”他经常这样解释说。亚历山大·彼得罗维奇一到这个班就完全变了一个人，开宗明义就讲以前对他们要求的不过是一般的智慧，从今往后要求的是高级智慧。高级智慧可不是去愚弄傻瓜，嘲笑他们，相反，是要学会忍受侮辱，学会原谅傻瓜，不要跟他们斗气。他在这个班上对学生提出的要求跟其他老师一致。他说这就是高级智慧。不管遇到什么不幸都要保持内心的绝对平静，人就应该永远保持这种心境，他说这就是高级智慧。亚历山大·彼得罗维奇在这个班上表现出他的确掌握了人生的学问。他所选讲课程的目的在于为祖国造就合格的公民。他的讲座大部分都讲的是在国家各级机关担任各种职务或者个人干一番事业都可能遇到的情况。他把人生道路上可能遇到的痛苦和挫折、可能受到的引诱和迷惑都收集起来，原原本本讲给学生听，丝毫也不隐瞒。他对一切了如指掌，仿佛他本人得到过各种官衔和亲自担任过各种职务。总之，他向学生描绘的并不是光辉灿烂的前途。说来也奇怪，不知是由于他大大激发了学生出人头地的愿望，还是这位非同寻常的老师用眼神号召学生们“前进!”——“前进”这个字眼向来能使俄国人创造奇迹——不知其中哪个原因起作用，反正他的学生一毕业就能迎着困难上，越是困难的地方、越是要表现出巨大精神力量的地方，他们越是积极肯干。所以他们在生活中总是有清醒的头脑。亚历山大·彼得罗维奇让他们经受各种磨炼和考验，[有时] 亲自给他们一些难堪的侮辱，他们经过这些磨炼变得更加谨慎。从这个班毕业的学生不多，然而他们都是硬骨头，都是闻过火药味的人。他们做事以后，能在最不容易站稳脚跟的地方坚持下去，而许多比他们聪明得多的人都坚持不了，为一些琐细的私怨而辞职或被贪官污吏所操纵，自己却蒙在鼓里。然而，亚历山 [大·彼得罗维奇] 教出来的学生不仅毫不动摇，而且由于他们深刻了解人情世故，甚至对那些有贪污行为或干坏事的人产生高尚的道德影响。

不过可怜的安德列·伊万诺维奇并未能受到这种教育。他是个优等生，刚刚编入这班就发生一件不幸的事：这位非同寻常的老师突然与世长辞了。本来只要老师说一句鼓励的话，他就会乐得浑身打战。如今学校的一切都变了样。亚历山大·彼得罗维奇的位置被一个什么费奥多尔·伊万诺维奇接替了，这个人倒也善良，办事勤恳，然而他看问题的观点与前任大不相同。他认为一年级的学生自由散漫是一种缺乏约束的行为。于是他在学生中间开始建立一种表面的秩序，要求年幼的孩子永远保持肃静，不管干什么都要两个人一排走路。他甚至亲自用尺量好前后排之间的距离。吃饭的时候为了整齐好看，不管学生学习好坏，一律按个子高矮排座，结果让笨蛋吃到最好的肉，而好学生只分到啃剩的骨头。这一切引起普遍不满。尤其是新校长仿佛有意跟前任作对，公然宣称他认为学生聪明和学习好并不重要，他只看重品行，如果学生学习不好，但是品行好，也比学习好强百倍。他的这一席话更是惹得学生怨声载道。所以费奥多尔·伊万诺维奇追求的目标根本达不到。学生开始暗中捣鬼，人人皆知，这比公开捣乱还要糟糕。学生白天都规规矩矩，到了晚上却偷偷一起喝酒。

在教学方法上新校长也反其道而行之。他出于良好愿望采取种种新措施，然而全都事与愿违。他请来不少新老师，他们个个思想新潮，见解新颖，讲课也显出学问高深，许许多多新术语和新名词都铺天盖地而来。他们讲得逻辑清楚，能跟踪学术上的新发现，然而可惜得很，他们丢掉了课程的精髓。学生刚开始产生兴趣，一听这么讲反倒索然无味了。一切都与预期的目的相反。然而最糟糕的是学生失去对校长和他的权威的尊敬。他们开始嘲笑班主任和任课教师，把校长叫作“小费佳”“小面包”，等等。事情终于发展到最坏的地步，不得不开除许多学生，把他们撵出校门。

安德列·伊万诺维奇是个性情安稳的人，从来不参与同学的夜间酒宴及其他的恶作剧。学校虽然管得很严，有些学生还是在外面找到相好的——八个学生跟一个女人鬼混。他们还亵渎和嘲笑宗教，就是因为校长要求学生经常到教堂做礼拜，教堂的神父又是个半吊子。然而不论怎么说，安德列·伊万诺维奇灰心失望了。他出人头地的思想被激发起来，非常强烈，然而他却找不到用武之地。不如当初没人激发他追求名誉的思想！他听到新来的教授在课堂上讲得慷慨激昂，不免想起老校长心平气和却讲得通俗易懂。他听化学课、法律哲学、政治课和世界通史。政治课讲得深入细致，通史更是计划庞大，三年只讲完导论和德国城邦的发展。然而这一切在他的脑海里不过留下一些支离破碎的印象。凭他天资聪颖，也只能感到不应该这么讲课，至于应该怎么讲他也说不出来。于是他常常想起亚历山大·彼得罗维奇，并且经常感到苦闷，不知道如何排解心中的忧愁。

然而年轻人毕竟前程远大。毕业的日期越来越近，他的心情也越来越激动。他告诫自己："这还不是真正的生活，这不过是跨入生活的准备，真正的生活在职位上。到那里才能有所作为。"他顾不得回家乡看看令任何客人都赞美不已的风景，也顾不上为过世的父母扫墓，便按照追求功名的青年人的习惯来到彼得堡。当时俄国各地都有许多热血青年奔向彼得堡——他们要做事，要崭露头角，要求得一官半职，或者从虚伪、冷淡、乏味的社交界学到一些皮毛。不过安德列·伊万诺维奇的功名心首先就受到叔父的打击。他的叔父是位四等文官，叫奥努夫里·伊万诺维奇。叔父告诉他要当官最主要的是写得一手好字，别的本事都没用。写不好字就当不了大臣，也当不上其他高级官员。可是坚捷特尼科夫字写得并不好，正如俗话所说："哪像人写的，倒像喜鹊爪子划拉的。"

他先在书法班学习两个月，然后靠叔父托人好不容易在某局找到一份抄公文的差事。他走进大厅，一看到处都是闪闪发亮的办公桌，后面坐着抄写的官吏，个个歪着头，鹅毛笔沙沙作响。人家让他也坐到桌子跟前立刻抄一份文件，这时他心头不禁充满一种非常奇怪的感觉。他一霎时觉得自己仿佛又进初级小学重新学认字母，就像他犯了什么错误，从高年级降到低年级一样。他似乎觉得周围这些官吏也都是小学生。其中有人看小说，把书夹在抄写的大张文件中间，装作正在抄写的样子，上司一来就吓得打哆嗦。他突然想起学生时代，那是一去不复返的天堂。读书跟这卑微的抄写相比突然变得无比高尚。读书是为当差做准备，现在却觉得比当差高尚得多。他的脑海里突然闪现出老校长亚历山大·彼得罗维奇的栩栩如生的影子，他是位好老师，谁也比不上他，谁也代替不了他，于是他突然热泪横流。房间旋转，办公桌摇晃，周围的官吏都混成一片，暂时性眩晕险些使他昏倒。“不!”他清醒之后暗自说，“不管开头工作多么卑微，我也一定要干下去!”他咬紧牙关，克制自己，决心像其他人一样干下去。

哪里没有快乐呢?彼得堡尽管外表严峻阴沉，也有它的快乐之处。大街上严寒凛冽，气温在零下三十度，暴风雪像巫婆一样发出绝望的吼叫，行人把大衣领子竖起来遮住脸，雪花落到人的胡子上和马的脸上，然而在高处的四层楼上总有个小窗射出温暖的灯光。在舒适的小房间里点着硬脂精蜡烛，大家在茶炊的沸腾声中进行暖人心窝的交谈，或者朗诵一位富有灵感的俄国诗人的明丽诗篇——这样的诗人是上帝赐给俄国的——可以感到一颗年轻热烈的心在跳动，这种激情是其他国家所没有的，即使在南国明丽的天空底下也难以找到。

坚捷特尼科夫很快就熟悉了工作，只是这种差事没像他原来想象的那样成为他一生最重要的事和人生目的，而只是处于次要地位。当差把他的时间分为两部分，不过倒使他更珍惜业余时光。他的叔父，就是那位四等文官，原以为他的侄子这回一定能有出息，没想到侄子突然出事了。应该交代一下，坚捷特尼科夫的好朋友中间有两位是所谓的愤世嫉俗的人。他们有一种爱管闲事的怪毛病，爱打抱不平，只要他们看不顺眼的事都不能容忍。他们的初衷也许不坏，但做事有悖于情理，对他人丝毫不肯宽容。他们热烈的言辞和愤怒的高尚形象对坚捷特尼科夫产生了巨大影响。他们刺激了他的神经，使他变得敏感，有些琐事从前他根本不在意，现在却留心观察。他所在科的科长叫费奥多尔·费奥多罗维奇·列尼岑，长得很招人喜欢，可是坚捷特尼科夫突然对他产生了反感。他发现科长身上有无数缺点，尤其不能容忍的是：科长跟上司谈话脸上的表情比蜜都甜，一转身跟下级谈话就变得像醋一样酸。“这种事本来也没啥，”坚捷特尼科夫说，“只是他脸上的表情变得也太快了，一会儿甜，一会儿酸，我看了真受不了！”从这以后他便注意观察科长的一举一动。他发现科长似乎架子太大，小官吏的派头十足。凡是逢年过节不肯去登门拜访他的人，他就百般挑剔；凡是没到他家门房留名字的人，他甚至进行报复；此外科长还有许多无论好人坏人都避免不了的各种毛病。他对科长的厌恶达到神经质的程度。仿佛有个恶鬼怂恿他去触犯上司。他对寻找这种机会特别感兴趣，而且果然就找到了。有一次他跟上司谈话态度非常粗暴，上司立刻宣布：他或者道歉，或者辞职。他便辞了职。四等文官的叔父一听说就吓坏了，连忙跑来求他。

“看在基督的面上！你可不能这样，安德列·伊万诺维奇，你瞧你干的什么事？这么前程远大的差事刚刚开始，就因为跟上司不合，你说不干就不干……这算怎么回事？人人都计较这个就没人出来当差了。你得学聪明点儿，该学得聪明点了。现在还来得及！你要丢掉傲气和自负，赶快去跟他解释一下！”

“问题不在这里，叔叔。”侄子说，“要我去向他道歉不难，何况这的确是我的错。他是我的上司，无论如何我不该用这种口气跟他讲话。不过问题在于，您忘了，我还有其他的事可做，我有三百农奴，庄园管理混乱，管家是笨蛋。如果换个人接替我去坐办公室抄公文，国家不会有多大损失；如果三百农奴交不上税，国家损失可就大了。我是地主，这种称号也不简单。我要是能管好在我属下的三百农奴，爱惜他们，改善他们的条件，为国家管好三百个不喝酒、能干活、守规矩的臣民，那么我做的贡献在哪一点上不比个什么列尼岑科长的大呢？”

四等文官听了大吃一惊，瞠目结舌。他没料到侄子会讲得头头是道。他稍加思索便改变了口吻。

“可是无论如何……可是无论如何……你总不能在乡下待一辈子，埋没自己吧？一辈子跟庄稼人打交道有什么出息？在这里到大街上一走就可以碰见将军或公爵。你要是愿意出来走走，就可以看到漂亮的公共建筑，可以看看涅瓦河，可是你在乡下能看到什么？除了乡下佬就是婆娘。你干吗要一辈子待在愚昧落后的乡下？”

四等文官叔父这样对他说，其实叔父一辈子除了上班常走的那条街之外，从来没去过别的街，他走的那条街也没有漂亮的公共建筑，他走在街上也根本不注意过往行人，不管他们究竟是公爵还是将军。京城人有各种刁钻古怪的嗜好，而且沉湎无度，而他任何嗜好都没有，甚至生来没去过剧院。他这一席话不过是为了激发年轻人的虚荣心，刺激一下他的想象。然而他的话没起作用，坚捷特尼科夫固执己见。他对官衙和京城感到厌倦，而把乡村想象成自由天地，可以滋养他的思想和想象，是唯一可以做有益的事的场所。这次谈话大约两星期之后，他便回到他度过童年的地方。当他感到快要到达家园的时候，往日的情景一一浮现在眼前，他的心猛烈地跳动起来！许多地方他早已忘记，他好像初来乍到似的欣赏起美丽的风景。道路穿过一条峡谷，进入密林深处。他看到上下左右全是生长三百年的老柞树，三个人手拉手才能抱住树干，中间夹杂着冷杉、榆树和黑杨，黑杨长得比白杨还要高。他问：“这座林子是谁家的？”有人告诉他：“是坚捷特尼科夫家的。”马车走出树林，只见道路穿过一片片草场，路旁是白杨树、老柳树和嫩柳条，远处是起伏的山峦。马车驰过几座桥，这些桥架在同一条河上，只是地点不同，小河一会儿在左边，一会儿在右边。他问：“这片牧场和河滩是谁家的？”有人告诉他：“也是坚捷特尼科夫家的。”后来道路上了山坡，沿着平坦的山冈伸展开去，路的一边是尚未收割的庄稼，有小麦、黑麦和大麦，另一边是刚才走过的地方，只是距离远了，忽然变得风景如画。后来道路又进入树林，光线渐暗，如茵的草地上疏疏朗朗地生长着枝叶茂盛的大树，这些大树和草地一直延伸到村旁。他隐约看见用刨光的原木修的农舍和地主家红屋顶的宅子时，当他的心猛烈跳动，不用问也知道来到什么地方的时候，他不禁百感交集，终于吐出这么一句话："唉，我以前不是太傻了吗？命中注定我应该当这片人间天堂的主人，当王子，我何必要卖身当抄写员呢？我读过书，有学问，积累很多知识，正可以用来管理农民，改善这一地区的状况，尽到地主应尽的重大责任。地主既是法官，又是管事和警察，我怎么能把这个位置让给一个糊涂的管家呢？放着这种事不做，我想干什么呢？至于抄公文，任何一个没读过书的世袭兵都比我抄得好！"安德列·伊万诺维奇·坚捷特尼科夫于是又骂自己一句傻瓜。

这时他眼前出现的是另一番景象。全村的人听说老爷回来都聚集在主人门前。房前的空场上簇拥着各式各样、五颜六色的头巾，还有各式各样的大胡子：有的剪得齐整，有的尖尖一绺，也有的又宽又密；胡子有大红色的，有淡褐色的，还有的像银子一样白。许多人穿着无领的粗呢子上衣。农民们喊道："少东家，可算把你盼回来了！"婆娘们边哭边喊："你真是我们的心肝儿宝贝！"站在远处的人因为往前挤甚至打起架来。有个老态龙钟的婆子皱巴得像风干梨，从人缝里挤进来，走到他跟前举起手一拍，尖声叫道："你这个小家伙，怎么瘦成这个样子！必是让该死的德国娘儿们折腾的！""滚开，你这个老婆子！"大胡子们一齐朝她喊。"你这个丑八怪，也敢往前凑！"旁边还有个人帮腔，他说出一个字眼，只有俄国农民能憋住不笑。主人却忍不住笑了，然而他心里深受感动。"他们多么喜欢我，这是为什么？"他心中暗想，"因为我从未见过他们，从未关心过他们！我发誓今后一定要分担你们的劳作！尽一切力量帮助你们，让你们过上像样的日子，因为你们天性善良，应该这样。我一定不辜负你们的爱戴，好好养活你们！"

坚捷特尼科夫果然开始认真管理庄园，发号施令。他亲眼看到管家不中用，是个糊涂透顶的混账，净管些没用的，比如婆娘们交来小鸡和鸡蛋、纺的纱和织的麻布，他都计算得一清二楚，可是怎么收割和怎么种地却一窍不通，此外还担心农民杀了他。坚捷特尼科夫把混账管家撵走，换上一个精明强干的。凡是鸡毛蒜皮的小事主人都不管，他把主要精力放在大事上。他减轻农民的劳役，减少为主人干活儿的天数，给他们增加为自己干活儿的时间，以为这样一来他的家业一定会蒸蒸日上。他事事亲自过问，经常到地里，到打谷场、烘干房、磨坊去，每逢驳船或平底船装货发运的时候，他还到码头上监督。

“瞧，他腿脚蛮勤快！”农民们说，甚至挠着后脑勺，因为长期以来管理不善他们都变懒了。可是他们这样看待老爷的时间并不长。俄国农民非常精明，他们很快就看明白主人办事虽然麻利，什么都想抓，可是并不懂得该怎么抓，不懂行，而且说话文绉绉，谁也听不懂记不住，这话就没有用处。结果主人和农民之间虽然不能说完全不了解，可就是格格不入，在一起唱不出一个调。坚捷特尼科夫渐渐发现他地里的庄稼总是赶不上农民的庄稼好，他的地种得早却出得晚。当初他以为他们好像干得不错，他亲自到地里，为了奖励大家每人赏一杯伏特加。农民地里的黑麦早已抽穗，燕麦落地，稷子分蘖，而他地里的庄稼刚刚拔高，还不打苞。总之，他渐渐发现尽管给农民不少好处，农民照样糊弄他。他一张口责备他们，便会听到这样的回答：“老爷，我们怎么能不好好给您干活儿呢？今年种地的时候您都看见我们多卖力气，您还吩咐每人赏一杯酒呢。”他还有什么话好说？“那么为什么庄稼现在长不好？”他又追问一句。“谁知道呀！必是根叫虫子嗑了，再说今年夏天天气不好，一场雨也不下。”然而他发现农民的庄稼就不长虫子，连雨也下得怪，只下一条条，农民的地里下雨，他家的地就一点也不下。至于跟婆娘打交道就更是难事。她们经常借口活计累请假回家。这就奇怪了！凡是以前她们应该交的粗麻布、浆果、坚果和蘑菇他全都免了，应该为主人干的活儿也减少一半，好让她们利用这些时间干家务，给丈夫缝缝衣服，多种一些菜地，结果反倒坏了事！婆娘们什么也不干，只管吵嘴打架，造谣生事。她们的丈夫经常找他告状：“老爷，快治治这些贼婆娘吧！简直像鬼一样凶！我们都没法活了！”有几次他狠心要严加管束。可是他怎么能严厉得了。婆娘们来找他都哼哼唧唧，装作有病，天知道她们从哪里翻出破烂衣服穿在身上。“去去，别让我看见你，随你的便吧！”可怜的坚捷特尼科夫说，然后却看见这个装病的女人一出大门就为一个芜菁跟邻家的婆娘打起架来，把那个婆娘的肋条打坏了，比结实的庄稼汉下手还重。他心血来潮给农民试办一所学校，结果一塌糊涂，他灰心丧气了，真不该打这些主意！这些事让他心灰意冷，庄园的事不想管，农民的官司不愿过问，什么事都不想干。即使来到地里也心不在焉，心思在远处，两眼东张西望。割草的时候，他不去看那六十把大钐刀一齐飞快扬起来，把高草一排排割倒，有节奏地发出轻轻的沙沙声，而是眺望旁边的河湾，那儿有一只红嘴红腿的怪物在岸上走来走去——这里当然指的是浮鸥，而不是人。他看见浮鸥抓住一条鱼，用嘴横叼着，仿佛犹豫不定，是否要马上吞下去；同时他又顺河往远处眺望，那里有一只浮鸥还没抓到鱼，然后他会聚精会神地盯着这只抓鱼的浮鸥。收割庄稼的时候，他不去看农民怎么码垛，码的是圆锥形垛，十字形垛，还是把麦捆胡乱戳起来，也不管农民码垛偷不偷懒，卖不卖力气。他只管眯缝起眼睛仰脸望着天空，用鼻子闻田野的芳香，用耳朵谛听鸟儿的啁啾——这些天空中爱唱歌的居民从天上和地下，从四面八方汇集在一起，进行一个多声部大合唱，竟然彼此配合默契。鹌鹑不时叫上几声，草丛里的长脚秧鸡发出尖厉的啼声，赤胸朱顶雀飞来飞去，发出咕噜和唧唧的声音，云雀的啼啭仿佛从天上一条看不见的云梯慢慢落下来，一行白鹤从天边飞过，发出银号一般的长鸣，响亮地回荡在广漠的空间。如果农民们在近处干活儿，他就躲到远处去；如果他们到远处去干活儿，他就拿眼看近处的东西。他就像一个上课不注意听讲的学生，一只眼看着书，另一只眼看同学朝他做的嘲弄的手势。终于他连地里也不去了，农民的官司和各种特别法庭他都不闻不问，干脆躲在屋里，连管家有事报告也不肯听。

偶尔也有邻居来访，一个是退伍的骠骑兵中尉，中尉是个烟鬼，抽烟斗抽得满身烟味；另一个就是放火船的上校，上校倒很健谈，不管什么题目都乐意谈。不过客人来访也渐渐令他厌烦。他们的言谈他觉得浅薄，他们亲密的称呼和拍膝盖及其他不拘礼节的动作他觉得过于随便和放肆。于是他决意跟他们断绝往来，而他的做法又近乎决裂。有一次这位代表着所有的放火船上校的瓦尔瓦尔·尼古拉伊奇·维什涅波克罗莫夫来访，上校关于任何话题都非常健谈，就想跟他大谈一番政治、哲学、文学和道德，甚至还要谈英国的财政状况，可主人打发人告诉上校说他不在，同时又不够谨慎地在窗口露一下脸。客人和主人目光相遇。一个咬牙切齿地骂："畜生!"另一个回敬"蠢猪"一类字眼。于是两个人绝交了。从此再也没有人来拜访。家里一片沉寂。主人整天身穿便袍，足不出户，身体不动，脑子考虑一篇关于俄国的文章。至于构思怎么样了，读者早已看到。日子过得平淡而单调。然而不能说他没有从梦中清醒的时刻。每当邮车送来报纸、新书和杂志的时候，他在报上看到老同学熟悉的名字，看到人家已经在国家机关担任要职或对科学和世界教育做出重要贡献，一股藏在内心深处的淡淡的惆怅便袭上心头，一种为自己无所作为而凄哀无语以及淡淡的悔恨油然而生。于是他觉得自己活得太窝囊，太没意思。学生时代的情景历历在目，极其鲜明，忽然老校长亚历山大·彼得罗维奇也活生生地出现在他眼前……坚捷特尼科夫热泪滚滚，几乎一整天抽泣不已。

他哭的是什么呢？他破碎的心灵是否已经发现自己病症的可悲的原因？原因就是他身上虽然有过高尚的内在性格却没来得及形成和巩固；原因就是他从小没受过挫折，遇到困难和障碍不能达到藐视困难顽强不息的崇高境界；原因就是他内心蕴藏着的伟大的感情只是像一块烧红的铁，没有得到最后的锤炼，所以如今他意志薄弱，缺乏韧性；原因就是对他来说那位不平凡的老校长过世太早，如今世界上没有人能使他那常常动摇的意志坚强起来，使他缺乏韧性的意志振作起来，没有人能喊出使世人醒悟的声音，没有人对心灵喊出使人苏醒的字眼：前进！其实俄国人不论在社会上处于什么等级、什么阶层，担任什么职务和从事什么职业，他们都渴望听到这一声呼唤。

有谁能用我们俄国人的心灵感到亲切的语言向我们喊出“前进”这一最有权威的字眼？有谁深知我们性格的全部力量、特征和深度并能用神奇的法术使俄国人追求高尚的生活呢？俄国人知恩图报，一定会感激不尽，衷心爱戴他！然而多少世纪过去了，五十万又蠢又懒的人，长坐不立，久卧不起，无所事事，无法把他们从瞌睡中唤醒；俄国很少出现一个能发出这样的呼喊、说出这最有权威的字眼的人。

然而有一件事几乎把坚捷特尼科夫从梦中唤醒，几乎使他的性格发生巨大的变化。这是一段类似恋爱的故事，然而不知为什么竟然化为泡影。离他的村庄大约有十俄里，住着一位将军。前面已经说过，这位将军对坚捷特尼科夫评价不怎么好。将军过的是将军生活，慷慨好客，喜欢让邻居来登门朝拜，他自己当然不肯拜访他人。他说话声音嘶哑，好看书。他还有个女儿是从来没有见过的怪人，与其说是女人，不如说是精灵。有的时候人在梦中能梦见这种精灵，从此就终生不忘，现实世界反而不复存在，这种人也就成了废物。她的名字叫乌琳卡。她所受的教育也很奇怪。家庭教师是个英国女人，一点不懂俄语。她从小就死了母亲。父亲又没工夫管她。他爱女儿倒是爱得发狂，只是娇惯得厉害。她的长相也难以描绘。她就像生活一样生动活泼。她比美人还要俊俏，聪明绝顶，身材比古典美女还要苗条轻盈。谁也说不清她身上留有哪个国家的烙印，因为像她这样的身段和面庞，除了古希腊的雕像外任何地方也找不到。她从小没人管束，非常任性。如果有谁看到她那美丽的额头由于突然发怒而皱起严厉的皱纹以及看到她跟父亲如何激烈争吵的话，一定以为她是个脾气最坏的人。其实她只有听到什么不公平的事或有人遭到虐待这样的事才会发火。一旦看到惹她生气的人处境可怜，她会立刻怒气全消，然后突然把自己的钱袋扔给这个人，并不考虑这样做是聪明是傻，如果这个人受伤，她会撕下自己的衣服为他包扎！她不论做什么事都非常麻利。她说话的时候，仿佛她的一切表情、神态和手势都跟着她的思路跑，连身上的衣服褶也朝向那个方向，仿佛她整个身子也会跟着她说的话飞走。她心里什么话也藏不住。她对任何人都敢于说出心中的想法，只要她想说，任何力量也阻挡不了，无法让她沉默。她走路的姿势优美而独特，只有她才这么走路，旁若无人，无拘无束，人人都情不自禁给她让路。坏人见到她感到无地自容，无话可说；而好人不管多么腼腆，也愿意跟她说心里话，觉得一生中从来没跟别人谈得这么投机，并且产生奇怪的错觉——没谈两句就觉得曾经见到过她，似乎是在遥远的童年时代，在一个愉快的傍晚，就在自己家，有一大群孩子做快乐的游戏，从那以后很长时间都觉得长大成人太没意思。

安德列·伊万诺维奇·坚捷特尼科夫无论如何也说不清楚这是怎么回事，反正他一见到她就觉得他们早就认识。一种说不清的新感情涌上心头。他那寂寞的生活霎时间被照亮了。他暂时把便袍收起来，不再在床上磨蹭那么久，米哈伊洛也不用端着脸盆在门口站那么长时间。所有的房间都打开窗户，这风景如画的庄园的主人也常到果园里浓荫如盖的小径上来回散步，面对远处迷人的景色流连忘返。

将军一开始对待坚捷特尼科夫相当客气而热情，不过他们的脾气不大相投。他们每次谈话都以争论收场，给双方留下不愉快的印象。将军不喜欢听相反的意见和不赞成的话，同时还好谈论自己根本不懂的事情。坚捷特尼科夫这个人也很要面子，只是看在他女儿分上处处让着她父亲，所以直到贵客来临之前他们还能相安无事。这两位贵客是将军的亲戚，一位是博尔德列娃伯爵夫人，是寡妇，另一位是尤贾金娜公爵小姐，是老处女，两人都曾经在宫廷里当过女官，两人都喜欢多嘴多舌和搬弄是非，所以她们并不招人喜爱，然而她们在彼得堡神通广大，所以将军在她们面前不免低三下四。坚捷特尼科夫感觉自从这两位贵客一来，将军对他就变得冷淡，几乎爱理不理，就像对待不会说话的人或新来的抄写员，而且是职位最低的小官吏。将军一会儿称他“老弟”，一会儿称他“伙计”，有一次甚至称呼起“你”。这一下子把坚捷特尼科夫气坏了，只觉得血往头上涌。他强压住怒火，咬紧牙关，却鼓起勇气用非常客气而温和的口吻对将军说出下面一席话，不过他的脸一阵红一阵白，怒火在胸中燃烧：

“将军，承蒙厚爱，自当感激不尽。您对我你我相称，表明我们交情很深，这就要我对您也称呼‘你’。然而请允许我提醒您，您的年龄跟我相差悬殊，这一点我无论如何不能忘记，所以年龄的差别不允许我对您采取这么亲密的称呼。”

将军感到很尴尬。他想找出一些字眼和理由加以解释，尽管他说得不大连贯，总算说出他的意思，说是老年人有时候可以对年轻人称呼“你”，不过他并不完全是这个意思（至于自己官大他倒只字未提）。

不言而喻，他们从此断绝了来往，他的这场恋爱刚刚开个头就结束了。就好像光明在他眼前一闪就灭了，紧接着黄昏就降临，而且变得更加黑暗。这位大闲人又穿起便袍，一切都恢复原样，他整天躺着无所事事。屋子里又脏又乱。地板刷子跟垃圾一起放在地当中。衬裤甚至进入客厅。肮脏的背带就放在沙发前面漂亮的茶几上，仿佛用来款待客人。日子过得毫无意义，醉生梦死，不仅下人瞧不起他，连家里养的鸡都想啄他。他拿笔无精打采地在纸上乱画，一画就几个小时，画上岔道、一排排房子、农舍、大车、三套马车，或者反复地写“仁慈的先生”，加惊叹号，用各种笔体，而且各有特色。有的时候鹅毛笔不听主人驱使，忘乎所以，自己便勾画出一个娇小的面庞，五官清秀，一绺又细又长的鬈发由于发卡没拢住微微向上翘起，一双细嫩的胳膊裸露着，整个身子好像飞在半空中，这时主人惊奇地发现，他画的正是那位女郎的肖像，像这样的肖像任何画家也画不出来。于是他变得更加忧伤，相信人世间没有幸福，整天闷闷不乐，不言不语。

安德列·伊万诺维奇·坚捷特尼科夫这时的处境就是这样。有一天他像往常一样来到窗前，一手拿着烟袋，一手端着茶杯，突然发现院子里有人走动，还有些忙乱。原来是厨房的小厮和擦地板的女仆跑去开大门。大门口出现三匹马，跟凯旋门上的雕像或画像似的，左边一个马头，右边一个马头，当中还有一个马头。马头顶上，在车夫的座位上坐着车夫和听差，听差穿一件肥大的常礼服，腰里扎着手绢。他们后面是一位绅士，戴着便帽，穿着大衣，围着一条七彩围巾。马车来到台阶跟前一磨车，看得清是一辆轻便的弹簧马车。这位绅士仪表堂堂，从马车跳到台阶上，动作迅速灵巧，颇有军人的敏捷。

安德列·伊万诺维奇登时吓一跳。他以为必是政府派来的官员。这里要交代一下，他年轻时候曾经被一件非法勾当牵连进去。当时有几个当过骠骑兵的哲学家和一个没读完大学的学生，还有一个输得精光的赌徒一起筹办慈善会。慈善会的总头目是个老骗子、赌棍加酒鬼，还是共济会会员，却能言善辩。慈善会建立的目标是为从泰晤士河岸到堪察加的所有居民谋求有保障的幸福。需要庞大的资金，便从慷慨的会员手中募捐不计其数的款项。这笔钱花到什么地方只有总头目知道。有两个朋友拉他入会。这两个人都是不得志的人，为人善良，只是因为经常为科学、教育和进步而干杯，终于变成地道的酒鬼。坚捷特尼科夫不久就发现事情不对头，退出这个圈子。然而慈善会已经卷入其他一些对贵族说来不大体面的活动，所以后来警察局开始过问此事……坚捷特尼科夫虽然已经退会，跟慈善家们断绝一切关系，但心中仍然惴惴不安，这就不足为奇了。他总觉得问心有愧。现在看到打开大门，心里不免发慌。

不过看到客人向他躬身施礼，他的惊慌就立刻烟消云散。只见客人施礼的动作十分潇洒，保持略微侧头的姿势以表示敬意。来客谈吐简单明确，说他很久以来就在俄国到处游历，有些私事要办，也是为好奇心所驱使；他说我们的国家物产丰富，更不必说各地风光秀丽、行业繁多、土壤多样；最后说这座村子周围风景优美，令人流连，不过尽管这里风景优美，如果不是他的马车突然出毛病，需要找铁匠和木匠帮助修理，绝对不敢冒昧打扰；不过即使马车不出毛病，他也不能不登门拜访。

客人说完这一席话，以迷人的优雅姿势轻轻磕一下脚后跟，轻巧地向后跳开两步，尽管他身体肥胖，却灵巧得像皮球。

安德列·伊万诺维奇心里想，这个人一定是做学问的教授，到俄国各地旅行是为了搜集植物或矿物标本。他表示愿意全力相助，让他的木匠、车轮匠和铁匠一齐来给他修马车。并且说请他不必客气，就像在自己家一样；让客人坐到高背的伏尔泰式［椅子］上，准备洗耳恭听这位彬彬有礼的客人高谈阔论，想他必然会谈论学术问题和自然科学。

然而客人谈的大多是内心世界的东西。他说命运变化无常；把自己的一生比作大海中的小船，受到四面八方的风浪袭击；说自己不得不几次改换工作和职务，由于秉公办事而备受打击，由于敌人迫害不止一次遇到生命危险；另外他还讲很多话，坚捷特尼科夫听完之后断定，这是一个很讲究实际的人。客人讲完之后，掏出白麻纱手绢擤一下鼻子算作收场，可他擤鼻子非常响亮，主人从来没听到过。就像乐队里有这种贼响的小号，有时吹起来就好像它不是在乐队里吹，而是跑到你耳朵里吹似的。在主人沉睡已久的宅子的刚刚苏醒的房间里响起了这种声音，紧接着又飘来一阵香水的芳香，这是客人用灵巧的动作抖落白麻纱手绢无意之中散发出来的。

读者也许早已猜到，这位来客不是别人，正是跟我们分手已久的可敬的帕维尔·伊万诺维奇·乞乞科夫。他显得有些苍老，在这段时间他显然经历许多风浪和挫折。连他身上穿的燕尾服也似乎有些旧了，而他那辆马车的车夫、听差、马匹和马套仿佛都几经磨损而破旧不堪了。他的经济状况似乎也不令人羡慕。不过他依然神态自若、讲究礼貌和善于交际。似乎他的言谈举止甚至更招人喜欢，当他坐在圈椅上把一条腿往另一条腿上一搭的时候，动作似乎更加潇洒；他讲话的口吻更柔和，措辞更加谨慎小心，更善于控制自己，处处显得更有分寸。他的衣领和胸衣比雪还白，尽管经过长途旅行，燕尾服上一点灰尘也没有，现在就去参加命名日宴会也没关系！他的脸蛋和下巴刮得溜光，那副胖胖的圆乎乎的样子非常好看，只有瞎子才不去欣赏。

于是主人家里发生了变化。他有一半房间窗板原来都钉死了，里面一片漆黑，突然明亮起来，洒满阳光。车上的东西搬下来，都放进这些敞亮的房间里，很快就安排停当。一个房间做客人的卧室，里面摆着晚上梳洗打扮所必需的用品；另一个房间做书房……首先应该知道书房里有三张桌子：一张是写字台，放在沙发跟前；另一张是牌桌，靠墙放在两扇窗户中间；还有一张是角桌，放在两扇门之间。这两扇门一扇通卧室，另一扇通大厅，大厅里没人住，放着一些破旧家具。皮箱里的衣服取出来就放在角桌上，分别是：一条配燕尾服穿的裤子、一条配常礼服穿的裤子、一条灰裤子、两件天鹅绒坎肩、两件缎子坎肩、一件常礼服和两件燕尾服。（有两件白凸纹布坎肩和一条夏天穿的裤子归入内衣类，放进五斗橱）所有这些衣服都一件件摞起来，呈金字塔形，上面用一条绸子手绢蒙上。屋门和窗户之间的墙角摆着一排皮靴，有完全新的，有半新半旧的，还有一双新换的前尖，另外有一双矮靿漆皮鞋。为了雅观，皮靴上面也蒙一条绸子手绢，所以不注意好像那里什么也没有。两扇窗户之间的牌桌上放着那个小木匣。沙发旁边的写字台上放着皮包、香水瓶、火漆、牙刷、当年的皇历和两本小说，而且都是下卷。干净衬衣放在已经挪到卧室的五斗橱里。该拿去洗的衬衣包成一包塞到床底下。空皮箱也塞到床底下。马刀放在卧室，挂在离床不远的钉子上。这两个房间都收拾得干干净净，非常整齐。任何地方都没有碎纸、羽毛或尘土。连房间里的空气都变得高尚，里面充满身强体壮的男人的令人愉快的气味。这样的男人讲干净，经常换衬衣，经常洗澡，每逢星期天要用海绵蘸水擦身子。前厅里倒是暂时有过听差彼得鲁什卡留下的气味，不过很快就让彼得鲁什卡搬到厨房里，这样做才合乎规矩。

头几天安德列·伊万诺维奇担心受到干扰，怕客人缠住他，改变他的生活方式，打乱他已经安排得很好的生活制度——不过他的担心是多余的。我们的帕维尔·伊万诺维奇表现出善于适应一切环境的巨大灵活性。主人办事像哲学家一样从容不迫，客人对此赞不绝口，说这样做可以长命百岁。主人闭门谢客，他更是倍加称赞，说只有独处才能产生伟大的思想。看过主人的藏书便大谈开卷有益，说读书可以使人消磨空闲的时间。总之，他说话不多，句句有分量。他的举动更是恰到好处。他按时露面，按时告退；主人不想张口，他从不用问题去打扰；主人想下棋，他乐于奉陪，乐于保持沉默。主人抽起烟袋，喷出一团团烟雾，他不会抽烟，却也能想出合适的事情来做，比如从兜里掏出镂着黑花纹的银鼻烟盒，用左手两个指头卡住，用右手指头使它迅速旋转，就像地球自转一样，再不就用手指敲鼻烟盒，嘴里吹着莫名其妙的口哨。总之，他绝对不去打扰主人。“我头一次见到可以相处的人。”坚捷特尼科夫心里说，“一般说来，我们缺乏这种艺术。我们中间有的是聪明人、受过教育的人、善良的人，然而性格平稳、经常能使对方感到愉快、可以相处一辈子而不发生口角的人太少了。像这样的人我不知道我们这里能找到几个！他可是我见到的头一个这样的人，也是唯一的一个！”这就是坚捷特尼科夫对这位客人的评价。

至于乞乞科夫，能在脾气好、性格安稳的主人家里住上一段时间更是求之不得。流浪的生活使人厌倦。他乐于在这风景优美的地方歇一口气，哪怕歇上一个月也好，欣赏一下田野的风光和初春的景致，这甚至对他的痔疮也有好处。很难找到比这更好的休息的地方。春天把这里打扮得非常漂亮，妙不可言。绿色多么鲜艳！空气多么清新！园中的鸟声多么悦耳！这里是天堂，一片欢乐，欣欣向荣！村庄好像新生的婴儿在欢叫和歌唱。

乞乞科夫到处走。有时沿着平坦的山冈散步，看见山冈下面平展展的土地，到处都是春水泛滥后留下的大片湖水；或者走进山沟，看到树木刚刚开始长新叶，树上筑有鸟巢，听见乌鸦聒噪不已，寒鸦絮絮不休，白嘴鸦叫得像凿石头一样响亮，震耳欲聋，鸟儿到处乱飞，遮天蔽日；他或者下山到被水淹过的河滩地看看，堤坝被冲毁了，看见河水落到磨坊的水车上，发出轰隆隆的响声；或者再往前走来到码头上，第一批装载豌豆、燕麦、大麦和小麦的船只已经启航，顺流而下；或者到地里看看春耕开犁的情景，看绿色的田野里新翻起的一条条黑土，或者看农民巧妙地播种，抓起一把种子准确而均匀地撒到沟里，一颗也不掉到外面。他跟管家、庄稼人和磨坊工人聊聊，问这问那，问今年的年景怎么样，地种得怎么样，现在粮食能卖到什么价钱，春天和秋天用什么麦子磨面粉，这些庄稼人都叫什么名字，谁跟谁沾亲，在什么地方买的牛，用什么饲料喂猪——总之，什么都问个到。他还询问死多少农奴。听说死得并不多。他是聪明人，一眼就看出坚捷特尼科夫庄园管理不善。农民干活马虎、偷懒，盗窃，甚至酗酒，随处可见。他心里暗说："坚捷特尼科夫多么笨！这么好的庄园，每年至少有五万卢布进项，他就是管不好！"他抑制不住正当的愤慨，又骂一句："笨得像个猪！"他在散步的时候不止一次出现这样的念头：有朝一日，当然不是现在，而是将来，等他把主要的生意做成，手中有了钱，置上这么一座庄园，自己也成为过安静日子的庄园主。这时他眼前往往出现一位年轻的女主人的形象，长得白白净净，脸色鲜润，甚至可能是商人家的姑娘，只要像贵族小姐一样受过良好教育，她应该懂音乐，当然音乐并不是主要的，不过既然兴这个规矩，干吗要反对公众的意见呢？他还想到下一代，这是为乞乞科夫家族传宗接代的。要一个淘气的男孩和一个漂亮的女孩，甚至可以要两个男孩和两三个女孩，好让人人都知道，他乞乞科夫真正生活过，存在过，而不是像影子或幽灵一样在大地上一走而过——这样在祖国面前才能问心无愧。他甚至想到，官衔要能再升一级也不错，比如五等文官就不小，处处受人尊敬……他不免想入非非，这些幻想让人离开眼前无聊的现实，让人抓耳挠腮，心中发痒，即使明明知道这些想法永远不能实现，心中仍然感到舒服。

乞乞科夫的仆人也喜欢这个村庄。他们跟主人一样住得惯。彼得鲁什卡跟管餐具的老仆人格里戈里很快就交上了朋友，尽管开头的时候两人都端架子，谁也瞧不起谁。彼得鲁什卡在格里戈里面前吹得天花乱坠，说他到过科斯特罗马、雅罗斯拉夫尔、下诺夫哥罗德，甚至到过莫斯科；格里戈里立刻搬出彼得堡，便煞了彼得鲁什卡的威风，因为彼得鲁什卡没到过彼得堡。彼得鲁什卡还想拔尖，说他到过多么多么远的地方，借以压倒对方；可是格里戈里说出一个地方在地图上都找不到名字，离这里总有三万多俄里，彼得鲁什卡一听泄了气，张大了嘴，遭到所有围观的仆人嘲笑。然而这事却使他俩成为朋友。秃顶的皮缅大叔在村头开一座小酒馆挺有名气，叫阿库利卡。人们看到他俩整天坐在酒馆里，他们成为那里的常客，或者按民间的说法叫老主顾。

谢利凡受到另一种诱惑。每到黄昏村里人聚集到一起唱歌，跳春天的轮舞。跳舞的姑娘长得健壮匀称，在别的地方很难见到这么漂亮的姑娘。他看傻了眼，一看就几个小时。她们个个长着白胸脯、白脖颈、大眼睛，眼睛都脉脉含情，走起路来像孔雀，大辫子一直拖到腰。当他加入轮舞的行列，拉住姑娘们白净的手慢慢移动脚步，或者跟小伙们排成队向姑娘们冲去的时候，热烈燃烧的晚霞渐渐熄灭，四周悄悄地变得昏暗，对岸远远地响起总是不变的忧郁的歌声，把袅袅余音送来——这时他真说不清楚心里是什么滋味。从此以后，不管是梦中还是白天，不管是清晨还是黄昏，他总觉得手里还握着白净净的手，脚还在跟她们一起跳轮舞。他把手一挥说："这些该死的丫头！"

乞乞科夫的马也喜欢这所新居。不论辕马还是叫作"陪审员"的淡栗色里套马，还是谢利凡叫它"坏马"的青花马，都觉得住在坚捷特尼科夫家挺不错，燕麦是最好的，马厩的格式非常方便。每匹马都是单间，中间虽有木板隔着，但是越过隔板互相也看得见，因此不管哪匹马，哪怕拴得再远，只要有兴趣突然大叫，便可以做到此呼彼应。

总之，大家都像在自己家，住得挺舒服。读者也许感到奇怪，乞乞科夫为什么直到如今只字未提买那种农奴的事。如今不比从前！帕维尔·伊万诺维奇对这件事十分小心谨慎。就是跟大傻瓜打交道，如今他也不会单刀直入。况且坚捷特尼科夫是个好看书的人，还研究哲学，不管什么事都寻根问底——什么原因？为什么？……“不行，真见鬼！是不是得另想门道？”乞乞科夫心中盘算。他常跟下人聊天，顺便了解到从前他家老爷常到邻近的将军家走动，将军有位小姐，老爷喜欢小姐，小姐也喜欢老爷……后来不知为什么事突然崩了，从此断绝来往。他自己也发现安德列·伊万诺维奇好用铅笔和鹅毛笔画人头像，而且画的都是同一个人。有一天吃过午饭，乞乞科夫像往常一样用手指转银烟盒，不经意地说：

“您什么都有，安德列·伊万诺维奇，就是有一点美中不足。”

“指什么？”主人吐出一口烟说。

“生活伴侣。”乞乞科夫说。

安德列·伊万诺维奇一声没吭。这场谈话也就到此为止。

乞乞科夫并不觉得难堪，他另找机会，在晚饭前聊天的时候，他突然又说：

“真的，安德列·伊万诺维奇，您得成家了。”

坚捷特尼科夫仍然不搭腔，仿佛这一类话他不愿意听。

乞乞科夫也没觉得不好意思。第三次他选择晚饭后的时间，便说：

“不管怎么说，我把您的情况掂量来掂量去，认为您必须结婚，不然的话您会患上忧郁症。”

这次不知是乞乞科夫的话有说服力，还是安德列·伊万诺维奇心情好，特别愿意打开心扉，反正他叹了口气，朝上吐一口烟说：“不管什么事都得天生就有福气，帕维尔·伊万诺维奇，然后便把他跟将军怎么认识到怎么断绝来往的整个过程说了一遍。

乞乞科夫听得一字不漏，听完之后才知道因为一个“你”字竟然闹到这步田地，不免瞠目结舌。有好一阵子他凝视着坚捷特尼科夫的眼睛，心里得出结论：“他是个十足的傻瓜！”

“安德列·伊万诺维奇，这怎么行？”他说着抓住主人的双手。“这算什么侮辱？不就是称呼‘你’，有何侮辱可言？”

“这个字眼本身倒也不算侮辱，”坚捷特尼科夫说，“可是他用这种称呼的意思，他说话的口吻就包含着侮辱。‘你’意味着：‘你给我记住，你啥也不是；我接待你因为没有更好的邻居，如今尤贾金娜公爵小姐来了，你要知道自己的身份，在门口站着好了。’他就是这个意思！”

一向温顺和气的安德列·伊万诺维奇说这番话的时候两眼闪闪发亮，声音中流露出因为受到侮辱而怒气难消。

“就算这个意思又有什么？”乞乞科夫说。

“怎么？”坚捷特尼科夫说，注视乞乞科夫的眼睛，“他做出这种行为之后，您还想让［我］到他家去？”

“这能算什么行为？这根本算不上行为！”乞乞科夫说。

“这个乞乞科夫脾气可真怪！”坚捷特尼科夫心中暗想。

“这个坚捷特尼科夫脾气可真怪！”乞乞科夫心中暗想。

“这算不上什么行为，安德列·伊万诺维奇。这只不过是将军的习惯，他对任何人都称呼‘你’。况且他是个有功劳、受尊敬的将军，为什么不能加以容忍？”

“那是另一码事。”坚捷特尼科夫说，“他如果是个不瞧不起人、不端架子的穷老头，他如果不是将军，对我称呼‘你’，我能容忍，甚至可以恭敬地接受。”

“他真是个傻瓜！”乞乞科夫心中暗想，“穷叫花子他能容忍，将军却不能容忍！”他这样想过之后说出下面一席话：

“好的，就算他侮辱了您，可是您也跟他摆平了，一报还一报。不过为了这么一件小事就断绝关系可不对头，这算什么事？开了头的事怎么能半途而废？既然选定目标就要一往无前。至于别人瞧不起，那怕什么！别人总是要瞧不起的；现在您在全世界也找不到能瞧得起别人的人。”

坚捷特尼科夫听他这么一说，心中不免犯糊涂，呆呆望着乞乞科夫的眼睛，心中暗想："这个乞乞科夫真是个怪人！"

"这个坚捷特尼科夫脾气可真怪！"乞乞科夫也心中暗想。

"这件事让我去打个圆场吧。"他对主人说："我去见见将军大人解释一下，就说您这么做是出于误会、年轻和缺乏处世经验。"

"我可不想在他面前低三下四。"坚捷特尼科夫毫不客气地说。

"上帝保佑，用不着低三下四！"乞乞科夫说，画个十字。"我作为有理智的中间人可以好言相劝，至于低三下四……对不起，安德列·伊万诺维奇，我是一片好心，对您绝对忠诚，真没想到［我的］话会被您误解成这个样子！"

"请原谅，帕维尔·伊万诺维奇，是我不对！"坚捷特尼科夫大为感动，紧紧抓住乞乞科夫的手表示感谢，"您的善意对我来说十分可贵，我可以发誓！不过这次谈话到此为止，以后永远不要提起这件事。"

"那我就随便去看望一下将军，不提这件事了。"乞乞科夫说。

"那又何必呢？"坚捷特尼科夫说，莫名其妙地看看乞乞科夫。

"只不过为了表示尊敬。"乞乞科夫说。

"这个乞乞科夫脾气可真怪！"坚捷特尼科夫心中暗想。

"这个坚捷特尼科夫脾气可真怪！"乞乞科夫心中暗想。

"我的马车还没修好，"乞乞科夫说，"所以请允许我用一下您的马车。我想明天上午大约十点钟去他家一趟。"

"您又何必客气，什么允不允许的！您自己可以做主，用哪辆车随便挑好了。不管什么东西您只管用。"

他们互相道过晚安，各自回房睡觉，然而都不免琢磨对方办事多么奇怪。

不过说来也怪：第二天马车准备好了，当乞乞科夫换上一件新燕尾服，扎上白领带，穿上白坎肩，几乎以军人的敏捷跳上马车前去拜访将军的时候，坚捷特尼科夫却感到心神不定了，这是好久没有过的现象。他的思维一向处于半睡眠状态，仿佛锈住了，难得活跃，如今却躁动不安起来。他一直沉溺于无忧无虑的懒散之中，如今各种感情都突然神经质地翻腾起来。他忽而坐到沙发上，忽而来到窗前，忽而拿起一本书，忽而又想思考问题，可是白费力气，什么问题也想不起来，忽而又想什么也不考虑，同样白费力气，各种零零碎碎的念头都有头无尾地从四面八方凑拢过来。“今天的心情可真奇怪！”他说着又走到窗前望望门前的大路，这条大路穿过一片柞树林，马车刚才扬起的灰尘还在大路的尽头飘浮未定。不过我们暂且放下坚捷特尼科夫，且跟随乞乞科夫走上一程。

第二章

三匹马拉着乞乞科夫只用半个多小时就走完大约十俄里的路程——先穿过一片柞树林，接着经过新翻的地中间开始发绿的麦田，然后沿着山边走一段路，从山上随时可以看到远处的风景，最后穿过一条宽阔的林荫路，两旁是枝叶茂密的椴树，便进入将军的村庄。两旁的椴树一进村就换成白杨，树底下编篱笆围着，路尽头是两扇镂花的铸铁大门，从门外就可以看到将军府正门顶上堂皇富丽的三角楣饰，下面用八根科林斯风格的圆柱支撑。到处散发着油漆味，不管什么都刷得焕然一新，不许露出陈旧痕迹。院子里极其干净，好像铺了拼花地板。马车来到门房跟前，乞乞科夫一边打着招呼一边跳到台阶上，吩咐进去禀报，然后便被直接领到将军的书房。

将军长得仪表堂堂，颇令乞乞科夫折服。他穿一件深红色缎子便袍。目光逼人，脸上英气勃勃，络腮胡和浓密的两撇八字胡都已花白，头发剪得短，后脑勺上的更短，脖子又宽又粗，两道横褶把脖子的肌肉分成三层，俗话叫作三道脖子。他说话声音低沉，略微沙哑，一举一动都是将军派头。别特里谢夫将军跟我们所有的凡人一样，既有许多优点，也有许多缺点。他身上的优点和缺点又跟任何一个俄国人一样，互相交错而十分动人。在关键时刻他不怕牺牲，舍己为人，显得勇敢聪明，不过除此之外又有不少毛病：自私，虚荣心强，刚愎自用，斤斤计较个人得失，还有一般人难以避免的许多缺点。凡是比他官运好的人他都不喜欢，一谈起这些人他言词刻薄，极尽讽刺挖苦之能事。他把一位从前跟他共事的将军挖苦得最厉害，认为不管是论才智还是论能力都不如他，可是人家官比他大，现在已是两省总督，而且他的庄园恰恰在这位总督管辖之下，所以他本人也好像得归总督管辖了。所以一有机会他就百般加以讽刺，以解心头之恨，凡是总督发布的命令他都加以批评，凡是总督采取的措施他都认为愚蠢透顶。虽然将军为人善良，却爱嘲笑人。一般说来，他爱出风头，喜欢别人奉承，喜欢卖弄聪明，喜欢知道别人不知道的事，绝对不喜欢那些知道的事比他多的人。他受的教育有一半是洋教育，但他却喜欢把自己打扮成地道的俄国老爷。他性格不够稳重，缺点又那么突出，所以在仕途上难免遇到种种不快，因而只好赶早退休，并且认为这一切都是因为有人合伙搞他，丝毫没有勇气承认自己的不是。退休后他仍然装模作样保持将军的威风。不论他穿常礼服、燕尾服还是穿便袍，依然一副将军派头。平时不论说话还是一举一动，都颐指气使，发号施令，让下级即使不肃然起敬，起码也望而生畏。

乞乞科夫是两者兼而有之，既不胜尊敬，又有些畏惧。他侧着脸，彬彬有礼地垂着头，开腔说：

“本人认为理当前来拜见将军大人。本人一向敬仰在战场上拯救祖国建立功绩的英雄们，所以认为理当亲自前来拜见将军大人。”

将军显然并不喜欢这套开场白。他用头做个宽宏大量的动作，然后说：

“见到您非常高兴。请坐。您在哪里当过差？”

“我当差的地方很多，”乞乞科夫说，他不是坐在椅子当中，而是侧身坐在椅子边上，一只手扶着椅子把手，“开始在税务局，将军大人，后来换过各种地方，在地方法院、建筑委员会和海关都干过。我这一生可以比作滔滔海浪里的一只小船，将军大人。可以说我天生注定要学会忍耐，小时候吃娘奶灌输的是忍耐，用襁褓包起来练的是忍耐，这么说吧，我浑身上下没有一个地方不是忍耐……我受到敌人的迫害真可谓言语难以形容，丹青难以勾画。如今可以说到了人生暮年，想找个了此残生的地方。我暂时寄居在将军大人的邻居家……”

“住在谁家？”

“坚捷特尼科夫家，将军大人。”

将军皱了皱眉头。

“啊，将军大人，他过去有些失敬的地方，至今后悔不已……”

“指的什么？”

“指的是对将军大人的功绩。他无法表达他的敬意。他说：‘我如果能够用什么……因为我的确尊敬那些拯救祖国的英雄。’”

“用不着这样，他又何必？我并没放在心上。”将军说，态度变得缓和了，“我打心眼里喜欢他，并且深信不疑，他将来一定会成为有用之才。”

“将军大人说得完全正确，他是个有用之才，不但口才好，而且笔底下有功夫。”

“我想不过是胡诌几句歪诗，写些没用的东西吧？”

“不是，将军大人，不是没用的东西……”

“那他写的什么？”

“他写……史书，将军大人。”

“史书？什么史书？”

“这部史书……”这时乞乞科夫停顿一下，不知是因为面前坐着一位将军，还是想把史书说得更有分量，便接下去说，“是关于将军们的传略，将军大人。”

“关于将军们？关于哪些将军们？”

“关于所有的将军，将军大人，全都包括在内……具体地说，包括我国所有的将军。”乞乞科夫说着，心中暗想：“我这胡扯些啥呀？”

“对不起，我还是不大明白……这算是怎么回事，是断代史还是人物传记汇编？再说，是我国所有的将军，还是指只参加过一八一二年卫国战争的？”

“正是这么回事，将军大人！指参加过一八一二年战争的。”他说完这句话心中暗想：“打死我我也不明白怎么回事。”

“那他为什么不来见我？我可以给他搜集许多有趣的资料。”

“他不敢来，将军大人。”

“这才胡扯呢！只因为一个没意思的字眼……我可不是那种人。看起来只好我去找他了！”

“他可担当不起，他以后会来的。”乞乞科夫说，同时心中暗想：“没想到将军传提得恰到好处，其实不过顺口胡诌。”

书房里突然响起一阵窸窣声。胡桃木的雕花柜橱门自己打开了。打开的柜门里出现一个女人的身影，用一只漂亮的小手扶着门把手。如果黑暗的房间里有一幅透明的画被后面的灯光突然照亮，图画固然令人惊奇，然而总不如焕发着生命力的少女倩影更令人惊愕不已，现在她所以出现仿佛就是为了照亮这个房间。她一出现，仿佛灿烂的阳光也跟着飞进来，把天棚、窗帘架和黑暗的角落都突然照得通亮。她浑身上下好像都光彩照人。这当然是幻觉，这是由于她身材非常匀称的缘故，由于她身上各部分，从头到手指，都极其和谐的缘故。她很随便地穿一件素色连衣裙，却穿得颇有［风度］，仿佛京城里所有的裁剪师集合在一起商量如何把她打扮得更漂亮。不过这也是错觉。她的穿着极其随便，极其自然，不过是把一块没动过剪刀的素色布料在身上围了两三圈，布料就贴在身上，形成许多皱褶。如果让雕塑家看见，一定会把这些皱褶挪到大理石上；如果讲究时髦的小姐跟她相比，也只会显得花哨粗俗。乞乞科夫尽管看过坚捷特尼科夫给她画的像，对她的面庞可以说非常熟悉，可这时也看得发呆，直到后来定下神，才发现她也有美中不足之处，就是不够丰满。

“我来介绍一下，这是我宠坏了的女儿！”将军朝乞乞科夫说，“不过直到现在我还不知道您怎么称呼呢。”

“我不过是个毫无作为的小人物，还值得说出名字吗？”乞乞科夫说。

“不管怎么说，总得知道……”

“帕维尔·伊万诺维奇，将军大人。”乞乞科夫说，轻轻点一下头。

“乌琳卡！帕维尔·伊万诺维奇方才讲了一条有趣的新闻。我们的邻居坚捷特尼科夫并不像我们想象得那么蠢。他正做一件很重要的事：编一部一八一二年的将军传。”

乌琳卡仿佛突然涨红了脸，也来了精神。

“谁认为他蠢了？”她说话很快，“只有维什涅波克罗莫夫才这么认为，这个家伙既无能又卑鄙，可是，爸爸，你偏偏相信他！”

“怎么能说卑鄙呢？他有点儿浮浅，这倒不假。”将军说。

“他不仅浮浅，而且有些下流和讨厌。”乌琳卡伶俐地接下去说，“欺侮自己的兄弟，把亲妹妹赶出家门，这种人没有不可恶的……”

“这不过是传言。”

“无风不起浪。爸爸，你的心太善良了，像你这样的人真少见，可是你办事有时会得到相反的效果。你明知道这个人挺糟糕，就因为他能说会道，会讨您好，就接待他。”

“我的宝贝，我总不能撵他走。”将军说。

“犯不上撵他走，可又何必亲近他?!”

“话不能这么说，小姐阁下。”乞乞科夫对乌琳卡说，满面堆笑，轻轻点一下头。“按照基督的教义，我们正应该爱这种人。”

他又立刻转过脸对将军说，微笑之中略带几分狡黠：

“将军大人，有个顺口溜不知将军大人听说过没有？是这么说的：‘你得喜欢我们肮里肮脏的样子，等到干干净净的时候人人都喜欢。’”

“没有，没听说过。”

“这里有一段非常奥妙的故事。”乞乞科夫带着狡黠的微笑说，“将军大人，这个故事发生在古克佐夫斯基公爵的庄园里，这位公爵我想大人一定认识……”

“不认识。”

“公爵的管家，将军大人，是个德国人，挺年轻。遇到送新兵或办其他事都要进城，不用说，都得贿赂法官。”乞乞科夫说到这里，眯缝起一只眼，脸上装出法官接收贿赂的神情，“其实他们倒很喜欢他，请他吃饭。有一次他们设宴款待他，他在宴席上说：‘怎么样？各位老爷，得空到我们公爵的庄园来玩玩。’法官们说：‘我们一定去。’事过不久，法官们要到特廖赫梅季耶夫伯爵的庄园去调查一桩案子，这位伯爵我想大人一定认识。”

“不认识。”

“他们不先搞调查，全班人马先去找伯爵的老管家，开进储藏食品的院子里，一连玩了三天三夜牌。当然了，茶炊和潘趣酒从不离桌。老管家伺候够了，想打发他们走，便说：‘老爷们，你们怎么不到公爵家转转，离这里不远，那个德国管家正盼着你们去呢。’‘这倒是好主意。’他们说，个个喝得醉醺醺，胡子拉碴，睡眼蒙眬，坐上大车就去找德国人……要知道，将军大人，这时候德国管家刚结婚，娶个中学生，年纪轻轻，娇里娇气（乞乞科夫脸上做出娇气的模样）。小两口正在家里喝茶，没想到会有事，突然房门大开，闯进一大帮人。”

“我想象得出他们会吓成什么样子！”将军笑着说。

“管家吓坏了，对他们说：‘你们有什么公干？’‘嘿，你敢对我们这么说话！’他们说着突然变了脸……‘公干就公干！你们庄园烧了多少酒？把账拿来看看！’管家被支使得跑东跑西。‘喂，找证人来！’他们又把管家绑起来带回城里。这个德国管家坐了一年半牢。”

“竟然会有这种事！”将军说。

乌琳卡扬起手一拍。

“妻子为他到处奔走！”乞乞科夫接着说，“一个没有经验的年轻女人能办什么事？幸亏有好心人帮忙，告诉她托人讲情。管家花了两千卢布，又请吃一顿，才算完事。酒席上大家笑逐颜开，他也挺高兴，他们这才告诉他：‘你当时那么对待我们不觉得害臊？你总想叫我们穿戴整齐，胡子刮干净，再穿上燕尾服。不行，你得喜欢我们肮里肮脏的样子，等到干干净净的时候人人都喜欢。’”

将军纵声大笑，乌琳卡痛苦得唉声叹气。

“我真不明白，爸爸，你怎么笑得出来！”她说话很快。愤怒使她那美丽的前额变得阴沉……“真是无耻到了极点，我不知道为这种事应该把他们送到什么地方去……”

“我的朋友，我丝毫不想替他们辩解。”将军说，“不过，这事太可笑了，叫我有什么法子？是怎么说的：‘得喜欢我们干干净净……？’”

“肮里肮脏，将军大人。”乞乞科夫接下去说。

“得喜欢我们肮里肮脏的样子，等到干干净净的时候人人都喜欢。哈哈，哈哈！”

将军笑得全身摇晃，肩头抖动起来，这曾经戴过大肩牌的双肩仿佛直到如今还戴着似的。

乞乞科夫也笑出声来，不过出于对将军的尊重不肯放声大笑，只是压低声音笑：“嘿嘿，嘿嘿！”他全身也前仰后合，尽管并不抖动肩头，因为他从来没戴过大肩牌。

“我想象得出这群胡子拉碴的法官是什么模样！”将军说，继续哈哈大笑。

“是了，将军大人，不管怎么说……他们一连三天一觉不睡，赶得上吃斋了，人都折腾瘦了，真折腾瘦了！”乞乞科夫说，也笑个不停。

乌琳卡沉重地坐到圈椅上，用手捂住美丽的眼睛，仿佛由于没人分担她的痛苦而气恼，她说：

“我真不明白，我只感到一肚子火。”

三个人谈一件事，心中的感情却各不相同，不能不令人奇怪。第一个人觉得德国人太死心眼，笨得可笑；第二个人则觉得这些骗子真会开脱，滑得可笑；而第三个人只觉得这件事可悲，因为这么无法无天竟然不受惩罚。可惜当时没有第四个人在场，不然的话他一定会仔细琢磨这句顺口溜，为什么有的人觉得可笑，有的人觉得可悲？不过，一个坏蛋堕落到不可救药的地步还要别人喜欢自己，这又说明什么呢？这是动物的本能？还是发自内心的呼唤？这颗心被卑微的欲念压迫到窒息的程度，透过卑劣行径的麻木外壳发出微弱的呼声："救救我吧，弟兄！"当时没有第四个人在场，不然的话，他最感痛心的当是看到同胞心灵的堕落。

"我真不明白，"乌琳卡把手从眼睛上拿下来说，"我只感到一肚子火。"

"只是请你不要生我们的气。"将军说，"我们没有什么错。吻吻我你就回房去吧，因为我马上得换衣服去吃午饭。"将军说着，突然转过脸对乞乞科夫说："你在我这里吃午饭吧？"

"只要将军大人……"

"不必客气。有的是菜汤！"

乞乞科夫彬彬有礼地低一下头，等他抬头的时候乌琳卡已经不见了。在她的位置上站着一个身材高大的侍仆，留着络腮胡和浓密的八字胡，手里端着银盆和带把的水罐。

"我当着你面换衣服，你看合适吗？"将军说着脱下便袍，把衬衫袖子套到粗壮的胳膊上。

"这还用说，将军大人，不要说当着我面换衣服，您想干什么都行。"乞乞科夫说。

将军开始洗脸，像鸭子似的扑哧，溅出水花。水花带着肥皂沫飞得到处都是。

"怎么说的？"他说着，一边把挺粗的脖子前后左右擦个遍。"你得喜欢我们干干净净……？"

"肮里肮脏，将军大人。"

"你得喜欢我们肮里肮脏的样子，等到干干净净的时候人人都喜欢。太好了，太好了！"

乞乞科夫心里非常高兴，不免灵机一动。

"将军大人！"他说。

"什么事？"将军问。

"还有个故事。"

"什么故事？"

“这个故事也可笑，只是我笑不出来。甚至，如果将军大人……”

“怎么回事?”

“将军大人，是这么回事！……”这时乞乞科夫四下瞅瞅，见侍仆已经端着银盆走了，便讲起来：“我有个伯父已老朽不堪。他有三百农奴，除我之外又没有别的继承人。他老得已经管不了庄园，可又不肯交给我。他还找出奇怪的理由，说：‘我对侄子并不了解，他也许是败家子。他得用行动证明他靠得住，所以先让他自己挣来三百农奴，然后我把我这三百也交给他。’”

“真是老糊涂!”

“您说得太对了，将军大人。可是，现在您可以想象我的处境……”乞乞科夫立刻压低声音说，仿佛讲一个秘密，“将军大人，他手下有个管家婆，生一大堆孩子。说不定哪天他会把庄园送给他们。”

“这个老家伙真是老糊涂了，一点儿没错。”将军说，“只是我看不出我能帮你什么忙。”

“我想出这么一个主意。趁现在新农奴登记表没交之前，大庄园主除开活农奴之外，一定还有不少逃跑的和死掉的……比方说，将军如果肯把他们当作活的转让给我，再签上个契约，那么我就可以把这张契约交给老头子，不管他怎么要滑，也得把遗产给我。”

这次将军笑得更加厉害了，从来没人这么笑过。他站着站着一下子坐到圈椅上，头向后一仰，差点儿憋住气。全家人都惊动了。侍仆走进来。女儿也惊慌不安地跑来。

“爸爸，出什么事了?”

“没事，我的朋友。哈哈哈！你回去吧，我们马上就去吃饭。哈哈哈!”

他呼哧呼哧喘了几口气，然后又大笑起来，笑得更加有劲；将军的笑声传遍整个高大的将军府，从前厅一直传到最后面的房间，引起响亮的回声。

乞乞科夫惴惴不安地等待这不同寻常的笑声的结束。

“唉，老弟，对不起，一定是小鬼要捉弄你，才让你想出这么个主意。哈哈哈！把死人塞给你伯父，让他尝尝什么味道。哈哈，哈哈！你这个伯父呀！这回可真成大傻瓜了！哈哈！哈哈！”

乞乞科夫的处境十分尴尬，侍仆就站在旁边，张着嘴，大瞪两只眼睛。

“将军大人，这个玩笑可是叫眼泪逼出来的。”他说。

“对不起，老弟！嘿，你可把我笑死了。等你把死农奴的契约交给你伯父的时候，我情愿出五十万卢布看看他会是什么样子。他怎么，老得厉害吗？多大年纪？”

“八十了，将军大人。不过，这可是一件秘密，我想……最好……”乞乞科夫意味深长地看看将军的脸，又斜眼瞅瞅侍仆。

“你先出去，老弟。过一会儿再来。”将军对侍仆说。这个大胡子走了出去。

“是的，将军大人……这件事，将军大人，是这么回事，我想尽量保守秘密……”

“那当然，这一点我非常理解。这个老糊涂！都八十多了，还想出这么个道道！从外表看他怎么样？有精神吗？能走路吗？”

“能走，但是挺费劲。”

“这个糊涂虫！还有牙吗？”

“一共还剩下两颗牙，将军大人。”

“真是一头蠢驴！老弟，你可别生气……他真蠢得像头驴……”

“将军大人说得完全正确。他尽管是我的亲伯父，要承认这一点十分难过，不过他的确是头蠢驴。”

读者自己也能猜到，其实乞乞科夫承认此事丝毫用不着难过，况且他未必有这么一位伯父。

“那么将军大人如果能发发善心……”

“把死农奴给你？你能想出这么妙的主意，我乐意给你，甚至连土地、连家一起给你！还有他们的坟也归你！哈哈，哈哈！这个老家伙，这个老家伙！哈哈！真成了大傻瓜！哈哈，哈哈！”

于是将军的笑声又在将军府所有的房间里回荡起来。①

---

① 本章没有结尾。《死魂灵》第二卷第一版（1855 年）曾有附注，“这里省略了下述情节：别特里谢夫将军跟坚捷特尼科夫言归于好，将军设宴招待坚捷特尼科夫，他们关于一八一二年战争的谈话，乌琳卡跟坚捷特尼科夫订婚，乌琳卡做祈祷和到母亲坟上哭泣，订婚的青年男女在花园里谈心。乞乞科夫受别特里谢夫将军之托前去向将军的亲属通知将军女儿订婚的消息，从而来到将军的亲戚科什卡列夫上校家。”——译者注

第三章

“不，我可不那么活，”乞乞科夫又来到开阔的田野和无限的空间之后说，“不，我可不像他们那样活。只要上帝保佑，事情办得顺手，我会成为一个真正有钱的人，到那时我会采取完全不同的活法，雇个厨师，家里什么东西都有，庄园也管得井井有条。不但能维持生活，而且年年略有节余，好留给后代，只要上帝保佑老婆能给我生孩子……喂，你这个笨蛋！”

谢利凡和彼得鲁什卡同时从前面座位回过头来。

“你往什么地方赶？”

“老爷不是吩咐到科什卡列夫上校家去吗？”谢利凡说。

“问清楚路了吗？”

“老爷，您看得清楚，我一直忙着套车，所以……只见到将军家的马倌……是彼得鲁什卡去问的车老板。”

“笨蛋！我不是告诉你彼得鲁什卡靠不住，彼得鲁什卡是个死木头疙瘩。”

“这也没什么大不了的，”彼得鲁什卡斜眼瞅着老爷说，“再说，除了一直下山之外也没别的路可走。”

“你除了灌烧酒之外别的也没吃什么吧？直到现在酒还没醒。”

彼得鲁什卡看话题往这上转，只拧拧鼻子。他本想说嘴唇连沾都没沾，可是自己也觉得不好意思。

“坐这样的马车可真舒服。”谢利凡回过头去说。

“什么？”

“我是说，老爷您坐上这种四轮马车总比自己那辆舒服多了，一点儿也不颠。”

“去你的，去你的！又没人问你这个。”

谢利凡用鞭子朝滚圆的马肚子轻轻抽了一下，转过头对彼得鲁什卡说：

“你听我说，我听人家说，科什卡列夫老爷把他家的庄稼人打扮得跟德国人似的，离老远都看不出是咱们人，因为他们走路也学德国人的走法，跟仙鹤似的。婆娘也不像咱们的女人扎头巾或戴那种盾形帽，而是戴德国式的风帽，你见过德国女人戴风帽没有？就叫风帽，知道了吧？风帽，德国女人戴的风帽。”

“要是把你打扮成德国人的模样，再戴上风帽可就好了！”彼得鲁什卡挖苦谢利凡说，然后一笑。可是他这一笑要多难看有多难看！丝毫没有笑模样，倒好像一个人患了伤风感冒要打喷嚏却怎么也打不出来，却仍然拉着架势准备打的样子。

乞乞科夫抬头端详彼得鲁什卡的脸，想看看这张脸究竟什么样，不禁说：“真够瞧的！他自己还以为怎么漂亮呢！”应该说明的是，乞乞科夫以为彼得鲁什卡挺爱美，其实彼得鲁什卡有时甚至不记得自己还长着一张脸。

“老爷，早就应该想到，”谢利凡从前面的座位回过头说，“应该向安德列·伊万诺维奇借一匹马，把青花马换下来，他待您蛮好，一定能答应。这匹马实在糟糕，只会碍事。”

“去，去，别瞎说！”乞乞科夫说，心中暗想：“倒也是，我怎么就没想到。”

这时，轻便的四轮马车跑得正轻快。尽管道路有时不平，马车上坡仍然不费力；尽管乡间土路的下坡往往坑坑洼洼，但这马车下坡却很稳当。马车下了坡，沿路穿过一片草地，越过弯弯曲曲的小河，经过磨坊，远处出现一块块沙滩。优美如画的山杨林一一呈现在眼前；柳条丛、细赤杨和银白的白杨飞快地从身旁掠过，柳条枝打在前面座位上的谢利凡和彼得鲁什卡身上。彼得鲁什卡的帽子常被树枝挂掉，这位板着面孔的听差一次次跳下车去拣帽子，咒骂愚蠢的柳树和种树的人，却想不到该把帽带系上或者用手扶住，以为下次就不会挂掉了。树林越来越密，在山杨和赤杨中间渐渐出现白桦，不一会儿周围形成一片密林，一点儿阳光也看不见。松树和云杉都显得黑乎乎。在无边无际的树林里光线越来越暗，仿佛马上会变成黑夜。然而树木之间突然露出一线光亮，宛如闪动的银子或镜子出现在树枝和树桩之间。树林渐渐透亮，树木渐渐稀少，前面传来一片喊声。眼前突然出现一泓湖水，水面约有四俄里宽，周围都是树木，树后是一排排木房。大约有二十来人站在水里，有的没到腰，有的没到肩头，有的没到脖子，他们正往对岸拉鱼网。其中有个人身高和身宽几乎相等，浑身滚圆，像个大西瓜，一边灵巧地游水，一边大喊大叫，指挥众人。他身体那么胖，怎么也不会沉底，即使想扎猛子钻进水里也得飘上来。就是有两个人坐到他背上，他也会像不沉的气囊漂在水上，只是可能被压得呼哧喘，从鼻孔和嘴里往外吐泡泡。

“这个人，帕维尔·伊万诺维奇，”谢利凡从前面的座位回过头说，“想必是科什卡列夫上校老爷。”

“何以见得？”

“老爷看见没有？他身上比别人都白，而且胖得也像是老爷。”

这时喊声更凶了。“西瓜老爷”喊得最响，话也说得贼快：

“丹尼斯，把绳子给科济马！科济马，从丹尼斯手里接过绳头！大福马，赶快往小福马那边拽！从右边走，从右边走！停下，停下！你俩真见鬼！把我兜到网里去了！把我缠住了，我说你们这两个该死的，缠住我肚子了。”

右边拉网的人一看，果然出事了，把老爷兜进网里了，便停下手。

“你瞧，”谢利凡对彼得鲁什卡说，“把老爷当鱼往岸上拽。”

老爷在水里扑腾几下，想翻身仰面朝天以便脱身，不料这回缠得更结实。他怕撕破网，便吩咐拿绳子在他腰上缠一道，跟被捕到的鱼一起在水里游动。有人把他缠好之后，把绳头扔到岸上。岸上大约有二十来人，抓住绳头，开始小心翼翼往上拽。老爷游到水浅的地方站起来，浑身被渔网罩住，就像夏天太太们的手戴着网眼手套一样。他一抬头，看见有个客人坐着马车来到堤上。他见到客人点点头。乞乞科夫摘下帽子，从车上彬彬有礼地还礼。

“吃饭了吗？”老爷一边喊，一边拖着一网鱼往岸上走，他一只手搭凉棚遮住阳光，另一只手放在下边，很像美第奇①的维纳斯出浴的情景。

“没有。”乞乞科夫说。

“好，那您就感谢上帝吧。”

“为什么？”乞乞科夫好奇地问，仍然把帽子举到头顶上。

“您有口福呀！”老爷说，跟网中的鲤鱼和鲫鱼一起到了岸上。这些鱼在他脚跟前活蹦乱跳，跳起一尺多高。“这些都是小不点儿，用不着看；有个大家伙，在这儿！……大福马，快把鲟鱼拿过来。”有两个结实的庄稼汉从木桶里抓出一条大怪鱼。“这条小公爵怎么样？从河里游进来的。”

“这是地地道道的公爵了！”乞乞科夫说。

“说的就是。您头前先走，我随后就到。车老板，你老兄从下边的菜地走。小福马，你这个傻小子快跑两步，把拦道木挪开！我随后就来，转眼就到。”

“这位上校有点儿怪。”乞乞科夫想，终于走完没有尽头的堤坝，来到木房跟前。这些农舍有的像一群鸭子分散在山坡上，有的在下面的水边，用木桩支撑，像一只只苍鹭。到处都挂着大大小小的普通渔网和拉网。小福马搬开拦道木，马车穿过菜地来到一座古老的木教堂旁边的空场上。教堂那面稍远的地方可以看见老爷宅子的屋顶。

“我来了！”旁边又响起喊声。乞乞科夫回头一看，见那位老爷

---

① 美第奇是意大利佛罗伦萨的大家族，在1434—1737年间曾为该城统治者。这里指该家族收藏的罗马神话中维纳斯女神雕像。——译者注

坐着一辆轻便马车来到跟前，身上已经穿好衣服，是用南京土布①做的草绿色常礼服，一条黄裤子，脖子上没系领带，颇有爱神丘比特的风度。他侧身坐着，一个人就把车座塞得满满的。乞乞科夫刚想跟他搭话，这个胖子已经无影无踪。马车早已跑到对面，只能听到他的喊声："把那条狗鱼和七条鲫鱼给笨蛋厨子送去，那条鲟鱼给我送来，我用车带走。"接着又是一片吆喝声："大福马和小福马！科济马和丹尼斯！"当乞乞科夫来到主人宅子的台阶前时，不免大为惊奇，这位胖老爷已经站在台阶上，一把抱住了他。他怎么走得这么快，真不可思议。他们斜对着脸互相吻三次。

"我给您带来将军大人的问候。"乞乞科夫说。

"哪位将军大人？"

"您的亲戚亚历山大·德米特里耶维奇。"

"亚历山大·德米特里耶维奇是谁？"

"别特里谢夫将军。"乞乞科夫有些奇怪地说。

"没听说过，不认识。"

乞乞科夫更加奇怪了。

"这是怎么回事？……我想起码我有幸跟科什卡列夫上校谈话吧？"

"我叫彼得·彼得罗维奇·佩图赫，佩图赫·彼得·彼得罗维奇！"主人连忙说。

乞乞科夫愣了。

"怎么会有这种事！你们两个笨蛋！"乞乞科夫回过头对谢利凡和彼得鲁什卡说，他俩一个坐在车座上，一个站在车门口，也呆若木鸡。"你们两个笨蛋，怎么搞的？不是告诉你们去找科什卡列夫上校吗……可这位是彼得·彼得罗维奇·佩图赫……"

"伙计们干得不错！"佩图赫说，"每人赏一大杯酒，外加个大馅饼。卸了车就到下房去吧！"

---

① 南京土布是当时传入俄国的一种粗糙的棉布，产地不一定是南京，但名称传开了，现在已绝迹。——译者注

“真不好意思，”乞乞科夫连连施礼说，“想不到走错门了……”

“没错，”彼得·彼得罗维奇·佩图赫连忙说，“没错。您先尝尝这顿午饭怎么样，然后再说您走没走错？请进！”［他］说着，挽起乞乞科夫的胳膊便要一起进里屋。

乞乞科夫表示客气，侧着身子进门，想跟主人一起进去；不过他多此一举，因为主人跟他一起进是进不去的，好在主人又不见了，只听见他在院子里吆喝：“大福马干什么去了？为什么到现在还不到这里来？马大哈叶梅利扬，你赶快去告诉笨蛋厨子，叫他赶快把鲟鱼收拾出来，精腺、鱼子、下水和鳊鱼用来做汤，鲫鱼要浇汁。还有蝲蛄，蝲蛄！马大哈小福马，把蝲蛄放哪去了？蝲蛄，我是说蝲蛄！”他连连喊“蝲蛄，蝲蛄”喊了好久。

“嘿，可把主人忙坏了！”乞乞科夫说。他坐在圈椅上，拿眼打量墙角和墙壁。

“我来了！”主人一边说一边走进屋，身后跟着两个少年人，穿着夏季的常礼服。他俩长得像柳条一样细高，比父亲高出一俄尺。

“这是我的两个儿子，都念中学。回家过节来了。尼古拉沙，你陪陪客人，亚历萨沙，跟我来。”

彼得·彼得罗维奇·佩图赫又不见了。

乞乞科夫跟尼古拉沙聊天。尼古拉沙很健谈。他谈起他们学校课教得不好，谁的妈妈送的礼物丰厚，老师便偏向谁；还谈到城里驻扎着日耳曼骠骑兵团，说骑兵大尉韦特维茨基的马比团长的还好，尽管他的骑术比起少尉弗兹叶姆采夫要差得很远。

“令尊的庄园情况如何？”

“抵押出去了。”这位令尊自己回答说，这时他又回到客厅。“抵押了出去。”

乞乞科夫只张一张嘴，因为他知道木已成舟，现在说什么都无济于事。

“您干吗要抵押呢？”他不免要问。

“抵押就抵押了。人人都抵押，我干吗要落后？都说抵押合算。

再说我在这里住了大半辈子，也想搬到莫斯科去试试。”

“混蛋，混蛋！”乞乞科夫想，“家产都给败坏光了，还把孩子养成败家子。在乡下有吃有喝，留在乡下有多好。”

“我知道您心想什么？”佩图赫说。

“我想什么？”乞乞科夫问，心里有些不好意思。

“您一定是想：‘这个佩图赫有多混球！说请吃饭，直到如今还没个影儿。’饭马上就好，尊贵的客人。剃了头的姑娘不等扎上辫子饭就好。”

“爸爸，普拉东·米哈雷奇来了。”亚历萨沙望着窗外说。

“他骑的是枣红马！”尼古拉沙接下去说，也俯身望着窗外，“亚历萨沙，你说咱们那匹灰马就赶不上它吗？”

“不是赶不上它，是步法不行。”

他俩于是争论起枣红马好还是灰马好，这时走进来一个英俊的男人，体形匀称，一头浅褐色鬈毛头发发亮，长着一对黑眼睛。身后跟着一条大头狗，样子挺吓人，把铜颈圈晃得叮当响。

“吃过饭了吗？”彼得·彼得罗维奇·佩图赫问。

“吃过了。”客人说。

“您是怎么的？想来耍笑我？”佩图赫生气地说，“既然吃了饭还来干什么？”

“不过，彼得·彼得罗维奇，”客人笑着说，“您尽管放心，我在饭桌上什么也没动，一点儿食欲也没有。”

“您要是早点来会看到我们今天打了多少鱼！还抓到一条大鲟鱼！鲫鱼都没法数。”

“一听您说话就让人羡慕。”客人说，“您教教我怎么才能像您那么快活。”

“干吗要闷闷不乐呢？犯不上！”主人说。

“怎么叫干吗？苦闷就是苦闷。”

“因为您吃得太少了。您好好吃上一顿试试。苦闷是最近几年才时兴。从前就没有人苦闷。”

“您别瞎吹了！好像您从来就没苦闷过似的。”

“真从来没有！我不知道什么叫苦闷，也没那个工夫。早晨醒来就喝茶，这时候管家来了，然后就打鱼，紧接着吃午饭。吃过午饭还没等打个呼噜又得吃晚饭。吃过晚饭厨子来了，要定明天的菜单。哪有工夫去苦闷？”

在他俩谈话的时候，乞乞科夫一直打量客人。

普拉东·米哈雷奇·普拉托诺夫兼有阿喀琉斯和帕里斯①的优点，体形匀称、身姿优美，脸色红润，各种优点应有尽有。他脸上露出愉快的笑容，还略带讽刺神情，这使他显得更漂亮。然而尽管如此，他脸上仍然有一种缺乏生气和睡不醒的神情。他也许经历过情欲、忧伤和震动，然而在他那处女般鲜润的脸上没留下任何痕迹，当然也未能使它生动活泼。

“我不得不说，”乞乞科夫说，“我也无法理解，恕我直言，无法理解您相貌堂堂，怎么还会苦闷？如果有其他原因，当然另当别论，比如缺钱花，受人欺侮。有的时候是有这种坏人，甚至想置人于死地。”

“问题［在于］这类事一件也没有，”普拉托诺夫说，“信不信由您，有时候我甚至希望发生这类事，也让我激动激动，也惶惶不安，哪怕有人能惹我生气也好。可是什么事都没有。就是苦闷得要死。”

“我真弄不明白了。不过也许您的庄园太小，农奴太少？”

“也不是，我们哥俩共有一万俄亩土地，有一千多农奴。”

“这样的条件还苦闷。不可理解！不过，也许庄园管理不善？收成不好？农奴死了不少？”

“相反，一切都井井有条，我哥哥是个最好的当家人。”

“我被搞糊涂了！”乞乞科夫说，耸耸肩。

“我们马上就把苦闷赶跑。”主人说，“亚历萨沙，快到厨房去

① 两人都是希腊神话人物，阿喀琉斯英勇善战，帕里斯英俊多俏。——译者注

告诉厨子，让他赶快把敞口大馅饼送上来。马大哈叶梅利扬和偷儿安托什卡跑哪去了？为什么还不上冷盘？”

这时门开了，马大哈叶梅利扬和偷儿安托什卡带着餐巾进来。他们铺上桌布，摆好餐具，用托盘送来六个长颈瓶，里面是五颜六色的果子露酒。不一会儿就在托盘和长颈瓶周围摆了一圈碟子，里面有鱼子、干酪、腌乳蘑、蜜环菌，不一会儿又从厨房端来一个个盘子，上面盖着盖，不知里面什么东西，只听得见油在吱啦响。马大哈叶梅利扬和偷儿安托什卡都是老老实实的人，干活挺麻利。主人给他们起外号是因为觉得人没有外号太没意思，他不喜欢平淡。他为人善良，只是说话尖刻，人们也并不生他的气。

冷盘之后才是正餐。这时善良的主人变成真正的强盗。他一发现谁的盘子里只有一块肉便马上送上一块，嘴里念叨着：“不管是人是鸟，离开伴儿活不了。”客人吃完两块，他又送上第三块说：“两块太少了，上帝还讲究三位一体。”客人吃下三块，他又说：“哪有三个轱辘的马车？哪家盖房子三个墙角？”吃了四块他有四块的道理，吃完五块他有五块的说法。乞乞科夫一连吃下十二块，心里想：“这回主人没话可说了吧？”他错了。主人什么也不说就把铁扦子叉的炸小牛里脊放到乞乞科夫的盘子里，是部位最好的一块，小牛也是上等牛犊，另外带两腰子。

“这牛我喂了两年牛奶，”主人说，“就像侍候儿子似的！”

“实在吃不下！”乞乞科夫说。

“您先试试，然后再说吃不吃得下！”

“实在咽不下去。里面没地方了。”

“教堂里有时候也没地方。可是警察局长一来就有地方。本来挤得不得了，连落苹果的地方都没有。您试试看，这块肉就好比警察局长。”

乞乞科夫用嘴一试，这块肉果然跟警察局长一样。本以为咽不下去，却找到了地方。

喝酒也有挺多故事。佩图赫从抵押贷款银行一领到钱便先准备下十年的食物。他不时给客人斟酒。客人没喝完的就让佩图赫的儿子们喝完，亚历萨沙和尼古拉沙一杯一个干，可是他们从桌旁站起来什么事也没有，就像喝的是白开水。两位客人却醉得不行，勉强迈动脚步走到阳台上，好容易坐到圈椅上。主人坐到自己的位置，是一张四个座位的长椅。他一坐下就睡着了。他那肥胖的身子变成铁匠炉的风箱，大张着的嘴和两个鼻孔发出有节奏的声响，就是新潮音乐里也没有这种声音。这里面有各种声音：有鼓声，有长笛声，还有一种断断续续的声音像狗叫。

“他这呼噜打得真有意思！”普拉托诺夫说。

乞乞科夫听了一笑。

“当然，像他这种吃法，”普拉托诺夫说，“当然不会苦闷！吃完就睡大觉。”

“是呀。”乞乞科夫懒洋洋地说，两只小眼睛变得更小了，“不过，对不起，我还是弄不明白，您怎么会苦闷。要想解闷儿有的是办法。”

“什么办法？”

“年纪轻轻的，办法还少吗？可以跳跳舞，玩玩乐器……再不就快点儿结婚。”

“跟谁结婚？倒要讨教。”

“难道附近找不到有钱的漂亮姑娘？”

“找不到。”

“那可以到别的地方找吗，出去走走。”这时乞乞科夫脑子里闪过一个绝妙的念头，眼睛立刻变大了。“这是个绝妙的办法！”他注视着普拉托诺夫的眼睛说。

“什么绝妙办法？”

“旅行呀！”

“上哪去旅行？”

“您如果有空闲，可以跟我一起走。”乞乞科夫说，仍然注视着普拉托诺夫，心里想：“这倒是个好主意，这么一来，路费可以两人摊，修车费全让他出。”

“您准备到什么地方去？”

“什么地方——怎么说呢？眼下我办的不是自己的事，而是为别人办事。是为别特里谢夫将军，他是我最要好的朋友，可以说是我的大恩人，他要我去拜访他的许多亲戚……当然，拜访亲戚是拜访亲戚，不过可以这么说，对自己也有一定的好处。开开眼界，见见世面，不管怎么说，这好比一本活的教科书，也是一门学问。”

普拉托诺夫不禁开始考虑。

这时乞乞科夫又打起小算盘：“真是个好主意，甚至全部盘费都可以算在他账上。还可以这样办：用他的马拉车，把我的马放在他家喂养。马车要能存放他家就更合算了，干脆坐他的车走。”

“倒也是，干吗不出去走走？”普拉托诺夫这时暗自思忖，“心情也许会愉快一些。我在家又无事可做。我就是在家，庄园也是大哥经手管，所以不会出问题。说真的，干吗不出去走走？”

“可是您是否同意，”他开口说，“在我大哥家小住两日？我不事先跟他打招呼，他不会放我走。”

“情愿奉陪。住上三天也没关系。”

“好，这样的话，我们就击掌为定！我们一起走！”普拉托诺夫兴致勃勃地说。

“好的！”乞乞科夫说着，跟普拉托诺夫击了掌，“一起走！”

“往哪里走，往哪里走？”主人大叫一声从梦中醒来，瞪大两只眼睛看着他俩，“不成，先生们，我早叫人把您的马车轮子卸下来了，您那匹马，普拉东·米哈雷奇，现在离这总有十五俄里。不成，你们今晚就在我这住下，明天早点儿吃午饭，吃过饭再走。”

“天下竟然会有这种事！”乞乞科夫想。普拉托诺夫听了一声未吭，因为他十分了解佩图赫脾气固执，只好住下。

不过并未白住，他们在这里度过了一个美妙的春日的傍晚。主人安排一次河上漫游。一条船二十四只桨，由十二个人划着，伴着歌声渡过如镜的湖面。然后又从湖里拐进一条浩浩荡荡的大河，河两岸平缓开阔。水面不起微波。河上横系着一根根大绳，用来系捕鱼的网，他们乘坐的快艇不时从绳底下穿过。他们在船上一边喝茶，一边吃白面包。早在喝茶之前［主人］就脱光衣服跳进河里，一边在水里扑腾，一边跟渔夫们吵闹，不住呼喊大福马和科济马，足足玩了半个小时。等他吵够了，扑腾够了，在水里冻得发冷才爬上船。此刻他胃口大开，喝茶的样子都让人羡慕。这时太阳落山了。晴空万里。喊声更加响亮。岸上的渔夫们不见了，代替他们的是一群群来河边洗澡的孩子，扑腾声和笑声传得更远。划船的人把二十四桨同时划进水里，然后突然都竖起来，小船好像一只轻快的小鸟从如镜的河面上滑过。从舵手算起第三排上坐着一个挺棒的小伙，脸色像少女一样鲜润。先是他一个人用清脆的嗓音响亮地唱歌，接着有五个人跟他唱，另外六个人唱拖腔，于是这歌声就像俄罗斯的大地一样以无边无际的气势传向远方。这些歌手用一只手捂住耳朵，仿佛他们自己也沉醉在浩渺的歌声中。人人心情舒畅，乞乞科夫想："唉，真棒，将来我一定买一处村庄！"普拉托诺夫想："这有啥好听的？这么凄凉的歌声只能令人心里感到更加忧伤。"

他们返回的时候，已是日落黄昏。桨落在漆黑的水面上，河水已照不见天空。湖边上可以隐约看到几点渔火。船靠岸时已经升起一弯新月。到处支着三角架，渔夫们在用梅花鲈和其他活鱼煮鱼汤。人们都回家了。牛羊和鹅早已赶回来，连它们扬起的尘土都落定了。牧童们圈好牛羊，正站在大门口等候有人给他们送来一罐牛奶并让他们喝鱼汤。到处是谈话声和吵吵嚷嚷的声音，还有狗叫声，近处是本村的狗，远处是邻村的狗。月亮越升越高，黑暗渐渐散去，湖水和木房一切都被照亮了；渔火变得暗淡无光，炊烟却被月光照成银白色，看得很清楚。尼古拉沙和亚历萨沙骑着两匹快马互相追逐着从他们面前跑过，身后扬起一片尘土，就像羊群刚刚走过似的。"唉，真棒！我将来一定买一处村庄！"乞乞科夫想。于是他眼前又浮现出老婆和小乞乞科夫们的影子。这样的夜晚谁心头不暖烘烘的呢？

到了晚饭时又大吃一顿。等到乞乞科夫走进给他安排的睡觉房间后，往床上一躺，摸摸肚子。“简直像一面鼓，”他说，“现在连那个警察局长也进不去了！”事有凑巧，隔壁就是主人的书房，间壁很薄，书房里说的话听得一清二楚。主人吩咐厨子明天的早饭要做得像午饭一样丰盛。他点的全是好吃的菜！连死人听了也会产生食欲，还会舔舔嘴唇，咂咂舌头。主人说：“好好煎煎，一定要熟透了！”厨子用尖细的假嗓说：“是了，行，这样也成。”

“大馅饼要四个角的，头一个角你给我放鲟鱼腮肉和鱼筋，另一个角放荞麦米饭，还有蘑菇和洋葱，还有甜牛奶和脑子，其他的该放什么你都知道……”

“是了。这样也成。”

“边上，你明白，要一边烤得发红，另一边火轻一些。底下，底下你明白吗？要烤得发酥，整个儿浸油，吃到嘴里一点儿声音也没有，就像雪似的化了。”

“真见鬼！”乞乞科夫在床上翻来覆去，“简直不让人睡觉！”

“你再给我做个猪肚。里面塞上冰块，好让它鼓起来。鲟鱼要加配菜，配菜要丰富！可以配蝲蛄、炸小鱼，里面的馅用胡瓜鱼，加上碎米、洋姜，还有乳蘑、芜菁、胡萝卜、黄豆，还有没有什么菜根？”

“可以把苤蓝或甜菜切碎放进去。”厨子说。

“你就两样都放。烤肉吗，你给我这么配……”

“睡意全没了！”乞乞科夫说，又翻了个身，把脑袋钻进枕头底下，又用被子蒙住，好让自己什么也听不见。结果隔着被子还是听到主人不住吩咐：“好好煎煎，好好烤烤，一定要熟透。”直到听到火鸡他才入睡。

第二天客人们又大饱口福，撑得普拉托诺夫无法骑马，只好让佩图赫的马倌把马给送回去，他跟乞乞科夫一起坐马车。大头狗懒洋洋地跟在马车后面，因为它也撑着了。

“不，这可太不像话了。”乞乞科夫等马车走出院子说，“简直像猪似的，只知道吃。您坐得舒服吗？普拉东·米哈雷奇！这马车本来挺舒服，怎么突然不舒服了。彼得鲁什卡，你这个蠢东西，一定是没放好，怎么到处都是纸匣子！”

普拉托诺夫微微一笑。

“这件事我来给您解释吧，”他说，“这是彼得·彼得罗维奇送给我们路上吃的。”

“是这么回事，”彼得鲁什卡从前面的座位回过头说，“各种各样馅饼都让往车上装。”

“是这么回事，老爷，”谢利凡也兴高采烈地从座位上转过头说，“这是一位可尊敬的老爷，是一位好客的地主。还赏给我们每人一杯香槟。还吩咐把桌上的菜赏一些给我们吃，这菜真好吃，味道挺讲究。像这样可尊敬的老爷还从未见过。”

“您看见了吧？他让人人都吃得满意。”普拉托诺夫说，“不过，请您直截了当地说，您有没有工夫跟我到前面的村庄去一下，离这里大约有十俄里，我想跟我姐姐和姐夫告别一下。”

“乐于从命。”乞乞科夫说。

“您一定会不虚此行，因为我姐夫是个了不起的人物。”

“从哪方面说？”乞乞科夫问。

“他是俄国从古至今第一个善于经营的人。他买一座破落的庄园，每年只有两万卢布进项，可是他只花十年多一点的时间就让它变了样，如今每年能收入二十万。”

“啊，是位可尊敬的人！他这种人的一生值得大家效仿！我非常非常愿意跟他结识。请问他尊姓大名？”

“科斯坦若格洛①。”

“名字和父名呢？”

“康斯坦丁·费奥多罗维奇。”

---

① 初稿曾用斯库德龙若格洛，还曾经用戈布罗若格洛和波篷若格洛。后来果戈理把它改为科斯坦若格洛。于是《死魂灵》第二卷所有的版本都采用最后这个姓氏。所以本版也沿用这个姓。——译者注

"康斯坦丁·费奥多罗维奇·科斯坦若格洛。我很乐意跟他结识一下。结识这样一个人，一定会得到不少教益。"于是乞乞科夫又详细询问科斯坦若格洛的情况，他从普拉托诺夫那里听到的一切都令他惊奇不已。

"您瞧，从这开始便是他家的土地。"普拉托诺夫指着一块田地说，"您一下子就看得出来，跟别人家的地大不相同。车老板，从这往左拐。您看见这片新生林没有？这是播种的。别人种十五年也长不了这么高。可是他只种八年就长成这样了。您再看，现在林子到头了，前面是庄稼地，隔五十俄亩又是树林，也是播种的。再往前又是庄稼地。您看他家的庄稼也比别人家的密得多。"

"我看见了。他是怎么种的呢？"

"嗯，这您得问他，您会看到［ ］① 他什么都懂，像他这样的人您到什么地方也找不到。他不但懂得什么庄稼喜欢什么土壤，而且懂得什么庄稼跟什么庄稼挨着种，什么庄稼应该种在什么树林旁边。我们大家的土地都旱得裂了缝，他家就没有。他能算计出来庄稼需要多少水分便种多少树。他不管干什么事，都能同时起两三种作用。林子出木材，此外落叶可以造肥上地，还可以遮太阳。他办什么事都这样。"

"真是个奇人！"乞乞科夫说，好奇地看着田地。

一切都井井有条。树林都用栅栏围着；牲口圈一个挨一个，修得很有道理，维护得令人羡慕；庄稼垛高大无比。到处是一片富庶和丰收的景象，一眼就看得出来主人是一位庄稼里手。上了小山冈便可［看到］对面有个大村庄分散在三个山冈上。村庄里一片富裕景象：街道平整，木房结实；如果哪里停着大车，大车也又新又结实；如果看见一匹马，马也是膘肥体壮；牛羊都好像经过挑选似的；连农家养的猪也像贵族一样。显然，这里的庄稼人正如歌中唱的"从地里一锹锹往外挖银子"。这里没有装饰花哨的英国式花园、凉

① 原稿有四个词看不清楚。

亭和小桥，主人宅子门前也没铺马路。农舍和主人宅子中间是一座座作坊。主人宅子的屋顶开有天窗，不是为了眺望风景，而是为了监督各处的工作情况。

马车来到宅子跟前。主人不在家，主人的妻子，也就是普拉托诺夫的姐姐出来招待他们。她长着浅色头发，白净脸庞，一副纯粹俄国人的表情，像弟弟一样漂亮，也像弟弟一样打不起精神。好像别人操心的事她都不操心，也许因为丈夫大包大揽，没有她插手的份；也许她属于性格豁达的人，有感情，有思想也有智慧，遇事不肯认真，睁一眼闭一眼，即使看到令人愤慨的扰攘与纷争也只是说："［让］这些混蛋闹吧！越闹越糟！"

"你好，姐姐！"普拉托诺夫说，"康斯坦丁到哪去了？"

"不知道。他早就应该回来。可能是太忙了。"

乞乞科夫对女主人并没［留意］。他很想仔细看看这位奇人的家什么样。他想根据主人的家来判断他的性格，就像根据贝壳可以判断里面是牡蛎还是蜗牛。然而他大失所望。房间布置得毫无特色，除了宽敞就没别的。墙上没有水彩画，也没有油画；桌上没有古铜器，也没有摆瓷器和茶具的架子，没有花瓶，没有鲜花，没有塑像——总之，空空落落。家具普普通通，有一架钢琴放在墙角上还落满尘土，显然女主人很少弹琴。客厅有一扇门敞开着［通往主人的书房］①；那里陈设也简单，空无一物。看来主人回家只为了休息，而不是整天待在家里。他考虑计划和设想的时候，并不需要条件舒适的、再放上一把弹簧椅的书房，他的生活不在于守着烧热的壁炉并沉湎于迷人的梦想，而是脚踏实地地干。他的设想都从实际条件出发，一旦成形便付诸实施，因而没有必要事先写成文字。

"啊，是他！他来了，他来了！"普拉托诺夫说。

乞乞科夫也奔到窗前。有个四十来岁的人正朝台阶走来，动作灵巧，脸色发黑。头戴一顶绒毛便帽。两旁是两个身份比他低的人，

---

① 原稿中句子有脱落。方括号内所加文字系根据1857年圣彼得堡版《果戈理文集》，系 п·库利什所加。

都摘掉帽子，跟他边走边谈，在商量什么。其中有一个像是普通庄稼人；另一个身穿西比尔卡上衣，好像外地的富农，看上去诡计多端。

“老爷，您就吩咐他们收下吧！”庄稼人点头哈腰地说。

“不行呀，老弟，我已经告诉您二十次了，不要再往我这里送。我的材料有的是，没地方放。”

“康斯坦丁·费奥多罗维奇，您总会用得上。您是最聪明的老爷，全世界再也找不到，不管什么东西您总能派上用场。您就让他们收下吧。”

“老弟，我需要的是人手；您可以打发些人来干活儿，不要送材料。”

“人手缺不了，我们有几个村子全都出来做工，都没吃的，还从来没遇到这样年景。可惜您不肯收我们，不然的话，我们一定真心实意替您干活儿，上帝在上，一定好好干活儿。康斯坦丁·费奥多罗维奇，我们在您这里会学到各种手艺。您就吩咐收下材料吧，算是最后一次。”

“上回你也说最后一次，可又送来了。”

“这回真正是最后一次，康斯坦丁·费奥多罗维奇。您如果不收下，就没人要了。老爷，您就吩咐收下吧。”

“好吧，你听我说，这回我收下，不过因为可怜你，免得你白跑一趟。不过下次你再送，就是央告三个星期我也不收。”

“是了，康斯坦丁·费奥多罗维奇，您就放心好了，下回再也不送了。谢谢您的大恩大德。”庄稼人高高兴兴走了。不过他说不送是假，下回他还会送。人人都想碰碰运气。

“是这么回事，康斯坦丁·费奥多罗维奇，您行行好……再少算点儿。”走在另一边身穿蓝色西比尔卡上衣的外地富农说。

“一开头我就跟你说过，我不喜欢讲价钱。我再跟你说一遍，我跟其他的地主不同，你知道他们欠银行的账，到期得付款，你就去找他们。我对你们这些人非常了解。你们甚至开出清单，哪一家什么时候应该到银行还款。这有什么奥妙？他急等钱用，按照半价卖给你。我收你这些钱能有什么用？我的东西放上三年也不要紧！我用不着往银行交钱……”

“是这么回事，康斯坦丁·费奥多罗维奇，我不过是……不过是想以后经常跟您打交道，并不图什么好处。这是三千卢布定金，请您收下。”

富农从怀里掏出一沓油渍麻花的钞票。科斯坦若格洛神情冷淡地接过来，数也不数便揣进常礼服的里兜。

“嘿，”乞乞科夫想，“就像揣擦鼻子手绢似的！”

又过一会儿，科斯坦若格洛出现在客厅门口。

“啊哈，你来了，弟弟！”他一见普拉托诺夫便说。他俩互相拥抱、亲吻。普拉托诺夫把乞乞科夫介绍给他。乞乞科夫毕恭毕敬地走上前去亲主人的脸，同时接受主人的亲吻。

科斯坦若格洛的脸长得很不一般。带有明显的南方人特征。头发和眉毛又黑又密，眼睛好像会说话，炯炯有神。脸上的各种表情都闪耀出智慧，丝毫没有睡不醒的样子。不过看得出来，他性子急，易动肝火。他究竟是哪个民族呢？俄国现在有好多人并不是俄罗斯血统，却已经成为地道的俄国人。科斯坦若格洛没工夫考察自己的身世，认为没什么用处，跟管理庄园毫不相干。况且除开俄语之外，他什么语也不懂。

“康斯坦丁，你知道我有什么打算？”普拉托诺夫说。

“什么打算？”

“我打算出去走一走，到各省看一看，说不定能治好我的忧郁症。”

“好呀！这个办法很好。”

“我跟帕维尔·伊万诺维奇一起走。”

“这太好了！您现在，”科斯坦若格洛十分亲切地问乞乞科夫，“打算到什么地方去？”

“老实说，”乞乞科夫侧着脸点头说，同时用手扶住圈椅的扶手，

“眼下我不是办自己的事，而是替人办事。别特里谢夫将军是我要好的朋友，可以说是我的大恩人，他要我去拜访他的几家亲戚。拜访亲戚归拜访亲戚，但可以这么说，对我自己也有好处。且不说有助于治疗痔疮，而且可以开开眼界，见见世面……不管怎么说，这毕竟是一本活的教科书，也是一门学问。”

“是呀，到外地看看确实不错。”

“您说得太对了，”乞乞科夫立刻赞同说，“确实不错。可以看到从未见过的东西，可以遇到从未遇过的人。跟他们谈话有如金币一样可贵。尊敬的康斯坦丁·费奥多罗维奇，请您多加指教，我这次是特来登门求教的。如大旱之望云霓，渴望听到您的金玉良言。”

科斯坦若格洛感到很不好意思。

“有什么可指教的？……我能教给您什么？我家里穷，自己没念多少书。”

“教给我窍门，尊敬的先生，窍门！您经营管理的窍门，怎么才能像您那样得到可靠的收入？怎么才能像您那样，不去做梦想好事，而是置下实实在在的家业，从而既尽到公民的责任，又赢得同胞的尊敬？”

“这么办吧！”科斯坦若格洛说，“您就在我这住上一天。您先看看我是怎么干的，然后再给您说道说道。您会立刻看到，什么窍门也没有。”

“弟弟，你今天就住下吧。”女主人对普拉托诺夫说。

“好吧，我怎么都行。”普拉托诺夫用冷漠的声音说，“帕维尔·伊万诺维奇怎么样？”

“我也很乐意住下……不过有个情况：我必须去拜访别特里谢夫的一位亲戚。有位科什卡列夫上校……”

“原来是他……您知不知道？他是个混蛋加疯子。”

“这事倒有耳闻。我跟他没有任何关系。不过是别特里谢夫将军，我要好的朋友，甚至可以说是大恩人……不去似乎说不过去。”

“那就这么办，”［科斯坦若格洛］说，“您马上就去。我有现成的马车停在外面。到他家不到十俄里，您一口气就跑到了。甚至晚饭前就能赶回来。”

乞乞科夫高高兴兴采纳了主人的建议。马车赶到门前，他立刻坐车去见上校。上校的庄园令他大吃一惊，他从未见过这幅景象。上校的管理方法跟别人大不相同。整个村庄乱七八糟，到处是新建或改建的工程，一堆堆的白灰、红砖和圆木塞满街道。有几座房子盖得像官署，上面刻着金字。有一座刻着“农具库”，另一座是“总会计室”，第三座是“村务委员会”，还有一座是“村民正规教育学校”——总之，只有鬼知道还缺少什么！乞乞科夫想，他是不是走进了省城。上校本人好像很古板。三角脸一本正经。两边的络腮胡都笔直伸开；头发、鼻子、嘴唇和下巴都呈扁平状，仿佛一直用压床压着。他讲起话来头头是道，张口便抱怨周围的地主缺乏教养，诉说他所担负的任务有多么艰巨。他十分亲切热情地接待乞乞科夫，立刻取得乞乞科夫的信任，于是洋洋得意地讲，他花费多少心血才把庄园治理到目前这种状况；说是只有高级的文明、艺术和美术作品才能培养人的高尚情操，可是要想让普通庄稼人领会这个道理非常困难；说是要让俄国农民摆脱愚昧，让他们穿上德国式的裤子从而能多少感受到做人的尊严更是难上加难；至于他在婆娘们身上花的心血，更都化为泡影，直到［如今］连想让她们穿上紧身胸衣都办不到，而他于一八一四年率领一个团在德国驻扎，见到人家连磨坊主的女儿都会弹钢琴，会讲法语，还会行屈膝礼。他还不无遗憾地谈到周围的地主多么缺乏教育，他们很少关心他们所管辖的农民；当他告诉这些地主，为了治理好庄园必须设立文秘机构、各种委员会，甚至办公室，以便杜绝盗窃行为，任何东西都必须登记在册，而文书、管事和会计都应该受过大学校育，不可马马虎虎——这些地主听了都嗤之以鼻；还谈到每个农民都应该受到教育，要让他们一边扶犁种地，一边读关于避雷针的书，这种办法对管理庄园大有裨益，可是不管他怎么说，就是没人肯听。

乞乞科夫一听［心想］：“嘿，哪有那个工夫。我倒学会了识字，可是一本《拉瓦尔耶尔伯爵夫人》到现在还没读完。”

“太愚昧无知！”科什卡列夫上校最后说，“真是中世纪的愚昧，一点儿办法也没有……毫无办法！我倒是乐于帮助他们，我也知道有一种办法保证有效。”

“什么办法?”

“让所有的俄国人都穿德国人穿的衣服。这是唯一的办法，我敢保证，这么做一定成功。科学会发达，商业会兴旺，俄国的黄金时代一定到来。”

乞乞科夫把他仔细打量一番，心里想：“也好，跟这种人不必拐弯抹角。”他不想耽误时间，立刻向上校说明原委，他想要一些农奴，并且签个契约。

“照您的说法，”上校毫不尴尬地说，“您要提出申请，对不对?”

“对。”

“那您就得写份申请书。申请书首先交到受理委员会。受理委员会登记之后交到我手里。我再交到村务委员会，村务委员会对这件事调查了解。大管家和账房会在最短时间内做出决定，这件事就算办成了。”

乞乞科夫一听傻了眼。

“对不起，”［他］说，“这样一来要拖好长时间。”

“啊哈！”上校满面笑容地说，“采取行文的办法，好就好在这里！是要花费一些时间，却可以堵塞一切漏洞，因为每个细节都查得一清二楚。”

“不过，对不起……这种事写在纸上怎么能说得清呢？因为这件事有点儿麻烦……从某种意义上说农奴是死的。”

“没问题。您就这么写上，在某种意义上农奴是死的。”

“可是怎么能写‘死的’呢？这么写不行。尽管他们是死的，可是写出来还得让人觉得好像活的。”

“对呀！您就这么写好了：‘必须让人觉得好像活的。’”

跟上校能有什么办法？乞乞科夫决定亲自看看这些委员会是怎

么回事。他所看到的情景令他奇怪，而且令他不可理解。受理委员会只挂着个牌子。委员会主任就是从前的侍仆，现在又调到新成立的村建办公室。他的位置由管事季莫什卡接替，可是季莫什卡又被派去查办一桩案子——管家跟村长的纠纷，管家是酒鬼，村长是双料骗子。能办事的人一个找不到。

“这怎么成呢？……这怎么能［办事］呢？”乞乞科夫对上校派来陪他的特派员说。

“是什么事也办不成，”特派员说，“我们这里一塌糊涂。您都看到了，我们这里是建设委员会支配一切。不管你正在干什么，它说叫你放下，你就得放下；它说让你上哪，就得上哪。我们这里只有在建设委员会里干事最合算。”他显然对建设委员会非常不满，“我们这里人人都这样，千方百计糊弄老爷。老爷还以为处处按规矩办事，其实不过是那么说罢了。”

“可是这种情形应该告诉他。”乞乞科夫心里想，便去见上校并对他说，他这里一塌糊涂，什么事也办不成，建设委员会明目张胆进行盗窃。

上校一听表现出高尚的愤慨。立即抓起纸和鹅毛笔，写下八项严厉的查问：建设委员会有什么理由擅自派遣并不归它管辖的人员？大管家怎么能允许委员会主任不交代清楚工作就去查办案子？受理委员会有名无实，村务委员会为何坐视不管？”

“哼，不过是瞎忙活。”乞乞科夫想，便准备告辞。

“不，我不能让您走。用不了两小时您就会得到满意的答复。您这件事我马上委托专人办理，他刚从大学毕业。您到我的藏书室坐一会儿。那里您要什么有什么。有书，有纸，有鹅毛笔，还有铅笔——样样俱全。您随便用，您现在就是主人。”

科什卡列夫说着，把乞乞科夫领进书库。这是一间宽敞的大厅，从下到上都摆满了书，甚至有动物标本。各类书都有：森林学、畜牧学、养猪学、园艺学；有几千种杂志和小册子，还有许多介绍养马和自然科学最新成就的杂志；还有些冠以“养猪作为一门科学”

之类的名称的书。乞乞科夫一看这都不是轻松愉快的消遣读物，便走到另一个书柜跟前。离开火堆又进火坑。全是哲学书籍。有一本书的题目是《哲学作为科学》；还有一套书六卷并排摆着，题目是《思维学引论，试论思维的共性、总体和本质及其对阐明社会生产率二重性的有机因素之应用》。乞乞科夫把书翻来翻去，每一页都是"表现""发展""抽象""封闭性""严密性"之类的字眼，要多难懂有多难懂。"这些玩意儿都不合我口味。"乞乞科夫说，又去看第三个书柜，那里都是艺术类书籍。他抽出一个大本，上面有些不大雅观的神话插图，便翻看起来。这类书符合他的情趣。单身汉到了中年都喜欢这类图画。据说近几年有些老头常看芭蕾舞，因而提高了口味，于是就爱看这类图画。有什么办法？我们这个世纪人类就喜欢香料根。乞乞科夫看完一本，又抽出一本这样的书，这时科什卡列夫上校突然出现，他满面春风，手里拿着一份文件。

"全都办妥了，办得很漂亮。这个人真是懂事，一个人就能顶所有的人。所以我一定要委以重任，让他管着这伙人。我要成立一个最高的专门机构，让他当总管。他是这么写的……"

"谢天谢地。"乞乞科夫想，准备洗耳恭听。上校念道：

"接到大人委托的任务，经过再三考虑认为有必要报告如下：

（一）六等文官、勋章获得者帕维尔·伊万诺维奇·乞乞科夫提交的申请，含有一定的误解。他所要买的遭到意外的注册农奴当中还包括死农奴。他所说的死农奴大概指濒临死亡的，而不是已经死亡的，因为死亡的农奴是不能买卖的。既然子虚乌有又如何进行买卖？只有这样解释才合乎逻辑。这位先生对语文学科显然造诣欠佳……"科什卡列夫念到这里稍稍停顿一下，插话说："在这个地方，这个滑头……说了一句刺激您的话。不过您看得出来，文笔多么遒劲有力，赶得上御前大臣。他在大学只念了三年，还没毕业。"科什卡列夫接下去念："……对语文学科显然造诣欠佳……因为他竟然说出'死魂灵'这样的字眼，其实凡是学过人类知识的都知道，魂灵是不灭的。

（二）上面提到的注册农奴，包括外来的和新来的，也包括被这位先生误称之为‘死亡的’在内，均已抵押出去，不仅毫无例外，而且按照每个农奴加价一百五十卢布的价钱进行了二次抵押。只有古尔迈洛夫卡小村除外，因为该村归属问题未决，我方正与地主普列季谢夫进行讼争，不得出卖亦不得典押故也。”

“那您为什么不早说？办不成还不放我走？”乞乞科夫气冲冲地说。

“事先我怎么能知道这些情况呢？行文的办法好就好在这里。现在一切都弄明白了，了如指掌。”

“你这个混蛋，蠢得像驴！”乞乞科夫心里想，“你钻进书本学到了什么？”他不顾礼貌和规矩，抓起帽子就往外走。车夫站在院子里，马车套现成的，没有卸马。如果用书面申请喂马饲料，恐怕要等第二天主人才会下达用燕麦喂马的决定。不管乞乞科夫多么粗暴，不讲礼貌，然而科什卡列夫还是对他十分客气，彬彬有礼。他硬是握住乞乞科夫的手按到自己的心口上，深表谢意，因为乞乞科夫此行使他有机会看到他的机构的实际运行情况。他说他必须想办法对机构加以刺激和督促，因为不管什么都会打瞌睡，管理机构的弹簧也会生锈，也会松劲。他说由于这件事他又想出一个好主意，再设立一个委员会，就叫建设委员会的监督委员会，这样一来就没人再敢盗窃了。

“这个蠢驴，这个混蛋！”乞乞科夫心里想，一路上怒气难消。这时已是星光闪烁，夜幕在天了。村里家家点上了灯。马车来到科斯坦若格洛家的台阶跟前，他隔窗看见屋里已经摆好桌子准备吃晚饭。

“您怎么回来这么晚？”乞乞科夫一进门，科斯坦若格洛就问。

“您跟他谈的什么谈这么长时间？”普拉托诺夫也问。

“他可把我折腾坏了！”乞乞科夫说，“我从来没见过这么混账的人。”

“这没什么！”科斯坦若格洛说，“科什卡列夫是个可喜的现象。

他这种人也缺不得。因为从他身上反映出自以为聪明的人多么愚蠢，只不过是他表现得最明显，而且带有漫画味道罢了。他们又设办事机构，又修官署，又设管事，又开作坊、开工厂、办学校，还有什么委员会，真是无奇不有。好像他们的庄园就成了一个国家！请问，您觉得怎么样？一般的地主连种地都人手不够，他还开蜡烛厂，从伦敦请来做蜡的师傅，一下子成了商人！有的混蛋搞得更凶，还开办丝绸厂！”

“可是你也办了好几个工厂呀！”普拉托诺夫说。

“谁有意办工厂来着？是自然而然办起来的。羊毛积攒多了，卖不出去，只好做成呢子。这种呢子又厚又省工，所以价钱便宜，拿到市场上一下子就卖光了。再比方说河边上六年来堆积不少鱼鳞，怎么处置？我就用它熬胶，结果赚了四万卢布。我的工厂都是这么办的。”

“真精明！”乞乞科夫想，瞪大两只眼睛看着他，“真是抓钱的好手！”

“再说，我也没专门盖厂房，我也没修带圆柱和带三角楣饰的建筑。我也不从国外聘技师，也绝不会让庄稼人扔下地不种。我办工厂只在荒年，用外地人，他们为的是填饱肚子。这类工厂能开很多。只要仔细看看自己的家底，就会发现每块破布都有用，每件破烂都能生财，到后来干够了，自己会说：不必再搞了。”

“真叫人惊奇！最叫人惊奇的是每件破烂都能生财！”乞乞科夫说。

“嗯，这不算什么……”科斯坦若格洛还没说完，心头升起一股怒火，他想责骂周围的地主。“有个自作聪明的家伙，您猜他办了个什么机构？养老院！在乡下盖了一座石头房子。表示他信仰基督！……你要想做好事，就应该帮助每个人尽他应尽的义务，而不是让他丢掉基督徒的义务。应该帮助儿子赡养有病的父亲，而不是让他得到摆脱负担的机会。最好是帮助他收养自己的亲属和兄弟，资助他一些钱，千方百计帮助他，而不是使他可以不养亲人，那样一来他就会完全忘记基督徒应尽的义务。这是一个十足的堂·吉诃德[1]！……养老院里养活一个人，一年要花上二百卢布！我在农村用这些钱可以养活十个人！”科斯坦若格洛越说越来气，吐了一口唾沫。

乞乞科夫对养老院不感兴趣，他想把话题拉回到“破烂也能生财”上面。然而科斯坦若格洛正在气头上，怒火正旺，话越说越多。

“还有个堂吉诃德要办教育。兴办学校！是呀，比方说，还有什么能比读书识字对人更有益处？可他是怎么办的呢？他那个村子的农民来找我说：‘老爷，这算怎么回事？我们的孩子都不会干活儿了，不愿意帮我们种地，一心只想当抄写员，可是抄写员一个就够了。’结果弄成这个样子！”

乞乞科夫也不需要办学校，不过普拉托诺夫接过这个话茬。

“不能因为这个就不办学校，现在用不着那么多抄写员，将来总会用得着。应该为子孙后代工作。”

“嘿，老弟，你虽然聪明，但不讲究实际！你何必为后代操心？人人都以为自己是彼得大帝。你应该看眼前，而不是看后代。你得想法让农民富裕起来，他们只有富裕了才有工夫学习，再说，他们愿意学什么就应该让他们去学，而不是手提大棒逼他们：‘你给我学！’鬼知道这算怎么回事！……好，您听我说，您给评评这个理……”科斯坦若格洛说到这里，凑到乞乞科夫跟前，为了让对方听得更清楚，对他采用“接舷战”，也就是把手指伸进对方的燕尾服扣眼里。“这不是明摆着的吗？你有很多农民，就要保护他们，让他们过庄稼人的日子。这是什么日子？农民是干什么的？就是种地！那你就要想法使他成为一个好庄稼人，明白吗？可是有的人自作聪明，偏说：‘应该让农民摆脱这种状态。农民生活方式太简单，太低级，应该让他们见识一下豪华的东西。’而他们自己由于这种豪华的生活变成了废物，鬼知道他们传染上了什么病——一个十八岁的孩子就样样都尝遍了，结果牙也掉了，头也秃了，可他们还想让农民也染

---

① 来自西班牙作家塞万提斯的同名小说，泛指乐于助人却脱离实际的悲剧人物。——译者注

上这些病。谢天谢地，我们总算还有一个健康的阶层，从来没沾染这些怪毛病！为了这个我们应该感谢上帝。是的，我认为庄稼人值得尊敬。让上帝保佑我们大家都成为庄稼人！”

“那么您认为种地最合算了?”乞乞科夫问。

“最合乎道理，倒不一定最合算。你要下力种地，别怕流汗。这是老一辈告诉我们的，这话不是平白无故说的。世代的经验证明，庄稼人在道德上更纯洁。凡是以种地为本的社会就会丰衣足食。既没有贫穷，也没有奢侈，有的只是富足。俗话说：要下力种地，要好好干活……这里要不得花招！我就告诉农民：‘你不管为谁干活儿，为我还是为你自己，为了邻居，都要好好干。我头一个来帮你忙。你没有牲口，我给你马，给你牛，还给你一辆大车……不管你需要什么，我都可以给你，不过你要好好干活儿。我要是看你种不好地，看你搞得乱七八糟，穷得精光，我就会急死。我不容许偷懒。我管你是让你好好干活儿。’哼！许多人都想靠办企业开工厂发财！你首先应该考虑，如何让你手下的每个农民都富裕起来，那么你就是不开工厂，不想那些愚蠢的［主意］也会富裕起来。”

“尊敬的康斯坦丁·费奥多罗维奇，听您这一席话，我是越听越爱听。”乞乞科夫说，“请问尊敬的先生，比如我想成为一个地主，比如就在贵省，我应该把精力首先放在什么上呢？有什么办法能在不太长的时间里发家致富，这么说吧，以便尽到一个公民应尽的义务呢?”

“有什么办法发家致富？可以这么办……”科斯坦若格洛说。

“该吃饭去了!”女主人说，从沙发上站起来，用披肩裹住冻僵了的娇嫩的臂膀，走到屋子当中。

乞乞科夫连忙从椅子上站起来，几乎像军人一样敏捷，飞身走到女主人旁边，露出文官特有的彬彬有礼的笑容，并且多了几分温文尔雅，抬起胳膊让她挽住，大摇大摆穿过两个房间来到餐厅，一路上他一直保持微微侧头的姿势。仆人从汤盆上取下盖子，大家都把椅子往跟前凑凑，一齐喝起苏伯汤。

乞乞科夫喝过汤，又饮一小杯果子露酒（这酒可太好了），便对科斯坦若格洛说：

“尊敬的主人，请允许我拣起刚才没谈完的话题。我想问您，有什么办法，开头应该如何下手……”①

“这座庄园他即使要四万卢布，我也可以马上付给他。”

“嗯！”乞乞科夫犯了思考。“那么您自己，”他有些胆怯地说，“为什么不买？”

“凡事都有个限度。我现有这些庄园都忙不过来。再说，我就是不买，附近的贵族还百般攻击我，说我趁他们贫穷破产之机大量收购便宜的土地。这些话我可听够了。”

“贵族就是好造谣中伤！”乞乞科夫说。

“可是在我们这里，在我们省……您想象不出他们说我什么话。他们把我说成头等的吝啬鬼和守财奴。他们自己干什么都可以原谅。他们会说：‘当然，我把家产挥霍光了，可是因为我过的是高级生活。我要买书，我要过得豪华，我还要发展工业，我如果也像科斯坦若格洛那样过着猪一般的生活，我也不至于破产。’听听他们是怎么说的！”

“我倒情愿当这样的猪！”乞乞科夫说。

“他们所以这么做，因为我不肯请他们吃饭，不肯借给他们钱。我不请客，因为觉得这是一种负担，我没有这种习惯。你到我家来，我吃什么你就吃什么——我热烈欢迎。至于说我不肯借钱，那是胡说。你真有困难来找我，说清楚你拿我的钱做什么用；如果我听你说的话，知道你用到了当处，这笔钱显然能给你带来好处，我不但不拒绝，而且连利钱都不要。可是我不能拿钱打水漂。这就要请大家原谅！他要给情妇摆宴席，或者疯狂购置家具，还要我借钱给他？……”

---

① 手稿到这里缺两页。《死魂灵》第二卷第一版（1855 年）有个附注说：“科斯坦若格洛跟乞乞科夫的谈话到此中断。可以断定所遗漏的内容是，科斯坦若格洛建议乞乞科夫购买他的邻居赫洛布耶夫地主的庄园。”——译者注

科斯坦若格洛说到这里吐了一口唾沫，险些当着太太的面说出不大文雅的脏字。一片忧郁的阴影笼罩住他那活泼的脸庞。前额上出现纵横交错的皱纹，显露出他内心的怒火难以抑制。

乞乞科夫喝了一小杯马林果露酒，说道：

“尊敬的主人，请允许我提起刚才中断的话题。如果我，比方说，买下您刚刚提到的庄园，那么得用多长时间，我怎么样才能尽快地富起来，达到……”

“您如果想，”科斯坦若格洛余怒未消，态度严厉，一字一顿地说，“一步就富起来，那么您永远也富不了；如果您一心想富，不要图快，不久就会富起来。”

“原来如此！”乞乞科夫想。

“是了。”科斯坦若格洛仍然一字一顿地说，仿佛他在生乞乞科夫的气。“必须爱劳动，不爱劳动什么也干不成。必须爱庄稼活儿，这必不可少。您完全可以相信，庄稼活儿并不枯燥。有人说在乡下闷得慌，那是胡说。我要是在城里过他们那种生活，一天就会憋死！管理庄园没有时间寂寞。这种生活并不空虚，非常充实。只要仔细看看一年四季有多少活计，样样都挺有意思！不用说活计的样数多，能使人真正高尚起来。在这里人与大自然同步，跟一年四季肩并肩走，参与世间的一切创造过程，为之出谋划策。春天还没到，准备工作就开始了。要把柴火和生活必需品运到家，以便道路泥泞时期好用；要准备种子，粮食要倒仓，过秤，晾晒；要规定今年的地租。雪化河开，活计就突然忙了。码头要装船，树林要清理，果园要移苗，大田要翻地。菜园用的是铁锹，大田得用犁和耙。接着开始播种。还有闲的时候？春种才能秋收！夏天到了，得割草，这是庄稼人的盛大节日。还有闲的时候？到了收获季节就一茬接着一茬地忙。割完黑麦割小麦，割完大麦割燕麦，这时还要剥大麻。割下来的庄稼还要上垛。这时八月过了一半，庄稼拉到场院上。秋天到了，秋翻地，播种过冬作物，修理粮仓、烘谷棚、牲口圈，经过试验之后开始打场。冬天到了，活计也不少。往城里送粮，场院继续打场，烘干粮食入仓，伐木头，锯劈柴，运砖和材料准备明春盖房。活计多得干不过来，而且千头万绪！到处都得走一走，看一看。看看磨坊，看看作坊，看看工厂，再看看场院！还要到农民家里去看看，他的活计干得怎么样了。还有闲的时候？要是木匠活计干得好，我就像过节一样高兴，我愿意站在旁边看上两个小时，我就是这么喜欢活计。假如能看到一切都按预期的目的进行，周围的物产越来越丰富，成果明显，收入增多，那我真说不出有多么高兴。并不是因为钱多了，钱不过就是钱，而是因为所有这一切都是你亲手创造的，因为你看到的这一切都是你的劳动成果，是你创造了一切，是你像魔法师似的一挥手就产生这么多财富。您还上哪去找这么令人高兴的事？”科斯坦若格洛说着扬起脸，脸上的皱纹全都不见了。他就像沙皇在举行加冕大典的时候一样容光焕发。“您走遍世界也找不到这么令人高兴的事！在这一点上，正是在这一点上，人类是在效法上帝。上帝给自己规定了创造世界的工作，并且把它当成最快乐的事，也就要求人类要去创造幸福，要一切干得井井有条。这怎么能说没有意思呢！”

乞乞科夫听主人侃侃而谈，就像听极乐鸟唱歌似的听得入迷。他嘴里直咽唾沫，两眼闪闪发亮，闪出甜蜜的神情，他真想一直听下去。

“康斯坦丁！该撤席了。”女主人说着从椅子上站起身来。普拉托诺夫站起来，科斯坦若格洛站起来，乞乞科夫也站起来，尽管他还想一直坐在那里听下去。他又抬起胳膊让女主人挽着把她送回去。不过这一次他的头再没那么亲切地向侧面歪着，他的动作也不那么灵敏了，因为他脑子里装满了重要的词句和想法。

“不管你怎么说，我还是觉得没意思。”普拉托诺夫说，跟在他们后面。

“这位客人看来相当机灵，”主人想，“谈吐谨慎，不像蹩脚的作家。”他这么一想心情更加快活，仿佛他说这一番话也使自己得到鼓舞，并为能找到一个聆听他的高见的人而庆幸。

他们走进一间舒适的小房间，烛光照得通亮，他们面前不是窗户，而是通往阳台的玻璃门，乞乞科夫感到他很久没这样舒服过。好像他经过长期漂泊之后回到自己的家园，尤其好像他已经达到预期的目的，扔下旅途的手杖说："我可走够了！"主人这一席充满理智的谈话使他的心灵处于一种陶醉状态。人人都会有这种时候，觉得某人说的话比其他任何人说的都更加亲切和温暖。而且就是在最偏远的乡村，在被人遗忘的角落，在荒无人烟的地方，你也会突然遇上这种人，他那暖人肺腑的话会令你忘记旅途的辛苦、客店的简陋和当今充满愚蠢和欺骗的尔虞我诈的社会。这样度过的晚上你会永远铭刻在脑海里，不能忘怀。当时的情景你会永远记得清清楚楚。有什么人在场，谁站在什么地方，手里拿着什么东西，以及墙什么样，墙角什么样，还有各种摆设什么样。

乞乞科夫就是这样，这天晚上的一切他都记得清清楚楚。这间陈设朴素的小房间，主人脸上和蔼的表情，给普拉托诺夫装上的带琥珀烟嘴的烟袋，普拉托诺夫朝亚尔布狗的胖脸上喷烟，狗直嗤鼻子，漂亮的女主人一边笑一边不住叮嘱："行了，别再折磨它了。"还有悦目的烛光、墙角上的蟋蟀、玻璃门和门外的春夜——春夜正偎依着树梢向屋里窥望，春天的夜莺正在树林深处啼啭。

"您这一番话使我茅塞顿开，尊敬的康斯坦丁·费奥多罗维奇。"乞乞科夫说，"我敢说，我走遍俄国也没遇到像您这么聪明的人。"

主人微微一笑。

"不，帕维尔·伊万诺维奇，"他说，"如果您想见聪明人的话，我们这里的确有一位，他才算得上'聪明人'，我连一个犄角也赶不上。"

"他是谁？"乞乞科夫惊奇地问。

"他是我们的包税商穆拉佐夫。"

"我曾经听说过！"乞乞科夫喊出声来。

"这个人不用说管一个庄园，就是给他一个国家也管得了。我要是有个国家，立刻让他当财政大臣。"

“我听说过。说他是个非同寻常的人，说他挣了一千万。”

“何止一千万！四千万还要多。用不了多久半个俄国就会归他所有。”

“您说什么?!”乞乞科夫惊叫一声，目瞪口呆。

“这是必然的。他的财产现在增值的速度令人难以想象。这是明摆着的。一个人只有几十万要发财还挺慢，如果拥有几百万，他的射程可就大了，不管干什么都能翻上一两番。他的活动范围太宽了。而且没有竞争对手。没有人敢跟他较量。不管什么东西他定个价就是什么价，没有人能压过他。”

乞乞科夫瞪圆了眼睛张大了嘴，望着科斯坦若格洛的两眼发呆。只觉得胸口憋闷得喘不上气来。

“真是不可思议!”他略微定一定神说，“吓得我头脑发木！人们观察甲虫会对造物的神奇惊叹不已；可是凡人手里能有这么大一笔巨款，更叫我惊讶！请允许我问这么一个情况，请您说说，开始取得这笔钱的时候总免不了采取不正当手段吧?”

“完全正当的途径，完全正当的手段。”

“我不信，尊敬的主人，对不起，我不信。如果几千卢布还有可能，可这是几百万……对不起，我不信。”

“相反，几千卢布要想干干净净很不容易，而几百万就容易多了。百万富翁用不着搞歪门邪道。他只要照直往前走，路上碰到什么捡什么！别人是捡不到的。”

“不可思议！最不可思议的是，这么大生意竟然从一个戈比开始。”

“没有其他办法。这是合乎规律的。”科斯坦若格洛说，“谁要是生下来就有钱，长大了还有钱，他就用不着挣钱了。他只能沾染许多毛病，毛病还不有的是！要干就得从头开始，不能半路出家。要从最底层开始。只有从底层才能了解人情世故，因为以后你必须在这些人当中谋生存。只有亲身经历各种事，才能体会到每个戈比都来之不易，你只有吃尽苦头才能变得聪明起来，才能磨炼成功，以后不管干什么都不会出错，不会半途而废。这是千真万确的，您就相信我的话好了。必须从头开始，而不是半路出家。谁要是对我说：‘您借给我十万卢布，我马上就能发财。’这样的人我不相信，因为他是想碰运气，没有十足的把握。所以说，必须从一个戈比开始！”

“这么说我肯定能发财，”乞乞科夫说，“因为我可以说几乎白手起家。”

他指的是死农奴。

“康斯坦丁，该让帕维尔·伊万诺维奇休息一下，睡一觉了，”女主人说，“你一说起来就没完。”

“您一定能发财。”科斯坦若格洛说，并不理会女主人的话，“黄金会像河水一样朝您滚滚而来。您将来甚至没地方放。”

乞乞科夫着了迷似的坐在那里，他的思绪翱翔在越来越美妙的黄金梦中。

“真的，康斯坦丁，真该让帕维尔·伊万诺维奇睡觉了。”

“关你什么事！你想睡就去睡好了！”主人说着也停住不说了。普拉托诺夫鼾声如雷，响彻整个房间，紧接着亚尔布狗鼾声更加响亮。远处早已传来更夫敲击铸铁板的声音。已经过半夜了。科斯坦若格洛也发现的确到了睡觉的时候。大家互相道过晚安，立刻各自回房享受睡眠去了。

只有乞乞科夫不能入眠。他的精神太兴奋。他反复琢磨怎么才能成为像科斯坦若格洛这样的地主。听过主人的一席话之后，一切都清楚了，想要发财完全可能。原来以为管理庄园太不容易，现在变得轻而易举，似乎也很符合他的性格，所以他已经开始认真考虑购买一处真正的庄园，而不只是想象中的空中楼阁。他立即决定利用抵押实际并不存在的农奴得来的钱买一座实实在在的庄园。他想象自己如何按照科斯坦若格洛的教导进行工作和管理——既要麻利，又要慎重，不把旧的规矩研究透彻决不采取新的章法，事事都要亲自检查，所有的农奴都要认识，要省吃俭用，要全身心投身于劳动和庄园管理之中。他想象到将来庄园里建立起和谐的秩序，所有的发条互相推动，迅速运转，便预先感受到那时才会有的满意心情。劳动将热火朝天，就像迅速转动的石磨会把粮食磨成面粉一样，他会把一切破烂和垃圾都磨成金钱。这个聪明绝顶的主人仿佛时时刻刻站在他眼前。在整个俄国这是他真正尊敬的第一个人。他以前所尊敬的人要么官大，要么钱多！然而要论聪明他从来没瞧得起任何人。科斯坦若格洛是头一个。乞乞科夫明白，跟这种人不能讨论死农奴的事，连提都不能提。他如今热衷于另外一个计划——买赫洛布耶夫的庄园。他手头有一万卢布，打算再跟科斯坦若格洛借一万，因为科斯坦若格洛亲口说：谁要想经营庄园发家致富，他愿意帮助。还有一万可以先欠着，等把农奴抵押出去再给。买来的农奴目前还不能抵押出去，因为还没有可以让农奴定居的土地。他是对人说过，他在赫尔松省有地，可是买那些土地只不过是一种打算。他是打算在赫尔松省买些土地，因为那里土地价钱便宜，甚至只要肯在那里定居，一个钱也不要。他还想到，如果谁家有逃亡和死掉的农奴，应该赶紧去买，因为所有的地主都争先恐后抵押庄园，用不了多久整个俄国连一块没有抵押的土地都剩不下了。这些想法萦绕脑际，使他不能入睡。直到全家人都已睡着四个小时之后，乞乞科夫才终于进入梦乡。他睡得很死。

第四章

第二天一切都办得非常顺利。科斯坦若格洛高高兴兴借给乞乞科夫一万卢布，既不要利息，也不用保，只开个借条就完事。他乐于帮助一切想发家致富的人。这还不算，他还亲自陪同乞乞科夫前往赫洛布耶夫家看看庄园。早晨饱餐一顿之后，三个人就坐上乞乞科夫的马车一道出发。主人的马车空着跟在后面。亚尔布狗跑在前面，把路上的鸟儿吓得东飞西藏。这段路有十八俄里，他们只用一个半小时多一点儿就走完了。这时看到眼前一座村庄有两个宅子。大宅子是新修的，还没完工，已经搁置多年，另外一座又小又旧。他们见到主人时主人刚刚睡醒，衣衫不整，睡眼惺忪。他身上的常礼服打了补丁，靴子上有窟窿。

不知为什么他一见客人来非常高兴，就像亲兄弟久别重逢。

“康斯坦丁·费奥多罗维奇！普拉东·米哈伊洛维奇！”他大叫起来。“我的亲人哪！居然大驾光临！让我揉揉眼睛！我还以为没有人肯到我家来呢。人人都像躲避瘟疫一样躲着我，以为我会张口借钱。唉，太难了，太难了，康斯坦丁·费奥多罗维奇！我知道都怨我自己！有什么法子！我过的是猪狗一般的日子。对不起，先生们，瞧我就这副样子来见你们。你们都看见了，靴子出了窟窿。请问，让我用什么来招待你们呢？”

“请不必客气。我们是来办事的。”科斯坦若格洛说，“这位就是您的买主，帕维尔·伊万诺维奇·乞乞科夫。”

“跟您认识我从心眼儿里高兴。让我握握您的手。”

乞乞科夫把双手都递给他。

“尊敬的帕维尔·伊万诺维奇，我很愿意领您去看看庄园，这座庄园很值得一看……只是，先生们，请允许我问一下，你们吃过午饭没有？”

“吃过了，吃过了。”科斯坦若格洛这么说是为了减少麻烦，“用不着耽搁，我们马上出发。”

“那就出发吧。”

赫洛布耶夫手里拿着帽子。客人们把帽子戴在头上，一起徒步去参观村庄。

“我们一起去看看我这乱七八糟的家业，看看我管理多么无能。”赫洛布耶夫说，“你们吃过午饭了，真是做了件好事。不知您相不相信，康斯坦丁·费奥多罗维奇，家里连一只小鸡都没有了，没曾想会落到这步田地。过的是猪一般的日子，简直变成猪了！”

他深深叹息一声，好像觉出从康斯坦丁·费奥多罗维奇这里得不到多少同情，因为这个人心肠太硬，便挽起普拉托诺夫的胳膊，胸口紧贴在他身上，在头前先走了。科斯坦若格洛和乞乞科夫落在后面，也手挽手远远地跟着。

“太难了，普拉东·米哈雷奇，太难了！”赫洛布耶夫对普拉托诺夫说，“您都想象不到我的日子有多难！要钱没钱，要吃的没吃的，要靴子穿没靴子！要是年轻时候，光杆儿一个，我也不在乎。可是现在上年纪了，身边还有老婆和五个孩子，受这份穷可真难呀——真犯愁，不能不愁……”

普拉托诺夫很可怜他。

“嗯，如果把村庄卖了，您的情况就好了吗？”普拉托诺夫问。

“好个啥！”赫洛布耶夫一挥手说，“都得还债，这些债不能不还，自己连一千都剩不下。”

“那您怎么办呢？”

“只有上帝知道。”赫洛布耶夫说，耸耸肩。

普拉托诺夫感到奇怪。

“那您怎么不想办法摆脱这种困境呢？”

“有什么办法可想?”

“真就一点儿办法也没有?”

“没有。”

“嗯,您找事做做,谋个差事。”

“我不过是十二等文官。谁有什么好差事肯给我?薪水没有几个钱,可我有老婆,还有五个孩子。”

“嗯,那您可以给私人干。可以当管家。”

“谁肯把庄园托付给我!我把自己的庄园都败坏了。”

“嗯,总不能干等着饿死,得想想办法。我回去问问我哥哥,能不能在城里托人给您找事做。”

“不用了,普拉东·米哈伊洛维奇。”赫洛布耶夫叹了口气说,紧紧握住对方的手,“我现在什么也干不了。我是未老先衰,由于年轻时胡闹,落个腰疼病,还有肩周炎。我干得了什么?还不是白拿国家钱!不算我,如今想找肥缺的人就够多的了。上帝保佑,可别为了我,为了给我发薪水再让穷苦人多纳捐税。如今吸血的人这么多,已经够他们受的了。不用了,普拉东·米哈伊洛维奇,让上帝保佑他们吧。”

“他竟然落到这种地步!”普拉托诺夫想,“比我总睡不醒还糟。”

这时科斯坦若格洛和乞乞科夫落在后面,保持着一定距离,进行这样一场谈话:

“他像所有的人一样,把地荒废了!”科斯坦若格洛用食指指着田地说,“把农民弄得这么穷!既然发生瘟疫,就应该豁出自己的家产。就是全都变卖了,也要给农民买牲口,不能让农民一天没有种地的家伙。现在恐怕多少年也缓不过来。农民学懒了,整天喝酒,都成了酒鬼。”

“这么说,现在买这个庄园不太合算吧?”乞乞科夫问。

这时科斯坦若格洛瞥他一眼,意思好像说:“你什么也不懂!难道还要从字母开始教你不成?”

“不合算?只要三年工夫我就能让这个庄园每年收入两万卢布。

您看合不合算！一共只有十五俄里远。算不了什么！这土地有多好！您仔细看看这土地！全是水淹地。我种上亚麻，光这一项就可以收上五六千；再种芜菁，芜菁也能得四千。您瞧：坡上的黑麦都长起来了，这是稆生的。他根本没下种——这一点我清楚。这片庄园能值十五万，而不是四万。”

乞乞科夫怕赫洛布耶夫听见，便落得更远了。

“瞧这片地撂荒了多少！”科斯坦若格洛越说越来气，“他可以事先告诉一声，愿意种的人有的是。哼，就是没有牲口翻，可以让人挖了种菜。种菜也来钱。他让农民足足闲待了四年。什么也不干！这一下就把农民惯坏了，而且把他们永远毁了。他们已经习惯穿得破破烂烂，到处流浪！他们把这当成日子过。”科斯坦若格洛说着吐了一口唾沫，火气上来，前额上笼罩一片阴云……

“这里我再也待不下去了，一看到这种乱七八糟、一片荒凉的情景我就气得要死！您现在可以直接跟他谈妥这笔交易，用不着我。您就赶快把这块宝地从这个混蛋手中拿过来吧！他只会糟蹋上帝的恩赐！”

科斯坦若格洛说完，便跟乞乞科夫告别，赶上主人，又跟主人告别。

“这怎么成？康斯坦丁·费奥多罗维奇，”主人吃惊地说，“刚一来就要走！”

“我实在没工夫，家里有要紧的事。”科斯坦若格洛说，告别完了坐上自己的马车就走了。

赫洛布耶夫似乎也明白他要走的原因。

“康斯坦丁·费奥多罗维奇忍受不了。”他说，“我能感觉出来，像他这样的当家的见到庄园管理得这么糟，心里一定不高兴。帕维尔·伊万诺维奇，您相不相信我是没办法，实在没办法……今年可以说根本就没种庄稼！我是实话实说。不用说没有牲口翻地，连种子都没有。普拉东·米哈伊雷奇，听说您哥哥是个了不起的当家的，至于康斯坦丁·费奥多罗维奇就更不用说了，他赶得上拿破仑。是呀，我常想：‘为什么把那么多智慧都装进一个人的脑袋里了，哪怕给我这傻脑瓜里装上一点儿也行，好让我能保住这份家业！我什么也不懂，什么也不会。’啊，帕维尔·伊万诺维奇，今后由您来管吧！我最可怜那些倒霉的农民。我觉得我干不了［　］① 有什么办法！我就是严厉不起来。我自己吊儿郎当，怎么能管好他们，让他们守规矩呢？我本想现在就给他们自由，可是俄国人就是这个脾气，没人管着不行……那样一来，他就会睡大觉，就会学坏。”

“说来也奇怪。”普拉托诺夫说，“我国怎么会这样，老百姓要没有人监督就会变成酒鬼和坏蛋呢？”

“因为缺少教育。”乞乞科夫说。

“嗯，天知道是什么原因。我们倒受过教育，可我们生活得怎么样？我上过大学，听过各门课程，不但没学会怎么生活，怎么安排自己的一生，反而学会了乱花钱，追求各种新鲜玩意儿和享受，学了很多要花钱才能买到的快乐。是我们学得不好吗？不是，其他同学也都这个样。也许有那么两三个人学到了真本领，那也可能是他们本来就聪明的缘故，其余的人可都拼命学那些既伤害身体又浪费金钱的玩意儿。真就是这么回事！好像我们上学念书为的就是给教授们鼓鼓掌、送送礼，自己却什么也没学到。结果我们受一回教育只学到一些坏东西，学到一些皮毛，并没学到真本事。所以说，帕维尔·伊万诺维奇，不是那么回事。我们不会生活一定另有原因。不过究竟什么原因我说不清楚。”

“一定有原因。”乞乞科夫说。

可怜的赫洛布耶夫深深叹了一口气说：

“我有时候真觉得俄国人好像完蛋了。没有毅力，没有常性，什么都想干却什么也干不成。总想从明天开始新的生活，从明天开始认真干，从明天开始采取饮食疗法，可还是一事无成。当天晚上就会吃得太多，撑得直眨眼，连舌头都不会转了，像猫头鹰一样坐在

① 手稿中这个词看不清楚。——译者注

那里看着大家。真就是这个样子。”

“人得储存一些理智，”乞乞科夫说，“时时刻刻跟理智商量，跟理智交谈。”

“这怎么可能？”赫洛布耶夫说，“我觉得我们天生就缺乏理智。我就不相信我们当中哪个人有理智。即使我看到有人规规矩矩过日子，一点一点攒钱，我也不信他就有理智。因为他到老了就会鬼迷心窍，一下子把钱花光！我国全都这样，不管是农民还是贵族，也不管受没受过教育。有这么一个聪明的农民白手起家挣到十万卢布，有了十万卢布他头脑就发昏了，修个浴池用香槟酒洗澡。我们好像都看完了，没什么可看的了。您是否想去看看磨坊？不过磨坊没有水车，房子也不顶用了。”

“那还何必看它！”乞乞科夫说。

“那样的话，我们就往回走吧。”

回去的路上看到的是同样情景。到处乱七八糟，一片不堪入目的景象。一切都破破烂烂，荒芜已极。只是街当中新添一个水洼。有个婆娘穿着油渍麻花的粗麻布衣服，怒气冲冲地把一个可怜的小姑娘打个半死，嘴里骂着各种脏话。远处有两个庄稼汉瞪眼看着婆娘耍酒疯，一脸斯多葛式的冷漠。一个搔着后背的下部，另一个打呵欠。房子裂开了大缝，房盖咧开嘴。好像都在打呵欠。普拉托诺夫见了也打起呵欠。“这些庄稼人就是我将来的财产，”乞乞科夫暗想，“衣服窟窿连窟窿，补丁摞补丁！”有一家房子没房盖，竟然把一扇大门盖在顶上；有的窗户要倒，就用从老爷的粮仓拽来的杆子支住。总之，这里的庄园管理采取特里什卡①补衣服的办法，把袖口和后襟剪下来补到胳膊肘上。

他们走进屋里。乞乞科夫看到贫穷的景象中间却有几件最时髦的摆设闪闪发亮。满屋的破旧家具和陈设中间有几件崭新的青铜器。墨水瓶上有莎士比亚的坐像；桌子上放着一个象牙挠痒耙，耙把儿

---

① 特里什卡来自克雷洛夫寓言《特里什卡的外套》，意为拆东墙补西墙。——译者注

也很讲究。赫洛布耶夫把妻子介绍给他们。女主人长得真漂亮，就是在莫斯科也不会丢脸。她的穿着也很讲究，很时髦。她爱谈的是省城和省城里开的剧院。看来她比丈夫更不喜欢乡下，只剩下她一个人的时候，她会比普拉托诺夫更爱打呵欠。不一会儿屋里出现不少孩子，有男有女，一共五个。第六个还抱在怀里。个个长得非常漂亮，招人喜欢。他们打扮得很可爱，穿着讲究，又天真又活泼。因此看到他们就更感到可悲。倒不如让他们穿得差一点，穿普通的花粗布裙子和衬衫，这样在院子里跑起来就跟农家的孩子没什么两样了！这时有位女客来拜访女主人，她们一起走到另外一个房间。孩子们也跟她们跑去。房间里只剩下男人。

乞乞科夫开始谈生意。按照买东西的习惯，他首先把要买的庄园贬损一下。在数落了庄园的各种缺点之后他说：

"您准备要什么价?"

"您要知道，"赫洛布耶夫说，"我不会跟您要大价钱，而且我也不爱这么做，这么做未免昧着良心。还有一件事我也不隐瞒：我这个村子登记在册的农奴有一百个，其实连五十个都不到，有的得瘟疫死了，有的私自逃跑了，所以您就当他们死了。所以我跟您只要三万卢布。"

"您还要三万！地荒了，人死了，您还要三万！我给您两万五好了。"

"帕维尔·伊万诺维奇！我送到银行抵押也能拿到两万五，您明白不明白？那样的话，我既可以拿到两万五，庄园还归我。我之所以要卖，就因为急等钱用。如果抵押，一时半晌拿不到钱，而且还得给办事员进贡，可是我没有这笔钱。"

"哼，不管怎么说，我只能给两万五。"

普拉托诺夫不免替乞乞科夫害羞。

"您就买了吧，帕维尔·伊万诺维奇。"普拉托诺夫说，"不管到什么时候，这座庄园也值这个［价钱］。您如果不肯出三万，我跟家兄就合伙买下。"

乞乞科夫大吃一惊……

“好吧！”他说，“我就出三万。我现在先留两千定钱，过一周之后再给八千，剩下那两万等一个月之后再给。”

“这可不行，帕维尔·伊万诺维奇，我唯一的条件就是要尽快付钱。您现在就得交一万五，剩下的无论如何也不能超过两个星期。”

“可我没带一万五！现在只有一万。总得让我筹措一下。”

说这话乞乞科夫撒了谎，他身上带着两万卢布。

“不行呀，帕维尔·伊万诺维奇！我方才说了，我急需一万五千卢布。”

“我确实没有这五千。而且不知道找谁去借呢！”

“我借给您。”普拉托诺夫立刻说。

“这怎么行？”乞乞科夫说，心里暗想：“他肯借倒也不错，明天就可以送来。”他让人把马车上的小木匣拿来，从里面取出一万卢布交给赫洛布耶夫，剩下那五千答应明天送来。答应归答应，其实他打算明天只送三千，剩下的两千再拖两三天，如果可能的话拖得越长越好。乞乞科夫钱一到手就不喜欢往外拿。即使非拿不可，也觉得最好拖到明天，而不肯今天就拿出去。其实我们大家何尝不是这样！如果有人求我们办事，我们也喜欢推三阻四。让他坐在前厅里磨后背去吧。他为啥不可以等等！至于他时间宝贵，他的事等不得，跟我们有啥关系！“老兄，明天再来吧，今天我实在没工夫。”

“那么您以后到哪住呢？”普拉托诺夫问赫洛布耶夫，“您另外还有村子吗？”

“没有，我搬到城里住。这倒不是为了我，而是为了孩子，不得不这么做。得为他们聘请神学老师、音乐和舞蹈老师。在乡下请不到。”

“连肚子都填不饱，还让孩子学舞蹈！”乞乞科夫想。

“真是奇怪！”普拉托诺夫想。

“怎么样，生意成交了，我们总得举杯庆祝一下。”赫洛布耶夫说，“喂，基留什卡快拿瓶香槟来！”

“填不饱肚子，却有香槟酒！”乞乞科夫想。

普拉托诺夫不知道他该怎么想。

香槟酒送上来了。他们连干三杯，精神快活起来。赫洛布耶夫不像刚才那么拘谨，变得又聪明又可爱，滔滔不绝讲起俏皮话和各种掌故。从他的言谈中可以知道，他十分了解人情世故。有很多事他看得准确而透彻，三言两语就能把附近的地主勾画得惟妙惟肖。这些人的缺点错误他都了如指掌，讲到地主破产的故事更是如数家珍——他们为什么破产，怎么破的产，其中有哪些故事；连这些地主细小的习惯他都讲得准确而有特色。两位客人听得入迷，乐于承认赫洛布耶夫真是个聪明绝顶的家伙。

“我问您，”普拉托诺夫抓住他的手说，“您既然这么聪明，又有经验，通晓世故，怎么就不想办法挽救自己，摆脱困境呢？”

“办法倒有。”赫洛布耶夫说，紧接着提出一大堆方案。可是这些办法都荒唐而离奇，跟他通晓人情世故毫不相干，两位客人听了只好耸耸肩说：“上帝呀！在通晓人情世故和实际运用这些知识之间存在着多大的差距呀！”所有这些方案几乎都立足于马上能从什么地方搞到十万二十万卢布。好像这样一来他的一切困难都迎刃而解，庄园可以搞好，窟窿可以堵上，收入可以增加三倍，他也可以还清所有的债务。他最后说：“叫我有什么办法？找不到好心人肯借给我二十万或十万卢布！这显然是上帝不肯这么做。”

“那还用说，”乞乞科夫想，“上帝怎么会赐给这么个混蛋二十万卢布！”

“我倒有个姨娘，家产足有三百万，”赫洛布耶夫说，“老太婆是个虔诚的教徒，肯向教堂和修道院施舍，就是不大周济穷亲戚。老太婆长得挺漂亮。年轻时候的模样很值得一瞧。光金丝雀她家就养了四百只，还有巴儿狗、吃闲饭的和仆人，如今都见不到了。年纪最小的仆人也有六十岁，她还叫他：‘喂，小家伙！’如果哪个客人拂了她的意，吃饭的时候她就吩咐仆人不给上菜。仆人果然就不给菜吃。”

普拉托诺夫微微一笑。

“她尊姓大名，住在什么地方?”乞乞科夫问。

“她就住在城里，叫亚历山德拉·伊万诺夫娜·哈纳萨罗娃。”

“那您为什么不去找找她?”普拉托诺夫十分同情地说，“我想她要真能了解您家现在的情况，不管怎么吝啬，也不会拒绝您。”

“不，她一定会拒绝！我姨娘脾气挺厉害，是个铁石心肠的人，普拉东·米哈伊雷奇！况且我又不大巴结她。有的是巴结她的人。其中有个家伙想当省长，跟她攀亲……随他去吧！他也许真就能当上！他们爱怎么的就怎么的吧！我从前没讨她好，现在就更不中了，连腰都弯不下。”

“这个笨蛋!”乞乞科夫想，“我要是有这么一位姨娘，我会像保姆哄孩子一样哄她!”

“咱们怎么能这么干巴巴地唠呢!”赫洛布耶夫说，“喂，基留什卡，再拿一瓶香槟来。”

“不用了，不用了，我不喝了。”普拉托诺夫说。

“我也不喝了。”乞乞科夫说。两人都坚决说不喝。

“那么两位起码得答应进城时到我家串门，我要在六月八日设宴招待城里那些官儿。”

“真想不到!”普拉托诺夫叫出声来，“您已经彻底破产，落到这种地步还举行宴会?”

“有什么办法！不办不行。因为欠人家的情。”赫洛布耶夫说，“人家请过我。”

“这种人真没办法!”普拉托诺夫想。他不了解在俄国、在莫斯科和其他城市都有这种精明人，他们靠什么生活是个猜不透的谜。看样子已经倾家荡产，欠下许多债，而且没有任何进项，可是照样举行宴会，参加宴会的客人都以为大概是最后一次了，主人明天就会被投进监狱。可是过十年之后，这位精明人照样活在世上，债欠更多，却照样举行宴会，大家又以为是最后一次，都相信主人明天就会进监狱。赫洛布耶夫就是这种精明人。这种活法只有俄国才有。

他一贫如洗，却照样摆阔，大摆宴席，甚至还庇护艺人，凡是外地演员到本城演出，他都招待，提供食宿。谁要是去看看他在城里的住宅就会莫名其妙，不知道谁是这家的主人。今天有个神父穿着法衣在他家举行祈祷，明天又会有几个法国演员在那里彩排。有时候还会来个陌生人带着文件住进他家，把客厅当作办公室，他家的人谁也不认识，却并不感到局促不安，好像是家常便饭。有时候家里一连几天没有一块面包吃，有时候又能举行盛大的宴会，连最挑剔的美食家也会认为味道不错。主人在宴会上露面时喜气洋洋，满面春风，颇有富翁的气派，走起路来也像个过惯富裕生活的人。然而有时候他要忍受贫穷的煎熬，换个人早就上吊或开枪自杀了。不过是宗教信仰救了他。宗教信仰跟他那种放荡生活奇怪地结合在一起。他每逢遇到难关就打开书，读读受难者和穷苦人的传记来激励自己，从痛苦和不幸中得到解脱。这时他便会心肠变软，感动不已，热泪盈眶。说来也怪，这时总会有人给他意想不到的接济。或者是老朋友突然想起他，派人给他送些钱来；或者有一位陌生的太太路过此地，偶然听说他的窘困大发善心，给他丰厚的施舍；或者有一件官司他从未听说过却打赢了。这时他会虔诚地感谢上帝无边的慈悲，举行一场感恩祈祷，然后照样过他的放荡生活。

“我太可怜他了，他真叫人可怜！”两位客人跟主人告别，坐车走出村子时，普拉托诺夫对乞乞科夫说。

“他是个败家子！”乞乞科夫说，“这种人不值得可怜！”

过了一会儿他俩谁也不再想他了。普拉托诺夫所以不想，因为他对待人的遭遇跟对待世上的一切事物一样，马马虎虎，懒得去想。他一看到有人受苦就非常同情，心如刀割，然而给他留下的印象不深。他之所以不去想赫洛布耶夫的事，因为他连自己的事也不考虑。乞乞科夫所以不想赫洛布耶夫，因为他的全部心思都放在新买的庄园上了。他正左思右想，新买的庄园究竟有哪些好处。他不住盘算和掂量着。不论怎么掂量，不论从哪方面看，这笔生意都绝对合算。首先可以把庄园干脆抵押出去。不过也可以不抵押庄园，光抵押死掉和逃跑的农奴。还可以先把好地一块块卖掉，然后再抵押庄园。也可以采取这种办法：自己进行管理，仿照科斯坦若格洛的办法当地主。既然离他家很近，他又是自己的恩人，就可以经常向他请教。甚至可以转手把庄园卖给私人（当然在自己不愿意经管的前提下），只把逃跑和死掉的农奴留下。这么办还有一个好处，就是干脆溜之大吉，连借科斯坦若格洛的钱也不必还。总之，不论怎么掂量，这笔生意都绝对合算。他洋洋得意。他得意的是如今自己真成了地主，不是想象中的地主，而是一个真正的地主，既有土地、牧场、山林和河湖，又有农奴。而且农奴也不是假的，不是想象中的，而是真实的了。于是他有些手舞足蹈了，搓搓手，哼起小曲，自言自语几句，把一只手做成喇叭筒，嘴对着吹出进行曲，甚至说几句自卖自夸的话，还给自己起外号，什么“美男子”啦，“胖墩儿”啦。不过后来想起来不光自己一人坐在车上，便突然不作声了，尽力压下这种不大得体的狂喜心情。而普拉托诺夫方才听到乞乞科夫发出来的声音还以为跟自己说话，便问他：“什么?”乞乞科夫只回答：“没什么。”

直到这时乞乞科夫才左右看看，并发现他们正穿过一片桦树林。这儿风景优美，两旁的桦树围墙十分好看，一直向前伸展开去。树木掩映中露出一座白色的石教堂。路的尽头有个绅士向他们迎面走来，他头戴便帽，手里拿一根带节子的手杖。有一只英国狗跑在前面，狗长得油光水滑，狗腿细长。

“停车!”普拉托诺夫朝车夫喊道，立刻跳下马车。

乞乞科夫也跟着下车。他俩迎上前去。亚尔布狗已经跟英国狗亲吻起来，它们显然是老相识，因为阿佐尔（这是英国狗的名字）亲热地吻亚尔布的胖脸时，它毫无反应。这只叫阿佐尔的狗很机灵，吻完亚尔布就跑到普拉托诺夫跟前，灵敏地用舌头舔他的手，然后又扑到乞乞科夫胸前想舔他的嘴唇，被乞乞科夫一下子推开没舔成，便又跑到普拉托诺夫跟前，哪怕舔舔耳朵也好。

普拉托诺夫和迎面走来的绅士相遇，拥抱在一起。

“不像话，普拉东弟弟，你对待我怎么能这样?”这位绅士急忙问。

“怎么啦?”普拉托诺夫满不在乎地回答。

“你怎么能这样，离开家三天连个信儿也不捎！彼图赫的马倌把你那匹马送回来，说你‘跟一位老爷走了’。你哪怕捎句话也好，说你上哪去了，去干什么，去多长时间。不像话，弟弟，怎么能这样?上帝知道这几天把我急成什么似的!”

“有什么法子，我忘了。”普拉东说，“我顺便到康斯坦丁·费奥多罗维奇家去了。姐夫让我向你问好，姐姐也向你问好。我给你介绍一下帕维尔·伊万诺维奇·乞乞科夫。帕维尔·伊万诺维奇，这就是家兄瓦西里。请您像喜欢我一样喜欢他。”

瓦西里和乞乞科夫都摘下帽子互相亲吻。

“这个乞乞科夫是个什么人物呢?”瓦西里想，“我弟弟普拉东什么人都交，恐怕都没了解一下他是个什么人。”于是他在礼貌允许的范围内仔细打量一下乞乞科夫，看他站在那里微微低着头，脸上一直保持讨好的表情。

这时乞乞科夫也在礼貌允许的范围内把瓦西里仔细打量一番。瓦西里个子比普拉东要矮，头发的颜色也更深一些，面孔长得并不漂亮，不过脸上蛮有生气，精神焕发。显然，他可不是整天迷迷糊糊、睡不醒的样子。

“瓦西里，你知道我想出什么主意了?”普拉东说。

“什么主意?”瓦西里问。

“到各地走走，周游一下神圣的俄罗斯，跟帕维尔·伊万诺维奇搭伴。这么一走也许能撵跑我的忧郁症。”

“怎么突然想出这么个主意?……”瓦西里对弟弟的决定不以为然便说出这么一句，他几乎还想说下面一句：“跟这么一个人初次见面就搭伴，也许他是个坏蛋，鬼知道他是什么人?”于是他疑心重重地又斜眼打量乞乞科夫。只见乞乞科夫仍然彬彬有礼，一直保持略侧着低头讨好的姿势和满脸恭敬殷勤的表情，所以无法猜测乞乞科夫究竟是个什么人物。

三个人一起顺着大路默默走去，路左侧在树木掩映中出现一座白色的石教堂，路右侧也在树木掩映中开始出现主人的宅子。终于看到大门。他们走进院子，院里是一座老式的住宅，屋顶很高。院子当中长着两棵大椴树，树荫几乎遮蔽半个庭院。透过椴树低垂的茂密枝叶可以隐约看到树后面房屋的墙壁。树底下有几条长凳。瓦西里请乞乞科夫坐下。乞乞科夫坐下，普拉托诺夫也坐下。整个庭院飘散着丁香和稠李的花香，丁香和稠李的树枝从四处的果园里越过秀丽的桦树墙伸过来，就像用鲜花编成的链子或珍珠项链似的把庭院团团围住。

有个机灵麻利的小伙子，大约十七岁的光景，穿着一件漂亮的粉布衬衫，送来几个长颈瓶放在他们面前，瓶里装的是水和五颜六色的格瓦斯，品种齐全，像柠檬汽水一样嘶嘶作响。他放好长颈瓶就走到大树跟前，拿起靠在树上的铁锹到果园里干活儿去了。普拉托诺夫兄弟家的仆人都在果园里干活儿，仆人个个都是园丁，或者最好说他家根本没有仆人，而是有时让园丁干仆人的差事。瓦西里一直说，家里用不着仆人，要让谁送点东西，人人都干得了，犯不上专门使唤仆人。他似乎还说，俄国人只有穿衬衫和俄式无领上衣才舒服，既漂亮又洒脱麻利，活儿也干得多；可是一穿上德国人的常礼服就发笨，又难看又别扭，还不爱干活儿。他还说俄国人穿衬衫和无领上衣最讲卫生，一旦穿上德国人的常礼服，就连衬衫也不换，还不洗澡，穿着常礼服睡觉，里面就会生虱子、跳蚤和其他玩意儿。他这话说得也许不错。他村子里的人都穿得漂亮整洁，像这么漂亮的衬衫和无领上衣不是随时都能见到的。

“您要不要喝点儿凉饮？”瓦西里指着长颈瓶对乞乞科夫说，“这是我家工厂出产的，我家这种格瓦斯很早就出名了。”

乞乞科夫从头一个瓶子里倒出一杯——很像他从前在波兰喝过的椴蜜酒。格瓦斯像香槟一样冒泡，有一股凉气从嘴里钻进鼻孔，十分舒服。

“太好喝了！”乞乞科夫说，又从另外一瓶倒出一杯喝了，“这杯味道更好。”

“您主要想上哪去？都去什么地方？”瓦西里问。

“我这次出门，”乞乞科夫说，用一只手搓着膝盖，同时微微侧着头，整个身子都轻轻摇晃，“并不是办自己的事，而是替人家办事。别特里谢夫将军是我要好的朋友，可以说是我的大恩人，他要我去拜访他的几家亲戚。拜访亲戚归拜访亲戚，另外可以这么说，对自己也有好处，不用说这有治疗痔疮的作用，而且可以开开眼界，见见世面——旅行本身可以说是一本活的教科书，也是一门学问。”

瓦西里犯了思索。“这个人说话有些矫揉造作，不过他说的也有道理。”他想，“我弟弟普拉东缺少的正是对生活和人情世故的了解。”他沉吟片刻说：

“我现在也这么想，普拉东，旅行也许能让你振作起精神。你的精神萎靡不振。你整天好像是在梦中，不过并不是因为吃得太饱或疲劳过度，而是因为你缺乏新鲜的印象和感受。我跟你完全相反。我倒希望自己遇事不要那么敏感，犯不上事事都往心里去。”

“你遇事就往心里去那是你乐意！”普拉东说，“你是自寻烦恼，自己给自己找麻烦。”

“每走一步都要遇到麻烦，你怎么能说我自己找的！”瓦西里说，“你听说没有，你不在家的时候列尼岑跟我们玩的什么把戏？他把我们平常过了复活节举行婚礼的空地占去了。”

“他不知道，所以才占去的。”普拉东说，“他从彼得堡回来不久，不了解情况。应该跟他说清楚，讲明白。”

“他清楚，非常清楚。我派人向他说明情况，他一口回绝了。”

“你应该亲自去一趟，向他讲清楚，好好跟他谈谈。”

“我才犯不上呢。他太拿架子了。我不去，你愿意去你去。”

“我倒愿意去，可我从来不管事。他可能糊弄我，想法骗我。”

“如果方便的话，我可以去。”乞乞科夫说。

瓦西里瞥了他一眼，心里想：“他倒真乐意跑腿！”

“您只要对我讲清楚，他是个什么样的人，”乞乞科夫说，“问题出在什么地方。”

“我怎么好意思把这么棘手的差事交给您去办？我打心眼儿里不愿意跟这种人打交道。应该告诉您，他不过出身于我省一个普通的小贵族家庭，在彼得堡做过事，好容易混出点儿样子，娶个谁家的私生女，便自以为了不起。回到这里总想拔尖儿。谢天谢地，我们省的人并不傻，并不把鸡毛当令箭，彼得堡也不等于教会。”

“那当然，”乞乞科夫说，“可问题出在什么地方？”

“问题其实算不了什么。他家地少，他就想侵占别人家的空地，也就是说，他以为人家［忘了］耕种就是不要了，而我家恰好有一块空地，是自古以来留给农民过完复活节举办婚礼的地方。为了这个我甚至宁愿让出一些好地，也不愿意把这块空地给他。我认为风俗习惯是再神圣不过的。”

“这么说来，您愿意把另外一块地让给他？”

“得这么说：如果他不这么对待我的话，我本想那么做。可是我看得出来，他是想打官司。那我们就打个试试，看看谁输谁赢。尽管地图上画得不怎么清楚，可是我有证人——有的老人还在世，记得清楚。”

“嘿！”乞乞科夫想，“看得出来，两人都有脾气。”然后说：

“我觉得这件事还是调解为好。一切都取决于中间人。书面……”①

……

“……比方说，把您村中最后一次登记以后死掉的农奴转到我的名下，我可以替他们纳税，对您来说很划得来。为了避免出现麻烦，您可以签订契约，就说您把这些农奴作为活农奴转让给我了。”

“这可没听说过！”列尼岑心想，“这事有点儿古怪。”他甚至连椅子一起后退几步。因为这件事让他左右为难。

① 手稿到这里缺两页。《死魂灵》第二卷第一版（1855 年）有个附注：“这里有遗漏，其内容可能是叙述乞乞科夫如何前去拜访地主列尼岑。”——译者注

“我丝毫也不怀疑您一定会赞同这件事，”乞乞科夫说，“因为这件事跟我们方才谈的事完全属于同类性质。您和我都是有身份的人，这事只有我俩知道，对谁都没坏处。”

怎么办呢？列尼岑感到一筹莫展。他无论如何没想到他刚刚提出这么个想法竟然逼得自己要马上兑现。对方的建议又太突然。这样做当然对谁也没什么害处。地主总得把这些农奴跟活农奴一起抵押，由此可见，国库不会受到损失。不同的是这样一来他们都集中在一个人手中，不然，也不过是分散在许多人手中。尽管如此，他仍然感到十分为难。他是个奉公守法的人，虽然做生意，可也是正派生意人。不管给什么好处，违法的事他坚决不干。然而这件事他踌躇了，不知道该怎么叫——是合法还是违法。如果换个人跟他提出这种建议，他会干脆说：“这算什么事？胡闹！我可不想当傀儡或当傻瓜。”然而这位客人跟他非常投机，他们谈论教育和科学的成果时在许多地方都所见略同，怎么能磨得开拒绝呢？列尼岑感到进退两难。

可是这时老天仿佛有意帮他摆脱困境，他的太太走进房间。这位年轻的女主人长得又矮又瘦，脸色苍白，翘鼻子，却像彼得堡所有的太太一样打扮入时；后面还跟着保姆，抱着他们的头生子，是新婚夫妇的爱情结晶。乞乞科夫当然立刻走上前去，且不说问候彬彬有礼，就是那侧头鞠躬的优雅姿势也已大大博得太太的欢心。接着他又跑到小孩跟前，小孩刚要哭，乞乞科夫只说了句：“呜，呜，宝贝儿！”一边用指头打响，一边取出拴在怀表链上的光玉髓图章逗弄孩子想要抱他。乞乞科夫抱起孩子往高一举逗得孩子微微一笑，这就博得父母的喜欢。

不知孩子由于高兴还是其他原因，突然有失体统。列尼岑太太大叫起来：

“哎哟，我的天哪，他把您的燕尾服全给弄脏了！”

乞乞科夫一看，崭新的燕尾服有一只袖子全脏了。“可恶的小崽子，怎么不叫冒失鬼把你抓去！”他气得心中暗骂。

男主人、女主人和保姆都跑去拿香水，从四面八方给他擦。

“没关系，没关系，一点儿关系也没有。”乞乞科夫说，“天真的孩子能有什么脏的！”同时心中暗想：“这个该死的小坏蛋，拉得可真准！”当他的衣袖全都擦净、脸上又恢复愉快的表情之后，又说：“正是黄金时代！”

“的确如此，”主人也满面含笑对乞乞科夫说，“还有什么能比婴儿时代更令人羡慕，不用操心，不用为未来打算……”

“让人恨不得马上跟他换换位置。”乞乞科夫说。

“求之不得。”列尼岑说。

不过看来他们二人都在扯谎。如果真让他俩跟孩子对换位置，他们该不干了。整天让保姆抱在怀里，还把客人的燕尾服弄脏了，能有什么乐趣？

年轻的女主人抱着头生子跟保姆一起走了，因为孩子的身上也要收拾一下。他不仅对乞乞科夫很赏光，自己也闹了一身。

看来这不过是件小事，却使主人倾向于满足乞乞科夫的要求。客人给予孩子这么多爱抚，并为此慷慨地牺牲了燕尾服，还怎么能拒绝他呢？列尼岑想：“他既然提出这种请求，为什么不能满足他呢？”① ……

① 手稿里本章没有结尾。——译者注

结尾的残稿[①]

正当乞乞科夫穿着用金黄色丝绸做的波斯袍仰身靠在沙发上，跟外地的走私商人谈生意——这个走私商人是犹太人，讲话带德国口音，他们面前摆着一块做衬衫用的上等荷兰麻布料和两块用纸盒装的上等香皂（这种香皂就是乞乞科夫在拉济维洛夫海关时曾经搞到的那种，的确具有使皮肤白嫩的奇效）——正当他很在行地买有教养的人所必需的用品时，传来一阵隆隆的马车声，震得房间的窗户和墙壁都轻轻颤抖。走进来一位大人，是阿列克谢·伊万诺维奇·列尼岑。

“请大人评判一下，这块麻布怎么样？香皂怎么样？还有昨天买的这件东西怎么样？”乞乞科夫说着，把小圆帽往头上一戴。小圆帽是用金线绣的，缀着珍珠，他一戴上真像个波斯国王，神气活现。

然而大人没理这个碴，反而心事重重地说：

“我需要跟您谈件事。”

他脸上露出明显的不安。说话带德国口音的可敬的商人立刻被打发走，房间里只剩下他们［两个人］。

“您可知道出了一件多么麻烦的事？又出现一份老太婆的遗嘱，是五［年］前写的。遗产送给修道院一半，另一半分给两个养女。其他的人都没有份。”

乞乞科夫一下子呆住了。

“嗯，这份遗嘱算不了啥。一钱不值，因为有了第二份遗嘱它就

---

① 这部分稿子要比第二部前几章成稿更早。——译者注

失效了。”

“可是最后这份遗嘱并没说明撤销头一份。”

“这是不言而喻的，有了新遗嘱，从前那份当然就没用了。从前那份什么也顶不了。死者的意愿我很清楚。我当时在场。那份是谁签的字？谁是证人？”

“在法院里办的公证。证人是良心裁判法官布尔米洛夫和哈瓦诺夫。”

“糟了，”乞乞科夫想，“听说哈瓦诺夫是正派人；布尔米洛夫是老滑头，每逢节日就到教堂去念《使徒行传》。”

“不过没关系，没关系。”他说，立刻明白必须横下一条心，“这件事我最清楚不过，因为死者弥留之际我在场，我比任何人都清楚。我准备亲自宣誓作证。”

这一番话和决然的态度使列尼岑暂时放下心来。他十分激动，刚才甚至怀疑乞乞科夫是不是伪造了遗嘱，如今不免责备自己不该起疑心。乞乞科夫愿意宣誓就清楚地证明他是［清白］的。我们并不知道乞乞科夫是否真有勇气到法庭上宣誓，然而说这种话的勇气倒是十足。

“您只管放心，这件事我去找几位法律顾问谈谈。您可千万别插手，您应该置身局外。我现在可以住在城里，愿意住多久都可以。”

乞乞科夫立刻吩咐备车，动身去见法律顾问。这位法律顾问经验非常丰富。十五年来他的案子一直在法庭的审理当中，但他却会耍手腕，至今没被革职。人人都认识他，就凭他干的那些“好事”早该被流放六次。他可疑的地方非常多，就是找不到确凿可靠的证据。如果我们所讲的故事发生在蒙昧时代，那么可以大胆地承认他是一位魔法师了。

法律顾问神情的冷漠和便袍的肮脏都达到惊人的地步。他的便袍跟漂亮的红木家具、带玻璃罩的金座钟、用纱罩套着的枝形烛架以及周围带有辉煌的欧洲文明的鲜明印记的一切都十分不协调。

不过乞乞科夫对法律顾问的冷漠多疑毫不介意，简要说明了难题所在，并且预先许下诱人的酬劳。

法律顾问的回答是："世上一切都靠不住。"他还巧妙地暗示道："天上飞的仙鹤总不如抓在手里的山雀，他必须把山雀抓在手里。"

没有别的办法，只好把山雀送到他手上。于是法律顾问的冷漠多疑立刻烟消云散。他原来是个心肠最好的人，健谈而且讨人喜欢，用词之巧妙不比乞乞科夫逊色。

"请允许我向您说明一点，为了不使官司拖得太久，您一定要把遗嘱研究透彻。您大概还没仔细看过，上面一定有一条小小的附注。您可以暂时借出来。尽管这类东西当然不许往家里拿，不过有些官员只要你恳切相求……就我而言一定尽力。"

"明白了。"乞乞科夫想，然后说：

"我的确不大记得上面有没有附注，这份遗嘱好像不是我执笔的。"

"您最好仔细看看。不过，不论发生什么情况，"他满怀善意地接着说，"您都要沉得住气，不要惊慌，即使情况更糟也不要紧。在任何时候对任何事情都不要绝望，没有挽救不了的事。您瞧瞧我，总是沉着冷静。不管交给我多么棘手的案子，我都冷静沉着，毫不动摇。"

颇像哲学家的法律顾问的脸上的神情的确非常沉着。所以乞乞科夫很……①

"当然，这一点是最重要不过的。"［乞乞科夫］说，"不过，您也一定同意，有可能出现最糟的情况和事情，对方可能诬告，使你处于困境，你就难免沉不住气。"

"请相信我，这是懦弱。"颇像哲学家的法律顾问十分冷静而满怀善意地回答，"打官司必须事事以文字为依据，空口无凭。您一发现这个案子要结束，快结案了，您不必急于替自己辩护，不要那样做，而要找些新的枝节问题把水搅浑。"

---

① 原稿中此句未完。——译者注

“您的意思是……

“把水搅浑，把水搅浑，没有别的办法，”这位哲学家说，“另外找些枝节问题跟这个案子搅和在一起，便把其他人也牵扯进来，让案情更加复杂——没有别的办法。让彼得堡来的官员审理去吧。让他审理去吧，让他审理去吧！”他反反复复地说，用十分得意的目光看着乞乞科夫的眼睛，就像老师给学生讲解俄语中最难懂的语法问题时看着学生的眼睛一样。

“是呀，要是能找到什么枝节问题把他们都搞糊涂当然好。”乞乞科夫说，也怀着善意的神情望着哲学家，好像学生把老师讲的最难懂的问题领会透彻了似的。

“一定能找到的，一定能找到的！我告诉您说，只要常动脑筋，脑子也变得更灵。您首先要记住有人给您撑腰。案子一复杂，对很多人都有好处。办案人员要增加，薪水也得多给……总之，牵扯进去的人越多越好。别怕把一些人无缘无故牵扯进来，其实他们很容易洗刷干净，不过他们总得找人咨询，总得破财消灾……这就有油水了……请相信我的话，只要一发现案子要糟，头一件事就是把水搅浑。把水搅得越浑越好，让任何人也搞不清是怎么回事。我为什么坐得这么安稳？因为我知道，只要我的案子一糟，我就把所有的人都牵扯进来——包括省长、副省长、警察局长和国库的主事。一个也不放过。他们的底细我了如指掌，谁跟谁不和，谁瞧不起谁，谁想整垮谁。好吧，就让他们为自己摆脱困境而揭发去吧，趁他们抖落的时候，别人就可以发财。水浑才能摸鱼。大家都盼望把水搅浑。”颇像哲学家的法律顾问说到这里又得意扬扬地看看乞乞科夫的眼睛，好像老师给学生讲解俄语中最难懂的语法问题时望着学生的眼睛一样。

“这个人的确精明过人。”乞乞科夫暗想，便怀着最愉快、最美好的心情跟法律顾问告别。

乞乞科夫完全放下了心，认为万无一失。他潇洒地跳上马车，坐到弹性垫子上，吩咐谢利凡将车篷撩到后面（他来拜访法律顾问时不但把车篷拉上，甚至连皮帘也挡上）。他坐在那里很像退役的骠骑兵上校，或者更像维什涅波克罗莫夫——一条腿灵巧地架在另一条腿上，歪戴着崭新的绸子帽，容光焕发，对过路人笑脸相迎。他吩咐谢利凡把车往市场赶。市场上不管外地的还是本地的商人都站在店铺门前恭恭敬敬摘下帽子施礼。乞乞科夫不失尊严地提提帽子作为回答。这些商人当中有好多他都认识，其他商人尽管是外来的，被这位举止得体的绅士的堂堂仪表所征服，也像熟人一样向他致意。季富斯拉夫里城里的集市还没散。马市和农产品集市刚刚结束，布市才开始，这里专卖供上等人用的高级布料。商人们坐马车来的，回去的时候非坐雪橇不可了。

“请进，请进！”呢绒店门前有个商人故作彬彬有礼的姿势说，他光着头，帽子擎在手里，身穿莫斯科做的德国式常礼服，另一只手的两个手指轻轻托着刮得光光的圆下巴颏，脸上现出文雅的表情。

乞乞科夫走进店铺。

“伙计，给我拿块呢料看看。”

满面堆笑的商人立刻抬起柜台的台板，露出通道走进柜台里，背对货架，面向顾客。

商人背对货架面向顾客站好，光着头，帽子仍然擎在手里，又朝乞乞科夫鞠了一躬，然后戴上帽子，殷勤地探着身子双手扶着柜台说：

“您喜欢哪种料子？是英国货还是本国货？”

“要本国货，”乞乞科夫说，“只不过要等级最高的，一般都叫作洋货等级的。”

“您想要什么颜色的？”商人问，仍然两手扶着柜台，殷勤地摇晃着身子。

“要深色的，橄榄绿或深绿，接近橘色，带小圆点儿。”乞乞科夫说。

“我敢说您这回算是买到了上等货，就是到彼得堡和莫斯科，也没有比这更好的料子。”商人说着一回身从上边取下一匹呢料，麻利地扔到柜台上，从一头打开迎着光亮举着，“这色调有多好！最时髦了，现在就时兴这种颜色！”

呢料像绸子一样闪闪发亮。商人已经感觉出来，今天这位顾客是行家，所以没先取价钱便宜的货色。

“料子不错。”乞乞科夫轻轻一摸说，“不过，伙计，是不是这么办？您立刻把您最后才肯拿出来的货给我看看，颜色最深……要发红的，带圆点儿。”

“明白了。您正是想要现在彼得堡最流行的颜色。本店有一种高级呢料。不过有言在先，价钱贵，质地也好。”

“您就拿出来吧。”

至于价钱，只字未提。

一匹呢料从高处取下来。商人更加熟练地打开，抓起另一头像抖落绸子似的抖落一下，举到乞乞科夫眼前，使他不仅能看得仔细，还能闻到味。乞乞科夫只说一句：

“真是好料子！好像纳瓦里诺海战①的火光。”

双方讲妥价钱。

铁尺好像魔法师的魔杖一样立刻给乞乞科夫量出一块燕尾服料和一块裤料。商人先用剪刀裁个口，双手把料子麻利地撕开，然后又笑容可掬地朝乞乞科夫一鞠躬，马上把料子叠好，麻利地用纸包上，又用细绳捆了几道。乞乞科夫正要伸手到兜里掏钱，不想有人用胳膊十分礼貌地搂住他的腰，令他感到很惬意，耳边听到有人说：

“您在这里买什么呢？老兄！”

“啊，意外的相逢，十分荣幸！”乞乞科夫说。

“愉快的碰撞。”还用胳膊抱住他腰的人说。这人正是维什涅波克罗莫夫。“我本来想从门前走过去，没想进来，可是突然看到熟识的面孔，怎么能不享受一下相逢的快乐呢！没说的，今年的料子质地最好不过。说来也太丢脸！我怎么也买不到……我愿意出三十卢

① 1827 年俄英法三国曾在希腊港纳瓦里诺进行一场激战。——译者注

布，四十卢布……甚至五十卢布，只要货好就中。叫我说，要买就买最好的，要不干脆不买，对不对?”

“完全正确!”乞乞科夫说，“要不是想买好货，何必费这么大劲儿!”

“给我拿块中等料子看看。”身后有人说，乞乞科夫觉得声音挺熟。他回头一看，是赫洛布耶夫。他买呢料显然不是为了打扮好看，因为他身上的常礼服已经破旧不堪。

“啊，帕维尔·伊万诺维奇！请允许我跟您最后谈一次。哪里也碰不到您。我去了几次，怎么也见不着。”

“老兄，我实在忙，真的一点儿工夫也没有。”他左顾右盼想找机会溜掉，突然看见穆拉佐夫走进店来。“阿法纳西·瓦西里耶维奇！啊，我的上帝!”乞乞科夫说，“这可是意外的相逢，非常荣幸!”

维什涅波克罗莫夫也紧跟着喊：

“阿法纳西·瓦西里耶维奇!”

[赫洛布耶夫] 也喊：

“阿法纳西·瓦西里耶维奇!”

最后是有教养的商人摘下帽子远远地擎着，整个身子往前探着说：

“小人向阿法纳西·瓦西里耶维奇施礼!”

四个人脸上都露出看家狗讨好主人的神情，只有下等人见到百万富翁才会有这种神色。

老人向大家还礼，直接对赫洛布耶夫说：

“对不起，我从老远就看见您进了这家店铺，决定打扰您一下。您买完东西如果有空，而且路过我家的话，请您赏光稍坐片刻。有一件事想跟您谈谈。”

赫洛布耶夫说：

“好的，阿法纳西·瓦西里耶维奇。”

“这里天气多么好呀，阿法纳西·瓦西里耶维奇。”乞乞科夫说。

“您说是不是呀？阿法纳西·瓦西里耶维奇。”维什涅波克罗莫夫接下去说，“这种天气真少有。”

“是呀，谢谢上帝，是不错。不过庄稼倒需要下场雨。”

“太需要，太需要了。”维什涅波克罗莫夫说，“下场雨，甚至打猎也有好处。”

“是呀，下点儿雨倒不坏。”乞乞科夫也说，他倒不想要下雨，不过能跟百万富翁所见略同毕竟是件快事。

老人又跟大家点头告别便走出去了。

“我真感到头发晕，”乞乞科夫说，“怎么也想不到这个人竟然拥有一千万。简直叫人无法相信。”

“不过，这是不符合法律的，”维什涅波克罗莫夫说，“资本不应该集中在少数人［手］里。整个欧洲现在正在写文章讨论这个问题。你如果有钱，就应该帮助别人。请请客，举办举办舞会，制造一些义卖的奢侈品，好让手艺人和工人都有碗饭吃。”

“这我简直无法理解，”乞乞科夫说，“拥有一千万怎么还像普通庄稼人一样生活！有一千万什么事不能干？可以用来交际，光结交将军和公爵。”

“是呀，”商人也附和说，“阿法纳西·瓦西里耶维奇尽管品德可敬，却有不少土里土气的地方。商人如果有钱，就不是一般的商人，可以做大宗生意。我要有钱，就在戏院里订个包厢，再也不让女儿嫁给普通的团长，而是非将军不嫁。团长算个什么东西？我一定要让包办酒席的大饭店给我送饭，绝对不用厨娘做饭……”

“那还用说！那有什么了不起，”维什涅波克罗莫夫说，“有一千万什么事不能干？给我一千万，您瞧我能干出什么事来！”

“不行，”乞乞科夫心想，“给你一千万你也干不出多少正经事。要是给我一千万，我一定能干出名堂。”

“不成，我经过这些可怕的遭遇之后，要是给我一千万可不错！”赫洛布耶夫想，“唉，这回我可再也不挥霍了，我亲身体会到每个戈比的价值。”然后想了想又扪心自问：“这回真能把钱用到当处吗？”

他挥挥手补充说："见鬼去吧！我恐怕还会像从前一样胡花。"他走出店铺，因为他急于知道穆拉佐夫要跟他谈什么事。

"我正等您，彼得·彼得罗维奇！"穆拉佐夫一见赫洛布耶夫进门就说，"请到我的小屋吧。"

他把赫洛布耶夫领进读者已经熟悉的小屋，小屋过于简陋，还不如年薪七百卢布的小官吏的住处。

"请您告诉我，您现在的情况会好转了吧？姨母死后总会给您留下点儿什么吧？"

"怎么对您说呢？阿法纳西·瓦西里耶维奇。我不知道我的情况是否好转。我只得到五［十］个农奴和三万卢布。这三万卢布只能还上一部分债，结果我还是分文不剩。主要是这份遗嘱有鬼。这是个骗局！阿法纳西·瓦西里耶维奇。我现在讲给您听听，这种勾当您听了也会大吃一惊。这个乞乞科夫……"

"对不起，彼得·彼得罗维奇，在谈乞乞科夫之前先说说您自己的情况。请问，照您看要想摆脱目前的困境您究竟需要多少钱？"

"我的处境很难。"赫洛布耶夫说，"要想摆脱困境，还清债务，能过上中等水平的生活，最少也得十万卢布。总之，这点儿钱不解决问题。"

"嗯，比方说您有了这笔钱准备怎么生活呢？"

"嗯，那我就租一套房子，教孩子念书，因为我已经做不了事，干什么也不中用。"

"为什么不中用呢？"

"您掂量掂量我能干什么？我不能再从抄写员干起。您大概忘了我有家室。我都四十了，还有腰疼病，懒散成性，重要的差事不会交给我，因为我名声不好。我对您实话实说，我并不想去谋肥缺。我这个人虽然不中用，好赌钱，您怎么说都行，可我绝对不会贪污受贿。我跟那些克拉斯诺诺索夫和萨莫斯维斯托夫合不来。"

"但是，对不起，我还是不明白，无路可走总不是办法，总得沿着路走。脚下没有土地怎么走车？船不下水怎么航行？人生就是旅行。对不起，彼得·彼得罗维奇，您方才提到的这两位绅士，不管怎么说还是走在路上，他们毕竟在干事。比方说，他们可能走上邪路，这是人人都难以避免的；可他们总有希望回到正路上。一个人只要肯走总不会走不到目的地，总有希望回到正路上。可是一个人如果游手好闲，干脆不动地方，那他什么时候能走上正路呢？因为路总不会来找我们。”

“请相信我，阿法纳西·瓦西里耶维奇，我明白您说的完全正确，不过我只能对您说：我没有一点儿办事能力，我看不出我在这个世界上还能做什么对人有益的事。我觉得我是一块毫无用处的木头。从前我年轻的时候还以为关键是要有钱，我手中如果能有几十万卢布，会使很多人得到幸福，可以资助穷画家，可以开图书馆，创办有益的机构，可以收藏艺术品。我这个人不是没有鉴赏力的，我知道我在许多方面比那些富翁会花钱，他们的钱花不到正地方。可是如今我明白了，这也是瞎胡闹，没有多大用处。不，阿法纳西·瓦西里耶维奇，我什么也干不了，毫无用处，我告诉您吧。连小事我也干不了。”

“您听我说，彼得·［彼得罗维奇］！可是您做祈祷，经常上教堂，不论早晨晚上都做。您尽管不想起早，还是早早起来上教堂，凌晨四点人人都没起床，您就到教堂了。”

“这是另一码事，阿法纳西·瓦西里耶维奇。我这是为了拯救灵魂，因为我相信祈祷可以弥补一下我闲散生活的罪过。不管我这个人多么不好，只要在上帝面前祈祷总有好处。我告诉您吧，我是一直祈祷，我并不怎么信教，可还是祈祷。听说有个主，他能主宰一切，就像马拉车或牲口种地总能觉得有人使唤它。”

“这么说，您祈祷就是为讨上帝的喜欢，以便拯救自己的灵魂，这能给您力量，迫使您早早起床。请您相信我的话，您如果能这样去做事，就当成是在为您所祈祷的上帝服务，那么就会有了劲头，谁也不能使您心灰意冷。”

“阿法纳西·瓦西里耶维奇！我还要告诉您，这是另一码事。我做祈祷觉得我毕竟有事干。我告诉您，我准备进修道院，到了那里不管给我多苦的活计或多难的事情我都愿意干。不管那些让我干这些活的人受不受惩罚，都不关我的事，我只管唯命是从，而且知道这是听从上帝的差遣。”

“那么您对人间的事为什么不这么考虑呢？我们在人世间也是为上帝服务，而不是为别人。如果说是为别人服务，也是因为我们相信这是上帝的旨意，如果没有上帝的旨意我们不会干。人的能力和才干有所不同，可这能力和才干是什么呢？不过是我们进行祈祷的工具而已。一种是用语言祈祷，一种是用做事祈祷。您进不了修道院，因为您在世上还有牵挂，您有家。”

穆拉佐夫说到这里沉默了。赫洛布耶夫也默然无语。

“那么您以为您有了二十万就可以过上安稳日子，花钱也能节省了吗？”

“这么说吧，我起码可以做我能做的事，可以教育子女，可以给他们请好教师。”

“咱们这么说吧，彼得·彼得罗维奇，过两年之后您会不会又欠一身债，就像身上的线绳一样多？”

赫洛布耶夫沉吟片刻，一字一顿地说：

“不会，经过这些遭遇之后……”

“这些遭遇算什么？”穆拉佐夫说，“我了解您，您心肠软，有朋友找您借钱您没有不借的，看到穷人您就想周济，有贵客临门就想尽量好好款待，您一有什么善念就马上去做，根本不算算自己有没有钱。最后请允许我说一句真心话：您没有能力教育子女。只有能尽到义务的父亲才有能力教育子女。而且您太太……她也是个好心肠的人……不过她所受的教育也不适于教育子女。我甚至认为——请您原谅，彼得·彼得罗维奇——让孩子跟您在一起不会有什么好处！”

赫洛布耶夫犯了琢磨，他在内心里从各方面掂量自己，觉得穆拉佐夫的话有一定道理。

“这么办好不好？彼得·彼得罗维奇，您把孩子交给我，家里事我也替您看管，您就离开家，离开孩子，让我来照顾他们。您现在已经山穷水尽，您在我的掌握之中，您现在到了快饿死的地步。您这时候必须下定决心了。您认不认识伊万·波塔佩奇？”

“我很敬重他，尽管他穿的是西比尔卡上衣。”

“伊万·波塔佩奇曾经是个百万富翁，几个女儿都嫁了大官儿，日子过得像沙皇。可是一旦破产有什么办法？只好去当管家。从使用银盘子到使普通的小盆，当然不是滋味，似乎连饭也吃不下了。如今伊万·波塔佩奇又完全可以使用银盘子了，可他却不用了。他又积攒不少钱，可是他说：‘不，阿法纳西·瓦西里耶维奇，我现在不是替自己办事，也不想得到什么好处，因为这是上帝的［安排］。我不想按自己的意思行事了。我要听您的吩咐，因为我想听从上帝的旨意，而不是照别人的话去做。因为上帝总是通过优秀人物的口传达他的意志。您比我聪明，所以要由您来替我担负责任，我是负不了责任的。’伊万·波塔佩奇就是这么说的，其实，说老实话，他要比我聪明好几倍。”

“阿法纳西·瓦西里耶维奇！我愿意听您支配，我是您的仆人，您想怎么安排我就怎么安排，我把自己交给您了。不过，您千万别给我干不了的事。我不是波塔佩奇，而且说实话，我干不了大事。”

“彼得·彼得罗维奇，不是我要强加给您任务，您不是自己说愿意为上帝服务吗？恰好有一件为上帝办的事。有个地方修教堂全靠行善的人捐赠。钱还不够，还得募捐。您也穿上普通的西比尔卡上衣……您现在已经是普通人了，破产的贵族跟乞丐没什么两样，还有什么架子可摆？您手里拿上账本，坐上普通的大车，到各个城镇和乡村去。大主教会给您祝福，再交给您一本用绳子订的账，您就可以出发了。”

彼得·彼得罗维奇从没干过这种事，感到十分意外。他毕竟是古老家族的贵族，现在让他手拿账本去为教堂募捐，还要坐大车一路颠簸！可是要想推辞也不成，这是为上帝做事。

“犯犹豫了?”穆拉佐夫说，“您如果肯干就一下子做了两件好事：一是为上帝办事，另外还为我办事。”

“为您办什么事?”

“是这么回事因为您要去的地方我从来没去过，您可以了解一下当地的情况。庄稼人生活得怎么样，哪些地方富裕一些，哪些地方受穷，穷到什么程度。我告诉您说，我所以爱惜庄稼人，可能因为我也是庄稼人出身。但是问题在于庄稼人中间出了很多坏人，分裂教派，还有各种流浪汉，正到处蛊惑人心，煽动人们反对政府和聚众闹事。人要是受压迫就容易起来反抗，人要是受穷就容易被挑唆。问题是一开始不能从下边镇压。下边一乱就糟了，不会有好结果，只能让盗贼趁机发财。您是个聪明人，您仔细看看，了解一下什么地方庄稼人确实受人欺侮，什么地方是民风不正，回来就把这些情况告诉我。我再给您带上几个钱，看到确实无辜受害的人就周济他们。您最好还要想法安抚他们，好好开导他们，上帝让我们忍受一切，要毫无怨言，遇到不幸就祈祷，不要闹事和私下报复。总之，您要告诉他们，谁也不要煽动一些人去反对另外一些人，大家要和睦相处。您如果看到谁跟谁结了仇，就要尽力化解。”

“阿法纳西·瓦西里耶维奇！您交给我的任务，”赫洛布耶夫说，“是一件神圣的事，不过，您首先要考虑您交给了什么人。这件事只能交给跟圣徒差不多的人，就是说，他首先得［善于］宽恕别人。”

“我并没有说让您一下子全都做到，而是让您尽力而为。问题是您到了那些地方之后毕竟有所了解，知道当地的情况究竟怎么样。政府官员从来看不到庄稼人，庄稼人也不会跟他们讲心里话。您去为教堂募捐，串百家门，要找小市民，找商人，您就有机会向各种人了解情况。我之所以要跟您谈这件事，因为总督现在特别需要这种人。您就用不着靠坐办公室等着提拔，一下子便可以得到这个职位，而这种工作不是毫无益处的。”

“让我试试看，我会尽力去做。”赫洛布耶夫说。他的声音显得洪亮了，腰板也直了，头也抬起来了，就像一个人看到了光明。“我看得出来，这是上帝赐给您的智慧，您看得比我们清楚，我们都眼界狭小。”

“现在请允许我问一下，”穆拉佐夫说，“乞乞科夫是怎么回事？他干了什么勾当？”

“关于乞乞科夫我要告诉您一件从来没听说过的事。他干的这种勾当……阿法纳西·瓦西里耶维奇，您听说没有？那份遗嘱是伪造的。真正的遗嘱发现了，遗产全部给两个养女。”

“您说什么？假遗嘱是谁造的？”

“问题就在于这件事干得太卑鄙！据说是乞乞科夫干的，在死者死后伪造的。他找个婆娘装成死者，让她在遗嘱上签字。总之，这件事非出乱子不可。听说四面八方递来好几千份呈子。有好多人纷纷登门向玛丽亚·叶列梅耶夫娜求婚，有两个官儿为了争她而动起手来。就是这种勾当，阿法纳西·瓦西里耶维奇！”

“这事我一点儿也没听说，的确是造孽。帕维尔·伊万诺维奇·乞乞科夫，老实说，我认为是个叫人猜不透的人物。”穆拉佐夫说。

“我也递了一份呈子，声明还有一个关系最亲近的继承人……”

“就让他们打个头破血流吧，”赫洛布耶夫想，“阿法纳西·瓦西里耶维奇并不蠢。他把这么一个任务交给我一定经过深思熟虑。我一定好好干。”他于是开始考虑准备上路的事。这时穆拉佐夫还自言自语地说：“叫我看，帕维尔·伊万诺维奇·乞乞科夫真叫人猜不透！他要是能把这种毅力和这股劲头用在正事上该有多好！”

这时法院的确收到一件件呈子。冒出好多谁也没听说过的亲属。就像一群鸟围住野兽的尸体似的，大家都要瓜分老太婆留下的这笔不计其数的遗产。也有几份是告乞乞科夫的，有人告他伪造最后这份遗嘱，还有人告发说头一份遗嘱也是伪造的，也有人提供出他盗窃和隐藏钱款的罪证。甚至有人揭发乞乞科夫曾收买死魂灵和在海关期间进行走私。他的老底都被折腾出来，他的履历也被调查清楚。天知道他们是怎么嗅出来的，从什么地方打听到的。甚至有些乞乞科夫以为除开自己和屋里四面墙之外谁也不知道的事也被揭露出来。

不过这些秘密暂时只有法院掌握，还没传到他的耳朵里。然而，没过多久他便接到法律顾问一张消息可靠的条子，使他有所警惕，要出问题。条子内容简短：“急于告知阁下，事情遇到麻烦，不过要记住，千万不可惊慌失措。最主要的是镇静。一切都会安排妥当。”这张条子使他完全放下心来。“这个人的确神通广大。”乞乞科夫说。

这时恰好裁缝把［衣服］送来，真是锦上添花。［乞乞科夫］想把新燕尾服穿上试试，这可是带纳瓦里诺炮火颜色的。他先穿裤子，裤子挺合身，棒极了，可以画下来。大腿、小腿都箍得紧紧的，一切细小部位都被箍住，显得更富有弹性。他系上背后的背带扣，肚子变成一面鼓。他用刷衣服的刷子敲了一下说：“你这个蠢家伙”一打扮起来还挺漂亮！”燕尾服做得似乎比裤子还好，一点儿褶子也没有，夹腰很紧，下面往外抡挲，显得腰细。右胳膊抬肩有些瘦，可是这样才能箍紧腰。裁缝站在一旁，得意地说：“您放心好了，除了彼得堡，别的地方做不出这种式样。”这个裁缝就来自彼得堡，却在牌匾上写着“从伦敦和巴黎迁来的外国裁剪师”。他并不是为了开玩笑，而是为了用这两个城市镇住其他裁缝，以免他们也在牌匾上写出这两座城市来，他们要写就写从“卡尔谢鲁”或“哥本哈尔”①来的好了。

乞乞科夫挺大方地付了裁缝工钱，剩下一个人闲着没事，便像演员似的对着镜子欣赏自己，带着审美情趣和 con amore②。发现自己比从前更加漂亮，脸蛋更俊了，下巴颏更迷人了，白衬衣领烘托出脸蛋，蓝缎子领带又烘托出白衬衣领，时兴的胸衣皱褶又烘托出领带，华丽的天鹅绒坎肩又烘托出胸衣，纳瓦里诺炮火颜色的燕尾服像绸子一样闪闪发亮，烘托得全身光彩夺目。他向右一转身，蛮好看！向左一转身，更漂亮！他的身影很像宫中的高级侍从或者更像讲究时髦的绅士，这种绅士讲得一口法语，连真正的法国人也不如他们。他们甚至大发脾气的时候也不肯说下流的俄国话，以免丢

① 应是德国城卡尔斯鲁厄和丹麦城市哥本哈根之讹传。——译者注

② 意大利语，意为“爱心”，这里指顾影自怜。——译者注

脸；骂人也不用俄语，一定要用法语骂你个狗血喷头。这才显得文雅！他试着略微侧头施礼，做出向受过新式教育的中年太太献殷勤的姿势，真是棒极了。画家赶快拿笔画下来！他洋洋得意做了一个类似芭蕾舞两脚悬空撞击的动作。五斗橱震动了，香水瓶掉到地上，不过这并没使主人扫兴。他只是狠狠骂了香水瓶一句笨蛋，便开始思忖：“首先应该拜访谁呢？最好……”

突然前厅响声大作，好像马靴的马刺发出撞击声，走进一个全副武装的宪兵，满脸杀气腾腾。“命令你马上去见总督！”乞乞科夫立刻吓傻了。他面前站着一个彪形大汉，留着八字胡，头上插着马尾巴，左肩挎着武装带，右肩也挎着武装带，一边肋下挎着一把非常大的马刀。他觉得另一边一定挎着火枪和别的什么东西，好像彪形大汉把一个军的武器都带来了！他刚想进行驳斥，那个凶神恶煞的人就粗暴地说：“命令你马上去！”他透过门缝往前厅看，那里还有一个大汉的影子，再往窗外看，外边停着马车。有什么办法！只好穿着这件带纳瓦里诺炮火颜色的燕尾服，坐上马车，浑身打着哆嗦去见总督，还有宪兵押着。

进了前厅也没给他定定神的机会。“进去吧！公爵正在等您。”值班的官员告诉他。他觉得眼前的一切都好像在雾中，前厅里有几个信使正在收文件，然后他又穿过一个大厅，心里只是想：“就这么抓了起来，不经过审判，也不办手续就送到西伯利亚！”他的心怦怦直跳，连见最忌妒的情人也不会跳得这么厉害。终于他面前打开一扇门，现出一间办公室，里面摆着公文包、卷宗柜和书籍，还有一位火冒三丈的公爵。

“他一定会杀了我！”乞乞科夫说，“他一定会要我的命，就像狼吃小羊羔一样把我吃掉。”

“上次就应该把您送进大牢，可是我宽恕了您，让您留在本城；可您又干出这种卑鄙无耻的骗人勾当，还从来没人能干出这种事。这是您自己跟自己过不去。”

公爵气得嘴唇直哆嗦。

“公爵大人，我做出什么无耻和欺骗的行为了？”乞乞科夫哆哆嗦嗦地问。

“那个女人，”公爵往前走两步，直盯着乞乞科夫的眼睛说，“那个按照您的口述在遗嘱上签字的女人抓来了，马上就跟您对质。”

乞乞科夫吓得脸色苍白。

“公爵大人！我全都说。我有罪，的确有罪，不过罪不大。都是我的对头编造的。”

“您的罪没人编得出来，因为您干的坏事比大骗子编的还不知多多少倍。我想您这一辈子做的事没一件不缺德。您赚的钱每个戈比都不是正道来的，不是偷就是骗，为了这个您正应该受鞭笞和流放西伯利亚！不，现在什么也不用说了！马上送你进牢房，跟那些大坏蛋和强盗关在一起，[听候] 发落。这也是轻饶了你，因为你比他们还要坏不知多少倍，他们穿的是粗呢上衣和皮袄，可你……”

他瞥了一眼乞乞科夫的纳瓦里诺炮火颜色的燕尾服，抓住绳头拽一下铃。

“公爵大人！”乞乞科夫叫了一声，“您开恩吧！您也有儿有女。您不可怜我，还得可怜我的老母亲！”

“你净胡说！”公爵怒声喝道，“上次你就说你有家，有孩子，让我可怜你，其实你并没有家。现在你又搬出老母亲！”

“公爵大人，我是卑鄙的小人，我是最坏的坏蛋。”乞乞科夫说，他的声音……①“我的确撒了谎，我既没有子女，也没有家；不过上帝可以作证，我一直想成家，以便履行做人和做公民的义务，以便将来能得到公民们的尊敬和长官的赏识……可是我命运不济！公爵大人，我不得不用鲜血，用鲜血换取最起码的生活条件！每走一步都要碰到各种诱惑……还有各种仇人，他们不是要杀我，就是想夺去我的财产。我这一生就像一场猛烈的旋风，像大海里风吹浪打的小船。公爵大人，我毕竟也是人哪！”

① 原书此句未完。——译者注

他突然两眼热泪滚滚，一下子跪到公爵面前，也顾不得身上穿的是纳瓦里诺炮火颜色的燕尾服、天鹅绒坎肩，戴的是缎子领带，还穿着新裤子，还有喷着芬芳香水、梳得整整齐齐的头发。

“快从我眼前滚开！卫兵，叫人把他带走！”公爵朝走进来的人说。

“公爵大人！”[乞乞科夫]喊道，用双手抱住公爵的皮靴。

[公爵]气得浑身直哆嗦。

“我告诉您说，赶快滚开！”他说，极力把脚从乞乞科夫怀里往外挣。

“公爵大人，您不肯开恩我就不离开这里！”[乞乞科夫]说。他不肯松开公爵的皮靴，整个身体连同穿着的纳瓦里诺炮火颜色的燕尾服被公爵用腿拖着在地板上向前滑动。

“我告诉您滚！”公爵说。公爵感到一阵说不出的厌恶，就像看到一条难看的虫子又没有勇气一脚踩死它。他用力一蹬，乞乞科夫感到他的鼻子、嘴唇和滚圆的下巴颏被踹了一脚，可是他没松手，用双手抱得更紧。来了两个剽悍的宪兵一下子把他拽开，架着他的胳膊走出房间。他脸色苍白，奄奄一息，陷入可怕的昏迷状态，有如一个人看到死神这违背人生本能的可怕怪物来到眼前而无法逃避……

到楼梯口时，迎面遇见穆拉佐夫。乞乞科夫突然产生一线希望，他用超乎寻常的力量一下子从两个宪兵手里挣脱出来跪倒在惊讶的老人脚下。

“老兄，帕维尔·伊万诺维奇，您这是怎么了？”

“救救我吧！他们要送我进监狱，要杀了我……”

两个宪兵又抓住他带起就走，甚至没容他听老人的回答。

一间潮湿发霉的小屋散发着卫兵的皮靴和包脚布的臭味，里面放着一张没刷漆的桌子和两把破椅子，窗户上钉着铁栏，一只旧炉子只管从砖缝往外冒烟，却没有一丝热气——这就是为我们这位身穿纳瓦里诺炮火颜色的款式讲究的新燕尾服、刚刚尝到人生乐趣并且开始引起同胞们注意的［主人公］安排的住处。甚至不准他带些必需品，带他的小木匣，小木匣里装的是钱。那些文件、买死农奴的契约，如今都落到官家手里了！他一头倒在地上，可怕、绝望的感觉像凶恶的蛆虫围着他的心乱转，越来越凶恶地啃噬他那毫无保护的心。不用多，再有一天，乞乞科夫再愁上一天就会一命呜呼。可是有人没有忘记伸出救苦救难的手来拯救他。大约过了一个小时牢门打开，穆拉佐夫老人走进来。

如果受饥渴折磨的人发干的嗓子里被人倒进一股清泉立刻就会有精神，他也不会像乞乞科夫现在这么精神焕发。

"我的救命恩人!"乞乞科夫说，突然抓住老人的手急忙吻一下，贴在胸口上，"您能来看看我这遭遇不幸的人，上帝一定会赐福给您!"

他立刻泪流满面。

老人用愁苦的目光看着他，只说：

"唉，帕维尔，帕维尔·伊万诺维奇！帕维尔·伊万诺维奇，您干的是什么事?"

"我是坏蛋……我有罪……我犯了罪……不过您给评评理，怎么能这么对待我？我毕竟是贵族。不经审判，不做调查，就把我关进监狱，剥夺我的一切：有衣物，有小木匣……里面装的是钱，那是我的全部财产，是我的全部财产。阿法纳西·瓦西里耶维奇，那些财产是我用血汗挣的……"

他无力控制又袭上心头的忧愁让他放声大哭，哭声穿过监狱的厚厚墙壁在远处轻轻回荡着。他一把拽下缎子领带，用手抓住领口，撕破身上穿的纳瓦里诺炮火颜色的燕尾服。

"帕维尔·伊万诺维奇，不管怎么说，您必须放弃您的财产，放弃世间的一切。您触犯国法，国法无情，不是哪一个人能说了算的。"

"我自己毁了自己，我自己也知道，我早就该及时刹车。可为什么给我这么可怕的惩罚？阿法纳西·瓦西里耶维奇！难道我是强盗?

难道有什么人因为我而受苦？难道我让什么人遭到不幸？我的每个戈比都是用劳动和汗水挣的，用血汗挣的。我干吗要挣钱？还不是为了安度晚年，给子孙留点儿什么，我打算生儿育女，为的也是让他们将来报效祖国。我是干过昧良心的事，这一点我不争辩，是干过……可是有什么法子！因为我看到走正路根本挣不到钱，不如邪门歪道来得多，所以才走了邪路。可是我出了力，费尽心机。法院里那些坏蛋成千上万地盗窃国库，勒索穷人，即使，人家穷得精光他们也要把最后一个戈比抢走！……阿法纳西·瓦西里耶维奇！我不嫖女人，不酗酒。我付出多少劳动，付出多少铁一般的耐心！我的每个戈比都是吃尽辛苦才挣到手的！我吃尽了苦，让他们也能尝尝我所受过的苦吧！我这一辈子充满激烈的斗争，就像波浪里的一只小船。可是我是靠奋斗挣来的一切，阿法纳西·瓦西里耶维奇，这回全完了……"

他再也说不下去，心疼得难忍，号啕大哭，跌在椅子上，燕尾服的衣襟被他扯得耷拉下来，他一把撕掉扔到一旁。他向来尽力保护自己的头发，现在却把两只手插进头发里拼命拽，想用疼痛压下心里难以消除的痛苦，似乎这样会好受一些。

"唉，帕维尔·伊万诺维奇，帕维尔·伊万诺维奇！"［穆拉佐夫］说，悲哀地看着乞乞科夫，不住摇头，"我一直在想，以您的精力和耐心去干正经事，追求正当的［目标］，您一定会成为了不起的人！要是那些干正经事的人也能像您捞钱那样拿出全部力量，那该有多好！……他们要能像您为了捞钱那样不惜牺牲自己的自尊心和虚荣心，奋不顾身去干正经事，那该有多好！……"

"阿法纳西·瓦西里耶维奇！"可怜的乞乞科夫用双手捧住老人的手说，"我要是能被释放，再把财产归还给我，我向您发誓，一定重新做人！救救我吧，您就是我的恩人，救救我吧！"

"我能有什么办法！那样的话，我要跟法律过不去。再说，就算我肯答应，公爵也不肯。他为人正派，寸步不让。"

"恩人哪，您一定有办法。我怕的不是法律，法律我有办法对付，我怕的是不分青红皂白把我关进监狱，我会像狗一样死在里头。还有我的财产、文件、小匣子……救救我吧！”

他抱住老人的大腿，把泪水洒到老人的脚上。

“唉，帕维尔·伊万诺维奇，帕维尔·伊万诺维奇！”穆拉佐夫老人摇摇头说，“这笔财产让您花了眼！为了它您都听不到自己可怜的灵魂的声音！”

“灵魂我会考虑的，但是您救救我！”

“帕维尔·伊万诺维奇！”穆拉佐夫老人说，停顿一下，“我救不了您，这一点您明白。不过我可以尽力改善您的处境，使您得到释放。我不知能不能办到，不过我要尽力去做。万一成功，帕维尔·伊万诺维奇，我有个请求，就算是您对我的报答：请您放弃这些发财的打算。我老实对您说，我就是把财产全都丢了也不会哭，而我的财产比您多得多。说实在的，财产并不重要，我的财产可以被充公，重要的是道德，道德是任何人也偷不去抢不去的！您在世上已经活了大半辈子。您自己说您这一辈子好像波浪里的小船。现在完全有条件安度晚年。您就找个僻静的角落住下来，离教堂和善良的老百姓近一些；如果您实在想留有后代，那就娶个不太富有的好姑娘，这种人安分守己，会料理家务。您要忘掉这个繁华的世界和各种诱人的欲望，让这个世界把您也忘掉。这个世界没有平安。您看得出来，到处都是对头，既要诱惑你，又要出卖你。”

乞乞科夫陷入沉思。有一种奇怪的感情袭上心头，这种感情他从来未有过，非常陌生，他也说不清是什么感情，只是觉得心里有一种愿望要苏醒，这种愿望从小就受到种种压抑，如严厉刻板的教训、毫无欢乐的寂寞童年、家中的凄凉景况、缺少天伦之乐的孤独、孩提印象的贫乏，还有命运透过积满雪的小窗投来的严峻一瞥。

“您只要肯救我，阿法纳西·瓦西里耶维奇！”乞乞科夫喊道，“我一定重新做人，一定听从您的劝告！我向您保证！”

“您一定要说话算数，帕维尔·伊万诺维奇。”穆拉佐夫握住他的手说。

“要不是经过这场可怕的教训，也许会说了不算，”可怜的乞乞科夫叹了口气说，然后又补充一句：“可是这场教训太可怕了，阿法纳西·瓦西里耶维奇，这场教训太沉重了，让人受不了。”

“沉重点儿好。为这您要感谢上帝，快祈祷吧。我去说说看。”

老人说完走了出去。

乞乞科夫已经不再哭泣，也不再撕燕尾服和拽头发。他安定下来。

“不，算了！”他终于说，“是得重新生活。的确应该做个正经人。唉，只要能想法从这里出去，远走高飞，哪怕只剩一点点钱，找个地方住下，远离……可那些契约呢？……”他犯了思索：“怎么能这样？这笔惨淡经营的生意怎么能半途而废？……以后不买就是了，已经买的应该抵押出去。买这些花了多大力气！得抵押出去，好用这笔钱买一座庄园，就可以成为地主，因为有了庄园就可以办好多好事。”他在科斯坦若格洛家里那次做客的心情又在心中苏醒，他又想起黄昏时候在令人温暖的灯光下主人亲切聪明的谈话，主人教导他如何经营庄园才会更有效益。于是他面前忽然浮现出一座美妙的村庄，仿佛他真的能领略乡村风光的美妙。

“我们太愚蠢了，都是徒劳无益！”乞乞科夫终于说，“都是因为闲得慌！一切就在眼前，一切就在身边，我们却跑到三千里之外去寻找。找个偏僻的角落干点儿实在的事有什么不好？只有在劳动中能产生乐趣。任何东西也比不上自己的劳动果实更香甜……不，我一定要从事劳动，在乡下定居，老老实实地干，这样一来对别人也能产生好影响。怎么能说我什么也不能干呢？我有管理能力，我有一定素养，喜欢节俭，办事麻利，而且有头脑，甚至还有常性。只要肯下决心，我想我一定能办到。我现在才真正明确地感到，人生在世应该尽些义务，而且不必离开他所在的地方。”

在他眼前鲜明地展现出勤劳生活的场面，远离城市的喧闹和人们由于无所事事而想出来的种种诱惑。这使他几乎忘记了目前处境的凄惨，只要放他出去，哪怕只归还他一部分财产，他也许要感谢上帝给他安排这场沉重的［教训］。可是……肮脏小屋的单扇门突然打开，走进一位官员，是萨莫斯维斯托夫。这人专讲吃喝玩乐，胆子大，讲义气，正像同事们说的那样，是个酒鬼加机灵鬼。在战争年代这种人可以创造奇迹，可以派他穿过难以通过的危险地带，到敌人鼻子底下摸一门大炮回来，这正是他的专长。然而没有战争环境他就干不出正事，只管胡闹，净干坏事。真叫人不可理解！他在同事当中人缘极好，从来不出卖朋友，答应的事说到做到；可是他把顶头上司看成敌人的炮兵阵地，非得利用对方的一切弱点、缺口或疏忽冲过去不可……

“您的情况我们全知道了，全都听说了！”他看身后的房门关上便说，“不要紧，不要紧！用不着害怕，一切都可以挽救。大家都愿意为您出力，都是您的仆人！您只要拿出三万酬劳一下大家就成，多了用不着。”

“当真？”乞乞科夫叫出声来，“我就完全没罪了吗？”

“那当然！而且您的损失也可以得到补偿。”

“那么酬劳呢？……”

“三万卢布。满打满算——有我们哥儿们几个的，有总督手下的，还有秘书的。”

“可是对不起，我怎么拿得起？我所有的东西……小木匣……所有这一切现在都查封了，有人看着……”

“过一个小时就给您送来。咱们击掌为定，怎么样？”

乞乞科夫伸出手。他的心怦怦跳，他不敢相信这是真的……

“回头见！我们都熟识的那位朋友叫给您带信，最主要的是冷静，沉得住气。”

“啊！”乞乞科夫想，“我明白了，是法律顾问！”

萨莫斯维斯托夫走了，剩下乞乞科夫一个人待在牢房里，仍然不敢相信这些话是真的，然而没过一个小时他的小匣子就给送来了，文件和钱都完好无缺。原来萨莫斯维斯托夫装作查岗，把正在站岗的士兵大骂一通，说他们警惕性不高，下令再加两个人加强看守。

他不但找到小匣子，而且把能使乞乞科夫名誉扫地的文件收起来包成一包封好，捆进行李卷，让站岗的士兵立刻给乞乞科夫送去，所以乞乞科夫不但得到了文件，而且得到可以覆盖他那虚弱的身体的被子。小匣子送得这么快，使他感到说不出的高兴。他又产生了强烈的希望，眼前又闪现出各种诱惑：晚间的剧场、他追求的女舞蹈演员。乡村的恬静渐渐暗淡，城市的热闹越来越鲜明……啊，这才叫生活！

这时，各法院和司法厅都忙得不可开交。抄写员刷刷地用笔抄写，一边嗅着鼻烟，让茫无头绪的头脑转动起来，一边像艺术家一样欣赏带钩的字体。法律顾问好像会隐身术的魔法师，神不知鬼不觉地指挥整个机器，想趁没人发觉之前把水搅浑。所以这个案件变成一团乱麻。萨莫斯维斯托夫表现出前所未有、闻所未闻的大胆和勇敢。他打听到被抓来的女人关押在什么地方，便大摇大摆直接闯进去。他装成长官，哨兵还得给他敬礼，站得笔直。

“你在这站很久了吗？”

“长官，从早晨一直到现在。”

“还要很长时间才换岗吗？”

“还要三个小时，长官。”

“我要你去办一件事。为此我已告诉你的上级派人来换你。”

“遵命，长官！”

萨莫斯维斯托夫回到家，为了不牵涉到别人和不露马脚，连忙把自己打扮成宪兵，粘上两撇胡子和络腮胡，连鬼都认不出他来。他到乞乞科夫的住处遇见一个婆娘便抓起来，交给两个同样善于冒充的小官，便戴着假胡子带着枪装模作样去见哨兵：

“你去吧，上级命令我来替你站完这班岗。”他跟哨兵交换了位置，自己站起岗来。

他就是要把哨兵支开，以便用新抓来的这个婆娘把原来的婆娘替换下来。这个婆娘不了解情况，莫名其妙。原来那个婆娘究竟藏到什么地方，事后也无人知道。正当萨莫斯维斯托夫装成宪兵大显身手的时候，法律顾问也在官员中间创造了奇迹。他让省长从侧面了解到检察长正写告密信揭发他，让宪兵队长听到消息说有个私访官员正告他的密，又让这个私访官员知道另外还有个更秘密的私访官员告他的密——一下子把所有的人都卷进去，人人都得登门向他求教。结果造成一片混乱，告密信满天飞，揭露出许多见不得人的事，也捏造出许多压根儿没有的事。然而件件都能发挥作用。谁是私生子，什么什么出身和什么什么官衔的人养着情妇，谁老婆跟谁偷情。各种丑闻和秘史都跟乞乞科夫的事件和死魂灵掺和在一起，想分也分不开，搞不清哪些是真，哪些是假，分不出主次，似乎都半斤八两。这些卷宗最后交到总督手里，可怜的公爵什么也看不明白，吩咐手下一个聪明能干的官员搞出摘要。这个官员几乎精神失常，因为他怎么也理不出头绪来。恰好这时公爵还有许多其他公事要办，一件比一件令人头疼。省里有的地方闹饥荒，派去赈灾的官员放粮不公。省里另一些地方分裂教派闹事。有人在他们中间散布谣言说出现了反基督的人，正收买死魂灵，连死人都得不到安宁。人们进行忏悔却干起坏事，利用抓反基督的人滥杀无辜。还有的地方发生农民暴动，反对地主和县警察局长。有些流浪汉在这些农民中间散布谣言，说到了改朝换代的时候，农民变成地主，要穿上燕尾服；地主变成农民，要穿粗呢上衣。有一个乡所有的农民什么税也不肯交，他们也不想想这样一来地主和警官会太多了。必须立即采取强制手段。可怜的公爵被搞得心烦意乱。这时下人禀报包税商求见。

“让他进来。”

老人走进来……

“这个乞乞科夫！上次您为他求情。如今他又犯了案，这种事连最坏的小偷也不会干。”

“请允许我禀告，公爵大人，这个案子我不大了解情况。”

“伪造遗嘱，手段卑鄙！……应该处以重刑，当众鞭笞！”

“公爵大人，我并不想替乞乞科夫辩护。只是这个案子缺乏证据，还没侦查呢。”

“证据现成的，那个假装死人的婆娘已经抓来。我正想当您的面审问她。”公爵拽一下铃，命令把那个女人带上来。

穆拉佐夫默默不语。

“真是卑鄙之极的勾当！真丢人，全城的要员都被卷进去了，包括省长在内。他不应该跟那些小偷和无赖搞在一起！”公爵激愤地说。

“省长是继承人，他有权提出要求；至于其他人也从四面八方来凑热闹，也是人之常情，公爵大人。一个有钱的老太婆死了，又没做出公正明智的安排，有些人想发财就从四面八方赶来，这是人之常情……”

“可是干吗要干那些卑鄙勾当？……真是卑鄙之徒！”公爵气愤地说，“我手下一个好官也没有，全是坏蛋！”

“公爵大人，我们谁能十全十美？本城的官员也都是人，虽然他们个个都有长处，许多人都有办事能力，可人哪有没毛病的？”

“听我说，阿法纳西·瓦西里耶维奇，请您告诉我，我认为只有您是正派人，您干吗老替那些坏蛋说话呢？”

“公爵大人，”穆拉佐夫说，“凡是被您叫作坏蛋的人，毕竟也是人。要是知道他所以做坏事有一半是因为粗鲁和无知，怎么能不替他辩护？因为我们每走一步都可能出错，每一分钟都可能造成别人的不幸，甚至并不是出于恶意。就说公爵大人吧，也做过不公正的事。”

“说什么？”公爵惊叫起来，话题突然这么一转，完全出乎他意料。

穆拉佐夫停顿一下，沉默片刻，仿佛斟酌什么，终于说：

“比如拿杰尔宾尼科夫①的案子来说。”

“阿法纳西·瓦西里耶维奇！触犯国家根本法律就等于叛国！

① 前文写作坚捷特尼科夫。——译者注

……"

"我并不想替他辩护。但是，一个青年如果由于缺乏经验被人勾引犯罪，却和主犯判同样的刑，这能说公正吗？杰尔宾尼科夫跟痞子沃罗诺伊判以同刑，而他们的罪轻重不同。"

"为了上帝……"公爵激动地说，"这个案子您了解什么情况吗？赶快告诉我。我刚往彼得堡发公文为他减刑。"

"不，公爵大人，我并不是想说我了解的情况您不了解。尽管有件事对他很有利，可他却不肯说，因为一说出来会牵连别人。我只是想，您当时是否处理过于急促？请原谅，公爵大人，我这么说不过出自拙见。您几次叫我对您开诚布公。我当官的时候手下也有好多人，有好有坏……必须考虑到每个人的履历，因为不把他所有的情况都冷静地考虑周到，一开始就声色俱厉，只会把人吓住，取不到他的真实口供。如果像亲兄弟一样关心地询问他，他就会和盘托出，甚至不要求减刑，对谁也不怨恨，因为他看得出来不是我要惩罚他，而是法律无情。"

公爵沉思起来。这时走进来一个年轻官员，夹着文件包恭恭敬敬站在一旁。他那张年轻的脸还显得稚嫩，流露出明显的思虑和操劳。把这个专案委托给他不是没有道理的。他是为数不多办事很有con amore的人员之一。他既不追求升官发财，也不照别人的样子行事，他所以要在这里做事，是因为他相信这里最需要他，他天生就是干这种差事的。他的任务就是进行追查，分析这个纠缠不清的案件的每个细节，抓住全部线索而使案情大白。如果他能使案件终于水落石出，揭露出最隐秘的原因，并只用几句话就可以简单明白地概括出来，让人一目了然，那么他的辛苦和努力以及多少不眠之夜就得到了丰厚的补偿。就是小学生搞懂了一个最难的句子或者领会到一位伟大作家的思想真谛，也不会像他搞清一个复杂案件那么高兴。然而……①

---

① 手稿到此中断。——译者注

……

①“……灾区要发放粮食。这类事我比一般官员更懂行，我要亲自去考察一下人们需要什么。公爵大人如果允许，我想找分裂教派谈谈。他们见到像我这样的普通人更愿意说心里话。只有上帝知道，也许我能用和平方式解决问题。至于您的钱我不要，因为这种时候有人饿死有人还一心想发财，真叫人感到可耻。我存有现成的粮食，现在又派人到西伯利亚去，明年春夏之交还可以运来一批。”

“您这么肯出力，只有上帝来奖赏您，阿法纳西·瓦西里耶维奇。我也不多说了，因为您能感觉出来任何言辞都无法表达。不过请允许我就您刚才的请求提个问题。您说说看，我对这桩案子有没有权利不闻不问？这算不算秉公办事？我要把这些坏蛋都放过了我算不算正派的官员？”

“公爵大人，上帝在上，可不能这么说，况且其中有很多人都挺不错。人的情况很复杂，公爵大人，非常非常复杂。有时候看起来一个人一无是处，可是仔细了解一下情况，原来并不是他的错。”

“可是我如果不管，他们会怎么说呢？其中有人会更加趾高气扬，会以为我软弱可欺。他们首先就不尊重我……”

“公爵大人，请允许我说出我的想法，您把大家召集到一起，暗示他们说您已经掌握全部情况，就像您方才跟我讲的那样，把您现在左右为难的处境讲给他们听，问问他们有什么想法：他们如果处在您的地位每个人都想怎么办？”

“您以为他们除了搞鬼和想法弄钱之外还会有什么高尚的情操吗？叫我说他们只会嘲笑我。”

“我不那么想，公爵大人。［俄国人］，甚至连最坏的家伙都有正义感。除非他是犹太人，根本不是俄国人。不，公爵大人，您用不着把话藏在心里。您就像方才跟我讲的那样，把您的想法都说出来。他们不是总骂您虚荣心强、自高自大、听不进别人的意见、自

---

① 以下的手稿抄在另一页纸上，句子开头脱落。——译者注

以为是吗？就让他们看看实际情况怎么样。您有什么可怕的？正义在您一边。您就当不是对他们讲话，而是在上帝面前忏悔。”

“阿法纳西·瓦西里耶维奇，”公爵若有所思地说，“这件事让我再想想，先让我对您的忠告表示感谢。”

“那么乞乞科夫，公爵大人就下令放了他吧。”

“您告诉这个乞乞科夫，让他赶快滚蛋，滚得越快越远越好。我永远也不想宽恕他。”

穆拉佐夫鞠了一躬离开公爵，直奔关押乞乞科夫的地方。他见到乞乞科夫，乞乞科夫情绪蛮好，正心安理得地吃午饭。菜肴不错，是相当不错的人家的大厨师做好用陶瓷提盒装了送来的。一听乞乞科夫说话的口吻，老人立刻猜到有些诡计多端的官员向他通风报信，甚至猜出神通广大的法律顾问也神不知鬼不觉地插了一手。

“您听我说，帕维尔·伊万诺维奇，”他说，“我给您带来了自由，不过有个条件：您必须马上离开本地。您收拾一下东西就赶快上路，一分钟也别耽搁。不然情形会更糟。我知道现在有人教唆您，所以我告诉您一个机密：有一桩大案就要秉公处理，什么力量也挽救不了。他当然想把别人也都断送了，免得一个人太寂寞，还可以把案子搞得更复杂。方才我从您这里出去，您的情绪很好，比现在更为正常。我是认真地劝告您。说真的，问题不在于这些财产，大家为了财产争吵不休，互相残杀，好像在这个世界上丝毫也不考虑灵魂问题就真能有幸福的生活。请相信我，帕维尔·伊万诺维奇，只要人们不肯放弃世上为之彼此争夺、互相残杀的一切，不考虑积累精神财富，那么世上的物质财富也就积累不起来。有朝一日整个民族都要挨饿受穷，人人都不例外……这是明摆的事。不管怎么说，身体从属于灵魂。要想过正常生活就得有正确的想法。您别再考虑死魂灵了，您要考虑自己活的灵魂，上帝保佑您走上正路！明天我也要走。您赶快走吧！不然的话，我不在的时候您会出事！”

老人说完就走了出去。乞乞科夫陷入沉思。性命又显得重要了。“穆拉佐夫讲得不错，”乞乞科夫说，“应该走正路！”他说着就走出监狱。哨兵跟在他后面，一个拿着木匣子，另一个拎着装内衣的皮箱。谢利凡和彼得鲁什卡看到老爷被放出来都满心欢喜。

“喂，伙计们，”乞乞科夫对他们很和善地说，“必须收拾东西马上走。”

“应该走了，帕维尔·伊万诺维奇，”谢利凡说，“路大概能走了，刚下一场大雪。真该离开这个城市了，早住够了，连瞅都不想瞅它。”

“你去找个车匠，给马车安上滑竿。”乞乞科夫说完就进城了，不过他倒不是想到谁家辞行。发生这场变故之后，他没脸见人，再说城里流传着种种关于他的传闻于他不利。他避开熟人，偷偷来到买纳瓦里诺炮火颜色呢料的那家店铺，又买四俄尺准备再做一件燕尾服和一条裤子，然后又亲自去找那个裁缝。他答应出双倍价钱，那个师傅才同意卖卖力气，叫店伙计点上蜡烛整整熬了一个通宵，又用针缝，又用熨斗烫，还连带牙咬。第二天总算把燕尾服做好，尽管时间稍晚一些。马已经套好，可是乞乞科夫还要试试燕尾服。他穿在身上仍然像从前一样漂亮，可惜的是他发现头上出现一块光滑发白的地方，不免伤心地说：“干吗愁得那么厉害？更不应该往下拽头发。”他付了裁缝钱，终于坐上车离开这座城市，不过心情有些古怪。他已经不是从前的乞乞科夫。他只不过是从前那个乞乞科夫留下的躯壳。他现在的心理状态可以比作一座被拆掉的建筑物，拆除的目的是为了再盖新房，只是新房还未动手盖，因为建筑师还没拿出定准的图纸，工人们不知如何下手。一小时之前穆拉佐夫老人带着波塔佩奇坐着带席篷的雪橇先走了。乞乞科夫走后的一个小时公爵传令，在他动身去彼得堡之前要召见全体官员。

总督府的大厅里聚集了全城的官员，从省长开始直到九等文官，有各办公厅主任、办案的负责人，官衔大小不等，还有基斯洛耶多夫、克拉斯诺诺索夫、萨莫斯维斯托夫，有接受贿赂的，也有没接受贿赂的，有办事昧着良心、半昧良心和不昧良心的——大家都惴惴不安地等待公爵接见。公爵出来了，脸上的神色不阴不晴，目光跟步伐同样坚定……全体官员向他鞠躬，有许多人都大弯腰。公爵只略一点头算作还礼，然后说道：

“本官即将去彼得堡，认为理应跟大家见见面，甚至对大家讲清楚其中的部分原因。我们这里出了一桩很糟糕的案子。我想在场的许多人都知道我说的是什么。由于这桩案子又揭露出其他的案子，其卑鄙程度不亚于前者，而且有不少我原来以为正派的人也都卷了进去。我甚至知道有人企图暗地里把水搅浑，使我们根本无法按正常程序处理此案。我甚至也知道谁是主谋，谁在暗中……①尽管他隐蔽得十分巧妙。问题是我不准备按正常程序根据卷宗办案，而是用战争时期的军事法庭的方式迅速处理。我相信只要把全部情况奏明皇上，皇上会给予我这个权力。那样一来，就不必按照民事诉讼办案，不必翻箱倒柜查阅卷宗，也不必看那些伪造的旁证和诬告材料，因为有人就是想用这些假材料把本来已经难办的案子搞得一塌糊涂。所以我认为军事审判是唯一的办法，并想听听大家的意见。”

公爵停下来，仿佛等待回答。大家都低头不语，两眼看着地。许多人吓得脸色发白。

“我知道还有一桩案子，尽管作案的人以为谁也不知道。处理这桩案子也不用查卷宗，因为我一人兼任原告和公诉人，我会提出确凿的证据。”

在场的官员有人吓得一哆嗦，还有些胆小的人吓得心神不定。

“不言而喻，主谋必须免去官职，没收财产，其他人也要撤职。不用说，其中会有很多人是无辜的。可是有什么办法？这桩案子太卑鄙了，不严办国法不容。尽管我也知道这么办未必就能使其他人接受教训，因为空出的缺要有人补上，他们原来倒很正派，将来却可能变坏，他们一旦受到信任也可能弄虚作假，走向堕落。尽管如此，我不得不严肃处理，因为不处理国法不容。我知道有人会说我

① 手稿到此中断。——译者注

手段太厉害，我也知道他们会说……①他们还会责备我……②因此我不得不让自己担当执法的工具和惩办腐败的利斧。”

人人脸上不由自主地掠过一阵战栗。

公爵心平气和。他脸上既没有愤怒，也没有激动。

“现在，我这掌握许多人命运而又铁面无私的人拜倒在你们大家脚下，向你们提出一个请求。只要你们大家答应我这个请求，那么一切都可以忘掉，一笔勾销，一律赦免，我将亲自替大家向皇上求情。我的请求是这样的。我知道采取任何手段、恐吓和惩罚都根除不了腐败，因为它太根深蒂固了。接受贿赂本来是可耻的行为，如今连并非天生就卑鄙的人也觉得必不可少，变成一种需要。我知道有许多人几乎抵抗不住潮流。但是在当前这个神圣的关键时刻我们要拯救祖国，每个公民都必须承担起责任，不怕一切牺牲，在这个时刻我不得不向一切有一颗俄国心的人，向一切多少懂得“高尚”这个字眼的人发出呼吁。不必再去说我们之间谁的罪过更大！也许我的罪过比你们大家都大，也许我一开始对大家过于严厉，也许我过于多疑，使那些本想为我办事的人对我也敬而远之，尽管在我看来他们并不是无可挑剔的。只要他们真正热爱大地上的正义和善良，就不应该因为我对他们傲慢而生气，他们应该克制自己爱面子的愿望，牺牲自己的个性。我总不会看不到他们的自我牺牲和追求至善的崇高精神，最终不会不接受他们理智而有益的意见。不论怎么说，应该是下级想法适应上级的性格，而不可能让上级去适应下级。这样做起码更合乎情理也更容易办到，因为上级只有一个，而下级会有好几百人。不过现在我们不再谈谁的罪过更大。问题是现在我们需要拯救祖国。现在并不是有二十几个异族侵略而使它灭亡，倒是它可能断送在我们自己手里，因为除开法定的管理制度外，又形成一个规矩，甚至比法定制度更起作用。这个规矩是想办事就得拿钱，样样都有价码，甚至公开行事。任何一个统治者，哪怕他比其他一

---

① 手稿角上撕丢了。——译者注

② 手稿角上撕丢了。——译者注

切立法者和统治者更英明，哪怕他派出多少人员进行监督，去约束腐败官吏的行为，他都无法根治腐败。我们每个人如果不能像人民起义反对敌人那样去反对腐败，那么任何办法都没有用。现在我作为一个俄国人，作为跟大家血统相同、血肉相连的人向大家发出呼吁。我向你们中间多少能理解什么是高尚思想的人发出呼吁。我请大家想一想：一个人在任何岗位上都有应尽的义务。我请大家认真对待自己的义务和自己所担任的官职的责任，因为我们大家对这一点太模糊了，我们刚……①

一八四五年

① 手稿到此中断。——译者注